전쟁과 평화 2

세계문학전집 354

전쟁과 평화 2

Война и мир

레프 톨스토이

연진희 옮김

민음사

차례

1권 차례

3권 차례

4권 차례

등장인물[1]

베주호프가(家)

키릴 블라지미로비치 베주호프 백작

표트르 키릴로비치(혹은 키릴리치) 베주호프 키릴의 아들. 프랑스식 이름은 피에르, 애칭은 페챠, 페트루샤, 페트루시카, 페치카 등.

피에르의 사촌인 마몬토프가(家)의 세 자매 각각의 이름은 카체리나(프랑스식 이름은 카티시), 올가, 소피야.

볼콘스키가

니콜라이 안드레예비치(혹은 안드레이치) 볼콘스키 공작

안드레이 니콜라예비치 볼콘스키 공작 니콜라이의 아들. 프랑스식 이름은 앙드레, 애칭은 안드루샤.

마리야 니콜라예브나 볼콘스카야 공작 영애 니콜라이의 딸. 프랑스식 이름은 마리, 애칭은 마샤, 마셴카.

---

1) 러시아 인명은 '이름, 부칭(아버지 이름+-예비치/-오비치), 성'으로 표기하는데 여성의 경우 부칭에 '-예브나/-오브나'를, 성에 '-아/-아야'를 붙인다. 여성이 결혼하면 부칭은 그대로 두되 아버지의 성 대신 남편의 성에 '-아/-아야'를 붙인다. 단, 아버지나 남편의 성이 자음으로 끝나면 '-아'를, 모음으로 끝나면 '-아야'를 붙인다. 부칭의 접미사를 결정하는 것은 아버지 이름의 마지막 음가다. '-이'로 끝나는 이름에는 '-예비치/-예브나'를, 자음으로 끝나는 이름에는 '-오비치/-오브나'를 붙인다. 단, '-야'로 끝나는 이름에는 '-치/-니치나'를 붙인다. 가까운 사이에는 '-예비치/-오비치' 대신 '-이치'를 붙이기도 한다. 가령 니콜라이 안드레예비치(혹은 안드레이치) 볼콘스키 공작의 아들은 안드레이 니콜라예비치(혹은 니콜라이치) 볼콘스키고, 딸의 이름은 마리야 니콜라예브나 볼콘스카야다.(니콜라이 일리이치 로스토프와 결혼한 후에는 성이 로스토바로 바뀐다.) 친한 사이에서는 대개 이름이나 애칭으로 부르고, 다소 격식을 갖추어야 하는 사이에서는 주로 이름+부칭으로 부른다.

엘리자베타 카를로브나 볼콘스카야 공작 부인 안드레이의 아내. 프랑스식 이름은 리즈, 애칭은 리자, 리자베타.

니콜라이 안드레예비치 볼콘스키 공작 안드레이와 리자의 아들. 프랑스식 이름은 니콜라, 애칭은 니콜루시카, 니콜렌카, 니콜린카, 니콜라시카, 니콜라샤, 코코, 콜랴.

로스토프가

일리야 안드레예비치 로스토프 백작 프랑스식 이름은 엘리.(러시아식 이름인 일리야와 프랑스식 이름인 엘리 모두 구약 성서에 나오는 예언자 엘리야를 가리킨다.) 애칭은 일리유시카, 일류시키.

나탈리야 로스토바 백작 부인(작품에는 부칭이 나오지 않음.) 일리야의 부인.

베라 일리니치나(혹은 일리니시나) 로스토바 백작 영애 일리야의 맏딸. 애칭은 베루시카, 베로치카.

니콜라이 일리이치 로스토프 백작 일리야의 맏아들.

나탈리야 일리니치나 로스토바 백작 영애 일리야의 작은딸. 프랑스식 이름은 나탈리, 애칭은 나타샤.

표트르 일리이치 로스토프 백작 일리야의 작은아들.

소피야 알렉산드로브나(작품에는 성이 나오지 않음.) 로스토프 백작 부부의 오촌 조카딸. 프랑스식 이름은 소피, 애칭은 소냐, 소뉴시카.

쿠라긴가

바실리 세르게예비치(혹은 세르게이치) 쿠라긴 공작

입폴리트 바실리예비치(혹은 바실리이치) 쿠라긴 공작 바실리의 큰아들.

아나톨 바실리예비치 쿠라긴 공작 바실리의 작은아들.

엘레나 바실리예브나 쿠라기나 공작 영애 바실리의 딸. 프랑스식 이름은 엘렌, 애칭은 룔랴.

드루베츠코이가

안나 미하일로브나 드루베츠카야 공작 부인 프랑스식 이름은 아네트.

보리스 드루베츠코이 공작(작품에는 부칭이 나오지 않음.) 안나의 아들. 애칭은 보랴, 보렌카.

그 밖의 인물

드론 자하리치(작품에는 성이 나오지 않음.) 보구차로보 마을의 촌장.

라브루시카(작품에는 부칭과 성이 나오지 않음.) 제니소프의 종졸. 이후 니콜라이 로스토프의 종졸이 됨.

루이자 이바노브나 쇼스 혹은 마리야 카를로브나 쇼스.(마담 쇼스로 지칭되는 이 인물의 이름과 부칭은 때에 따라 다르게 제시된다. 톨스토이가 혼동한 듯하다.)

마리야 드미트리예브나 아흐로시모바 모스크바 사교계의 노부인.

바실리 드미트리예비치(혹은 드미트리치) 제니소프 경기병 장교이자 니콜라이 로스토프의 친구. 애칭은 바샤, 바시카.

빌라르스키(작품에는 이름과 부칭이 언급되지 않음.) 폴란드 백작인 프리메이슨.

아말리야 예브게니예브나 부리엔 마리야 공작 영애의 프랑스인 말벗. 애칭은 아멜리, 부리엔카. 아말리야 카를로브나라고도 불림.(부칭이 다른 것은 톨스토이의 실수로 보임.)

안나 파블로브나 셰레르 페테르부르크에서 귀족 살롱을 이끄는 여관(女官).

알폰스 카를로비치(혹은 카를리치) 베르크 보리스의 친구인 젊은 러시아 장교. 아돌프라고도 불림.

야코프 알파티치(작품에는 성이 나오지 않음.) 볼콘스키 영지의 관리인.

오시프(혹은 이오시프) 바즈제예프 프리메이슨의 주요 인사.

줄리 카라기나(작품에는 부칭이 나오지 않음.) 마리야 공작 영애의 친구이자 부유한 상속녀.

치혼(작품에는 부칭과 성이 나오지 않음.) 볼콘스키 노공작의 하인. 애칭은 치시카.

투신(작품에는 이름과 부칭이 나오지 않음.) 쇤그라벤 전투에서 러시아 포병대를 이끈 대위.

표도르 이바노비치(혹은 이바니치) 돌로호프 아나톨의 친구인 러시아 장교. 애칭은 페쟈.

플라톤 카라타예프 프랑스군의 포로 막사에서 피에르와 친해진 농부 출신의 말단 병사.

드미트리 바실리예비치(작품에는 성이 나오지 않음.) 로스토프가의 집사. 애칭은 미챠, 미첸카, 미치카.

일러두기

1. 번역 대본으로는 『L. N. 톨스토이 선집』(전 12권, 프라브다 출판사, 1987) 중 3권, 4권, 5권, 6권을 사용했다. 『전쟁과 평화(Война и мир)』(엑스모 출판사, 2009)도 함께 사용했다. 두 판본은 문단을 구분하는 방식에서 다소 차이를 보이는데 이 책은 엑스모 출판사 판본의 문단 구분을 따랐다.
2. 러시아어 원문에서 프랑스어로 쓰인 부분은 굵은 글씨로 표기했으며, 그 밖의 외국어는 굵은 글씨로 쓰되 문장 끝에 외국어의 출처를 표기했다.(예: 독일어, 라틴어, 영어 등) 외국어 표현에 대한 번역은 톨스토이가 각주로 단 러시아어 번역문을 토대로 했다.
3. 러시아어 고유 명사와 도량형은 국립국어원의 외래어 표기법을 따르는 것을 원칙으로 하되 구개음화([d] 음과 [t] 음 뒤에 [ya], [yo], [yu], [i], [i´] 모음이 따를 경우 각각 [z]와 [ts]로 자음의 음가가 변경되는 현상)가 일어나는 경우는 발음상 편의를 위해 예외로 했다.(예: 페댜 → 페쟈, 미탸 → 미챠) 단, 영어를 비롯한 외국어에서 차용된 러시아어는 구개음화를 적용하지 않았다.(예: 파르티잔 등) 쟈, 져, 죠, 쥬, 챠, 쳐, 쵸, 츄의 음가를 자, 저, 조, 주, 차, 처, 초, 추로 표기하도록 한 조항도 예외로 했다.
4. 원문에서 강조를 위해 이탤릭체로 표시한 부분은 고딕체로 표시했다. 원문에서 부연 설명을 위해 ( ) 표시를 한 것은 그대로 따랐다.
5. 작품에 인용된 성경 텍스트는 대한성서공회가 간행한 『성경전서』(표준새번역 개정판, 2001)에서 인용했다.
6. 러시아 인명, 지명, 어휘, 문구 등을 병기할 경우 독자의 이해를 돕기 위해 러시아어 키릴 문자 대신에 로마자로 변환하여 표기했다. 단, 책 제목은 러시아어로 표기했다.
7. 톨스토이가 작품에 직접 주석을 단 경우에는 '톨스토이 주'라고 별도로 표시했다. 그 외 모든 주석은 옮긴이의 주다.
8. 톨스토이는 제정 러시아의 역법인 율리우스력에 따라 작품 속 사건을 서술하였다. 19세기 역법에 따르면 율리우스력은 오늘날 세계적으로 통용되는 그레고리력보다 십이 일 늦다. 따라서 톨스토이가 기술한 날짜를 그레고리력으로 전환할 때는 십이 일을 더하면 된다. 다만 20세기 이후에는 율리우스력의 날짜를 그레고리력보다 십삼 일 늦게 산정한다.
9. 등장인물 중 한 명인 제니소프는 혀가 짧아 'ㄹ'을 'ㄱ'으로 발음한다. 제니소프의 발음이 주는 우스꽝스러운 분위기를 전달하기 위해 그의 대사 중 'ㄹ' 부분을 전부 'ㄱ'으로 표기했다.

1부

1

1806년 초 니콜라이 로스토프는 휴가를 받아 돌아왔다. 제니소프도 보로네시[1]의 집으로 떠나게 되어 로스토프는 모스크바까지 같이 가서 자기 집에 머물도록 그를 설득했다. 종착역 바로 전 역에서 동료를 만난 제니소프는 그와 술을 세 병이나 마시고 역마가 끄는 썰매 바닥에 너부러져서는 길이 울퉁불퉁한데도 모스크바에 도착할 때까지 로스토프 옆에서 한 번도 깨지 않았다. 로스토프는 모스크바가 가까울수록 더욱 초조해졌다.

'곧 도착하나? 다 온 건가? 오, 이 지긋지긋한 길, 상점, 빵, 가로등, 삯마차!' 로스토프가 이런 생각을 하는 사이 어느새 그들은 검문소에서 휴가증을 등록하고 모스크바로 들어섰다.

---

1) 러시아 남부의 도시. 모스크바에서 남쪽으로 약 450킬로미터 떨어져 있다.

"제니소프, 다 왔어! 여전히 자는군." 그는 몸 전체를 앞으로 숙이며 말했다. 마치 이런 자세로 썰매의 움직임에 속도를 더하려는 듯했다.

"저곳은 삯마차 마부 자하르가 마차를 세워 두던 교차로 모퉁이잖아. 저기 저 사람은 자하르고. 말도 그대로네! 저기 프랴니크[2]를 팔던 상점이 있어. 이제 다 왔나? 자, 어서 가지!"

"어느 집이죠?" 마부가 물었다.

"저기 끝에 있는 큰 집이야. 저 집이 설마 보이지 않는단 말인가! 저게 우리 집이야. 아, 정말로 저게 우리 집이라니!" 로스토프가 말했다.

"제니소프! 제니소프! 이제 곧 도착해."

제니소프는 고개를 들고 기침을 했지만 아무런 대꾸도 하지 않았다.

"드미트리." 로스토프는 마부대에 앉은 하인에게 말을 걸었다. "저게 정말 우리 집 불빛인가?"

"맞습니다. 아버님 서재에서도 불빛이 비치는군요."

"다들 아직 잠자리에 들지 않았나? 어이, 자네 생각은 어때?" 로스토프는 갓 자란 콧수염을 만지작거리며 덧붙였다. "알았지? 잊지 마. 즉시 나에게 새 벤게르카[3]를 꺼내 줘야 해." 그러고 나서 마부에게 소리쳤다. "자, 어서 가!" 그는 다시 고개를 떨어뜨린 제니소프를 돌아보며 말했다. "일어나, 바샤."

---

2) 호밀 가루에 꿀이나 과일 주스를 섞어 만든 러시아 과자.

3) 헝가리풍의 경기병 군복 상의. 이 책 1권 주 129에서 묘사한 돌로만과 멘치크처럼 가슴 앞부분에 줄과 매듭으로 된 갈비뼈 장식이 있다.

썰매가 세 집 너머로 그의 집 마차 승강장이 보이는 곳에 이르자 로스토프가 소리쳤다. "자, 보드카 값으로 3루블을 줄 테니 어서 가, 어서!" 그에게는 말들이 움직이지 않는 것처럼 느껴졌다. 마침내 썰매가 마차 승강장을 향해 오른쪽으로 돌았다. 로스토프는 머리 위로 석고가 떨어져 나간 낯익은 코니스, 현관 계단, 보도의 기둥을 보았다. 그는 썰매가 멎기도 전에 훌쩍 뛰어내려 현관방으로 뛰어들었다. 집은 마치 누가 오든 상관없다는 듯 여전히 꼼짝 않고 무뚝뚝하게 서 있었다. 현관방에는 아무도 없었다. '아, 하느님! 다들 별일 없을까?' 로스토프는 심장이 멎는 기분으로 잠시 서 있다가 곧 현관방 안으로, 눈에 익은 휘어진 계단으로 내달리기 시작했다. 조금도 변하지 않은 문손잡이가, 백작 부인이 더럽다고 화를 내곤 하던 그 손잡이가 예전처럼 힘없이 열렸다. 대기실에는 수지 양초 한 자루가 타고 있었다.

미하일로 노인은 궤짝 위에서 자고 있었다. 외출할 때 데리고 다니는 하인으로 마차의 뒤쪽을 들어 올릴 만큼 힘이 센 프로코피는 앉아서 자투리 천을 엮어 슬리퍼를 만들고 있었다. 그는 열린 문을 흘깃 쳐다보았다. 태평하고 졸음에 겨운 표정이 불현듯 기쁨과 놀라움이 뒤섞인 표정으로 변했다.

"이런, 세상에! 젊은 백작님!" 그는 젊은 주인을 알아보고 큰 소리로 외쳤다. "이게 어찌 된 일입니까, 백작님!" 프로코피는 흥분으로 떨면서 응접실 문으로 달려갔다. 아마도 그가 온 것을 알리기 위해서인 듯했다. 그러나 생각을 바꾸었는지 되돌아와 젊은 주인의 어깨를 덥석 껴안았다.

"다들 건강하신가?" 로스토프는 팔을 빼며 물었다.

"덕분에요! 덕분에 모두 건강하십니다. 다들 지금 막 식사를 끝내셨습니다. 제게 얼굴을 좀 보여 주십시오, 백작 각하."

"아무 일 없어?"

"덕분에요, 덕분에요!"

제니소프에 대해 깡그리 잊은 로스토프는 누구도 자신이 온 것을 미리 알리게 만들고 싶지 않아 외투를 벗고는 어둑한 큰 홀로 뒤꿈치를 든 채 달려갔다. 모든 것이 예전 그대로였다. 똑같은 카드놀이 테이블, 덮개를 씌운 똑같은 샹들리에. 그러나 누군가가 벌써 젊은 주인을 본 듯 그가 미처 응접실에 이르기도 전에 옆문에서 무언가가 폭풍처럼 맹렬하게 달려나와 그를 안고 입을 맞추었다. 다른 문에서, 또 다른 문에서, 다른 존재가, 그리고 똑같아 보이는 또 다른 존재가 뛰쳐나왔다. 잇따른 포옹, 잇따른 입맞춤, 잇따른 외침과 기쁨의 눈물. 그는 누가 아빠인지, 아빠가 어디에 있는지, 누가 나타샤고 누가 페챠인지 구분할 수 없었다. 모두가 한꺼번에 그에게 환호하고 말하고 입을 맞추었다. 그들 가운데 오직 어머니만 없었다. 그는 그것을 알아차렸다.

"그런데도 나는 몰랐어…… 니콜루시카…… 내 친구, 콜랴!"

"여기…… 우리의……. 달라졌네! 아냐! 양초! 차를 가져와!"

"자, 입을 맞춰 줘!"

"얘야, 나도……."

소냐, 나타샤, 페챠, 안나 미하일로브나, 베라, 노백작이 그를 끌어안았다. 하인들과 하녀들도 방을 가득 메운 채 말을 건네며 탄성을 질렀다.

페챠가 그의 다리에 매달렸다.

"나도!" 페챠가 외쳤다.

나타샤는 로스토프를 끌어당겨 얼굴에 온통 입맞춤을 퍼붓고는 팔짝 뛰어 물러났다. 그러더니 그의 벤게르카 앞깃을 잡고 한자리에서 염소처럼 깡충깡충 뛰며 날카로운 소리로 환호성을 질렀다.

사방에 기쁨의 눈물로 빛나는 애정 어린 눈동자들이 있었고, 사방에 입맞춤을 구하는 입술들이 있었다.

쿠마치 천[4]처럼 얼굴을 붉힌 소냐도 로스토프의 팔을 부여잡고 그토록 그리워한 그의 눈동자를 향해 행복한 눈길을 보내며 온몸을 빛내고 있었다. 소냐는 벌써 열여섯 살이었다. 그녀는 무척 아름다웠다. 특히 행복과 기쁨으로 생기를 띤 이 순간에는 더욱 그러했다. 그녀는 미소 띤 얼굴로 그에게서 눈을 떼지 않고 숨을 죽이며 바라보았다. 그는 고마워하며 그녀를 흘깃 보았다. 그러나 계속 누군가를 기다리고 찾았다. 노백작 부인은 아직 모습을 보이지 않았다. 그러는 사이에 문가에서 발소리가 들려왔다. 걸음이 너무 빨라 도저히 어머니의 걸음 같지 않았다.

그러나 그 사람은 바로 어머니였다. 그가 없는 동안에 지은 듯 전에 본 적이 없는 새 옷을 입고 있었다. 모두가 그를 놓아

---

4) 능직 무명의 일종으로 붉은색을 띤다.

주자 그는 어머니에게 달려갔다. 두 사람이 마주한 순간 그녀는 흐느끼며 그의 가슴에 쓰러졌다. 그녀는 얼굴을 들지 못하고 그저 그의 벤게르카에 붙은 차가운 끈 장식에 얼굴을 대고 있을 뿐이었다. 제니소프는 홀에 들어와 서서 그들을 바라보며 눈시울을 닦았다. 아무도 그가 들어온 것을 알아차리지 못했다.

"바실기 제니소프입니다. 아드님의 친구지요." 그는 의아하게 바라보는 백작에게 자신을 소개하며 말했다.

"어서 와요. 알지요, 알다마다요." 백작은 제니소프에게 입을 맞추고 얼싸안으며 말했다. "니콜루시카가 편지에 썼답니다……. 나타샤, 베라, 이분이 바로 제니소프란다."

하나같이 행복과 기쁨에 겨운 얼굴들이 머리털이 덥수룩하고 콧수염이 거뭇한 제니소프의 작달막한 체구를 돌아보고 그를 에워쌌다.

"아, 제니소프!" 나타샤는 기뻐서 어쩔 줄 모르며 높고 가느다란 목소리로 외치더니 그에게 달려가 끌어안고 입을 맞추었다. 모두 나타샤의 행동에 당황했다. 제니소프도 얼굴을 붉혔지만 빙그레 웃으며 나타샤의 손을 잡고 입을 맞추었다.

제니소프는 그를 위해 준비된 방으로 안내되었고, 로스토프가 사람들은 모두 소파가 있는 방으로 가서 니콜루시카 주위에 모였다.

노백작 부인은 그의 손을 놓지 않고 끊임없이 입을 맞추며 옆에 나란히 앉아 있었다. 나머지 사람들은 주변에 모여 그의 몸짓과 말과 눈길을 하나도 놓치지 않았으며, 그에게서 기쁨과 사랑이 넘치는 시선을 한시도 떼지 않았다. 남동생과 누이들은 그와 가장 가까운 자리를 서로 차지하려고 말다툼을 벌였으며, 누가 그에게 차와 손수건과 파이프를 가져다줄지를 두고 싸웠다.

로스토프는 가족들이 보여 준 사랑에 무척 행복했다. 그러나 만남의 첫 순간이 몹시도 행복했기에 지금의 행복은 불충분하게 느껴졌다. 그는 계속 또 다른 무언가를 기다렸다.

다음 날 아침, 여정에서 돌아온 사람들은 9시가 넘도록 잠을 잤다.

그들의 방과 붙은 또 다른 방에는 기병도, 배낭, 가죽 주머니, 활짝 열린 여행 가방, 더러운 부츠가 여기저기 흩어져 있었다. 박차가 달린 부츠 두 켤레는 깨끗이 손질되어 방금 막 벽 앞에 놓였다. 하인들이 세면기, 면도를 위한 뜨거운 물, 깨끗이 손질된 옷을 가져왔다. 담배와 남자의 냄새가 떠돌았다.

"헤이, 그기시카, 파이프 줘!" 바시카 제니소프가 목쉰 소리로 외쳤다. "고스토프, 일어나!"

로스토프는 눈꺼풀이 들러붙은 눈을 비비며 뜨뜻해진 베개에서 헝클어진 머리를 들었다.

"뭐야, 늦었어?"

"늦었지. 9시가 지난걸." 나타샤의 목소리가 대답했다. 옆방에서 풀 먹인 드레스의 바스락거리는 소리와 아가씨들의 속삭임과 웃음소리가 들려오고, 살짝 열린 문틈으로 하늘빛의 무언가와 리본과 검은 머리카락과 명랑한 얼굴들이 아른거렸다. 로스토프가 일어났는지 알아보러 온 나타샤와 소냐와 페챠였다.

"니콜렌카, 일어나!" 문가에서 다시 나타샤의 목소리가 들렸다.

"당장!"

그사이 옆방에서 기병도를 발견하고 그것을 손에 쥔 페챠는 소년들이 군인다운 형의 모습에서 느끼곤 하는 희열을 맛보았다. 누나들이 옷을 걸치지 않은 사내들을 보는 것은 경우에 어긋난다는 사실을 잊고서 그는 문을 활짝 열었다.

"형 칼이야?" 그가 소리쳤다. 소녀들은 팔짝 뛰며 물러났다. 제니소프는 놀란 눈을 한 채 털이 덥수룩한 다리를 이불 속으로 감추며 도움을 구하기 위해 친구를 돌아보았다. 문은 페챠를 들여보내고 다시 닫혔다. 문 뒤에서 웃음소리가 들렸다.

"니콜렌카, 할라트를 걸치고 나와." 나타샤의 목소리가 말했다.

"이거, 형 칼이야?" 페챠가 물었다. "아니면 당신 건가요?" 그는 콧수염이 검게 자란 제니소프에게 아부와 존경이 뒤섞인 태도로 말을 걸었다.

로스토프는 부랴부랴 신을 신고 할라트를 걸치고는 밖으로 나갔다. 나타샤가 박차 달린 부츠를 한 짝 신고 다른 한 짝에 발을 쑤셔 넣고 있었다. 로스토프가 나왔을 때 소냐는 빙빙 돌다가 드레스 자락을 부풀려 막 앉으려는 참이었다. 두 사람은 새로 지은 똑같은 하늘색 드레스를 입고 있었다. 뺨에 홍조가 어린 생기발랄하고 명랑한 모습이었다. 소냐는 달아났고, 나타샤가 오빠의 손을 잡고서 소파가 있는 방으로 끌고 갔다. 그렇게 두 사람의 대화가 시작되었다. 수천 가지 사소한 것들에 대해 서로 묻고 대답하느라 숨이 찰 정도였다. 그런 것들은 오직 그들만이 흥미를 가질 만한 것들이었다. 나타샤는 그의 말 한 마디 한 마디에, 자신의 말 한 마디 한 마디에 웃음을 터뜨렸다. 자신들이 하는 말이 우스워서가 아니라 그녀 자신이 즐거워 웃음으로 튀어나오는 기쁨을 억누를 수 없어서였다.

"아, 정말 훌륭해, 멋져!" 그녀는 모든 이야기에 그렇게 말했다. 로스토프는 나타샤의 사랑이 뿜어내는 이 뜨거운 빛살의 영향을 받아 일 년 육 개월 만에 처음으로 자신의 영혼과 얼굴에 어린아이 같은 순수한 미소가 피어나는 것을 느꼈다. 집을 떠난 후로 그러한 미소를 한 번도 지어 본 적이 없었다.

"아냐, 들어 봐." 그녀가 말했다. "오빠는 이제 완전히 남자가 된 거지? 난 너무 기뻐. 이런 사람이 나의 오빠라서." 그녀는 그의 수염을 건드렸다. "난 오빠 같은 남자들이 어떤지 알고 싶어. 우리와 똑같아?"

"아니. 소냐는 왜 도망갔지?" 로스토프가 물었다.

"응. 거기엔 또 다른 사연이 있어! 소냐를 어떤 식으로 부를 거야? 너, 아니면 당신?"

"상황에 따라." 로스토프가 말했다.

"소냐에게 '당신'이라고 해, 부탁이야. 나중에 다 이야기해 줄게."

"도대체 왜?"

"그럼 지금 말해 줄게. 잘 알겠지만 소냐는 내 친구야. 그녀를 위해서라면 팔을 지져도 좋은 그런 친구란 말이야. 자, 봐."

그녀는 한쪽 모슬린 소매를 걷어 올려 길고 가늘고 부드러운 팔에서 어깨 아래로 팔꿈치보다는 훨씬 높은 곳(무도회 드레스에 덮이는 부분이었다.)의 붉은 자국을 보여 주었다.

"이건 소냐에게 나의 사랑을 보여 주기 위해 불로 지진 거야. 그냥 자를 불에 달구었다가 이렇게 꾹 눌렀어."

그들의 옛 공부방에서 팔걸이 위에 쿠션이 달린 소파에 앉아 나타샤의 그 감당할 수 없을 만큼 생기발랄한 눈동자를 들여다보는 사이에 로스토프는 다시 그의 가족과 어린 시절의 세계로 들어갔다. 자신 외에는 누구에게도 의미를 갖지 못할 세계, 그러나 그에게 인생에서 최고의 기쁨 가운데 하나를 선사해 준 세계로……. 그리고 사랑을 증명하기 위해 자로 팔을 지진 것이 그에게는 황당한 짓으로 보이지 않았다. 그는 이해했기에 놀라지 않았다.

"그래서 어떻다는 거야?" 그는 그저 이렇게 물었다.

"그러니까 우리는 정말 친구야. 정말로 친한 친구란 말이야! 자로 이런 걸 하다니 바보 같은 짓이겠지. 하지만 우리는 영원히 친구야. 소냐는 누군가를 사랑하게 되면 영원히 사랑해. 난 그게 이해가 안 돼. 난 금방 잊어버리니까."

"그래서?"

"응, 소냐는 나와 오빠를 무척 사랑해." 나타샤는 갑자기 얼굴을 붉혔다. "그러니까 오빠도 기억하겠지? 여기를 떠나기 전에……. 소냐는 그렇게 말해. 오빠가 그 모든 것을 다 잊었을 거라고……. 소냐는 말했어. '난 언제나 그를 사랑해. 하지만 그를 자유롭게 해 주자.' 훌륭해, 훌륭하고 고결해. 그렇지 않아? 그렇지, 응? 정말 고결하지? 그렇지?" 나타샤는 흥분한 모습으로 아주 진지하게 물었다. 그녀는 지금 한 이야기를 예전에도 눈물을 흘리며 말한 적이 있는 듯했다. 로스토프는 생각에 잠겼다.

"난 내가 한 말은 어떤 것도 번복하지 않아." 그는 말했다. "게다가 소냐는 너무나 아름다워. 도대체 어떤 멍청이가 자신의 행복을 버리려고 하겠니?"

"아냐, 아냐." 나타샤가 외쳤다. "우리는 벌써 그 문제에 대해 이야기를 나누었어. 우리는 오빠가 그렇게 말할 줄 알았어. 하지만 그러면 안 돼. 오빠도 이해하겠지만, 만약 오빠가 그렇게 말하면, 그러니까 자신을 언약에 얽매인 몸으로 여기면 소냐가 마치 일부러 그런 말을 한 것처럼 되잖아. 어쨌든 오빠는 억지로 소냐와 결혼하려 할 테고, 그렇게 되면 완전히 다른 결과를 낳게 되겠지."

로스토프는 그들이 이 모든 것에 대해 충분히 생각했다는 것을 알았다. 어제 그는 소냐의 아름다움에 충격을 받았다. 오늘 잠깐 만났을 때 그녀는 더욱 아름다워 보였다. 그녀는 열여섯 살의 매력적인 소녀였고, 분명 그를 열정적으로 사랑하고 있었다.(그는 이 점을 단 한 순간도 의심하지 않았다.) 그가 그녀를 사랑해서는 안 되고 결혼해서도 안 될 이유가 도대체 뭐란 말인가? 로스토프는 생각했다. 그러나 지금은 아니었다. 지금은 다른 즐거움과 해야 할 일들이 아주 많다. '그래, 두 사람이 이 문제에 대해 정말 좋은 생각을 해 냈군. 난 자유로운 몸으로 남아야 해.' 그는 생각했다.

"그래, 아주 훌륭하구나." 그는 말했다. "나중에 다시 이야기하자. 아, 너를 보게 되어 얼마나 기쁜지!" 그는 이렇게 덧붙였다. "그린데 넌 어때? 보리스를 배신하지는 않았겠지?" 오빠가 물었다.

"바보 같은 소리!" 나타샤가 깔깔거리며 소리쳤다. "그 사람에 대해서도, 그 누구에 대해서도 생각하지 않아. 알고 싶지도 않고."

"그럴 수가! 어째서 그렇게 된 거지?"

"나 말이야?" 나타샤가 되물었다. 얼굴이 행복한 미소로 환하게 빛났다. "뒤포르를 본 적 있어?"

"아니."

"그 유명한 발레 무용수 뒤포르를 본 적이 없단 말이야? 그럼 오빠는 이해를 못 하겠구나. 난 이런 사람이야." 나타샤는 마치 춤이라도 추듯 두 팔을 둥글게 만들어 드레스 자락을 잡더니 몇 걸음 뛰어갔다가 돌아서서 앙트르샤[5]를 하고 발과 발을 맞부딪치고는 발가락을 세우고 서서 몇 걸음 더 걸었다. "내가 선 게 보여? 자, 봐." 그녀가 말했다. 그러나 발끝으로 몸을 지탱할 수 없었다. "바로 이런 게 내 모습이야! 난 절대 누구와도 결혼하지 않겠어. 난 발레리나가 될 거야. 하지만 아무에게도 말하지 마."

로스토프는 제니소프가 방에서 질투를 느낄 만큼 큰 소리로 유쾌하게 웃어 댔다. 나타샤도 웃음을 참지 못하고 그와 함

---

5) 공중에 떠 있는 동안 두 발을 서로 교차하는 발레 동작이다.

께 깔깔거렸다. "그래도 정말 잘했지?" 그녀는 계속 말했다.

"잘했어. 이제 보리스와는 결혼하고 싶지 않은 거니?"

나타샤의 얼굴이 확 붉어졌다.

"난 아무와도 결혼하고 싶지 않아. 그를 보게 되면 똑같이 말할 거야."

"정말?" 로스토프가 말했다.

"응, 그럴 거야. 그런 건 다 시시해." 나타샤는 계속 재잘거렸다. "그런데 제니소프는 좋은 사람이야?" 그녀가 물었다.

"좋은 사람이지."

"자, 갈게. 옷이나 입어. 제니소프라는 분, 무서운 사람이야?"

"왜 무서운 사람이냐고 묻지?" 니콜라가 물었다. "아냐, 바시카는 아주 좋은 사람이야."

"오빠는 바시카라고 불러? 이상하네. 그럼 그는 정말 좋은 사람이구나?"

"정말 좋은 사람이야."

"자, 얼른 차 마시러 와. 다 같이 마시자."

그러고 나서 나타샤는 발끝으로 일어나 발레리나처럼 방에서 걸어 나갔다. 그러나 행복한 열다섯 살 소녀다운 미소를 짓고 있었다. 응접실에서 소냐와 마주친 로스토프는 얼굴을 붉혔다. 그는 그녀를 어떻게 대해야 할지 몰랐다. 전날에는 만남의 기쁨이 솟아나는 첫 순간에 서로 입을 맞추었지만 오늘은 그럴 수 없을 것 같았다. 어머니와 누이들을 비롯한 모든 사람들이 뭔가 묻고 싶은 눈초리로 바라보며 그가 소냐에게 어떻게 행동하는지 보려고 기다리는 것 같았다. 그는 그녀의 손에 입을 맞추고 당신이라고 불렀다. 그러나 마주친 그들의 눈은 서로를 친근한 호칭으로 부르며 부드러운 입맞춤을 나누었다. 그녀의 눈빛은 나타샤를 사절로 삼아 감히 그에게 그의 언약을 떠올리게 한 것에 대한 용서를 구하고 그의 사랑에 대한 감사를 전했다. 그의 눈빛은 자유를 제안한 데 대한 감사를 그녀에게 전했다. 그리고 무슨 일이 있어도 그녀를 사랑하지 않는 일은 절대 없을 거라고, 왜냐하면 그녀를 사랑하지 않을 수 없기 때문이라고 말했다.

"그런데 정말 이상한걸." 베라는 모두가 침묵한 순간을 틈타 말했다. "지금 소냐와 니콜렌카가 마주쳤을 때 서로 모르는 사람처럼 존댓말을 썼어." 언제나 그렇듯 이번에도 베라의 지적은 정확했다. 하지만 대개 그렇듯 그녀의 지적은 모두를 거북하게 만들었다. 소냐와 니콜라이와 나타샤뿐 아니라 노백작 부인도 소녀처럼 얼굴을 붉혔다. 그녀는 소냐를 향한 아들의 이런 사랑을 두려워하고 있었다. 아들이 좋은 배필을 맞이하는 데 소냐가 걸림돌이 될 수 있었기 때문이다. 제니소프가 전장에서와 똑같이 새 군복을 입고 머리에 포마드를 바르고 향수까지 뿌린 멋쟁이가 되어 응접실로 들어와 귀부인들에게 몹시도 친절하게 구는 것을 보고 로스토프는 깜짝 놀랐다. 그에게서 그런 모습을 보리라고는 생각도 못 했던 것이다.

2

군대에서 모스크바로 돌아온 니콜라이 로스토프는 집안사람들에게 최고의 아들로, 영웅으로, 눈에 넣어도 아프지 않은 니콜루시카로 대우받았다. 그리고 친척들에게는 사랑스럽고 유쾌하고 예의 바른 청년으로, 지인들에게는 잘생긴 경기병 중위로, 뛰어난 춤꾼으로, 모스크바의 일등 신랑감들 가운데 한 명으로 대우받았다.

모스크바 사람들 전체가 로스토프가와 아는 사이였다. 올해 노백작은 모든 영지를 다시 담보로 잡혀 대출을 받았기에 돈이 넉넉했다. 그래서 자기 소유의 경주마, 모스크바에서 아직 아무도 구하지 못한 최신 유행의 독특한 승마 바지, 구두코가 매우 뾰족하고 조그만 은제 박차가 달린 최신 유행의 부츠를 갖게 된 니콜루시카는 매우 즐거운 시간을 보내고 있었다. 집으로 돌아온 로스토프는 예전의 생활 환경에 적응하는 데 얼마간을 보내고 나서야 즐거운 감정을 느끼게 되었다. 그는 자신이 꽤 성장하고 어른이 된 것 같은 기분이 들었다. 교리 문답에서 떨어지고 낙심한 일, 가브릴로에게 삯마차 요금을 빌린 일, 남몰래 소냐와 입을 맞춘 일, 그 모든 일들이 이제는 까마득하게 먼 어린 시절처럼 느껴졌다. 지금 그는 은빛 멘치크에 병사용 게오르기 훈장을 단 경기병 중위이며, 존경받는 중년의 이름난 사냥꾼들과 언제라도 경주마를 달릴 준비가 되어 있었다. 가로수 길 옆에는 친한 귀부인이 살아서 밤이면 말을 타고 그곳을 방문하곤 했다. 그는 아르하로프가(家)의 무도회에서 마주르카[6]를 지휘하고, 카멘스키 원수와 전쟁에 대해 이야기를 나누고, 영국 클럽[7]에 가기도 했다. 또한 제니소프가 소개해 준 마흔 살가량의 대령과도 허물없이 지내고 있었다.

군주를 향한 그의 열정은 모스크바에서 다소 시들해졌다. 모스크바에서 지내는 동안에는 군주를 볼 수 없었기 때문이다. 그러나 종종 군주나 그를 향한 자신의 사랑에 대해 이야기하면서 자신은 아직 모든 것을 말한 게 아니며 군주를 향한 자신의 감정에 누구나 다 이해할 수는 없는 무언가가 더 있다고 느끼게 만들었다. 그리고 그 무렵 모스크바에 퍼져 있던 일반

---

6) 폴란드의 민속춤이다. 원형으로 둘러선 여러 쌍의 사람들이 4분의 3박자나 8분의 3박자에 맞춰 경쾌하게 발을 구르고 발뒤꿈치를 치는 것이 특징이며, 전통적으로 백파이프 음악에 맞추어 춘다. 마주르카가 무도회에 등장한 것은 19세기였다.

7) 1770년 모스크바에 설립된 영국 클럽은 영국의 신사 클럽을 본뜬 것으로 귀족 남성들에게 사교 장소를 제공했다.

적인 감정, 즉 당시 모스크바에서 '인간의 몸을 입은 천사'라고 불리던 알렉산드르 파블로비치 황제에 대한 숭배의 감정에 진심으로 공감했다.

군대에 복귀하기까지 모스크바에 머물던 그 짧은 기간에 로스토프는 소냐와 더 가까워지기는커녕 오히려 멀어졌다. 그녀는 매우 아름답고 사랑스러운 데다 분명 그를 뜨겁게 사랑했다. 그러나 그는 이런 일에 몰두할 틈이 없을 만큼 할 일이 많은 듯 느껴지는 젊음의 시기에 들어섰다. 그럴 때 젊은이는 얽매이기를 두려워한다. 즉 다른 많은 일에 필요한 자신의 자유를 소중히 여기게 된다. 이번에 모스크바에서 머무는 동안 그는 소냐를 생각할 때마다 속으로 혼잣말을 하곤 했다. '아, 저기 어딘가에 그녀와 같은 여자들이, 내가 아직 모르는 여자들이 많이, 아주 많이 있을 거야. 지금도 있겠지. 사랑에 빠지는 건 나중에 내가 원할 때 또 할 수 있겠지만 지금은 그럴 틈이 없어.' 게다가 여성들의 세계에는 자신의 남성성을 손상시키는 무언가가 있는 것처럼 느껴졌다. 그는 무도회나 여성들의 모임에 드나들 때면 마지못해 그러는 척했다. 경마, 영국 클럽, 제니소프와 벌이는 떠들썩한 술판, 그리고 거기에 가는 것 등은 또 다른 문제였다. 이런 일들은 젊은 경기병에게 어울리는 것이었다.

3월 초 일리야 안드레예비치 로스토프 노백작은 영국 클럽에서 바그라치온 공작의 환영 만찬을 준비하는 일로 정신이 없었다.

백작은 할라트 차림으로 홀을 거닐면서 클럽 지배인과 영국 클럽의 수석 요리사인 유명한 페옥치스트에게 바그라치온 공작의 만찬을 위한 아스파라거스, 싱싱한 오이, 딸기, 송아지, 생선 등에 대해 지시를 내리고 있었다. 백작은 클럽이 창립될 때부터 회원이자 간사였다. 그는 클럽으로부터 바그라치온을 위한 환영회의 준비를 위임받았다. 그처럼 아낌없이 넉넉하게 주연을 준비할 사람이 드문 데다, 특히 주연 준비에 돈이 필요할 경우 자신의 돈을 보탤 수 있고 또 기꺼이 보태려는 사람이 거의 없었기 때문이다. 요리사와 클럽의 지배인은 즐거운 얼굴로 백작의 지시를 들었다. 백작과 일할 때가 아니면 수천 루블의 비용이 드는 만찬으로 그렇게 많은 이윤을 남길 수 없음을 알았기 때문이다.

"그럼 유의해 주게. 토르튀 소스에 닭 벼슬을, 닭 벼슬을 넣어. 알겠지!"

"그럼 차가운 소스가 셋이군요?" 요리사가 물었다.

백작은 생각에 잠겼다.

"그보다 적어서는 안 되지. 셋으로 해…… 그 가운데 하나는 마요네즈로 하고." 그가 손가락을 꼽으며 말했다…….

"그럼 철갑상어는 큰 것으로 가져오라 할까요?" 지배인이 물었다.

"어쩌겠나. 값을 깎아 주지 않으면 그냥 가져와. 이런, 잊을 뻔했군. 테이블에 앙트레[8]를 하나 더 내야 해. 아, 이럴 수가!" 그는 머리를 움켜쥐었다. "누가 꽃을 가져온담? 미첸카!

8) 서양 요리에서 생선 요리와 고기 요리 사이에 나오는 것. 주로 새고기에 채소를 곁들여 낸다.

아, 미첸카! 자네, 말을 타고 모스크바 근교로 가 보게." 그는 부름을 듣고 달려온 관리인을 돌아보았다. "말을 몰고 모스크바 근교로 가서 정원사 막심카에게 당장 부역을 동원하라고 전해 주게. 온실의 꽃을 전부 펠트 천에 꽁꽁 싸서 가져오라고 전해. 금요일까지는 이곳에 화분 200개가 도착해야 하네."

이런저런 지시를 몇 가지 더 내린 후 그는 휴식을 취하러 백작 부인에게 가다가 필요한 것이 또 생각나 되돌아왔다. 그는 요리사와 지배인을 불러들여 다시 지시를 내리기 시작했다. 문가에서 남자의 경쾌한 발걸음 소리와 철컥거리는 박차 소리가 들렸다. 뒤이어 뺨이 붉고 콧수염이 거뭇한 잘생긴 젊은 백작이 들어왔다. 그는 모스크바에서 편안하게 지내는 동안 푹 쉬면서 응석받이가 된 듯했다.

"아, 얘야! 머리가 빙빙 도는구나." 노인은 부끄러운 듯 아들 앞에서 씩 웃으며 말했다. "하다못해 너라도 도움이 될지 모르지. 노래할 사람이 더 필요하단다. 악단은 우리 집에 있으니, 그래, 집시를 불러야 할까? 너희 군인들은 그런 것을 좋아하잖니."

"아빠, 바그라치온 공작이 쇤그라벤 전투를 준비할 때도 지금의 아빠보다는 덜 분주했던 것 같아요. 정말로요." 아들이 빙그레 웃으며 말했다.

노백작은 화를 내는 척했다.

"그래, 어디 한번 떠들어 봐라. 해볼 테면 해보란 말이다!"

그러고 나서 백작은 요리사를 돌아보았다. 요리사는 현명하고 정중한 얼굴을 하고서 주의 깊게, 그러면서도 다정하게 아버지와 아들을 바라보고 있었다.

"참나, 젊은 놈들 좀 보게, 어떤가, 페옥치스트? 우리 늙은 이들을 비웃는구먼." 그가 말했다.

"어쩌겠습니까, 백작 각하, 젊은 분들은 그저 먹는 것만 좋아하시죠. 모든 것을 준비하고 차리는 것은 그분들의 일이 아니거든요."

"그래, 그래!" 백작이 아들의 두 손을 즐겁게 잡으며 외쳤다. "그러면 되겠구나. 너, 나에게 딱 걸렸다! 당장 말 두 필이 끄는 썰매를 타고 베주호프가로 가라. '백작, 일리야 안드레이치께서 신선한 딸기와 파인애플을 부탁한다며 날 보내셨습니다. 다른 댁에서는 더 구할 수가 없어서요.'라고 말해라. 그 사람이 없으면 공작 영애를 찾아가서 말해 보렴. 그 집을 나온 다음에는 그래, 라즈굴랴이로 가라. 마부 이팟카가 알 거다. 그곳에서 일리유시카[9]라는 집시를 찾아. 기억나니, 그때 오를로프 백작 집에서 하얀 카자킨[10]을 입고 춤을 추었는데. 그 사람을 이곳으로 내 앞에 데려와라."

"집시 여자들도 함께 데려올까요?" 니콜라이가 웃으며 말했다.

"이런, 이런!"

그때 안나 미하일로브나가 기민하고도 근심스러운 표정으

9) 사십 년 동안 실제로 모스크바의 유명한 집시 합창단을 지휘한 일리야 오시포비치 소콜로프를 가리킨다.

10) 카프탄의 일종. 옷의 길이가 카프탄에 비해 짧고 등에 주름이 있으며 앞에 호크가 달린 헐렁한 남자용 상의다.

로, 동시에 그녀를 한 번도 떠난 적이 없는 온화한 그리스도교 신자의 표정으로 발소리를 죽이며 홀에 들어왔다. 안나 미하일로브나는 할라트 차림의 백작을 매일같이 만났다. 그런데도 그는 매번 그녀 앞에서 당황하며 차림새에 대해 용서를 구했다. 이번에도 그랬다.

"괜찮아요, 백작." 그녀는 상냥하게 두 눈을 감으며 말했다. "그리고 베주호프가에는 내가 갈게요. 젊은 베주호프 백작이 왔으니 이제 그의 온실에서 무엇이든 다 구할 수 있어요, 백작. 나도 그를 만나야 해요. 그가 내게 보리스의 편지를 보내 주었거든요. 고맙게도 보랴는 지금 참모부에 있답니다."

백작은 안나 미하일로브나가 그의 일거리를 일부 떠맡아 주어 기뻤다. 그는 그녀를 위해 작은 카레타에 말을 매라고 지시했다.

"베주호프에게 와 달라고 전해 주십시오. 내가 그의 이름을 명단에 올렸습니다. 참, 아내와 함께 왔나요?" 그가 물었다.

안나 미하일로브나는 눈을 감았다. 얼굴에 깊은 슬픔이 떠올랐다…….

"아, 그는 몹시 불행하답니다. 우리가 들은 것이 사실이라면 정말 끔찍해요. 우리가 그의 행복을 그렇게 기뻐하던 때에 이런 일을 생각이나 했겠어요? 그 젊은 베주호프 백작이, 그렇게 지고한 천상의 영혼을 가진 분이! 그래요, 난 진심으로 그를 동정하고 있답니다. 그래서 그를 위로하기 위해 내가 할 수 있는 한 노력해 보려고요." 그녀가 말했다.

"도대체 무슨 일입니까?" 두 사람의 로스토프, 즉 아버지와 아들이 말했다.

안나 미하일로브나가 한숨을 푹 쉬었다.

"마리야 이바노브나의 아들 돌로호프가요." 그녀는 은밀하게 속삭이며 말했다. "그녀의 명예를 완전히 더럽혀 놓았다는군요. 베주호프 백작이 그를 데려와 페테르부르크에 있는 자기 집으로 초대했는데……. 그런데 그녀가 이곳에 오자 그 불한당도 따라온 거예요." 안나 미하일로브나가 말했다. 그녀는 피에르에 대한 동정을 표현하려고 했다. 그러나 무의식적인 억양과 반쯤 지은 미소는 돌로호프라는 불한당에 대한 동정을 드러냈다. "듣자 하니 피에르는 슬픔 때문에 완전히 절망에 빠져 있다는군요."

"음, 그래도 그에게 클럽에 오라고 전해 주십시오. 기분이 확 풀릴 테니까요. 성대한 연회가 될 겁니다."

다음 날인 3월 3일 오후 1시에서 2시 사이, 만찬에 모인 영국 클럽 회원 250명과 손님 50명은 귀빈이자 오스트리아 원정의 영웅인 바그라치온 공작을 기다리고 있었다. 아우스터리츠 전투에 대한 소식을 처음 접하고 모스크바는 당혹감에 빠졌다. 그 무렵 러시아 사람들은 승리에 너무 익숙해 있어서 패배에 대한 소식을 들었을 때 어떤 이들은 그저 믿지 않았고, 또 어떤 이들은 어떤 특별한 이유로 이 기이한 사건을 해명해 보려고 애썼다. 소식이 들어오기 시작한 12월만 해도 정확한 정보와 권력을 지닌 저명인사들이 전부 모인 영국 클럽에서는 전쟁과 마지막 전투에 대해 아무도 일절 이야기를 꺼내지 않았다. 마치 그것에 대해 침묵하기로 다들 약속이라도 한 듯했다. 라스톱친[11] 백작, 유리 블라지미로비치 돌고루키 공작,[12] 발루예프, 마르코프 백작, 뱌젬스키 공작처럼 대화에 방향을 제시하던 사람들은 클럽에 나타나지 않고 집에서 그들만의 내밀한 모임을 가졌으며, 남들이 하는 말을 따라 지껄이는 모스크바 사람들(그 가운데에는 일리야 안드레이치 로스토프 백작도 있었다.)은 한동안 전쟁 문제에 대해 명확한 견해도 없고 지도자도 없는 상태로 남았다. 모스크바 사람들은 무언가가 잘못되었다는 것, 이런 좋지 못한 소식을 판단하기는 어렵다는 것, 따라서 침묵하는 편이 낫다는 것을 깨달았다. 그러나 얼마 후 배심원들이 협의실에서 나오듯 다시 세도가들이 나타나 클럽에 견해를 제시했다. 그러자 다들 분명하고 명확하게 떠들어 대기 시작했다. 러시아가 패배했다는, 일찍이 들은 적도 없고 믿을 수도 없고 있을 수도 없는 사건의 원인이 밝혀졌다. 모든 것이 분명해지자 모스크바 구석구석에서 똑같은 말이 나돌기 시작했다. 그 원인은 바로 다음과 같았다. 오스트리아인들의 배신, 열악한 군량, 폴란드인 프셰비솁스키와 프

---

11) 표도르 바실리예비치 라스톱친(Fyodor Vassilievich Rastopchin, 1763~1826). 러시아의 장군이자 정치가. 파벨 1세의 총애를 받아 외무 대신을 역임했다. 1812년 모스크바 총독이자 총사령관으로 임명되었다. 같은 해 9월의 모스크바 화재에 대한 책임을 추궁당했으나 혐의를 부인했다. 이후 실각하여 해외로 이주한 그는 1823년 자신을 정당화하고자 프랑스어로 소책자를 발간했다. 1825년 페테르부르크에 돌아와 생을 마감했다.

12) 유리 블라지미로비치 돌고루키(Yuri Vladimirovich Dolgorukii, 1740~1830). 모스크바의 설립자인 유리 블라지미로비치 돌고루키 대공(1096~1157)의 후손이다. 파벨 1세 때 모스크바의 사령관을 역임했다.

랑스인 랑즈롱의 배신, 쿠투조프의 무능, 미천한 악인들을 신뢰한 군주의 젊은 나이와 미숙함.(사람들은 조용히 수군거렸다.) 그러나 군대는, 즉 러시아 군대는 매우 훌륭했으며 용맹함의 기적을 이루어 냈다고 다들 입을 모아 말했다. 병사들, 장교들, 장군들은 영웅이었다. 그러나 영웅 중의 영웅은 쇤그라벤 전투와 아우스터리츠로부터의 퇴각으로 명성을 떨친 바그라치온 공작이었다. 아우스터리츠에서 그는 홀로 자신의 종대를 질서 정연하게 이끌었으며, 온종일 싸워 두 배나 더 강한 적들을 물리쳤다. 바그라치온이 모스크바에서 영웅으로 꼽힌 데에는 그가 모스크바에 아무 인맥이 없는 이방인이라는 점도 작용했다. 모스크바 사람들은 그를 통하여 연줄이나 음모가 없는 전투적이고 소탈한 러시아 군인, 이탈리아 원정의 기억으로 인해 수보로프의 이름과 여전히 결부되어 있는 러시아 군인에게 경의를 바친 것이다.[13] 게다가 그에게 그처럼 경의를 표하는 것은 쿠투조프에 대한 혐오와 비난을 표현하는 가장 좋은 방법이었다.

"만약 바그라치온이 없었다면 우리는 그를 발명해야 했을 거야." 익살꾼 신신이 볼테르의 말[14]을 흉내 내어 말했다. 쿠

---

13) 1799~1800년 이탈리아 북부에서 러시아군이 프랑스군과 전쟁을 치를 당시 바그라치온은 수보로프의 가장 절친한 동료 가운데 한 명이었다. 러시아군은 이 전쟁에서 일련의 눈부신 성공을 거두었다.

14) "신이 없었다면 신을 발명해야 했을 것이다."라는 볼테르의 유명한 경구를 가리킨다. 프랑수아마리 아루에 드 볼테르(François-Marie Arouet de Voltaire, 1694~1778)는 프랑스 시인이자 극작가이자 철학자다. 18세기 유럽의 전제 정치와 종교적 맹신에 저항하고 진보의 이상을 고취한 인물로 평

투조프에 대해 말하는 사람은 아무도 없었다. 그러나 몇몇 사람들은 그를 두고 궁중의 바람둥이니 늙은 사티로스[15]니 하며 수군수군 욕을 해 댔다.

돌고루코프 공작이 과거의 승리에 대한 추억으로 아군의 패배를 위안하려고 한 말, 즉 "풀을 바르고 또 발라라, 그러면 자기 몸에도 온통 풀이 묻을 것이다."라는 말을 모든 모스크바 사람들이 반복하고 있었다. 또한 프랑스 군인들을 전투에 끌어내려면 화려한 문구를 써야 하고, 독일 군인들에게는 후퇴가 전진보다 더 위험하다고 설득하면서 논리적으로 따져야 하지만, 러시아 군인들에게는 단지 억제시키며 "더 천천히!" 하고 부탁하기만 하면 된다는 라스톱친의 말도 되풀이했다. 아군 병사들과 장교들이 아우스터리츠에서 보여 준 용기의 각 사례에 대한 새로운 이야기들이 사방에서 들려왔다. 군기를 구한 사람도 있고, 프랑스군 다섯 명을 죽인 사람도 있으며, 혼자서 대포 다섯 문에 포탄을 장전한 사람도 있었다. 베르크에 대한 이야기도 있었다. 그를 모르는 사람들도 그가 오른팔에 부상을 입어 왼손으로 장검을 쥐고서 전진한 이야기를 했다. 볼콘스키에 대해서는 아무런 말도 없었다. 다만 잘

가된다. 그의 저항 정신은 프랑스의 대혁명에 사상적으로 큰 영향을 미쳤다. 그는 감옥에서 집필한 비극 『오이디푸스(Oedipe)』가 큰 성공을 거둔 이후 계속 '볼테르'라는 필명을 사용했다. 오늘날 '구체제에 던진 최초의 폭탄'으로 불리는 『철학 편지(Lettres philosophiques)』(1734)를 집필했고, 『캉디드(Candide)』(1759)를 비롯한 많은 철학 소설을 창작했다.

15) 그리스 신화에 나오는 반인반수이며 술의 신 디오니소스를 수행한다. 주로 교활하고 음흉한 호색한으로 묘사된다.

알던 사람들만 그가 임신한 아내를 괴짜 아버지에게 맡기고
일찍 죽은 것을 애석해할 뿐이었다.

3

3월 3일 영국 클럽의 모든 방에서 서로 이야기를 나누며 웅성거리는 목소리들이 들렸다. 마치 봄날에 날아다니는 꿀벌처럼 클럽의 회원들과 손님들은 앞뒤로 돌아다니고, 앉았다 일어섰다 하고, 모였다 흩어졌다 했다. 그들은 군복이나 연미복을 입었으나, 머리에 분을 바르고 카프탄을 입은 사람도 있었다.[16] 제복을 입고 분을 바르고 긴 양말과 단화를 신은 하인들이 문마다 서서 언제라도 시중을 들기 위해 클럽의 손님들과 회원들의 모든 움직임을 포착하려 안간힘을 쏟았다. 참석한 사람들은 대부분 나이가 지긋하고 존경할 만한 이들로 자신만만한 넓적한 얼굴, 살진 손가락, 단호한 동작과 목소리를

16) '머리에 분을 바르고 카프탄을 입는' 것은 알렉산드르 1세가 즉위하기 전인 18세기 복장이었다.이 책 1권에서 언급되었다시피 니콜라이 볼콘스키 노공작도 이런 옷차림을 했다.

지니고 있었다. 이런 종류의 손님들과 회원들은 습관적으로 찾는 일정한 자리에 앉아 습관적으로 일정한 소모임을 이루었다. 참석한 이들 가운데 소수는 뜻밖의 손님들이었다. 그들은 주로 청년들이었고, 그중에는 제니소프, 로스토프, 그리고 다시 세묘놉스키 연대의 장교가 된 돌로호프도 있었다. 청년들, 특히 군인들의 얼굴에는 노인들에 대한 경멸과 존경이 뒤섞인 표정이 어렸다. 그 표정은 마치 늙은 세대에게 이렇게 말하는 듯했다. '우리는 당신들에게 기꺼이 존경과 경의를 표하겠습니다. 하지만 미래는 우리의 것임을 기억해 주시지요.'

네스비츠키는 클럽의 오랜 회원으로 그곳에 있었다. 아내의 명령에 따라 머리카락을 기르고 안경을 벗고 유행하는 옷을 입은 피에르는 슬프고 우울한 표정으로 홀을 거닐었다. 어디를 가나 그렇듯 그의 재산 앞에 굽실거리는 사람들의 분위기가 그를 둘러쌌고, 그는 몸에 밴 차르 같은 태도와 경멸 어린 무관심으로 그들을 대했다.

나이로 보자면 그는 젊은 사람들 틈에 끼어야 했으나 재산과 인맥으로 보면 존경받는 노인 손님들의 모임에 속했기에 이 모임과 저 모임을 오갔다. 여러 모임들 가운데 중심을 이루는 이들은 가장 저명한 부류에 속한 노인들이었다. 낯선 사람들조차 고명한 사람들의 의견을 듣기 위해 그 모임 주위로 공손히 모여들었다. 라스톱친 백작과 발루예프와 나리시킨의 주위에는 큰 모임이 꾸려졌다. 라스톱친은 러시아 군인들이 패주하는 오스트리아 군인들에게 짓밟힌 일, 그들이 도망자들 틈에서 길을 내기 위해 총검을 사용해야 했던 일에 대해 들려주었다.

발루예프는 아우스터리츠 전투에 대한 모스크바의 여론을 파악하기 위해 페테르부르크에서 우바로프가 파견된 일을 은밀하게 들려주었다.

세 번째 모임에서는 나리시킨이 오스트리아 군사 위원회의 한 회의에 대해 말하고 있었다. 이 회의에서 수보로프는 오스트리아 장군들의 우매한 언행에 대한 대꾸로 커다랗게 수탉 소리를 냈다고 했다.[17] 이 모임에 있던 신신은 쿠투조프가 수보로프로부터 아마도 수탉처럼 소리치는 이 어렵지 않은 기술조차 배우지 못한 것 같다고 우스갯소리를 하려 했다. 그러나 노인들이 이 익살꾼을 무섭게 노려보아 오늘 같은 날 이런 자리에서 쿠투조프의 이름을 입에 올리는 것은 매우 무례한 짓이라고 느끼게 만들었다.

일리야 안드레이치 로스토프 백작은 부드러운 부츠를 신고 식당에서 응접실로 정신없이 바쁘게 돌아다니면서 지위가 높은 사람에게든 낮은 사람에게든 — 모두 그가 아는 사람이었다 — 똑같이 허둥지둥 인사를 나누었다. 그러고는 이따금 맵시 좋은 젊은 아들을 눈으로 찾아 즐겁게 바라보다가 한쪽 눈을 찡긋해 보이곤 했다. 젊은 로스토프는 얼마 전 알게 된 돌로호프와 창가에 서 있었다. 로스토프는 그와의 친분을 소중히 여겼다. 노백작이 돌로호프에게 다가와 손을 내밀었다.

---

17) 실제로 수보로프는 여러 가지 기행으로 유명했으며, 수탉 소리를 내는 것도 그 가운데 하나였다.

"우리 집에도 오시게. 자네는 우리 집의 멋진 청년과 아는 사이가 아닌가…… 그곳에 함께 있었고, 함께 영웅적으로 행동했다니……. 아! 바실리 이그나치이치…… 안녕하십니까, 어르신." 그는 지나가는 노인에게 말을 건넸다. 그러나 인사말을 미처 맺기도 전에 주위가 온통 술렁이기 시작했다. 놀란 표정으로 달려온 하인이 "오셨습니다!"라고 알렸다.

벨소리가 울렸다. 클럽의 간사들이 앞으로 달려갔다. 이 방 저 방에 흩어져 있던 손님들이 삽 위에서 흔들리는 호밀처럼 한 무더기로 나와 홀의 문 옆에 있는 큰 응접실에 멈춰 섰다.

대기실 문가에 바그라치온이 모자도 장검도 없이 나타났다. 클럽의 관례에 따라 수위에게 맡기고 온 것이다. 로스토프가 아우스터리츠 전투 전야에 보았을 때처럼 양가죽 모자를 쓰고 어깨에 채찍을 둘러맨 차림이 아니라, 몸에 꼭 맞는 새 군복을 입고 가슴 왼편에 별 모양의 게오르기 훈장이며 러시아와 외국의 훈장들을 달았다. 만찬에 오기 직전 이발과 면도를 한 듯했다. 그러나 그것이 그의 외모를 불리하게 바꾸어 놓았다. 그의 얼굴에는 순박하면서도 축제처럼 흥겨운 무언가가 있었다. 그것은 단호하고 남성적인 특징과 어우러져 다소 우스꽝스럽기까지 한 표정을 그의 얼굴에 더했다. 함께 온 베클레쇼프[18]와 표도르 페트로비치 우바로프는 주빈인 그가 앞장서도록 문가에 멈춰 섰다. 바그라치온은 그들의 정중함을

18) 알렉산드르 안드레예비치 베클레쇼프(Aleksandr Andreevich Bekleshov, 1745~1808). 러시아 행정부에서 다양한 직위를 역임했고, 말년에 스페란스키와 밀접한 관계를 가졌다. 1804~1807년 모스크바 총독이었다.

이용하고 싶지 않았으므로 당황했다. 문가에서 사람들이 조금 지체하긴 했지만 결국 바그라치온이 앞장서서 들어갔다. 그는 손을 어디에 두어야 할지 몰라 쭈뼛쭈뼛하며 어색하게 응접실의 세공마루를 따라 걸었다. 쇤그라벤 전투 때 쿠르스크 연대의 선두에 서서 진군하던 때처럼 총탄이 빗발치는 경작지를 지나는 것이 그로서는 더 익숙하고 편했다. 간사들이 첫 번째 문에서 그를 맞이하며 그토록 귀한 손님을 만난 기쁨에 대해 몇 마디 건네고는 대답을 기다리지도 않고 마치 생포라도 하듯 그를 에워싸 응접실로 안내했다. 서로를 밀치면서 희귀한 동물인 양 서로의 어깨 너머로 바그라치온을 보기 위해 기를 쓰고 몰려든 회원들과 손님들 때문에 응접실 문을 지나기가 어려웠다. 일리야 안드레이치 백작은 누구보다 활기차게 웃으며 "좀 지나갑시다, 몽셰르, 지나갑시다, 지나가!" 하면서 군중을 밀치고 손님을 응접실로 안내하여 한가운데의 소파에 앉혔다. 에이스들, 즉 클럽에서 가장 존경받는 회원들이 새로 온 사람들을 에워쌌다. 일리야 안드레이치 백작은 다시 군중을 밀치고 응접실을 빠져나가더니 곧 다른 간사와 함께 은으로 된 커다란 접시를 들고 나타나 바그라치온 공작에게 가져갔다. 접시에는 영웅을 칭송하려고 지은 시가 인쇄되어 놓여 있었다. 바그라치온은 접시를 보고 깜짝 놀라 마치 도움을 구하기라도 하듯 주위를 두리번거렸다. 그러나 모든 사람의 눈은 그에게 복종을 요구하고 있었다. 자신이 그들의 세력 안에 있다고 느낀 바그라치온은 결연하게 두 손으로 접시를 잡고 그것을 가져온 백작을 책망하듯 성난 얼굴로 쳐다보았다. 누군가가 친절하게 바그라치온의 손에서 접시를 받아 들더니(그러지 않으면 그는 그 접시를 저녁까지 그렇게 들고 있다가 그대로 테이블까지 갈 것 같았다.) 그의 주의를 시로 돌렸다. '그럼 읽어 보겠습니다.' 바그라치온은 마치 그렇게 말하는 듯 보였다. 그는 피로한 눈으로 종이를 주시하며 골똘하고 진지한 표정으로 읽었다. 시를 쓴 사람이 몸소 시를 들고 낭독하기 시작했다. 바그라치온 공작은 고개를 숙인 채 들었다.

알렉산드르의 시대를 찬양하라
그리고 옥좌에 앉은 우리의 티투스[19]를 수호하라
무시무시한 사령관이자 선한 인간이 되어라
조국에서는 리페우스,[20] 전장에서는 카이사르가 되어라.

운 좋은 나폴레옹,
바그라치온이 어떤 사람인지 경험을 통해 깨달았으니
감히 러시아의 알키데스[21]를 더는 방해하지 못하는도다.

그러나 미처 시 낭독이 끝나기도 전에 목소리가 우렁찬 지배인이 "식사가 준비되었습니다."라고 알렸다. 문이 열리고 식

---

19) 1세기경 로마 황제로서 어진 정치를 펼친 것으로 유명하다.
20) 로마 시인 베르길리우스의 「아이네이아스」에 등장하는 아이네이아스의 벗이다.
21) 그리스 신화에서 제우스와 알크메네 사이에 태어난 아들. '헤라클레스'라는 이름으로 더 널리 알려져 있다.

당에서 폴로네즈가 울려 퍼졌다. "울려라, 승리의 천둥소리, 기뻐하라, 용맹한 러시아인이여."[22] 일리야 안드레이치 백작은 계속 시를 낭독하는 시인을 성난 표정으로 쳐다보고는 바그라치온 앞에 허리 굽혀 인사했다. 다들 만찬이 시보다 더 중요하다고 느끼며 자리에서 일어났고 바그라치온은 또다시 모든 이들의 선두에 서서 테이블로 갔다. 사람들은 두 명의 알렉산드르 — 그 이름도 군주의 이름과 연관되어 중요했다 — 즉 베클레쇼프와 나리시킨 사이의 상석에 바그라치온을 앉혔다. 식당에서 300명의 사람들은 관등과 신분에 따라 자리를 잡았다. 신분이 높은 사람일수록 축하연의 주인공과 더 가까웠다. 그것은 지대가 낮을수록 물이 더 깊이 흐르는 것만큼이나 자연스러웠다.

만찬 직전에 일리야 안드레이치 백작은 공작에게 아들을 소개했다. 니콜라이를 알아본 바그라치온은 이날 입 밖에 낸 모든 말과 마찬가지로 사리에 맞지 않는 어색한 말을 몇 마디 던졌다. 바그라치온이 니콜라이와 이야기를 나누는 동안 일리야 안드레이치 백작은 기쁘고 자랑스러운 표정으로 모든 이들을 둘러보았다.

니콜라이 로스토프는 제니소프와 새 친구인 돌로호프와 함께 테이블의 거의 한가운데에 앉았다. 맞은편에는 피에르와 네스비츠키 공작이 나란히 앉았다. 일리야 안드레이치 백작

---

22) 러시아 시인 제르자빈(G. R. Derzhavin, 1743~1816)이 1790년의 이즈마일 요새 함락을 축하하기 위해서 지은 승리의 송가에 오시프 코즐롭스키(Osip Kozlovskii, 1751~1813)가 선율을 붙인 폴로네즈 곡이다.

은 다른 간사들과 함께 바그라치온을 마주하고 앉아 모스크바식 환대의 화신이 되어 그를 영접하고 있었다.

그의 노력은 헛되지 않았다. 만찬은 사순절 요리든 사순절 요리가 아니든 모두 훌륭했다.[23] 그래도 만찬이 끝날 때까지는 완전히 마음을 놓을 수 없었다. 그는 바텐더에게 한쪽 눈을 찡긋거리고, 하인들에게 귓속말로 지시를 내리고, 살짝 마음을 졸이며 눈에 익은 요리들을 하나하나 기다렸다. 모든 것이 훌륭했다. 거대한 철갑상어가 담긴 두 번째 코스(그것을 본 일리야 안드레이치는 기쁨과 수줍음으로 얼굴을 붉혔다.)가 나오자 하인들은 펑 하는 소리와 함께 코르크를 뽑고 샴페인을 따르기 시작했다. 사람들에게 어느 정도 인상을 남긴 생선 요리 이후 일리야 안드레이치 백작은 다른 간사들과 서로 눈짓을 나누었다. "건배할 일이 많을 겁니다. 시작할 때입니다." 그는 이렇게 속삭이고는 샴페인 잔을 잡고 일어섰다. 다들 입을 다물고 그가 무슨 말을 할지 기다렸다.

"황제 폐하의 건강을 위하여!" 그가 외쳤다. 그 순간 선량한 두 눈은 기쁨과 환희의 눈물로 젖었다. 이때 「울려라, 천둥소리」가 연주되었다. 다들 자리에서 일어나 "우라!" 하고 외쳤다. 바그라치온도 쇤그라벤 벌판에서 외칠 때와 똑같은 목소리로 "우라!" 하고 부르짖었다. 젊은 로스토프의 환희에 찬 목

---

23) 러시아에서 이 시기는 사순절(러시아 정교회에서 고난 주간과 부활절에 앞서 사십 일의 정진 기간으로 정한 시기이며 육식과 유제품을 피하고 채식 위주의 식사를 한다.)에 해당한다. 일리야 로스토프 백작은 세심하게도 정진의 참여자와 비참여자를 위한 요리를 모두 준비했다.

소리가 300명의 목소리 속에서도 들렸다. 그는 울음을 터뜨릴 뻔했다.

"황제 폐하의 건강을 위하여!" 그가 외쳤다. "우라!" 그는 잔을 단숨에 비우고 바닥에 내동댕이쳤다. 많은 사람들이 그를 따랐다. 그리고 커다란 함성 소리가 오래도록 이어졌다. 목소리가 잠잠해지자 하인들이 깨진 잔들을 치웠고, 다들 자리에 앉아 자신의 함성에 뿌듯해하며 이야기를 나누기 시작했다. 일리야 안드레이치 백작은 다시 일어나 자신의 접시 옆에 놓인 쪽지를 흘깃 보고는 아군의 지난 원정의 영웅인 표트르 이바노비치 바그라치온 공작의 건강을 위해 건배했다. 다시 백작의 하늘색 눈동자가 눈물로 촉촉해졌다. "우라!" 또다시 300명 손님들의 목소리가 외쳤다. 뒤이어 연주 대신에 파벨 이바노비치 쿠투조프[24]가 작곡한 칸타타를 합창하는 소리가 들려왔다.

러시아인들을 가로막는 모든 방해가 헛되도다,
용기는 승리의 증표라,
우리에게는 바그라치온이 있으니
모든 적들이 우리 발아래 있으리라…….

합창이 끝나자마자 새로운 건배가 잇따랐고, 그로 인해 일

---

24) 총사령관인 미하일 일라리오노비치 쿠투조프와 성만 같을 뿐 다른 사람이다. 파벨 이바노비치 쿠투조프는 그 시대의 시인이며, 그가 지은 칸타타가 실제로 바그라치온을 위한 연회에서 연주되었다.

리야 안드레이치 백작은 점점 더 감격에 겨워했다. 계속 잔들이 깨지고 계속해서 함성이 들려왔다. 베클레쇼프, 나리시킨, 우바로프, 돌고루코프, 아프락신, 발루예프의 건강을 위해, 간사들의 건강을 위해, 운영자의 건강을 위해, 클럽에 속한 모든 회원들의 건강을 위해, 클럽을 찾은 모든 손님들의 건강을 위해, 끝으로 각별히 만찬의 주최자인 일리야 안드레예비치 백작의 건강을 위해 사람들은 건배했다. 이 건배를 할 때 백작은 손수건을 꺼내 얼굴을 가리고 와락 울음을 터뜨렸다.

4

피에르는 돌로호프와 니콜라이 로스토프의 맞은편에 앉아 있었다. 그는 여느 때처럼 탐욕스럽게 보일 정도로 많이 먹고 많이 마셨다. 그러나 친한 사람들은 오늘 그의 마음속에서 어떤 커다란 변화가 일어났다는 것을 알았다. 그는 만찬 내내 침묵을 지켰다. 눈을 가늘게 뜨고 얼굴을 찌푸린 채 주위를 쳐다보기도 하고, 시선을 고정한 채 완전히 얼이 빠진 표정으로 미간을 문지르기도 했다. 주위에서 일어나는 일들은 보지도 듣지도 않고 해결되지 않은 어떤 괴로운 문제만을 생각하는 듯했다.

그를 괴롭히는 그 해결되지 않은 문제란 모스크바에서 공작 영애가 그의 아내와 돌로호프의 친밀한 관계에 대해 던진 암시와 오늘 아침에 받은 익명의 편지였다. 편지에는 모든 익명의 편지 특유의 비열한 조롱과 함께 그가 안경을 쓰고도 잘 보지 못하며 아내와 돌로호프의 관계는 오직 그 한 사람에게만 비밀로 남았다고 적혀 있었다. 피에르는 공작 영애의 암시도 편지도 전혀 믿지 않았으나 이 순간 맞은편에 앉은 돌로호프를 보기가 두려웠다. 돌로호프의 아름답고 불손한 눈과 우연히 시선이 마주칠 때마다 피에르는 영혼 속에서 무언가 끔찍하고 추악한 것이 솟구치는 것을 느껴 얼른 고개를 돌렸다. 무심결에 아내의 모든 과거며 그녀와 돌로호프의 관계를 떠올리던 피에르는 만약 이것이 그의 아내에 관한 일만 아니라면 편지 내용이 사실일 수 있고, 적어도 사실처럼 보일 수 있다는 것을 분명히 깨달았다. 피에르는 원정 후 모든 것을 회복한 돌로호프가 페테르부르크로 돌아와 자신을 찾아온 일을 무의식중에 떠올렸다. 돌로호프는 피에르와 흥청망청 놀던 친구라는 관계를 이용해 곧장 그의 집으로 찾아왔으며, 피에르는 그를 집에 묵게 하고 돈을 빌려주었다. 피에르는 돌로호프가 그들 집에서 지내는 것에 대해 엘렌이 생글거리며 불만을 표시하던 일, 돌로호프가 뻔뻔스럽게 그의 앞에서 아내의 미모를 칭찬하던 일, 모스크바에 도착한 순간부터 돌로호프가 단 한 순간도 그들 부부와 떨어지지 않았던 일을 떠올렸다.

'그래, 그는 아주 잘생겼어.' 피에르는 생각했다. '난 그를 알아. 그는 나의 이름을 더럽히고 나를 조롱하는 데서 특별한 즐거움을 느끼겠지. 그것도 내가 그를 돌보고 부양하고 도왔다는 이유로 말이야. 그가 보기에 그 점이 그의 기만에 얼마나 짜릿한 맛을 더할지 난 훤히 알고 있어. 만약 이게 사실이라면 말이지. 그래, 이게 사실이라면 말이야. 하지만 난 믿지 않아.

믿을 권리도 없고, 믿을 수도 없어.' 피에르는 돌로호프가 잔인함에 사로잡힐 때, 가령 경찰서장을 곰과 묶어 강에 던지거나 아무 이유 없이 다른 사람에게 결투를 신청하거나 피스톨로 마부의 말을 죽일 때 어떤 표정을 지었는지 떠올렸다. 피에르를 바라볼 때면 돌로호프의 얼굴에 종종 그 표정이 떠오르곤 했다. '그래, 그는 결투광이지.' 그는 생각했다. '사람을 죽이는 것쯤은 그에게 아무것도 아니야. 모든 사람들이 그를 두려워한다고 생각하는 게 틀림없어. 그것을 즐기는 게 분명해. 그는 나도 자기를 두려워한다고 생각하는 게 틀림없어. 사실 난 그가 두려워.' 피에르는 생각했다. 이러한 생각에 그는 또다시 마음속에서 무시무시하고 추악한 무언가가 솟구치는 것을 느꼈다. 피에르의 맞은편에 앉은 돌로호프와 제니소프와 로스토프는 지금 매우 신이 난 듯 보였다. 로스토프는 두 친구 — 한 명은 대담무쌍한 경기병이고 또 한 명은 유명한 결투광이자 난봉꾼인 — 와 유쾌하게 이야기를 나누면서 이따금 피에르를 조롱하듯 쳐다보았다. 거대한 체구로 멍하니 뭔가에 집중하고 있는 피에르의 모습은 만찬에 모인 사람들의 눈길을 끌었다. 로스토프는 적개심에 찬 눈으로 피에르를 쳐다보았다. 첫째, 로스토프 같은 경기병에게는 부유한 문관이며 미인을 아내로 둔 피에르가 아낙처럼 보였기 때문이다. 둘째, 뭔가에 골몰하여 멍한 기분으로 있던 피에르가 로스토프를 알아보지 못하여 그의 인사에 답하지 않았기 때문이다. 사람들이 군주의 건강을 위해 건배할 때 피에르는 생각에 잠겨 있느라 일어나지도 않고 잔을 쥐지도 않았다.

"뭐 하는 겁니까?" 로스토프가 환희와 증오가 뒤섞인 눈빛으로 그를 쳐다보며 외쳤다. "당신에게는 들리지 않습니까? 황제 폐하의 건강을 위해서라는 말이!" 피에르는 한숨을 쉬며 순순히 일어나 자신의 잔을 비웠다. 그리고 모두가 자리에 앉기를 기다렸다가 특유의 선한 미소를 띠며 로스토프를 돌아보았다.

"당신을 몰라봤군요." 그가 말했다. 그러나 로스토프는 그 말을 들을 겨를도 없이 "우라!" 하고 외쳤다.

"어째서 친분을 회복하지 않지?" 돌로호프가 로스토프에게 말했다.

"저런 자식은 맘대로 하라 그래. 멍청한 놈." 로스토프가 말했다.

"예쁜 여자의 남편은 귀여워해 주어야지." 제니소프가 말했다.

피에르는 그들의 말을 듣지 못했으나 자신에 대해 이야기한다는 것은 알았다. 그는 얼굴을 붉히며 고개를 돌렸다.

"자, 이제 아름다운 여인들의 건강을 위해!" 돌로호프가 진지한 표정으로, 그러나 입가에 미소를 띤 채 잔을 들고 피에르를 돌아보았다. "페트루샤, 아름다운 여인들의 건강을 위해, 그리고 그 정부들의 건강을 위해!" 그가 말했다.

피에르는 눈을 내리깐 채 돌로호프를 쳐다보지도, 그에게 대꾸하지도 않고 잔을 비웠다. 쿠투조프의 칸타타를 나눠 주던 하인이 피에르를 더 존경할 만한 귀빈으로 대우하며 그의 앞에 종이를 놓았다. 피에르가 그것을 집으려 했으나 돌로호프가 몸을 숙여 피에르의 손에서 종이를 낚아채 읽기 시작했다. 피에르는 돌로호프를 힐끗 쳐다보았다. 그의 눈동자가 아래를 향했다. 만찬 내내 그를 괴롭히던 무시무시하고 추악한 무언가가 솟구쳐 올라와 그를 사로잡았다. 그는 테이블 위로 비대한 몸을 숙였다.

"멋대로 가져가지 마시오!" 그가 소리쳤다.

그 고함 소리를 듣고 그것이 누구를 향한 말인지 알아차린 네스비츠키와 오른편 사람이 깜짝 놀라며 황급히 베주호프를 돌아보았다.

"자, 그만해요, 그만. 도대체 왜 그래요?" 놀란 목소리들이 수군거렸다. 돌로호프는 유쾌함과 잔혹함을 띤 빛나는 눈으로 '아, 바로 이런 게 내가 좋아하는 것이지.' 하고 말하는 듯한 미소를 지으며 피에르를 바라보았다.

"주지 않겠습니다." 그는 또박또박 분명하게 말했다.

얼굴이 창백해진 피에르는 입술을 바들바들 떨며 종이를 잡아챘다.

"당신…… 당신은…… 악당이군! 당신에게 결투를 청합니다." 그는 이렇게 말하고 의자를 밀치며 일어섰다. 그렇게 행동하고 그렇게 말한 바로 그 순간 피에르는 지난 스물네 시간 동안 자신을 괴롭히던 아내의 부정에 대한 의문이 완전히 의심할 여지 없는 사실로 결론지어진 것을 깨달았다. 그는 아내를 증오했다. 그와 그녀의 인연은 영원히 끊어졌다. 이 문제에 개입하지 말라는 제니소프의 간청에도 아랑곳하지 않고 로스토프는 돌로호프의 입회인이 되는 데 동의하고, 식사 후 베주호프의 입회인인 네스비츠키와 결투 조건을 상의했다. 피에르는 집으로 갔고, 로스토프와 돌로호프와 제니소프는 밤늦게까지 클럽에 남아 집시 음악과 합창을 들었다.

"그럼 내일 봐, 소콜니키에서." 돌로호프는 클럽의 현관 계단에서 로스토프와 작별 인사를 하며 말했다.

"그나저나 자넨 괜찮아?" 로스토프가 물었다.

돌로호프가 걸음을 멈추었다.

"이것 봐, 내가 자네에게 결투의 모든 비결을 단 두 마디로 알려 주지. 만약 자네가 결투를 하게 되어 유언장을 쓰거나 부모에게 다정한 편지를 남긴다면, 또 자네가 죽을 수도 있다고 생각한다면 자네는 멍청이고 틀림없이 죽어. 자네는 가능한 한 신속하게, 그리고 확실하게 상대를 죽이겠다는 확고한 목적을 가지고 가야 해. 우리 코스트로마의 곰 사냥꾼이 나에게 말했듯, 그럴 때 모든 것이 순조로워. 어떻게 곰을 무서워하지 않을 수 있냐는 질문에 그자는 곰을 보는 순간 두려움은 싹 사라지고 어떻게 해야 곰이 도망가지 못하게 할까 하는 생각만 든다고 하더군. 나도 그래. 그럼 내일 봐, 친구!"

다음 날 오전 8시 피에르와 네스비츠키는 소콜니키 숲에 도착하여 이미 와 있던 돌로호프와 제니소프와 로스토프를 발견했다. 피에르는 눈앞의 문제와 전혀 상관없는 어떤 생각에 몰두한 사람 같은 표정을 짓고 있었다. 파리해진 얼굴은 누런빛을 띠었다. 밤새 한숨도 못 잔 것 같았다. 그는 멍하니 주위를 둘러보더니 눈부신 햇빛 때문인지 얼굴을 찡그렸다. 오직 두 가지 생각이 그를 사로잡았다. 그것은 바로 아내의 부정 — 밤을 꼬박 새우고 나자 그 점에 대해서는 더 이상 한 점의 의혹도 남지 않았다 — 과 돌로호프의 무죄 — 그에게는 자기와 상관없는 사람의 명예를 지켜 줄 이유가 전혀 없었다 — 였다. '내가 그의 입장이었다면 나도 똑같이 했을지 몰라.' 피에르는 생각했다. '틀림없이 똑같은 행동을 했을 거야. 이 결투는, 이 살인은 도대체 무엇을 위한 걸까? 내가 그를 죽이든가, 그가 내 머리나 팔꿈치나 무릎을 명중시키겠지. 여기를 떠나자, 달아나자, 어디론가 숨어 버리자.' 이런 생각이 뇌리를 스쳤다. 그러나 이런 생각이 떠오른 바로 그 순간 그는 매우 침착하고 무심한 표정으로 물었다. 그것은 그를 보는 사람들에게 존경심을 불러일으켰다. "곧 하는 겁니까? 준비는 되었습니까?"

모든 것이 준비되고, 두 사람이 걸어야 할 한계선을 표시하기 위해 기병도가 눈 속에 박히고, 피스톨이 장전되자 네스비츠키가 피에르에게 다가갔다.

"백작, 만약 이처럼 중요한, 너무나도 중요한 순간에 내가 당신에게 모든 진실을 말하지 않는다면 나는 나의 의무도 다하지 못하고, 당신이 나를 입회인으로 뽑으며 부여한 신뢰와 명예도 저버리게 될 겁니다. 난 이 일이 이유도 충분하지 않을뿐더러 피를 흘릴 만한 가치도 없다고 생각합니다……. 당신이 잘못했습니다. 당신이 흥분한 겁니다……." 그는 소심한 목소리로 말했다.

"아, 그래요, 끔찍할 정도로 어리석은 짓이죠……." 피에르가 말했다.

"그럼 내가 당신의 유감을 전달하게 해 주십시오. 난 상대방도 당신의 사죄를 받아들이는 데 동의할 거라고 확신합니다." 네스비츠키가 말했다.(이 사건의 다른 관계자들, 그리고 유사한 사건에 관여한 모든 사람들과 마찬가지로 그는 이 사건이 실제 결투로 이어지리라고는 여전히 믿지 않았다.) "백작, 당신도 알잖습니까, 문제를 돌이킬 수 없이 끌고 가는 것보다 자신의 실수를 깨닫는 것이 훨씬 더 고귀한 행동입니다. 어느 쪽도 모욕당할 일은 없습니다. 내가 저들과 상의하도록 허락해 주십시오……."

"아니요, 무슨 말을 하겠습니까!" 피에르가 말했다. "아무래도 상관없습니다……. 그럼 준비됐습니까?" 그는 이렇게 덧붙였다. "어떻게 어디로 가야 할지, 어디로 쏘아야 할지만 알려 주십시오." 그는 어색하고도 부드러운 미소를 지으며 말했다. 그는 피스톨을 손에 쥐고 방아쇠를 당기는 법에 대해 이것저것 묻기 시작했다. 이제껏 피스톨을 잡아 본 적이 없다는 사실을 솔직히 털어놓고 싶지 않았다. "아, 그래요, 이렇게 하는 거였죠. 압니다. 잊고 있었을 뿐입니다." 그가 말했다.

"사과라니! 절대 있을 수 없는 일이야." 돌로호프는 그의 편에서 화해를 시도하던 제니소프에게 이렇게 대꾸하고는 지정된 장소로 다가갔다.

결투 장소로 선택된 곳은 썰매를 세워 둔 길에서 여든 걸음 정도 떨어진, 소나무 숲의 작은 공터였다. 지난 며칠 동안 계속된 해빙으로 녹아내리던 눈이 그곳을 뒤덮었다. 두 결투 상대는 공터의 양 끝에 서로 마흔 걸음 떨어져 마주 섰다. 입회인들은 두 사람이 선 곳에서 한계선을 표시하기 위해 서로 열 걸음 떨어진 곳에 꽂아 둔 네스비츠키와 제니소프의 기병도까지 걸음 수를 세며 질퍽한 깊은 눈 속에 계속 흔적을 남겼다. 얼음이 풀리는 날씨가 계속되고 여전히 안개가 깔려 있었다. 마흔 걸음 떨어진 두 사람에게는 서로의 모습이 잘 보이지 않았다. 삼 분이 흐르고 모든 것이 준비되었다. 그러나 그들은 시작하기를 주저했다. 다들 침묵에 잠겼다.

5

“자, 시작합시다!” 돌로호프가 말했다.

“좋습니다.” 피에르가 말했다. 그는 여전히 미소를 띠고 있었다.

무시무시한 분위기가 감돌았다. 그처럼 쉽사리 시작된 그 일은 이미 무엇으로도 막을 수 없고 이제 사람들의 의지와 상관없이 저절로 흘러 끝까지 갈 것이라는 점이 분명해졌다. 제니소프가 먼저 한계선으로 다가가 선언했다.

“두 사감이 화해를 거부했으니 이제 시작하는 게 어떨까요? 피스톨을 쥐고 ‘셋’이라는 말이 들리면 서로를 향해 걸어가십시오.”

“하나! 둘! 셋!” 제니소프는 성난 목소리로 외치고 옆으로 물러났다. 피에르와 돌로호프는 안개 속에서 서로를 확인하며 사람들의 발길에 다져진 오솔길을 따라 점점 더 가까이 다가갔다. 두 사람에게는 한계선까지 가는 동안 언제든 원할 때 피스톨을 쏠 권리가 있었다. 돌로호프는 말갛게 빛나는 하늘색 눈으로 상대방의 얼굴을 응시하며 피스톨을 들어 올리지도 않고 느릿느릿 걸어갔다. 입은 여느 때처럼 겉보기에 웃는 듯한 모습을 띠고 있었다.

셋이란 말에 피에르는 사람들의 발에 다져진 오솔길에서 벗어나 아무도 밟지 않은 눈 위를 빠르게 걸으며 앞으로 나아갔다. 피에르는 피스톨을 쥔 오른손을 앞으로 쭉 뻗고 있었다. 그 피스톨로 자신을 죽이게 될까 봐 두려워하는 듯했다. 왼손은 애써 뒤에 두었다. 그 손으로 오른손을 받치고 싶었지만 그래서는 안 된다는 것을 알았기 때문이다. 여섯 걸음 걷다가 길에서 비껴나 눈 속에 빠지자 피에르는 발치를 내려다보고 다시 돌로호프를 빠르게 힐끔 쳐다보고는 손가락을 당겨 배운 대로 피스톨을 쏘았다. 그처럼 강렬한 소리를 전혀 예상하지 못했던 피에르는 자신의 사격 소리에 흠칫 떨고 자신이 받은 인상에 씩 웃더니 그 자리에 멈췄다. 처음에는 안개 때문에 유난히 짙어진 연기가 시야를 가렸다. 그러나 그가 예상한 다른 발사가 잇따르지 않았다. 그저 황급한 발소리만 들리더니 연기 속에서 돌로호프의 형체가 나타났다. 한 손은 왼쪽 배를 꽉 누르고 다른 손은 축 늘어뜨린 피스톨을 쥐고 있었다. 얼굴은 창백했다. 로스토프가 달려가 그에게 뭐라고 말했다.

"아니…… 아니야." 돌로호프가 이를 악물고 중얼거렸다. "아냐, 끝나지 않았어." 그러고는 쓰러질듯 휘청거리며 기병도까지 몇 걸음 더 가더니 그 옆의 눈 위에 쓰러졌다. 왼손이 피투성이였다. 그는 프록코트에 피를 문질러 닦고 왼손으로 몸을 지탱했다. 험악하게 찌푸려진 창백한 얼굴이 부들부들 떨렸다.

"제……." 돌로호프는 입을 열었으나 한 번에 말을 끝낼 수 없었다. "제발." 그는 가까스로 말을 맺었다. 피에르는 간신히 울음을 참으며 돌로호프에게 달려갔다. 그가 양쪽 한계선 사이의 공간으로 막 넘어가는데 돌로호프가 소리쳤다. "한계선으로 가시오!" 그제야 피에르는 사태를 파악하고 자기 쪽 기병도 옆에 멈췄다. 불과 열 걸음의 거리가 그들을 갈라놓았다. 돌로호프는 눈 쪽으로 고개를 숙이더니 탐욕스럽게 눈을 우적우적 씹고는 다시 고개를 들어 자세를 바로잡고서 확실한 무게 중심을 찾으며 두 다리를 접고 앉았다. 그는 차가운 눈을 삼키고 핥았다. 입술은 바들바들 떨렸으나 여전히 미소를 띠고 있었다. 두 눈은 마지막으로 힘을 모으려는 노력과 적의로 빛났다. 그는 피스톨을 들고 조준했다.

"옆으로 비켜요. 피스톨로 몸을 막으란 말입니다." 네스비츠키가 말했다.

"몸을 막아요!" 제니소프조차 더 이상 참지 못하고 적에게 소리쳤다.

피에르는 연민과 후회가 깃든 부드러운 미소를 지으며 힘없이 두 팔과 두 다리를 벌린 채 넓은 가슴을 쫙 펴고 돌로호프 앞에 서서 슬프게 그를 바라보았다. 제니소프와 로스토프와 네스비츠키는 실눈을 지었다. 그와 동시에 그들은 총성과 돌로호프의 적의에 찬 고함 소리를 들었다.

"빗맞다니!" 돌로호프는 이렇게 부르짖으며 힘없이 눈 위로 고꾸라졌다. 피에르는 머리를 움켜쥐고 뒤로 돌아 알아들을 수 없는 말을 소리 내어 중얼거리며 아무도 밟지 않은 눈밭을 걸어 숲으로 향했다.

"어리석었어…… 어리석었어! 죽음…… 거짓……." 그는 얼굴을 찌푸린 채 같은 말을 되풀이했다. 네스비츠키는 그를 불러 세우고는 집으로 데려갔다.

로스토프와 제니소프는 부상당한 돌로호프를 데려갔다.

돌로호프는 눈을 감은 채 말없이 썰매에 누워 다른 사람들이 던지는 질문에 한마디도 대꾸하지 않았다. 그러나 모스크바에 들어서자 문득 정신을 차리고 힘겹게 고개를 들더니 옆에 앉은 로스토프의 손을 잡았다. 로스토프는 완전히 변해 버린, 그리고 전혀 예상치 못한 돌로호프의 환희에 찬 부드러운 표정에 깜짝 놀랐다.

"어때, 괜찮아? 기분이 어떠냐고?" 로스토프가 물었다.

"끔찍하지! 하지만 문제는 그게 아니야." 돌로호프는 목멘 목소리로 말했다. "친구, 우리가 어디 있는 거지? 모스크바군. 알겠어. 난 괜찮아. 하지만 난 그분을 죽였어. 죽인 거야……. 그분은 이 일을 견디지 못하실 거야. 견디지 못하실 거야……."

"누구?" 로스토프가 물었다.

"나의 어머니지. 나의 어머니, 나의 천사, 내가 열렬히 사랑하는 천사, 어머니." 그러더니 돌로호프는 로스토프의 손을 잡고 소리 내어 울기 시작했다. 마음이 다소 진정되자 그는 자신이 어머니와 함께 산다는 것, 죽어 가는 아들을 보면 어머니가 견디지 못하리라는 것을 로스토프에게 털어놓았다. 그는 로스토프에게 어머니를 찾아가 미리 마음의 준비를 하게 해 달라고 애원했다.

로스토프는 부탁을 들어주기 위해 먼저 갔다가, 그 거친 결투광 돌로호프가 모스크바에서 늙은 어머니와 곱사등이 누이와 함께 사는 더할 나위 없이 다정한 아들이자 오빠라는 사실을 알고 크게 놀랐다.

6

피에르는 최근 아내와 얼굴을 마주한 적이 별로 없었다. 페테르부르크에서나 모스크바에서나 그들의 집은 늘 손님으로 가득했다. 결투를 한 다음 날 밤 그는 종종 그랬듯 침실로 가지 않고 아버지의 거대한 서재에 남았다. 그곳은 베주호프 노백작이 죽음을 맞이한 장소였다. 잠 못 이룬 지난밤의 마음고생이 얼마나 힘들었든 이제 그보다 훨씬 괴로운 일들이 시작되고 있었다.

그는 소파에 누워 그에게 일어난 모든 일을 잊기 위해 잠을 청했으나 그럴 수 없었다. 마음속에 갑자기 이런저런 감정과 상념과 기억의 강한 폭풍이 일어 잠을 이룰 수도 자리에 앉을 수도 없었기에 그는 소파에서 벌떡 일어나 빠른 걸음으로 방안을 이리저리 거닐어야 했다. 그의 눈앞에 어깨를 드러내고 나른하면서도 열정적인 눈빛을 띤 신혼 시절의 그녀 모습이 떠올랐다. 그리고 이내 만찬에서 본, 노골적으로 조롱하는 기색을 띤 돌로호프의 잘생기고 뻔뻔하고 의연한 얼굴이 그녀와 나란히 떠올랐다. 돌로호프가 돌아서서 눈 위에 쓰러질 때 고통으로 경련을 일으키던 그 창백한 얼굴도 떠올랐다.

'도대체 무슨 일이 있었던 거지?' 그는 스스로에게 물었다. '내가 정부를 죽였어. 그래, 아내의 정부를 죽인 거야. 맞아, 그랬어. 무엇 때문에? 어떻게 내가 그렇게까지 되어 버렸을까?' 그러자 내면의 목소리가 대답했다. '네가 그녀와 결혼했기 때문이다.'

'하지만 내가 뭘 잘못했을까?' 그는 물었다. '네가 그녀를 사랑하지도 않으면서 결혼한 것, 네가 자신과 그녀를 속인 것이다.' 그러자 바실리 공작의 집에서 저녁 식사 후 진심에서 우러나오지 않은 그 말, 즉 "**당신을 사랑합니다.**"라는 말을 한 순간이 생생하게 떠올랐다. '모든 것이 그 때문인가? 난 그때도 느꼈지.' 그는 생각했다. '그때도 그 일이 옳지 않다고, 나에게는 그럴 권리가 없다고 느꼈어. 그런데 결국 이렇게 됐군.' 그는 밀월의 시간을 떠올리고 그 기억에 얼굴을 붉혔다. 결혼한 지 얼마 안 된 어느 날 정오가 가까운 시간에 실크로 지은 할라트를 입고 침실을 나와 서재에 갔다가 그곳에서 총관리인을 만난 기억이 유난히 생생하고 모욕적이고 수치스럽게 느껴졌다. 총관리인은 정중히 인사하고 피에르의 얼굴과 할라트를 쳐다보며 살짝 미소를 지었다. 마치 그러한 미소로 주인의 행복에 대해 정중히 공감을 드러내려는 것 같았다.

'그녀를 자랑스러워한 적이 얼마나 많았던가!' 그는 생각했다. '그녀의 당당한 아름다움, 그 사교적인 기교를 얼마나 자랑스러워했던가! 그녀가 페테르부르크 사람들 전부를 응대하던 나의 집을 얼마나 자랑스러워했고, 그녀의 오만함과 아름다움을 얼마나 자랑스러워했던가! 바로 이런 게 내가 자랑스러워하던 것이라니! 난 그때 그녀를 이해할 수 없다고 생각했지. 그녀의 성격을 곰곰이 생각하면서 얼마나 숱하게 나 스스로에게 말했던가! 내가 그녀를 이해하지 못하는 것은 내 잘못이라고, 언제나 한결같은 그 침착함이며 만족감이며 어떤 취미도 갈망도 없는 모습을 이해하지 못하는 것은 내 잘못이라고 말이야. 수수께끼의 모든 해답은 그녀가 타락한 여자라는 무시무시한 말 속에 있었어. 내가 스스로에게 그 끔찍한 말을 하자 모든 것이 분명해졌어!'

'아나톨은 돈을 빌리러 그녀에게 찾아와 그녀의 맨 어깨에 입을 맞추곤 했지. 그녀는 그에게 돈을 주지 않았지만 입맞춤은 허락했어. 장인이 농담으로 그녀의 질투를 자극하면 그녀는 침착한 미소를 지으며 자기는 질투를 할 만큼 어리석지 않다고 말하곤 했지. "하고 싶은 대로 하라고 해요." 그녀는 나에 대해 그렇게 말했어. 어느 날 내가 임신의 기미를 느끼지 않았냐고 물었지. 그녀는 경멸하듯 깔깔거리며 자기는 아이를 갖고 싶어 할 만큼 바보가 아니라고, 나에게서 자기 자식들을 얻지는 않을 거라고 말했어.'

그러고 나서 그는 그녀가 최고의 귀족 사회에서 교육을 받고도 특유의 단순하고 조잡한 생각과 저속한 언행을 일삼던 것을 떠올렸다. "나는 그런 바보가 아니에요…… 해볼 테면 해 봐요…… **꺼져요.**" 그녀는 그렇게 말하곤 했다. 피에르는 종종 남녀노소의 눈에 비친 그녀의 성공을 지켜보며 자신이 왜 그녀를 사랑하지 않는지 스스로도 이해할 수 없었다. '그래, 난 그녀를 사랑한 적이 없어.' 피에르는 혼잣말을 했다. '난 그녀가 타락한 여자라는 걸 알아.' 그는 속으로 똑같은 말을 되풀이했다. '하지만 차마 인정할 수 없었던 거야.'

'그리고 이 순간 돌로호프는 눈 위에 앉아 억지로 미소를 지으며 죽어 가고 있어. 어쩌면 용기 있는 척하는 모습으로 나의 후회에 응수하는지도 모르지!'

피에르는 겉보기에 이른바 나약한 성격을 지녔어도 자신의 슬픔을 털어놓을 만한 친구를 애써 찾으려 하지 않는 부류의 사람이었다. 그는 혼자 속으로 슬픔을 삭였다.

'모든 게 그녀의 잘못이야. 모든 책임은 오직 그녀에게 있어.' 그는 속으로 중얼거렸다. '하지만 그래서 어쨌다는 거야? 왜 난 스스로를 그녀에게 얽어맸을까? 어째서 그녀에게 그런 말을 했을까? **당신을 사랑합니다**라니. 그건 거짓이야. 아니 거짓보다 더 나빠.' 그는 스스로에게 말했다. '내 잘못이야. 그러니 견뎌야 해……. 하지만 무엇을? 오명? 인생의 불행? 아, 다 부질없어.' 그는 생각했다. '오명이든 명예든 모두 관습에 따른 것이지. 모두 나와는 관계없어.'

'루이 16세가 처형을 당한 것은 그를 파렴치한 죄인이라고 말하는 사람들이 있었기 때문이야.(피에르의 머리에 이런 생각이 떠올랐다.) 그 관점에서 볼 때 그들은 정당해. 그를 위해 고통스럽게 죽고 그를 성자의 한 사람으로 꼽은 자들이 정당한 것과 마찬가지야. 그 후에 로베스피에르[25]가 처형을 당한 것은 폭군이었기 때문이지. 누가 옳고 누가 그를까? 그 누구도 아니야. 산 사람은 살아야 해. 내일 죽을 수도 있어. 내가 한 시간 전에 죽을 뻔한 것처럼 말이야. 그런데도 그런 것으로 괴로워할 가치가 있을까? 영원에 비하면 삶은 한순간에 불과한데.' 그러나 그런 추론으로 마음이 진정되었다고 느낀 순간 갑자기 그녀가, 그리고 자신이 그녀에게 불성실한 사랑을 가장 열렬히 표현하던 순간들이 떠올랐다. 피가 심장으로 쏠리는 기분이 들어 그는 다시 자리에서 일어나 이리저리 돌아다니며 손에 걸리는 것들을 부수고 갈기갈기 찢을 수밖에 없었다. '어째서 그녀에게 **당신을 사랑합니다**라고 말했을까?' 그는 속으로 같은 말을 계속 되풀이했다. 그렇게 그 질문을 열 번쯤 되풀이하고 나자 **"빌어먹을, 도대체 그는 그 갤리선에서 무엇을 하려던 거지?"**[26]라는 몰리에르의 문구가 떠올랐다. 그는 스스로를 비웃었다.

밤에 그는 시종을 불러 페테르부르크로 떠날 채비를 하라

---

25) 막시밀리앙 프랑수아 마리 이사도르 드 로베스피에르(Maximilien François Marie Isadore de Robespierre, 1758~1794). 프랑스 혁명 과정에서 급진파인 자코뱅파의 일원으로 국민 의회와 국민 공회에서 활약했다. 루이 16세의 재판과 처형을 주도하고 왕당파와 온건파 혁명당인 지롱드파 인물들을 숙청함으로써 공포 정치를 펼쳤다. 1794년 6월 자코뱅파가 주도하는 공포 정치에 맞서 테르미도르 반동이 일어난 후 로베스피에르는 단두대에서 처형되었다.

26) 이 문구는 몰리에르의 희곡 「스카팽의 간계(Les Fourberies de Scapin)」에 등장하는 제롱트의 대사다. 이후 이 문구는 '어쩌다 그는 그런 문제에 걸려든 거지?'를 뜻하는 관용적 표현이 되었다.

고 일렀다. 그녀와 한 지붕 아래 있을 수는 없었다. 이제 그녀와 말을 나누는 것도 상상할 수 없었다. 그는 다음 날 떠나기로 결심했다. 그녀에게는 편지를 남겨 그녀와 영원히 이별하고자 한다는 자신의 의향을 알리기로 했다.

아침에 시종이 커피를 들고 서재에 들어왔을 때 피에르는 오토만에 누워 책을 손에 펼쳐 든 채 자고 있었다.

그는 잠에서 깨어 자신이 어디에 있는지 몰라 놀란 눈으로 주위를 한참 두리번거렸다.

"백작님이 집에 계신지 백작 부인께서 여쭤보라고 분부하셨습니다." 시종이 물었다.

그러나 피에르가 대답을 미처 정하기도 전에 은실로 수놓은 하얀 새틴 할라트를 걸치고 간단히 머리를 매만진(둘로 땋은 거대한 머리 타래가 그녀의 아름다운 머리를 왕관 모양으로 두 번 두르고 있었다.) 백작 부인이 몸소 침착하고 당당하게 서재로 들어왔다. 다만 살짝 볼록한 대리석 같은 이마에 분노의 주름이 잡혀 있었다. 그녀는 특유의 꿋꿋한 침착함으로 시종이 있는 동안에는 입을 열지 않았다. 그녀는 결투에 대해 알고 그에 관해 이야기하러 온 것이다. 그녀는 시종이 커피를 두고 나갈 때까지 기다렸다. 피에르는 안경 너머로 소심하게 그녀를 쳐다보고는 개들에게 에워싸인 토끼가 귀를 뒤로 젖힌 채 적의 눈앞에서 계속 엎드려 있듯 그렇게 계속 책을 읽으려고 해 보았다. 그러나 그것이 무의미하고 불가능하다는 것을 깨닫고 다시 그녀를 겸연쩍게 힐끔 쳐다보았다. 그녀는 자리에 앉지도 않고 경멸의 미소를 띤 채 그를 바라보며 시종이 나가기를 기다렸다.

“이게 무슨 일이죠? 도대체 무슨 짓을 저지른 거예요? 내가 묻잖아요?” 그녀가 무섭게 다그쳤다.

“나? 뭘 말이오? 나는…….” 피에르는 말했다.

“여기 용사가 나셨군요! 자, 대답해요, 그 결투는 무엇 때문이었죠? 그것으로 무엇을 입증하려 한 건가요? 뭐죠? 내가 당신에게 묻고 있잖아요.” 피에르는 소파 위에서 굼뜨게 돌아누우며 입을 열었으나 아무 대답도 할 수 없었다.

“당신이 대답하지 않겠다면 내가 말해 주죠…….” 엘렌은 계속해서 말했다. “당신은 자신이 들은 모든 것을 믿고 있어요. 사람들이 당신에게 말했죠…….” 엘렌이 깔깔거리며 웃어댔다. “돌로호프가 나의 정부라고 말이에요.” 그녀는 프랑스어로 말했다. 다른 모든 말을 할 때처럼 천박하리만치 정확한 특유의 말투로 ‘정부’라는 단어를 발음했다. “그리고 당신은 믿었어요! 하지만 당신이 이런 것으로 입증한 게 도대체 뭐죠? 이 결투로 무엇을 입증했나요? 당신이 바보라는 것이죠. **당신이 바보라는 것 말이에요.** 다들 그 점을 아주 잘 알고 있어요. 그것이 어떤 결과를 낳을까요? 난 온 모스크바의 웃음거리가 되겠죠. 다들 당신이 취해 제정신을 잃어 평소 아무 근거도 없이 질투하던 사람에게 결투를 청했다고 말할 거예요.” 엘렌은 점점 목소리를 높이며 열을 올렸다. “모든 면에서 당신보다 뛰어난 사람을…….”

“음, 음.” 피에르는 그녀를 쳐다보지도 않고 손발 하나 꿈쩍하지 않으며 얼굴을 찌푸린 채 신음 소리를 냈다.

"어떻게 그가 나의 정부라고 믿을 수 있죠? 어째서요? 내가 그 사람과 함께 있는 것을 좋아해서요? 만약 당신이 더 똑똑하고 더 유쾌한 사림이라면 나도 당신과 함께 있는 것을 더 좋아하겠죠."

"나에게 아무 말도 하지 말아요……. 부탁하오." 피에르가 목쉰 소리로 작게 중얼거렸다.

"왜 말을 하지 말라는 거예요! 난 말할 수 있고 또 당당하게 말하겠어요. 당신 같은 남편과 함께 살면서 정부를 두지 않는 아내는 좀처럼 없을 거예요. 하지만 난 그러지 않았어요." 그녀가 말했다. 피에르는 뭔가 말하려 했다. 그는 그녀가 이해할 수 없는 표정을 띤 묘한 눈길로 그녀를 흘깃 쳐다보고는 다시 누웠다. 그 순간 그는 육체적인 고통을 겪고 있었다. 가슴이 답답하여 숨을 쉴 수 없었다. 그는 그 고통을 멈추기 위해 무언가 해야 한다는 것을 알았지만 그가 하려는 것은 너무나 무시무시했다.

"우리는 헤어지는 편이 좋겠소." 그는 띄엄띄엄 말했다.

"당신이 원한다면 헤어지죠. 단, 당신이 나에게 재산을 준다면 말이에요." 엘렌이 말했다……. "헤어지자고요? 그런 걸로 위협하다니!"

피에르는 소파에서 벌떡 일어나 비틀거리며 그녀에게 달려들었다.

"죽여 버리겠어!" 그는 이렇게 소리치고는 자신도 미처 알지 못한 힘으로 테이블의 대리석 상판을 붙잡고 그녀에게 한 걸음 다가가 그녀를 향하여 번쩍 쳐들었다.

엘렌의 얼굴이 공포에 질렸다. 그녀는 날카롭게 비명을 지르며 펄쩍 물러났다. 아버지의 피가 그에게서 나타난 것이다. 피에르는 광폭함에서 황홀함과 기쁨을 느꼈다. 그는 판을 내동댕이쳐 부수고는 두 팔을 벌린 채 엘렌에게 다가가 무시무시한 목소리로 외쳤다. "꺼져!" 집 안의 모든 사람들이 그 목소리를 듣고 두려움을 느꼈다. 그 순간 엘렌이 서재에서 달아나지 않았다면 피에르가 무슨 짓을 했을지는 하느님만 아실 일이다.

일주일 후 피에르는 대러시아에 있는 영지 — 그가 가진 재산의 대부분을 이루는 — 전체의 감독을 아내에게 위임하고 혼자 페테르부르크로 떠났다.

7

아우스터리츠 전투와 안드레이 공작의 전사에 대한 소식이 리시예 고리에 전해진 지도 두 달이 지났다. 대사관을 통해 아무리 편지를 보내도, 아무리 수색을 해도 안드레이 공작의 시신은 발견되지 않았고 포로 명단에도 이름이 없었다. 가족들에게 가장 힘든 것은 그가 전장에서 주민들에게 구조되어 건강을 되찾으며 누워 있거나 어디에선가 낯선 사람들 틈에서 소식을 전하지 못한 채 혼자 죽어 가고 있을 가능성이 여전히 남았다는 점이었다. 노공작이 아우스터리츠 전투에 관한 소식을 처음 접한 신문에는 러시아군이 눈부신 전투 이후에 퇴각해야만 했고 그 퇴각이 질서 정연하게 이루어졌다는 기사가 언제나처럼 매우 간략하고 모호하게 실려 있었다. 노공작은 이 공식 보도에서 아군이 패한 사실을 알아차렸다. 신문이 아우스터리츠 전투에 관한 소식을 전한 지 일주일이 지났을 때 공작의 아들에게 닥친 운명을 알리는 쿠투조프의 편지가 도착했다. 쿠투조프는 다음과 같이 썼다.

> 내 눈앞에서 당신 아들은 군기를 손에 쥐고 연대의 선두에 선 채 아버지와 조국에 걸맞은 영웅으로서 쓰러졌소. 나와 전 군대가 유감스러워하는 바이나 그가 살았는지 죽었는지 지금까지도 알 수가 없소. 당신 아들이 살아 있다는 희망으로 나 자신과 당신을 달래고 싶소. 그렇지 않다면 전장에서 발견된 장교들 가운데 — 그들의 명단은 군사(軍使)들을 통해 내게 전달되었소 — 그도 있었을 것이오.

밤늦게 서재에 혼자 있을 때 이 소식을 받은 노공작은 아무에게도 이에 대해 말하지 않았다. 다음 날 그는 평소처럼 아침 산책에 나섰다. 그러나 집사에게도, 정원사에게도, 건축 기사에게도 굳게 입을 다문 채 겉보기에는 화가 난 게 분명한데도 일절 말을 하지 않았다.

마리야 공작 영애가 평소 시간에 맞춰 그의 방에 들어섰을 때 그는 갈이판 뒤에 서서 무언가를 갈고 있었다. 그러나 늘 그렇듯이 그녀를 돌아보지 않았다.

"아! 마리야 공작 영애!" 그는 갑자기 부자연스러운 목소리로 말하며 끌을 내던졌다.(바퀴는 관성의 힘으로 계속 돌아갔다. 마리야 공작 영애는 그 서서히 멎는 바퀴의 삐걱거리는 소리를 오랫동안 기억했다. 그녀에게 그 소리는 그 후에 일어난 일과 하나로 합쳐졌다.)

마리야 공작 영애는 그에게 다가가 얼굴을 바라보았다. 갑자기 그녀 안에서 무언가가 무너져 내렸다. 그녀의 눈은 더 이상 사물을 또렷이 볼 수 없었다. 아버지의 얼굴에서, 슬퍼 보이지도 절망스러워 보이지도 않지만 적의에 차 무리하게 자신을 억누르는 그 얼굴에서 그녀는 끔찍한 불행이, 이제껏 경험한 적 없는 인생 최악의 불행이, 돌이킬 수도 없고 이해할 수도 없는 불행이, 즉 사랑하는 사람의 죽음이 머리 위에 드리워 자신을 짓누르고 있음을 깨달았다.

"아버지, 앙드레는요?" 우아하지도 세련되지도 않은 공작 영애가 슬픔과 망연자실이 뒤섞인 표정으로 말했다. 그 모습이 얼마나 아름다웠던지 아버지는 그녀의 시선을 더 이상 견디지 못하고 흐느껴 울며 얼굴을 돌렸다.

"소식을 받았다. 포로들 틈에도 없고, 전사자들 틈에도 없다. 쿠투조프가 편지에 쓰기를……." 그가 날카롭게 외쳤다. 마치 이러한 고함으로 공작 영애를 내쫓으려는 듯했다. "전사했다는구나."

공작 영애는 쓰러지지도 정신을 잃지도 않았다. 그녀는 이미 창백했지만, 그 말을 듣는 순간 얼굴이 변하며 빛나는 아름다운 눈에서 무언가가 반짝했다. 마치 기쁨이, 이 세상의 슬픔이나 기쁨과 무관한 지고한 기쁨이 그녀 안에 있는 강한 슬픔을 넘어 흘러넘치는 것 같았다. 그녀는 아버지에 대한 두려움을 완전히 잊고 그에게 다가가 손을 잡더니 자기 쪽으로 끌어당겨 힘줄이 불거진 앙상한 목을 끌어안았다.

"아버지." 그녀가 말했다. "고개를 돌리지 마세요. 함께 울어요.”

“더러운 놈들! 비열한 놈들!” 노인은 그녀에게서 얼굴을 돌리며 외쳤다. “군대를 괴멸하고 병사들을 죽이다니! 무엇을 위해? 가라, 가, 리자에게 말해 줘라.”

공작 영애는 아버지 옆에 있는 안락의자에 힘없이 주저앉아 울기 시작했다. 지금 그녀는 그 다정하고도 오만한 표정으로 자신과 리자와 작별 인사를 나누던 그때의 오빠를 보고 있었다. 다정하면서도 조롱하는 듯한 태도로 작은 이콘을 목에 걸던 오빠를 보고 있었다. ‘오빠는 믿었을까? 오빠가 자신의 불신앙을 뉘우쳤을까? 오빠는 지금 그곳에 있을까? 그곳에, 영원한 평화와 행복의 집에 있을까?’ 그녀는 생각했다.

“아버지, 말씀해 주세요, 어떻게 된 일이에요?” 그녀가 눈물을 흘리며 물었다.

“가라, 가. 러시아 최고의 병사들과 러시아의 영광을 사지로 몬 전투에서 전사했다. 가거라, 마리야 공작 영애. 가서 리자에게 말해라. 나도 가마.”

마리야 공작 영애가 아버지의 방에서 돌아왔을 때 작은 공작 부인은 일감을 들고 앉아 임신한 여인들에게서만 볼 수 있는 행복하고도 평온한 내면적인 눈빛을 띤 독특한 표정으로 마리야 공작 영애를 바라보았다. 그녀의 눈은 마리야 공작 영애가 아니라 자신의 내면 깊은 곳을, 자기 안에서 일어나는 행복하고도 신비로운 무언가를 보는 것 같았다.

“마리.” 그녀는 수틀을 내려놓고 몸을 뒤로 젖히며 말했다. “여기에 손을 얹어 봐.” 그녀는 공작 영애의 손을 잡고 자신의 배 위에 올려놓았다.

그녀의 눈이 기대에 차서 미소 짓고, 솜털이 보송한 입술은 위로 치켜 올라가 어린아이같이 행복한 모습으로 계속 들려 있었다.

마리야 공작 영애는 올케 앞에 무릎을 꿇고 그녀의 옷 주름에 얼굴을 묻었다.

"여기야, 여기, 들려? 너무 신기해. 난 말이지, 마리, 이 아이를 아주 많이 사랑해 줄 거야." 리자는 행복하게 빛나는 눈으로 시누이를 바라보며 말했다. 마리야 공작 영애는 고개를 들 수 없었다. 그녀는 울고 있었다.

"마샤, 무슨 일이야?"

"아무것도 아니야……. 그냥 슬퍼져서…… 안드레이를 생각하니 슬퍼서 그래." 그녀는 올케의 무릎에서 눈물을 닦아 내며 말했다. 아침나절 내내 마리야 공작 영애는 몇 번이고 올케에게 마음의 준비를 시키려고 했지만 그때마다 울음을 터뜨리고 말았다. 작은 공작 부인이 아무리 무신경한 여자라 해도 이유를 알 수 없는 그 눈물은 그녀를 불안하게 했다. 그녀는 아무 말 하지 않았지만 무언가를 찾기라도 하듯 불안하게 주위를 두리번거렸다. 식사 전에 그녀가 늘 두려워하던 노공작이 그날따라 유난히 불안하고 사나운 얼굴로 그녀의 방에 들어왔다가 한마디 말도 없이 나갔다. 그녀는 마리야 공작 영애를 쳐다보고는 임신한 여인들이 흔히 그러듯 자신의 내면에 신경을 집중한 눈빛으로 생각에 잠기더니 와락 울음을 터뜨렸다.

"안드레이에게서 무슨 소식이 온 거지?" 그녀가 말했다.

"아냐. 벌써 소식이 올 리 없다는 걸 알잖아. 하지만 아버지가 불안해하셔. 나도 두렵고."

"그럼 아무 일 없는 거야?"

"아무 일도 없어." 마리야 공작 영애는 빛나는 눈으로 올케를 단호하게 쳐다보며 말했다. 그녀는 올케에게 말하지 않기로 결심하고, 며칠 내에 곧 닥칠 해산 날까지 이 끔찍한 소식을 숨기자고 아버지를 설득했다. 마리야 공작 영애와 노공작은 저마다 나름대로 자신의 슬픔을 견디고 숨겼다. 노공작은 희망을 품고 싶지 않았다. 그는 안드레이 공작이 전사했다고 판단했다. 그래서 아들의 자취를 찾기 위해 오스트리아로 관리를 파견하면서도 그에게 모스크바에서 묘석을 사 오도록 분부했다. 그는 그것을 정원에 세울 작정이었다. 그리고 모든 사람들에게 아들이 전사했다고 말했다. 그는 변함없이 예전의 생활 방식을 따르려고 노력했지만 기력이 그를 저버렸다. 그는 더 적게 걷고 더 적게 먹고 더 적게 잤으며 나날이 쇠약해 갔다. 마리야 공작 영애는 계속 희망을 품었다. 그녀는 마치 오빠가 살아 있기라도 한 양 그를 위해 기도했고,[27] 매 순간 그의 귀환 소식을 기다렸다.

---

27) 러시아 정교에는 각각 산 자와 죽은 자를 위한 특별한 기도문이 있다.

8

“있잖아, 마리.” 3월 19일 오전 작은 공작 부인이 아침 식사 후 말했다. 솜털이 난 윗입술이 오랜 습관에 따라 위로 치켜 올라갔다. 그러나 무서운 소식을 받은 그날 이후 이 집에서의 모든 미소와 말소리, 심지어 발걸음에도 슬픔이 배어 있었던 것처럼 이 순간 전체 분위기에 압도된 — 그 이유는 알 수 없지만 — 작은 공작 부인의 미소는 모두의 슬픔을 더욱 절실히 떠올리게 할 만큼 몹시도 애잔했다.

“있잖아, 오늘 르 프뤼스틱[28](요리사 포카는 아침 식사를 그렇게 부른다.) **때문에 몸이 안 좋아진 것 같아.”**

“아니, 무슨 일이야? 얼굴이 창백하잖아. 이런, 너무 창백해.” 마리야 공작 영애는 깜짝 놀라 특유의 묵직하면서도 부

28) ‘아침 식사’를 뜻하는 독일어 ‘frühstück’을 프랑스어처럼 발음했다.

드러운 걸음으로 올케에게 달려가며 말했다.

"공작 영애님, 마리야 보그다노브나(군청 소재지에서 온 산파로 리시에 고리에서 이미 일주일 넘게 지내고 있었다.)를 부르러 사람을 보내야 하지 않을까요?" 그 자리에 있던 하녀들 가운데 한 명이 말했다.

"정말로 그래야겠네." 마리야 공작 영애가 그 말을 받았다. "네 말이 맞을지도 몰라. 내가 갈게. 용기를 내, 나의 천사!" 그녀는 리자에게 입을 맞추고 방에서 나가려 했다.

"아, 아냐, 아니야!" 작은 공작 부인의 얼굴에는 창백함 외에도 피할 수 없는 육체적 고통에 대한 어린아이 같은 두려움이 떠올랐다.

"아냐, 이건 위가…… 말해 줘, 마리, 위가……." 그러더니 공작 부인은 자그마한 두 손을 쥐어짜면서 어린아이처럼 괴로워하며 변덕스럽게, 심지어 다소 억지스럽게 울음을 터뜨렸다. 공작 영애는 마리야 보그다노브나를 부르러 방에서 뛰어나갔다.

그녀의 등 뒤에서 "오, 하느님, 하느님!" 하는 소리가 들려왔다.

공작 영애의 맞은편에서는 이미 의미심장하고도 침착한 얼굴을 한 산파가 작고 포동포동한 하얀 두 손을 비비며 걸어오고 있었다.

"마리야 보그다노브나! 시작된 것 같아요." 마리야 공작 영애는 겁에 질려 동그랗게 뜬 눈으로 할멈을 쳐다보며 말했다.

"아, 하느님, 감사합니다." 마리야 보그다노브나는 걸음을 재촉하지 않으며 말했다. "공작 영애님 같은 아가씨들은 이런 것에 대해 알아서는 안 돼요."

"그런데 어째서 모스크바의 의사는 아직도 오지 않을까요?" 공작 영애가 말했다.(그들은 리자와 안드레이 공작의 바람대로 해산에 맞춰 모스크바로 산부인과 의사를 부르러 사람을 보내 놓고는 이제나저제나 기다리고 있었다.)

"괜찮아요, 공작 영애님, 걱정하지 마세요." 마리야 보그다노브나가 말했다. "의사가 없어도 다 잘될 거예요."

오 분 후 자신의 방에 있던 공작 영애는 무언가 묵직한 것을 운반하는 소리를 들었다. 그녀는 문밖으로 몸을 내밀었다. 하인들이 무엇 때문인지 안드레이 공작의 서재에 있던 가죽 소파를 침실로 옮기고 있었다. 운반하는 사람들의 얼굴에 엄숙하고 고요한 무언가가 어려 있었다.

마리야 공작 영애는 자신의 방에 홀로 앉아 집 안의 소리에 귀를 기울이고, 사람들이 문밖을 지나갈 때 이따금 문을 열어 보고, 복도에서 일어나는 일을 눈여겨보았다. 여자들 몇 명이 조용한 걸음으로 오가며 공작 영애를 돌아보다가 고개를 돌리곤 했다. 그녀는 차마 물어볼 수 없어 문을 닫고 방으로 돌아와 안락의자에 앉기도 하고, 기도서를 쥐기도 하고, 이콘 앞에 무릎을 꿇기도 했다. 놀랍고 고통스럽게도 그녀는 기도가 불안을 가라앉혀 주지 못하는 것을 깨달았다. 갑자기 방문이 조용히 열리더니 머릿수건을 두른 그녀의 늙은 보모 프라스코비야 사비시나가 문지방에 나타났다. 그녀는 공작이 금지하여 공작 영애의 방에 들어온 적이 거의 없었다.

"마셴카 아가씨, 잠시 함께 있고 싶어 왔어요." 보모가 말했

다. “여기 공작님의 결혼식 양초를 성자님 앞에 켜 놓으려고 가져왔지요, 천사 같은 아가씨.” 그녀는 한숨을 쉬며 말했다.

“아, 너무 기뻐요, 보모.”

“하느님은 자비로우세요, 아가씨.” 보모는 이콘 앞에 황금을 두른 양초를 켠 후 긴 양말을 짜기 위한 뜨갯거리를 들고 문가에 앉았다. 마리야 공작 영애는 책을 들고 읽기 시작했다. 다만 발걸음이나 목소리가 들릴 때면 공작 영애는 깜짝 놀라 뭔가 묻고 싶은 눈길로, 보모는 평온한 눈길로 서로를 마주 보곤 했다. 마리야 공작 영애가 자기 방에 앉아서 경험한 것과 똑같은 감정이 집 안 구석구석으로 넘쳐흘러 모든 이들을 지배했다. 산모의 고통을 아는 사람이 적을수록 산모가 고통을 덜 느낀다는 민간 신앙에 따라 다들 애써 모르는 척했다. 아무도 입 밖으로 내어 말하지 않았지만 공작의 집안을 지배하는 훌륭한 예의범절의 한결같은 침착함과 정중함 외에도 어떤 전반적인 배려, 부드러운 마음, 이 순간 일어나는 위대하고 불가해한 무언가에 대한 인식이 모든 사람들의 얼굴에서 엿보였다.

커다란 하녀방에서는 웃음소리도 들리지 않았다. 하인방에서는 다들 앉아 무언가를 위해 대기하며 침묵하고 있었다. 머슴방에서는 관솔불과 촛불을 켜 놓고 다들 잠자리에 들지 않았다. 노공작은 서재 안에서 뒤꿈치를 쿵쿵 울리며 이리저리 거닐다가 치혼을 마리야 보그다노브나에게 보내 어찌 되었는지 묻게 했다.

“그냥 ‘공작님께서 어찌 되었는지 물어보라고 하셨습니

다.'라고만 말해. 그리고 돌아와서 그녀가 뭐랬는지 전해."

"공작님께 해산이 시작되었다고 보고해." 마리야 보그다노브나는 심부름 온 사람을 의미심장하게 쳐다보며 말했다. 치혼은 가서 그렇게 보고했다.

"좋아." 공작은 등 뒤로 문을 닫으며 말했다. 치혼은 서재로부터 더 이상 아무 소리도 들을 수 없었다. 잠시 후 치혼은 마치 양초를 손보기 위해서인 양 서재에 들어갔다. 공작이 소파에 누운 것을 본 치혼은 공작을, 그 심란한 얼굴을 보더니 고개를 저으며 말없이 다가가 어깨에 입을 맞추고는 양초도 손보지 않고 자신이 왜 왔는지 말하지 않은 채 방을 나왔다. 세상에서 가장 엄숙한 신비가 완성되어 가고 있었다. 저녁이 지나고 밤이 찾아왔다. 그리고 기대감과 부드러운 감정은 불가해함 앞에서도 사그라들지 않고 더욱 고조되었다. 잠든 사람은 아무도 없었다.

겨울이 마치 자기 자리를 되찾고자 악을 쓰며 필사적으로 마지막 눈보라를 뿌리는 듯한 3월의 밤이었다. 사람들은 모스크바에서 올 독일인 의사를 이제나저제나 기다렸고, 큰길에서 마을의 샛길로 이어지는 갈림길에는 역마가 대기하고 있었으며, 등불을 든 말 탄 사람들 몇몇이 도로의 팬 곳과 눈 밑에 살얼음이 낀 웅덩이를 피해 그를 안내하려고 마중을 나가 있었다.

마리야 공작 영애는 벌써 오래전에 책을 내려놓았다. 그녀는 아주 세세하게 아는 보모의 주름투성이 얼굴을, 머릿수건

에서 흘러내린 한 가닥 머리카락을, 턱 아래에 주머니처럼 늘어진 피부를 빛나는 눈으로 응시하며 말없이 앉아 있었다.

손에 긴 양말을 든 보모 사비시나는 자신이 한 말을 듣지도 깨닫지도 못하면서 작고한 공작 부인이 키시뇨프에서 산파 할멈 대신 몰다비아인 농사꾼 아낙의 손을 빌려 마리야 공작 영애를 낳았다는, 이미 수백 번이나 되풀이한 이야기를 나직한 목소리로 들려주고 있었다.

"하느님은 자비로우시니 어떤 의사 선생님도 필요 없어요." 그녀가 말했다. 갑자기 돌풍이 이중창의 틀을 뗀(종달새의 울음소리가 들리기 시작하면 공작의 뜻에 따라 방마다 이중창의 틀을 하나씩 떼어 냈다.)[29] 창문들 가운데 하나를 덮치더니 엉성하게 지른 빗장을 벗기고 묵직한 실크 커튼을 펄럭이며 추위와 눈을 몰고 들어와 촛불을 훅 꺼 버렸다. 마리야 공작 영애는 몸을 떨었다. 그러자 보모는 긴 양말을 내려놓고 창문으로 다가가 몸을 내밀어 홱 젖혀진 창문을 붙잡았다. 차가운 바람이 머릿수건 자락과 여러 가닥으로 삐져나온 희끗한 머리칼을 흐트러뜨렸다.

"어머나, 공작 영애님, 아가씨, 누가 한길로 말을 타고 와요!" 그녀는 창틀을 붙잡은 채 여전히 닫지 않고 말했다. "등불을 들었어요. 틀림없이 의사 선생님일 거예요……."

"아, 하느님! 하느님, 감사합니다!" 마리야 공작 영애가 말

29) 러시아에서는 겨울이 되면 주택의 창문에 덧문을 달아 이중창으로 만든다. 그러나 덧문은 환기에 방해가 되어 날씨가 따뜻해지면 다시 뗀다.

했다. "의사 선생님을 맞으러 가야 해요. 그분은 러시아어를 모르니까요."

마리야 공작 영애는 숄을 걸치고서 말을 타고 오는 사람을 맞으러 달려갔다. 대기실로 내려갈 때 창문 너머로 등이 달린 어떤 승용 마차가 마차 승강장에 서 있는 것을 보았다. 그녀는 계단으로 갔다. 난간의 작은 기둥에 놓인 수지 양초 한 자루가 바람결에 녹아내리고 있었다. 하인인 필리프가 놀란 얼굴로 한 손에 양초를 들고서 아래층의 첫 번째 층계참에 서 있었다. 그보다 더 낮은 계단 모퉁이 너머에서 방한 부츠를 신은 채 걸어오는 발소리가 들렸다. 공작 영애에게 친숙하게 들리는 목소리가 뭐라고 말했다.

"하느님, 감사합니다!" 그 목소리가 말했다. "아버지는?"

"잠자리에 드셨습니다." 벌써 아래층에 와 있던 하인장 제미얀의 목소리가 대답했다.

그러고 나서 어떤 목소리가 무언가 말하고, 또 제미얀이 뭐라고 대답했다. 방한 부츠의 발소리가 눈에 보이지 않는 계단 모퉁이를 따라 점점 더 빠르게 다가왔다. '안드레이야!' 마리야 공작 영애는 생각했다. '아냐, 그럴 리 없어. 그렇다면 너무 이상한 일이지.' 그렇게 생각한 바로 그 순간 하인이 양초를 들고 서 있던 층계참에 옷깃이 눈으로 덮인 털외투를 입은 안드레이 공작의 얼굴과 형상이 나타났다. 그랬다. 그였다. 창백하고 야윈 데다 예전과 달리 묘하게 부드러우면서도 불안해 보이는 표정을 띠고 있었다. 그는 계단을 올라와 여동생을 껴안았다.

"내 편지를 받지 못했니?" 그가 물었다. 그러나 대답을 기다리지 않고 — 공작 영애가 아무 말도 못 했기에 어차피 대답을 듣지 못했을 것이다 — 되돌아갔다가 그를 뒤따라 들어온 산 부인과 의사(그들은 마지막 역참에서 만났다.)와 함께 빠른 걸음으로 다시 계단을 올라와 또 한 번 여동생을 껴안았다.

"정말이지 운명이란!" 그는 중얼거렸다. "사랑하는 마샤!" 그러고는 털외투와 부츠를 벗고 공작 부인의 거처로 향했다.

9

작은 공작 부인은 하얀 실내용 모자를 쓴 채 베개를 베고 누워 있었다.(그녀는 방금 막 고통에서 풀려났다.) 땀이 송골송골 솟은 뜨거운 두 뺨 위에 검은 머리카락이 몇 가닥 달라붙어 있었다. 입술이 거무스름한 솜털로 덮인 붉고 매혹적인 작은 입이 벌어지면서 그녀가 기쁘게 미소를 지었다. 안드레이 공작은 방으로 들어가 그녀 앞에, 그녀가 누운 소파의 발치에 멈춰 섰다. 어린아이처럼 무서워하며 불안하게 쳐다보던 빛나는 눈동자가 표정을 바꾸지 않은 채 계속 그를 바라보았다. '난 당신들 모두를 사랑해요. 난 누구에게도 나쁜 짓을 한 적이 없어요. 그런데 도대체 왜 내가 괴로워해야 하죠? 날 도와줘요.' 그녀의 표정이 그렇게 말하고 있었다. 그녀는 남편을 보았다. 하지만 그가 지금 그녀 앞에 나타난 의미를 이해하지는 못했다. 안드레이 공작은 소파를 빙 돌아가 그녀의 이마에 입을 맞

추었다.

"여보!" 그는 이제껏 그녀에게 한 번도 해 본 적이 없는 말을 했다. "하느님은 자비로우시니……." 그녀는 어린아이처럼 비난하는 듯 미심쩍은 눈초리로 바라보았다.

'나는 당신에게서 도움을 기대했는데 조금도, 조금도 도움이 되지 않는군요. 당신도 똑같아요.' 그녀의 눈이 말했다. 그가 돌아왔다는 사실에 놀라지 않았다. 그녀는 그가 돌아왔다는 사실의 의미를 아예 이해하지 못했다. 그의 도착은 그녀의 고통이나 그 고통을 덜어 주는 것과 아무 상관이 없었다. 다시 진통이 시작되었고, 마리야 보그다노브나는 안드레이 공작에게 방에서 나가도록 권했다.

산부인과 의사가 방에 들어왔다. 안드레이 공작은 밖으로 나갔다가 마리야 공작 영애와 마주치자 다시 그녀에게 다가갔다. 그들은 소곤소곤 이야기를 나누었으나 대화는 계속 끊어졌다. 그들은 기다리며 귀를 기울였다.

"가 봐." 마리야 공작 영애가 말했다. 안드레이 공작은 다시 아내에게로 가서 그 옆방에 앉아 기다렸다. 아내의 방에서 어떤 여자가 놀란 얼굴로 나오다가 안드레이 공작을 보고 당황했다. 그는 두 손으로 얼굴을 가리고 그렇게 몇 분 동안 앉아 있었다. 의지할 곳 없는 불쌍한 동물의 신음 소리가 문 너머에서 들려왔다. 안드레이 공작은 일어나서 문으로 다가가 열려고 했다. 누군가 문을 잡고 있었다.

"안 돼요, 안 됩니다!" 안에서 깜짝 놀란 목소리가 말했다. 그는 방 안을 거닐기 시작했다. 비명이 잦아들고, 몇 초가 더

흘렀다. 옆방에서 갑자기 끔찍한 비명 소리가 울렸다. 그녀의 비명이 아니었다. 그녀는 그렇게 비명을 지르지 못했다. 안드레이 공작은 방문으로 다가갔다. 비명은 멎었으나, 또 다른 비명, 즉 갓난아기의 울음소리가 들렸다.

'어째서 저곳에 아기를 데려왔을까?' 처음에 안드레이 공작은 그렇게 생각했다. '아기? 웬 갓난아기람……? 어째서 저곳에 아기가 있지? 아니면 아기가 태어난 걸까?'

문득 그 울음소리의 기쁜 의미를 완전히 깨달았을 때 그는 눈물로 숨이 막혔다. 그는 창문턱에 팔꿈치를 괴고 어린아이처럼 흐느껴 울기 시작했다. 문이 열렸다. 프록코트를 벗고 루바시카의 소매를 걷어붙인 의사가 창백한 얼굴로 턱을 덜덜 떨며 방에서 나왔다. 안드레이 공작이 돌아보았으나 의사는 망연자실한 표정으로 흘깃 쳐다보더니 한마디 말도 없이 그의 옆을 지나갔다. 한 여자가 뛰쳐나오다 안드레이 공작을 보더니 문지방에서 망설였다. 그는 아내의 방으로 들어갔다. 아내는 그가 오 분 전에 보았던 그 자세로 죽은 채 누워 있었다. 눈동자가 움직이지 않고 두 뺨은 창백했지만 입술이 검은 솜털로 덮인, 어린아이처럼 수줍어하는 그 매혹적이고 자그마한 얼굴에는 똑같은 표정이 어려 있었다.

'난 당신들 모두를 사랑했고 아무에게도 나쁜 짓을 하지 않았어요. 그런데 당신들은 나에게 무슨 짓을 한 거죠? 아, 당신들은 나에게 무슨 짓을 한 건가요?' 그녀의 매혹적이고 가련한 죽은 얼굴은 그렇게 말하고 있었다. 방 한구석에는 마리야 보그다노브나의 떨리는 하얀 두 손에서 자그맣고 불그레한

무언가가 깩깩거렸다.

그로부터 두 시간이 지난 뒤 안드레이 공작은 조용한 걸음으로 아버지의 서재에 들어갔다. 노인은 이미 모든 것을 알고 있었다. 그는 문가에 바짝 붙어 서 있다가 문이 열리자마자 바이스[30]같이 뻣뻣한 늙은 두 팔로 아들의 목을 끌어안고 어린아이처럼 와락 울음을 터뜨렸다.

사흘 뒤에 작은 공작 부인의 장례식이 치러졌다. 안드레이 공작은 그녀와 작별하기 위해 관으로 향한 계단을 올라갔다. 그리고 관 속에는 눈을 감기는 했으나 여전히 똑같은 얼굴이 있었다. '아, 당신들은 나에게 무슨 짓을 한 거죠?' 그 얼굴은 계속 그렇게 말했다. 안드레이 공작은 마음속에서 무언가가 찢어지는 것을, 그 자신이 돌이킬 수도 잊을 수도 없는 잘못을 저지른 것을 깨달았다. 그는 울 수 없었다. 노인도 올라와 다른 한 손 위에 평화로이 포개진 그녀의 창백한 작은 손에 입을 맞추었다. 그녀의 얼굴이 그에게 말했다. '아, 당신들이 나에게 무슨 짓을 저지른 거죠? 도대체 왜 그랬나요?' 그 얼굴을 본 노인은 화를 내며 고개를 돌렸다.

또다시 닷새가 지나고, 어린 공작인 니콜라이 안드레이치가 세례를 받았다. 사제가 작은 거위 깃털로 사내아이의 쪼글

---

30) 기계공작에서 공작물을 끼워 고정하는 기구.

쪼글하고 빨간 손바닥과 발바닥에 성수를 찍어 바르는 동안 유모는 턱으로 배내옷을 누르고 있었다.

대부인 할아버지는 젖먹이를 떨어뜨릴까 봐 겁이 나 부들부들 떨면서 아기를 안고 찌그러진 양철 성수반을 돌아 대모인 마리야 공작 영애에게 건넸다. 안드레이 공작은 아기를 떨어뜨리지나 않을까 하는 두려움에 숨이 멎는 듯한 심정으로 세례가 끝나기를 기다리며 옆방에 앉아 있었다.[31] 보모가 아기를 데려오자 안드레이 공작은 기쁜 얼굴로 아기를 찬찬히 바라보았다. 그리고 성수반에 던진 머리카락 붙은 밀랍이 가라앉지 않고 떠 있었다고[32] 전하는 보모의 말에 기분 좋게 고개를 끄덕였다.

31) 러시아에서는 친부모 대신 대부와 대모가 아기의 세례식에 참여하는 것이 전통이었다.

32) 세례식 때 아기의 머리카락을 잘라 밀랍에 붙여 성수반에 떨어뜨리는 것은 러시아의 풍습이었다. 머리카락이 뜨는 것은 아기가 살아남으리라는 의미였다.

10

돌로호프와 베주호프의 결투에 로스토프가 관여한 것은 노백작의 노력으로 무마되었다. 그리하여 로스토프는 강등되리라는 자신의 예상과 달리 모스크바 총독의 부관으로 임명되었다. 그 때문에 그는 가족과 함께 시골에 가지 못하고 새 직무를 수행하느라 여름 내내 모스크바에 남게 되었다. 돌로호프는 건강을 회복했다. 이 회복기에 로스토프는 돌로호프와 각별히 친해졌다. 돌로호프는 그를 끔찍하게 애지중지하는 어머니의 집에 몸져누웠다. 페쟈의 친구라는 이유로 로스토프를 좋아하게 된 늙은 마리야 이바노브나는 그에게 아들에 관하여 종종 이야기했다.

"그래요, 백작님. 그 애는 오늘날같이 타락한 세상에 살기에는 지나칠 정도로 마음이 고결하고 깨끗해요. 덕(德)을 좋아하는 사람은 아무도 없어요. 모두의 귀에 거슬릴 뿐이지요.

자, 말씀해 보세요, 백작님, 베주호프의 입장에서 볼 때 그 일이 정당하고 정직한 것이었나요? 페쟈는 고상한 성품 때문에 베주호프를 사랑하고, 요즘도 그에 대해 나쁜 말을 전혀 하지 않아요. 페테르부르크에서 경찰서장에게 친 그 장난 말이에요, 그곳에서 무슨 장난을 쳤든 그들이 함께 저지른 짓 아닌가요? 그런데 이게 뭐예요? 베주호프에게는 아무 일도 없었는데 페쟈는 어깨에 모든 것을 짊어져야 했어요! 정말이지 그 애가 얼마나 많은 것을 견뎌야 했는데요! 그 애가 복귀한다고 쳐요. 아니, 어떻게 그 애를 복귀시키지 않겠어요? 그곳에 그 애같이 용감한 조국의 아들은 그다지 많지 않을걸요. 좋아요, 이제 이번 결투에 대해 말해 보죠. 그 사람들에게 감정이라는 게, 명예심이라는 게 있는 걸까요! 그 애가 외아들이라는 것을 알면서도 결투를 신청하고 그처럼 명중을 시키다니요! 하느님이 우리에게 자비를 베푸셨으니 다행이죠. 도대체 무엇을 위해서죠? 아니, 우리 시대에 간통하지 않는 사람이 어디 있나요? 그가 그렇게 질투심이 강한 사람이라면 — 난 이해해요 — 상대에게 미리 그 점을 깨닫게 할 수도 있었잖아요. 하지만 그 일은 일 년이나 계속되었다고요. 어쨌든 그 사람은 페쟈가 그에게 빚을 지고 있기 때문에 싸우지 않을 거라고 생각해서 결투를 신청한 거예요. 얼마나 비열한가요! 얼마나 추악하냐고요! 난 당신이 페쟈를 이해한다는 것을 알아요, 친절한 백작님! 그래서 난 당신을 진심으로 좋아해요. 정말이에요. 그 애를 이해하는 사람은 드물죠. 그 애는 너무나 고결한 천상의 영혼이랍니다…….”

돌로호프도 회복기에 그에게서 결코 기대할 수 없었던 그런 말들을 로스토프에게 종종 들려주었다.

"사람들은 나를 나쁜 인간이라 생각하지. 나도 알아." 그는 말했다. "마음대로 생각하라 그래. 난 내가 사랑하는 사람들 외에는 아무도 알고 싶지 않아. 하지만 내가 사랑하는 사람에 한해서는 목숨을 바칠 만큼 사랑해. 나머지 사람들의 경우에는 누가 나의 길을 가로막으면 그게 누구든 모두 짓밟아 버릴 거야. 나에게는 내가 열렬히 사랑하는 소중한 어머니와 두세 명의 친구가 있지. 자네도 그 가운데 한 명이야. 나머지 사람들에게는 그들이 내게 이익이 될지 해가 될지에 한해서만 관심을 기울여. 그리고 거의 모든 사람들이 해악을 끼치지. 특히 여자들이 말이야. 그렇다니까, 친구." 그는 계속 말을 이었다. "정감 있고 고결하고 고상한 남자들은 만난 적이 있어. 하지만 돈으로 살 수 없는 여자는 한 번도 본 적이 없어. 백작 부인이든 하녀든 다 똑같아. 내가 여자들에게서 찾는 천상의 순수와 정절은 아직 본 적이 없어. 만약 그런 여자를 발견하면 목숨이라도 바칠 텐데. 하지만 그 여자들은……!" 그는 경멸의 몸짓을 보였다. "내 말을 믿든 안 믿든 내가 아직도 목숨을 소중히 여긴다면, 그것은 오직 나를 소생시키고 깨끗하게 하고 고양시켜 줄 그런 천상의 존재를 여전히 만나고 싶다는 희망 때문이야. 하지만 자네는 이런 말을 이해하지 못할 거야."

"아냐, 충분히 이해해." 새 친구의 영향을 받고 있던 로스토프가 대답했다.

가을에 로스토프 일가가 모스크바로 돌아왔다. 겨울이 시작될 무렵 제니소프도 돌아와 로스토프가에서 머물렀다. 니콜라이 로스토프가 모스크바에서 보낸 1806년 겨울의 초엽은 그에게나 가족들 모두에게나 가장 행복하고 즐거운 시절에 속했다. 니콜라이는 부모의 집에 많은 젊은이들을 끌어들였다. 베라는 스무 살의 아름다운 아가씨였고, 소냐는 갓 피어난 꽃송이 같은 매력이 넘치는 열여섯 살의 아가씨였다. 아가씨 같기도 하고 소녀 같기도 한 나타샤는 때로 어린아이처럼 우스꽝스러웠고 때로 아가씨처럼 매혹적이었다.

그 무렵 로스토프가에는 몹시 사랑스러운 젊은 아가씨들이 있는 집안에서 종종 그러하듯 특별한 사랑의 분위기가 감돌았다. 로스토프가를 찾는 모든 젊은이들은 그 젊고 감수성 풍부하고 무언가를 향해(아마도 자신의 행복에) 미소 짓는 아가씨들의 얼굴과 그 생기발랄한 떠들썩함을 보면서, 앞뒤는 안 맞지만 누구에게나 상냥하고 의욕적이고 희망찬 아가씨들의 수다를 들으면서, 어느 때는 노래로, 어느 때는 연주로 터져 나오는 그 생뚱맞은 소리를 들으면서 당장이라도 사랑에 빠지고 싶고 행복을 기대하는 감정을 똑같이 맛보았다. 로스토프가의 젊은이들도 마찬가지였다.

로스토프가 데려온 젊은이들 가운데 돌로호프는 가장 먼저 드나든 부류에 속했다. 나타샤를 제외한 모든 가족들이 그를 마음에 들어 했다. 나타샤는 돌로호프 때문에 오빠와 거의 싸울 뻔했다. 그녀는 돌로호프가 나쁜 사람이라고, 그와 피에르의 결투에서 옳은 쪽은 피에르고 잘못한 쪽은 돌로호프라고,

돌로호프야말로 불쾌하고 이상한 사람이라고 주장했다.

"내가 이해해야 할 게 뭐가 있어." 나타샤는 고집스럽게 막무가내로 외쳤다. "돌로호프는 악한 데다 감정이 없어. 난 오빠 친구인 제니소프는 정말 좋아해. 그 사람은 난봉꾼이지. 그래도 난 그 사람이 좋아. 그래서 이해할 수 있어. 오빠에게 어떻게 말해야 할지 모르겠지만 돌로호프는 모든 걸 계산적으로 해. 난 그런 게 싫어. 하지만 제니소프는……."

"아니, 제니소프의 경우는 또 다른 문제지." 니콜라이가 대꾸했다. 돌로호프와 비교하면 제니소프도 보잘것없는 인간이라고 느끼게 하는 말투였다. "돌로호프가 어떤 영혼을 지닌 사람인지 알아야 해. 어머니와 함께 있는 그를 보아야 한다니까. 정말 훌륭한 마음을 가진 사람이야!"

"난 그런 건 몰라. 다만 그 사람과 있으면 거북해. 그런데 그 사람이 소냐를 사랑하는 건 알아?"

"무슨 바보 같은 소리를……."

"난 확신해. 두고 봐."

나타샤의 예언은 적중했다. 여자들의 모임을 좋아하지 않는 돌로호프가 점점 더 빈번히 로스토프가를 드나들기 시작했다. 누구 때문에 드나드는가 하는 의문은 곧 풀렸다.(아무도 그것에 대해 말한 적은 없지만.) 소냐 때문이었다. 소냐도 차마 입 밖에 내어 말한 적은 없지만 알고 있었다. 그래서 돌로호프가 나타날 때마다 얼굴이 늘 진홍빛으로 물들었다.

돌로호프는 종종 로스토프가에서 식사를 했고, 로스토프가 사람들이 보러 가는 공연에도 빠지지 않았으며, 그들이 늘 참석하는 이오겔의 **청소년**을 위한 무도회에도 드나들었다. 그는 소냐에게 특별한 관심을 보였으며, 소냐가 얼굴을 붉히지 않고는 감당할 수 없을 만큼, 노백작 부인과 나타샤마저 눈치채고 얼굴을 붉히지 않을 수 없을 만큼 강렬한 눈빛으로 그녀를 바라보았다.

아무래도 이 강인하고 기이한 사내는 다른 남자를 사랑하는 이 검은 머리의 우아한 소녀가 자신에게 미치는 거부할 수 없는 영향력에 사로잡힌 것 같았다.

로스토프는 돌로호프와 소냐 사이에 뭔가 새로운 것이 있음을 눈치챘다. 그러나 그 새로운 관계가 어떤 것인지 딱히 정의할 수 없었다. '저 애들은 늘 누군가를 사랑하니까.' 그는 소냐와 나타샤에 대해 이렇게 생각했다. 그러나 예전과 달리 소냐나 돌로호프와 함께 있는 것이 어색하여 집 밖으로 나도는 일이 잦아졌다.

1806년 가을부터 모두들 다시 나폴레옹과의 전쟁[33)]에 대해서, 그것도 지난해보다 더 뜨거운 열기로 이야기하기 시작했다. 1000명당 열 명의 신병 징집뿐 아니라 1000명당 아홉 명의 민병 모집이 결정되었다. 도처에서 보나파르트를 저주하는 소리가 들렸고, 모스크바에서는 그저 전쟁이 임박했다는 소문만 나돌았다. 이런 전쟁 준비에 대해 로스토프가의 관심

---

33) 1806년 10월 나폴레옹은 예나와 아우어슈테트에서 프로이센군을 상대로 중요한 승리를 거두었고, 러시아가 미처 원조를 하기 전에 베를린을 함락해 버렸다. 프랑스군이 러시아 국경에 너무 근접하자 알렉산드르 1세는 새롭게 군대를 소집하는 등 국경선을 방어하기 위한 준비를 시작했다.

은 니콜루시카가 결코 모스크바에 남으려 하지 않고 축일 후 함께 연대로 떠나기 위해 제니소프의 휴가가 끝나기만을 기다린다는 점에 온통 쏠려 있었다. 눈앞에 닥친 출발은 그가 즐기는 것을 방해하기는커녕 오히려 더욱 부추겼다. 그는 대부분의 시간을 집 밖에서 만찬과 야회와 무도회로 보냈다.

11

크리스마스 기간의 사흘째 되는 날 니콜라이는 집에서 식사를 했다. 최근 들어 그에게는 좀처럼 없던 일이었다. 그와 제니소프가 주현절[34]이 지나고 연대로 떠나기 때문에 이것은 공식적인 작별 만찬이었다. 돌로호프와 제니소프를 포함해 스무 명이 만찬에 참석했다.

---

34) 러시아 정교회 달력에 따르면 주현절은 예수 그리스도의 신성이 뚜렷이 현현한 사건, 즉 요르단강에서 예수가 세례 요한에게 세례를 받은 사건(예수가 세례를 받을 때 하늘이 갈라지며 성령이 비둘기가 되어 그에게 내려오고, 하늘에서 "너는 내 사랑하는 아들이라. 내가 너를 기뻐하노라."라는 소리가 났다고 한다.)을 기념하는 1월 6일의 축일이다. 자세한 내용은 『마태복음서』 3장, 『마가복음서』 1장, 『누가복음서』 3장을 참조. 한편 동방 박사 세 사람이 아기 예수에게 찾아와 경배한 사건을 주현절의 기원으로 보는 설도 있다. 러시아 정교회의 달력에서 크리스마스 기간이란 크리스마스부터 1월 6일 주현절까지 두 주가량을 뜻한다.

로스토프가에서 이 축일 동안만큼 사랑의 공기와 연애의 분위기가 강렬하게 느껴진 적은 이제껏 한 번도 없었다. '행복의 순간을 잡아. 널 사랑하게 만들어. 너도 사랑에 빠져 봐! 이 세상에서 참된 것은 오직 이것뿐이야. 나머지는 다 무의미해. 우리가 이곳에서 관심을 두는 것도 이것뿐이지.' 그 분위기는 이렇게 말했다.

니콜라이는 여느 때처럼 말 네 필이 기진맥진할 만큼 마차를 몰고서도 들러야 할 곳과 초대받은 곳들을 다 돌아보지 못한 채 만찬 직전에야 집으로 돌아왔다. 집에 들어서자마자 그는 집 안에 사랑의 분위기가 팽팽한 것을 알아채고 감지해 냈다. 그러나 그 밖에도 모임을 이룬 사람들 가운데 몇 명을 지배하고 있는 이상야릇한 당혹감을 눈치챘다. 특히 소냐와 돌로호프와 노백작 부인이 불안해 보였고, 나타샤도 다소 흥분한 상태였다. 니콜라이는 만찬 전 소냐와 돌로호프 사이에 틀림없이 무슨 일이 있었다는 것을 알아차렸다. 본래 심성이 섬세한 로스토프는 만찬 내내 몹시 다정하고도 조심스럽게 두 사람을 대했다. 축일 기간의 셋째 날인 이날 밤에는 틀림없이 이오겔(무용 선생)의 무도회가 있을 터였다. 그는 축일이면 자신의 모든 남녀 학생들을 위해 무도회를 열었다.

"니콜렌카, 이오겔 선생님의 무도회에 갈 거야? 부탁이야, 같이 가자." 나타샤가 그에게 말했다. "선생님이 오빠에게 특별히 청했잖아. 바실리 드미트리치(바로 제니소프였다.)도 갈 거야."

"백작 영애의 분부라면 어디인들 가지 않겠습니까!" 로스토프가에서 익살스럽게 나타샤의 기사를 자처하고 있는 제니소프가 말했다. "**숄 댄스**[35]가도 기꺼이 추겠습니다."

"시간이 되면! 아르하로프에게 그 집 야회에 가겠다고 약속했거든." 니콜라이가 말했다.

"자네는?" 그가 돌로호프에게 물었다. 그러나 질문을 던지자마자 이내 그럴 필요가 없었다는 것을 깨달았다.

"음, 가, 어쩌면……." 돌로호프는 소냐를 흘깃 쳐다보더니 얼굴을 찌푸린 채 싸늘하고 성난 목소리로 대꾸했다. 그러고는 클럽 만찬에서 피에르를 볼 때와 똑같은 시선으로 니콜라이를 다시 힐끔 쳐다보았다.

'뭔가가 있어.' 니콜라이는 생각했다. 만찬 후 즉시 떠나 버린 돌로호프 때문에 이러한 추측을 더욱 확신하게 된 니콜라이는 나타샤를 불러 어떻게 된 일인지 물었다.

"나도 오빠를 찾고 있었어." 나타샤가 그에게 달려오며 말했다. "내가 말했는데도 오빠는 내 말을 전혀 믿으려 하지 않았지?" 그녀는 의기양양하게 말했다. "그 사람이 소냐에게 청혼했어."

비록 요사이 소냐에게 거의 관심을 기울이지 않았지만, 그 말을 듣는 순간 니콜라이의 마음속에서 무언가가 갈기갈기 찢어지는 것 같았다. 돌로호프는 지참금이 없는 고아인 소냐에게 꽤 괜찮은, 어떤 면에서는 훌륭한 남편감이었다. 노백작 부인과 상류 사회의 시각에서 보면 그런 사람을 거절하는 것

35) 귀족들이 공식 무도회에서 추던 프랑스 춤이다.

은 있을 수도 없는 일이었다. 그래서 그 이야기를 들었을 때 니콜라이가 처음 느낀 감정은 소냐에 대한 분노였다. 그는 이렇게 말하려고 했다. '잘됐군. 물론 그녀는 어린 시절의 약속 따위는 잊고 청혼을 받아들여야겠지.' 그러나 미처 말할 틈이 없었다…….

"상상이 가? 소냐는 거절했어. 깨끗하게 거절했단 말이야!" 나타샤가 입을 열었다. "소냐는 다른 사람을 사랑한다고 말했어." 그녀는 잠시 침묵하고는 이렇게 덧붙였다.

'그래, 나의 소냐가 다른 식으로 행동했을 리 없지!' 니콜라이는 생각했다.

"엄마가 아무리 부탁해도 소냐는 거절했어. 난 알아. 소냐는 일단 무언가 말하고 나면 결코 마음을 바꾸지 않아……."

"엄마가 소냐에게 그런 부탁을 하다니!" 니콜라이는 비난하는 투로 말했다.

"그렇다니까." 나타샤가 말했다. "있잖아, 니콜렌카, 화내지 마. 그래도 난 오빠가 소냐와 결혼하지 않으리라는 것을 알아. 난 알아. 그 이유야 하느님이 아시겠지만, 난 오빠가 결혼하지 않으리라는 것을 분명히 알고 있어."

"참나, 네가 그걸 어떻게 알아." 니콜라이가 말했다. "하지만 난 소냐와 이야기를 해야 해. 이런 소냐가 얼마나 사랑스러운지 모르겠어!" 그는 싱긋 웃으며 덧붙였다.

"정말 예뻐! 내가 소냐를 오빠에게로 보낼게." 그러고 나서 나타샤는 오빠에게 입을 맞추고 달려 나갔다.

일 분 후 소냐가 마치 잘못이라도 한 듯 놀라고 당황한 얼굴로 들어왔다. 니콜라이는 그녀에게 다가가 손에 입을 맞추었다. 로스토프가 돌아온 후 두 사람이 마주 보고 자신들의 사랑에 대해 이야기를 나눈 것은 이번이 처음이었다.

"소피." 처음에 그는 어색하게 말을 꺼냈으나 점점 더 대담하게 말을 이어 갔다. "만약 당신이 훌륭하고 조건이 좋은 남편감을 거절하고자 한다면, 그는 멋지고 고결한 남자이기도 한데…… 그는 나의 친구고……."

소냐가 그의 말을 가로막았다.

"난 이미 거절했어요." 그녀가 황급히 말했다.

"만약 당신이 나를 위해 거절한 것이라면 난 두렵습니다. 나로서는……."

소냐는 다시 그를 가로막았다. 그녀는 두려움이 담긴 애원하는 듯한 눈길로 그를 바라보았다.

"니콜라, 그런 말은 하지 말아요." 그녀가 말했다.

"아니, 말해야 해요. 어쩌면 내 쪽에서 주제넘은 짓을 하는지도 모르지만 말을 하는 편이 훨씬 낫습니다. 만약 당신이 나 때문에 거절한 것이라면 난 당신에게 모든 진실을 말해야 해요. 난 당신을 사랑합니다. 당신은 내가 가장 사랑하는 사람입니다. 난 그렇게 생각합니다."

"그걸로 충분해요." 소냐가 얼굴을 확 붉히며 말했다.

"아뇨, 난 숱하게 사랑에 빠졌고 앞으로도 사랑을 하게 될 겁니다. 물론 내가 당신에게 느끼는 이런 우정과 신뢰와 사랑의 감정은 누구에게도 품어 본 적이 없습니다. 게다가 난 젊어요. 어머니는 이 일을 원하지 않고요. 그러니까 간단히 말해

난 아무 약속도 할 수 없어요. 그래서 당신에게 돌로호프의 청혼을 생각해 보라고 부탁하는 겁니다." 그는 친구의 이름을 힘겹게 내뱉으며 말했다.

"그런 말은 하지 말아요. 난 아무것도 바라지 않아요. 난 당신을 오빠로서 사랑하고, 언제까지나 사랑할 거예요. 그 이상은 필요 없어요."

"당신은 천사예요. 난 당신에게 어울리는 사람이 아닙니다. 다만 내가 당신을 속이고 있는 게 아닐까 두렵습니다." 니콜라이는 한 번 더 그녀의 손에 입을 맞추었다.

12

이오겔의 무도회는 모스크바에서 가장 즐거운 무도회였다. 어머니들은 이제 막 배운 스텝을 밟아 보는 사춘기 자녀들을 보며 그렇게 말했다. 기진맥진할 때까지 춤을 추는 앳된 소년들과 소녀들도 그렇게 말했다. 그들의 수준에 맞춰 주겠다는 너그러운 생각으로 이 무도회에 왔다가 그 속에서 최고의 즐거움을 발견한 어엿한 아가씨들과 청년들도 그렇게 말했다. 올해 이 무도회에서 두 쌍의 결혼이 이루어졌다. 고르차코프가(家)의 두 어여쁜 공작 영애가 남편감을 찾아 결혼한 것이다. 그래서 이 무도회의 평판은 더욱 높아졌다. 이 무도회의 특징은 주최를 맡은 남녀가 없다는 점이었다. 팔랑이는 깃털처럼 댄스의 규칙에 따라 한 발을 뒤로 뺀 채 인사하며 모든 손님들에게서 수업을 위한 티켓을 받는 선량한 이오겔이 있을 뿐이었다. 또 처음으로 긴 드레스를 입는 열세 살에서 열네 살 소녀들의 바람대로 이 무도회에는 춤을 추고 흥겹게 놀려는 사람들만 온다는 점도 특별했다. 간혹 예외가 있었지만 다들 예뻤고, 혹은 그렇게 보였다. 모두 기쁨에 겨운 미소를 지었으며, 눈동자는 불꽃처럼 강렬하게 빛났다. 이따금 가장 뛰어난 여학생들이 **숄 댄스**를 추었는데 가장 잘 추는 소녀는 우아함이 돋보이는 나타샤였다. 그러나 이번 무도회에서는 사람들이 에코세즈와 앙글레즈, 그리고 이제 막 유행하기 시작한 마주르카만 추었다. 이오겔은 베주호프 저택의 홀을 빌렸고, 무도회는 모든 사람들이 말하듯 매우 성공적이었다. 어여쁜 소녀들이 많았지만 로스토프가의 아가씨들은 특히나 아름다웠다. 그 두 아가씨는 이날 저녁 특별히 행복하고 즐거웠다. 돌로호프의 청혼과 자신의 거절과 니콜라이와 나눈 고백으로 자랑스러웠던 소냐는 집에 있을 때부터 빙글빙글 돌며 하녀가 그녀의 땋은 머리를 손질하게 가만히 있지 않았고, 이 순간도 터질 듯한 기쁨으로 빛났다.

나타샤는 처음으로 긴 드레스를 입고 진짜 무도회에 나온 데 자랑스러워하며 더욱더 행복해했다. 그들은 장밋빛 리본이 달린 하얀 모슬린 드레스를 입었다.

나타샤는 무도회에 들어선 순간부터 사랑에 빠졌다. 특별히 어떤 한 사람이 아니라 모든 사람들에게 사랑을 느꼈다. 그녀가 쳐다보았을 때 눈에 들어오는 사람, 바로 그 사람을 사랑하게 되는 것이다.

"아, 너무 좋아!" 그녀는 소냐에게 달려와 끊임없이 말했다.

니콜라이와 제니소프는 보호자처럼 다정한 눈길로 춤추는

사람들을 바라보며 홀을 거닐었다.

"그녀는 정말 사강스거워. 미인이 될 거야." 제니소프가 말했다.

"누구 말이야?"

"나타샤 백작 영애." 제니소프가 대답했다.

"게다가 춤도 얼마나 잘 추는지. 정말 우아해!" 잠시 침묵하던 제니소프가 다시 입을 열었다.

"도대체 누구를 말하는 거야?"

"자네 여동생." 제니소프가 화를 내며 버럭 소리를 질렀다.

로스토프는 가볍게 웃었다.

"친애하는 백작, 당신은 나의 가장 뛰어난 학생들 가운데 한 명입니다. 당신은 춤을 춰야 해요." 체구가 작은 이오겔이 니콜라이에게 다가오며 말했다. "예쁜 아가씨들이 얼마나 많은지 봐요." 그는 역시 자신의 학생이었던 제니소프를 돌아보며 똑같은 부탁을 했다.

"아닙니다, 선생님. 전 앉아서 보는 편이 더 좋습니다." 제니소프가 말했다. "기억하시잖아요, 제가 선생님의 수업을 제대고 소화하지 못한 걸 말입니다."

"오, 아니에요!" 이오겔은 황급히 위로하며 말했다. "당신은 그저 주의가 부족했을 뿐입니다. 당신에게는 소질이 있었어요. 맞아요, 당신에게는 소질이 있었다니까요."

사람들이 새로 도입된 마주르카를 추기 시작했다. 니콜라이는 이오겔의 청을 거절할 수 없어 소냐에게 춤을 신청했다. 제니소프는 노파들 옆에 다가앉아 기병도 위에 팔꿈치를 괸 채 발로 박자를 맞추면서 춤추는 젊은이들을 힐끔거리며 재미있는 이야기로 늙은 귀부인들을 웃겼다. 이오겔은 선두에서 그의 자랑이자 최고의 학생인 나타샤와 춤을 추었다. 단화를 신은 조그만 두 발을 가볍고 부드럽게 옮기면서 이오겔은 부끄러워하기는 하지만 열심히 스텝을 밟는 나타샤와 함께 맨 앞에서 홀을 날아다니다시피 했다. 제니소프는 그녀에게서 눈을 떼지 않은 채 자신이 춤을 추지 않는 것은 못 춰서가 아니라 단지 추고 싶지 않아서라고 분명히 말하는 그런 표정으로 기병도를 두드리며 박자를 맞추었다. 춤 도중에 그는 옆으로 지나가는 로스토프를 자기 쪽으로 불렀다.

"이건 전혀 아니야. 이게 폴간드 마주그카가고? 하지만 잘 추긴 하네." 그가 말했다.

제니소프가 뛰어난 폴란드 마주르카 솜씨로 폴란드에서도 명성을 떨친 사실을 알던 로스토프는 나타샤에게 달려갔다.

"가서 제니소프를 선택해. 그럼 그가 춤을 출 거야. 정말 굉장하다니까!" 그가 말했다.

다시 나타샤의 차례가 되자 그녀는 일어나 리본 달린 신발을 신은 발로 재빨리 걸음을 옮기며 혼자서 홀을 가로질러 제니소프가 앉은 한구석으로 수줍게 달려갔다. 그녀는 사람들이 모두 자기를 쳐다보며 기다리는 것을 보았다. 니콜라이는 제니소프와 나타샤가 웃음 띤 얼굴로 다투는 것을, 제니소프가 거절은 하면서도 기쁘게 미소 짓는 것을 보았다. 그는 그들에게 달려갔다.

"부탁이에요, 바실리 드미트리치." 나타샤가 말했다. "같이

가요, 제발."

"아니, 무슨 당치도 않은 말을. 용서하십시오, 백작 영애." 제니소프가 말했다.

"이제 그만해, 바샤." 니콜라이가 말했다.

"고양이 바시카글 달개는 것 같군." 제니소프가 익살을 떨며 말했다.

"밤새도록 조를 거예요." 나타샤가 말했다.

"요술쟁이 아가씨, 저글 마음대고 하십시오!" 제니소프는 이렇게 말하며 기병도를 끌렀다. 그는 의자 뒤에서 나와 파트너의 한 손을 꼭 잡고는 고개를 살짝 쳐들고 한 발을 뒤로 뺀 채 박자를 기다렸다. 말을 탈 때나 마주르카를 출 때만큼은 제니소프의 키도 작아 보이지 않았다. 그럴 때면 그가 스스로에 대해 생각하는 그런 멋진 청년으로 보였다. 기다리던 박자가 나오자 그는 의기양양하고도 익살스럽게 파트너를 옆으로 흘깃 쳐다보더니 느닷없이 한 발을 쿵 찍고 작은 공처럼 탄력있게 바닥에서 튀어 올랐다. 그러고는 파트너를 이끌면서 원을 그리며 날듯이 돌았다. 그는 한 발로 홀의 절반을 가로지르며 소리 없이 미끄러지듯 나아가더니, 앞에 놓인 의자들을 보지 못한 듯 그쪽으로 곧장 질주했다. 그러다 갑자기 박차를 울리며 두 발을 벌린 후 뒤축을 딛고 서서 잠깐 멈췄다가, 박차를 요란하게 울리며 두 발로 한곳을 쿵 하고 구르고는 빠르게 빙글빙글 돌았다. 그런 다음 왼발로 오른발을 가볍게 치고 다시 원을 그리며 날듯이 나아갔다. 나타샤는 그가 무엇을 하려 하는지 직감하고, 어떻게 해야 하는지도 모른 채 그를 따랐다.

그에게 자신을 맡긴 것이다. 그는 때로는 오른손으로, 때로는 왼손으로 그녀를 빙글빙글 돌렸다. 때로는 무릎을 꿇고 그녀를 자기 주위로 돌린 후 다시 벌떡 일어나 마치 숨도 안 쉬고 홀 전체를 달리기로 작정한 듯 맹렬하게 앞으로 돌진하기도 했다. 그리고 갑자기 멈춰 서서 전혀 생각지도 못한 새로운 동작을 선보이기도 했다. 그가 나타샤를 그녀의 의자 앞에서 잽싸게 돌린 후 박차를 울리며 허리 숙여 인사했을 때 그녀는 그에게 무릎을 굽혀 인사하는 것조차 할 수 없었다. 그녀는 마치 그를 알아보지 못한 듯 미소를 머금은 얼굴에 당혹감을 드러내며 그의 눈을 응시했다.

"이건 도대체 무슨 춤인가요?" 그녀가 중얼거렸다.

이오겔은 이 마주르카를 진짜로 인정하지 않았지만 다들 제니소프의 솜씨에 매혹되어 계속 그에게 파트너가 되어 달라고 청했다. 노인들은 싱글벙글 웃으며 폴란드에 대해, 그리고 좋았던 지난날에 대해 이야기를 나누기 시작했다. 마주르카를 추느라 얼굴이 새빨개진 제니소프는 손수건으로 땀을 닦으며 나타샤 옆에 앉아 무도회 내내 그녀를 떠나지 않았다.

13

그 후 이틀 동안 로스토프는 자기 집에서도 그의 집에서도 돌로호프를 보지 못했다. 사흘째 되는 날 그는 돌로호프에게서 쪽지를 받았다.

"자네도 아는 이유로 더 이상 자네 집에는 가지 않을 작정이고, 또 부대로 돌아갈 예정이라 오늘 밤 친구들과 함께 송별회를 하려고 해. 영국 호텔로 와." 그날 밤 9시가 넘은 시각에 로스토프는 가족들과 제니소프와 함께 있던 극장에서 나와 영국 클럽으로 갔다. 그는 그날 밤 돌로호프가 잡아 둔 호텔의 특실로 즉시 안내되었다.

스무 명가량의 남자들이 테이블 주위에서 북적였고, 돌로호프는 테이블에 놓인 두 양초 사이에 앉아 있었다. 테이블 위에 금화와 지폐가 뒹굴었으며, 돌로호프는 카드를 돌리는 중이었다. 청혼과 소냐의 거절이 있고 나서 아직 만난 적이 없었으므로 로스토프는 그와 얼굴을 마주할 생각에 거북함을 느꼈다. 맑고도 싸늘한 돌로호프의 시선이 마치 오래도록 그를 기다렸다는 듯 문가에 선 로스토프를 맞이했다.

"오랜만이군." 그가 말했다. "와 줘서 고마워. 금방 끝낼게. 일류시카와 합창대도 올 거야."

"자네 집에 여러 번 갔었어." 로스토프는 얼굴을 붉히며 말했다.

돌로호프는 아무런 대꾸도 하지 않았다.

"자네도 돈을 걸어도 돼." 그가 말했다.

그 순간 로스토프는 언젠가 돌로호프와 나눈 기이한 대화를 떠올렸다. "바보들이나 운에 맡기고 도박을 하는 거야." 그때 돌로호프는 그렇게 말했다.

"아니면 나와 카드를 하는 게 두려운가?" 지금 돌로호프는 마치 로스토프의 생각을 들여다보기라도 한 듯 이렇게 말하며 씩 웃었다. 로스토프는 그 미소에서 그의 기분을 알아챘다. 클럽의 만찬 때와 대체로 일상생활이 지겨워 뭔가 색다른, 대부분은 잔혹한 행동으로 그것에서 벗어날 필요를 느낄 때의 분위기였다.

로스토프는 거북해졌다. 그는 머릿속으로 돌로호프의 말에 대꾸할 농담을 궁리했으나 찾지 못했다. 그런데 로스토프가 미처 그렇게 해내기 전에 돌로호프가 그의 얼굴을 똑바로 쳐다보며 모두에게 들리도록 천천히 띄엄띄엄 말했다.

"기억나나? 자네와 함께 도박에 대해 이야기를 한 적이 있지……. 운을 믿고 도박을 하려는 자는 바보라고. 도박은 확실성을 요구해. 하지만 난 그것을 한번 시험해 보고 싶어."

'운에 걸 것인가, 아니면 확실성에 걸 것인가?' 로스토프는 생각했다.

"역시 자네는 하지 않는 편이 좋겠어." 그는 이렇게 덧붙이고는 새로 뜯은 카드 한 벌을 탁 치며 말했다. "여러분, 판돈!"

돌로호프는 돈을 앞으로 밀고 패를 돌릴 준비를 했다. 로스토프는 그의 옆에 앉았으나 처음에는 게임에 끼지 않았다. 돌로호프가 그를 힐끗거렸다.

"왜 안 하지?" 돌로호프가 물었다. 그러자 이상하게도 니콜라이는 카드를 받고 얼마라도 판돈을 걸어 게임에 끼어야 할 것 같은 기분이 들었다.

"돈이 없어." 로스토프가 말했다.

"후불로 해도 돼!"

로스토프는 5루블을 걸었다가 잃고, 다시 걸었다가 또 잃었다. 돌로호프가 로스토프를 죽여 버렸다. 로스토프의 카드 열 장을 연달아 이긴 것이다.

"여러분." 그는 한동안 계속 패를 돌리고 나서 말했다. "카드에 돈을 걸어. 그러지 않으면 계산이 복잡해지니까."

게임을 하던 한 사람이 자신도 신용 거래를 할 수 있으면 좋겠다고 말했다.

"그렇게 해 줄 수 있지만 계산이 복잡해질까 봐 신경이 쓰이는군. 자, 카드에 돈을 걸어." 돌로호프가 대꾸했다. "자네는 염려하지 마, 우리는 나중에 셈을 하지." 그는 로스토프에게 이렇게 덧붙였다.

게임은 계속되었다. 하인이 끊임없이 샴페인을 날랐다.

로스토프의 패는 계속 지기만 했다. 그리하여 그의 앞으로 기록된 빚은 800루블에 다다랐다. 그는 또 한 카드에 800루블을 적었다. 그러나 샴페인을 건네받는 순간 생각을 바꾸어 다시 20루블이라는 평범한 판돈을 적었다.

"그냥 둬." 돌로호프가 말했다. 그러나 그는 로스토프를 보는 것 같지 않았다. "더 빨리 만회할 수 있을 거야. 난 다른 사람이 이기게 내버려 둘지언정 자네에게만큼은 꼭 이기겠어. 자네는 내가 두려운가?" 그가 똑같은 말을 되풀이했다.

로스토프는 순순히 따르며 800이라고 적은 것을 그대로 두고, 자신이 바닥에서 집어 든 한쪽 모서리가 찢어진 하트 7을 내려놓았다. 그는 후에도 그것을 잘 기억했다. 그는 하트 7을 내려놓고, 그 위에 부러진 분필을 가지고 둥글고 반듯한 숫자로 800이라고 썼다. 그는 자신이 건네받은 따뜻하게 데운 샴페인을 한 잔 마시고 돌로호프의 말에 웃음을 지었다. 그러고는 심장이 멎는 기분으로 7을 기다리며 카드 한 벌을 쥔 돌로호프의 손을 주시했다. 이 하트 7로 이기느냐 지느냐는 로스토프에게 많은 것을 의미했다. 지난 일요일 일리야 안드레이치 백작은 아들에게 2000루블을 주었다. 그런데 재정상의 곤경에 대해 이야기하는 것을 결코 좋아하지 않는 그가 아들에게 5월 전까지 마지막 돈이니 이번에는 좀 더 알뜰하게 써 주기를 부탁한다고 말했다. 니콜라이는 그 돈은 너무 많다고, 봄이 오기 전에는 맹세코 더 이상 돈을 받지 않겠다고 말했다. 지금 그 돈에서 남은 것은 1200루블뿐이었다. 따라서 하트 7은

1600루블을 잃는 것뿐만이 아니라 자신이 한 맹세를 어길 수 밖에 없다는 것을 의미했다. 그는 심장이 멎는 기분으로 돌로호프의 손을 바라보며 생각에 잠겼다. '자, 어서 그 카드를 줘, 그럼 난 군모를 집어 들고 제니소프와 나타샤와 소냐와 저녁을 먹으러 집으로 돌아가겠어. 그리고 정말 다시는 카드에 손대지 않을 거야.' 그 순간 가족들의 생활, 즉 페챠와의 농담, 소냐와의 대화, 나타샤와의 이중창, 아버지와의 피켓,[36] 심지어 포바르스카야 거리의 집에 있는 편안한 침대까지 너무나 강렬하고 선명하고 매력적으로 그의 눈앞에 떠올랐다. 마치 이 모든 것이 먼 과거의 이미 잃어버린 더없이 소중한 행복 같았다. 7을 왼쪽보다 오른쪽에 먼저 놓게 만든 어리석은 우연이 새롭게 이해되고 새롭게 비친 그 모든 행복을 앗아 갈 수도 있고 아직 경험해 보지 못한 정체 모를 불행의 구렁텅이로 자신을 빠뜨릴 수 있다고는 도저히 생각할 수 없었다. 그런 일은 있을 수 없다. 그러나 그는 가슴을 졸이며 돌로호프의 손이 움직이기를 기다렸다. 루바시카 소매 사이로 털이 보이는, 뼈가 굵직하고 불그레한 그 두 손은 카드를 내려놓고서 그에게 건네진 잔과 파이프를 잡았다.

"그럼 자네는 나와 승부하는 것이 두렵지 않은가 보군?" 돌로호프는 똑같은 말을 되풀이했다. 마치 재미있는 이야기라도 들려주려는 듯 그는 카드를 내려놓고 의자의 등받이에 몸을 한껏 기대고 앉아 빙글거리며 천천히 지껄였다.

---

36) 두 사람이 서른두 장의 카드를 가지고 하는 놀이.

"자, 여러분, 모스크바에 내가 사기꾼이라는 소문이 퍼졌다지? 그러니 자네들에게 나를 좀 더 조심하라고 충고하겠네."

"어서 패나 돌려!" 로스토프가 말했다.

"오, 모스크바 아줌마들이라니!" 돌로호프는 이렇게 말하고 씩 웃으며 카드를 들었다.

"아아!" 로스토프는 두 손으로 머리카락을 움켜쥐며 부르짖다시피 했다. 그에게 필요한 7은 이미 맨 위에 첫 번째 카드로 놓여 있었다. 그는 자신이 갚을 수 있는 것보다 더 많은 돈을 잃었다.

"그래도 도를 넘지는 마." 돌로호프는 로스토프를 힐끔 쳐다보고는 계속 패를 돌렸다.

14

한 시간 삼십 분이 지나자 게임을 하던 사람들 대부분이 자신들의 게임을 장난으로 여기게 되었다.

승부는 로스토프 한 사람에게 집중되었다. 1600루블 대신에 그의 앞으로 긴 열을 이룬 숫자들이 기록되어 있었다. 그도 1만 루블까지는 셈을 했지만 이제 1만 5000루블까지 올라갔겠거니 하고 막연하게 추측하고 있었다. 사실 기록된 숫자는 이미 2만 루블을 넘어섰다. 돌로호프는 더 이상 이야기를 듣지도 말하지도 않았다. 그는 로스토프의 손동작 하나하나를 주시했고, 이따금 자신이 로스토프 앞으로 적어 둔 기록을 훑어보려다 끗거렸다. 그는 그 숫자가 4만 3000루블이 될 때까지 게임을 계속하기로 결심했다. 그 숫자를 선택한 이유는 43이 그와 소냐의 나이를 더한 값이었기 때문이다. 로스토프는 두 손으로 머리를 받치고서 뭔가가 빽빽하게 적히고 술이 쏟아지고 카드가 온통 흐트러진 테이블 앞에 앉아 있었다. 한 가지 괴로운 인상이 그를 떠나지 않았다. 루바시카 소매 사이로 털이 보이는, 뼈가 굵직하고 불그레한 그 손, 로스토프가 사랑하기도 하고 증오하기도 한 그 손, 로스토프를 자신의 위력 안에 움켜쥔 그 손.

'600루블, 에이스, 카드 모서리,[37] 9……. 잃은 돈을 되찾는 건 불가능해! 집에 있었다면 얼마나 즐거웠을까……. 잭인가? 아, 아니야…… 이럴 리가 없어! 돌로호프는 도대체 무엇 때문에 나에게 이런 짓을 할까?' 로스토프는 이런 생각을 하며 기억을 되새겨 보았다. 때때로 그는 많은 돈을 걸었다. 그런데 돌로호프가 그 패를 누르기를 거절하고 판돈을 지정해 주었다. 니콜라이는 그의 말에 따랐다. 그러고는 전투가 벌어진 암슈테텐 다리에서 기도했듯 하느님에게 기도하기도 하고, 테이블 아래 구겨진 카드 더미에서 그의 손에 처음으로 들어온 카드가 자신을 구해 줄 거라 상상하기도 하고, 자신의 상의에 장식 끈이 몇 개인지 세어 그와 똑같은 숫자의 카드에 지금까지 잃은 총액을 걸어 보려고도 했다. 때로는 도움을 구하기 위해 다른 도박꾼들을 둘러보기도 하고, 이제는 싸늘한 표정을 짓고 있는 돌로호프의 얼굴을 쳐다보며 그의 마음속에서 무슨 일이 일어나고 있는지 간파하려 애쓰기도 했다.

'내가 날린 그 돈이 나에게 무엇을 의미하는지 그도 잘 알 텐데.' 그는 속으로 생각했다. '그가 나의 파멸을 바랄 리 없잖

---

37) 판돈을 4분의 1씩 올릴 때마다 카드의 한 귀퉁이를 접었다.

아? 그는 나의 친구였어. 나도 그를 좋아했고……. 하지만 그의 잘못이 아니지. 행운이 이끄는데 그가 뭘 어떻게 하겠어? 내 잘못도 아니야.' 그는 속으로 혼잣말을 했다. '난 나쁜 짓을 전혀 하지 않았어. 내가 누구를 죽이고 모욕하고 악을 바란 적이 있었던가? 이렇게 끔찍한 불행은 도대체 무엇 때문일까? 그리고 언제 시작된 걸까? 조금 전 100루블 정도 따서 엄마의 명명일을 위해 작은 귀중품 함을 사 가지고 집으로 돌아가겠다는 생각을 하며 이 테이블에 다가왔을 때 난 얼마나 행복하고 자유롭고 즐거웠던가! 그런데 난 그때 내가 얼마나 행복한지 몰랐어! 도대체 그것은 언제 끝났을까? 이 새로운 끔찍한 상태는 또 언제 시작된 걸까? 이 변화의 표지는 무엇이었을까? 난 이 자리에, 이 테이블에 줄곧 똑같이 앉아 똑같이 카드를 집고 내놓으며 저 뼈대 굵은 민첩한 두 손을 바라보았지. 도대체 그 일은 언제 일어났으며, 또 무슨 일이 일어난 걸까? 난 건강하고 튼튼해. 난 여전히 똑같고 여전히 똑같은 자리에 있어. 아니야. 이럴 리 없어! 틀림없이 이 모두가 결국 별일이 아닌 것으로 끝날 거야.'

방이 덥지도 않은데 그는 벌겋게 상기된 채 온통 땀에 젖어 있었다. 특히 침착하게 보이려는 무기력한 희망 때문에 얼굴이 끔찍할 정도로 가련해 보였다.

기록된 숫자가 4만 3000이라는 숙명의 숫자에 이르렀다. 로스토프가 카드를 준비하는데 — 이번 판에서는 로스토프가 방금 빌린 3000루블부터 시작하여 4분의 1씩 판돈이 올라가기로 되어 있었다 — 돌로호프가 카드 한 벌을 탁 치며 옆으로 밀쳐 놓더니 분필을 쥐고서 특유의 정확하고 반듯한 필체로 분필을 부러뜨려 가며 로스토프 앞으로 기록된 액수의 총액을 빠르게 계산하기 시작했다.

"밤참이다, 밤참을 먹을 시간이야! 봐, 집시들도 왔어!" 정말로 머리카락이 검은 어떤 남자들과 여자들이 집시 특유의 억양으로 뭐라고 말하며 추운 바깥에서 들어오고 있었다. 니콜라이는 모든 것이 끝났음을 깨달았다. 그러나 태연한 목소리로 말했다.

"어때? 더 하지 않겠어? 나에게 좋은 패가 들어왔는데." 마치 자신은 승부 자체의 즐거움에 가장 관심이 있다는 투였다.

'다 끝났어. 난 파멸이야.' 그는 생각했다. '이마에 총알 한 발, 이제 남은 것은 그것뿐이야.' 그와 동시에 그는 쾌활한 목소리로 말했다.

"자, 한 판 더 하지."

"좋아." 계산을 끝낸 돌로호프가 말했다. "좋아! 21루블 걸지." 그는 4만 3000루블이라는 정확한 총액을 초과한 21이라는 숫자를 가리키며 말하고는 카드 한 벌을 들고 패를 돌릴 준비를 했다. 로스토프는 접은 모퉁이를 순순히 펴고서 준비한 6000루블 대신 21을 공들여 썼다.

"난 어떻게 되든 상관없어." 그가 말했다. "자네가 이 10을 죽일지 나에게 패를 내줄지 그것에 관심이 있을 뿐이야."

돌로호프는 진지하게 패를 돌리기 시작했다. 오, 그 순간 손가락이 짧고 루바시카 소매 사이로 털이 보이는, 자신을 수중에 움켜쥔 그 불그레한 손을 로스토프는 얼마나 증오했던가……. 10이 나왔다.

“나한테 4만 3000루블의 빚을 졌군요, 백작.” 돌로호프는 이렇게 말하고는 기지개를 켜고 테이블 앞에서 일어섰다. “하지만 피곤하군. 너무 오래 앉아 있었어.” 그가 말했다.

“그래, 나도 피곤해.” 로스토프가 말했다.

돌로호프는 로스토프가 농담을 하는 것이 부적절한 행동임을 상기시키려는 듯 그의 말을 가로막았다.

“언제 돈을 받을 수 있을까요, 백작?”

로스토프는 얼굴을 확 붉히며 돌로호프를 다른 방으로 불렀다.

“갑자기 그 돈을 다 갚을 수는 없어. 자네, 어음도 받겠지.” 그가 말했다.

“들어 봐, 로스토프.” 돌로호프가 환하게 웃으며 니콜라이의 눈을 쳐다보았다. “자네도 이런 속담을 알지? ‘애정 운이 좋은 자는 카드 운이 나쁘다.’ 자네 사촌 누이는 자네에게 푹 빠져 있더군. 난 알아.”

‘아! 나 자신이 이런 자의 손아귀에 있다고 느끼는 건 끔찍하구나.’ 로스토프는 이 도박 빚을 알리는 것이 아버지와 어머니에게 어떤 충격을 줄지 잘 알았다. 이 모든 것에서 벗어나면 얼마나 행복할지도 알았다. 그리고 돌로호프가 자기 힘으로 그를 이 수치와 슬픔에서 벗어나게 할 수 있다는 것을 뻔히 알면서도 쥐를 희롱하는 고양이처럼 여전히 그를 농락하고 싶어 한다는 것을 알았다.

“자네 사촌 누이는…….” 돌로호프는 계속 말하려 했다. 그러나 니콜라이가 그를 가로막았다.

"내 사촌 누이는 이 일과 아무 상관 없어. 그러니 그녀에 대해서는 아무 말도 하지 마!" 그는 격분하여 소리쳤다.

"그럼 돈은 언제 받을 수 있을까?" 돌로호프가 물었다.

"내일." 로스토프는 이렇게 내뱉고 방에서 나가 버렸다.

15

'내일'이라 말하고 체면을 차리기는 어렵지 않았다. 그러나 홀로 집에 돌아와 여동생, 남동생, 어머니, 아버지의 얼굴을 대하고 자신의 행동을 고백하고 맹세를 해 놓은 권리도 없는 돈을 청하는 것은 끔찍했다.

집에서는 사람들이 아직 잠자리에 들지 않았다. 로스토프가의 젊은이들은 극장에서 돌아와 밤참을 먹고 클라비코드 옆에 둘러앉았다. 니콜라이가 홀에 들어선 순간 올겨울 그들의 집을 지배한 사랑이 넘치는 시적인 분위기가 그를 사로잡았다. 돌로호프의 청혼과 이오겔의 무도회 이후 그 분위기는 폭우가 내리기 전의 대기처럼 소냐와 나타샤 위에 더욱 짙게 드리워진 듯 보였다. 극장에 갈 때 입은 하늘색 드레스 차림의 소냐와 나타샤는 생글생글 웃으며 아리땁고 — 그들도 이것을 알고 있었다 — 행복한 모습으로 클라비코드 옆에 서 있었다. 베라와 신신은 응접실에서 체스를 두었다. 노백작 부인은 아들과 남편을 기다리며 그들의 집에 함께 사는 늙은 귀족 부인과 카드 점을 치는 중이었다. 제니소프는 머리칼을 헝클어뜨린 채 눈을 반짝반짝 빛내면서 조그만 한쪽 발을 뒤로 빼고 클라비코드 앞에 앉아 짧은 손가락으로 건반을 치며 화음을 넣었다. 그리고 눈을 치뜨면서 특유의 작고 갈라진, 그러나 진실한 목소리로 자신이 지은 시 「마법의 여인」을 노래했다. 그는 그 시에 곡을 붙이려 애쓰고 있었다.

마법의 여인이여, 말하라
나를 버려진 현악기로 이끄는 것은 어떤 힘인가,
그대가 내 심장에 던진 것은 어떤 불인가,
내 손가락에 넘쳐흐르는 것은 어떤 희열인가!

그는 놀라면서도 행복해하는 나타샤를 향해 마노석 같은 까만 눈동자를 빛내며 열정적인 목소리로 노래했다.

"멋져요! 훌륭해요!" 나타샤가 외쳤다. "한 절 더 불러 줘요!" 그녀는 니콜라이를 알아채지 못한 채 말했다.

'재들은 늘 똑같군.' 니콜라이는 속으로 중얼거리며 베라와 어머니와 노부인이 있는 응접실을 흘깃 쳐다보았다.

"아! 니콜렌카가 왔네!" 나타샤가 그에게 달려갔다.

"아빠는 집에 계셔?" 그가 물었다.

"오빠가 와서 얼마나 기쁜지 몰라." 나타샤는 그의 말에 대답하지 않고 말했다. "우리는 무척 기뻐하고 있었어! 바실리 드미트리치가 나를 위해 하루 더 머물 거야. 알고 있었어?"

"아뇨, 아빠는 아직 오시지 않았어요." 소냐가 말했다.

"코코, 왔구나. 내게 오렴, 얘야." 응접실에서 백작 부인의 목소리가 말했다. 니콜라이는 어머니에게 다가가 손에 입을 맞추고는 말없이 테이블에 다가앉아 카드를 늘어놓는 그녀의 두 손을 바라보았다. 홀에서 웃음소리와 나타샤를 설득하는 명랑한 목소리들이 계속 들려왔다.

"자, 좋아요, 좋아." 제니소프가 외쳤다. "이제 어떤 핑계도 안 됩니다. 당신이 「베네치아의 뱃노개」글 부글 차계가고요. 부탁합니다."

백작 부인은 말이 없는 아들을 돌아보았다.

"무슨 일 있니?" 어머니가 니콜라이에게 물었다.

"아, 아무것도 아니에요." 그는 늘 똑같은 이 질문이 성가시다는 듯 말했다. "아빠는 곧 오시나요?"

"그럴 거야."

'우리 집 사람들은 항상 똑같군. 아무것도 몰라! 난 어디로 가야 하나?' 니콜라이는 이런 생각을 하며 다시 클라비코드가 있는 홀로 향했다.

소냐는 클라비코드 앞에 앉아 제니소프가 특히 좋아하는 「베네치아의 뱃노래」의 전주곡을 연주했다. 나타샤는 노래할 준비를 했다. 제니소프는 황홀한 눈으로 그녀를 바라보았다.

니콜라이는 홀 안을 이리저리 거닐기 시작했다.

'도대체 왜 저 아이에게 노래를 시키지! 저 애가 뭘 부를 줄 안다고? 여기에도 재미있는 일이라곤 하나도 없군.' 니콜라이는 생각했다.

소냐가 전주곡의 첫 번째 화음을 눌렀다.

'오, 하느님, 난 명예도 모르는 타락한 인간이야. 이마에 총알 한 방, 그것이 나에게 남은 유일한 거야. 노래하는 게 아니라.' 그는 생각했다. '떠날까? 하지만 도대체 어디로? 아무래도 상관없어. 재들은 노래나 하라 그래!'

니콜라이는 홀 안을 계속 거닐면서 제니소프와 소녀들의 시선을 피하는 한편 침울하게 그들을 흘깃거렸다.

'니콜렌카, 무슨 일 있어요?' 그를 향한 소냐의 시선이 물었다. 그녀는 그에게 무슨 일이 일어났음을 금방 알아차렸다.

니콜라이는 그녀에게서 얼굴을 돌렸다. 나타샤도 특유의 세심함으로 오빠의 상태를 곧 알아차렸다. 그녀는 그것을 알아차렸지만, 그 순간 몹시도 즐거운 데다 슬픔과 우수와 비난과는 너무나 거리가 멀었기에 일부러 스스로를 속였다(젊은 사람들이 종종 그러는 것처럼). '아니야, 다른 사람의 슬픔에 대한 동정으로 자신의 즐거움을 망치기에는 난 지금 너무 즐거워.' 그녀는 이렇게 느끼며 스스로에게 말했다. '아니야, 내가 분명히 착각한 거야. 오빠는 나만큼 즐거워하고 있는 게 틀림없어.'

"자, 소냐." 그녀는 이렇게 말하고 홀 한가운데로 걸어 나갔다. 그녀의 견해에 따르면 소리의 울림이 가장 좋은 자리였다. 나타샤는 무용수처럼 고개를 살짝 들고 죽은 사람처럼 두 팔을 축 늘어뜨린 후 발뒤꿈치를 바닥에 내딛고 발가락 끝으로 걸음을 떼는 열정적인 몸짓으로 홀 한가운데에 나아가 멈춰 섰다.

'여기 내가 있어요!' 그녀는 자신을 뒤쫓는 제니소프의 황홀한 시선에 응답하며 이렇게 말하는 것 같았다.

'저 애는 뭐가 즐거울까!' 니콜라이는 여동생을 쳐다보며 생각했다. '어쩌면 저렇게 지겨워하지도 부끄러워하지도 않을까!' 나타샤가 첫 음을 잡았다. 그녀의 목구멍이 확장되고, 가슴이 곧게 펴지고, 눈동자가 진지한 빛을 띠었다. 이 순간 그녀는 누구에 대해서도, 무엇에 대해서도 생각하지 않았다. 미소를 띤 입술에서 소리가 흘러나왔다. 그것은 누구든 똑같은 시간 동안 똑같은 음정으로 만들어 낼 수 있는 소리, 그러나 1000번은 사람을 냉담하게 내버려 두다가 1001번째에 사람을 전율하고 흐느끼게 만드는 소리였다.

나타샤는 올겨울 처음으로 진지하게 노래를 부르기 시작했다. 특히 제니소프가 그녀의 노래에 열광하기 때문이었다. 이 순간 그녀는 어린아이처럼 부르지 않았다. 예전에 어린아이같이 우스꽝스럽게 애쓰던 그 모습은 더 이상 그녀의 노래에서 느껴지지 않았다. 그러나 노래를 들은 모든 전문 비평가들이 말하듯 그녀는 아직 노래를 잘하는 편이 아니었다. "다듬어지지 않았지만 훌륭한 목소리다. 다듬을 필요가 있다." 다들 그렇게 말했다. 하지만 그들이 이렇게 말하는 것은 대개 그녀의 목소리가 멈추고 나서 한참이 지난 후였다. 호흡이 불안정하고 선율도 불안정한 이 다듬어지지 않은 목소리가 울리는 순간이면 전문 비평가들조차 아무 말 하지 않고 그저 그 다듬어지지 않은 목소리를 즐기며 한 번 더 듣고 싶어 할 뿐이었다. 그녀의 목소리에는 순결과 순수, 자기 힘에 대한 무지, 아직 다듬어지지 않은 벨벳 같은 부드러움이 깃들어 있었다. 성악 기교의 부족이 이러한 점들과 대단히 잘 어우러져서 그 목소리에 변화를 주려고 하다가는 오히려 망가질 것 같았다.

'이게 도대체 어떻게 된 일이야?' 그녀의 목소리를 들은 니콜라이는 눈을 휘둥그레 뜨고 생각에 잠겼다. '저 아이에게 무슨 일이 생긴 거지? 오늘은 정말 잘 부르잖아!' 그는 생각했다. 불현듯 그에게는 온 세상이 다음 음, 다음 악절에 대한 기대에 집중하는 것 같았고, 세상의 모든 것은 3박자로 나뉘는 것 같았다. '**오 나의 잔인한 사랑이여**…….(이탈리아어) 하나, 둘, 셋…… 하나, 둘…… 셋…… 하나……. **오 나의 잔인한 사랑이여**……. 하나, 둘, 셋…… 하나. 아, 우리의 어리석은 인생!' 니콜라이는 생각했다. '이 모든 것, 불행도, 돈도, 돌로호프도, 미움도, 명예도, 이 모든 것이 다 부질없어…… 바로 이게 진짜야……. 아, 나타샤, 아, 사랑하는 나의 동생! 저 아이가 그 시 음을 어떻게 낼까……. 냈잖아? 하느님, 감사합니다.' 그는 자기도 모르는 사이에 그 높은 음보다 3도 낮은 2성부 음을 내며 그 시 음을 받쳐 주기 위해 노래하고 있었다. '오, 하느님! 얼마나 아름다운가! 내가 정말 이 소리를 낸 걸까? 정말 행복하다!' 그는 생각했다.

아, 그 3도 화음이 어떻게 떨렸던가! 로스토프의 영혼 속에 있는 가장 고귀한 무언가는 얼마나 감동을 받았던가! 그리고 그 무언가는 세상의 어떤 것과도 관련이 없고 세상에서 가장 지고한 것이었다. 카드놀이에서 돈을 잃은 것, 돌로호프 같은 자들, 맹세, 그런 것이 다 뭐란 말인가! 모든 것이 무의미하다! 사람을 죽이고 도둑질을 한다 해도 여전히 행복해질 수 있는 것이다…….

16

로스토프가 음악에서 이날 밤 같은 즐거움을 맛본 것은 오랜만이었다. 그러나 나타샤가 「베네치아의 뱃노래」를 마치자마자 또다시 현실이 뇌리에 떠올랐다. 그는 아무 말 없이 나와 아래층의 자기 방으로 향했다. 십오 분 후 노백작이 즐겁고 흡족한 모습으로 클럽에서 돌아왔다. 니콜라이는 노백작이 도착하는 소리를 듣고 그에게로 갔다.

"어때, 재미있었니?" 일리야 안드레이치가 아들을 향해 기쁘고 자랑스러운 미소를 지어 보이며 말했다. 니콜라이는 '네.' 하고 싶었지만 그럴 수 없었다. 하마터면 울음을 터뜨릴 뻔했다. 백작은 파이프에 불을 붙였다. 그는 아들의 상태를 알아차리지 못했다.

'에잇, 피할 수 없는 일이야!' 니콜라이는 처음이자 마지막으로 그런 생각을 했다. 마치 시내에 타고 갈 승용 마차를 요청하기라도 하듯 갑자기 스스로도 혐오스럽게 느낄 만큼 뻔뻔하기 짝이 없는 어투로 아버지에게 말했다.

"아빠, 볼일이 있어서 왔어요. 깜빡 잊어버릴 뻔했네요. 돈이 필요해요."

"그렇구나." 아버지가 말했다. 그는 유난히 기분이 좋았다. "내가 부족할 거라고 말하지 않았니. 많이 필요하냐?"

"아주 많이요." 니콜라이는 얼굴을 붉히고 바보처럼 태연하게 웃으며 말했다. 그는 그 후 오랫동안 이 미소에 대해 스스로를 용서할 수 없었다. "도박에서 돈을 조금 잃었어요. 그러니까 많이, 아주 많이 잃었어요. 4만 3000루블이요."

"뭐? 누구에게? 농담이지!" 노인들이 흔히 그러듯이 백작은 갑자기 뇌졸중을 일으킨 것처럼 목과 목덜미를 새빨갛게 물들이며 외쳤다.

"내일 갚겠다고 약속했어요." 니콜라이가 말했다.

"이런!" 노백작은 두 팔을 벌리며 말하고는 힘없이 소파에 주저앉았다.

"어쩔 수 없어요! 이런 일은 누구에게나 있지 않나요?" 마음속으로는 자신에 대해 평생 죄를 씻을 수 없는 쓸모없고 비열한 놈이라 생각하면서도 아들은 무례하고 대담한 어조로 말했다. 그는 아버지의 손에 입을 맞추고 무릎을 꿇은 채 용서를 구하고 싶었을 것이다. 하지만 그는 무심하고 심지어 무례한 어투로 이런 일은 누구에게나 일어난다고 말했다.

아들로부터 이런 말을 듣자 일리야 안드레이치 백작은 시선을 떨구고 무언가를 찾는 듯 허둥대기 시작했다.

"그래, 그렇지." 일리야 안드레이치 백작은 말했다. "힘들 거야. 그 돈을 구하기 힘들 것 같아 걱정이다…… 누구에게나 있는 일이지! 그래, 누구에게나 있는 일이야……." 그리고 백작은 아들의 얼굴을 힐끔 쳐다보고 방을 나서려 했다……. 니콜라이는 반박할 준비를 하고 있었으나 이런 것은 결코 예상하지 못했다.

"아빠! 아…… 빠!" 그는 흐느끼며 뒤에서 아버지를 향해 외쳤다. "절 용서해 주세요!" 그러고는 아버지의 손을 와락 잡아 입술을 대고 울기 시작했다.

아버지와 아들이 서로 상의하는 동안 어머니와 딸 사이에도 그 못지않게 중요한 의논이 벌어지고 있었다. 나타샤가 흥분하여 어머니에게 달려왔다.

"엄마! 엄마! 그 사람이 나에게……."

"뭘 어쨌다고?"

"그 사람이, 그 사람이 청혼을 했어요. 엄마! 엄마!" 그녀가 외쳤다.

백작 부인은 귀를 의심했다. 제니소프가 청혼을 했다. 누구에게? 이 조그마한 여자아이에게, 얼마 전까지 인형을 가지고 놀았고 아직도 수업을 받고 있는 나타샤에게 한 것이다.

"나타샤, 그만하렴, 바보 같은 소리를 하는구나!" 그녀는 여전히 그 말이 농담이기를 바라며 말했다.

"아이, 바보 같은 소리라뇨! 엄마에게 사실대로 말하고 있는데." 나타샤는 화를 내며 말했다. "어떻게 해야 할지 여쭤보려고 온 거예요. 그런데 엄마는 '바보 같은 소리'라고 하시니……."

백작 부인은 어깨를 으쓱했다.

"무슈 제니소프가 너에게 청혼을 한 것이 사실이라면, 좀 우습긴 하다만 그에게 '당신은 바보예요.'라고 말해 줘라. 그걸로 충분해."

"아니에요. 그분은 바보가 아니라고요." 나타샤는 모욕감을 느끼며 진지하게 말했다.

"그럼, 넌 어떻게 하고 싶니? 너희는 요즘 다들 사랑에 빠진 모양이구나. 그래, 사랑하면 결혼하렴." 백작 부인이 신경질적으로 웃으며 말했다. "하느님께서 함께하시길!"

"아뇨, 엄마, 난 그분을 사랑하지 않아요. 그분을 사랑하지 않는 게 분명해요."

"그럼 그렇다고 그에게 말해."

"엄마, 화나셨어요? 화내지 마세요, 엄마. 도대체 내가 무슨 잘못을 했다고 그러세요?"

"아니다. 그래, 어떻게 할 거니, 얘야? 결혼하고 싶다면 내가 가서 말해 주마." 백작 부인이 빙그레 웃으며 말했다.

"아니에요, 제가 직접 말할 거예요. 엄마는 그저 가르쳐만 주세요. 엄마는 뭐든지 쉽사리 하시잖아요." 나타샤는 어머니의 미소에 답하며 덧붙였다. "그 사람이 내게 그 말을 하는 걸 엄마가 보셨더라면! 난 잘 알아요. 그 사람도 그런 말을 하려던 건 아닌데 무심코 입 밖에 낸 거예요."

"그래, 그렇지만 거절해야 한단다."

"아니에요. 그래서는 안 돼요. 그분이 너무 가여워요! 얼마나 좋은 사람인데."

"그럼 청혼을 받아들이렴. 게다가 너도 결혼할 때가 됐잖니." 어머니는 화가 나서 조롱하듯 말했다.

"아니에요, 엄마. 그분이 너무 가여워요. 전 어떻게 말해야 할지 모르겠어요."

"그럼 넌 아무 말도 마라. 내가 직접 말할 테니." 백작 부인은 다른 사람이 감히 자신의 어린 나타샤를 다 큰 어른으로 보았다는 사실에 분개하며 말했다.

"아뇨, 절대로 그러시면 안 돼요. 제가 직접 말할게요, 엄마는 문 앞에서 들어 주세요." 그리고 나타샤는 응접실을 가로질러 홀로 달려갔다. 클라비코드 옆 바로 그 의자에 제니소프가 두 손으로 얼굴을 가리고 앉아 있었다. 그는 그녀의 경쾌한 발걸음 소리에 벌떡 일어났다.

"나탈리." 그는 그녀를 향하여 빠른 걸음으로 다가서며 말했다. "나의 운명을 결정해 주십시오. 내 운명은 당신의 손에 달렸답니다!"

"바실리 드미트리치, 당신이 너무나 가여워요! 아니에요, 하지만 당신은 너무나 훌륭한 분인데…… 그렇지만 안 돼요…… 그렇게는…… 그래도 난 당신을 지금처럼 영원히 사랑할 거예요."

제니소프는 그녀의 손 위로 몸을 숙였고, 그녀는 이해할 수 없는 이상한 소리를 들었다. 그녀는 그의 헝클어진 검은 곱슬머리에 입을 맞추었다. 그때 백작 부인의 옷자락이 스치는 부산스러운 소리가 들려왔다. 백작 부인이 그들에게 다가왔다.

"바실리 드미트리치, 당신이 베풀어 준 영광에 감사합니다." 백작 부인은 당황한 목소리로, 그러나 제니소프에게는 엄하게 느껴지는 목소리로 말했다. "다만 내 딸은 너무 어려요. 난 당신이 내 아들의 친구로서 나에게 먼저 말해 주리라 생각했어요. 그랬다면 당신도 나를 부득이 거절할 수밖에 없는 상황에 처하게 하진 않았을 텐데요."

"백작 부인……." 제니소프는 시선을 떨구고 말했다. 그러고는 잘못을 저지른 표정으로 무언가 더 말하고 싶어 우물거렸다.

나타샤는 그가 너무 가여워 침착하게 바라볼 수가 없었다. 그녀는 큰 소리로 흐느껴 울었다.

"백작 부인, 제가 부인 앞에서 잘못을 저질렀습니다." 제니소프는 더듬거리는 목소리로 계속 말을 이었다. "하지만 아시지요. 제 목숨이 두 개가도 기꺼이 내놓을 만큼 부인의 따님과 가족 모두글 너무도 열결히 사강한다는 것을 말입니다." 백작 부인을 바라본 그는 엄한 표정을 알아챘다. "그럼 안녕히 계십시오, 백작 부인." 그는 그녀의 손에 입을 맞추고 나타샤에게는 눈길도 주지 않은 채 빠르고 단호한 걸음으로 홀을 빠져나갔다.

이튿날 로스토프는 모스크바에 단 하루도 더 머물고 싶지 않다는 제니소프를 전송했다. 모스크바에 있는 모든 친구들이 집시의 집에서 제니소프를 배웅했다. 그는 자신이 어떻게 썰매에 눕혀졌는지, 어떻게 처음 세 개의 역을 지나쳤는지 기억하지 못했다.

제니소프가 떠난 후 로스토프는 노백작이 그렇게 급하게는 마련할 수 없는 돈을 기다리며 모스크바에서 두 주를 더 보냈다. 그는 집 밖에 나가지 않고 주로 아가씨들의 방에서 시간을 보냈다.

소냐는 그에게 예전보다 더 헌신적이고 다정했다. 그가 도박에서 돈을 잃은 사건이 그를 향한 그녀의 사랑을 한층 깊어지게 만든 눈부신 위업이었다고 말하고 싶은 듯했다. 그러나 니콜라이는 이제 자신은 그녀의 사랑을 받을 가치가 없다고 생각했다.

그는 소녀들의 앨범[38]에 시와 악보를 가득 써 넣었다. 그는 자신의 지인들 누구와도 작별 인사를 나누지 않았다. 마침내 4만 3000루블을 다 보내고 돌로호프에게서 영수증을 받은 로스토프는 이미 폴란드에 다다른 연대를 쫓아 11월 말 집을 떠났다.

---

38) 제정 러시아의 아가씨들은 대개 자신의 앨범을 소유했고, 친구들이나 지인들은 그 안에 그림이나 글을 써 주었다.

2부

1

아내와 담판을 지은 후 피에르는 페테르부르크로 떠났다. 토르조크 역참에는 말이 없거나 역참지기가 말을 내주길 원하지 않는 것 같았다. 피에르는 기다려야 했다. 그는 외투를 벗지도 않은 채 둥근 테이블 앞의 가죽 소파에 드러누워 따뜻한 부츠를 신은 커다란 두 발을 그 테이블 위에 올려놓고 생각에 잠겼다.

“여행 가방을 들여놓을까요? 잠자리를 준비할까요, 아니면 차를 내올까요?” 시종이 이것저것 물었다.

피에르는 대꾸하지 않았다. 아무것도 듣지 않고 아무것도 보지 않았기 때문이다. 그는 앞 역참에서부터 상념에 빠지기 시작하여 계속 똑같은 것에 대해 생각하고 있었다. 주위에서 일어나는 일에 전혀 주의를 기울일 수 없을 만큼 대단히 중요한 것이었다. 페테르부르크에 일찍 도착할지 늦게 도착할지,

혹은 이 역참에 쉴 곳이 있을지 없을지에는 전혀 관심을 두지 않았다. 게다가 지금 몰두하는 상념들에 비하면 이 역참에서 몇 시간을 머물든 평생을 보내든 그에게는 아무래도 상관없었다.

역참지기 부부, 시종, 토르조크의 자수품을 든 농가 아낙이 방에 들러 도울 일이 있는지 물었다. 피에르는 올려놓은 다리의 위치를 바꾸지 않고 안경 너머로 그들을 바라보았다. 그들에게 무엇이 필요할지, 피에르 자신을 사로잡은 문제들을 해결하지 않은 채 그 모든 이들이 어떤 방식으로 살아갈 수 있는지 그로서는 이해가 되지 않았다. 결투 후 소콜니키에서 돌아와 잠을 이룰 수 없는 고통스러운 첫 번째 밤을 보낸 그날부터 그는 계속 똑같은 문제들에 사로잡혀 있었다. 단지 여행의 고독에 잠긴 지금은 그 문제들이 특별한 힘으로 그를 지배하는 것뿐이었다. 무엇에 대한 생각을 시작하든 자신이 해결할 수 없는, 스스로 끊임없이 묻게 되는 똑같은 문제들로 되돌아가곤 했다. 마치 머릿속에서 그의 모든 삶을 지탱하던 주요한 나사가 망가진 것 같았다. 나사는 더 들어가지도 나오지도 않고 똑같은 지점에서 계속 헛돌기만 했으며, 그것의 회전을 멈추는 것은 불가능했다.

역참지기가 들어와 백작 각하, 두 시간만 기다려 주시겠습니까, 그 후에는 제가 각하를 위해 역마를 내어 드리겠습니다(무슨 일이 있어도)라고 굽실거리면서 간청하기 시작했다. 역참지기가 거짓말을 하고 있으며 그저 여행객으로부터 돈을 더 뜯어내기만 바란다는 것은 명백해 보였다. '이것은 나쁜 행동일까, 좋은 행동일까?' 피에르는 스스로에게 물었다. '나로서는 괜찮지만 다른 여행객들에게는 좋지 않은 행동이지. 그런데 그로서는 어쩔 수 없어. 아무것도 없으니까. 이 사람은 한 장교가 이런 일로 자기를 두들겨 팬 적이 있다고 했지. 장교는 서둘러 가야 했기 때문에 때린 거야. 난 나 자신이 모욕을 받았다고 생각했기 때문에 돌로호프를 쏘았어. 그리고 루이 16세는 죄인으로 간주되었기 때문에 처형되었어. 일 년 뒤에는 그를 처형한 사람들 역시 어떤 이유로 죽임을 당했지. 무엇이 나쁜 것일까? 무엇이 좋은 것일까? 무엇을 사랑하고 무엇을 증오해야 할까? 무엇을 위해 살아야 할까? 난 도대체 무엇일까? 삶은 무엇이고, 죽음은 무엇일까? 어떤 힘이 이 모든 것을 지배하는 것일까?' 그는 스스로에게 물었다. 이 질문들에 대한 답이 전혀 아닌 비논리적인 한 가지 대답 외에는 어떤 질문에 대해서도 답이 나오지 않았다. 그 대답이란 이런 것이었다. '죽으면 모든 것이 끝난다. 죽으면 모든 것을 알게 되든가, 질문을 멈추게 될 것이다.' 그러나 죽는 것 역시 무서웠다.

토르조크의 여자 행상인이 새된 목소리로 자신의 상품을, 특히 염소 가죽 구두를 권했다. '나에게는 어디 둘 곳도 없는 수백 루블의 돈이 있는데 저 여자는 구멍 난 외투를 입고 서서 겁먹은 눈으로 나를 바라보고 있군.' 피에르는 생각했다. '저 여자에게는 이 돈이 왜 필요할까? 이 돈이 머리카락 한 올만큼이라도 여자에게 마음의 평화와 행복을 더해 줄 수 있을까? 과연 이 세상의 무엇이 저 여자와 나를 악과 죽음에 덜 예속된 존재로 만들어 줄 수 있을까? 죽음, 모든 것에 종말을 가져오고 오늘이든 내일이든 반드시 찾아올 죽음. 아무래도 상관없지, 영원에 비하면 한순간인 것을.' 그렇게 그는 전혀 죄어지지 않는 나사에 다시 힘을 가했고, 나사는 여전히 똑같은 자리에서 헛돌기만 했다.

하인이 전체 분량의 절반까지 낱장들을 자른 마담 수자[39]의 서간체 소설 한 권을 가져다주었다. 그는 아멜리에 드 맨스필드라는 여자의 고난과 고결한 투쟁에 대해 읽기 시작했다. '그런데 이 여인은 무엇 때문에 자신을 유혹한 남자와 싸우는 것일까?' 그는 생각했다. '그녀가 그를 사랑했다면? 하느님이 그녀의 영혼에 그의 의지에 반하는 갈망을 불어넣었을 리 없어. 내 아내였던 여자는 싸우려 하지 않았어. 어쩌면 그녀가 옳았는지 몰라. 알아낸 게 하나도 없군.' 피에르는 다시 스스로에게 말했다. '아무것도 생각해 내지 못했어. 우리가 알 수 있는 것은 우리가 아무것도 모른다는 사실뿐이야. 그리고 그것이 인간의 지혜가 이를 수 있는 최고 단계지.'

그에게는 자신의 내면과 그 주위에 있는 모든 것들이 복잡하고 무의미하고 혐오스럽게 여겨졌다. 그러나 주위를 둘러싼 모든 것에 대한 바로 그 혐오감에서 피에르는 일종의 자극

---

39) 아델라이드 피유욀 드 수자(Adelaide Filleul de Souza, 1761~1836). 프랑스 작가. 프랑스 대혁명 전에 유명한 살롱을 이끌었다. 1792년 그녀는 영국으로 피신했지만 남편은 불로뉴에서 체포되어 단두대에서 처형되었다. 그 후 영국과 독일에서 소설을 쓰며 생계를 꾸렸다. 19세기 초반 그녀의 소설은 러시아 사교계에서도 매우 인기가 높았다. 그러나 『아멜리에 드 맨스필드(Amélie de Mansfield)』는 그녀의 작품이 아니라 그녀와 동시대 작가인 소피 코텡(Sophie Cottin, 1770~1807)의 소설이다.

적인 쾌감을 발견했다.

“여기 이분을 위해 자리를 조금만 양보해 주시길 각하께 감히 부탁드립니다.” 역참지기가 말이 부족하여 여정을 지체하게 된 여행자 한 명을 뒤에 데리고 들어오며 말했다. 여행자는 땅딸막하고 뼈대가 굵고 피부가 누르스름하고 주름이 많은 노인이었는데 축 늘어진 희끗한 눈썹 아래로 딱히 무슨 색이라고 말하기 힘든 옅은 잿빛 눈동자를 빛내고 있었다.

피에르는 새로 들어온 사람에게 이따금 눈길을 던지며 테이블에서 두 다리를 내리고 일어나 그를 위해 마련된 침상에 누웠다. 음울하고 피곤한 표정을 한 그 사람은 피에르 쪽은 돌아보지도 않고 하인의 도움을 받으며 힘겹게 외투를 벗었다. 난징 무명으로 겉감을 댄 남루한 모피 외투를 걸치고 뼈가 앙상하게 드러난 야윈 두 발에 펠트 부츠를 신은 여행자는 소파에 앉아 관자놀이 사이가 넓고 머리털을 짧게 깎은 매우 커다란 머리를 등받이에 기댄 채 베주호프를 쳐다보았다. 그 시선에 어린 엄격하고 지적이고 속을 꿰뚫어 보는 듯한 표정이 피에르에게 깊은 인상을 주었다. 피에르는 여행자와 이야기를 나누고 싶었다. 그러나 그가 여행에 대한 질문으로 말을 건네려고 했을 때 여행자는 이미 눈을 감고 주름투성이의 늙수그레한 두 손을 포갠 채 꼼짝 않고 앉아 있었다. 손가락에 해골의 형상이 아로새겨진 큼직한 주철 반지를 끼고 있었다. 피에르가 보기에 쉬는 듯도 하고, 무언가에 대한 깊고 고요한 생각에 잠긴 듯도 했다. 여행자의 하인도 온통 쭈글쭈글한 데다 살갗이 누르스름한 작은 노인으로 콧수염도 턱수염도 없었다.

수염을 민 게 아니라 한 번도 난 적이 없는 것 같았다. 민첩한 늙은 하인은 식료품 가방을 열어 차를 준비하고 물이 끓는 사모바르를 가져왔다. 모든 준비가 끝나자 여행자는 눈을 뜨고 테이블에 다가와 자신을 위해 차를 한 컵 따르고는 수염이 없고 체구가 작은 다른 노인을 위해 또 한 컵을 따라 건넸다. 피에르는 불안한 느낌이 들기 시작했다. 그리고 이 여행자와 꼭 대화를 해야 할 것 같고, 심지어 그 대화를 피할 수 없을 것 같은 기분마저 느꼈다.

하인은 엎어 놓은 자신의 빈 컵과 갉아 먹고 남은 설탕 조각을 치우고는 필요한 것이 없는지 물었다.[40]

"아무것도 필요 없어. 책이나 주게." 여행자가 말했다. 하인은 피에르의 눈에 종교에 관한 것으로 보이는 책을 한 권 가져다주었고, 여행자는 독서에 몰두했다. 피에르는 그를 바라보았다. 갑자기 여행자가 책을 내려놓더니 책갈피를 끼운 후 책장을 덮었다. 그러고는 다시 눈을 감고 등받이에 기대어 아까와 같은 자세로 앉았다. 피에르는 그를 바라보았다. 그런데 피에르가 미처 고개를 돌리기도 전에 노인이 눈을 뜨더니 그 의연하면서도 준엄한 눈길로 피에르의 얼굴을 똑바로 응시했다.

피에르는 당황하여 그 눈길을 피하려 했지만 노인의 빛나는 눈동자가 거부할 수 없는 힘으로 그를 끌어당겼다.

---

40) 러시아 사람들은 잔 대신 유리컵으로 차를 마시곤 했다. 자신이 차를 다 마신 것을 보여 주기 위해 컵을 엎어 놓는 것, 또 경제적인 이유로 차에 설탕을 타는 대신 설탕 덩어리를 갉아 먹는 것은 하층민들의 관습이었다.

2

“베주호프 백작과 이야기를 나누는 기쁨을 누리게 되었군요. 내가 잘못 본 게 아니라면 말입니다.” 여행자가 큰 소리로 침착하게 말했다. 피에르는 말없이 안경 너머로 상대방을 미심쩍게 바라보았다.

“당신에 대해 들었습니다.” 여행자가 계속 말을 이었다. “당신에게 닥친 불행에 대해서도요, 선생.” 그는 마치 ‘그래요, 불행입니다. 당신이 뭐라고 부르든 말입니다, 백작. 난 모스크바에서 당신에게 일어난 일이 불행이라는 것을 압니다.’라고 말하기라도 하듯 마지막 단어에 힘을 주는 것 같았다. “정말 유감스럽게 생각합니다, 선생.”

피에르는 얼굴을 붉혔다. 그는 황급히 침대에서 다리를 내리고는 어색하고 겸연쩍은 미소를 지으며 노인에게 허리를 숙였다.

“당신에게 그 일을 언급한 것은 호기심 때문이 아니라 보다 중요한 이유가 있어서입니다, 선생." 그는 피에르에게서 눈을 떼지 않은 채 잠시 침묵하고는 소파에서 옆으로 조금 비켜 앉았다. 이런 몸짓으로 피에르에게 옆에 앉으라고 청한 것이다. 피에르는 이 노인과 대화하게 된 것이 기쁘지 않았으나 자기도 모르게 그 말에 순종하며 노인에게로 다가가 옆에 앉았다.

"당신은 불행하지요, 선생." 그는 계속 말을 이었다. "당신은 젊고 난 늙었습니다. 난 힘닿는 한 당신을 돕고 싶습니다."

"아, 네." 피에르는 어색한 미소를 지으며 말했다. "정말 감사합니다……. 어디에서 오는 길입니까?" 여행자의 얼굴은 부드럽기는커녕 차갑고 준엄하기까지 했다. 그런데도 새로 알게 된 이 남자의 말과 얼굴은 피에르에게 거부할 수 없는 매력적인 영향을 미쳤다.

"하지만 어떤 이유로든 나와 대화하는 것이 불쾌하다면 그렇다고 말해 주시오, 선생." 노인이 말했다. 그러더니 갑자기 생각지도 않게 아버지 같은 잔잔한 미소를 지었다.

"아, 아닙니다, 전혀 그렇지 않습니다. 오히려 당신을 알게 되어 무척 기쁩니다." 피에르는 이렇게 말하고 새로 알게 된 남자의 손을 또 한 번 흘깃 쳐다보고는 반지를 더 자세히 바라보았다. 그는 프리메이슨의 표식인 해골을 보았다.

"질문을 드려도 될까요? 당신은 프리메이슨 회원입니까?" 피에르가 말했다.

"네, 나는 자유 석공 조합[41]의 일원입니다." 여행자는 피에

41) 프리메이슨을 일컫는 또 다른 명칭.

르의 눈을 더욱더 깊이 들여다보며 말했다. "그래서 나 개인적으로, 또 그들을 대표하여 당신에게 형제의 손을 내밀고자 합니다."

"전 두렵습니다." 피에르는 그 프리메이슨 회원이 개인적으로 자신에게 불러일으킨 신뢰와 프리메이슨 종교를 조롱하던 습관 사이에서 망설이며 미소 띤 얼굴로 말했다. "전 제가 전혀 이해하지 못할까 두렵습니다. 어떻게 말해야 할까요, 우주 만물에 대한 저의 사고방식이 당신과 정반대여서 서로를 이해하지 못할까 걱정됩니다."

"당신의 사고방식에 대해서는 나도 압니다." 프리메이슨 회원이 말했다. "당신이 말하는, 그리고 스스로에게는 정신노동의 성과로 보일 그 사고방식은 오만과 나태와 무지에서 비롯된 진부한 열매입니다. 용서하시오, 선생, 만약 내가 그것을 몰랐다면 당신과 대화를 시작하지도 않았을 겁니다. 당신의 사고방식은 우울한 망상입니다."

"당신도 망상에 빠져 있다고 제가 가정할 수 있는 것처럼 말이지요." 피에르는 희미한 미소를 지으며 말했다.

"내가 감히 진리를 안다고 말할 수는 없습니다." 프리메이슨은 분명하고 확고한 말로 피에르를 더욱더 놀라게 하면서 말했다. "어느 누구도 혼자서 진리에 이를 수는 없습니다. 오직 인류의 조상 아담으로부터 우리 시대에 이르기까지 수백만 세대에 걸쳐 모든 사람이 참여하여 계속 돌을 쌓음으로써 위대한 하느님의 훌륭한 집이 될 전당이 우뚝 솟아오르는 거죠." 프리메이슨은 이렇게 말하며 눈을 감았다.

"당신에게 말하지 않을 수 없군요. 전 믿지 않습니다. 신을 믿지 않아요……." 피에르는 모든 진실을 털어놓는 수밖에 없다고 느끼며 애석하고 힘겹게 말했다.

프리메이슨은 피에르를 주의 깊게 바라보더니 빙그레 웃었다. 마치 두 손에 수백만 루블을 가진 부자가 가난뱅이인 나에게는 나를 행복하게 만들어 줄 5루블이 없다고 말하는 가난한 남자를 향해 미소 짓는 것 같았다.

"당신은 하느님을 모르는군요, 선생." 프리메이슨이 말했다. "당신은 그분을 알 수 없어요. 당신은 하느님을 모릅니다. 그게 불행한 이유예요."

"네, 그렇습니다. 전 불행합니다." 피에르는 수긍했다. "하지만 제가 도대체 뭘 할 수 있습니까?"

"당신은 그분을 모릅니다, 선생. 그래서 몹시도 불행한 겁니다. 당신은 그분을 모르지만 그분은 여기에 계십니다. 그분은 내 안에 계시고, 그분은 나의 말 속에 계십니다. 그분은 당신 안에도 계십니다. 심지어 당신이 지금 말한 그 신성 모독적인 말에도 계시지요." 프리메이슨은 떨리는 목소리로 준엄하게 말했다.

그는 마음을 진정하려는지 잠시 말을 멈추고는 한숨을 쉬었다.

"만약 하느님이 안 계시다면……." 그는 나직하게 말했다. "당신과 나는 하느님에 대해 이야기를 하지 않았을 겁니다, 선생. 우리가 무엇에 대해, 누구에 대해 말했습니까? 당신이 부인한 것은 누구입니까?" 그가 갑자기 환희에 찬 근엄함과 권위가 깃든 목소리로 말했다. "그분이 존재하지 않는다면 누가 그분을 생각해 냈단 말인가? 그런 불가해한 존재가 있다는 가정이 어째서 자네 마음속에 떠오른 거지? 어째서 자네와 온 세상은 그런 현묘한 존재가, 그 모든 본성상 전능하고 영원하고 무한한 존재가 있다고 가정했을까?" 그는 말을 멈추고 오랫동안 침묵했다.

피에르는 그 침묵을 깰 수 없었고 깨고 싶지도 않았다.

"하느님은 존재해. 다만 그분을 이해하는 것은 어려운 일이지." 프리메이슨은 피에르의 얼굴이 아닌 정면을 응시한 채 내면의 흥분 때문에 침착하게 가만있지 못하는 늙수그레한 두 손으로 책장을 넘기면서 또다시 입을 열었다. "만약 자네가 그 존재를 의심하는 대상이 사람이라면 난 그 사람을 데려와 그의 손을 잡고 자네에게 보여 주겠네. 하지만 나처럼 언젠가 죽을 수밖에 없는 존재인 보잘것없는 자가 그분의 모든 전능함과 모든 영원함과 모든 선을 어찌 보여 줄 수 있겠나? 눈이 먼 사람에게, 혹은 그분을 보지 않고 이해하지 않기 위해, 그리고 자신의 모든 추악함과 죄악을 보지 않고 깨닫지 않기 위해 눈을 감으려는 사람에게 말일세." 그는 잠시 입을 다물었다. "자네는 누구인가? 자네는 무엇인가? 자네는 그런 신성모독적인 말을 할 수 있기 때문에 자신이 현자라는 망상에 빠지는 걸세." 그는 멸시에 찬 음울한 조소를 띠며 말했다. "하지만 자네는 정교하게 만들어진 시계의 부품을 가지고 놀면서 그 시계의 사명을 이해할 수 없으니 그 시계를 만든 장인의 존재도 믿을 수 없다고 감히 말하는 어린아이보다 더 우둔하고 무분별

해. 하느님을 인식하기는 어려워. 우리는 인류의 조상 아담으로부터 오늘날까지 수 세기 동안 이러한 인식을 위해 노력해 왔지. 우리의 목적을 날성하는 것은 끝없이 머나먼 일이야. 그러나 우리는 그분을 이해하지 못하는 것에서 그저 우리의 약점과 그분의 위대함을 볼 뿐이네…….”

피에르는 가슴을 졸이며 반짝이는 눈으로 프리메이슨의 얼굴을 바라보면서 그의 말을 들었다. 그는 프리메이슨의 말을 가로막거나 질문을 던지지 않고 그 낯선 남자가 하는 말을 진심으로 믿었다. 프리메이슨의 언어로 표현된 이성적인 논거를 믿었든, 아니면 어린아이처럼 프리메이슨의 말에 깃든 어조와 확신과 진심 어린 감정을 믿었든, 혹은 이따금 프리메이슨의 말을 가로막다시피 한 목소리의 떨림, 혹은 그 신념과 함께 늙어 온 반짝이는 노안(老眼), 혹은 프리메이슨의 존재 전체에서 빛나는, 또한 피에르의 타락이나 절망과 대조를 이루고 특히나 자신에게 큰 충격을 준 그 침착함과 의연함과 스스로의 사명에 대한 인식을 믿었든 그는 진심으로 믿고 싶었고, 실제로 믿었으며, 아울러 평화와 회복과 삶으로의 귀환이라는 기쁜 감정을 맛보았다.

“하느님은 이성이 아니라 삶을 통해 인식되네.” 프리메이슨이 말했다.

“모르겠습니다.” 피에르는 마음속에 의심이 떠오르는 것을 두려운 심정으로 느끼며 말했다. 그는 상대방의 논거가 불분명하고 약한 것에 두려움을 느꼈다. 그 프리메이슨을 믿지 못하게 될까 두려웠다. 그는 말했다. “이해할 수 없습니다. 어떻게 인간의 이성이 당신이 말하는 그 지식을 인식하지 못한다는 겁니까?"

프리메이슨은 그 온화한 아버지 같은 미소를 지었다.

"최고의 지혜와 진리는 우리가 자기 안에 받아들이고 싶어 하는 가장 순수한 물과 같네." 그가 말했다. "과연 내가 깨끗하지 않은 그릇에 그 깨끗한 물을 받고 나서 그것의 깨끗함을 판단할 수 있을까? 오직 자기 내면을 깨끗하게 할 때만 자기 안에 받아들인 물을 일정 수준까지 깨끗하게 지킬 수 있다네."

"네, 그래요, 바로 그거예요!" 피에르가 기뻐하며 말했다.

"최고의 지혜는 이성에만, 이성적 지식이 분화된 물리나 역사나 화학 등 세속적인 학문에만 기초를 두는 게 아닐세. 최고의 지혜는 한 가지뿐이지. 최고의 지혜는 하나의 학문만을 갖는다네. 만물에 대한 학문, 온 우주와 그 속에서 인간이 차지한 위치를 해명하는 학문 말일세. 이 학문을 우리 안에 받아들이려면 자신의 속사람을 깨끗이 하고 새롭게 하지 않으면 안 돼. 그러니까 알기에 앞서 믿음을 가지고 스스로를 완성할 필요가 있어. 그리고 이러한 목적을 이루기 위해 양심이라 불리는 신성한 빛이 우리 영혼 속에 놓이게 된 것이지."

"네, 그렇군요." 피에르가 수긍했다.

"마음의 눈으로 자신의 속사람을 보고 스스로에게 물어보게. 자네가 스스로에게 만족하는지 말이야. 자네는 오직 이성만을 따르면서 무엇을 얻었나? 자네는 도대체 뭐지? 선생, 당신은 젊어요. 당신은 부자입니다. 똑똑하고 교양 있는 사람이에요. 당신은 자신이 받은 그 모든 은총으로 무엇을 했습니까? 자신에게, 자신의 삶에 만족합니까?"

"아니요, 전 제 삶을 증오합니다." 피에르는 얼굴을 찌푸리며 중얼거렸다.

"증오하는군. 그럼 바꿔. 자신을 정결히 해. 정결해진 정도에 따라 지혜를 인식하게 될 거야. 선생, 자신의 삶을 바라봐요. 당신은 자신의 삶을 어떻게 이끌어 왔소? 사회로부터 늘 받기만 하고 아무것도 되돌려 주지 않으면서 떠들썩한 주연과 방탕 속에 살았지요. 당신은 부를 얻었어요. 그것을 어떻게 사용했습니까? 당신은 이웃을 위해 무엇을 했습니까? 당신의 농노 수만 명에 대해 생각해 본 적이 있습니까? 그들을 육체적으로나 정신적으로 도운 적이 있습니까? 아니요. 당신은 방탕한 생활을 영위하기 위해 그들의 노동을 이용했어요. 당신은 그런 식으로 해 왔습니다. 당신은 이웃에게 도움을 줄 그런 일자리를 택한 적이 있습니까? 아니요. 당신은 나태 속에 생을 살았습니다. 선생, 그러고는 결혼해서 젊은 아내를 지도할 책임을 떠맡았습니다. 그러나 도대체 무엇을 했습니까? 당신은 그녀가 진리의 길을 찾도록 돕지 않았고, 그녀를 거짓과 불행의 구렁텅이에 빠뜨렸습니다, 선생. 한 남자가 당신을 모욕했고 당신은 그를 죽이려 했습니다. 그리고 당신은 신을 모른다고, 자신의 삶을 증오한다고 말하는군요. 이상할 것도 없습니다, 선생!"

이렇게 말한 후 프리메이슨은 긴 대화에 지쳤는지 다시 소파 등받이에 기대어 눈을 감았다. 피에르는 준엄하고 전혀 움직임을 보이지 않는, 거의 죽은 사람처럼 보이는 그 나이 든 얼굴을 바라보며 소리 없이 입술을 달싹였다. 그는 이렇게 말하고 싶었다. 그래요, 혐오스럽고 게으르고 방탕한 인생입니다. 그러나 감히 침묵을 깨뜨릴 수 없었다.

프리메이슨은 노인들이 그러듯 목쉰 소리로 기침을 내뱉고는 하인에게 큰 소리로 말했다.

"말은 어떻게 되었나?" 그는 피에르를 쳐다보지 않은 채 물었다.

"교체할 말을 끌고 왔습니다." 하인이 대답했다. "쉬지 않으실 겁니까?"

"아니, 말을 매라고 이르게."

'이 사람은 이야기를 마저 끝내지도 않고 나에게 도움도 약속하지 않은 채 나만 혼자 두고 떠날 작정인가?' 피에르는 생각했다. 피에르는 자리에서 일어나 고개를 떨구고 이따금 프리메이슨을 힐끔힐끔 쳐다보며 방 안을 거닐기 시작했다. '그래, 그 점에 대해서는 생각을 못 했지만 난 경멸받아 마땅한 방탕한 생활을 해 왔어. 그렇지만 난 그런 삶을 좋아하지 않았고 원하지도 않았어.' 피에르는 생각했다. '이 사람은 진리를 알아. 만약 그가 원한다면 내게도 진리를 보여 줄 수 있을 텐데.' 피에르는 그 프리메이슨에게 이야기를 하고 싶었지만 차마 입이 떨어지지 않았다. 여행자는 낯익은 늙수그레한 손으로 짐을 꾸리고 모피 외투의 단추를 채웠다. 이 일을 끝내자 그는 베주호프를 돌아보며 정중한 말투로 무심하게 물었다.

"당신은 이제 어디로 갑니까, 선생?"

"저요……? 페테르부르크에 갑니다." 피에르는 어린아이처럼 망설이는 목소리로 말했다. "당신께 감사드립니다. 전 모든 점에서 당신의 의견에 동의합니다. 하지만 제가 그렇게 나쁜 인간이라고는 생각하지 말아 주십시오. 전 진심으로 당신이 바라는 대로 살고 싶습니다. 하지만 지금까지 어느 누구에게도 도움을 구할 수 없었습니다……. 어쨌든 절 도와주십시오. 제게 가르침을 주십시오. 그럼 아마 저도……." 피에르는 더 이상 말을 잇지 못했다. 그는 코를 훌쩍이며 고개를 돌렸다.

프리메이슨은 무언가에 대해 곰곰이 생각하는 듯 한참 동안 침묵했다.

"도움은 오직 하느님으로부터 옵니다." 그가 말했다. "그렇지만 우리 교단의 힘이 닿는 한에서라면 교단이 당신에게 도움을 줄 겁니다, 선생. 페테르부르크에 가면 이것을 빌라르스키 백작에게 전하십시오.(그는 공책을 꺼내어 네 겹으로 접은 큰 종이에 몇 마디 썼다.) 당신에게 충고를 한마디 해도 될까요? 수도에 도착하면 처음 얼마 동안은 고독과 자성에 시간을 쏟고 이전의 생활 방식에 발을 들여놓지 마십시오. 그럼 행복한 여행을 하길 바랍니다, 선생." 그는 하인이 방에 들어오는 것을 보고 말했다. "그럼 성공을……."

피에르가 역참지기의 명부에서 확인한 바에 따르면 그 여행자는 오시프 알렉세예비치 바즈제예프였다. 바즈제예프는 유명한 프리메이슨이자 노비코프 시대의 마르틴주의자 가운데 한 명이었다.[42] 그가 떠난 후 피에르는 오랫동안 잠자리에 들지도 말에 대해 묻지도 않은 채 역참의 방을 거닐며 자신의 비도덕적인 과거를 곰곰이 생각하고, 새롭게 거듭난다는 환희와 함께 행복하고 고결하고 나무랄 데 없는 미래를 상상해 보기도 했다. 그러한 미래는 너무나 쉬워 보였다. 그에게는 자신이 타락한 이유가 어찌 된 영문인지 모르지만 그저 도덕적으로 사는 것이 얼마나 좋은지를 우연히 잊고 있었기 때문인 것 같았다. 그의 마음속에서 예전의 의혹은 흔적도 없이 사라졌다. 그는 선의 길에서 서로를 지탱해 줄 목적으로 함께 결합하는 사람들의 공동체가 존재할 수 있다는 것을 확고하게 믿었고, 그에게는 프리메이슨이 그렇게 보였다.

42) 오시프 알렉세예비치 바즈제예프(Osip Alekseevich Bazdeev)라는 등장인물은 이 책 2부부터 이오시프 알렉세예비치 바즈제예프(Iosif Alekseevich Bazdeev)라는 이름으로 지칭된다. 톨스토이는 모스크바의 유명한 프리메이슨 회원 오시프 알렉세예비치 포제예프라는 실존 인물을 모델로 삼았다. 프리메이슨의 한 지부인 '마르틴주의자'는 1780년 러시아에 설립되었고, 프랑스 작가인 마르티네스 드 파스칼리와 그 제자인 루이 클로드 드 생 마르탱의 신지론적 교리를 추종했다. 한편 노비코프(N. I. Novikov, 1744~1818)는 러시아의 언론인이자 출판업자로 모스크바에 정착한 후 열성적인 프리메이슨이 되었다. 1792년 그가 설립한 교육 협회는 정부에 의해 강제 폐쇄되었고, 그는 슐뤼셀부르크 요새에 수년 동안 감금되었다. 석방 후 그는 더 이상 공적인 일을 하지 않았다.

3

페테르부르크에 도착한 피에르는 자신이 온 것을 아무에게도 알리지 않고, 아무 곳에도 가지 않고, 어떤 모르는 사람이 전해 준 포마 켐피스키[43]의 책을 온종일 읽으며 며칠을 보냈다. 이 책을 읽는 동안 피에르는 한 가지, 오직 한 가지만을 이해했다. 이전에 알지 못한 기쁨, 즉 완성에 다다를 수 있다는 것과 사람들 사이에 형제 같은 실천적인 사랑 — 오시프 알렉세예비치가 그에게 보여 준 — 이 존재할 수 있다는 것을 믿는 기쁨을 이해했다. 그가 도착한 지 일주일이 지난 어느 날

43) 이 장면에 언급된 포마 켐피스키는 네덜란드 신학자이자 베네딕트 수도사인 토마스 아 켐피스(Thomas à Kempis, 1380~1379)를 가리킨다. 그리스도교 저작 가운데 성서 다음으로 큰 영향을 미쳤다고 평가되는 『그리스도를 본받아(De Imitatione Christi)』의 저자로 알려져 있다. 이 책은 물질적 생활보다는 그리스도 중심의 영적 생활을 강조한다.

저녁, 피에르가 페테르부르크 사교계를 통해 피상적으로 알던 젊은 폴란드 백작 빌라르스키가 돌로호프의 입회인이 피에르에게 다가올 때 짓던 사무적이고 엄숙한 표정으로 피에르의 방에 들어와 등 뒤로 문을 닫고는 그 방에 피에르 외에 아무도 없다는 것을 확인하고 그를 돌아보았다.

"제안과 전갈을 가지고 왔습니다, 백작." 그는 자리에 앉지 않고 피에르에게 말했다. "우리 공동체에서 매우 존경받는 어느 지체 높은 분께서 당신이 기한보다 일찍 공동체에 가입할 수 있도록 청원하셨고, 나에게 당신의 보증인이 되라고 제안하셨습니다. 나는 그분의 뜻을 수행하는 것이 신성한 의무라고 생각합니다. 당신은 나의 보증으로 자유 석공 조합에 가입하기를 바랍니까?"

피에르는 남자의 냉정하고 준엄한 말투에 충격을 받았다. 무도회에 갈 때마다 가장 눈부신 여인들 틈에서 이 남자가 다정하게 미소 짓는 것을 늘 보다시피 했던 것이다.

"네, 그렇습니다." 피에르가 말했다.

빌라르스키는 고개를 숙였다.

"한 가지 질문이 더 있습니다, 백작." 그가 말했다. "이 질문에 대해 미래의 프리메이슨이 아닌 정직한 한 인간으로서 성심을 다해 대답해 주기 바랍니다. 당신은 이전의 신념을 버렸습니까? 당신은 하느님을 믿습니까?"

피에르는 생각에 잠겼다.

"네…… 네, 하느님을 믿습니다." 그는 말했다.

"그렇다면……." 빌라르스키가 입을 열었다. 그러나 피에르가 그를 가로막았다.

"네, 난 하느님을 믿습니다." 그가 한 번 더 말했다.

"그렇다면 나와 함께 가도 좋습니다." 빌라르스키가 말했다. "나의 카레타를 이용하십시오."

빌라르스키는 가는 내내 침묵했다. 무엇을 해야 하느냐고, 어떻게 대답해야 하느냐고 묻는 피에르의 질문에 그저 자기보다 더 훌륭한 형제들이 시험할 것이라고, 진실을 말하는 것 외에 더 이상 아무것도 할 필요가 없다고 말할 뿐이었다.

그들은 프리메이슨 지부의 방이 있는 큰 저택의 대문으로 들어가서 어두운 계단을 지나 불이 켜진 작은 대기실에 들어섰다. 그곳에서 하인의 도움 없이 외투를 벗었다. 그들은 대기실을 나와 다른 방으로 갔다. 기이한 의복을 입은 어떤 남자가 문가에 나타났다. 빌라르스키는 그에게 가서 프랑스어로 무언가 나직하게 말하고는 작은 장롱으로 다가갔다. 피에르는 그 안에 이제껏 본 적 없는 다양한 의상들이 있음을 알아차렸다. 장롱에서 손수건을 꺼낸 빌라르스키는 그것을 피에르의 눈에 대고 머리카락을 아프게 당기며 뒤에서 매듭을 지었다. 그런 다음 피에르를 끌어당겨 입을 맞추고는 손을 잡고 어딘가로 데려갔다. 피에르는 매듭에 낀 머리카락 때문에 아팠다. 그는 아파서 인상을 쓰다가 어쩐지 부끄러워 피식 웃었다. 두 손을 늘어뜨린 그의 거대한 형상은 얼굴을 찡그렸다 배시시 웃었다 하며 위태롭고 조심스러운 걸음걸이로 빌라르스키를 따라 움직였다.[44]

피에르의 손을 잡고 열 걸음 정도 이끌고 가던 빌라르스키가 걸음을 멈추었다.

"무슨 일이 벌어지든……." 그가 말했다. "우리 공동체에 들어오기로 확고하게 결심했다면 용기를 가지고 모든 것을 참아내야 합니다. (피에르는 알아들었다는 대답으로 고개를 끄덕였다.) 문을 두드리는 소리가 들리면 눈을 가린 것을 푸십시오." 빌라르스키는 이렇게 덧붙였다. "당신에게 용기와 성공이 따르기를 기원합니다." 그런 다음 빌라르스키는 피에르의 손을 꽉 잡아 주고는 밖으로 나갔다.

홀로 남은 피에르는 계속 싱글싱글 웃었다. 그는 두어 번 어깨를 으쓱하고 손수건을 벗으려는 듯 한 손을 손수건 쪽으로 가져갔다가 다시 내렸다. 눈을 가리고 있는 오 분이 한 시간처럼 느껴졌다. 두 손은 붓고 두 다리가 후들거렸다. 피에르는 피로를 느꼈다. 그는 극도로 복잡하고 다양한 감정을 맛보았다. 자신에게 무슨 일이 일어날지 두려웠다. 그러나 자신이 두려움을 드러낼까 봐 더 두려웠다. 그는 자기에게 무슨 일이 일어날지, 자기 앞에 무슨 일이 펼쳐질지 알고 싶었다. 그러나 오시프 알렉세예비치를 만난 이후 꿈꾸어 온 거듭남과 실천적이고 도덕적인 삶의 길에 드디어 들어서는 순간이 왔다는 사실에 무엇보다 기쁨을 느꼈다. 문을 세게 두드리는 소

---

44) 톨스토이는 모스크바의 루만체프 박물관에 보관된 장서와 초고에서 프리메이슨의 의식을 발췌했다. 1866년 가을에 아내에게 보낸 편지에서 그는 다음과 같이 썼다. "난 커피를 마신 후 루만체프 박물관에 가서 3시까지 매우 흥미로운 프리메이슨 관련 초고를 읽었소. 어째서 그 자료를 읽은 후 온종일 우울함을 떨치지 못했는지 당신에게 설명할 수 없구려. 절망적인 것은 모든 프리메이슨 회원들이 바보였다는 점이오." 톨스토이는 프리메이슨의 목적에 공감했으나 그들의 방법을 무익한 것으로 보았다.

리가 들렸다. 피에르는 눈가리개를 풀고 주위를 둘러보았다. 방 안은 칠흑같이 어두웠다. 오직 한 곳에서만 하얀 무언가 안에서 램프가 타오르고 있었다. 피에르는 더 가까이 다가갔다가 책 한 권이 펼쳐진 검은 테이블 위에 램프가 있는 것을 보았다. 책은 복음서였다. 타오르는 램프를 감싼 하얀 것은 구멍과 이빨이 있는 인간의 두개골이었다. 피에르는 "태초에 말씀이 계셨다. 그 말씀은 하느님과 함께 계셨다."[45]라는 복음서의 처음 몇 구절을 읽으며 테이블 주위를 빙 돌다가 무언가로 꽉 찬, 뚜껑이 열린 커다란 궤짝을 발견했다. 뼈가 들어 있는 관이었다. 피에르는 자신이 본 것에 전혀 놀라지 않았다. 이전과 완전히 다른, 완전히 새로운 삶으로 들어가기를 바라는 마음에 그는 이상한 모든 것, 자신이 본 것보다 훨씬 더 이상한 것을 기대하고 있었다. 두개골, 관, 복음서, 그로서는 자신이 이 모든 것을 예상했을 뿐 아니라 더한 것도 이미 예상한 것 같았다. 그는 마음속에 감동의 감정을 불러일으키려 애쓰면서 주위를 둘러보았다. '하느님, 죽음, 사랑, 인간의 형제애.' 그는 이 단어들을 무언가에 대한 모호하면서도 즐거운 개념과 연결 지으며 마음속으로 중얼거렸다. 문이 열리고 누군가가 들어왔다.

피에르의 눈에 이미 익숙해진 희미한 불빛 옆으로 키 작은 남자가 들어왔다. 밝은 곳에서 어두운 곳으로 들어왔는지 남자는 걸음을 멈추었다. 그리고 조심스러운 걸음으로 테이블

45) 『요한복음서』 1장 1절의 첫 두 구절이다.

에 다가와 가죽 장갑을 낀 작은 두 손을 그 위에 올렸다.

그 키 작은 남자는 가슴과 다리 일부를 가리는 하얀 가죽 앞치마를 걸쳤고, 목에는 목걸이 같은 무언가를 드리웠다. 아래쪽으로부터 빛을 받은 그의 갸름한 얼굴을 감싼 하얀 주름 장식이 목걸이 위쪽으로 높이 솟아 있었다.

"당신은 무엇을 위해 이곳에 왔습니까?" 방에 들어온 남자는 피에르가 바스락대는 소리에 그쪽을 돌아보며 물었다. "당신은 무엇을 위해, 빛의 진리를 믿지 않고 빛을 보려고도 않는 당신이 무엇을 위해 이곳에 온 겁니까? 우리에게서 바라는 것이 뭡니까? 지혜? 선? 계몽?"

문이 열리고 낯선 사람이 들어온 순간 피에르는 어린 시절 참회식 때 경험한 것과 비슷한 두려움과 경건함을 느꼈다. 그는 생활 조건이라는 점에서 완전히 남이고 인간의 형제애라는 점에서는 가까운 사람과 서로 마주 보고 있음을 느꼈다. 피에르는 숨이 막힐 듯한 심장의 박동을 느끼며 레토르[46](프리메이슨들은 추구하는 자에게 공동체 가입을 위한 마음의 준비를 시키는 형제 단원을 그렇게 불렀다.)에게 다가갔다. 더 가까이 다가간 피에르는 레토르가 자기도 아는 사람인 스몰리야니노프라는 사실을 알아차렸다. 그러나 방에 들어온 남자가 자신이 아는 사람이라고 생각하는 것은 그에게 자존심 상하는 일이었다. 들어온 사람은 그저 형제고 덕망 높은 스승일 뿐이다. 피

46) rhetor. 본래 고대 그리스의 웅변술 교사, 혹은 중세 시대의 신학교 학생을 일컫는 말이다.

에르는 한참 동안 말을 꺼낼 수 없었다. 그래서 레토르는 질문을 반복해야 했다.

"네, 저…… 저는…… 거듭남을 원합니다." 피에르는 가까스로 말했다.

"좋습니다." 스몰리야니노프는 이렇게 말하고 즉시 질문을 이어 나갔다. "당신은 우리의 성스러운 교단이 당신의 목적을 달성하도록 도울 방법에 대해 알고 있습니까?" 레토르는 침착하고 빠르게 물었다.

"제가…… 바라는 것은…… 거듭남을 위한…… 지도와…… 도움입니다." 피에르는 흥분한 데다 추상적인 문제를 러시아어로 말하는 데 익숙하지 않아 어려움을 느끼며 떨리는 목소리로 말했다.

"프리메이슨을 어떻게 생각합니까?"

"프리메이슨은 고결한 목표를 가진 사람들의 형제애와 평등이라고 생각합니다." 피에르는 말하면서도 자기 말이 이 순간의 엄숙함에 어울리지 않아 부끄러웠다. "제가 생각하기에는……."

"좋습니다." 레토르는 이 답변에 충분히 만족한 듯 서둘러 말했다. "당신은 자신의 목적을 달성하기 위한 방법을 종교에서 찾아본 적이 있습니까?"

"아니요, 저는 종교를 옳지 않다고 생각하여 따르지 않았습니다." 피에르가 너무 조용히 말하는 바람에 레토르는 그의 말을 듣지 못하여 무슨 말을 했느냐고 물었다. "저는 무신론자였습니다." 피에르가 대답했다.

"당신이 진리를 추구하는 것은 삶 속에서 진리의 법칙을 따르기 위해서입니다. 따라서 당신이 구하는 것은 지혜와 덕입니다. 그렇지 않습니까?" 레토르는 잠시 침묵한 후 말했다.

"네, 네." 피에르가 수긍했다.

레토르는 헛기침을 하고 장갑 낀 두 손을 가슴에 포개고는 입을 열었다.

"이제 난 우리 교단의 주요한 목적을 당신에게 드러내야만 합니다." 그가 말했다. "그 목적이 당신의 목적과 일치한다면 우리 공동체에 들어오는 것이 당신에게 유익할 것입니다. 우리 교단의 가장 중요한 목적이자 설립 기반이며 인간의 어떤 힘으로도 파괴할 수 없는 토대는 어떤 중요한 신비를 보존하여 후손에게 전하는 것입니다……. 태고부터, 심지어 최초의 인간으로부터 우리에게 전해진, 어쩌면 인류의 운명이 달린 신비 말입니다. 하지만 오랜 시간 열성적인 자기 정화로 준비를 갖추지 않은 사람은 알 수 없고 이용할 수도 없다는 것이 이 신비의 특징이기에 누구나 금방 발견하기를 바랄 수는 없습니다. 따라서 우리는 두 번째 목적을 갖습니다. 그 목적이란 이 신비의 탐구를 위해 노력한 남성들로부터 입에서 입을 통해 우리에게 알려진 방법에 따라 우리 회원들을 최대한 준비시키고 그들의 마음을 바로잡고 이성을 정화하여 계몽하는 것, 그리고 그렇게 함으로써 그 신비를 지각할 수 있게 하는 것입니다.

세 번째로 우리는 회원들을 정화하고 바로잡아 회원을 통해 경건함과 덕의 모범을 제시함으로써 온 인류를 교화하기 위해 애씁니다. 그리고 그렇게 함으로써 세상을 지배하는 악과 온 힘을 다해 대적하려고 애씁니다. 이것에 대해 잠시 생각해 보십시오. 난 나중에 다시 오겠습니다." 그는 이렇게 말하고 방에서 나갔다.

"세상을 지배하는 악과 대적한다……." 피에르는 그 말을 되풀이하고 자신이 이 분야에서 펼칠 미래의 활동을 머릿속으로 그려 보았다. 두 주 전의 자신과 똑같은 사람들이 떠올랐다. 그는 마음속으로 그들에게 스승처럼 교훈적인 말을 건넸다. 자신이 말과 행동으로 도울 수 있는 방탕하고 불행한 사람들을 떠올렸다. 또한 박해자들을 떠올리며 자신이 그들로부터 희생자를 구하는 모습을 그려 보았다. 레토르가 열거한 세 가지 목적 가운데 마지막 목적, 즉 인류의 교화가 유독 마음을 끌었다. 레토르가 언급한 어떤 중요한 신비도 호기심을 자극했지만 그것은 그에게 본질적인 것으로 여겨지지 않았다. 그리고 자신을 정화하고 바로잡는다는 두 번째 목적은 거의 관심을 끌지 못했다. 이 순간 그는 이미 예전의 죄악에서 완전히 벗어나 이제는 오직 선한 행동만 할 수 있을 것 같다고 느끼며 기쁨에 젖어 있었기 때문이다.

삼십 분 후 레토르는 추구하는 자에게 솔로몬 신전의 일곱 계단에 상응하는 일곱 가지 덕을 전하기 위해 돌아왔다. 모든 프리메이슨은 각자 마음속에 일곱 가지 덕을 심어야 했다. 그 덕이란 다음과 같았다. 1) 겸손. 교단의 신비를 수호하는 것. 2) 교단의 상급자에 대한 복종. 3) 방정한 품행. 4) 인류에 대한 사랑. 5) 용기. 6) 관대함. 7) 죽음에 대한 사랑.

"일곱 번째의 경우 죽음을 수시로 생각함으로써 더 이상 무서운 적이 아니라 친구로 여기는…… 덕을 좇는 수고에 지친 영혼을 보상과 평온이 있는 장소로 인도하기 위해 그 영혼을 비참한 현세로부터 벗어나게 해 줄 친구로 여기는 경지에 이르도록 애쓰십시오."

레토르가 이 말을 마치고 피에르를 고독한 묵상 가운데에 남겨 둔 채 다시 나가자 피에르는 생각했다. '그래, 그렇게 되어야 해. 그렇게 되어야 마땅해. 하지만 이제야 비로소 내 앞에 그 의미를 조금씩 드러내는 나 자신의 인생을 사랑하기에 난 너무 미약해.' 그러나 피에르는 손가락을 꼽으며 떠올린 나머지 다섯 가지 덕이 자신의 영혼 속에 있다고 느꼈다. 용기도, 관대함도, 방정한 품행도, 인류에 대한 사랑도, 특히 자신에게는 덕이 아니라 오히려 행복으로 보이는 복종도.(그는 이제 자신의 독단에서 벗어나 의심할 바 없는 진리를 아는 사람 혹은 사람들에게 자신의 의지를 복종시킬 수 있어 몹시 기뻤다.) 피에르는 일곱 번째 미덕을 잊어버렸다. 그것이 도무지 기억나지 않았다.

곧 레토르가 세 번째로 돌아와 피에르의 의향이 여전히 확고한지, 피에르가 요구받은 모든 것에 복종하기로 결심했는지 물었다.

"모든 준비가 되어 있습니다." 피에르가 말했다.

"당신에게 전해야 할 것이 또 있습니다." 레토르가 말했다. "우리 교단은 말뿐만이 아니라 다른 방법들을 통해서도 가르침을 전합니다. 지혜와 덕을 진정으로 추구하는 자에게는 그러한 방법이 말로만 하는 설명보다 아마 더 강한 영향을 미칠 것입니다. 당신이 진심이라면 이 건축물은 당신이 본 그 장식을 통해 이미 당신의 가슴에 말보다 더 많은 것을 설명해 주었을 겁니다. 당신은 아마 이후의 가입 절차에서 그와 유사한 설명 방식을 보게 될 것입니다. 우리 교단은 상형 문자로 가르침을 드러낸 고대 사회를 모방했습니다." 레토르가 말했다. "상형 문자란 감각에 종속되지 않는 어떤 것의 명칭입니다. 그리고 그것은 묘사 대상과 비슷한 특징을 포함합니다."

피에르는 상형 문자가 무엇인지 아주 잘 알았으나 감히 말할 수 없었다. 그는 그 모든 것으로부터 곧 시험이 시작되리라 느끼며 말없이 레토르의 말을 들었다.

"당신이 확고하다면 난 당신의 가입 절차를 시작해야 합니다." 레토르는 피에르에게 더 가까이 다가서며 말했다. "관대함의 표시로 내게 모든 귀중품을 건네주기 바랍니다."

"하지만 아무것도 갖고 있지 않습니다." 피에르는 자신이 가진 모든 것을 내놓으라는 요구를 받았다고 생각하여 이렇게 말했다.

"당신이 지니고 있는 것 말입니다. 시계나 돈이나 반지 같은……."

피에르는 황급히 지갑과 시계를 꺼냈다. 그런데 살진 손가락에서 약혼반지가 한참 동안 빠지지 않았다. 그 일을 마치자 프리메이슨이 말했다.

"복종의 표시로 옷을 벗어 주기 바랍니다." 피에르는 레토르의 지시에 따라 연미복과 조끼와 왼쪽 부츠를 벗었다. 프리메이슨이 피에르의 루바시카 왼쪽 가슴 부분을 젖히고는 허리를 숙여 피에르의 왼쪽 바짓가랑이를 무릎 위로 끌어 올렸다. 피에르는 알지도 못하는 사람에게 이런 수고를 끼치고 싶지 않아 서둘러 오른쪽 부츠도 벗고 바짓가랑이를 걷으려 했다. 그러나 프리메이슨은 그럴 필요 없다고 말하며 그의 왼발에 슬리퍼를 내밀었다. 그의 의지를 거스르며 얼굴에 떠오른, 부끄러움과 의혹과 자조가 뒤섞인 어린아이 같은 웃음을 지으며 피에르는 두 손을 늘어뜨리고 두 발을 벌린 채 형제 레토르 앞에 서서 새로운 명령을 기다렸다.

"이제 마지막입니다. 정직함의 표시로 당신이 가장 집착하는 것을 알려 주기 바랍니다." 그가 말했다.

"제가 집착하는 것을요! 저에겐 그런 게 너무 많았는데요." 피에르가 말했다.

"덕의 길에서 다른 어느 것보다 당신을 가장 주저하게 만드는 그런 집착 말입니다." 프리메이슨이 말했다.

피에르는 대답을 찾느라 잠시 침묵했다.

'술? 폭식? 한가하게 빈둥거리기? 게으름? 성급함? 적의? 여자?' 그는 자신의 죄악들을 꼽으며 마음속으로 저울질해 보았으나 어느 것을 가장 우선으로 꼽아야 할지 알 수 없었다.

"여자입니다." 피에르는 들릴락 말락 하는 목소리로 조용히 말했다. 이 대답을 들은 후 한참 동안 프리메이슨은 꼼짝도 않고 아무 말도 하지 않았다. 마침내 그는 피에르에게 다가가 테이블 위에 놓인 손수건을 들어 다시 눈을 가렸다.

"마지막으로 당신에게 말합니다. 모든 관심을 자신에게 돌리고 당신의 감각을 쇠사슬로 결박하십시오. 정욕이 아닌 자신의 마음속에서 행복을 찾으십시오……. 행복의 샘은 밖이 아니라 우리 안에 있습니다…….”

피에르는 이 순간 이미 그의 영혼을 기쁨과 감동으로 채우고 소생시키는 그 행복의 샘을 자기 안에서 느끼고 있었다.

4

그 후 얼마 지나지 않아 조금 전의 레토르가 아닌 보증인 빌라르스키가 피에르를 맞이하기 위해 어둑한 건물 안으로 들어왔다. 피에르는 그의 목소리를 알아차렸다. 결심의 확고함을 묻는 새로운 질문에 피에르는 다음과 같이 대답했다.

"네, 네, 동의합니다." 어린아이 같은 눈부신 미소를 머금고 살진 가슴을 드러낸 피에르는 빌라르스키가 들이댄 장검에 드러난 가슴을 맡기고서 한쪽 발은 맨발로, 한쪽 발은 신을 신은 채 고르지 않은 걸음으로 쭈뼛거리며 앞쪽을 향해 나아갔다. 안내자는 피에르를 방에서 데리고 나와 복도를 따라 이끌며 이리저리 방향을 바꾸다가 마침내 프리메이슨 지부의 문 앞으로 그를 안내했다. 빌라르스키가 기침을 하자 프리메이슨식의 망치 두드리는 소리가 응답했고, 그들 앞의 문이 열렸다. 누군가의 낮고 굵은 목소리가(피에르의 눈은 여전히 가려져 있었다.) 피에르에게 누구인지, 언제 어디에서 태어났는지 등에 대하여 질문을 던졌다. 그런 다음 안내자는 눈을 가린 손수건을 풀어 주지 않은 채 다시 어딘가로 이끌었고, 걸어가는 동안 피에르에게 여정의 고생스러움, 신성한 우정, 태초 전부터 계신 세계의 건축자, 고난과 위험을 견디게 해 줄 용기 등에 대한 비유를 들려주었다. 이 여정 동안 피에르는 자신이 때로는 추구하는 자로, 때로는 고난받는 자로, 때로는 구하는 자로 불리며, 그럴 때면 망치와 장검이 다른 식으로 소리를 낸다는 것을 알아차렸다. 안내자가 어떤 물체에 가까이 데려갔을 때 그는 지도자들 사이에서 혼란과 곤혹스러운 상황이 발생한 것을 눈치챘다. 그는 주위 사람들이 소곤거리며 다투는 소리, 그리고 한 사람이 피에르를 어떤 양탄자 위로 지나가도록 인도해야 한다고 주장하는 소리를 들었다. 그 후 안내자는 피에르의 오른손을 잡고 그 위에 무언가를 올려놓고는 그에게 왼손으로 왼쪽 가슴에 나침반을 가져다 대라고 지시했다. 그리고 다른 사람이 읽어 주는 말을 따라 하고 교단 규칙에 대한 충성의 서약을 낭송하도록 시켰다. 그런 다음 사람들은 촛불을 끄고, 피에르가 냄새를 통해 알아차렸듯이 알코올에 불을 붙인 후 그에게 작은 빛을 보게 될 거라고 말했다. 사람들이 눈가리개를 풀어 주었다. 피에르는 마치 꿈속인 듯 알코올 등불의 희미한 빛 속에서 레토르와 똑같은 앞치마를 걸친 채 맞은편에 서서 그의 가슴에 장검을 겨누고 있는 사람들을 보았다. 그들 사이에 피투성이인 하얀 루바시카를 입은 남자가 서 있었다. 그것을 본 피에르는 검에 찔리고 싶은 충동을 느끼며 가슴을 내밀고 장검을 향해 다가갔다. 그러나 장검은 그를 피했고, 사람들은 즉시 그에게 또 한 번 눈가리개를 씌웠다.

"그대는 지금 작은 빛을 보았다." 누군가의 목소리가 그에게 말했다. 그런 다음 다시 촛불이 켜지고 그가 충만한 빛을 보아야 한다는 말소리가 들리더니 다시 눈가리개가 벗겨졌다. 갑자기 열 명 이상의 목소리가 말했다. "**세상의 영광은 이처럼 사라져 가노라.**"(라틴어)

피에르는 점차 정신을 차리고 자신이 있는 방과 그곳에 있는 사람들을 둘러보기 시작했다. 검은 천으로 덮인 긴 테이블 주위에 피에르가 전에 본 사람들과 똑같은 의상을 입은 열두어 명의 남자들이 앉아 있었다. 피에르는 페테르부르크 사교계를 통해 몇 사람을 알고 있었다. 의장의 자리에는 피에르가 모르는 젊은 남자가 목에 독특한 십자가를 걸고 앉아 있었다. 그 오른편에는 피에르가 이 년 전 안나 파블로브나의 집에서 본 이탈리아인 수도원장이 앉아 있었다. 매우 유력한 고관 한 명과 예전에 쿠라긴가에서 지내던 스위스인 남자 가정 교사도 있었다. 모두들 손에 망치를 쥔 의장의 말을 들으며 엄숙하게 침묵했다. 벽감에는 타오르는 별이 들어 있었다. 테이블 한 쪽에는 갖가지 문양의 작은 양탄자가, 다른 쪽에는 복음서와 두개골이 놓인 제단 비슷한 무언가가 있었다. 테이블 주위에는 교회에서처럼 커다란 촛대 일곱 개가 놓여 있었다. 형제들 가운데 두 명이 피에르를 제단으로 데려가 두 발을 직각으로 놓게 하고, 이제 신전의 문을 향해 절을 할 것이라고 말하면서 엎드리라고 지시했다.

"그는 먼저 흙손을 받아야 합니다." 형제들 가운데 한 명이 소곤거리며 말했다.

"아! 그만해요, 제발." 다른 사람이 말했다.

피에르는 복종하지 않고 당혹감이 어린 근시안으로 주위를 둘러보았다. 문득 의심이 들었다. '내가 어디에 있는 거지? 내가 무엇을 하고 있는 걸까? 이 사람들이 나를 놀리는 게 아닐까? 훗날 내가 이 일을 기억하며 부끄러워하지는 않을까?' 그러나 그 의심은 한순간에 지나지 않았다. 피에르는 자신을 둘러싼 사람들의 진지한 얼굴을 보고 이제까지 지나쳐 온 모든 것을 떠올리고는 도중에 멈출 수 없다는 것을 깨달았다. 그는 자신의 의심에 공포를 느꼈다. 그래서 마음속에 이전의 감동을 불러일으키려 애쓰며 신전 문을 향해 엎드렸다. 그러자 정말로 이전보다 더 강렬한 감동이 그를 덮쳤다. 한동안 엎드려 있으니 사람들이 그에게 일어나도록 명하고 다른 사람들이 걸친 것과 똑같은 하얀 가죽 앞치마를 입혀 주고는 두 손에 흙손 한 자루와 장갑 세 켤레를 건네주었다. 그러고 나자 대수장이 그를 돌아보았다. 그는 피에르에게 견고함과 순수를 상징하는 그 앞치마의 흰색을 무엇으로도 더럽히지 않도록 애쓰라고 말했다. 그런 다음 설명되지 않은 그 흙손에 대해 그것을 사용하여 마음에서 죄악을 정화하고 가까운 사람들의 마음을 관대하게 매만지도록 노력하라고 말했다. 첫 번째 남성용 장갑에 대해서는 피에르 자신이 그 의미를 알 수는 없겠지만 잘 보관해야 한다고 말했고, 두 번째 남성용 장갑에 대해서는 집회에서 착용해야 한다고 말했으며, 마지막으로 세 번째 여성용 장갑에 대해서는 이렇게 말했다.

“사랑하는 형제여, 이 여성용 장갑 역시 당신을 위해 예정된 것입니다. 그것을 당신이 어느 누구보다 존경하게 될 여성에게 주십시오. 당신이 훌륭한 여인 석공으로 선택한 여인에게 이 선물로써 당신의 마음이 순수하다는 것을 확신시켜 주십시오.” 그는 잠시 침묵하고는 덧붙였다. “하지만 사랑하는 형제여, 이 장갑이 더러운 손을 장식하지 않도록 지켜 주십시오.” 대수장이 이 마지막 말을 한 순간 피에르의 눈에는 의장이 당황하는 것처럼 보였다. 피에르는 한층 더 당황하며 어린아이처럼 눈물이 날 정도로 얼굴을 붉히고 불안하게 주위를 둘러보았다. 어색한 침묵이 이어졌다.

형제들 가운데 한 명이 그 침묵을 깼다. 그는 피에르를 양탄자로 데려가 태양, 달, 망치, 다림줄, 흙손, 원석과 각석, 기둥, 창문 세 개 등등 양탄자에 표현된 모든 문양에 대한 설명을 공책에서 읽어 주었다. 그런 다음 사람들은 피에르에게 자리를 지정해 주고 지부의 표식을 보여 주고 건물에 들어올 때의 암호를 말해 준 뒤 마침내 자리에 앉도록 허락했다. 대수장은 규약을 읽기 시작했다. 규약은 매우 길었다. 더구나 피에르는 기쁨과 흥분과 부끄러움으로 대수장이 읽는 것을 이해할 수 있는 상태가 아니었다. 그는 규약의 마지막 몇 마디만 귀담아 들었고, 그것이 그의 기억에 남았다.

대수장이 규약을 읽었다.

우리의 신전에서 우리는 선과 악 사이에 존재하는 것들 이외에 다른 어떤 구분도 알지 못한다. 평등을 파괴할 어떤 차별도 만들지 않도록 주의하라. 상대가 누구든 형제를 돕기 위해 비상하라. 길 잃은 자를 인도하고, 넘어진 자를 일으키고, 형제에게 악의나 적개심을 품지 마라. 친절하고 공손한 자가 되어라. 모든 사람들의 가슴에 선의 불꽃을 일으켜라. 그대의 이웃과 행복을 나누어라. 질투가 그 순수한 기쁨을 흐리게 하지 마라.

원수를 용서하라. 오직 선을 행하는 것 외에는 적에게 복수하지 마라. 그처럼 지고의 법을 실천하면 그대가 잃은 그 옛날 위대함의 흔적을 찾게 되리라.

낭독을 끝낸 그는 몸을 살짝 일으켜 피에르를 끌어안고 입을 맞추었다.

피에르는 그를 둘러싼 사람들의 축하 인사와 친분의 회복에 뭐라고 답해야 할지 몰라 눈에 기쁨의 눈물을 글썽이며 주위를 바라보았다. 그는 지인들을 전혀 알아보지 못했다. 모든 사람들에게서 오직 형제만을 볼 뿐이었다. 그는 그들과 일을 시작하고 싶은 마음으로 조급하게 안달했다.

대수장이 망치를 두들겨 모두 제자리에 앉았다. 그리고 한 사람이 겸손의 필요성에 대한 설교문을 낭독했다.

대수장은 마지막 의무를 수행하자고 제안했다. 그러자 기부금 모금인이라는 직책을 가진 유력한 고관이 형제들 주위를 돌기 시작했다. 피에르는 가진 돈 전부를 기부금 명부에 적고 싶었지만 이 일로 오만함을 보일까 두려워 다른 사람들과 똑같은 금액을 적었다.

회합은 끝났다. 집으로 돌아왔을 때 피에르는 십 년이나 걸린 먼 여행에서 돌아온 것 같다고, 자신은 완전히 달라졌으며 이전의 생활 방식과 습관을 떨쳐 낸 것 같다고 느꼈다.

5

프리메이슨 지부에 가입한 다음 날 피에르는 집에 틀어박힌 채 책을 읽으며 사각형의 의미를 열심히 연구하고 있었다. 사각형의 첫 번째 변은 하느님을, 두 번째 변은 정신적인 것을, 세 번째 변은 육체적인 것을, 네 번째 변은 그 혼합을 나타냈다. 이따금 그는 책과 사각형을 밀쳐 두고 상상 속에서 새로운 인생 계획을 짜 보기도 했다. 전날 프리메이슨 지부에서 그는 결투에 대한 소문이 군주의 귀에까지 들어갔으니 페테르부르크를 떠나는 편이 그로서는 보다 현명한 행동이라는 말을 들었다. 피에르는 남쪽 영지로 내려가 그곳에서 자신의 농민들에게 전념하기로 작정했다. 그는 즐겁게 그 새로운 생활에 대한 생각에 골몰했다. 그때 바실리 공작이 느닷없이 방에 들어왔다.

"이보게, 모스크바에서 무슨 짓을 저지른 건가? 무엇 때문에 률랴와 싸웠어, 이 친구야? 자네는 오해하고 있네.” 바실리 공작이 방으로 들어오며 말했다. “난 전부 알고 있어. 자네에게 확실히 말해 줄 수 있네. 엘렌은 유대인 앞에 선 그리스도처럼 자네 앞에서 결백해.”

피에르가 대답하려고 했지만 바실리 공작이 그를 가로막았다.

“어째서 자네는 나에게 친구처럼 분명하고 솔직하게 말하지 않았나? 난 전부 알고 있네. 전부 이해해.” 그는 말했다. “자네는 명예를 소중히 하는 사람에게 걸맞도록 처신했네. 어쩌면 지나치게 성급했는지도 모르지. 하지만 우리 둘 다 이 문제에 대해서는 판단하지 말도록 하세. 한 가지만은 헤아려 주게. 자네가 엘렌과 나를 사교계 전체와 궁정의 면전에서 어떤 위치로 내몰았는지 말이야.” 그는 목소리를 낮추어 덧붙였다. “엘렌은 모스크바에 살고 자네는 이곳에 있어. 이제 그만하게.” 그는 피에르의 손을 아래로 잡아당겼다. “여기에는 한 가지 오해가 있어. 자네도 느낄 거라고 생각하네. 당장 나와 함께 편지를 쓰세. 엘렌이 이리로 올 테고 모든 것이 해명되겠지. 그럼 이 모든 소문도 그칠 거야. 자네에게 말해 두겠네만, 그러지 않으면 자네가 고통을 겪을 가능성이 아주 높네.”

바실리 공작은 당당하게 피에르를 쳐다보았다.

“믿을 만한 소식통으로부터 알게 되었네만 황태후께서 이 모든 일에 매우 흥미를 갖고 계신다네. 자네도 알다시피 그분은 엘렌에게 매우 호의적이시지.”

피에르는 몇 번이고 말을 하려고 했다. 그러나 한편으로는 바실리 공작이 그가 그렇게 하도록 내버려 두지 않고 황급히 말을 가로막았으며, 다른 한편으로는 피에르 자신이 단호한 거절과 반대의 어조로 말을 꺼내기를 두려워했다. 장인에게 그렇게 대답해 주리라 확고하게 결심했으면서 말이다. 게다가 친절하고 공손한 사람이 되라는 프리메이슨 규약의 말이 머리에 떠올랐다. 그는 인상을 쓰고 얼굴을 붉히고 일어났다 앉았다 하면서 자신의 인생에서 가장 힘든 일을 하기 위해, 즉 상대가 누구든 그 사람이 기대하는 말을 하지 않고 정면으로 불쾌한 말을 던지기 위해 마음을 다잡았다. 그는 바실리 공작의 태평하고 자신만만한 말투에 복종하는 것에 너무나 익숙해져 지금도 거역하지 못할 것 같다고 느꼈다. 그러나 이후 자신의 모든 운명, 즉 이전의 옛길을 걸을지, 아니면 프리메이슨이 그토록 매력적으로 가리키고 자신도 새로운 인생으로의 부활을 찾게 되리라 굳게 믿는 새로운 길을 걸을지는 지금 말하려는 것에 달렸다고 느꼈다.

"자, 이보게." 바실리 공작이 농담조로 말했다. "나에게 '네.'라고만 말해 주게. 그럼 내가 직접 엘렌에게 편지를 쓰지. 그러고 나서 우리는 살진 송아지를 잡도록 하세.[47]" 그러나 바실리 공작이 미처 농담을 끝맺기도 전에 피에르는 그의 아버지를 떠올리게 하는 광폭함을 얼굴에 드러낸 채 상대의 눈을 쳐다보지 않고 조용히 중얼거렸다.

---

47) 『누가복음서』 15장에 실린 방탕한 아들에 대한 비유를 암시하는 문구다. 이 비유에서 아버지는 아들이 돌아온 것을 축하하기 위해 살진 수송아지를 잡아 잔치를 베푼다.

"공작님, 전 공작님을 이곳에 초대한 적이 없습니다. 돌아가 주십시오, 제발 가시란 말입니다!" 그는 벌떡 일어나 바실리 공작을 위해 문을 열었다. "가십시오!" 그는 한 번 더 되풀이했다. 스스로도 믿을 수 없는 일이었지만 바실리 공작의 얼굴에 떠오른 곤혹감과 두려움에 그는 기쁨을 느꼈다.

"자네, 무슨 일이 있었나? 어디 아픈가?"

"가십시오!" 위협적인 목소리가 한 번 더 말했다. 그리하여 바실리 공작은 어떤 해명도 듣지 못한 채 떠나야 했다.

일주일이 지나 피에르는 프리메이슨의 새로운 친구들과 작별 인사를 나누고 그들에게 큰 액수의 기부금을 남긴 후 자신의 영지로 떠났다. 새로운 형제들은 그에게 키예프와 오데사의 프리메이슨 앞으로 보내는 편지를 주고는 그에게 편지를 쓸 것이며 그의 새로운 활동을 지도하겠다고 약속했다.

6

피에르와 돌로호프의 사건은 흐지부지되었다. 그 무렵 군주가 결투에 대해 엄격한 태도를 취하긴 했지만 두 결투자도, 그들의 입회인들도 괴로움을 겪지는 않았다. 그러나 피에르 부부의 불화로 확인된 결투의 경위는 사교계에도 퍼졌다. 사생아일 때는 사람들에게서 관대한 보호의 눈길을 받고, 러시아 제국의 최고 신랑감일 때는 사람들에게서 환대와 칭찬을 받던 피에르, 그는 결혼 후 혼기가 찬 딸들과 어머니들이 그에게서 아무것도 기대할 수 없게 되자 사교계의 평판을 상당히 잃었다. 그에게는 사교계의 비위를 맞추어 호의를 얻어 낼 재간도 없었고 스스로도 그것을 바라지 않았기에 더욱 그러했다. 이제 사람들은 사건의 책임을 오직 그에게만 돌렸으며, 그에 대해 아버지와 똑같이 걸핏하면 피에 굶주린 광폭한 발작을 일으키는 질투심 많은 멍청이라고 말했다. 피에르가 떠난 후 페테르부르크로 돌아온 엘렌은 모든 지인들로부터 따뜻한 환대를 받았다. 그 환대에는 그녀의 불행에 대한 경의마저 깃들어 있었다. 화제가 남편에 이르면 엘렌은 그 의미도 모르면서 타고난 기교로 습득한 품위 있는 표정을 지었다. 그 표정은 '난 불평 없이 나의 불행을 견디기로 결심했어요. 남편은 하느님이 나에게 보낸 십자가예요.'라고 말했다. 바실리 공작은 자신의 의견을 더욱 노골적으로 말하곤 했다. 화제가 피에르에 이르면 어깨를 으쓱하고는 이마를 가리키며 말했다.

"반미치광이입니다. 내가 늘 그렇게 말했잖아요."

"내가 전에 말했죠." 안나 파블로브나는 피에르에 대해 이렇게 말했다. "난 그때 바로 말했다고요. 누구보다 먼저요.(그녀는 자신이 가장 빨랐다고 주장했다.) 그 사람이 시대의 방탕한 사상으로 망가진 정신 나간 젊은이라고요. 다들 그 사람에게 감탄할 때 말이지요, 그러니까 그가 외국에서 막 돌아왔을 때, 기억나요, 그가 언젠가 우리 집 야회에서 무슨 마라[48]라도 되는 양 흉내 낼 때도 내가 그렇게 말했잖아요. 그 결과가 어땠나요? 난 그때도 이 결혼을 탐탁히 여기지 않았고, 이후에 일어날 모든 일을 예언했지요."

안나 파블로브나는 한가한 날에는 집에서 예전 같은 야회

48) 장 폴 마라(Jean Paul Marat, 1743~1793). 스위스 태생의 프랑스인이며, 프랑스 혁명에서 급진적인 언론인이자 정치인으로 활약했다. 자코뱅파 일원으로 로베스피에르와 당통과 더불어 공포 정치를 이끌었으나 지롱드파가 사주해 욕실에서 암살당했다. 마라는 자크 루이 다비드가 그린 「마라의 죽음」의 실존 인물로 널리 알려져 있다.

를 열곤 했다. 그녀만이 주최할 재능을 가진 야회, 안나 파블로브나가 말하듯 무엇보다 진정한 상류 사회의 정화(精華), 페테르부르크 사교계의 지적 정수의 꽃이 모이는 그런 야회 말이다. 이처럼 엄선된 모임이라는 점 외에도 안나 파블로브나가 야회에서 매번 어떤 새롭고 흥미로운 인물을 모임에 제공한다는 점, 정통적인 페테르부르크 궁중 사교계 분위기의 토대가 되는 정치 온도계의 눈금이 이 야회에서처럼 분명하고 명확하게 표시되는 곳은 어디에도 없다는 점으로 인해 안나 파블로브나의 야회는 더욱더 차별화되었다.

1806년 말 프로이센 군대가 예나와 아우어슈테트 부근에서 나폴레옹에게 전멸당하고[49] 프로이센 요새의 대부분이 항복했다는 온갖 우울한 소식들이 자세하게 전해지던 무렵, 그리고 아군이 이미 프로이센으로 출발하고 아군과 나폴레옹의 두 번째 전쟁[50]이 시작된 무렵 안나 파블로브나는 집에서 야회를 열었다. 진정한 상류 사회의 정화는 매혹적이면서도 남편에게 버림받은 불행한 엘렌, 모르테마르, 빈에서 막 돌아온 매력적인 입폴리트 공작, 두 외교관, 친척 아주머니, 응접실에서 단순하게 굉장한 장점을 가진 사람이라는 명칭을 누리고

---

49) 아우어슈테트는 작센 공국의 도시다. 1806년 다부 원수는 아우어슈테트에서 오스트리아군을 섬멸했고, 같은 날 나폴레옹은 예나에서 오스트리아군을 격파했다. 나폴레옹은 다부에게 '아우어슈테트 공'이라는 작위를 내려 그의 공적을 치하했다.

50) 프랑스군이 폴란드로 동진했을 때 프로이센군은 사실상 예나와 아우어슈테트에서 전멸했고 요새들도 저항 없이 차례차례 굴복했다. 1806년 11월 러시아군 전위 부대는 베니히센 장군의 지휘하에 바르샤바로 진격했다.

있는 한 청년, 새롭게 임명된 여관과 그녀의 어머니, 그 밖에 덜 눈에 띄는 몇몇 다른 귀인들이었다.

안나 파블로브나가 이 야회의 손님들에게 신상품으로서 대접한 인물은 프로이센 군대로부터 특사의 임무를 띠고 막 도착한 보리스 드루베츠코이였다. 그는 프로이센 군대에서 매우 유력한 인물의 부관이었다.

이날 밤 모임에서 표시된 정치 온도계의 눈금은 다음과 같았다. 유럽의 모든 군주들과 사령관들이 나와 우리 전체에 이런 불쾌함과 고뇌를 유발하기 위해 아무리 보나파르트를 너그럽게 봐주려 애쓸지라도 보나파르트를 향한 우리의 견해는 결코 변할 수 없다. 우리는 이 점에 대해 우리의 진정한 사고방식을 표명하는 일을 중단하지 않을 것이며, 프로이센 왕을 비롯한 다른 이들에게는 이렇게 말할 수밖에 없다. '너희에게는 더욱 좋지 않다. **네가 그것을 원한 것이다, 조르주 당댕.**[51] 우리가 말할 수 있는 것은 이게 전부다.' 이것이 안나 파블로브나의 야회에서 정치 온도계가 가리키는 눈금이었다. 손님들에게 제공되어야 할 보리스가 응접실에 들어섰을 때 사람들은 이미 다 모여 있었고, 안나 파블로브나가 주도하는 대화는 러시아와 오스트리아의 외교 관계, 오스트리아와의 연합에 대한 기대에 관련된 것이었다.

성인이 된 보리스는 세련된 부관 제복을 입고서 뺨을 발그

---

51) 몰리에르의 희극 「조르주 당댕(Georges Dandin, ou Le mari confondu)」의 주인공이다.

레 물들인 채 생기 있는 모습으로 자유로이 방에 들어와 응당 그러듯 안나 파블로브나의 아주머니에게 인사하도록 끌려갔다가 다시 전체 모임에 섞였다.

안나 파블로브나는 자신의 메마른 손에 입을 맞추도록 한 후 그가 모르는 몇몇 사람에게 그를 소개하고 한 사람 한 사람에 대하여 그에게 소곤소곤 알려 주었다.

"입폴리트 쿠라긴 공작, 사랑스러운 청년. 코펜하겐의 대리공사인 무슈 크루그, 심오한 지성……." 그러고는 "무슈 시토프, 굉장한 장점을 가진 사람"이라는 간단한 말로 그 호칭을 가진 사람을 정의했다.

보리스는 이제껏 군대에서 복무하는 동안 안나 미하일로브나의 뒷바라지, 그의 취향, 그의 신중한 성격이 지닌 이런저런 특징 덕분에 군에서 더할 나위 없이 유리한 위치에 설 수 있었다. 그는 매우 유력한 인물의 부관이었으며 매우 중요한 임무를 띠고 프로이센에 갔다가 특사로서 막 귀국한 참이었다. 그는 올뮈츠에 있을 때 마음을 빼앗긴 그 불문의 상하 관계를 충분히 습득했다. 그에 따르면 준위는 장군보다 비할 데 없이 높은 위치에 설 수 있었다. 또한 군 생활에서 성공하기 위해 필요한 것은 노력도, 수고도, 용기도, 끈기도 아니고 오직 일에 대해 보상해 주는 사람들을 다루는 능력뿐이었다. 그래서 그는 종종 자신의 빠른 성공에, 그리고 다른 사람들이 어떻게 이것을 모를 수 있는지에 놀라곤 했다. 이 발견의 결과 그의 모든 생활 방식, 예전 지인들과의 모든 관계, 미래에 대한 모든 계획이 완전히 바뀌었다. 그는 부유하지 않았다. 그런데도 남들보다 더 잘 차려입기 위해 마지막 남은 돈까지 털었다. 그는 페테르부르크의 거리에서 허름한 승용 마차를 타고 다니거나 낡은 군복을 입고 나타나느니 차라리 많은 즐거움을 버렸을 것이다. 자신보다 신분이 높아 쓸모가 있을지도 모를 사람들하고만 가까이 지냈고, 그들과의 교제만 추구했다. 그는 페테르부르크를 사랑하고 모스크바를 경멸했다. 로스토프가의 저택, 어린 시절 나타샤와 나눈 사랑에 대한 추억이 그에게는 불쾌했다. 그래서 군대로 떠난 이후 한 번도 로스토프가에 간 적이 없었다. 안나 파블로브나의 응접실 — 보리스는 그 자리에 참석하는 것이 군 생활의 중요한 승진이라고 생각했다 — 에서 그는 즉시 자신의 역할을 이해했다. 그래서 그가 지닌 의미를 안나 파블로브나가 이용하게 내버려 두고 사람들을 유심히 관찰하면서 그들 한 사람 한 사람과 친분을 쌓는 것의 이점과 가능성을 평가했다. 그는 자신에게 지정된 아름다운 엘렌의 옆자리에 앉아 전체의 대화에 귀를 기울였다.

"'빈은 일련의 가장 눈부신 성공이 받쳐 주지 않으면 안건으로 상정된 조약의 근거를 확보하기 어렵다고 생각합니다. 우리에게 그것들을 확보할 수단이 있을지도 의심합니다.' 이게 빈 내각의 솔직한 말입니다." 덴마크 대리 공사가 말했다.

"그 의심에 어깨가 으쓱해지는군요." 심오한 지성[52]이 미묘한 미소를 지으며 말했다.

---

52) 이 부분에서는 톨스토이가 착각한 것으로 보인다. 앞서 안나 파블로브나가 코펜하겐의 대리 공사를 '심오한 지성'으로 소개했으니 코펜하겐의 대리 공사에게 답하는 사람이 '심오한 지성'이란 별명으로 지칭될 수는 없다.

"빈 내각과 오스트리아 황제를 구분하지 않으면 안 됩니다." 모르테마르가 말했다. "오스트리아 황제는 결코 그런 생각을 하지 못합니다. 내각만 그렇게 말하는 겁니다."

"아, 친애하는 자작." 안나 파블로브나가 말참견을 했다. "위럽(그녀는 어떤 이유에서인지 마치 그 단어야말로 프랑스인과 이야기할 때만 스스로에게 허락할 수 있는 독특하고 섬세한 프랑스어라는 듯 위럽이라고 발음했다.)은 결코 우리의 진정한 동맹자가 되지 않을 거예요."

뒤이어 안나 파블로브나는 보리스를 이 상황에 끌어들이기 위해 프로이센 왕의 용기와 의연함으로 화제를 이끌었다.

보리스는 차례를 기다리며 사람들의 이야기를 주의 깊게 들었지만, 그러면서도 옆자리에 앉은 아름다운 엘렌을 여러 번 돌아볼 여유를 가졌다. 그녀는 잘생긴 젊은 부관과 여러 차례 눈을 맞추며 미소를 지었다.

프로이센의 정세를 이야기하던 안나 파블로브나는 매우 자연스럽게 보리스를 향하여 글로가우로의 여행과 그가 목격한 프로이센 군대의 상황을 들려 달라고 청했다. 보리스는 침착하게 유창하고 정확한 프랑스어로 군대와 궁정에 대한 흥미로운 많은 이야기들을 상세히 들려주었다. 그는 이야기하는 내내 자신이 전달하는 사실에 대하여 본인의 견해를 표명하는 것을 애써 피했다. 한동안 보리스는 모두의 관심을 끌었고, 안나 파블로브나는 모든 손님들이 그녀가 내놓은 신상품을 흡족하게 받아들였음을 느꼈다. 보리스의 이야기에 가장 많은 관심을 표현한 사람은 엘렌이었다. 그녀는 여행의 몇 가지 세부적인 사항에 대해 몇 번이고 물었다. 프로이센 군대의 상황에 매우 관심이 있는 것처럼 보였다. 보리스가 이야기를 마치자마자 그녀는 평소와 같은 미소를 지으며 그에게 말했다.

"나를 만나러 꼭 와 줘야 해요." 그녀는 보리스가 알 수 없는 어떤 사정으로 반드시 그렇게 되어야만 한다는 투로 말했다. "화요일, 8시에서 9시 사이에요. 당신이 와 준다면 몹시 기쁠 거예요."

보리스는 그녀의 바람대로 하겠다고 약속하며 그녀와 대화를 나누려고 했다. 마침 그때 안나 파블로브나가 그의 이야기를 듣고 싶어 하는 아주머니를 핑계로 그를 불러냈다.

"당신은 그녀의 남편을 아나요?" 안나 파블로브나는 눈을 감은 채 슬픈 몸짓으로 엘렌을 가리키며 말했다. "아, 정말 불행하고도 매력적인 여인이랍니다! 그녀 앞에서는 남편에 대해 말하지 말아요. 제발 하지 말아요. 그녀에게는 너무나 힘겨운 일이랍니다."

7

보리스와 안나 파블로브나가 전체 모임으로 돌아왔을 때 그 안에서 대화를 주도하던 사람은 입폴리트 공작이었다. 그는 안락의자에서 몸을 쑥 내민 채 말했다.

"프로이센 왕!" 그는 이 말을 하고 웃음을 터뜨렸다. 모두들 그를 돌아보았다. "프로이센 왕?" 입폴리트는 이렇게 묻고 또 웃음을 터뜨렸다. 그리고 다시 침착하고 진지한 모습으로 안락의자에 깊숙이 앉았다. 안나 파블로브나는 잠시 그의 말을 기다렸다. 하지만 입폴리트가 더 이상 아무 말도 하고 싶지 않은 것처럼 보였기에 그녀는 무신론자인 보나파르트가 어떻게 포츠담에서 프리드리히 대왕의 장검을 약탈했는지에 대해 이야기를 시작했다.

"이것이 프리드리히 대왕의 장검이에요. 내가……." 그녀가 입을 열었다.

그러나 입폴리트가 "프로이센 왕이……." 하며 그녀를 가로막았다. 그러고는 사람들이 자기를 돌아보자마자 다시 사과하고 입을 다물었다. 안나 파블로브나는 인상을 썼다. 입폴리트의 친구인 모르테마르가 그를 향하여 단호하게 말했다.

"그래, 프로이센 왕이 어쨌다는 건가?"

입폴리트는 웃음을 터뜨렸다. 마치 자신의 웃음을 부끄러워하는 듯했다.

"아니, 아무것도 아니야. 내가 말하고 싶었던 건 그냥……. (그는 빈에서 들은, 그리고 저녁 내내 꺼내려던 농담을 다시 반복하기로 마음먹었다.) 난 단지 우리가 **프로이센 왕을 위해**[53] 무의미한 전쟁을 치르고 있다는 말을 하고 싶었어."

보리스는 조심스럽게 웃었다. 사람들이 어떻게 받아들이느냐에 따라 그 미소는 조롱으로도, 혹은 농담에 대한 인정으로도 보일 수 있었다. 모든 이들이 웃음을 터뜨렸다.

"당신의 말장난은 별로 좋지 않군요. 매우 기발하긴 하지만 옳지 않아요." 안나 파블로브나는 쪼글쪼글한 손가락을 위협하듯 흔들며 말했다. "우리는 프로이센 왕을 위해서가 아니라 고결한 원칙 때문에 전쟁을 하는 거라고요. 오, 입폴리트 공작은 정말 나쁜 사람이군요!" 그녀가 말했다.

대화는 주로 정치 소식을 맴돌며 저녁 내내 그치지 않았다. 야회가 끝날 무렵 군주가 하사하는 포상이 화제에 오르자 대

53) 프랑스어에서 '프로이센 왕을 위해'라는 표현은 '공연히 힘든 수고를 한다'는 뜻이다.

화는 더욱 활기를 띠었다.

"지난해에는 N. N.이 초상화가 붙은 담뱃갑을 받았지요?" 심오한 지성이 말했다. "S. S.는 왜 같은 상을 받지 못할까요?"

"죄송합니다만 황제의 초상이 붙은 담뱃갑은 포상이지 공로상이 아니에요. 오히려 선물이랄까요." 외교관이 말했다.

"전례가 있잖아요. 슈바르첸베르크를 보세요."

"그럴 리 없습니다." 다른 사람이 반박했다.

"내기를 하죠. 대수장(大綬章)[54]이라면 또 다른 문제이지만……."

모두들 돌아가려고 일어섰을 때 야회 내내 거의 말이 없던 엘렌은 다시 보리스에게 부탁의 말을 하며, 화요일에 자기 집에 오라는 다정하고 의미심장한 명령을 내렸다.

"나를 위해 꼭 필요한 일이에요." 그녀가 안나 파블로브나를 돌아보며 생긋 웃는 얼굴로 말했다. 안나 파브로브나는 자신의 고위층 후원자를 언급할 때 짓는 우수에 찬 미소로 엘렌의 바람을 거들어 주었다. 이날 저녁 보리스가 프로이센 군대에 대해 들려준 어떤 말에서 엘렌은 문득 그를 만나야 할 필요를 발견한 것 같았다. 마치 보리스가 화요일에 오면 그 필요성에 대해 설명하겠다고 약속하는 듯했다.

화요일 저녁에 엘렌의 화려한 응접실을 찾은 보리스는 자신이 꼭 방문해야 할 이유에 대한 분명한 해명을 듣지 못했다.

---

54) 각종 1등급의 훈장을 달 때 어깨에서 허리에 걸쳐 드리우는 긴 헝겊이며, 색실로 그림이나 글자가 수놓여 있다.

다른 손님들이 있었고 백작 부인은 그와 거의 말을 나누지 않았다. 그가 작별 인사를 하느라 손에 입을 맞출 때에야 그녀는 미소를 띠지 않은 야릇한 얼굴로 뜻밖의 말을 속삭였다.

"내일 만찬에 와요…… 저녁에요. 반드시 와야 해요……. 꼭이요."

이번에 페테르부르크에서 체류하는 동안 보리스는 베주호바 백작 부인의 집을 드나드는 가까운 사람이 되었다.

8

전쟁이 치열해지고, 그 무대는 차츰 러시아 국경 쪽으로 다가오고 있었다. 인류의 적 보나파르트에 대한 저주가 도처에서 들려왔다. 여러 마을에서 민병과 신병을 모집했고, 전쟁의 무대로부터 언제나처럼 그릇된, 그리하여 다양하게 해석될 여지가 있는 모순된 소식들이 계속 도착했다.

볼콘스키 노공작과 안드레이 공작과 마리야 공작 영애의 생활은 1805년 이후 많은 면에서 달라졌다.

1806년 노공작은 그 무렵 러시아 각지에서 임명된 민병대 총사령관 여덟 명 가운데 한 사람이 되었다. 아들이 전사했다고 생각한 시기에 노쇠가 유난히 심해졌는데도 노공작은 군주가 직접 내린 임무를 거절할 권리가 자신에게는 없다고 생각했다. 그에게 새롭게 열린 이 활동은 그를 자극하고 강인하게 만들었다. 그는 자신에게 맡겨진 세 현을 끊임없이 돌아다녔다. 고지식할 만큼 임무에 충실했고, 부하들에게 가혹할 정도로 엄격했으며, 일에 대해서는 지극히 세세한 것까지 직접 챙겼다. 마리야 공작 영애는 이제 더 이상 아버지에게서 수학 수업을 받지 않았고, 다만 아버지가 집에 있을 때면 오전마다 유모와 함께 꼬마 공작 니콜라이(할아버지는 아이를 그렇게 불렀다.)를 데리고 아버지의 서재에 들렀다. 젖먹이 공작 니콜라이는 유모와 보모 사비시나와 함께 고인이 된 공작 부인의 거처에서 지냈으며, 마리야 공작 영애는 힘닿는 한 어린 조카의 어머니를 대신하려고 아기방에서 하루의 대부분을 보냈다. 마드무아젤 부리엔도 이 아이를 열렬히 사랑하는 것처럼 보였기에 마리야 공작 영애는 종종 자신의 마음을 누르며 어린 천사(그녀는 조카를 그렇게 불렀다.)를 돌보고 그와 놀아 주는 즐거움을 친구에게 양보했다.

리시에 고리 교회의 제단 부근에 작은 공작 부인의 묘지가 안치된 작은 예배당이 있었다.[55] 그리고 그 예배당 안에는 이탈리아에서 가져온, 날개를 펼치고 하늘로 날아오르려 하는 천사 모양의 대리석 기념비가 있었다. 천사의 윗입술은 마치 금방이라도 웃을 것처럼 살짝 들려 있었다. 어느 날 안드레이 공작과 마리야 공작 영애는 예배당에서 나오다가 그 천사의 얼굴이 기묘하게도 고인의 얼굴을 떠올리게 한다고 서로에게 털어놓았다. 그러나 안드레이 공작이 누이에게 말하지 않은

---

55) 제정 러시아 시대의 황족과 부유한 귀족은 가족 묘지로 사용하기 위해 교회나 예배당을 지어 햇빛이 잘 드는 넓은 홀의 바닥에 대리석 관들을 안치하고 비석, 조각, 이콘 등 아름다운 미술품으로 경건한 분위기를 더했다.

더욱 기이한 점은 안드레이 공작이 그때 죽은 아내의 얼굴에서 읽어 낸 그 온순한 비난의 말을 예술가가 천사의 얼굴에 우연히 부여한 표정에서도 똑같이 읽었다는 것이다. "아, 당신들은 어째서 나에게 이런 짓을 한 건가요?"

안드레이 공작이 돌아오고 얼마 되지 않아 노공작은 아들을 분가시키고 리시예 고리에서 40베르스타 떨어진 보구차로보라는 큰 영지를 주었다. 리시예 고리에 괴로운 기억이 얽혀 있기도 하고, 자신이 아버지의 성격을 늘 침착하게 견딜 수 있을 것 같지도 않고, 또 혼자만의 시간이 필요하기도 했기에 안드레이 공작은 보구차로보를 활용하여 그곳에 집을 짓고 거기에서 대부분의 시간을 보냈다.

아우스터리츠 전투 이후 안드레이 공작은 두 번 다시 군 복무를 하지 않겠다고 굳게 결심했다. 전쟁이 시작되어 모든 사람이 군 복무를 해야 하자 그는 실질적인 군 생활을 피하기 위해서 아버지의 지휘 아래 민병대를 모집하는 임무를 맡았다. 1805년의 원정 이후에 노공작과 아들의 역할이 서로 바뀐 것 같았다. 활동에 자극받은 노공작은 이번 원정에서 온갖 좋은 면들을 기대했다. 반면 안드레이 공작은 전쟁에 참여하지 않고 마음속 깊이 그것을 유감스럽게 생각하며 나쁜 면만을 보려 했다.

1807년 2월 26일 노공작은 관구를 둘러보러 떠났다. 안드레이 공작은 아버지가 집을 비울 때면 대개 그랬듯 리시예 고리에 머물렀다. 어린 니콜루시카는 사흘 전부터 몸이 좋지 않았다. 노공작을 태우고 간 마부가 안드레이 공작 앞으로 온 서류와 편지를 들고 시내에서 돌아왔다.

서재에서 젊은 공작을 발견하지 못한 시종은 편지를 들고 마리야 공작 영애의 거처로 갔다. 하지만 그곳에도 공작은 없었다. 시종은 공작이 어린이방에 갔다는 말을 들었다.

"가 보세요, 공작님. 페트루샤가 서류를 들고 왔어요." 보모를 보조하는 하녀들 가운데 한 명이 안드레이 공작을 돌아보며 말했다. 그는 작은 어린이용 의자에 앉아 얼굴을 찡그리며 떨리는 손으로 작은 유리병에 든 약을 물이 반쯤 채워진 유리잔에 똑똑 떨어뜨리고 있었다.

"무슨 일이야?" 그는 퉁명스레 대꾸하다가 한 손을 부주의하게 놀리는 바람에 약을 유리잔에 몇 방울 더 떨어뜨리고 말았다. 그는 유리잔의 약을 바닥에 쏟아 버리고 다시 물을 부탁했다. 하녀가 물을 건넸다.

방에는 어린이용 침대 하나, 궤짝 둘, 안락의자 둘, 테이블 하나, 어린이용 작은 테이블 하나, 그리고 안드레이 공작이 앉은 작은 어린이용 의자 하나가 있었다. 창문에 커튼이 드리워지고, 테이블 위에는 양초 한 자루가 타고 있었다. 불빛이 침대에 들지 않도록 양초는 악보집으로 가려 놓았다.

"오빠." 침대 옆에 선 마리야 공작 영애가 오빠를 돌아보며 말했다. "기다리는 편이 좋겠어…… 나중에……."

"아, 제발…… 넌 계속 바보 같은 소리만 하는구나. 그렇게 계속 기다리려고만 해. 이게 기다린 결과야." 안드레이 공작은 일부러 누이동생의 마음을 아프게 하려는지 격분한 목소리로 나직하게 속삭였다.

"오빠, 정말이야, 깨우지 않는 게 좋아. 아이는 잠들었어." 공작 영애가 애원하는 목소리로 말했다.

안드레이 공작은 일어나 유리잔을 든 채 발끝으로 걸으며 침대에 다가갔다.

"정말로 아이를 깨우지 말아야 한다고 생각하니?" 그는 머뭇거리며 말했다.

"마음대로 해. 정말이지…… 내 생각에는…… 하지만 오빠가 원하는 대로……." 마리야 공작 영애가 말했다. 자기 의견이 이긴 것을 두려워하고 부끄러워하는 듯 보였다. 그녀는 조그만 목소리로 그를 부르는 하녀를 가리켰다.

열이 펄펄 끓는 아이를 간호하느라 두 사람이 잠을 이루지 못한 지 이틀째 밤이 되었다. 주치의를 믿지 못해 시내에서 의사를 불러오게 한 사이 그들은 꼬박 이틀 동안 이 방법 저 방법을 써 보는 중이었다. 잠을 못 자서 지치고 불안해진 그들은 자신의 슬픔을 상대 탓으로 돌리며 서로 비난하고 다투었다.

"페트루샤가 아버님으로부터 서류를 가져왔어요." 하녀가 조그맣게 속삭였다. 안드레이 공작은 밖으로 나갔다.

"참나, 이번엔 또 뭐야!" 그는 퉁명스럽게 중얼거렸다. 그는 아버지의 지시를 다 전해 듣고는 건네받은 아버지의 편지와 봉투를 쥐고 어린이방으로 돌아왔다.

"어때?" 안드레이 공작이 물었다.

"여전히 똑같아. 제발 좀 기다려. 카를 이바니치가 잠이 가장 좋다고 늘 말했잖아." 마리야 공작 영애는 한숨을 쉬며 속삭였다. 안드레이 공작이 아이에게 다가가 만져 보았다. 몸이 뜨거웠다.

"너도, 너의 카를 이바니치도 다 꺼져 버려!" 그는 물약을 몇 방울 떨어뜨린 유리잔을 들고 다시 다가섰다.

"앙드레, 그러면 안 돼." 마리야 공작 영애가 말했다.

그러나 그는 사납게, 그와 동시에 고통스럽게 얼굴을 찌푸리며 그녀를 쳐다보고는 유리잔을 들고 아이에게로 몸을 숙였다.

"하지만 나는 이러길 원해. 자, 부탁할게. 아이에게 먹여." 그가 말했다.

마리야 공작 영애는 어깨를 으쓱했다. 그러나 고분고분 유리잔을 받아 들고는 보모를 가까이 불러 아이에게 약을 먹이기 시작했다. 아이가 기침을 하고 쌕쌕거렸다. 안드레이 공작은 얼굴을 찡그린 채 머리를 움켜쥐고 방에서 나가 옆방의 소파에 주저앉았다.

편지는 아직 그의 손에 있었다. 그는 기계적으로 편지를 펼쳐 읽기 시작했다. 노공작은 파란 종이에 큼직하면서 가늘고 긴 특유의 필체로 곳곳에 약어를 사용하며 다음과 같이 썼다.

지금 특사를 통해 매우 기쁜 소식을 받았다. 거짓말이 아니라면 베니히센이 프로이센의 아일라우 부근에서 부오나파르티에를 상대로 대승리를 거둔 모양이다.[56] 페테르부르크에서는

56) 아일라우 전투는 1807년 2월 8일에 벌어졌다. 러시아 측의 베니히센은 병사를 3분의 1이상 잃었고, 프랑스 측도 상당한 손실을 입었다. 이 전투에 대해서는 양측이 모두 승리를 주장했다.

다들 환호하고, 군에 보내는 포상에는 끝이 없구나. 그가 독일인이긴 하지만 난 축하하련다. 코르체보의 사령관인 아무개 한드리코프라는 사람은 도대체 뭘 하는 건지 나로서는 납득할 수 없구나. 우리는 지금까지 보충 인원도 식량도 받지 못했다. 당장 그곳으로 말을 몰고 가서 일주일 안에 모든 일이 마무리되지 않으면 내가 그의 목을 치겠다고 전해라. 프로이센령 아일라우 전투에 대해서는 그 전투에 참가한 페첸카로부터 편지를 한 통 더 받았다. 모든 것이 사실이라고 한다. 참견해서는 안 될 인간들이 참견하지 않으니 독일인도 부오나파르티에를 무찌르는구나. 듣자 하니 그놈은 매우 낙담하여 달아나는 중이라고 한다. 너는 지체하지 말고 코르체보로 달려가 임무를 수행해라!

안드레이 공작은 한숨을 쉬고 다른 봉투를 뜯었다. 편지지 두 장을 조그만 글씨로 빽빽하게 채운 빌리빈의 편지였다. 그는 그것을 읽지도 않은 채 접고 다시 "코르체보로 달려가 임무를 수행해라!"로 끝맺음한 아버지의 편지를 읽었다.

그는 생각했다. '안 됩니다. 용서하십시오. 지금은 못 갑니다. 아이가 나을 때까지는 안 됩니다.' 그리고 문으로 다가가 어린이방을 엿보았다. 마리야 공작 영애가 여전히 침대 옆에 서서 조용히 아이를 어르고 있었다.

'그래, 아버지가 쓰신 내용 가운데 뭔가 불쾌한 것이 또 있었는데?' 안드레이 공작은 아버지의 편지 내용을 떠올렸다. '그래, 아군은 내가 복무하지 않는 바로 이런 때 보나파르트에게 승리를 거두었군. 그래, 그래, 여전히 날 조롱하시는구나……. 뭐, 좋으실 대로…….' 그러고 나서 프랑스어로 된 빌리빈의 편지를 읽기 시작했다. 그는 절반도 이해하지 못한 채 읽었다. 그 편지를 읽는 것은 그저 자신이 지나치게 오랫동안 고뇌하고 있는 한 가지에 대한 상념을 잠시나마 멈추기 위해서였다.

9

빌리빈은 현재 외교 사무관으로 군사령부에 소속되어 있었다. 프랑스어로 프랑스식 말장난과 표현 방식을 구사하기는 했지만 그는 자기비판과 자기 조롱을 두려워하지 않는 러시아인들만의 대담함으로 원정 전반에 대해 모든 것을 기술했다. 빌리빈은 본인의 외교적 겸손함이 자신을 괴롭힌다고, 군에서 일어나는 일을 지켜보는 동안 마음속에 쌓이는 온갖 괴로움을 토로할 믿을 만한 상대로 안드레이 공작이 있어 행복하다고 썼다. 그 편지는 좀 더 오래전에, 즉 프로이센령 아일라우 전투가 아직 벌어지기 전에 쓴 것이었다.

친애하는 공작, 당신도 알겠지만 아군이 아우스터리츠에서 혁혁한 성과를 거둔 이후 난 더 이상 군사령부를 못 본 척 내버려 두지 않습니다. 난 확실히 전쟁의 맛에 빠져들었고, 그것에 매우 만족하고 있습니다. 그러나 지난 석 달 동안 본 것은 믿기 힘든 일이었습니다.

처음부터(라틴어) 시작해 볼까요. 당신도 잘 아는 **인류의 적**이 프로이센인들을 공격합니다. 프로이센인들은 삼 년 동안 우리를 세 번밖에 속이지 않은 우리의 성실한 동맹자입니다. 우리는 그들을 옹호합니다. 그러나 결국 **인류의 적**은 우리의 미사여구에 전혀 주의를 기울이지 않고, 프로이센인들에게 방금 시작한 사열식을 끝낼 틈도 주지 않은 채 저들 특유의 거칠고 야만적인 방식으로 덮쳐 산산이 격파하고, 포츠담궁을 거처로 정합니다.

프로이센 왕이 보나파르트에게 편지를 씁니다.

나는 황제 폐하가 가장 흡족한 방식으로 나의 궁전에서 영접받기를 간절히 바라기에 특별히 신경을 써서 상황이 허락하는 한 그것을 위한 모든 분부를 내려 두었습니다. 오, 내가 이 목적을 달성할 수 있기를!

프로이센 장군들은 프랑스인들 앞에서 정중함을 과시하며 그들의 요구에 즉각 투항합니다.

1만 명의 부하를 거느린 글로가우 수비대 지휘관은 어떻게 해야 할지 프로이센 왕에게 묻습니다……. 이것은 정말로 확실한 이야기입니다.

간단히 말하자면 우리는 전투적인 태도로 그들에게 겁만 주려고 했는데 결국 우리가 자국의 국경선에서 전쟁에 말려든 겁니다. 그것도 **프로이센 왕을 위해**, 그리고 그와 함께 말입니다. 우리에게는 모든 것이 풍부한데 다만 작은 것 하나가 부족합니다. 바로 총사령관입니다. 총사령관이 그렇게 젊지 않았다면 아우스터리츠의 성공도 더 확실했을 것이라고 판단되었기에 팔십 대 장군들에 대한 검토가 행해집니다. 그리하여 프로조롭스키[57]와 카멘스키 사이에서 후자가 뽑히게 됩니다. 장군은 수보로프식으로 키빗카를 타고 오고, 사람들은 환희에 휩싸여 기쁨에 겨운 함성으로 그를 맞이합니다.

나흘째 되는 날 페테르부르크에서 첫 번째 특사가 도착합니다. 모든 것을 손수 하기를 좋아하는 원수의 집무실로 여행 가방들이 운반됩니다. 편지를 정리하는 일을 돕고 우리에게 배정된 것을 가져가라며 집무실에서 날 부릅니다. 이 일을 맡긴 원수는 우리를 바라보며 본인 앞으로 온 봉투를 기다립니다. 우리는 찾습니다. 그러나 아무것도 없습니다. 원수는 흥분하여 직접 일에 매달리더니 폐하께서 T. 백작, V. 공작, 그 밖의 다른 사람들에게 보내신 편지를 발견합니다. 그는 맹렬한 분노에 휩싸여 발끈 성을 냅니다. 그러더니 편지들을 집어 봉인을 뜯고는 다른 사람들 앞으로 온 편지들을 읽습니다. 아, 내가 이런 대접을 받다니. 이자들은 날 믿지 않아! 좋아, 어디 한번 해보라

57) 알렉산드르 알렉산드로비치 프로조롭스키(Aleksandr Aleksandrovich Prozorovskii, 1732~1809). 예카체리나 대제 시대의 러시아군 원수. 모스크바 총독에 임명되었다가 파벨 1세의 명으로 해임되었다. 1808년 다시 튀르크 전쟁에 복귀했으나 이후 쿠투조프가 그의 자리를 대신했다. 같은 해 도나우강을 건너다 사망했다.

지!" 그리고 베니히센 백작[58] 앞으로 그 유명한 명령을 써 내려 갑니다.

나는 부상을 당하여 말을 탈 수 없고, 따라서 군대를 지휘할 수도 없소. 그대는 그대의 격파된 코르 다르메[59]를 이끌고 풀투스크로 왔구려. 하지만 지금 이곳은 무방비 상태인 데다 장작도 없고 말먹이도 없기에 원조가 필요하오. 어제 그대가 직접 부흐회브덴 백작에게 말한 이상, 우리의 국경선으로 퇴각하는 것을 고려하지 않을 수 없게 되었소. 그 일은 오늘 실행되어야 하오.

총사령관은 황제에게도 편지를 씁니다.

줄곧 말을 타고 다니느라 안장에 스쳐 찰과상을 입었습니다. 예전에 붕대를 감은 곳에 더해진 상처 때문에 저는 말을 탈 수

58) 레온티 레온티예비치 베니히센(Leonty Leontievich Bennigsen, 1745~1826). 하노버 공국에서 태어나 하노버 공국의 군대에서 1764년까지 복무하며 경력을 쌓았다. 1773년 영관급 장교로 러시아 군대에 들어가 튀르크 전쟁과 폴란드 봉기 진압 등에 참가했다. 파벨 1세의 정책에 반대해 황제 암살 음모에 적극적으로 가담했고, 알렉산드르 1세 때는 리투아니아 총독에 임명되었다. 한편 1805~1807년 원정에 참전했다가 프리들란트 전투에서 완패하여 틸지트 조약 이후 은퇴했다. 그 후 1812년 전쟁에서 다시 지휘를 맡아 보로지노 전투를 이끌었고, 타루치노 전투에서 뮈라 원수를 격파했다. 그러나 러시아군 총사령관인 쿠투조프 장군과 불화를 일으켜 은퇴했다가 쿠투조프 사망 후에 또다시 군대의 부름을 받고 라이프치히 전투에서 프랑스군과 싸워 큰 승리를 거두었다.

59) 프랑스어로 '군단'을 가리키는 'corps d'armee'를 러시아 음가대로 지칭하였다.

도, 이런 대규모 군대를 지휘할 수도 없게 되었습니다. 그래서 서열상 제 바로 아래의 장군인 부흐회브덴 백작에게 그 지휘권을 넘겼습니다. 그리고 그에게 모든 당직 장교들과 그에 속한 모든 것을 보내고, 곡물이 부족해지면 프로이센 내부로 더 깊숙이 퇴각하도록 조언해 두었습니다. 곡물이 이제 하루치밖에 남지 않았고, 두 대대장 오스테르만과 세드모레츠키가 보고했듯이 다른 연대에는 아예 남아 있지 않기 때문입니다. 농부들이 전부 먹어 치운 거죠. 저도 완치될 때까지는 오스트롤렌카[60]의 병원에 남겠습니다. 그 날짜를 공손히 아뢰오며, 만일 군이 현재의 야영지에서 보름만 더 머물면 봄에는 건강한 자가 한 명도 남아 있지 않을 것이라고 보고하는 바입니다.

이 노인을 시골로 내려가게 해 주십시오. 저는 위대하고 영광스러운 운명에 선택되었으면서도 그것을 수행할 수 없을 만큼 너무도 치욕스러운 처지에 놓였습니다. 저는 이곳 병원에서 그에 대한 폐하의 자비로우신 허락을 기다리겠습니다. 군대의 지휘관이 아닌 서기의 역할을 하지 않기 위해서 말입니다. 제가 군대를 떠난다 할지라도 장님 한 사람이 군대를 떠날 때만큼이나 뒷공론은 일절 없을 것입니다. 저 같은 사람은 러시아에 수천 명이나 있으니 말입니다.

원수는 군주에게 노하여 우리 모두를 벌합니다. 그야말로 완

60) 오늘날 폴란드의 오스트로웽카에 해당하는 지역이다. 1807년에는 프로이센령이었으므로 독일어 지명으로 표기한다.

전혀 논리적이지 않습니까! 바로 이것이 희극의 1막입니다. 물론 그 이후 흥미와 재미는 점점 더 커져 갑니다. 원수가 떠난 후 우리가 적의 시야에 놓여 있고 교전을 하지 않을 수 없다는 사실이 밝혀집니다. 부흐회브덴은 서열상 총사령관이었지만 베니히센 장군의 견해는 전혀 달랐습니다. 더욱이 적의 시야에 놓인 것은 그와 그의 부대였기에 그는 전투할 기회를 이용하고 싶어 합니다. 그는 전투를 개시합니다. 이것이 풀투스크 전투입니다. 이것은 대승리로 간주되지만 나의 견해로는 전혀 그렇지 않습니다. 당신도 알다시피 우리 문관들에게는 전투의 승패에 대한 문제를 판가름하는 매우 나쁜 버릇이 있습니다. 전투 후 퇴각한 자는 전투에 패한 자다. 우리는 그렇게 말합니다. 이 점에 비추어 판단하자면 우리는 풀투스크 전투에서 패했습니다. 한마디로 전투 후에 퇴각한 겁니다. 하지만 우리는 페테르부르크로 특사와 함께 승전보를 보냅니다. 또한 베니히센 장군은 페테르부르크로부터 승리에 대한 포상으로서 총사령관의 칭호를 받고자 희망하며 부흐회브덴 장군에게 군에 대한 지휘권을 양보하지 않습니다. 이 지휘관 공백기에 우리는 실로 독창적이고 흥미진진한 일련의 책략을 개시합니다. 우리 계획은 응당 그래야 하듯 적을 피하거나 공격하는 것이 아니라 단지 서열상 우리 지휘관이 되어야 할 부흐회브덴을 피하는 것입니다. 이 목적을 어찌나 열렬히 갈구하는지 얕은 여울 하나 없는 강을 건널 때조차 적—현재는 보나파르트가 아니라 부흐회브덴입니다만—을 떼어 놓겠다는 일념으로 다리를 불태울 정도랍니다. 우리를 그에게서 구해 준 그 뛰어난 책략들 가운데 하나로 인해 부흐회브덴 장군은 하마터면 적의 우세한 병력으로부터 공격을 받아 포로가 될 뻔했습니다. 부흐회브덴은 우리를 추적하고 우리는 달아납니다. 그가 강을 건너 우리 쪽에 닿는 즉시 우리는 다시 반대편으로 건넙니다. 마침내 우리의 적 부흐회브덴은 우리를 따라잡고 공격합니다. 타협이 벌어집니다. 두 장군 모두 화를 냅니다. 상황은 거의 두 총사령관 사이의 결투로 치닫습니다. 그러나 다행히 일촉즉발의 순간에 페테르부르크로 풀투스크전 승전보를 전하러 간 특사가 총사령관 임명 소식을 가지고 돌아옵니다. 제1의 적인 부흐회브덴이 패한 것입니다. 우리는 이제 제2의 적인 보나파르트에 대해 생각할 수 있게 되었습니다. 그러나 그 순간 우리 앞에 제3의 적이 나타났다는 사실을 알게 됩니다. 커다란 함성으로 빵, 쇠고기, 비스킷, 건초, 귀리, 그 비슷한 것들을 요구하는 정교도 병사들 말입니다. 상점은 텅 비고, 도로는 통행이 불가능합니다. 정교도 병사들은 약탈을 시작합니다. 지난번 원정을 생각한다면 당신은 이 약탈을 도저히 납득할 수 없을 겁니다. 군대의 절반이 제멋대로 패거리를 이루어 지역을 돌아다니며 모든 것을 검과 불길에 희생시킵니다. 주민들은 완전히 몰락하고 병원들은 환자들로 가득 차고 도처에서 기아로 허덕입니다. 심지어 약탈병들이 군사령부마저 두 번이나 덮치는 바람에 총사령관은 그들을 내몰기 위해 1개 대대를 소집해야 했습니다. 이 습격에서 나는 빈 여행 가방 하나와 할라트를 빼겼습니다. 폐하께서는 모든 사단장에게 약탈병을 총살할 권한을 부여하려 하십니다. 그러나 난 이로 인해 부대의 절반이 나머지 절반을 총살하게 되지 않을까 두렵습니다.

처음에 안드레이 공작은 그저 눈으로만 읽었다. 그러나 그가 읽은 내용(빌리빈의 말을 어느 정도 믿어야 할지 알았지만)이 무의식중에 점점 마음을 사로잡기 시작했다. 그는 이 부분까지 읽은 후 편지를 꾸깃꾸깃 구겨 내동댕이쳤다. 편지 내용이 그를 화나게 한 것이 아니었다. 그는 본인과 상관없는 저 먼 곳의 삶이 자신을 흥분시킬 수 있다는 점에 화가 났다. 그는 눈을 감고 마치 읽은 것에 대한 모든 관심을 몰아내려는 듯 한 손으로 이마를 문지르고는 어린이방에서 일어나는 일에 귀를 기울였다. 문득 문 너머에서 어떤 이상한 소리가 들린 것 같았다. 공포가 그를 덮쳤다. 편지를 읽는 사이에 아이에게 무슨 일이 일어난 것은 아닐까 두려웠다. 그는 발끝으로 살그머니 어린이 방으로 다가가 문을 열었다.

방에 들어선 순간 그는 보모가 겁에 질린 표정으로 무언가를 감추는 것을, 그리고 마리야 공작 영애가 침대 옆에 없는 것을 알아차렸다.

"오빠." 뒤에서 마리야 공작 영애의 절망적인 — 그에게는 그렇게 들렸다 — 목소리가 들렸다. 오랜 불면과 흥분 뒤에 종종 찾아오는 원인 모를 두려움이 그를 엄습했다. 아기가 죽었다는 생각이 뇌리를 스쳤다. 보고 듣는 모든 것이 자신의 두려움을 확인해 주는 것 같았다.

'모든 게 끝났다.' 그는 생각했다. 이마에 식은땀이 맺혔다. 그는 망연자실하여 텅 빈 침대로 다가갔다. 텅 빈 침대를 보게 될 거라고, 보모가 죽은 아이를 감춘 거라고 확신했다. 그는 커튼을 걷었다. 두려움에 질린 산만한 두 눈동자는 한참 동안 아이를 찾지 못했다. 마침내 아이를 보았다. 빰이 발그레한 아이는 팔다리를 아무렇게나 뻗고 머리를 베개보다 낮게 떨어뜨린 채 가로로 누워 입을 달싹이고 쪽쪽 소리를 내고 숨을 고르게 쉬면서 자고 있었다.

안드레이 공작은 잃었던 자식을 다시 본 것처럼 기뻐했다. 그는 몸을 숙이고 누이가 가르쳐 준 대로 아이에게 열이 있는지 없는지 입술로 시험해 보았다. 부드러운 이마가 축축하게 젖어 있었다. 그는 한 손으로 머리를 만져 보았다. 머리카락도 축축했다. 아이는 몹시 땀을 흘렸다. 아이는 죽지 않았을 뿐 아니라 이제 위기도 지나가고 회복된 듯 보였다. 안드레이 공작은 조그맣고 무기력한 존재를 와락 들어 올려 으스러지게 꽉 끌어안고 싶었다. 그러나 차마 그럴 수 없었다. 그는 아기의 머리와 작은 손과 이불 위로 윤곽이 드러난 작은 발을 바라보며 옆에 서 있었다. 옆에서 옷자락 스치는 소리가 들리고, 침대의 휘장 아래로 그림자 같은 것이 보였다. 그는 주위를 돌아보지 않고 아기의 얼굴을 주시하며 그 고른 숨소리에 계속 귀를 기울였다. 검은 그림자는 다름 아닌 마리야 공작 영애였다. 그녀는 소리 없는 발걸음으로 침대에 다가와서 휘장을 걷어 올렸다가 다시 등 뒤로 내렸다. 안드레이 공작은 돌아보지 않고도 그녀를 알아차리고 손을 내밀었다. 그녀가 그 손을 꼭 잡았다.

"땀이 났구나." 안드레이 공작이 말했다.

"그 말을 하려고 오빠를 찾아다녔어."

아기는 잠결에 살짝 움직이더니 방긋 웃으며 이마를 베개에 비벼 댔다.

안드레이 공작은 누이를 바라보았다. 마리야 공작 영애의 빛나는 눈동자는 그 안에 고인 행복의 눈물로 휘장 안의 어스름한 빛 속에서 평소보다 더 반짝였다. 마리야 공작 영애는 오빠에게 몸을 기울이고 침대의 휘장을 가볍게 잡으며 입을 맞추었다. 그들은 서로에게 손가락을 흔들어 보이고는 세 사람이 온 세상으로부터 분리된 이 세계와 떨어지고 싶지 않은 듯 휘장의 어스름한 빛 속에 가만히 서 있었다. 안드레이 공작은 모슬린 휘장에 머리를 헝클어뜨리며 침대 곁에서 먼저 떠났다. '그래, 이제 나에게 남은 것은 이것뿐이야.' 그는 탄식하며 속으로 중얼거렸다.

10

프리메이슨 교단에 가입한 지 얼마 되지 않아 피에르는 교단이 자신을 위해 잔뜩 적어 준, 그가 영지에서 반드시 행해야 할 지침을 간직한 채 그의 농민들 대다수가 있는 키예프현으로 떠났다.

키예프에 도착한 피에르는 모든 관리인을 가장 큰 사무소로 불러 자신의 의도와 희망을 설명했다. 농민을 농노적 종속 관계에서 완전히 해방하기 위한 조치가 신속하게 취해질 것이라고, 그때까지는 농민들에게 부역의 의무를 과중하게 지워서는 안 된다고, 아이가 있는 여자들을 부역에 내보내서는 안 된다고, 농민들에게 원조를 베풀어야 한다고, 처벌은 신체적 처벌이 아닌 훈계로 대신해야 한다고, 각 영지에 병원과 고아원과 학교를 설립해야 한다고 말했다. 몇몇 관리인들(그 자리에는 문맹에 가까운 관리자도 있었다.)은 그 말을 젊은 백작이 자신들의 관리와 횡령에 불만을 품었다는 뜻으로 짐작하여 겁먹은 표정으로 들었다. 어떤 사람들은 처음의 두려움이 가시자 피에르의 혀 짧은 소리와 이제껏 들어 본 적 없는 새로운 어휘를 재미있게 여겼다. 세 번째 부류는 그저 주인이 말하는 것을 듣는 데서 기쁨을 느꼈다. 총관리인을 비롯해 가장 똑똑한 네 번째 부류는 그의 연설에서 자신들의 목적을 달성하려면 주인을 어떤 방식으로 다루어야 할지 파악했다.

총관리인은 피에르의 의도에 큰 공감을 나타냈다. 그러나 그러한 개혁 외에도 열악한 상황에 놓인 업무를 전반적으로 처리해 두어야 한다고 지적했다.

베주호프 백작의 재산이 막대하긴 했지만, 재산을 물려받고 연 수입 50만 루블을 받게 된 이후 피에르는 고인이 된 백작에게서 1만 루블을 받던 때보다 돈이 훨씬 부족하다고 느꼈다. 그는 수입과 지출 상황에 대해 대충 다음과 같이 어렴풋하게 짐작하고 있었다. 영지 전체에 대해서는 약 8만 루블이 지방 의회에 납부되었다. 모스크바 근교의 영지와 모스크바의 저택 유지비, 공작 영애들의 생활비로 약 3만 루블이 들었다. 연금으로 1만 5000루블, 그리고 자선 단체에도 그만큼이 나갔다. 백작 부인의 생활비로 15만 루블이 송금되었다. 빚에 대한 이자로 약 7만 루블이 나갔다. 이미 개시된 교회 건축에 지난 이 년 동안 약 1만 루블이 나갔다. 나머지 약 10만 루블은 그도 어떻게 쓰는지 모르게 없어졌다. 그래서 거의 매년 그는 빚을 지지 않을 수 없었다. 그 밖에도 해마다 총관리인은 때로 화재에 대해, 때로 흉작에 대해, 때로 공장과 제조소를 개축할 필요성에 대해 편지를 보내왔다. 따라서 피에르 앞에 놓인 첫 번째 업무는 그가 가장 못하고 가장 하기 싫어하는 것, 즉 실무를 처리하는 것이었다.

피에르는 총관리인과 함께 날마다 일했다. 그러나 자신의 일처리가 업무를 단 한 걸음도 진척시키지 않는 것을 느꼈다. 그는 일처리가 업무와 무관하게 행해지고 제대로 맞물려 돌아가지 않아 업무가 진행되지 않는다는 것을 깨달았다. 한편에서는 총관리인이 상황을 최악의 관점에서 제시하며 피에르에게 빚을 갚고 농노의 노동력으로 새로운 일에 착수할 필요성을 제시했다. 피에르는 동의하지 않았다. 또 한편에서는 피에르가 농노 해방을 위한 업무에 착수해 줄 것을 요구했다. 이에 대해서 총관리인은 먼저 신탁 위원회에 빚을 갚아야 한다고, 따라서 빠른 실행은 불가능하다고 주장했다.

총관리인은 그 일이 완전히 불가능하다고는 말하지 않았다. 그는 그 목적을 달성하기 위해 코스트로마현의 숲을 매각하고 저지대와 크림 영지를 매각하자고 제안했다. 그러나 총관리인의 말 속에서는 그 모든 업무가 금령 해제나 허가 요청 등등의 과정과 너무 복잡하게 얽혀 있어 피에르는 어리둥절해하며 그저 "네, 네, 그렇게 해요."라고 말할 뿐이었다.

피에르에게는 업무에 직접 매달리는 데 필요한 실무적 끈기가 없었다. 그래서 업무를 좋아하지 않았으며, 총관리인 앞에서는 그저 일하는 것처럼 보이려고 애쓸 뿐이었다. 총관리인은 백작 앞에서 이 일을 주인에게는 매우 유익하나 자신에게는 매우 성가신 것으로 여기는 척하려고 애썼다.

이 대도시에는 지인들이 있었다. 더구나 모르는 사람들도 현에서 가장 큰 영지를 소유한 이 새로 온 부자와 친분을 맺기 위해 안달하며 그를 기쁘게 환영했다. 프리메이슨 지부에 가입할 때 고백한 가장 큰 약점에 대한 유혹도 저항하기 힘들 만큼 강렬했다. 다시 온종일, 한 주 내내, 한 달 내내 피에르의 삶은 페테르부르크에서처럼 야회와 만찬과 오찬과 무도회에 둘러싸여 정신을 차릴 새도 없이 분주하게 흘러갔다. 자신이 지향하던 새로운 삶 대신에 피에르는 상황만 다를 뿐 여전히 이전과 똑같은 삶을 살았다.

피에르는 프리메이슨의 세 가지 본분 중 각 프리메이슨 회원에게 도덕적 생활의 본보기가 되도록 명한 것을 실천하지 않은 점, 그리고 일곱 가지 덕목 가운데 두 가지인 방정한 품행과 죽음에 대한 사랑을 전혀 갖추지 않은 점을 자각했다. 대신에 다른 본분인 인류를 바로잡는 일을 실천하고 있으며 다른 미덕들, 즉 이웃에 대한 사랑과 특히 관대함을 갖추었다는 점을 들어 스스로를 위로했다.

1807년 봄 피에르는 페테르부르크로 돌아가기로 결심했다. 도중에 그는 전 영지를 돌아보고 자신이 지시한 일들 가운데 어떤 것이 행해졌는지, 또 하느님이 자기에게 맡겼고 그 자신도 은혜를 베풀려고 애쓰는 그 농민들이 현재 어떤 상황에 놓였는지 직접 확인해 보기로 했다.

젊은 백작의 모든 계획이 자신에게도, 백작에게도, 농민에게도 전혀 이로울 게 없는 무모한 짓이나 다름없다고 생각하던 총관리인이 양보했다. 여전히 해방 사업은 불가능하다는 주장을 내세우면서도 그는 모든 영지에 학교와 병원과 고아원 등 큰 건물을 건축하도록 지시했다. 그리고 주인이 도착하는 곳마다 환영회를 마련했다. 그가 알기에 피에르가 좋아하지 않을 화려하고 성대한 환영회가 아니라 이콘과 빵과 소금[61]으로 맞는 종교적이고 감사에 찬 환영식, 자신이 파악한 대로라면 반드시 백작의 마음을 움직이고 속일 바로 그러한 환영식 말이다.

남쪽의 봄, 빈풍의 콜랴스카로 가는 안락하고 빠른 여행, 여정의 고독이 피에르에게 즐거운 기분을 선사했다. 그가 이제껏 방문한 적이 없는 영지들은 다른 곳보다 한층 그림처럼 아름다웠다. 어디에서나 농민들은 유복한 생활을 하며 그가 베푼 은혜에 감격하고 감사하는 것처럼 보였다. 가는 곳마다 피에르를 당황하게 만드는, 그러나 마음 깊은 곳으로부터 기쁜 감정을 불러일으키는 환영식이 있었다. 어떤 곳에서는 농부들이 빵과 소금이며 베드로와 바울의 이콘을 가져왔고, 피에르가 베푼 은혜에 대한 사랑과 감사의 표시로 피에르의 수호성인인 베드로와 바울[62]에게 경의를 표할 수 있도록 자신들의 돈으로 교회에 새 부제단을 건립하게 해 달라고 허락을 구했다. 어떤 곳에서는 젖먹이 딸린 여자들이 그를 맞이하며 힘

61) 손님을 맞을 때 빵과 소금을 제공하는 것은 러시아의 전통이다. 빵은 '생명을 위한 기본 음식'을, 수입품인 소금은 '사치품'을 의미했다.
62) 피에르의 수호성인은 베드로다. 그러나 러시아 정교회가 베드로와 바울의 축일을 같은 날(6월 29일)로 정해 이콘에는 기념 축일이 동일한 두 사도가 함께 그려지곤 했다. 그런 이유로 바울은 피에르의 수호성인이기도 하다.

든 부역을 면하게 해 준 데 감사했다. 어떤 곳에서는 십자가를 든 사제가 아이들에게 에워싸인 채 그를 맞이했다. 사제는 백작의 후원으로 그 아이들에게 읽고 쓰는 법과 종교를 가르쳤다. 모든 영지에서 피에르는 똑같은 설계에 따라 건축 중이거나 이미 건축된 학교, 병원, 양로원 등의 석조 건물들을 자신의 눈으로 직접 확인했다. 그것들은 조만간 문을 열기로 되어 있었다. 가는 곳마다 피에르는 이전보다 줄어든 부역 노동에 대한 관리인들의 보고서를 보았고, 그에 대하여 파란 카프탄을 입은 농민 대표단의 감격 어린 감사를 들었다.

사람들이 빵과 소금을 가져오고 베드로와 바울의 부제단을 건축하는 그곳이 베드로 축일마다 장이 서는 상업 마을이라는 것, 부제단은 마을의 부농들, 즉 그의 앞에 나타난 농부들이 이미 오래전부터 건축해 왔다는 것, 그 마을 농부들 가운데 10분의 9는 극빈자라는 것을 피에르는 몰랐다. 자신의 지시로 젖먹이 딸린 아낙들이 부역 노동에 나가지 못하는 탓에 그 아기 엄마들이 자신들의 땅에서 훨씬 더 힘든 노동을 했다는 것을 몰랐다. 십자가를 들고 자신을 영접한 사제가 농민들에게 세금을 부담시켰다는 것, 사제에게 모인 학생들은 부모들이 눈물을 머금고 넘긴 아이들이라는 것, 부모들이 많은 몸값을 내야 아이들을 되찾을 수 있다는 것을 몰랐다. 석조 건물을 설계대로 건립한 이들이 자신의 노동자들이라는 것, 그 석조 건물 때문에 농민들의 부역이 강화되었다는 것, 부역은 서류상에서만 감소했다는 것을 몰랐다. 관리인이 장부에서 그의 뜻에 따라 소작료를 3분의 1 정도 낮추었다고 보여 준 지역에서는 부역의 의무가 절반 정도 더 늘어났다는 것을 몰랐다. 그래서 영지를 둘러본 피에르는 벅찬 기쁨을 느끼고 페테르부르크를 떠날 때의 박애주의적인 기분을 완전히 회복하여 자신이 대수장이라고 부른 지도자 형제에게 환희에 찬 편지를 보냈다.

'얼마나 쉬운가, 이렇게 많은 선을 행하는 데 얼마나 적은 노력이 드는가! 그런데 우리는 여기에 얼마나 신경을 안 쓰고 있는가!' 피에르는 생각했다.

그는 사람들이 자신에게 보여 준 감사에 행복했다. 그러나 감사를 받으면서 부끄러운 마음이 들었다. 이러한 감사는 그에게 이 소박하고 선량한 사람들을 위하여 자신이 얼마나 더 많은 일을 할 수 있었는지 새삼 깨닫게 했다.

매우 아둔하고도 교활한 사내인 총관리인은 똑똑하면서도 순진한 백작을 완전히 파악하자 그를 장난감처럼 농락했다. 미리 준비해 둔 환영식이 피에르에게 미친 영향을 본 그는 농노 해방의 불가능성, 무엇보다 그 불필요성에 대해 이런저런 이유들을 대며 더욱 단호히 말했다. 농민들은 그런 것 없이도 더할 나위 없이 행복했다는 것이다.

피에르는 이보다 더 행복한 사람들을 상상하기 힘들다는 점에서, 그리고 그들을 자유롭게 해 주었을 때 어떤 일이 그들을 기다릴지는 하느님만 아실 거라는 점에서 마음속 깊이 총관리인의 말에 동의했다. 그러나 피에르는 비록 내키지 않아도 자신이 옳다고 생각하는 것을 고집했다. 총관리인은 백작의 뜻을 이루기 위해 모든 노력을 기울이겠다고 약속했다. 그는 확실히 알았던 것이다. 숲과 영지를 팔고 지방 의회로부터 저당물을 되찾기 위한 모든 조치를 취했는지 백작이 결코 자기를 조사할 수 없을 뿐만 아니라 새로 지은 건물이 텅 빈 데 대해, 농부들이 다른 지주들에게 바치는 모든 것, 즉 그들이 바칠 수 있는 모든 것을 노동과 돈으로 여전히 바치고 있다는 데 대해 백작이 결코 묻지도 확인하지도 않으리라는 것을 말이다.

11

더할 나위 없이 행복한 기분으로 남쪽 여행에서 돌아오던 피에르는 두 해 동안 만나지 못한 친구 볼콘스키를 방문하겠다는 오랜 계획을 실행에 옮겼다.

마지막 역참에서 피에르는 안드레이 공작이 리시예 고리가 아닌 새로 분가한 영지에 있는 것을 알고 그곳으로 향했다.

보구차로보는 평야, 부분적으로 벌채가 이루어진 전나무 숲, 자작나무 숲으로 덮인 그다지 아름답지 않은 평범한 고장이었다. 지주의 저택은 큰길을 따라 쭉 뻗은 마을의 끝자락에, 물이 가득 차고 가장자리의 풀이 아직 무성하게 자라지 않은 새로운 못 너머 커다란 소나무가 몇 그루 드문드문 있는 어린 숲 한가운데에 자리하고 있었다.

지주의 저택은 탈곡장, 별채들, 마구간들, 증기탕, 곁채, 그리고 전면이 반원형인 커다란 석조 본관 — 아직 건축 중인 — 으로 이루어졌다. 본관 주위에는 갓 꾸민 정원이 있었다. 새로 지은 담과 대문은 견고했다. 처마 밑에는 두 개의 소방 호스와 녹색으로 칠한 나무통이 있었다. 길은 곧고 난간이 달린 다리는 튼튼했다. 모든 것에서 면밀함과 능수능란한 운영의 흔적이 엿보였다. 피에르와 마주친 하인들은 공작이 어디 머무느냐는 질문에 못가의 자그마한 새 곁채를 가리켰다. 안드레이 공작의 늙은 가정 교사 안톤은 피에르가 콜랴스카에서 내리도록 도와주었다. 그는 공작이 집에 있다고 말한 후 피에르를 작고 깨끗한 문간방으로 안내했다.

피에르는 페테르부르크에서 친구를 마지막으로 만났을 때 호화로운 환경을 본 뒤라서 이 작지만 깨끗한 집의 검소함에 깜짝 놀랐다. 그는 아직 소나무 향이 나는, 회반죽을 바르지 않은 자그마한 홀로 급히 들어갔다. 그가 앞으로 계속 걸어가려 하자 안톤이 발끝으로 앞서 달려가 문을 두드렸다.

"어, 무슨 일이야?" 날카롭고 불쾌한 목소리가 들렸다.

"손님입니다." 안톤이 대답했다.

"잠시 기다리시라고 해." 그리고 의자를 움직이는 소리가 들렸다. 피에르는 빠른 걸음으로 문을 향해 다가가다가 얼굴을 찌푸린 채 나오는, 그새 늙어 버린 안드레이 공작과 얼굴을 맞닥뜨렸다. 피에르는 그를 끌어안고 안경을 추켜올리며 그의 뺨에 입을 맞추고는 가까이에서 바라보았다.

"뜻밖이야. 정말 반갑군." 안드레이 공작이 말했다. 피에르는 아무 말도 하지 않았다. 그는 친구에게서 시선을 떼지 못하며 놀란 눈으로 바라보았다. 그는 안드레이 공작에게 일어난 변화에 충격을 받았다. 안드레이 공작의 말은 다정했고, 입술과 얼굴에 미소가 어려 있었다. 그러나 시선은 불이 꺼진 듯 죽어 있었다. 스스로도 간절히 바라고 있음이 분명했지만 안드레이 공작은 그 시선에 기쁘고 즐거운 광채를 더하지 못했다. 친구가 더 야위었거나 더 창백해졌거나 더 성숙해진 것은 아니었다. 그러나 어떤 한 가지에 오랫동안 집중했음을 보여 주는 그 시선과 이마의 주름은 피에르가 그것에 익숙해질 때까지 그에게 충격을 주고 서먹함을 느끼게 했다.

늘 그렇듯이 오랜 이별 이후의 만남에서 화제는 좀처럼 하나로 모이지 못했다. 그들은 스스로 생각하기에도 오랫동안 이야기할 필요가 있는 것들에 대해 간단히 묻고 대답했다. 마침내 대화는 예전에 단편적으로 언급된 것들, 지난 생활에 대한 질문, 미래의 계획, 피에르의 여행과 일, 전쟁 등으로 점차 모아지기 시작했다. 피에르가 안드레이 공작의 시선에서 눈치챈 골똘함과 비탄은 안드레이 공작이 피에르의 이야기를 들으며 짓는 미소에서 이제 점점 더 강하게 나타났다. 피에르가 과거나 미래에 대한 기쁨을 열의에 차서 이야기할 때 더욱 그러했다. 안드레이 공작은 피에르의 말에 공감하고 싶어 하면서도 그러지 못하는 것 같았다. 피에르는 안드레이 공작 앞에서 행복과 선에 대한 환희, 공상, 희망 등을 표현하는 것이 무례한 짓이라고 느끼기 시작했다. 새로이 품게 된 프리메이슨 사상, 특히 최근 여행이 마음속에 새로이 일깨우고 자극한 사상들을 전부 털어놓자니 부끄러웠다. 그는 자신을 억눌렀다. 순진해 보일까 봐 두려웠다. 그러면서도 이제 페테르부르크 시절과 전혀 다른 더 나은 피에르가 되었다는 사실을 친구에게 얼른 보여 주고 싶어 견딜 수 없었다.

"내가 최근에 얼마나 많은 일을 겪었는지 말로 다 표현할 수가 없어요. 나도 나 자신을 알아보지 못할 정도랍니다."

"그렇군. 우리는 그때 이후로 많이, 많이 달라졌어." 안드레이 공작이 말했다.

"아, 당신은요? 당신의 계획은 뭔가요?" 피에르가 물었다.

"계획?" 안드레이 공작이 비꼬듯 말을 되받았다. "내 계획?" 그는 그 말의 의미에 놀란 듯 똑같은 말을 되풀이했다. "보다시피 지금은 집을 짓고 있어. 내년에는 완전히 거처를 옮기고 싶은데……."

피에르는 나이 들어 보이는 안드레이의 얼굴을 말없이 뚫어지게 바라보았다.

"아뇨, 내가 묻고 싶은 것은……." 피에르가 말을 꺼냈지만 안드레이 공작이 가로막았다.

"나에 대해 무슨 이야기를 하겠어……. 이야기를 좀 해 봐. 자네의 여행과 그곳 영지에서 한 일에 대해서 전부 들려줘."

그는 자신이 이룬 개혁에서 자신의 관여를 가능한 한 숨기려고 애쓰며 영지에서 어떤 일을 했는지 이야기하기 시작했다. 안드레이 공작은 마치 피에르가 이룬 모든 것들이 오래전부터 다 아는 이야기라는 듯 몇 번이고 피에르가 말할 내용을 앞서 이끌곤 했다. 그리고 피에르가 들려주는 이야기를 별 관심 없이 들을 뿐 아니라 그것에 수치심마저 느끼는 듯했다.

피에르는 친구와 함께 있는 것이 거북해졌고, 심지어 괴롭기까지 했다. 그는 침묵했다.

"실은 말이야, 친구." 안드레이 공작이 말했다. 그 역시 손님과 있는 것이 괴롭고 답답한 듯 보였다. "난 이곳에서 야영을 하고 있어. 그냥 둘러보러 온 거라서. 이제 누이에게로 다시 갈 거야. 난 자네를 그곳 사람들에게 소개할까 해. 참, 자네도 아마 그들을 알 텐데." 그는 이제 어떤 공통점도 느끼지 못하는 손님을 접대하는 투로 말했다. "식사를 한 후 떠날 거야. 그럼 이제 내 저택을 둘러보지 않으려나?" 그들은 밖으로 나가 식사가 준비될 때까지 이리저리 돌아다니며 별로 친하지 않은 사람들처럼 정치 소식과 공통으로 아는 사람들에 대해 이야기를 나누었다. 안드레이 공작은 자신이 짓고 있는 새 저택과 건축물에 대해 이야기할 때만 다소 활기와 관심을 내비쳤다. 그러나 이때도 안드레이 공작은 공사장 발판 위에서 대화하던 도중 피에르에게 앞으로 지어질 본관의 배치를 설명하다가 갑자기 말을 멈췄다. "하지만 이런 곳에 흥미로울 만한 것은 전혀 없어. 식사나 하러 가지. 그러고 나서 같이 출발해." 식사를 하는 동안 화제는 피에르의 결혼에 이르렀다.

"그 소식을 듣고 정말 놀랐지." 안드레이 공작이 말했다.

피에르는 그 이야기를 할 때면 늘 그렇듯 얼굴을 붉히며 조급하게 말했다.

"이 모든 일이 어떻게 일어났는지에 대해서는 언젠가 이야기하죠. 당신도 알겠지만 다 끝났습니다. 영원히요."

"영원히?" 안드레이 공작이 말했다. "어떤 것도 영원할 수 없어."

"하지만 당신도 그 모든 게 어떻게 끝났는지 알죠? 결투에 대해 들었죠?"

"그렇군. 자네는 그 일도 겪었군."

"내가 하느님께 감사하는 한 가지, 그것은 바로 내가 그 사람을 죽이지 않았다는 겁니다." 피에르가 말했다.

"어째서? 사나운 개를 죽이는 것은 오히려 매우 훌륭한 일이야." 안드레이 공작이 말했다.

"아니에요, 사람을 죽이는 것은 좋지 않아요. 옳지 않습니다……."

"어째서 옳지 않지?" 안드레이 공작이 피에르의 말을 되받았다. "무엇이 옳고 그른지를 판단하는 것은 인간에게 허락된 일이 아니야. 인간은 항상 착각에 빠져 있었고 앞으로도 영원히 그렇겠지. 인간들이 뭐가 옳거나 그르다고 생각할 때보다 더 큰 착각에 빠지는 경우도 없어."

"타인에게 악인 것은 옳지 않습니다." 피에르가 말했다. 피에르는 자신이 도착한 이후 안드레이 공작이 처음으로 활기를 띠며 이야기를 시작하고 그를 지금의 모습으로 만든 모든 것에 대해 털어놓고 싶어 하는 것 같아 기뻤다.

"타인에게 악이라는 것이 도대체 무엇인지 누가 자네에게 말해 주었나?" 그가 말했다.

"악이요? 악 말입니까?" 피에르가 말했다. "우리는 모두 무엇이 자신에게 악인지 압니다."

"그래, 우리는 알지. 하지만 내가 스스로에게 악이 된다고 생각하는 것을 다른 사람에게 행할 수는 없어." 안드레이 공작은 더욱더 활기를 띠며 말했다. 아마도 사물에 대한 자신의 새로운 시각을 피에르에게 말하고 싶은 것 같았다. 그는 프랑스어로 말했다. "내가 아는 인생의 진정한 악은 두 가지뿐이야. 바로 양심의 가책과 질병이지. 선이 있다면 오직 이 두 가지 악이 존재하지 않는 것이야. 이 두 가지 악을 피하며 자신을 위해 사는 것, 이것이 현재 내가 터득한 지혜의 전부야."

"그럼 이웃에 대한 사랑은요, 자기희생은요?" 피에르가 말을 꺼냈다. "아뇨, 난 당신에게 동의할 수 없습니다! 오직 악을 행하지 않기 위해, 후회하지 않기 위해 사는 것, 그것으로는 부족해요. 난 그런 식으로 살았지요. 자신을 위해 살았고, 그래서 스스로 인생을 망쳤어요. 다른 사람들을 위해 사는 지금에서야, 아니 적어도 그렇게 살려고 노력하는 지금에 이르러서야(피에르는 겸손함 때문에 자신의 말을 정정했다.) 겨우 인생의 모든 행복을 이해했어요. 아뇨, 난 당신에게 동의하지 않습니다. 그래요, 당신도 사실은 자신이 말한 대로 생각하지 않잖아요." 안드레이 공작이 말없이 피에르를 바라보며 조롱하듯 씩 웃었다.

"자네는 내 누이 마리야 공작 영애를 보게 될 거야. 두 사람이 서로 잘 맞겠어." 그가 말했다. "어쩌면 자네는 스스로에 관한 한 옳을지도 몰라." 그는 잠시 침묵하더니 계속 말을 이었다. "하지만 다들 자기 방식대로 산단 말이지. 자네는 자신을 위해 살았어. 그런데 이제 그것이 자신의 인생을 망칠 뻔했다고, 다른 사람들을 위해 살기 시작할 때에야 비로소 행복을 알았다고 말하는군. 난 정반대를 체험했어. 난 명예를 위해 살았지.(명예가 과연 무엇인가? 바로 타인에 대한 사랑, 그들을 위해 무언가를 하려는 열망, 그들의 찬사에 대한 갈망이잖나!) 난 그렇게 타인들을 위해 살다가 거의도 아니고 완전히 내 삶을 망치고 말았어. 그리고 나 자신만을 위해 살게 된 이후 비로소 평온을 느끼기 시작했지."

"어떻게 자신만을 위해 삽니까?" 피에르가 흥분하며 물었다. "아들은요, 누이는요, 아버지는요?"

"그들은 모두 나 자신과 똑같아. 그들은 남이 아니야." 안드레이 공작이 말했다. "자네와 마리야 공작 영애가 말하는 타인, 이웃, 즉 르 프로샤(le prochain)는 망상과 악의 주된 근원이지. 르 프로샤, 이것은 자네가 선을 행하고 싶어 하는 대상인 자네의 키예프 농부들이겠군."

그러고 나서 그는 피에르를 도전적인 눈초리로 비웃듯이 바라보았다. 피에르를 자극하려는 게 분명했다.

"당신은 농담을 하고 있군요." 피에르는 더욱 생기를 띠며 말했다. "내가 바란 것(아주 미약하고 서툴게 행하긴 했지만)에, 선을 행하길 바라며 무언가라도 해낸 것에 무슨 망상과 악이 있겠습니까? 불행한 농부들이, 우리 농부들이, 우리와 마찬가지로 이콘과 무의미한 기도 외에 하느님과 진리에 대한 어떤 다른 개념도 없이 성장하고 죽어 가는 그 사람들이 내세, 벌과 상, 위로같이 마음에 위안을 주는 신앙을 배우는 것에 무슨 악이 있겠습니까? 물질적 도움을 베푸는 일은 너무나도 쉬운데 사람들이 도움을 받지 못하고 병으로 죽어 갑니다. 그래서 내가 그들에게 약과 병원, 양로원을 제공합니다. 거기에 도대체 무슨 악과 망상이 있습니까? 농부나 아기를 가진 아낙에게 단 하루도 평온할 날이 없어 휴식과 여가를 준다면 그것은 명백하고 의심할 여지 없는 선이 아닙니까?" 피에르는 급하게 혀 짧은 소리를 내며 말했다. "그래서 난 그렇게 했습니다. 비록 잘하지도 못하고 많이 하지도 못했지만 그것을 위해 무언가를 했단 말입니다. 당신은 내가 한 것이 선한 일이라는 나의 신념을 깨뜨리지 못했고, 당신 역시 그렇게 생각하지 않는다는 나의 신념도 깨뜨리지 못했습니다. 무엇보다……." 그는 계속 말을 이었다. "난 압니다. 그 선을 행하는 기쁨이 인생에서 유일하고 확실한 행복이라는 것을 분명히 안다고요."

"그래, 그런 식으로 문제를 제기하면 별개의 사안이 되지." 안드레이 공작이 말했다. "나는 집을 짓고 정원을 꾸미는데 자네는 병원을 짓는군. 어느 쪽이든 시간을 때우는 데 도움이 되겠지. 하지만 무엇이 옳고 무엇이 선한가를 판단하는 문제는 우리 자신이 아닌 전지자(全知者)에게 맡길 일이야. 자, 논박하고 싶다면……." 그는 이렇게 덧붙였다. "어서 해 봐." 그들은 테이블을 떠나 발코니를 대신하는 현관 계단에 앉았다.

"자, 반박해 봐." 안드레이 공작이 말했다. "자네는 학교, 교육 등에 대해 말하고 있어." 그는 손가락을 꼽으며 계속 말했다. "즉 자네는 저 사람을 동물적인 상황에서 끌어내고 싶어 하지." 그는 모자를 벗으며 그들 옆을 지나가는 한 농부를 가리키면서 말했다. "그리고 그에게 정신적 욕구를 부여하려고 해. 하지만 내가 보기에 존재할 수 있는 유일한 행복은 바로 동물적 행복이야. 그런데 자네가 그것을 저 사람에게서 빼앗으려고 하지. 난 저 사람이 부러운데 자네는 그를 나처럼 만들려고 해. 그에게 나의 지성, 나의 감성, 나의 재산을 주지는 않으면서 말이야. 또 한 가지, 자네는 그의 노동을 덜어 주겠다고 말해. 내 생각으로는 자네와 나에게 정신노동이 그렇듯, 저 사람에게 육체노동은 없어서는 안 될 존재 조건이야. 자네는 생각을 하지 않으려 해도 그럴 수 없어. 나는 2시가 지나면 잠자리에 들어. 그런데 여러 생각들이 머리에 떠올라 이리저리 뒤척이며 잠을 이루지 못하다가 아침까지 꼬박 새우곤 해. 내가 생각을 하고, 또 생각을 하지 않을 수 없어서야. 마찬가지로 저 남자는 밭을 갈고 풀을 베지 않을 수 없어. 그러지 못하면 저 남자는 술집에 가거나 병에 걸리고 말걸. 내가 그의 무시무시한 육체노동을 견디지 못해 일주일 안에 죽고 말듯, 그도 나의 육체적 무위(無爲)를 견디지 못하고 살이 피둥피둥 쪄서 죽을 거야. 세 번째, 자네가 말한 게 뭐였더라?"

안드레이 공작은 세 번째 손가락을 꼽았다.

"아, 그래, 병원과 약품. 저 사람이 뇌졸중을 일으켜 죽어 가는데 자네가 사혈[63]을 해서 완치시킨다고 쳐. 그는 불구인 몸으로 모든 사람의 짐이 되어 십 년을 더 살겠지. 그로서는 죽는 편이 훨씬 더 마음 편하고 간단한데 말이야. 다른 사람들이 태어날 테고, 또 그런 사람들은 얼마든지 있어. 자네가 남아도는 일꾼 — 나는 그를 그런 식으로 보는데 — 한 명 죽는 것을 아쉬워한다면야……. 하지만 자네는 사랑 때문에 그를 치

63) 정맥에서 혈액을 뽑아내는 치료법으로 이 시대에 널리 이용되었다.

료해 주고 싶어 하지. 그런데 그에게 그런 것은 필요 없어. 더욱이 의학이 언제 누군가를 고친 적이 있나……. 이 무슨 망상이람! 죽이기나 할 뿐이야! 그런 거라고!" 그는 시납게 인상을 쓰며 피에르에게서 고개를 돌렸다.

안드레이 공작은 이 문제에 대해 여러 번 생각했는지 너무도 분명하고 확실하게 생각을 표현했고, 마치 오랫동안 말을 하지 않은 사람처럼 열렬하게 빠른 속도로 말했다. 그의 견해가 절망적일수록 시선은 더욱 생기를 띠었다.

"아, 끔찍해요, 끔찍해!" 피에르가 말했다. "어떻게 그런 생각을 가지고 살 수 있는지 그 점만은 도저히 이해가 안 되는군요. 나에게도 그런 순간이 찾아온 적이 있습니다. 바로 얼마 전 일이지요. 모스크바에서도, 여행 도중에도 그랬죠. 하지만 난 그때 살아 있는 게 아닌 수준으로까지 전락했습니다. 모든 게 혐오스러웠지요. 무엇보다 나 자신이 혐오스러웠습니다. 그때 난 먹지도 씻지도 않고…… 그런데 어떻게 당신이……."

"어째서 씻지 않지? 더럽잖아." 안드레이 공작이 말했다. "오히려 자신의 삶을 가능한 한 더 즐겁게 만들려고 노력해야지. 난 살아 있어. 그것은 내 잘못이 아니야. 그러니 아무도 방해하지 말고 죽을 때까지 어떻게든 더 잘 살아야 해."

"하지만 당신을 살도록 자극하는 것은 도대체 뭔가요? 당신은 그런 생각으로 꼼짝도 않고 아무것도 하지 않으면서 계속 앉아 있기만 할 텐데."

"삶이 그렇게 가만히 내버려 두지를 않아. 난 아무것도 하지 않으면 좋겠어. 그런데 한편에서는 이곳 귀족들이 나에게 귀족 회장[64] 선출이라는 영예를 하사하더군. 난 간신히 빠져나왔지. 그들은 이해하지 못해. 나에게는 그 직함이 요구하는 것, 그 직함이 요구하는 어떤 선량하고 부산스러운 평범함이 없다는 것을 말이야. 그다음에는 이 집이 있어. 평온하게 지낼 자신의 거처를 갖기 위해서라면 반드시 집을 지어야 하지. 지금은 민병대이기도 하고."

"왜 군대에서 복무하지 않죠?"

"아우스터리츠 전투 이후부터지!" 안드레이 공작은 침울하게 말했다. "아니, 이젠 됐어. 난 앞으로 러시아 현역군에서는 복무하지 않겠다고 다짐했어. 설사 보나파르트가 저기 스몰렌스크에서 리시에 고리를 위협한다 해도, 그래도 난 러시아군에 들어가지 않을 거야. 참, 자네에게 말했지." 안드레이 공작은 마음을 진정하고 계속 말을 이었다. "이제는 민병대야. 아버지가 3관구의 사령관이시니 내가 군 복무에서 벗어날 유일한 방법은 아버지 곁에 남는 거지."

"그러면 군 복무를 하고 있군요?"

"그렇지." 그는 잠시 침묵했다.

"그렇다면 도대체 왜 복무하는 겁니까?"

"이런 이유 때문이야. 아버지는 당신 시대에 가장 걸출한 인물들 가운데 한 분이셨지. 하지만 아버지도 이제 늙었어. 게

---

64) 1860년대 러시아 개혁 이전의 귀족 회장이라는 직함은 러시아의 현에서 가장 높은 선출직이었다. 이와 달리 지사와 행정관은 차르가 임명했다.

다가 가혹하지는 않은데 기질이 지나치게 활동적이어서 말이야. 아버지는 무제한의 권력에 익숙한 데다 이제는 폐하께서 민병대 사령관들에게 부여한 권력으로 무시무시한 분이 되셨지. 두 주 전에는 내가 두 시간만 늦었어도 아버지가 유흐노보에서 조서 작성관을 교수형에 처했을 거야." 안드레이 공작은 미소를 지으며 말했다. "그래서 복무하는 거야. 나 외에는 아버지에게 영향력을 미칠 사람이 아무도 없는 데다 어떤 경우에는 내가 아버지를 나중에 자책하실지 모를 행동에서 구해드리기도 하거든."

"아, 그것 봐요!"

"그래, 하지만 자네가 생각하는 것과 달라." 안드레이 공작이 계속 말했다. "난 민병대원들의 부츠를 훔친 그 파렴치한 조서 작성관에게 전혀 호의를 베풀고 싶은 마음이 없었고, 지금도 마찬가지야. 오히려 그자가 목매달린 꼴을 봤다면 정말로 기뻐했을걸. 그렇지만 난 아버지가 불쌍해. 말하자면 역시 나 자신이 불쌍한 거지."

안드레이 공작은 점점 더 활기를 띠었다. 자기 행동에는 이웃에게 선을 행하려는 마음이 전혀 없었다는 점을 피에르에게 입증하려 애쓰는 동안 눈동자가 열에 들뜬 것처럼 빛났다.

"음, 그런데 자네는 농민을 해방하고 싶어 해." 그는 계속 말했다. "매우 훌륭한 일이야. 하지만 자네에게도 좋은 일이 아니고(나는 자네가 그 누구도 채찍으로 때리거나 시베리아에 보낸 적이 없을 거라고 생각하는데) 농민들에게는 더더욱 아니야. 농민들을 구타하고 채찍으로 때리고 시베리아에 보낸다 해도 그들의 상황이 더 나빠지는 일은 결코 없을 거야. 난 그렇게 생각해. 시베리아에서도 그들은 여전히 가축 같은 생활을 꾸려 나갈 테고 몸에 난 상처도 아물겠지. 그리고 전과 다름없이 행복할 거야. 공정하게든 부당하게든 처벌을 내릴 수 있는 가능성을 소유한 탓에 도덕적으로 파멸하고 후회하면서 살아가고 그 후회를 억누르고 거칠어지는 사람들, 농노 해방은 바로 그런 사람들을 위해 필요해. 바로 그런 사람들이 내가 불쌍하게 여기는 사람들이야. 내가 농노를 해방하길 바란다면 그런 사람들을 위해서지. 자네는 아마 본 적이 없겠지만 난 보았어. 훌륭한 사람들이 무제한적인 권력의 대물림 속에서 양육되어 해가 갈수록 성마르고 가혹하고 거칠게 변해 가는 모습을, 스스로도 그것을 알면서 억누르지 못하고 점점 더 불행해지는 모습을 말이야."

안드레이 공작이 이야기에 어찌나 열중하던지 그런 생각을 안드레이에게 불어넣은 것은 그의 아버지가 아닐까 하는 생각이 무심결에 피에르의 뇌리를 스쳤다. 그는 아무 대꾸도 하지 않았다.

"요컨대 사람이든 사물이든 내가 애석하게 여기는 것은 인간의 존엄과 양심의 평온과 순수지 그들의 등이나 머리가 아니야. 등짝을 아무리 후려갈겨도, 머리털을 아무리 밀어 대도[65] 그것들은 여전히 똑같은 등과 머리로 남을걸."

---

65) 영주는 농노를 시베리아에 추방할 수 있었다. 시베리아로 떠나는 농노는 한쪽 머리털을 깎았다. 이는 달아날 경우 쉽게 잡아들이기 위한 표식이었다.

“아닙니다, 아니에요. 절대 그렇지 않습니다! 난 결코 당신 말에 동의하지 않습니다.” 피에르가 말했다.

12

저녁에 안드레이 공작과 피에르는 콜랴스카를 타고 리시에고리로 떠났다. 안드레이 공작은 피에르를 힐끔거리며 자기 기분이 좋다는 것을 증명하는 말로 이따금 침묵을 깨뜨렸다.

안드레이 공작은 피에르에게 들판을 가리키며 자신의 경영 개선에 대해 들려주었다.

피에르는 짧은 말로 대꾸하며 우울하게 침묵을 지켰다. 그는 자신의 생각에 몰두해 있는 듯했다.

피에르는 안드레이 공작이 불행하다고, 그가 잘못된 생각을 품고 있으며 참된 빛을 알지 못한다고, 자신이 그를 도와 계몽하고 일깨워야 한다고 생각했다. 그러나 피에르는 예감했다. 자신이 무엇을 어떻게 말할지 생각해 내자마자 안드레이 공작은 단 한 마디 말로, 단 하나의 논거로 피에르가 믿는 모든 가르침을 실추시킬 거라고……. 그래서 그는 말을 꺼내기가 두려웠고, 자신이 사랑하는 성스러운 것을 조롱당하게 될까 봐 두려웠다.

"아뇨, 당신은 왜 그렇게 생각합니까?" 피에르가 갑자기 말문을 열었다. 고개를 떨군 채 뿔로 받으려는 황소 같은 표정이었다. "어째서 그렇게 생각하지요? 그렇게 생각해서는 안 됩니다."

"내가 무엇에 대해 생각한다는 거야?" 안드레이 공작이 깜짝 놀라며 물었다.

"인생에 대해, 인간의 사명에 대해서죠. 그럴 리 없습니다. 나도 똑같이 생각했지요. 그런데 무엇이 날 구원했는지 압니까? 프리메이슨입니다. 아뇨, 웃지 말아요. 프리메이슨은 내가 생각했던 종교적이고 의식을 중시하는 종파가 아닙니다. 프리메이슨은 인류의 가장 훌륭하고 영원불변한 측면을 나타낸 단 하나뿐인 최상의 표현이에요." 그리고 그는 안드레이 공작에게 자기가 이해한 대로 프리메이슨을 설명했다.

그는 프리메이슨이 국가적, 종교적 속박에서 해방된[66] 그리스도교의 가르침, 즉 평등과 형제애와 사랑의 가르침이라고 말했다.

---

66) 러시아 정교회의 수장은 전통적으로 주교들이 선출한 모스크바 대주교였다. 1700년 아드리안 대주교가 사망하자 표트르 대제는 신임 대주교의 선출을 막았고, 1721년 자신이 정교회의 수장이라는 칙령을 선포했다. 그리하여 차르가 임명한 평신도 '대리인'의 감독 아래 주교들의 공의회인 시노드가 러시아 정교회를 운영하게 되었다. 이 '시노드' 시기는 1917년 혁명 때까지 계속되었다.

"우리의 신성한 공동체만이 인생에서 진정한 의미를 갖습니다. 다른 모든 것은 꿈이에요." 피에르가 말했다. "친구, 이 조합 외에는 모든 것이 허위와 거짓으로 가득 차 있다는 것을 알아줘요. 나도 당신 말에 동의합니다. 현명하고 선한 사람들에게는 당신처럼 그저 다른 사람들을 방해하지 않으려 애쓰면서 자신의 삶을 끝까지 살아 내는 것 외에 아무것도 남아 있지 않죠. 하지만 우리의 근본 신념을 받아들이고 우리 공동체에 가입해요. 우리에게 당신을 맡기고 당신을 이끌도록 허락해 줘요. 그럼 당신도 곧 내가 느꼈던 것처럼 자신이 이 눈에 보이지 않는 거대한 사슬, 그 기원이 하늘에 감춰진 사슬의 일부임을 깨닫게 될 거예요." 피에르가 말했다.

안드레이 공작은 말없이 정면을 응시하며 피에르의 말을 들었다. 콜랴스카의 소음 때문에 제대로 듣지 못한 그는 자신이 놓친 말을 피에르에게 여러 번 물었다. 안드레이 공작의 눈동자에 타오르는 특별한 광채와 침묵에서 피에르는 자신의 말이 헛되지 않았다는 것, 안드레이 공작이 자신을 가로막지도, 그 말을 비웃지도 않으리라는 것을 알았다.

그들은 범람한 강 쪽으로 접근했다. 나룻배로 강을 건너야 했다. 콜랴스카와 말을 싣는 동안 그들은 나룻배로 걸어갔다.

안드레이 공작은 난간에 팔꿈치를 괴고 석양을 받아 빛나는 범람하는 물을 말없이 바라보았다.

"자, 당신은 그것에 대해 어떻게 생각합니까? 왜 말이 없어요?" 피에르가 물었다.

"무슨 생각을 하느냐고? 자네 말을 듣고 있었잖아. 다 맞는 말이야." 안드레이 공작이 말했다. "하지만 자네는 말하지. '우리 공동체에 들어와라. 그러면 우리가 너에게 인생의 목적과 인간의 사명과 세상을 통치하는 법을 가르쳐 주겠다.'라고. 우리가 도대체 누구지? 인간들이야. 어째서 자네들이 모든 것을 안다는 건가? 어째서 자네들이 보는 것을 나만 못 보지? 자네들은 지상에서 선과 진리의 왕국을 보는데 나에게는 그것이 보이지 않아."

피에르가 말을 가로막았다.

"당신은 내세를 믿습니까?" 그가 물었다.

"내세?" 안드레이 공작이 반문했다. 그러나 피에르는 대꾸할 틈을 주지 않고 그 반문을 부인의 뜻으로 받아들였다. 안드레이 공작이 예전에 가진 무신론적 신념을 알았기에 더욱 그러했다.

"당신은 지상에서 선과 진리의 왕국을 볼 수 없다고 말합니다. 나에게도 그것이 보이지 않아요. 만약 우리 인생을 모든 것의 끝으로 본다면 볼 수 없지요. 지상에는, 바로 이 땅에는 (피에르는 들판을 가리켰다.) 진리가 없습니다. 온통 거짓과 악만 있어요. 그러나 세상에는, 온 세상에는 진리의 왕국이 있습니다. 지금은 우리가 지상의 자식이지만, 영원에서 보면 온 세상의 자식이죠. 나 자신이 이 거대하고 조화로운 전체의 일부를 구성한다는 것, 과연 그것을 내가 마음속으로 느끼지 않을까요? 신성이, 최고의 힘이, 뭐, 좋을 대로 부르세요, 그것이 발현하는 이 무수한 존재 속에 내가 있다는 것, 내가 가장 낮은 존재부터 가장 지고한 존재를 잇는 하나의 고리이며 하나의 계단이라는 것, 과연 그것을 내가 느끼지 않을까요? 만약 내가 본다면, 식물부터 인간까지 이어진 이 사다리를 분명하게 본다면 어째서 나는 저 아래 끝이 보이지 않는 이 사다리가 식물 틈에서 사라질 거라고 가정해야 하죠? 어째서 이 사다리가 나와 함께 끊어져 멀리, 더 멀리 지고한 존재까지 뻗지 않을 거라고 가정해야 하죠? 나는 세상의 그 무엇도 사라지지 않는 것처럼 나 자신도 사라질 수 없을 뿐 아니라 언제까지나 존재하고 늘 존재했다고 느낍니다. 나 외에도 내 위에 영혼들이 산다는 것, 이 세계에 진리가 있다는 것을 느낀다고요."

"그래, 그것은 헤르더의 학설이지." 안드레이 공작이 말했다. "하지만 친구, 그런 것으로는 날 설득하지 못해. 날 설득하는 것은 바로 삶과 죽음이야. 자네에게 소중한 존재, 자네와 결합된 존재를 보면 난 설득될 거야. 자네가 그 앞에서 죄의식을 느끼며 무죄를 인정받고 싶어 하는데(안드레이 공작은 목소리를 떨며 고개를 돌렸다.) 갑자기 그 존재가 고통스러워하고 괴로워하다 존재하기를 멈추지……. 왜일까? 답이 없을 리가 없어! 난 답이 있다고 믿어……. 그게 바로 나를 설득하는 것, 나를 설득했던 것이야." 안드레이 공작이 말했다.

"네, 그럼요. 그렇고말고요." 피에르가 말했다. "그게 내가 말하는 것과 똑같은 거 아닌가요?"

"아니지. 난 그저 내세의 불가피함을 믿게 하는 것은 논거가 아니라 어떤 사람이 함께 손을 잡고 인생을 나아가다 갑자기 그 자리에서 어디에도 없는 곳으로 사라지는 것, 그래서 그 앞에 멈춰 서서 심연을 들여다보는 것이라고 말하려던 것뿐이야. 나도 들여다보았지……."

"네, 바로 그거예요! 당신은 그곳이 있다는 것, 어떤 누군가가 있다는 것을 알지요? 그곳은 있어요. 내세 말입니다. 어떤 누군가도 있어요. 바로 하느님이죠."

안드레이 공작은 대답하지 않았다. 말들은 벌써 오래전에 건너편 강기슭으로 운반되어 콜랴스카에 매여 있었다. 해는 이미 절반 정도 사라지고, 저녁 서리가 나루터 옆 웅덩이를 별 모양으로 뒤덮었다. 하인들과 마부들과 나룻배 사공들은 피에르와 안드레이가 여전히 배에 서서 이야기를 나누는 것에 놀랐다.

"만약 하느님과 내세가 있다면 진리도 있고 선도 있어요. 인간의 최고 행복은 그것들을 얻기 위해 노력하는 것이죠. 살아야 하고 사랑해야 해요." 피에르가 말했다. "우리가 이 순간 한 조각 땅에서 살고 있을 뿐 아니라 저곳에서, 모든 것(그는 하늘을 가리켰다.) 속에서 영원히 살았고 또 살리라고 믿어야 합니다." 안드레이 공작은 나룻배 난간에 팔꿈치를 괴고 선 채 피에르의 말을 들으며 범람하는 푸른 물에 반사된 붉은 햇빛을 뚫어지게 바라보았다. 피에르는 침묵했다. 주위는 적막했다. 나룻배는 오래전에 정박했고, 오직 물결만이 희미한 소리를 내며 나룻배 밑바닥을 때렸다. 안드레이 공작에게는 찰싹찰싹 부딪치는 물결 소리가 피에르의 말에 대해 이렇게 말하는 것처럼 느껴졌다. '그것은 진실이다. 그 말을 믿어라.'

안드레이 공작은 한숨을 쉬었다. 그리고 기쁨에 겨워 발갛게 달아오른, 그러나 우월한 친구 앞에서 늘 조심스러워하는 피에르의 얼굴을 부드럽게 빛나는 어린아이 같은 눈길로 바라보았다.

"그래, 그렇기만 하다면야!" 그가 말했다. "그나저나 이제 마차를 타러 가지." 안드레이 공작은 이렇게 덧붙이고 나룻배에서 내려 피에르가 가리킨 하늘을 올려다보았다. 아우스터리츠 전투 이후 처음으로 그는 아우스터리츠 들판에 누워 바라보던 높고 영원한 하늘을 보았다. 그러자 오래전에 잠든 무언가가, 그의 내면에 있던 가장 고귀한 무언가가 갑자기 영혼 속에서 새로이 즐겁게 깨어났다. 그 감정은 안드레이 공작이 익숙한 삶의 조건에 다시 들어서자마자 사라졌다. 그러나 그는 자신이 성장시키지 못한 그 감정이 내면에 살아 있음을 알게 되었다. 피에르와의 만남은 안드레이 공작에게 하나의 획기적인 사건이었다. 겉으로는 여전히 똑같아 보일지라도 그 사건과 더불어 그의 내면세계에서는 새로운 삶이 시작되고 있었다.

13

안드레이 공작과 피에르가 리시에 고리 저택 정면의 마차 승강장에 도착했을 때는 이미 주위가 어둑했다. 마차를 대는 동안 안드레이 공작은 빙그레 미소를 지으며 후문 계단에서 일어난 소동으로 피에르의 주의를 돌렸다. 보따리를 등에 진 허리 굽은 노파와 머리털이 길고 키가 작은 검은 옷차림의 남자가 승강장에 들어서는 콜랴스카를 보고 대문을 향해 부랴부랴 달려갔다. 여자 둘이 그들을 쫓아 뛰어갔다. 네 사람은 콜랴스카를 힐끔 보더니 깜짝 놀라 후문 계단으로 뛰어올랐다.

"저 사람들은 마샤가 데리고 있는 하느님의 사람들[67]이야."

---

67) 몇 달이나 몇 년 혹은 평생 동안 음식을 구걸하면서 러시아 북서부의 백해부터 예루살렘까지 성지를 참배하는 순례자들이 러시아에 매우 많았다. 그중에는 신체적 장애나 정신적 결함을 가진 사람들이 꽤 있었다. 신앙심이 깊은 사람들이 이런 순례자들에게 도움을 베푸는 것은 흔한 일이었다.

안드레이 공작이 말했다. "저들이 우리를 아버지로 오해했군. 마샤가 아버지의 뜻에 순종하지 않는 유일한 한 가지야. 아버지는 저 순례자들을 내쫓으라고 명령하시는데 그 애는 저들을 맞이하거든."

"하느님의 사람들이라는 게 뭐지요?" 피에르가 물었다.

안드레이 공작은 미처 대답을 할 수 없었다. 하인들이 그들을 맞이하러 나왔다. 그는 노공작이 어디에 있는지, 곧 돌아올지 이것저것 물었다.

노공작은 아직 시내에 있었고, 하인들은 그가 금방이라도 돌아올 것처럼 계속 기다렸다.

안드레이 공작은 아버지의 집에서 언제나 완벽하게 정돈된 상태로 그를 기다리는 자기 거처로 피에르를 안내하고 자신은 어린이방으로 갔다.

"누이에게 함께 가지." 안드레이 공작이 피에르에게 돌아와 말했다. "나도 아직 못 봤어. 그 애는 지금 하느님의 사람들과 함께 숨어 있거든. 당연히 그 애는 당황하겠지만, 자네는 하느님의 사람들을 보게 될 거야. 정말 흥미롭다니까."

"도대체 뭐죠, 하느님의 사람들이라니." 피에르가 물었다.

"이제 알게 될 거야."

그들이 그녀의 방으로 가자 마리야 공작 영애는 정말로 당황하여 반점이 떠오를 만큼 얼굴을 붉혔다. 이콘 받침대 앞에 작은 등불을 밝힌 아늑한 방에는 긴 코에 긴 머리칼을 지닌 어린 사내아이가 수도사 복장으로 그녀와 나란히 사모바르를 앞에 두고 소파에 앉아 있었다.

그 옆 안락의자에는 어린아이같이 온순한 표정을 띤 주름투성이의 야윈 노파가 앉아 있었다.

"앙드레, 어째서 미리 알리지 않았어?" 그녀는 병아리들 앞에 선 어미 닭처럼 자신의 순례자들 앞에 서서 부드러운 비난조로 말했다.

"당신을 만나게 되어 정말 기뻐요. 정말 반가워요." 피에르가 손에 입을 맞추자 그녀가 말했다. 그녀는 그를 어린 시절부터 알았다. 그리고 지금은 그와 안드레이의 우정, 그와 아내의 불화, 무엇보다 그의 선량하고 소탈한 얼굴이 호감을 불러일으켰다. 그녀는 빛나는 아름다운 눈으로 그를 바라보았다. 마치 '난 당신을 매우 좋아해요. 하지만 부탁이니 나의 사람들을 비웃지 말아요.' 하고 말하는 듯했다. 첫 인사말을 나눈 후 그들은 자리에 앉았다.

"아, 이바누시카도 여기 있군." 안드레이 공작이 미소 띤 얼굴로 어린 순례자를 가리키며 말했다.

"앙드레!" 마리야 공작 영애가 애원하듯 말했다.

"알아 둬, 이 애는 여자야." 안드레이가 피에르에게 말했다.

"앙드레, 제발!" 마리야 공작 영애가 반복하여 말했다.

안드레이 공작이 순례자들을 조롱하는 태도와 그들을 위한 마리야 공작 영애의 헛된 옹호는 두 사람 사이에 습관처럼 굳어진 것이 분명했다.

"나에게 고마워해야 해. 내가 너와 이 젊은이의 친분에 대해 피에르에게 설명하는 거니까." 안드레이 공작이 말했다.

"정말인가요?" 피에르는 안경 너머로 이바누시카의 얼굴을 응시하며 호기심 어린 진지한 태도로 물었다.(마리야 공작 영애는 특히 그 점에 대해 그에게 고마움을 느꼈다.) 이바누시카는 자신에 대한 이야기가 오간다는 것을 알아채고 약삭빠른 눈으로 모든 사람들을 둘러보았다.

마리야 공작 영애가 자기 사람들 때문에 당황한 것은 정말이지 공연한 일이었다. 그들은 전혀 무서워하지 않았다. 노파는 눈을 내리깔았으나 방에 들어온 사람들을 곁눈질로 훔쳐보며 찻잔을 받침 접시에 거꾸로 엎고 갉아 먹던 설탕 조각을 옆에 내려놓고는 안락의자에 편안히 꿈쩍 않고 앉아 차를 더 권해 주기를 기다렸다. 이바누시카는 받침 접시에서 차를 홀짝거리며 약삭빠르고 여성적인 눈을 치뜨고 젊은 사람들을 바라보았다.

"어디에 다녀왔나? 키예프인가?" 안드레이 공작이 노파에게 물었다.

"네, 나리." 노파가 수다스럽게 대답했다. "다름 아닌 크리스마스 날에 하느님의 종들과 더불어 거룩한 천상의 비밀에 참예할 영광을 누렸지요.[68] 지금은 콜랴진에서 오는 길입니다만 나리, 그곳에 큰 은혜가 임했답니다……."

"그럼 이바누시카도 자네와 함께 있었나?"

"전 혼자 다닙니다, 어르신." 이바누시카는 굵은 저음을 내려고 애쓰며 말했다. "유흐노보에서 펠라게유시카를 만났을

---

68) '거룩한 천상의 비밀에 참예하다.'라는 표현은 크리스마스의 주요 의식인 성찬식(그리스도의 몸과 피를 상징하는 빵과 포도주를 나누어 먹는 의식)에 참여했음을 뜻하는 러시아식 미사여구다.

뿐입니다."

펠라게유시카는 동료의 말을 가로막았다. 그녀는 자신이 본 것을 말하고 싶은 듯했다.

"나리, 콜랴진에 큰 은혜가 임했어요."

"뭔가? 새로운 성자의 유골인가?" 안드레이 공작이 물었다.

"그만, 안드레이." 마리야 공작 영애가 말했다. "말하지 마, 펠라게유시카."

"왜요, 마님, 어째서 말을 하면 안 되나요? 난 나리가 좋아요. 선한 분이세요. 하느님께 택함을 받은 이분은 제게 선을 베풀어 주셨어요. 제 기억으로는 10루블을 주셨죠. 키예프에 있을 때 키류샤가 제게 말하더군요. 그 유로지비[69]는 여름이든 겨울이든 늘 맨발로 다니는 진정한 하느님의 사람이죠. 그 사람이 말하더군요. '왜 엉뚱한 곳을 돌아다니나. 콜랴진으로 가. 그곳에 기적을 행하는 이콘이 있어. 거룩한 성모가 나타나셨다네.' 전 그 말을 듣고 하느님의 종들과 작별하고 길을 떠났지요……."

모두 침묵했고, 이 순례자 혼자 이따금 숨을 들이마시며 침착한 목소리로 말했다.

"도착했더니 말이죠, 나리, 사람들이 제게 이렇게 말하더군요. 큰 은혜가 임했다, 성모의 뺨에서 성유가 똑똑 떨어지고

---

69) yurodivyi. 러시아에서 흔히 지적 장애를 가진 사람을 뜻한다. 러시아 정교회 신자들은 이들의 '바보스러운 언행'이 하느님의 계시를 받은 성자의 거룩함을 드러내는 징표라고 여겼다. 우리나라에서는 '성(聖) 바보' 혹은 '바보 성자'라는 용어로 번역되기도 한다.

있다…….”

“자, 좋아요, 좋아. 나중에 이야기해요.” 마리야 공작 영애가 얼굴을 붉히며 말했다.

“이 여자에게 질문을 해도 됩니까?” 피에르가 말했다. “자네가 직접 보았나?” 그가 물었다.

“물론이죠, 나리, 제가 직접 뵐 영광을 누린걸요. 얼굴에 천상의 빛 같은 광채가 났어요. 성모의 뺨에서는 계속 똑똑 떨어지고, 또 계속 떨어지고…….”

“그것은 속임수야.” 순례자의 말을 주의 깊게 듣던 피에르가 순박하게 말했다.

“아, 나리, 무슨 말씀을!” 펠라게유시카는 마리야 공작 영애에게 보호를 호소하며 겁에 질려 말했다.

“민중을 속이는 거야.” 그는 거듭 말했다.

“주 예수 그리스도시여!” 순례자는 성호를 그으며 말했다. “오, 그런 말씀 마세요, 나리. 한 장군님도 그처럼 ‘수도사들이 속이는 거야.’ 하고 말씀하셨죠. 그런데 그렇게 말하자마자 눈이 멀어 버렸어요. 그리고 페체르스카야 수도원[70]의 성모님이 그분에게 찾아와 ‘나를 믿어라, 그리하면 내가 너를 고치리라.’ 하고 말씀하시는 꿈을 꾸었답니다. 그분은 조르기 시작하

---

70) 11세기에 성 안토니오 페체르스키는 키예프에 자신의 이름을 딴 동굴 수도원을 설립했다. 이 수도원은 키예프가 러시아의 수도이던 이른바 키예프루스 시대에 중요한 문화 중심지가 되었다. 펠라게유시카가 다음 장에서 언급하듯 이곳에서는 많은 성인들의 유물을 숭배했다. ‘페체르스카야 수도원의 성모님’이란 그 수도원에 안치된 성모 마리아의 이콘을 가리킨다.

셨죠. '나를 성모님께 데리고 가라, 나를 데려가.' 나리에게 말씀드리는 이 이야기는 정말 있었던 일이에요. 제가 직접 본걸요. 사람들이 눈먼 그분을 성모님께 곧장 데려갔어요. 그분은 성모님께 다가가 바닥에 엎드려 말했죠. '고쳐 주십시오! 차르께서 하사하신 것 전부를 당신께 바치겠습니다.' 제가 직접 봤어요, 나리, 성모님 이콘에 별 하나가 박혀 있었다고요. 그리하여 장군님은 시력을 회복했죠. 그런 말씀을 하는 것은 죄예요. 하느님이 벌하실 거예요." 순례자가 피에르에게 공손히 말했다.

"어떻게 별이 갑자기 이콘에 나타났을까요?" 피에르가 물었다.

"성모님이 장군으로 승진하신 게 아닐까?" 안드레이 공작이 빙그레 웃으며 말했다.

펠라게유시카가 갑자기 하얗게 질린 얼굴로 두 손을 꼭 모았다.

"나리, 나리, 그것은 죄예요, 죄. 나리께는 아들도 있잖아요!" 그녀가 입을 열었다. 하얗게 질린 얼굴이 갑자기 선명한 붉은색으로 변했다. "나리, 무슨 그런 말씀을 하세요, 하느님께서 나리를 용서하시길." 그녀는 성호를 그었다. "하느님, 저 분을 용서해 주옵소서. 마님, 이게 무슨 일이랍니까?" 그녀는 마리야 공작 영애를 돌아보았다. 그녀는 자리에서 일어나 거의 울먹이다시피 하며 보따리를 싸기 시작했다. 두렵기도 하고, 그런 말을 하는 사람이 불쌍하기도 하고, 그런 말이 나올 수 있는 집안의 은혜를 입은 것이 수치스럽기도 하고, 이제 이 집안의 은혜를 잃을 수밖에 없다는 것이 아쉽기도 한 듯했다.

"도대체 뭘 하고 싶은 거예요? 왜 온 건가요?" 마리야 공작 영애가 말했다.

"아닙니다, 정말로 농담을 한 거예요, 펠라게유시카." 피에르가 말했다. "공작 영애, 정말 이 여자에게 모욕을 줄 생각은 없었습니다. 그냥 말해 본 겁니다. 신경 쓰지 말아요. 농담한 겁니다." 그는 겸연쩍게 웃으며 자신의 죄를 씻고자 이렇게 말했다.

펠라게유시카는 의심스러운 눈치로 멈춰 섰다. 그러나 피에르의 얼굴에 진심으로 후회하는 빛이 역력하고 안드레이 공작도 너무나 온화하고 진지하게 펠라게유시카와 피에르를 번갈아 쳐다보았기에 그녀의 마음도 점차 누그러들었다.

14

순례자는 마음을 진정했다. 그리고 다시 이야기해 달라는 부탁을 받자 손에서 향 냄새가 날 정도로 거룩한 삶을 산 암필로히 신부에 대해, 또 최근 키예프에 갔을 때 아는 몇몇 수도사들로부터 동굴의 열쇠를 받아 딱딱한 러스크를 가지고 동굴에 들어가서 꼬박 이틀 밤낮을 하느님의 종들과 보낸 일에 대해 들려주었다. "한 성물에 기도를 하고 기도문을 잠시 읽은 후 다른 성물로 가지요. 잠깐 눈을 붙이고 다시 성물에 입을 맞추러 가요. 마님, 어찌나 고요하고 어찌나 행복한지 하느님이 창조한 이 세상으로 나오고 싶지 않았답니다."

피에르는 유심히 진지하게 그녀의 말을 들었다. 안드레이 공작은 방에서 나갔다. 뒤이어 마리야 공작 영애가 하느님의 사람들이 차를 마저 마시게 남겨 두고 피에르를 응접실로 안내했다.

"당신은 정말 친절한 분이에요." 그녀가 말했다.

"아, 정말이지 그 여자에게 모욕을 줄 생각은 없었습니다. 나도 그런 감정을 잘 알고 또 높이 평가하거든요."

마리야 공작 영애는 말없이 그를 바라보고 부드러운 미소를 지었다.

"난 당신을 오래전부터 알았고 친형제처럼 사랑해요." 그녀가 말했다. "안드레이를 어떻게 생각하죠?" 그녀는 그 상냥한 말에 대한 답변으로 무언가 말할 틈도 주지 않고 초조하게 물었다. "안드레이 때문에 정말 걱정이에요. 겨울에는 건강이 좋아졌는데 지난봄에 상처가 다시 벌어졌어요. 의사는 치료를 받으러 외국으로 떠나야 한다고 말했죠. 게다가 난 정신적인 면에서도 안드레이를 몹시 걱정하고 있어요. 그는 우리 여자들처럼 자신의 슬픔 때문에 괴로워하거나 우는 성격이 아니에요. 내면에 담아 두죠. 오늘 그는 쾌활하고 활기찼어요. 하지만 그에게 그런 영향을 미친 것은 당신의 방문이에요. 그는 좀처럼 그런 모습을 보이지 않아요. 만약 당신이 외국으로 떠나라고 그를 설득할 수만 있다면! 그에게는 활동이 필요해요. 이런 변함없는 조용한 생활은 그를 망칠 거예요. 다른 사람들은 알아차리지 못하지만 난 알아요."

10시가 되어 갈 무렵 노공작이 탄 승용 마차의 방울 소리를 들은 하인들이 현관 계단으로 달려 나갔다. 안드레이 공작과 피에르도 현관 계단으로 나갔다.

"이 사람은 누구지?" 노공작은 카레타에서 나오다 피에르를 보고 물었다.

"아! 정말 반갑네! 입을 맞춰 주게나!" 그는 낯선 젊은이가 누구인지 알아보고 이렇게 말했다.

노공작은 기분이 좋아 피에르를 다정하게 대해 주었다.

밤참 시간 전에 노공작의 서재로 되돌아온 안드레이 공작은 노공작이 피에르와 열띤 논쟁을 벌이고 있는 것을 발견했다. 피에르는 더 이상 전쟁이 일어나지 않는 때가 올 거라고 주장했다. 노공작은 그를 조롱하면서도 화를 내지 않고 반박했다.

"혈관에서 피를 모조리 뽑고 물로 채워 보게. 그러면 전쟁이 없어질 테니. 여자들의 헛소리야, 여자들의 헛소리." 그는 이렇게 말하면서도 피에르의 어깨를 다정하게 두드리고는 테이블로 다가갔다. 옆에서 안드레이 공작은 대화에 끼고 싶지 않은 듯 노공작이 시내에서 가져온 서류를 뒤적이고 있었다. 노공작은 그에게 다가가 업무에 대해 이야기하기 시작했다.

"귀족 회장인 로스토프 백작이 인원의 절반을 내놓지 않았단다. 시내에 와서 날 식사에 초대할 생각이나 하고. 내가 그 작자에게 진짜 만찬을 보여 주었지……. 그런데 이것을 좀 보렴……. 어이, 얘야." 니콜라이 안드레이치 공작은 피에르의 어깨를 툭툭 치며 아들에게 말했다. "네 친구인 이 젊은이가 맘에 들었다! 나를 불태우는구나. 또 한 녀석은 똑똑한 말을 하는데도 그 말은 듣고 싶지가 않아. 그런데 이 사람은 헛소리를 하는데도 노인인 나를 끓어오르게 해. 자, 가라, 가." 그는 말했다. "어쩌면 나도 밤참을 먹으러 너희와 동석할지도 모르겠다. 그때 다시 논쟁을 하도록 하지. 우리 집 멍청이 마리야 공작 영애를 사랑해 주게." 그는 문 안쪽에서 소리쳤다.

리시에 고리를 방문한 동안 피에르는 이제야 자신과 안드레이 공작의 우정이 지닌 모든 힘과 매력을 제대로 평가할 수 있었다. 그 매력은 안드레이보다 모든 육친과 가족 구성원들과의 관계에서 잘 드러났다. 거의 모르는 사람들이지만 피에르는 엄한 노공작과 온순하고 소심한 공작 영애에게 금방 오랜 친구 같은 감정을 느꼈다. 그들 모두가 이미 피에르를 사랑했다. 순례자에 대한 피에르의 온화한 태도에 마음을 뺏긴 마리야 공작 영애는 더없이 반짝이는 눈으로 그를 바라보았다. 그녀뿐만 아니라 한 살배기 어린 니콜라이 공작 — 할아버지는 그를 그렇게 불렀다 — 도 방글방글 웃으며 피에르의 두 팔을 향해 다가갔다. 피에르가 노공작과 이야기를 나눌 때면 미하일 이바니치와 마드무아젤 부리엔은 즐거운 미소를 지으며 그를 바라보았다.

노공작이 밤참을 들러 나왔다. 분명히 피에르를 배려한 행동이었다. 그는 피에르가 리시에 고리에 머무는 이틀 동안 매우 다정히 대해 준 데다 다음에 또 오라고 분부했다.

새로운 사람이 떠나면 늘 그러하듯 피에르가 떠나고 온 가족이 모여 그에 대해 평하기 시작했을 때 드물게도 모두가 그에 대해 좋은 말만 했다.

15

이번 휴가에서 돌아와 로스토프는 자신이 제니소프나 연대 전체와 얼마나 강한 유대를 맺고 있는지 처음으로 느끼고 깨달았다.

연대 부근에 이르렀을 때 로스토프는 포바르스카야 거리의 집에 다가갈 때와 비슷한 감정을 경험했다. 연대의 군복을 입고 단추를 풀어 헤친 첫 번째 경기병을 보았을 때, 머리털이 붉은 제멘치예프를 알아보고 적갈색 말들을 매어 두는 말뚝을 보았을 때, 라브루시카가 주인을 향해 "백작님이 오셨다!" 라고 기쁘게 소리치고 침상에서 자던 제니소프가 머리카락을 흐트러뜨린 채 참호에서 뛰쳐나와 그를 껴안고 장교들이 주위에 모여들었을 때 로스토프는 어머니와 아버지와 누이들이 껴안을 때와 똑같은 감정을 느꼈고 기쁨의 눈물로 목이 메어 말을 할 수 없었다. 연대도 역시 집이었다. 부모의 집과 마찬가지로 언제나 변함없이 사랑스럽고 소중한 집이었다.

연대장에게 출두하여 이전의 기병 중대로 배속되고 당직을 서고 말먹이 징발에 나가고 연대의 온갖 자질구레한 관심사에 빠져들면서 자신이 자유를 빼앗긴 채 언제나 똑같은 갑갑한 틀에 얽매여 있음을 느꼈을 때, 로스토프는 부모의 보호 아래에서 느낀 것과 똑같은 평온, 든든함, 자신이 집에, 자기 자리에 있다는 자각을 맛보았다. 자기 자리를 찾지 못하고 잘못된 선택을 하던 자유로운 세계의 그 모든 혼잡함은 전혀 없었다. 그가 변명을 해야 하거나 하지 않아도 되는 소냐도 없었다. 어디로 가거나 가지 않을 기회도 없었다. 그토록 다양한 방법으로 누릴 수 있는 하루 스물네 시간이라는 시간도 없었다. 딱히 더 가깝지도 더 멀지도 않은 그런 무수히 많은 사람들도 없었다. 아버지와의 그 불분명하고 모호한 금전 관계도 없었다. 돌로호프에게 돈을 잃은 끔찍한 일을 떠올리게 하는 것도 없었다! 이곳 연대에서는 모든 것이 분명하고 단순했다. 온 세상이 불균등한 두 부분으로 나뉘었다. 하나는 우리의 파블로그라드 연대였고, 다른 하나는 그 외의 모든 것이었다. 그리고 그 나머지와는 아무런 볼일도 없었다. 연대 안에서는 모든 것이 사람들에게 알려졌다. 누가 중위고 누가 대위인지, 누가 착한 사람이고 누가 나쁜 사람인지, 무엇보다 누가 동료인지……. 종군 매점의 상인은 외상으로 물건을 주고, 봉급은 넉 달에 한 번씩 받는다. 딱히 궁리해 내거나 선택할 것도 없고, 그저 파블로그라드 연대에서 나쁘다고 여겨지는 것만 하지 않으면 된다. 파견될 때는 확정된 것을 명령대로 분명하고 명확하게 하면 된다. 그러면 모든 것이 순조로울 것이다.

연대 생활의 이 일정한 조건 속으로 다시 들어온 로스토프는 피로에 지친 사람이 잠시 쉬려고 드러누울 때 느낄 법한 기쁨과 평온을 맛보았다. 이번 원정 동안 연대 생활은 로스토프에게 더욱 위로를 주었다. 돌로호프에게 돈을 잃은(가족들이 아무리 위로해 주어도 자신이 도저히 용서할 수 없는 행동이었다.) 후 자신의 과오를 씻기 위해, 훌륭히 복무하고 완벽하게 훌륭한 동료이자 장교, 즉 훌륭한 인간이 되기 위해 예전과 다르게 군 생활을 하겠다고 결심했기 때문이다. 그것은 세상 속에서는 너무도 어려운 일이지만 연대에서는 충분히 가능한 일처럼 보였다.

도박에서 돈을 잃은 이후 로스토프는 오 년 안에 그 빚을 부모에게 다 갚기로 결심했다. 일 년에 1만 루블을 송금받았지만 앞으로 200루블만 받고 나머지는 부채를 변제하기 위해 부모에게 맡기기로 마음먹었다.

수차례의 퇴각과 진격, 그리고 풀투스크 전투와 프로이센령 아일라우 전투 이후 아군은 바르텐슈타인 부근에 결집했다. 그들은 군주가 군대에 도착하고 새로운 전투가 시작되기를 기다렸다.

1805년 원정에 참가한 군단 소속인 파블로그라드 연대는 러시아에서 병력을 보충하느라 전쟁 초반의 몇몇 전투를 놓쳤다. 파블로그라드 연대는 풀투스크 전투와 프로이센령 아일라우 전투에는 참가하지 않았고, 전투 후반부에 실전 부대와 합류하여 플라토프[71]의 분견대에 편입되었다.

플라토프의 분견대는 본대와 관계없이 독자적으로 행동했다. 파블로그라드 연대의 대원들은 여러 차례 적과 총격전을 벌이고 적을 생포하고 우디노 원수[72]의 승용 마차를 탈취하기까지 했다. 4월에는 몇 주 동안 완전히 파괴된 텅 빈 독일 마을 부근에 주둔하며 그곳을 떠나지 않았다.

해빙과 진창과 추위가 있었고, 강의 얼음이 갈라졌으며, 도로는 통행이 불가능해졌다. 며칠 동안 말들에게도, 사람들에게도 식량이 공급되지 않았다. 수송이 불가능해 병사들은 버려진 황폐한 마을로 흩어져 감자를 찾았다. 그러나 이미 그조차도 거의 없었다.

주민들은 모든 것을 먹어 치우고 전부 뿔뿔이 흩어져 달아

---

71) 마트베이 이바노비치 플라토프(Matvei Ivanovich Platov, 1757~1818). 1812년 전쟁 때 러시아 장군이자 돈강 유역 코사크의 수장이었다. 수보로프 휘하에서 1774~1782년의 튀르크 전쟁에 참전하며 군 경력을 쌓기 시작했고, 1790년 이즈마일 요새 함락에도 참가했다. 오스트리아 원정 때는 아일라우 전투와 프리들란트 전투에 참전했다. 1812년 전쟁 때 그의 코사크 부대는 바그라치온의 군대를 지원하고 보로지노 전투에 참여했다.

72) 니콜라 샤를 우디노(Nicholas Charles Oudinot, 1767~1847). 프랑스 장군이자 정치가. 프랑스 혁명 당시 뫼즈 지역의 의용군을 지휘했고, 그다음 해 정규군에 배치되었다. 앙드레 마세나 휘하에서 스위스 원정과 이탈리아 원정에 참전했고, 오스트리아 원정에 참전했다. 1808년 에어푸르트 총독이 되었다. 1809년의 바그람 전투 후에 프랑스 제정군 원수가 되었으며, 러시아 원정에서 2군단을 지휘했다. 1813년 프로이센의 그로스베렌에서 대패한 후 미셸 네에게 사령관직을 내주었다. 1814년 나폴레옹이 퇴위하자 부르봉 왕가의 복고를 반겨 루이 18세의 편을 들었으며, 나폴레옹의 백일천하 때도 루이 18세를 위해 충성을 다했다.

났다. 남은 사람들이라고는 거지보다 못한 사람들이라 빼앗을 만한 것은 하나도 없었다. 심지어 동정심이 별로 없는 병사들조차 그들의 것을 빼앗는 대신 종종 자기에게 마지막 남은 것을 건네곤 했다.

파블로그라드 연대는 작전에서 두 명의 부상자를 냈을 뿐이다. 그러나 굶주림과 병으로 대원을 절반 가까이 잃었다. 병원에 가면 죽을 게 뻔하여 열악한 식사로 인한 발열과 부종을 앓는 병사들은 병원에 가기보다 다리를 간신히 끌고라도 전선에서 복무하기를 원했다. 봄의 시작과 함께 병사들은 어떤 이유에서인지 그들이 '마시카의 달콤한 뿌리'라고 부르는, 땅속에서 올라오는 아스파라거스 비슷한 식물을 찾기 시작했다. 그 독초를 먹지 말라는 명령이 있었는데도 마시카의 달콤한 뿌리(그것은 굉장히 쓴맛이 났다.)를 찾아 목초지와 들판에 흩어져 기병도로 그것을 캐 먹었다. 봄에 병사들 사이에서 팔과 다리와 얼굴이 붓는 새로운 질병이 발생했다. 의사들은 그 뿌리를 먹은 것이 질병의 원인이라고 추측했다. 그러나 못 하게 막아도 제니소프 기병 중대에 속한 파블로그라드 연대의 병사들은 대부분이 마시카의 달콤한 뿌리를 먹었다. 마지막에 배급받은 비스킷으로 이미 두 주 동안 연명해 온 데다 그나마 한 사람당 겨우 0.5푼트씩 배급받았고, 마지막 보급품으로 온 감자는 얼거나 싹이 난 것이었기 때문이다.

말들도 두 주째 지붕의 짚을 먹어 볼품없이 여위고 아직 겨울털로 덮인 몸통에는 뭉텅뭉텅 털이 빠져 있었다.

이 같은 고난에도 병사들과 장교들은 여느 때와 다름없이 지냈다. 희멀겋게 부은 얼굴을 하고 누더기가 된 군복을 걸쳤어도 경기병들은 여전히 점호를 위해 정렬하고 청소를 하고, 말과 장비를 손질하고, 여물 대신 지붕의 짚단을 끌어 나르고, 식사를 하러 솥으로 향했다가 역겨운 음식과 자신의 허기를 조롱하며 주린 채로 솥 가에서 일어나곤 했다. 여가 시간에도 여느 때와 다름없이 병사들은 모닥불을 지피고, 옷을 벗은 채 불 옆에서 땀을 빼고, 담배를 피우고, 싹이 난 썩은 감자를 골라 불에 굽고, 포촘킨과 수보로프의 원정에 대한 이야기나 악당 알료샤와 사제의 머슴 미콜카에 대한 옛날이야기를 들려주고 또 듣기도 했다.

장교들은 평소와 다름없이 지붕이 벗어진 반쯤 무너진 집에서 두세 명씩 지냈다. 상급자들은 짚과 감자를 비롯해 병사들의 전반적인 생계 수단을 구하기에 여념이 없었지만 하급자들은 여느 때처럼 누구는 카드놀이(식량은 없어도 돈은 많았다.)를, 누구는 못 던지기와 나무토막 쓰러뜨리기 같은 순박한 놀이를 했다. 전투의 전반적인 흐름에 대해 말하는 사람은 거의 없었다. 사람들이 무엇 하나 분명한 사실을 알지 못하는 탓이기도 했고, 전쟁의 전반적인 상황이 나쁘게 흘러가고 있음을 어렴풋하게 느끼는 탓이기도 했다.

로스토프는 예전처럼 제니소프와 함께 지냈으며, 그들의 우정은 휴가 이후 더욱 돈독해졌다. 제니소프는 로스토프의 가족에 대해 한 번도 말을 꺼내지 않았다. 그러나 지휘관이 부하 장교에게 보이는 다정한 우정에서 로스토프는 나타샤를 향한 선임 경기병의 불행한 사랑이 이렇듯 점점 깊어지는 우정에 영향을 미치고 있음을 깨달았다. 제니소프는 가능하면 로스토프를 위험에 처하게 하지 않으려 애쓰고, 그를 보호하고, 전투 후에는 온전하고 무사한 몸으로 귀환하는 그를 매우 기쁘게 맞이하는 것 같았다. 한번은 파견 임무를 수행하던 중 로스토프가 식량을 구하기 위해 들어간 버려진 황폐한 마을에서 늙은 폴란드인과 그 딸과 젖먹이로 이루어진 가족을 발견했다. 그들은 헐벗고 굶주린 데다 길을 떠날 기력도 없었고 타고 갈 수단도 없었다. 로스토프는 그들을 숙영지로 데려와 자신의 숙소에 머물게 하고 노인이 회복되기까지 몇 주 동안 돌보았다. 여자에 대해 지껄이던 동료들은 로스토프가 자기들 가운데 가장 교활하다고, 그가 구해 준 예쁘장한 폴란드 여자를 동료들에게 소개한다고 해서 죄가 되지는 않을 거라고 말하며 로스토프를 놀리기 시작했다. 로스토프는 그 농담을 모욕으로 받아들여 얼굴을 확 붉히며 한 장교에게 불쾌한 말을 퍼부었다. 제니소프가 간신히 두 사람의 결투를 막았다. 그 장교가 자리를 뜨고 로스토프와 폴란드 여자의 관계를 몰랐던 제니소프가 로스토프의 불같은 성격을 나무라자 로스토프가 말했다.

"좋을 대로 생각해……. 그 여자는 나에게 누이와도 같아. 자네에게 설명할 순 없지만 그 말이 내게 얼마나 모욕적이던지…… 왜냐하면…… 그래서……."

제니소프는 로스토프의 어깨를 툭 치고 그에게 눈길을 주지 않은 채 빠른 걸음으로 방 안을 서성거리기 시작했다. 제니소프가 정신적으로 동요하는 순간에 곧잘 하는 행동이었다.

“자네 고스토프 일족은 정말 바보 같군.” 그가 말했다. 로스토프는 제니소프의 눈에 고인 눈물을 알아챘다.

16

4월에 군대는 군주의 도착에 대한 소식으로 활기를 띠었다. 로스토프는 군주가 바르텐슈타인에서 행한 사열식에 참가할 수 없었다. 파블로그라드 연대는 바르텐슈타인에서 멀리 떨어진 전방의 최전선에 주둔했기 때문이다.

그들은 야영을 했다. 제니소프와 로스토프는 병사들이 그들을 위해 마련한 나뭇가지와 잔디로 덮은 토굴에서 지냈다. 토굴은 당시에 유행하던 방식에 따라 다음과 같이 만들었다. 그들은 너비 1.5아르신, 길이 3.5아르신, 깊이 2아르신인 참호를 팠다. 참호의 한끝에 계단을 만들었고, 그것이 아래로 내려가는 입구이자 현관 계단이었다. 참호 자체는 방이 되었다. 기병 중대의 지휘관 같은 운 좋은 사람들의 참호에는 계단과 멀리 떨어진 맞은편에 말뚝 네 개를 세우고 그 위에 판자를 얹었다. 테이블이었다. 참호의 양쪽 측면을 따라 흙을 1아르신 정도 깎아 낸 것은 두 개의 침상이자 소파가 되었다. 지붕은 한가운데에서는 설 수도 있고 침상에서 테이블 쪽으로 조금 움직이면 앉을 수도 있도록 만들었다. 기병 중대의 병사들에게 사랑을 받아 호화롭게 지낸 제니소프의 토굴에는 지붕 박공에 판자를 댔는데, 깨지긴 했지만 잘 이어 붙인 유리도 끼워져 있었다. 날이 몹시 추울 때는 병사들의 모닥불에서 타고 남은 벌건 숯이 구부러진 철판에 담겨 계단(제니소프는 막사의 이 부분을 응접실이라 불렀다.)으로 운반되었다. 그러면 제니소프와 로스토프의 토굴에 늘 모여드는 많은 장교들이 루바시카만 입고 앉아 있을 만큼 꽤 훈훈해졌다.

4월에는 로스토프가 숙직이었다. 밤을 꼬박 새우고 오전 7시가 지나서 숙소로 돌아온 그는 숯불을 가져오도록 지시하고, 비에 흠뻑 젖은 속옷을 갈아입고, 하느님에게 기도를 드리고, 차를 마시고, 몸을 녹이고, 자기 자리와 테이블의 물건들을 정리하고, 바람에 거칠어진 달아오른 얼굴로 루바시카만 걸친 채 두 팔을 베고 누웠다. 그는 최근의 정찰로 조만간 한 계급 승진하게 된 것을 즐거운 마음으로 생각하며 어디론가 외출한 제니소프를 기다렸다. 로스토프는 그와 이야기를 나누고 싶었다.

임시 막사 뒤편에서 화가 난 게 분명한 제니소프의 벼락같은 호통 소리가 들려왔다. 로스토프는 제니소프가 누구를 상대하는지 보기 위해 창가로 다가갔다가 기병 특무 상사인 토프체옌코를 발견했다.

"녀석들이 그 마시카 뿌기인지 뭔지글 처먹지 못하게 하겠잖아!" 제니소프가 고래고래 소리를 질렀다. "내 눈으고 직접 봤다니까. 가자그추크가 들에서 가져오는 걸 말이야."

"저도 그렇게 지시했습니다만 말을 듣지 않습니다, 중대장님." 기병 특무 상사가 대답했다.

로스토프는 다시 침상에 누워 흡족한 기분으로 생각에 잠겼다. '이제는 제니소프가 법석을 떨며 분주히 일하도록 내버려 두고 난 내 일을 끝냈으니 누워 있자. 좋구나!' 벽 너머에서 기병 특무 상사 외에도 제니소프의 약삭빠르고 교활한 종졸인 라브루시카가 말하는 소리도 들렸다. 라브루시카는 식량을 구하러 가다가 본 짐마차들과 비스킷과 황소들에 대해 뭔가 말하고 있었다.

막사 뒤에서 또다시 아련하게 멀어지는 제니소프의 호령 소리가 들렸다. "안장을 얹어가……. 2소대!"

'어디를 가려는 걸까?' 로스토프는 생각했다.

오 분 후 제니소프는 막사에 들어와 진흙투성이 발을 한 채 침상에 올라오더니 성난 표정으로 파이프를 피워 댔다. 그러고는 자기 물건을 전부 내동댕이친 후 짧은 가죽 채찍과 기병도를 차고 토굴에서 나갔다. 어디 가냐는 로스토프의 질문에 그는 성난 모습으로 볼일이 있다는 모호한 대답을 했다.

"하느님이든 위대한 폐하든 나글 심판하가지!" 제니소프가 밖으로 나가며 말했다. 로스토프는 막사 뒤에서 몇 마리 말들이 흙탕물을 튀기는 소리를 들었다. 로스토프는 제니소프가 어디로 가는지 알고 싶지도 않았다. 자리에서 몸을 따뜻하게 녹인 그는 잠에 빠져들었고 저녁 전에야 막사에서 나왔다. 제니소프는 아직 돌아오지 않았다. 저녁이 되자 구름이 걷혔다. 옆 토굴 주위에서 장교 두 명과 사관후보생 한 명이 질퍽한 진창에 못 던지기 놀이를 하며 낄낄거리고 있었다. 로스토프도 놀이에 끼었다. 놀이를 하는 중에 장교들은 그들 쪽으로 다가오는 짐마차들을 보았다. 야윈 말을 탄 경기병 열다섯 명이 그 뒤를 따르고 있었다. 짐마차들은 경기병들의 호위를 받으며 말 매는 말뚝으로 접근했다. 경기병들이 떼를 지어 우르르 마차들을 에워쌌다.

"와, 제니소프가 늘 한탄하더니 이곳에도 식량이 도착하는군." 로스토프가 말했다.

"그렇고말고!" 장교들이 말했다. "병사들이 정말 기뻐하겠어!" 제니소프는 보병 장교 두 명과 무언가 이야기를 나누며 경기병들 뒤에 조금 떨어져서 말을 몰았다. 로스토프가 그를 맞이하러 갔다.

"미리 통보하는 바입니다, 기병 대위." 장교들 가운데 야위고 키가 작은 사람이 격분한 기색으로 말했다.

"넘겨주지 않겠다고 말했잖아!" 제니소프가 대꾸했다.

"당신이 책임을 져야 할 겁니다, 기병 대위. 이건 폭력입니다. 아군의 수송대를 탈취하다니요! 우리 병사들은 이틀 동안 굶었습니다."

"우리 부대는 두 주나 굶었어." 제니소프가 대꾸했다.

"이것은 약탈입니다. 귀하가 책임을 지십시오." 보병 장교가 목소리를 높이며 거듭 말했다.

"어쩌자고 나글 귀찮게 따가다니는 거야? 어?" 제니소프가 버럭 화를 내며 소리쳤다. "책임을 질 사감은 나지 당신들이 아냐. 다치기 전에 그만 좀 앵앵거기지. 썩 꺼져!" 그는 장교들에게 소리쳤다.

"좋습니다!" 키 작은 장교는 주눅 들지도 않고 물러나지도 않으며 외쳤다. "이것은 강도질입니다. 그렇다면 나는 당신에게……."

"악마에게나 썩 꺼져 버겨. 몸이 성할 때 잽싸게 가가니까." 제니소프가 말 머리를 장교에게 돌렸다.

"좋아요, 좋아." 장교는 위협조로 말하더니 말을 돌려 안장 위에서 들썩들썩 몸을 흔들며 전속력으로 사라졌다.

"담장 위의 개고군. 진짜 살아 있는 담장 위의 개야." 제니소프가 뒤에서 지껄였다. 그것은 말 탄 보병에 대해 기병들이 던지는 가장 심한 조롱이었다. 그는 로스토프 쪽으로 다가와 호탕하게 웃어 댔다.

"보병들에게서 빼앗았어. 힘으고 수송대글 탈취했지!" 그가 말했다. "어쩌겠어. 병사들을 굶겨 죽일 수는 없잖아?"

경기병들 쪽으로 접근하던 짐마차들은 원래 보병 연대에 가는 것들이었는데, 라브루시카로부터 그 수송대에 호위가 없음을 알아낸 제니소프가 경기병들을 이끌고 가서 무력으로 빼앗아 왔다. 병사들은 비스킷을 넉넉히 배급받았고, 심지어 다른 기병 중대들까지 나누어 받았다.

다음 날 연대장이 제니소프를 부르더니 손가락을 펼쳐 눈을 가리고는 말했다. "나는 이 일을 이렇게 보고 있네. 나는 아무것도 몰라. 문제 삼지도 않겠어. 다만 사령부의 식량계를 찾아가 이 일을 무마하라고 조언하겠네. 가능하다면 이런저런 식량을 받았다는 수령증을 쓰도록 하게. 그렇게 하지 않으면 청구서가 보병대 앞으로 기입되어 있으니 소송이 제기되어 나쁜 결과를 초래할 수도 있어."

제니소프는 연대장 곁을 떠나 곧장 사령부로 갔다. 진심으로 연대장의 충고를 따르고자 했던 것이다. 저녁 무렵 그는 로스토프가 한 번도 본 적 없는 상태가 되어 토굴로 돌아왔다. 제니소프는 말을 못 하고 숨을 가쁘게 몰아쉬었다. 로스토프가 무슨 일인지 묻자 그저 갈라지고 힘없는 목소리로 알아들을 수 없는 욕설과 위협을 뇌까렸다.

제니소프의 상태에 놀란 로스토프는 그에게 옷을 갈아입고 물을 마시도록 권하고는 의사를 부르러 사람을 보냈다.

"나글 강도죄고 재판하다니! 오! 물 좀 더 줘. 마음대고 재판하가 그개. 나중에 그 비열한 놈들을 흠씬 패 줄 거야. 쉬지 않고 계속 패 줘야지. 폐하께 말씀드기겠어. 얼음 좀 줘." 그가 계속 중얼거렸다.

그들을 찾아온 연대의 군의관은 피를 뽑아야 한다고 말했다. 털이 덥수룩한 제니소프의 팔에서 검은 피가 바닥 깊은 접시에 하나 가득 나왔다. 그제야 그는 자신에게 일어난 일을 전부 말할 수 있게 되었다.

"갔어." 제니소프가 말했다. "'어이, 자네들 상관은 어디 있나?' 그들이 손으고 가기키더군. '기다려 주시겠습니까?' '나는 근무가 있는데도 30베그스타나 말을 몰고 왔다. 기다길 틈이 없어. 내가 왔다고 보고해.' 마침 그 도둑들의 우두머기가 나오네. 그런데 그자가 또 나글 가그치겨 드는 거야. '그것은 약탈입니다!' 내가 말했지. '약탈은 자신의 병사들을 먹이기 위해 식샹을 가셔가는 게 아니가 호주미니글 채우기 위헤 가져가는 거다!' 잘했지. 그자가 말하더군. '식걍계에 가서 수경증을 쓰십시오. 그검 당신 사건은 명경에 따가 회부될 것입니다.' 나는 식걍계로 가. 들어가 보니 테이블 너머에…… 누구겠어?! 아니, 자네가 직접 생각해 보가니까! 우기글 굶주김으고 괴곱히는 인간이 도대체 누구인지 말이야." 제니소프가 소리쳤다. 그가 아픈 손을 불끈 움켜쥐고 어찌나 세게 내리쳤던지 테이블이 엎어질 뻔하고 컵들이 위로 튀어 올랐다. "쳴갸닌이었어!! '그검 우기글 굶주김으고 괴곱히던 놈이 네 녀석이었냐?!' 한 번, 또 한 번 낯짝을 갈겨 주었지. 아주 멋지게 날겨줬어……. '야, 이놈아! 받아가, 받아…….' 그겋게 녀석을 마구 두들겨 패기 시작했지. 어쨌든 속은 시원해졌다고 말할 수 있어." 제니소프는 즐거운 듯하면서도 적의에 찬 표정으로 검은 콧수염 아래 하얀 이를 드러내며 외쳤다. "사감들이 날 끌어내지 않았다면 그놈을 죽여 버겼을 거야."

"도대체 왜 소리를 지르는 거야, 진정해." 로스토프가 말했다. "또 피가 났잖아. 기다려. 붕대를 갈아야 해."

로스토프는 제니소프의 붕대를 갈아 주고 잠자리에 눕혔다. 다음 날 그는 즐겁고 평온한 기분으로 잠에서 깼다.

그러나 정오 무렵 연대의 부관이 진지하고 우울한 얼굴로 제니소프와 로스토프의 토굴을 찾아와 연대장이 제니소프 소령에게 보내는 정식 서류를 침통한 표정으로 내밀었다. 서류에는 전날 사건에 대한 질문 사항이 적혀 있었다. 부관은 사태가 매우 나쁜 방향으로 흘러가고 있음이 틀림없다고, 군법 회의가 꾸려졌다고, 부대 내 약탈과 횡포에 대한 현재의 엄격함을 고려하면 최선이라 해 봤자 사태가 강등으로 마무리되는 정도일 거라고 보고했다.

모욕을 당했다고 느끼는 사람들은 사건을 이런 식으로 보았다. 수송대 탈취 후 제니소프 소령은 어떤 호출도 받지 않았으면서 술에 취해 식량계 과장을 찾아가 도둑이라 부르고 구타로 위협했으며, 사람들이 끌어내자 사무실에 뛰어들어 관리 두 명을 두들겨 패 한 사람의 팔을 탈골시켰다.

로스토프가 새롭게 물은 질문에 대해 제니소프는 껄껄 웃으며 그 자리에 다른 누군가가 갑자기 나타난 것 같기는 한데다 헛소리이며 대수롭지 않은 일이라고, 자신은 재판 따위는 전혀 두렵지 않다고, 그 비열한 놈들이 감히 싸움을 걸기라도 하면 잊지 못할 정도로 응징해 주겠다고 말했다.

제니소프는 이 모든 사태에 대해 냉담하게 말했다. 그러나 로스토프는 제니소프를 지나치게 잘 알았기에 (다른 사람들에게는 이것을 감춘다 해도) 그가 마음속으로 재판을 두려워하며 나쁜 결과를 가져올 게 분명한 이 사태로 괴로워하고 있다는 것을 눈치챘다. 매일같이 질의문과 법원으로 출두하라는 소환장이 날아들기 시작했다. 마침내 5월 1일 제니소프는 서열상 바로 아래인 장교에게 기병 중대의 지휘권을 넘기고 사단 본부에 출두하여 식량계에서 벌인 폭행 사건에 대해 해명하라는 명령을 받았다. 그 전날 밤에 플라토프는 코사크 2개 연대와 경기병 2개 중대를 이끌고 적을 정찰하러 갔다. 제니소프는 여느 때처럼 용맹함을 자랑하며 산병선 앞으로 나갔다. 프랑스군의 저격병이 쏜 탄환 한 발이 그의 허벅지에 명중했다. 다른 때 같았으면 그런 가벼운 부상으로 연대를 떠나지 않았겠지만 이번에는 제니소프도 이 기회를 이용해 사단에 출두하라는 명령을 거부하고 야전 병원으로 떠났다.

17

6월에 프리들란트 전투[73]가 벌어졌다. 파블로그라드 연대는 그 전투에 참가하지 않았다. 뒤이어 휴전이 선언되었다. 제니소프가 떠난 이래 그에 대한 어떤 소식도 접하지 못하고 그의 소송 과정과 부상을 걱정하면서 친구의 부재를 괴로워하던 로스토프는 휴전을 틈타 제니소프에게 병문안을 가기 위하여 휴가를 냈다.

병원은 러시아군과 프랑스군에게 두 차례 약탈을 당한 프로이센의 작은 촌락에 있었다. 전원의 풍경이 몹시도 아름다운 여름이었기에 지붕과 담장이 파괴되고 길은 지저분하고 누더기를 걸친 주민들과 술주정뱅이들과 부상병들이 그 길에

73) 바그라치온과 플라토프의 성공적인 작전 수행으로 시작된 러시아군의 진격은 프로이센 동부의 프리들란트에서 1807년 6월 패배로 끝났다.

서 배회하는 이 작은 촌락은 유난히 음울한 광경으로 비쳤다.

병원은 창과 창틀이 일부 깨진 석조 건물로 무너진 담장의 진해가 나뒹구는 마당에 자리 잡고 있었다. 마당의 양지바른 곳에서는 낯빛이 해쓱하고 얼굴이 부은 몇몇 병사들이 붕대를 감은 채 이리저리 걷거나 앉아 있었다.

건물의 문을 들어서자마자 로스토프는 시체 썩는 냄새와 병원 냄새에 에워싸였다. 계단에서 입에 시가를 문 러시아인 군의관과 마주쳤다. 러시아인 위생병이 뒤를 따르고 있었다.

"내가 한꺼번에 여러 일을 할 수는 없잖아." 의사가 말했다. "저녁에 마카르 알렉세예비치에게로 와. 난 거기에 있을 테니." 위생병은 의사에게 무언가 더 질문을 했다.

"에! 자네가 아는 대로 해! 아무래도 상관없지 않아?" 의사는 계단을 올라오는 로스토프를 보았다.

"무슨 용무로 왔습니까?" 의사가 물었다. "왜 왔냐니까요? 총알에 맞지 않았으니 티푸스에라도 걸리고 싶습니까? 이봐요, 이곳은 격리 병원입니다."

"어째서입니까?" 로스토프가 물었다.

"티푸스죠. 여기에 들어오는 사람은 누구든 죽습니다. 아직 이곳을 돌아다니는 사람은 마케예프(그는 위생병을 가리켰다.)와 나, 이렇게 두 사람뿐입니다. 이곳에서 우리의 동료 의사 다섯 명이 죽었지요. 새 의사가 와도 일주일이면 나가떨어집니다." 의사는 자못 흡족한 표정으로 말했다. "우리도 프로이센인 의사들을 초빙하기는 했지만 우리 동맹국들이 별로 좋아하지 않는군요."

로스토프는 이곳에 입원한 경기병 소령 제니소프를 만나고 싶다고 설명했다.

“몰라요, 모릅니다. 생각해 봐요. 나 혼자 병원 세 곳과 400명 남짓한 환자들을 맡고 있단 말입니다! 자선을 베푸는 프로이센 귀부인들이 우리에게 커피와 거즈를 매달 2푼트씩 보내 주는 것은 좋다 이겁니다. 그나마도 없다면 우리는 벌써 끝장났겠죠.” 그는 껄껄 소리 내어 웃었다. “이보시오, 400명이오. 그런데도 새 환자들을 계속 나에게 보내는군요. 진짜 400명이지? 그렇지 않나?” 그가 위생병을 돌아보았다.

위생병은 기진맥진한 표정을 짓고 있었다. 주절주절 지껄이는 의사가 얼른 떠나 주었으면 하고 짜증스럽게 기다리는 것 같았다.

“제니소프 소령입니다.” 로스토프가 거듭 말했다. “몰리텐 부근에서 부상을 당했습니다.”

“아마 죽었을걸요. 그렇지, 마케예프?” 의사가 위생병에게 무심히 물었다.

그러나 위생병은 의사의 말에 수긍하지 않았다.

“어떤 사람입니까? 키가 크고 머리털이 붉은가요?” 의사가 물었다.

로스토프는 제니소프의 외모를 묘사했다.

“있었어요. 그런 사람이 있었습니다.” 의사가 기쁜 듯이 말했다. “그 사람은 틀림없이 죽었습니다. 어쨌든 찾아보죠. 나에게 명부가 있으니까요. 자네에게 있지, 마케예프?”

“명부는 마카르 알렉세이치에게 있습니다.” 위생병이 말했다. "장교 병실로 가 보시죠. 그곳에서 직접 확인하세요." 그는 로스토프를 돌아보며 이렇게 덧붙였다.

"에, 이보시오, 가지 않는 편이 좋아요." 의사가 말했다. "혹 당신도 결국 그곳에 남게 될지도 모르니까!" 하지만 로스토프는 의사에게 작별 인사를 던지고 위생병에게 안내해 달라고 부탁했다.

"날 원망하지 말아요." 의사가 계단 아래서 외쳤다.

로스토프는 위생병과 함께 복도로 들어섰다. 그 어두운 복도에서 병원 냄새가 어찌나 심하게 나는지 로스토프는 코를 움켜쥐고 멈춰 서서 앞으로 계속 나아가기 위해 힘을 모아야만 했다. 오른쪽 문이 열려 있었다. 그곳에서 야위고 얼굴이 누렇게 뜬 사람이 맨발에 속옷만 입고서 목발을 짚은 채 얼굴을 쑥 내밀었다. 그는 문틀에 기대어 질투 어린 눈을 빛내면서 지나가는 사람들을 바라보았다. 문 안을 슬쩍 들여다본 로스토프는 병자들과 부상병들이 바닥에 짚단과 외투를 깔고 누워 있는 것을 발견했다.

"여기는 어디입니까?" 로스토프가 물었다.

"병사용 병실입니다." 위생병이 대답했다. "손쓸 방도가 없습니다." 그는 변명하듯 덧붙였다.

"들어가서 둘러보아도 됩니까?" 로스토프가 물었다.

"뭘 보시려고요?" 위생병이 말했다. 그러나 위생병이 들어가고 싶어 하지 않는 기색이 뚜렷하다는 바로 그 이유로 로스토프는 굳이 병사용 병실에 들어갔다. 복도에서 가까스로 익숙해진 냄새가 이곳에서 더욱 강하게 풍겼다. 이곳의 냄새는 다소 달랐다. 더 강렬했다. 그래서 그 냄새가 바로 여기에서부터 시작되었다는 것을 느낄 수 있었다.

큰 창문으로 햇빛이 환하게 비치는 긴 병실에는 병자와 부상병들이 벽 쪽에 머리를 두고 한가운데 통로를 남긴 채 두 줄로 누워 있었다. 그들 대부분은 의식을 잃은 상태여서 병실에 들어오는 사람들에게 주의를 기울이지 않았다. 의식이 있는 사람들은 전부 몸을 약간 일으키거나 누렇게 뜬 여윈 얼굴을 들었다. 모두 도움에 대한 기대가 어린 표정, 타인의 건강함에 대한 힐난과 질투가 어린 표정을 똑같이 지은 채 로스토프에게서 눈을 떼지 않았다. 로스토프는 병실 한가운데로 가서 문이 활짝 열린 양옆의 병실을 훑어보았다. 두 병실에서 똑같은 장면이 보였다. 그는 걸음을 멈추고 말없이 주위를 둘러보았다. 이런 것을 보게 되리라고는 전혀 예상하지 못했다. 바로 앞에는 한 병자가 중앙 통로를 거의 가로지르다시피 하며 맨바닥에 누워 있었다. 머리칼을 단발로 깎은 것을 보니 코사크인 듯했다. 이 코사크는 고개를 젖힌 채 커다란 손발을 쭉 펴고 누워 있었다. 얼굴은 자줏빛이 도는 붉은색이고, 눈은 흰자위만 보이도록 완전히 뒤집혔으며, 아직 붉은색을 띤 맨발과 손에는 혈관이 새끼줄처럼 불거져 있었다. 그는 뒤통수로 마룻바닥을 쿵쿵 치며 갈라진 목소리로 무언가 중얼거리고 그 말을 되풀이하기 시작했다. 로스토프는 그 말에 귀를 기울이다가 그가 반복하는 말을 알아들었다. "물, 물, 물!" 로스토프는 그 병자를 제자리에 눕히고 그에게 물을 가져다줄 사람을 찾아 주위를 두리번거렸다.

“누가 이곳의 병자를 돌보고 있습니까?” 그가 위생병에게 물었다. 그때 옆방에서 병원의 잡일을 하는 수송병이 나와 발을 구르며 로스토프 앞에서 차려 자세를 취했다.

“건강을 기원합니다!” 그 병사는 로스토프를 향해 눈을 부릅뜨며 외쳤다. 분명 로스토프를 병원 책임자로 생각한 모양이었다.

“이 사람을 제자리에 눕히고 물을 가져다줘.” 로스토프는 코사크를 가리키며 말했다.

“네.” 병사는 더욱더 눈을 부릅뜨고 몸을 쭉 펴며 기쁜 표정으로 말했다. 그러나 자리에서 움직이려 하지 않았다.

‘아니야, 이곳에서는 사람들이 아무것도 하지 않아.’ 로스토프는 시선을 떨구고 잠시 생각에 잠겼다. 그는 벌써부터 밖으로 나가고 싶었지만 자신을 쏘아보는 의미심장한 시선을 느끼고 오른편을 돌아보았다. 늙은 병사가 거의 구석 자리에 외투를 깔고 앉아 로스토프를 뚫어지게 바라보고 있었다. 누렇게 뜨고 해골처럼 야윈 얼굴에 엄한 표정이 어리고, 희끗한 턱수염은 면도를 하지 않은 채였다. 그 옆에서 늙은 병사의 이웃이 로스토프를 가리키며 뭐라고 속삭였다. 로스토프는 노인이 자기에게 무언가 청원하려 한다는 것을 알아챘다. 그는 가까이 다가갔다가 노인의 다리가 한쪽만 접혀 있고 다른 쪽은 무릎 윗부분부터 아예 없는 것을 보았다. 그에게서 꽤 멀리 떨어진 곳에 머리를 뒤로 젖힌 채 꼼짝 않고 누운 또 다른 이웃은 들창코와 주근깨가 덮인 얼굴이 밀랍처럼 창백하고 눈꺼풀 밑으로 흰자위만 드러낸 젊은 병사였다. 로스토프는 들창코 병사를 보았다. 싸늘한 한기가 등줄기를 타고 흘렀다.

"이 사람은 혹시……." 그는 위생병을 돌아보았다.

"벌써 얼마나 요청했는지 모릅니다." 늙은 병사는 아래턱을 덜덜 떨며 말했다. "이 사람은 아침에 이미 죽었습니다. 우리도 사람입니다. 개가 아니라……."

"곧 사람을 보낼 겁니다. 치웁니다, 치워요." 위생병이 황급히 말했다. "자, 가시지요, 장교님."

"갑시다, 가요!" 로스토프가 다급하게 말했다. 그는 눈을 내리깔고 몸을 움츠리고는 자신에게 쏠린 그 힐난과 질투 어린 눈동자들의 대열 사이로 눈에 띄지 않게 지나가려 애쓰며 병실을 빠져나왔다.

18

위생병은 복도를 지나 세 개의 방으로 이루어진 장교용 병실로 로스토프를 데려갔다. 병실 문은 활짝 열려 있었다. 그 방에는 침대들이 있었고, 부상을 당하고 병에 걸린 장교들이 그 위에 앉거나 누워 있었다. 몇몇 사람들은 환자복을 입고 병실을 돌아다녔다. 로스토프가 장교용 병실에서 마주친 첫 번째 인물은 나이트캡과 환자복 차림에 한 팔이 없는 작고 야윈 남자였다. 파이프를 문 채 첫 번째 병실에서 이리저리 걷고 있었다. 로스토프는 그를 눈여겨보며 어디에서 보았는지 기억해 내려고 애썼다.

“하느님께서 우리가 만날 수 있게 당신을 이곳으로 이끄셨군요.” 키 작은 남자가 말했다. “투신, 투신입니다. 기억납니까? 쇤그라벤 부근에서 당신을 태워 목적지까지 데려다주었는데요. 난 몸이 조금 잘려 나가서요, 봐요.” 그는 씩 웃으면서 환자복의 빈 소매를 가리키며 말했다. "바실리 드미트리치 제니소프를 찾죠? 나와 같은 방을 쓴답니다." 그는 로스토프가 누구를 찾는지 알아차리고 이렇게 말했다. "여깁니다, 여기." 그러더니 투신은 그를 다른 방으로 이끌었다. 그곳에서 몇 사람이 왁자지껄하게 웃어 대는 소리가 들려왔다.

'저 사람들은 어떻게 이런 곳에서 큰 소리로 웃을 뿐 아니라 생활하기까지 할까?' 로스토프는 생각했다. 그는 병사용 병실에서 맡은 그 시체 냄새를 여전히 느꼈고, 양옆에서 뚫어지게 바라보던 질투 어린 시선들과 눈동자가 뒤집힌 그 병사의 얼굴을 여전히 주위에서 보았다.

제니소프는 정오가 다 되었는데도 머리까지 이불을 푹 덮어쓴 채 침상에서 자고 있었다.

"아! 고스토프! 잘 있었나, 잘 있었어?" 그는 연대에 있을 때와 똑같은 목소리로 외쳤다. 그러나 로스토프는 여느 때와 같은 호탕함과 활발함 뒤에 숨겨진 어떤 낯설고 불쾌한 감정이 제니소프의 표정과 억양과 말에 고스란히 드러나는 것을 슬픈 마음으로 느꼈다.

그의 부상은 그다지 심각한 것이 아니었으나 부상을 당한 지 벌써 육 주가 지났는데도 아직 아물지 않았다. 얼굴은 병원의 모든 사람들과 똑같이 창백하고 퉁퉁 부어 있었다. 그러나 그런 것은 로스토프에게 충격적이지 않았다. 로스토프를 놀라게 한 것은 제니소프가 기쁘지 않은 듯 부자연스럽게 웃는다는 점이었다. 제니소프는 연대에 대해서도, 전투의 전반적인 경과에 대해서도 묻지 않았다. 로스토프가 그런 이야기를 꺼내자 제니소프는 듣지 않았다.

심지어 로스토프는 제니소프가 연대에 대해서나 병원 밖에서 흘러가는 이런저런 자유로운 생활이 언급될 때 불쾌해하는 것을 눈치챘다. 이전 생활에 대해 잊으려 애쓰고, 식량계 관리들과 얽힌 소송 사건에만 관심을 두는 것 같았다. 그 사건이 어떻게 되었느냐는 로스토프의 질문에 그는 즉시 베개 밑에서 위원회로부터 받은 서류와 그에 대한 자신의 답변 초안을 꺼냈다. 그는 문서를 읽으면서 점차 생기를 띠었고, 특히 자기가 이 문서에서 적들을 향해 던지는 독설로 로스토프의 관심을 돌렸다. 로스토프 — 자유로운 세상에서 새로 온 인물인 — 를 에워싸고 있던 병원 동료들은 제니소프가 문서를 읽자 서서히 흩어지기 시작했다. 로스토프는 그들의 얼굴에서 그 패거리들 전부가 이 모든 이야기를 이미 수차례나 질리도록 들었다는 것을 깨달았다. 다만 옆 침대의 뚱뚱한 창기병이 침울하게 찌푸린 얼굴로 파이프를 피우며 침상에 앉아 있었고, 한 팔을 잃은 키 작은 투신은 찬성할 수 없다는 듯 고개를 저으며 계속 듣고 있었다. 낭독 도중에 창기병이 제니소프를 가로막았다.

"내 생각으로는 말이죠." 창기병은 로스토프를 돌아보며 말했다. "그냥 폐하께 사면을 청원해야 합니다. 요사이 큰 포상이 있을 거라는 말이 떠돌던데요. 그러니 분명 사면될 겁니다……."

"날더거 폐하께 청원을 하가니!" 제니소프는 이전의 힘과 열정을 북돋우려는, 그러나 쓸데없는 과민함으로 들리는 목소리로 말했다. "무엇에 대해? 만약 내가 강도가면 사면을 청하겠어. 하지만 난 강도들을 깨끗한 물고 끌어냈기 때문에 재판을 받는 거야. 재판을 할 테면 하가 그개. 난 아무도 두겹지 않아. 난 차그와 조국을 정직하게 섬겼어. 도둑질 따위는 하지 않았단 말이야! 그런데 나글 강등시키고, 그기고……. 들어봐, 난 그들에게도 아주 솔직하게 썼어. 이게 내가 쓴 글이야. '만약 내가 관물 횡경자가면…….'"

"잘 썼군요. 무슨 말을 더 하겠습니까." 투신이 말했다. "하지만 요점은 그것이 아닙니다, 바실리 드미트리치." 그는 또한 로스토프에게도 말을 건넸다. "복종해야 합니다. 그런데 바실리 드미트리치는 그러려고 하지 않습니다. 법무관도 당신 사건이 불리하다고 말하지 않았습니까."

"뭐, 불기해도 상관없어." 제니소프가 말했다.

"법무관이 당신을 위해 탄원서를 써 주었잖아요." 투신은 계속해서 말했다. "당신은 서명을 해서 그것을 이 사람에게 들려 보내야 합니다. 이 사람(그는 로스토프를 가리켰다.)에게는 분명 사령부에 후원자가 있을 겁니다. 당신에게 이보다 좋은 기회는 없을걸요."

"비굴한 짓은 하지 않겠다고 했잖아." 제니소프는 투신의 말을 가로막고 다시 자신의 문서를 계속해서 읽었다.

로스토프는 투신과 다른 장교들이 제안한 방법이 가장 옳다는 것을 본능적으로 느꼈으며, 자신이 제니소프에게 도움을 줄 수만 있다면 행복하겠다고 생각했다. 그러나 제니소프를 감히 설득할 수 없었다. 제니소프가 지닌 불굴의 의지와 진실한 열정을 잘 알았기 때문이다.

제니소프가 독설에 찬 문서를 한 시간 넘게 읽었다. 낭독이 끝났을 때 로스토프는 아무 말도 하지 않았고, 다시 주위에 모여든 제니소프의 병원 동료들 틈에 끼어 자신이 아는 것에 대해 들려주거나 다른 사람들의 이야기를 들으면서 이루 말할 수 없이 슬픈 심정으로 그날의 남은 시간을 보냈다. 제니소프는 저녁 내내 침울하게 입을 다물고 있었다.

밤이 이슥하여 로스토프는 떠날 채비를 하고 제니소프에게 무언가 부탁할 것이 없는지 물었다.

"응, 잠깐만." 제니소프가 말했다. 그는 장교들을 돌아보더니 베개 밑에서 문서를 꺼내 잉크병이 있는 창턱으로 다가가 글을 쓰기 위해 앉았다.

"채찍으고 도끼 등을 부거뜨길 수는 없겠지." 그는 창가에서 돌아와 로스토프에게 커다란 봉투를 건네며 말했다. 법무관이 군주에게 보내려고 작성한 탄원서였다. 여기에서 제니소프는 식량계의 잘못에 대해서는 전혀 언급하지 않고 오직 사면만을 탄원했다.

"전해 줘, 어쩌면……." 그는 말을 맺지 못하고 애처롭게 억지웃음을 지었다.

19

연대에 돌아와 제니소프의 사건이 어떤 상황에 처했는지 지휘관에게 전한 후 로스토프는 군주에게 올릴 편지를 가지고 틸지트로 떠났다.

6월 13일 프랑스 황제와 러시아 황제가 틸지트에서 만났다.[74] 보리스 드루베츠코이는 자신이 배속된 고위층 인사에게 틸지트에서 복무할 수행단에 자신을 넣어 달라고 요청했다.

---

74) 나폴레옹과 알렉산드르 1세는 평화 조약을 맺기 위해 6월 25일(율리우스력에 따르면 6월 13일이다.) 틸지트에서 만났다. 프로이센 왕을 배제한 이 회담은 네만강 한가운데의 뗏목에 설치한 막사에서 밤중에 이루어졌다. 평화 조약은 오 년 동안 지속되었다. 톨스토이는 틸지트 회담에 대한 기술에서 프로이센 왕이 받은 모욕을 언급하지 않는다. 프로이센 왕은 회담 장소인 막사에 초대받지 못하고 회담하는 두 시간 동안 알렉산드르 1세의 신하인 P. M. 볼콘스키 공작 옆에 계속 서 있었다. 나폴레옹이 다음 날 프로이센 왕을 접견한 것은 단지 알렉산드르 1세의 요청 때문이었다.

"저도 그 위대한 인물을 보고 싶습니다." 그는 나폴레옹을 언급하며 말했다. 그때까지만 해도 그 역시 다른 모든 이들처럼 나폴레옹을 언제나 부오나파르트라고 불렀다.

"부오나파르트를 말하는 건가?" 그의 장군이 빙그레 웃으며 말했다.

보리스는 장군을 의아하게 쳐다보았으나 곧 그것이 농담조의 시험이라는 것을 깨달았다.

"공작님, 저는 나폴레옹 황제에 대해 말씀드렸습니다." 보리스가 대답했다. 장군이 미소를 지으며 보리스의 어깨를 툭툭 쳤다.

"자네는 출세할 거야." 장군은 이렇게 말하고 보리스를 데려갔다.

보리스는 황제들의 회담이 열리는 날 네만강에 있던 소수의 사람들 중 한 명이었다. 그는 머리글자가 붙은 뗏목들이며 강 건너편 기슭을 따라 프랑스 근위대 옆으로 말을 타고 지나가는 나폴레옹을 보았다. 네만 강가의 선술집에 앉아 나폴레옹이 도착하길 기다리며 묵묵히 생각에 잠긴 알렉산드르 황제의 얼굴도 보았다. 두 황제가 보트에 타는 것을, 뗏목에 먼저 닿은 나폴레옹이 빠른 걸음으로 나아와 알렉산드르를 맞이하며 손을 내미는 것을, 두 사람이 큰 천막 안으로 사라지는 것을 보았다. 최고층 상류 사회에 들어온 이래 보리스는 주위에서 일어나는 일을 유심히 관찰하고 기록하는 습관을 들였다. 틸지트 회담 때는 나폴레옹과 함께 온 사람들의 이름과 그들이 입은 제복에 대해 이것저것 묻고, 고위층 인사들이 하는 말을 주의 깊게 들었다. 황제들이 큰 천막에 들어간 그 순간 그는 시계를 보았고, 알렉산드르가 큰 천막에서 나올 때도 잊지 않고 다시 시계를 보았다. 회담은 한 시간 오십삼 분 동안 이어졌다. 그날 밤 보리스는 자신이 생각하기에 역사적 의미를 띨 만한 다른 여러 사실들 틈에 그것을 기록해 두었다. 황제의 수행원들이 그다지 많지 않아 군 복무에서 성공을 중시하는 사람에게는 두 황제의 회담 때 틸지트에 있었다는 것이 매우 중요한 문제였다. 틸지트에 갈 기회를 얻은 보리스는 그 이후로 자신의 지위가 확고해졌다고 느꼈다. 그는 사람들에게 알려졌을 뿐 아니라 눈에 익은 익숙한 사람이 되었다. 임무를 수행하러 두어 번 군주에게 간 적이 있었기에 군주도 그의 얼굴을 알았다. 그래서 모든 측근들이 예전처럼 그를 새로운 얼굴로 여겨 멀리하기는커녕 그가 없으면 깜짝 놀랄 정도가 되었다.

보리스는 다른 부관인 폴란드 백작 질린스키와 함께 지냈다. 질린스키는 파리에서 교육받은 부유한 폴란드인으로 프랑스인들을 열렬히 좋아했다. 그래서 틸지트에 체류하는 동안 근위대와 프랑스 군사령부의 프랑스 장교들이 질린스키와 보리스의 숙소로 거의 매일같이 아침 식사와 점심 식사를 하러 모였다.

6월 24일 저녁에 보리스와 함께 지내는 질린스키 백작이 프랑스인 친구들을 위해 만찬을 베풀었다. 만찬에는 귀빈인 나폴레옹의 부관이 오고, 프랑스 근위대의 장교들 몇 명과 프랑스의 유서 깊은 귀족 가문 출신으로 나폴레옹의 시동이 된 어린 소년도 왔다. 그날 로스토프는 사람들의 눈에 띄지 않기 위해 평복 차림으로 어둠을 틈타 틸지트에 도착하여 질린스키와 보리스의 숙소에 들어갔다.

그가 떠나온 군대에서 전반적으로 그러했듯이, 나폴레옹이나 프랑스인들과의 관계를 적에서 친구로 바꾼, 군사령부와 보리스의 숙소에서 일어난 그런 대변화는 로스토프에게도 아직 일어나지 않았다. 군대의 모든 사람들이 보나파르트와 프랑스인들에게 적개심과 경멸과 두려움이 뒤섞인 이전의 감정을 여전히 느끼고 있었다. 불과 얼마 전에도 로스토프는 플라토프 분견대의 코사크 장교와 대화를 나누다가 만약 나폴레옹이 생포되면 군주가 아닌 범죄자로 다루어야 한다고 주장했다. 얼마 전 부상당한 프랑스군 연대장과 길에서 마주쳤을 때도 합법적인 군주와 범죄자 보나파르트 사이에 평화 조약은 체결될 수 없다고 주장하며 열을 올렸다. 그랬던 만큼 로스토프는 보리스의 숙소에서 군복 차림의 프랑스 장교들을 보고 묘한 충격을 받았다. 그는 초계선(哨戒線)에서 그 군복을 완전히 다른 식으로 보는 데 익숙해져 있었다. 문에서 고개를 쑥 내민 프랑스 장교를 보자마자 적을 볼 때면 늘 경험하던 전시의 적대적인 감정이 불현듯 로스토프를 사로잡았다. 그는 문지방에 서서 러시아어로 이곳이 드루베츠코이의 숙소인지 물었다. 대기실에서 낯선 목소리를 들은 보리스가 손님을 맞이하러 나왔다. 로스토프를 알아본 순간 보리스의 얼굴에 불쾌한 표정이 떠올랐다.

“아, 너였구나. 정말 반가워. 너를 보니 정말 반가운걸.” 그는 미소 띤 얼굴로 로스토프에게 다가오며 말했다. 그러나 로스토프는 그의 첫 반응을 눈치챘다.

"내가 안 좋은 때에 왔나 보네." 그가 말했다. "딱히 올 생각은 없었는데 볼일이 있어서 말이야." 그는 냉정하게 말했다…….

"아냐. 난 그저 네가 연대를 떠나온 것에 놀랐을 뿐이야. 곧 가겠습니다." 그는 자신을 부르는 목소리에 대답했다.

"정말 안 좋은 때에 왔군." 로스토프가 거듭 말했다.

보리스의 얼굴에서 불쾌한 표정은 이미 사라졌다. 아마도 어떻게 해야 할지 곰곰이 생각하고 결론을 내린 듯 특유의 침착한 태도로 로스토프의 두 팔을 잡고 옆방으로 데려갔다. 침착하고 단호하게 로스토프를 응시하는 눈동자에는 무언가가 드리워 있는 것 같았다. 마치 어떤 엄호물이, 집단이라는 파란 색안경이 씌워진 것 같았다. 로스토프는 그렇게 느꼈다.

"아, 그만. 부탁이야. 네가 안 좋은 때에 온다는 것은 있을 수 없는 일이야." 보리스가 말했다. 보리스는 그를 저녁 식사가 차려진 방으로 데려가 손님들에게 소개하고 이름을 말한 후 문관이 아니라 경기병 장교이며 오랜 친구라고 설명했다. "질린스키 백작, N. N. 백작, S. S. 대위." 보리스는 손님들의 이름을 알려 주었다. 로스토프는 얼굴을 찌푸린 채 프랑스인들을 쳐다보고 마지못해 인사하고는 침묵을 지켰다.

질린스키는 이 새로운 러시아 인물을 자신의 모임에 받아들이는 것이 달갑지 않은 듯 로스토프에게 한마디도 하지 않았다. 보리스는 새로운 인물의 출현으로 생긴 거북함을 알아차리지 못한 듯 로스토프를 맞이할 때와 똑같이 기분 좋은 침착한 태도와 무언가가 드리워진 듯한 눈으로 대화에 활기를 불어넣으려고 애썼다. 프랑스인들 가운데 한 명이 흔히 볼 수 있는 프랑스식의 정중한 태도로 고집스럽게 침묵하는 로스토프에게 말을 걸고는 혹시 황제를 보기 위해 틸지트에 온 것이 아니냐고 물었다.

"아닙니다, 나의 용무 때문입니다." 로스토프는 짧게 대꾸했다.

보리스의 얼굴에서 불만을 알아차리자 로스토프는 이내 기분이 나빠졌다. 기분이 안 좋은 사람들에게 늘 있는 일이지만 로스토프는 모든 사람들이 자신을 적의 어린 눈으로 쳐다보고 자신이 모두에게 방해가 된 것 같다고 느꼈다. 사실 그는 모든 이들에게 방해가 되었고 새롭게 시작된 공통의 대화에서 혼자 동떨어져 있었다. '저 사람은 도대체 왜 여기에 앉아 있을까?' 손님들이 그에게 던지는 시선은 그렇게 말하고 있었다. 그는 자리에서 일어나 보리스에게 다가갔다.

"아무래도 내가 널 불편하게 하는 것 같아." 로스토프가 보리스에게 나직하게 말했다. "같이 가서 용무에 대해 이야기 좀 하자. 그러고 나서 난 갈게."

"아, 아니야, 전혀 그렇지 않아." 보리스가 말했다. "하지만 피곤하면 내 방에 가 있어. 누워서 좀 쉬어."

"사실은……."

그들은 보리스가 평소 묵는 작은 방으로 들어갔다. 로스토프는 앉지도 않고 즉시 흥분한 어조로 — 마치 보리스가 그에게 무슨 잘못이라도 저지른 것처럼 — 제니소프의 사건을 이야기하기 시작했다. 그리고 장군을 통해 제니소프를 위하여 군주에게 탄원을 하고 편지를 전해 줄 것인지, 또 그렇게 하는 것이 가능한지 물었다. 단둘이 있게 되었을 때 로스토프는 난생처음 보리스의 눈을 바라보며 어색해하는 자신을 발견했다. 보리스는 다리를 꼬고 왼손으로 오른손의 가느다란 손가락들을 어루만지며 마치 부하의 보고를 듣는 장군처럼 로스토프의 말을 듣고 있었다. 그는 시선을 회피하기도 하고 장막을 친 듯한 눈길로 로스토프의 눈을 똑바로 응시하기도 했다. 그럴 때마다 로스토프는 거북하여 눈을 내리깔았다.

"나도 그런 종류의 사건에 대해서 들은 적이 있어. 내가 알기로 폐하는 그런 경우에 대해 매우 엄격하시지. 난 그 문제를 폐하께 전할 필요가 없을 거라고 생각해. 내 생각에는 군단장에게 직접 청원하는 편이 나을 것 같은데……. 하지만 대체로 내가 생각하기에는……."

"그러니까 넌 아무것도 하고 싶지 않다는 거구나. 그럼 그렇다고 말해!" 로스토프는 보리스의 눈을 쳐다보지 않은 채 고함을 치다시피 했다.

보리스는 빙그레 웃었다.

"천만에. 난 내가 할 수 있는 것을 할 거야. 다만 내가 생각하기에는……."

그때 문가에서 보리스를 부르는 질린스키의 목소리가 들려왔다.

"자, 가 봐, 어서 가." 로스토프가 말했다. 그는 저녁 식사를 거절하고 작은 방에 홀로 남아 오랫동안 방 안을 이리저리 걸으며 옆방에서 흘러나오는 유쾌한 프랑스어 말소리에 귀를 기울였다.

20

로스토프가 틸지트에 도착한 날은 제니소프를 위한 청원을 하기에 가장 안 좋은 날이었다. 로스토프는 연미복을 입은 데다 지휘관의 허가 없이 틸지트로 와서 직접 당직 장군을 찾아갈 수 없었다. 한편 보리스는 설사 그럴 마음이 있었다 해도 로스토프가 도착한 바로 다음 날에는 그 일을 할 수 없었다. 6월 27일인 그날 평화 조약의 첫 조항이 체결되었다. 두 황제는 훈장을 서로 교환했다. 알렉산드르는 레지옹 도뇌르 훈장을 받았고, 나폴레옹은 안드레이 1급 훈장을 받았다. 그리고 그날은 프랑스 근위 대대가 프레오브라젠스키 대대를 위해 만찬을 베풀 예정이었다.[75] 두 군주는 이 연회에 참석해야 했다.

---

75) 레지옹 도뇌르 훈장은 1802년 나폴레옹이 문무관의 공로를 치하하고자 제정했다. 안드레이 1급 훈장(안드레이는 러시아의 수호성인이다.)은 러시아에서 가장 등급이 높은 훈장이다. 한편 러시아 황제는 관례적으로 프레오

로스토프는 보리스를 대하기가 너무 거북하고 불쾌한 나머지 보리스가 저녁 식사 후에 잠깐 들렀을 때도 자는 척했으며, 다음 날에는 그를 보지 않으려고 아침 일찍 숙소에서 나왔다. 연미복을 입고 둥근 모자를 쓴 니콜라이는 시내를 배회하며 프랑스인들과 그들의 군복을, 러시아 황제와 프랑스 황제가 거처하는 저택과 거리를 자세히 눈여겨보았다. 광장에서는 테이블을 배치하고 만찬을 준비하는 광경을 보았고, 거리에서는 러시아 색과 프랑스 색 깃발들을 달아 걸어 놓은 휘장들이며, A와 N이라는 거대한 머리글자를 보았다. 집들의 창문에도 깃발과 머리글자가 붙어 있었다.

'보리스는 나를 돕고 싶어 하지 않아. 나도 그에게 부탁하고 싶지 않고. 이 문제에 대해서는 답이 나왔어.' 니콜라이는 생각했다. '우리 둘 사이의 모든 것이 끝나 버렸어. 하지만 제니소프를 위해 내가 할 수 있는 것을 다 해 보지도 않고, 무엇보다 폐하께 편지를 전해 보지도 않고 이곳을 떠나지는 않겠어. 폐하께라니?! 그분이 여기에 계시는구나!' 로스토프는 이런 생각을 하며 무심결에 알렉산드르가 거처하는 저택으로 다시 걸음을 옮겼다.

그 저택에는 승마용 말 몇 마리가 서 있었고, 군주의 출발을 준비하려는지 수행원들이 모여들었다.

'당장이라도 그분을 뵐 수 있어.' 로스토프는 생각했다. '그

브라젠스키 근위 연대의 연대장 직위를 보유했다. 프랑스 황제의 근위대가 이 특정 부대를 예우하는 것은 이런 이유 때문이다. 프레오브라젠스키 연대에 대해서는 이 책 1권 주 35를 참조.

분에게 편지를 직접 전하고 모든 것을 아뢸 수만 있다면…….
혹시 연미복 때문에 체포되지 않을까? 그럴 리 없어! 그분은
어느 쪽이 정당한지 알아주실 거야. 그분은 모든 것을 이해하
시고 모든 것을 아셔. 어느 누가 그분보다 더 공정하고 관대할
수 있겠어? 그래, 설령 내가 이곳에 있다는 이유로 체포된다
고 해도 그게 뭐 대수겠어?' 그는 군주가 거처하는 저택으로
들어가던 한 장교를 쳐다보며 생각했다. '저렇게 사람들이 들
어가고 있잖아. 에! 다 허튼소리야! 가서 폐하께 편지를 직접
건네 드리자. 드루베츠코이로서는 더욱 곤란해지겠지만 그
녀석이 날 이 지경으로 내몬걸.' 로스토프는 호주머니에 든 편
지를 만져 보고 갑자기 스스로도 전혀 기대하지 않은 결연한
태도로 군주가 거처하는 저택을 향해 곧장 걸어갔다.

'아니야. 이번에는 아우스터리츠 전투 이후처럼 기회를 놓
쳐 버리지 않겠어.' 그는 당장이라도 군주와 마주칠지 모른다
는 기대를 하며 상념에 잠겼고, 그 생각에 피가 심장으로 몰리
는 듯한 기분을 느꼈다. '그분의 발 앞에 엎드려 탄원해야지.
나를 일으켜 내 말을 끝까지 들으시고 심지어 고마워하실 거
야.' '나는 선을 행할 수 있을 때 행복하다. 그러나 부당함을
바로잡는 것은 행복보다 더 위대하다.' 로스토프는 군주가 그
에게 할 말을 상상했다. 그러고는 호기심에 찬 눈으로 쳐다보
는 사람들을 지나 군주가 거처하는 저택의 현관 계단으로 향
했다.

현관 계단 입구부터 넓은 계단이 위로 쭉 뻗어 있었다. 오른
쪽에 닫힌 문이 보였다. 계단 아래에는 1층으로 통하는 문이

있었다.

"누구를 찾아왔습니까?" 누군가가 물었다.

"편시를 전하려고요. 폐하께 청원을 드릴 겁니다." 니콜라이는 떨리는 목소리로 말했다.

"청원은 당직에게 하십시오. 이쪽(그 사람은 로스토프에게 아래쪽 문을 가리켰다.)으로 가세요. 다만 면회가 안 될 겁니다."

그 냉담한 목소리를 듣자 로스토프는 자신이 하고 있는 행동에 깜짝 놀랐다. 금방이라도 군주를 만날 수 있다는 생각은 너무도 유혹적이었지만 또 그런 만큼 너무도 두렵게 느껴져 그는 언제라도 달아날 준비를 했다. 그러나 그와 마주친 궁정 사무관이 당직실 문을 열어 주었고, 로스토프는 안으로 들어갔다.

방에는 서른 살가량의 키가 작고 뚱뚱한 남자가 하얀 바지와 긴 부츠에 이제 막 입은 듯 삼베로 지은 얇은 루바시카 차림으로 서 있었다. 그의 뒤에서 시종이 명주실로 수놓은 멋진 새 멜빵을 채웠다. 어째서인지 그 멜빵이 로스토프의 눈에 띄었다. 그 사람은 옆방에 있는 누군가와 이야기를 나누었다.

"몸매도 좋고 싱싱하죠." 그 남자가 이렇게 말하다가 로스토프를 보고는 말을 멈추고 얼굴을 찌푸렸다.

"무슨 일로 왔습니까? 청원인가요?"

"뭡니까?" 옆방에서 누군가가 말했다.

"또 청원자입니다." 멜빵을 맨 남자가 말했다.

"나중에 오라고 해요. 곧 그분께서 출발하실 테니 우리도 가야 합니다."

"나중에, 나중에요, 내일 와요. 늦었군……."

로스토프는 돌아서서 나가려고 했다. 그런데 멜빵을 맨 남자가 그를 불러 세웠다.

"누가 보냈습니까? 당신은 누구지요?"

"제니소프 소령에게서 부탁을 받았습니다." 로스토프가 대답했다.

"당신은 누구입니까? 장교입니까?"

"중위인 로스토프 백작입니다."

"참으로 대담하군요! 명령 계통에 따라 제출하십시오. 나가 주시오. 나가요……." 그러더니 시종이 건넨 군복을 입기 시작했다.

로스토프는 다시 현관방으로 갔다가 현관 앞 계단에 벌써 예복을 완벽하게 차려입은 많은 장교들과 장군들이 나와 있는 것을 보았다. 로스토프는 그들 옆으로 지나가야 했다.

자신의 대담함을 저주하면서, 당장이라도 군주와 마주칠지 모르고 그 앞에서 치욕을 당하며 구금될지 모른다는 생각에 심장이 멎을 듯한 기분을 느끼면서, 자신의 행동이 무례하기 짝이 없음을 절실히 깨달으면서 로스토프는 눈을 내리깐 채 눈부신 수행단 무리에 에워싸인 저택을 몰래 빠져나왔다. 그때 누군가의 낯익은 목소리가 그를 부르고 누군가의 손이 그를 붙잡아 세웠다.

"이봐요, 연미복 차림으로 이런 곳에서 뭘 하는 거요?" 굵은 저음의 목소리가 로스토프에게 물었다.

이번 원정에서 군주의 특별한 총애를 받은 기병대 장군으로 예전에 로스토프가 근무하던 사단의 지휘관이었다.

로스토프는 깜짝 놀라 변명을 늘어놓았다. 그러나 장군의 선량하고 익살맞은 얼굴을 보고는 옆으로 물러나 흥분한 목소리로 모든 사정을 전한 후 장군도 아는 제니소프를 옹호해 달라고 부탁했다. 장군은 로스토프의 이야기를 다 듣고 나서 심각하게 고개를 저었다.

"안됐군, 훌륭한 청년인데 안됐어. 편지를 주게."

로스토프가 편지를 전하고 제니소프의 모든 사정을 털어놓자마자 계단에서 빠른 발소리와 박차 소리가 울렸다. 장군은 로스토프의 곁을 떠나 현관 계단 쪽으로 움직였다. 군주의 수행원들이 계단을 뛰어 내려와 말들에게로 향했다. 아우스터리츠에도 왔던 조마사 에네가 군주의 말을 끌고 왔으며, 계단에서 삐걱삐걱 소리를 내는 경쾌한 발소리가 들렸다. 로스토프는 곧 그 소리가 누구의 것인지 알아차렸다. 눈에 띌 위험을 잊은 로스토프는 주민들 가운데 호기심이 강한 몇몇 사람들과 함께 현관 계단 입구로 다가가 자신이 숭배하는 그 용모, 그 얼굴, 그 시선, 그 걸음걸이, 그 위대함과 온화함의 결합을 두 해만에 다시 보았다……. 그러자 군주를 향한 사랑과 환희의 감정이 예전과 똑같은 힘을 간직한 채 로스토프의 영혼 속에서 부활했다. 군주는 프레오브라젠스키 대대의 군복에 하얀 가죽 바지를 입고 긴 부츠를 신고 로스토프가 알지 못하는 별 모양 훈장(레지옹 도뇌르였다.)을 단 채 겨드랑이에 모자를 끼고 한쪽 장갑을 끼면서 현관 계단 입구로 나왔다. 그가 걸음을 멈추더니 주위를 둘러보면서 자신의 눈빛으로 주변의 모든 것을 밝게 비추었다. 그는 한 장군에게 몇 마디 말을 건넸다. 로스토프의 옛 사단장도 알아보고는 빙그레 웃으며 가까이 불렀다.

수행원들이 모두 뒤로 물러났다. 로스토프는 그 장군이 군주에게 꽤 오랫동안 무언가 이야기하는 것을 보았다.

군주는 그에게 몇 마디 말하고 그의 말 쪽으로 걸음을 옮겼다. 수행원 무리와 로스토프가 끼어 있던 거리의 군중은 다시 군주를 향해 다가갔다. 군주는 말 옆에 서서 안장에 한 손을 올려놓고 기병 장군을 돌아보며 모두 분명히 들을 수 있도록 큰 소리로 말했다.

"그럴 수 없소, 장군. 법이 나보다 더 강하니 그럴 수는 없소." 군주는 등자에 한 발을 걸었다. 장군은 공손히 고개를 숙였고, 군주는 말에 올라 거리를 질주했다. 로스토프는 기뻐서 어쩔 줄 모르며 군중과 함께 그를 따라 달렸다.

21

황제가 달려간 광장의 오른쪽에는 프레오브라젠스키 대대가, 왼쪽에는 곰 가죽 모자를 쓴 프랑스 근위 대대가 서로 얼굴을 마주 보고 서 있었다.

군주가 받들어총을 하고 있는 대대의 한쪽 측면으로 다가가자 다른 무리의 말 탄 사람들이 반대편 측면으로 접근했다. 로스토프는 그들의 선두에 있는 나폴레옹을 알아보았다. 다른 누군가일 리 없었다. 그는 작은 모자를 쓰고 안드레예프 수장(繡帳)을 어깨에 걸고 하얀 캄졸 위에 걸친 파란 군복의 앞섶을 풀어 헤친 채 금실로 수놓은 산딸기색 안장을 깐 진귀한 아라비아 순종의 회색 말 위에 앉아 빠르게 말을 몰았다. 알렉산드르에게 가까이 간 그는 모자를 들어 올렸다. 기병의 눈을 가진 로스토프는 이 몸짓에서 나폴레옹이 말을 타는 게 서툴고 불안정한 것을 알아차렸다. 양쪽 대대가 "우라!" "황제, 만

세!"라고 외치기 시작했다. 나폴레옹이 알렉산드르에게 뭐라고 말했다. 두 황제는 말에서 내려 서로 손을 마주 잡았다. 나폴레옹의 얼굴에 불쾌하고 위선적인 미소가 어려 있었다. 알렉산드르가 다정한 몸짓으로 그에게 뭐라고 말했다.

군중을 포위한 프랑스 헌병대의 말들이 발굽을 굴러 댔지만 로스토프는 눈을 떼지 않고 알렉산드르 황제와 보나파르트의 몸짓 하나하나를 주시했다. 알렉산드르가 보나파르트와 동등한 사람으로서 행동하는 모습, 보나파르트가 알렉산드르 황제와의 이런 친밀한 관계는 자신에게 자연스럽고 익숙한 일이라는 듯 너무도 거리낌 없이 동등한 입장에서 러시아 차르를 대하는 모습은 로스토프에게 예상치 못한 충격을 주었다.

알렉산드르와 나폴레옹은 수행단의 긴 행렬을 이끌고 프레오브라젠스키 대대의 오른쪽 측면으로 그곳에 서 있는 군중을 향해 똑바로 다가갔다. 군중은 문득 두 황제와 아주 가까이 있음을 깨달았다. 무리의 앞줄에 서 있던 로스토프는 자신이 사람들 눈에 띄지 않을까 두려워졌다.

"폐하, 당신의 병사들 가운데 가장 용감한 자에게 레지옹 도뇌르 훈장을 수여할 수 있도록 허락을 구하고자 합니다." 한 글자 한 글자 분명하게 발음하는 날카롭고 또렷한 목소리가 말했다.

키 작은 보나파르트가 알렉산드르의 눈을 똑바로 올려다보며 한 말이었다. 알렉산드르는 그가 하는 말을 주의 깊게 듣더니 고개를 숙이면서 기쁜 미소를 지었다.

"이 전쟁에서 가장 용감하게 행동한 자에게 말입니다." 나폴레옹은 앞에 길게 늘어서서 받들어총 자세를 유지한 채 꿈쩍 않고 자기 나라 황제의 얼굴을 응시하는 러시아 군인들의 대오를 둘러보면서 로스토프의 속을 뒤집는 그 태연하고 자신만만한 태도로 음절 하나하나까지 또렷하게 발음하며 이렇게 덧붙였다.

"지휘관의 견해를 물어볼 수 있게 허락해 주시지요, 폐하."

알렉산드르는 이렇게 말하고 다소 다급한 걸음으로 대대장인 코즐롭스키 공작에게 다가갔다. 그사이 보나파르트는 자그맣고 하얀 손에서 한쪽 장갑을 벗더니 갈기갈기 찢어 내동댕이쳤다. 뒤에서 신속하게 달려 나온 부관이 그것을 집어 들었다.

"누구에게 주어야겠나?" 알렉산드르 황제가 코즐롭스키에게 러시아어로 조그맣게 물었다.

"누구에게 명하시겠습니까, 폐하?"

군주는 불만스럽게 얼굴을 찌푸리더니 주위를 둘러보며 말했다.

"저자에게 빨리 대답을 해 주어야 하지 않겠나."

코즐롭스키는 단호한 표정으로 대열을 둘러보았다. 그 시선에 로스토프도 포착되었다.

'내가 아닐까?' 로스토프는 생각했다.

"라자레프!" 지휘관이 인상을 쓰며 호령했다. 키 순서로 맨 앞에 선 병사 라자레프가 씩씩하게 앞으로 나왔다.

"어디로 가는 거야? 거기 서!" 어디로 가야 할지 모르는 라자레프를 향해 여러 목소리들이 소곤거렸다. 라자레프는 그 자리에 우뚝 서서 두려운 표정으로 지휘관을 곁눈질했다. 맨 앞으로 불려 나온 병사들에게 흔히 있는 일이지만 그의 얼굴은 부들부들 떨리고 있었다.

나폴레옹은 고개를 뒤로 살짝 돌리며 마치 무언가를 잡으려는 듯 자그맣고 통통한 손을 뒤로 뻗었다. 그 순간 무슨 일인지 짐작한 수행원들이 야단법석을 떨고 서로 소곤거리며 무언가를 차례로 전달했다. 로스토프가 전날 보리스의 숙소에서 본 바로 그 시동이 앞으로 달려 나와 나폴레옹이 내민 손을 향해 공손히 고개를 숙이고는 그 손을 한순간도 기다리게 하지 않고 그 위에 붉은 리본이 달린 훈장을 올려놓았다. 나폴레옹은 그쪽을 쳐다보지도 않고 두 개의 손가락을 모아 쥐었다. 어느새 훈장은 그 사이에 있었다. 나폴레옹은 눈을 부릅뜨고 자신의 군주만을 고집스럽게 쳐다보는 라자레프에게 다가가 알렉산드르 황제를 돌아보았다. 그는 이렇게 함으로써 자신이 지금 하는 행동이 동맹자를 위한 것임을 드러냈다. 훈장을 쥔 자그마한 하얀 손이 병사 라자레프의 단추를 가볍게 건드렸다. 마치 이 병사가 영원히 행복해지고, 무공에 대한 포상을 받고, 세상의 다른 모든 사람들로부터 구별되기 위해서는 자신의 손이, 다름 아닌 나폴레옹의 손이 그 가슴을 건드려 주기만 하면 된다고 여기는 듯했다. 나폴레옹은 라자레프의 가슴에 그냥 십자가를 대기만 했다. 그러고는 마치 그 십자가가 틀림없이 라자레프의 가슴에 착 붙으리라는 것을 아는 듯 손을 내리고 알렉산드르를 돌아보았다. 과연 십자가는 착 달라붙었다. 러시아인과 프랑스인의 살뜰한 손길이 순식간에 그 십자가를 받아 라자레프의 군복에 달았기 때문이다. 라자레프는 자기 몸 위에서 무언가를 하던 하얀 손의 키 작은 남자를 침울하게 힐끔 보고는 계속 꼼짝 않고 받들어총을 한 채 다시 알렉산드르의 눈을 똑바로 쳐다보았다. 마치 알렉산드르에게 이렇게 묻는 듯했다. '계속 이렇게 서 있어야 합니까? 아니면 이제 가도 좋다거나 혹시 또 무언가를 하라는 분부를 내리실 겁니까?' 그러나 그는 아무런 명령도 받지 못한 채 꽤 오랫동안 그 부동 상태로 남아 있었다.

두 군주는 말을 타고 떠났다. 프레오브라젠스키 대대의 병사들은 대오를 풀고 프랑스 근위대원들과 뒤섞여 그들을 위해 차려진 테이블 앞에 앉았다.

라자레프는 상석에 앉았다. 러시아 장교들과 프랑스 장교들이 그를 끌어안고 축하하면서 악수를 나누었다. 장교들과 일반인들이 그저 라자레프를 보기 위해 무리를 지어 다가왔다. 웃음소리, 러시아어와 프랑스어로 왁자지껄 떠드는 소리가 광장의 테이블 주위를 떠돌았다. 얼굴이 벌겋게 달아오른 두 장교가 유쾌하고 행복한 모습으로 그 옆을 지나갔다.

"어이, 정말 대단한 환대야. 전부 은으로 된 식기야." 한 사람이 말했다. "라자레프를 봤나?"

"봤지."

"내일은 프레오브라젠스키 대대가 대접할 거라던데."

"아니, 라자레프 같은 녀석에게 그런 엄청난 행운이 오다니! 1200프랑의 종신 연금이야."

"이보게들, 이런 게 군모라네." 프레오브라젠스키 대대의 한 사람이 털이 북실북실한 프랑스군 군모를 쓰며 외쳤다.

"정말 근사해. 멋져!"

"암호를 들었나?" 근위대의 한 장교가 다른 장교에게 말했다. "그저께는 나폴레옹, 프랑스, 용기였는데 어제는 알렉산드르, 러시아, 위대함이었어. 하루는 우리 폐하가 암호를 내고, 또 하루는 나폴레옹이 내는 거지. 내일은 폐하께서 프랑스 근위대 가운데 가장 용맹한 자에게 게오르기 훈장을 하사하실 거야. 어쩔 수 없지! 똑같이 보답해야 하니까."

보리스도 동료 질린스키와 함께 프레오브라젠스키 대대의 연회를 보러 왔다. 보리스는 돌아가는 길에 어느 저택의 한구석에 서 있는 로스토프를 발견했다.

"어이, 로스토프! 오늘은 서로 얼굴도 못 봤군." 보리스가 로스토프에게 말을 건넸다. 보리스는 무슨 일이 있었는지 묻지 않을 수 없었다. 로스토프의 얼굴이 이상할 정도로 침울하고 낙담한 기색을 띠었기 때문이다.

"아무것도 아냐. 아무것도." 로스토프가 대꾸했다.

"들렀다 갈 거지?"

"응, 들를 거야."

로스토프는 연회를 즐기며 흥청거리는 사람들을 멀리서 바라보며 오랫동안 집 모퉁이에 서 있었다. 머릿속에서는 자신이 도저히 끝맺을 수 없는 고통스러운 노동이 벌어지고 있었다. 마음속에서 무시무시한 의혹이 일었다. 때로는 표정이 변하고 고분고분해진 제니소프, 그리고 잘린 팔다리와 불결과 질병으로 꽉 찬 병원 전체가 로스토프의 뇌리에 떠올랐다. 시체에서 풍기던 병원 냄새가 어찌나 생생하게 느껴지던지 그는 어디에서 나는지 알아내기 위해 주위를 둘러보기까지 했다. 때로는 스스로에게 흐뭇해하는 하얗고 조그마한 손을 지닌 보나파르트가 떠오르기도 했다. 그는 이제 황제이며, 알렉산드르 황제에게 사랑과 존경을 받고 있다. 잘려 나간 팔다리와 목숨을 잃은 사람들은 도대체 무엇을 위해서였을까? 포상을 받은 라자레프와 처벌을 받고 용서받지 못한 제니소프가 떠오르기도 했다. 그는 자신을 놀라게 만든 그런 기이한 생각들에 빠져 있었다.

프레오브라젠스키 대대의 음식 냄새와 허기가 그를 이 같은 상태에서 일깨웠다. 떠나기 전에 무언가 먹어야 했다. 그는 오전에 본 호텔로 향했다. 호텔에는 일반인들을 비롯해 그와 똑같이 평복을 입고 온 장교들이 많아서 간신히 식사를 할 수 있었다. 로스토프와 같은 사단에 있는 장교 두 명이 그와 합석했다. 화제는 자연히 평화 조약에 이르렀다. 로스토프의 동료인 장교들은 군대 사람들 대부분과 마찬가지로 프리들란트 전투 이후에 체결된 평화 조약을 불만스러워했다. 그들은 자기들이 좀 더 버텼다면 나폴레옹도 파멸했을 거라고, 그의 군대는 비스킷도 탄약도 이미 다 떨어진 상태였다고 말했다. 니콜라이는 말없이 먹었고, 주로 술을 들이켰다. 그는 혼자서 두 병이나 마셨다. 그의 안에서 일어난 내적인 노동이 여전히 해결되지 않은 채 그를 괴롭혔다. 그는 자신의 생각에 빠져들까 봐 두려웠지만 도저히 떨칠 수 없었다. 프랑스인을 보면 모욕을 느낀다는 한 장교의 말에 갑자기 로스토프가 얼토당토않게 흥분하여 소리치는 바람에 장교들이 몹시 놀랐다.

"무엇이 더 나은지 당신들이 어떻게 판단할 수 있습니까!" 그는 갑자기 피가 쏠린 얼굴로 외쳤다. "어떻게 당신들이 폐하의 행동에 대해 판단할 수 있습니까, 우리가 무슨 권리로 이러쿵저러쿵 따진단 말입니까? 우리로서는 폐하의 목적도 행동도 헤아릴 수 없지 않습니까!"

"아니, 난 폐하에 대해서는 한마디도 하지 않았는데." 로스토프가 취해서 흥분한 것이라고밖에 달리 이해할 수 없었던 한 장교가 변명했다.

그러나 로스토프는 그의 말을 듣지 않았다.

"우리는 외교관이 아니라 군인입니다. 그 외에는 아무것도 아닙니다." 그는 계속 말을 이었다. "우리는 죽으라는 명령을 받으면 죽습니다. 처벌이 내려진다면 그것은 곧 우리에게 죄가 있다는 뜻입니다. 판단하는 것은 우리가 아닙니다. 황제 폐하께서 보나파르트를 황제로 인정하고 그와 동맹을 체결하고자 하시면 응당 그렇게 되어야 합니다. 우리가 모든 것을 판단하고 논하기 시작하면 신성한 것은 하나도 남지 않을 겁니다. 그런 식으로 하다가는 우리는 하느님도 없고 아무것도 존재하지 않는다고 말하게 될 겁니다." 니콜라이는 테이블을 쾅 치며 동석자들의 견해로 보아서는 너무나 엉뚱하게, 그러나 그의 생각의 흐름으로 보아서는 너무나 논리 정연하게 부르짖었다.

"우리 일은 임무를 수행하고, 서로 베고, 생각하지 않는 것입니다. 그게 전부입니다." 그가 말을 맺었다.

"그리고 마시는 것이지." 다투고 싶지 않았던 한 장교가 말했다.

“그래요, 마시는 겁니다.” 니콜라이가 맞장구를 쳤다. “어이, 이봐! 한 병 더!” 그가 외쳤다.

3부

1

1808년 알렉산드르 황제는 나폴레옹 황제와 새로운 회담을 하기 위해 에어푸르트로 떠났고,[76] 페테르부르크의 상류사회에서는 이 장엄한 회담의 위대성에 대해 많은 이야기들이 오갔다.

1809년 세계의 두 지배자 — 사람들은 나폴레옹과 알렉산드르를 그렇게 불렀다 — 의 친밀함은 그해 나폴레옹이 오스트리아에 전쟁을 선포했을 때 러시아군이 이전의 동맹자인

76) 1808년 9월 1일 알렉산드르 1세와 나폴레옹은 틸지트 회담의 실효성을 확인하기 위해 에어푸르트에서 만나 프랑스와 러시아의 동맹이 굳건함을 공개적으로 과시했다. 오스트리아 황제는 전쟁 준비에 대한 징벌로 회담에서 제외되었다. 이 회담에서 러시아는 유럽에 간섭하지 않겠다는 약속의 대가로 핀란드를 합병해도 좋다는 동의를 받았다. 이에 반해 나폴레옹은 프랑스가 오스트리아와 또다시 전쟁을 하게 될 경우 러시아는 프랑스를 지원한다는 확답을 받고자 했으나 그 대답을 얻지 못했다.

오스트리아 황제에 맞서 이전의 적인 보나파르트를 원조하기 위해 국경을 넘을 정도로, 그리고 상류 사회에서 알렉산드르 황제의 누이들 가운데 한 명과 나폴레옹의 결혼 가능성이 거론될 정도로 발전했다. 그러나 대외 정책에 대한 판단 외에도 당시 러시아 사회는 정부가 그 무렵 전 분야에 걸쳐 시행 중이던 국내 개혁에 특히 열렬한 관심을 쏟았다.

그러는 동안에도 삶은, 건강과 질병과 노동과 휴식에 대해 저마다 중요한 관심사를 가진 사람들의 삶은, 사상과 학문과 시와 음악과 사랑과 우정과 질투와 열정에 대해 저마다 중요한 관심사를 가진 사람들의 진정한 삶은 나폴레옹 보나파르트와의 정치적 친밀함이나 적대감 밖에서, 온갖 잠재적인 개혁 밖에서, 또 그런 것들과 무관하게 여느 때처럼 흘러가고 있었다.

안드레이 공작은 시골에 틀어박혀 두 해를 보냈다. 피에르가 자신의 영지에서 시도한, 그러나 이 일에서 저 일로 끊임없이 우왕좌왕하며 어떤 성과도 내지 못한 모든 계획들, 그 모든 계획들을 안드레이 공작은 누구에게도 이야기하지 않고 딱히 애쓰는 기색도 없이 전부 실현해 냈다.

그는 피에르에게 없는 실무적 끈기를 최고 수준으로 갖추었다. 그러한 끈기가 별다른 큰 활동이나 노력 없이 일을 추진해 나가도록 해 주었다.

300명의 농노가 딸린 그의 한 영지에서는 농노들이 자유농민에 편입되고(이것은 러시아에서 첫 번째 사례들 가운데 하나였다.) 다른 영지에서는 부역이 소작료로 바뀌었다.[77] 보구차로

보에서는 산모를 도울 박식한 조산원을 그가 부담하는 경비로 초빙하였고, 사제도 봉급을 받으면서 농부들과 하인들의 자식들에게 읽고 쓰기를 가르치게 되었다.

안드레이 공작은 자신의 시간 가운데 절반을 리시예 고리에서 아버지와 아직 보모들의 돌봄을 받는 아들과 보냈다. 그리고 나머지 절반은 보구차로보 수도원 — 아버지는 안드레이 공작의 영지를 그렇게 불렀다 — 에서 지냈다. 피에르에게는 세상의 모든 외면적인 사건에 관심이 없다고 말했으나 그는 열심히 그 사건들을 주시했고 많은 책들을 받아 보았다. 그리고 삶이 소용돌이치는 페테르부르크에서 새로운 손님들이 그나 그의 아버지를 찾아올 때면 국제 정치와 국내 정치에서 벌어지는 온갖 일들에 대한 그들의 지식이 시골에 칩거하는 자신보다 한참 뒤처진 것을 보며 놀라워하곤 했다.

영지에 관한 업무 외에도, 온갖 다양한 책들을 탐독하는 것 외에도 당시 안드레이 공작은 아군이 치른 지난 두 번의 불행한 원정을 비판적으로 분석하고 아군의 군사 규약과 법규의 수정안을 작성하는 일에 몰두했다.

1809년 봄 안드레이 공작은 자신이 후견을 맡은 아들의 랴잔 영지로 떠났다.

봄 햇살에 몸이 따뜻해진 그는 콜랴스카에 앉아 갓 올라온

---

77) 러시아에서 '자유농민'이라는 지위가 법률의 인정을 받은 것은 1803년이었다. 그러나 영지에 소속된 농민을 농노 신분에서 해방시킨 영주는 극소수에 지나지 않았다. 한편 농노는 토지를 빌린 대가로 영주에게 부역의 의무를 수행해야 했는데 어떤 영주들은 부역을 소작료로 대체해 주었다.

풀, 자작나무의 새잎, 새파란 하늘에 흩어져 흐르며 막 부풀기 시작한 봄의 하얀 구름들을 바라보았다. 그는 아무 생각 없이 즐거운 기분으로 멍하니 양옆을 바라보았다.

마차는 한 해 전 피에르와 이야기를 나누던 나루터를 지났다. 지저분한 마을, 탈곡장, 파릇파릇한 들판, 다리 옆에 잔설이 있는 비탈길, 진창이 된 오르막길, 곡물을 베고 난 그루터기와 여기저기 푸름이 짙어 가는 떨기나무 숲이 줄무늬처럼 늘어선 곳을 지나 길 양옆에 자작나무가 우거진 숲으로 들어섰다. 숲속은 무덥다시피 했고 바람 소리조차 들리지 않았다. 끈끈한 초록 잎사귀가 온통 흩뿌려진 듯한 자작나무는 조금도 흔들리지 않았고, 파릇파릇한 어린 풀과 보라색 꽃이 지난해 나온 잎사귀들 사이에서 잎들을 밀어 올리며 고개를 내밀었다. 자작나무 숲 곳곳에 흩어진 작은 전나무들은 늘 푸른 거친 잎으로 겨울을 떠올리게 하며 불쾌감을 자극했다. 숲에 들어간 말들은 콧김을 내뿜고 한층 눈에 띄게 땀을 흘리기 시작했다.

하인 표트르가 마부에게 뭐라고 말했다. 마부가 수긍하는 기색으로 대꾸했다. 그러나 표트르에게는 마부의 공감이 충분하지 않은 듯했다. 그는 마부대에서 주인을 돌아보았다.

"공작 각하, 정말 가뜬하지요!" 그는 공손하게 웃으며 말했다.

"뭐라고?"

"가뜬하다고요, 공작 각하."

'무슨 말을 하는 거지?' 안드레이 공작은 생각에 잠겼다. '그래, 분명 봄에 관한 말일 거야.' 그는 양옆을 돌아보며 생각했다. '그래, 벌써 모든 게 다 푸르구나…… 정말 빠르군! 자작

나무도, 귀룽나무도, 오리나무도 벌써……. 그런데 참나무가 보이지 않네. 아, 저기 참나무가 있다.'

길가에 참나무 한 그루가 있었다. 숲을 이룬 자작나무들보다 열 배는 더 오래 살았을 그 나무는 여느 자작나무보다 열 배는 더 굵고 두 배는 더 컸다. 두 아름 정도 되는 거대한 참나무는 오래전에 꺾인 듯한 큰 가지들과 묵은 상처로 뒤덮이고 갈라진 나무껍질들이 보였다. 울퉁불퉁한 거대한 팔과 손가락을 볼품없이 비대칭으로 벌린 채 참나무는 생글거리는 자작나무들 사이에서 늙고 성마르고 남을 업신여기는 추악한 인간처럼 서 있었다. 오직 참나무 하나만이 봄의 매력에 복종하지 않고, 봄도 햇살도 보려 하지 않았다.

'봄, 사랑, 행복!' 참나무는 이렇게 말하는 듯했다. '어떻게 너희는 언제나 똑같은 이 어리석고 무의미한 속임수에 질리지도 않는단 말이냐! 봄도, 태양도, 행복도 없다. 저기를 보아라, 짓밟혀 죽은 전나무들이 언제나 똑같은 모습으로 웅크리고 있다. 여기도 보아라. 나는 껍질이 벗어지고 꺾인 손가락들을 — 등이든 옆구리든 그 어디에서든 — 뻗어 냈다. 그것들이 자랐기에 내가 이렇게 서 있는 것이다. 나는 너희의 희망과 속임수를 믿지 않는다.'

숲을 지나치는 동안 안드레이 공작은 마치 참나무로부터 무언가를 기대하기라도 한 듯 몇 번이고 돌아보았다. 참나무의 밑동에도 꽃과 풀이 있었다. 그러나 그 나무는 여전히 얼굴을 찌푸린 채 꼼짝도 않고 추하고 고집스럽게 그것들 사이에서 있었다.

'그래, 저 나무가 옳아. 1000번이고 옳아, 저 참나무가.' 안드레이 공작은 생각했다. '다른 젊은 것들은 다시 그 속임수에 넘어가라지. 하지만 우리는 삶을 알아. 우리의 생은 끝났어!' 참나무와 관련된 일련의 새로운 생각들, 절망적이지만 서글프면서도 즐거운 생각들이 마음속에 떠올랐다. 그 여정에서 그는 자신의 모든 인생을 새롭게 곱씹다가 마음에 위안이 되는 이전의 절망적인 결론에 다다른 것 같았다. 이제 아무것도 시작할 필요가 없다는, 악을 행하지 않고 무엇도 두려워하거나 바라지 않으면서 남은 인생을 마저 살아야 한다는 결론에…….

2

랴잔 영지의 후견과 관련된 용무로 안드레이 공작은 군(郡)의 귀족 회장을 만나야 했다. 귀족 회장은 일리야 안드레예비치 로스토프 백작이었다. 안드레이 공작은 5월 중순에 그의 집으로 향했다.

봄도 이미 무더운 시기에 접어들었다. 숲은 어느새 완전히 옷을 입었고 먼지투성이였다. 날이 어찌나 무더운지 물가를 지나칠 때는 물에서 헤엄을 치고 싶어질 정도였다.

자신의 용무와 관련해 귀족 회장에게 물어야 할 이런저런 것들에 마음을 뺏긴 안드레이 공작은 즐겁지 않은 표정으로 정원의 가로수 길을 따라 로스토프가의 오트라드노예 저택으로 다가갔다. 오른쪽 나무들 너머에서 여자들이 즐겁게 외치는 소리가 들리더니 그의 콜랴스카를 가로지르며 달려가는 아가씨들이 보였다. 맨 앞에서 콜랴스카를 향해 뛰어오는 여자는 머리카락이 검고 매우 가냘픈, 이상하리만치 가냘픈 검은 눈의 아가씨로 노란색 꽃무늬 무명옷을 입고 하얀 손수건을 동여맨 차림이었다. 손수건 아래로 곱게 빗은 머리카락이 몇 가닥 흘러내렸다. 아가씨가 뭐라고 소리쳤으나 낯선 남자를 보자 눈길도 주지 않고 소리 내어 웃으며 다시 뛰어갔다.

어째서인지 안드레이 공작은 불현듯 아픔을 느꼈다. 날은 너무나 화창하고, 햇살은 너무나 밝고, 주위의 모든 것들은 너무나 생기에 넘쳤다. 그런데 저 가냘프고 아름다운 아가씨는 그의 존재를 모르고 또 알고 싶어 하지도 않으며, 자신만의 어떤 — 분명 철없는 것일 테지만 — 즐겁고 행복한 삶에 만족하고 기뻐한다. '그녀는 무엇에 그처럼 기뻐하는 것일까? 무슨 생각을 할까? 군대의 규약도, 랴잔의 소작 제도를 정비하는 문제도 아니겠지. 그녀는 무슨 생각을 할까? 그리고 무엇에 행복해하는 걸까?' 안드레이 공작은 자신도 모르게 호기심을 느끼며 스스로에게 물었다.

1809년 일리야 안드레이치 백작은 오트라드노예에서 이전과 다름없이 현의 거의 모든 사람들을 초대해 사냥, 연극, 만찬, 악단을 즐기며 지내고 있었다. 그는 새로운 손님에게 늘 그러듯이 안드레이 공작을 반기며 거의 강제로 자기 집에 묵게 했다.

늙은 주인 부부와 다가오는 명명일 때문에 노백작의 집을 가득 채운 손님들 가운데서도 최고의 귀빈들이 안드레이 공작을 상대한 그 따분한 하루 내내 볼콘스키는 모임의 또 다른 절반을 차지한 젊은 사람들 틈에 끼어 뭔가에 소리 내어 웃고 즐거워하는 나타샤를 여러 번 흘깃거리면서 '그녀는 무슨 생각을 할까? 무엇에 저토록 기뻐하는 걸까?' 하고 끊임없이 스스로에게 물었다.

그날 밤 새로운 곳에서 홀로 남게 된 그는 오래도록 잠을 이룰 수 없었다. 책을 읽고는 촛불을 껐다가 다시 초에 불을 붙였다. 안에서 덧창을 닫은 방은 후덥지근했다. 그는 필요한 서류가 시내에 있다고 우기면서 자기를 붙잡아 둔 그 멍청한 노인(그는 로스토프를 그렇게 불렀다.)에게 화가 났고, 그곳에 눌러앉은 자신에게도 화가 났다.

안드레이 공작은 일어나 창문을 열기 위해 창가로 다가갔다. 덧창을 열자마자 마치 창가에서 오랫동안 조심스레 기다렸다는 듯 달빛이 방 안으로 쏟아져 들어왔다. 그는 창문을 열었다. 밤은 상쾌하고 여전히 밝았다. 창문 바로 앞에 한쪽은 검고 한쪽은 은빛으로 반짝이는 가지치기한 나무들이 줄지어 늘어서 있었다. 나무들 아래에는 잎과 잎자루가 군데군데 은빛으로 빛나는, 이슬에 젖은 싱싱하고 구불구불한 어떤 식물이 무성했다. 검은 나무들 너머 멀리 이슬에 빛나는 지붕 같은 것이 있고, 그 오른쪽에 줄기와 옹이가 하얗게 반짝이는 크고 울창한 한 그루 나무가 있었다. 그리고 그 위 별이 거의 보이지 않는 봄 하늘에는 만월에 가까운 달이 떠 있었다. 안드레이 공작은 창턱에 팔꿈치를 괴었고, 그의 시선은 그 하늘에 머물렀다.

안드레이 공작의 방은 중간층이었다. 그 위쪽에 있는 방에도 사람들이 있었고, 그들은 아직 잠들지 않았다. 위에서 여자 목소리가 들려왔다.

"한 번만 더." 위쪽에서 여자 목소리가 말했다. 안드레이 공작은 누구인지 금방 알아차렸다.

"아니, 도대체 언제 자려고?" 다른 목소리가 대답했다.

"안 잘 거야. 잘 수가 없어. 나도 어쩔 수 없는걸! 자, 마지막으로……."

두 여자의 목소리가 어느 곡의 끝부분을 이루는 한 소절을 부르기 시작했다.

"아, 정말 아름다워! 자, 이제 자자. 끝났잖아."

"넌 자. 난 못 자겠어." 첫 번째 목소리가 창가로 다가오며 대답했다. 옷자락 스치는 소리와 숨소리까지 들리는 것을 보니 창밖으로 완전히 몸을 내민 모양이었다. 달과 그 빛과 그림자처럼 모든 것이 잠잠해지고 돌처럼 굳어 버렸다. 안드레이 공작 역시 우연히 그곳에 있게 된 것을 들킬까 봐 살짝 움직이기도 두려웠다.

"소냐! 소냐!" 다시 첫 번째 목소리가 들렸다. "어머, 어떻게 잠을 잘 수 있니! 너도 봐, 얼마나 아름다운지! 아, 정말 아름다워! 눈을 떠 봐, 소냐." 그녀는 거의 울먹이는 목소리로 말했다. "정말이지 이렇게 아름다운 밤은 한 번도, 단 한 번도 없었어."

소냐는 마지못해 뭐라고 대꾸했다.

"아냐, 달이 어떤지 너도 봐! 아, 너무 아름다워! 이리 와. 부탁이야, 이리 와 봐. 자, 보여? 이렇게 웅크리고 앉아서, 이렇게 말이야, 무릎 아래를 끌어안고, 더 세게, 할 수 있는 한 더 세게, 있는 힘을 다해야지, 그리고 나는 거야. 이렇게!"

"그만해, 떨어지겠어."

실랑이하는 소리며 소냐의 불만스러운 목소리가 들렸다.

"벌써 1시가 넘었어."

"아, 넌 항상 내 기분을 망치는구나. 자, 가렴, 가."

다시 모든 것이 고요에 잠겼다. 그러나 안드레이 공작은 그녀가 여전히 그곳에 앉아 있다는 것을 알았다. 그는 이따금 조그맣게 바스락대는 소리를, 이따금 한숨 쉬는 소리를 들었다.

"아, 이런! 이런! 도대체 이게 뭐람!" 갑자기 그녀가 소리쳤다. "자라면 자야겠지!" 그러고는 창문을 쾅 닫았다.

'내 존재 대해서는 전혀 신경도 안 쓰는구나!' 안드레이 공작은 어째서인지 그녀가 자기에 대해 무슨 말을 하지 않을까 내심 기대도 하고 두려워도 하며 그녀의 말소리에 귀를 기울인 것이다. '또 그녀야! 꼭 일부러 그런 것 같잖아.' 그는 생각했다. 불현듯 마음속에서 그의 생활 전체와 모순되는 전혀 예상하지 못한 풋풋한 생각과 희망이 너무나 복잡하게 뒤얽히며 솟아올랐다. 그는 스스로도 자신의 상태를 이해할 수 없다고 느끼며 곧 잠에 빠져들었다.

3

다음 날 안드레이 공작은 귀부인들이 나오기를 기다리지 않고 백작에게만 작별 인사를 한 후 집으로 출발했다.

집에 돌아가던 안드레이 공작이 자작나무 숲에, 늙은 옹이투성이 참나무로부터 너무나 기묘하고 잊지 못할 인상을 받았던 그 숲에 다시 들어선 때는 벌써 6월 초였다. 숲에서 말방울은 한 달 전보다 더욱 적막하게 울렸다. 숲은 온통 충만하게 채워져 그늘로 뒤덮이고 무성하게 우거져 있었다. 숲속에 드문드문 보이는 어린 전나무들도 전체적인 아름다움을 깨뜨리지 않고 전체의 특성을 흉내 내면서 솜털에 덮인 새순으로 부드러운 녹색을 띠었다.

온종일 무더웠고, 어디에선가 금방이라도 소나기가 내릴 것 같았다. 그러나 작은 구름 한 조각이 길의 흙먼지와 싱싱한 잎사귀에 빗방울을 흩뿌렸을 뿐이다. 숲의 왼편은 그늘져 어두웠다. 물기에 젖어 매끄럽게 윤기가 도는 오른편 숲은 바람에 살랑살랑 흔들리며 햇살을 받아 반짝반짝 빛났다. 모든 것이 꽃을 활짝 피웠다. 꾀꼬리들이 지저귀었다. 그 소리는 때로 멀리서, 때로 가까이에서 울려 퍼졌다.

'그래, 여기 이 숲에 나와 한마음이 된 참나무가 있었지.' 안드레이 공작은 생각했다. '그런데 어디에 있을까?' 안드레이 공작은 길 왼편을 쳐다보며 다시 생각에 잠겼다. 그러다가 무심결에 찾고 있던 참나무를 황홀한 눈으로 바라보았다. 그는 그것이 그 나무임을 알아차리지 못했다. 완전히 탈바꿈한 늙은 참나무는 싱그럽고 짙푸른 녹음을 덮개처럼 펼친 채 저녁 햇살 속에 가볍게 흔들리며 더없는 기쁨에 잠겨 있었다. 옹이투성이 손가락도, 종기도, 늙은이의 비탄과 불신도 전혀 보이지 않았다. 100년 된 딱딱한 나무껍질을 뚫고서 싱싱한 어린 잎사귀들이 줄기도 없이 움트고 있었다. 그 노인이 그것들을 생산했다고는 믿을 수 없을 정도였다. '그래, 바로 그 참나무야.' 안드레이 공작은 생각했다. 그러자 딱히 이유 없이 기쁨과 부활이라는 봄의 느낌이 갑자기 그에게 찾아왔다. 동시에 그의 생애 가운데 최고의 순간들이 불현듯 뇌리에 떠올랐다. 하늘이 드높던 아우스터리츠도, 죽은 아내의 비난하는 듯한 얼굴도, 나룻배 위의 피에르도, 밤의 아름다움에 감격하던 소녀도, 그 밤도, 달도, 그 모든 것이 갑작스레 뇌리에 떠올랐다.

'아냐, 인생이 서른한 살에 끝나지는 않아.' 안드레이 공작은 불현듯 단호하게 결심했다. '내가 내 안에 있는 모든 것을 아는 것으로는 충분하지 않아. 모든 사람들이 그것을 알게 해야 해. 피에르도, 하늘로 날아오르고 싶어 하던 그 소녀도 다들 나를 알게 해야 해. 나의 삶이 나 혼자만을 위해 흘러가지 않도록, 사람들이 그 소녀처럼 나의 삶과 무관하게 살지 않도록 해야 해. 나의 삶이 모든 사람들에게 반영되도록, 그들 모두가 나와 더불어 살아가도록 해야 해!'

여행에서 돌아온 안드레이 공작은 가을에 페테르부르크로 떠날 결심을 하고 그 결심에 대한 갖가지 이유들을 궁리했다. 왜 페테르부르크로 떠나 그곳에서 근무까지 해야 하는지에 대한 일련의 이성적이고 논리적인 근거들이 그가 원하는 대로 매 순간 준비되었다. 한 달 전에는 시골을 떠난다는 생각을 하게 되리라고 상상도 할 수 없었던 것처럼, 이제 그는 어떻게 자신이 한때나마 삶에 활동적으로 참여할 필요성을 의심할 수 있었는지 이해하기 힘들었다. 만약 인생에서 얻은 모든 경험을 일에 적용하지 않고 다시 삶에 활동적으로 참여하지 않으면 그 모든 경험들이 헛되고 무의미해질 것이 틀림없었다. 인생에서 나름의 교훈을 얻고도 또다시 유용한 존재가 될 가능성이나 행복과 사랑의 가능성을 믿으면 스스로를 비하하는 셈이 되리라는 생각이 어떻게 예전의 빈약한 이성적 근거의 토대 위에서 그처럼 명백한 것으로 여겨졌는지 도무지 이해할 수 없었다. 이제 이성은 전혀 다른 것을 속삭였다. 그 여행 이후 안드레이 공작은 시골에 사는 것을 지루해하기 시작했고, 예전의 일에도 더 이상 흥미를 느끼지 않았다. 서재에 혼자 앉아 있을 때면 종종 자리에서 일어나 거울로 다가가서는 오랫동안 자신의 얼굴을 바라보곤 했다. 그러고 난 뒤에는 고개를 돌려 고인이 된 리자의 초상화를 쳐다보았다. 머리를 그리스풍으로 곱슬곱슬 부풀려 올린 그녀가 금빛 액자에서 다정하고 밝게 그를 보았다. 그녀는 더 이상 남편에게 예전처럼 무서운 말을 하지 않았다. 호기심 어린 눈으로 꾸밈없이 즐겁게 그를 바라보았다. 그러면 안드레이 공작은 뒷짐을 진 채 인상을 쓰기도 하고 빙그레 웃기도 하면서 오랫동안 방 안을 거닐었다. 비이성적이고 말로 표현할 수 없는, 범죄처럼 은밀한, 피에르와 명예와 창가의 아가씨와 참나무와 여성의 아름다움과 사랑에 관련된, 자신의 전 생애를 바꾸어 놓은 상념들을 곰곰이 곱씹어 보았다. 그리고 그런 순간에 누가 서재에 들어오면 그는 유난히 무뚝뚝하고 엄하고 단호한 태도를 취했으며, 특히 불쾌할 정도로 논리적이 되었다.

그러한 순간이면 마리야 공작 영애가 들어와 이렇게 말하곤 했다. "오빠, 오늘은 니콜루시카를 산책에 내보내면 안 돼. 너무 추워."

그럴 때 안드레이 공작은 누이에게 유난히 무뚝뚝하게 대꾸했다. "날이 따뜻하다면 그 애도 루바시카만 입고 나가겠지. 하지만 날이 추우니 따뜻한 옷을 입혀야 해. 그런 옷은 이럴 때를 위해 고안된 거야. 춥다는 사실에서 얻는 결론은 바로 이런 것이지, 공기가 필요한 아이를 집 안에 붙잡아 두는 게 아니야." 마치 마음속에서 일어나는 그 모든 은밀하고 비논리적인 내적 노동에 대해 누군가를 벌하기라도 하듯 그는 유난히 논리적으로 말하곤 했다. 그런 경우 마리야 공작 영애는 그러한 지적 노동이 어떻게 남자들을 메마르게 하는지에 대해 생각했다.

4

안드레이 공작은 1809년 8월에 페테르부르크로 돌아왔다. 젊은 스페란스키[78]의 명예와 그가 수행한 대변혁의 에너지가 절정에 이른 때였다. 바로 그 8월에 군주는 콜랴스카를 타다가 굴러떨어져 한쪽 다리에 부상을 입었고, 삼 주 동안 페테르고프[79]에 머물며 매일같이 스페란스키만 만났다. 사교계

78) 미하일 미하일로비치 스페란스키(Mikhail Mikhailovich Speranskii, 1772~1839). 러시아의 정치가. 마을 사제의 아들로 태어나 페테르부르크 신학교에서 교육을 받은 후 탁월한 지적 능력을 인정받아 정계에 진출했다. 1803~1807년 러시아의 내무 대신을 지냈고, 1808년 내정 개혁 분야에서 알렉산드르 1세의 최측근이 되었다. 1809~1812년 러시아에서 가장 영향력 있는 정치가였으나, 나폴레옹 전쟁으로 러시아에 반프랑스 정서가 팽배하자 그가 제시한 개혁안에 '프랑스적' 성향이 짙다는 이유로 실각하고 끝내 반역죄로 기소되어 유배를 떠났다. 이후 그의 사상은 러시아의 개혁가들에게 계속 영향을 미쳤다.

79) 페테르부르크에서 남서쪽으로 약 30킬로미터 떨어진 궁전이며 표트르

를 불안에 떨게 만든 궁정 관등의 폐지와 8등 문관 및 5등 문관의 임용 시험이라는[80] 그 유명한 두 가지 칙령뿐 아니라 국무 협의회부터 지방 행정 구역의 최소 단위 관청에 이르기까지 사법, 행정, 재정에 걸쳐 러시아에 현존하는 통치 질서를 개조할 헌법 전체가 마련된 것은 이 무렵이었다. 알렉산드르 황제가 권좌에 오를 때 품었고 차르토리스키, 노보실쵸프, 코추베이,[81] 스트로가노프 같은 조력자들 — 그는 농담 삼아 이들을 공안 위원회[82]라고 불렀다 — 의 도움으로 실현하고자 애

대제가 여름 별장으로 세운 곳이다. 1752년 이탈리아 건축가인 바르톨로메오 라스트렐리가 증축한 이후 러시아 황실의 여름 별궁들 가운데 가장 호화롭고 인기 있는 장소가 되었다.

80) 1809년 스페란스키는 두 가지 법령을 제안했다. 어린 시절부터 궁정 관등을 소유하는 귀족 계급의 특권을 폐지하고 그들에게 의무적인 궁정 업무를 부과하는 법령과 행정직에 대해 임용 시험을 치르게 하는 법령이었다. 이에 따르면 8등 문관은 대학 학위가 요구되었고, 5등 문관은 그에 더하여 십 년 동안 행정부에서 근무한 경력이 요구되었다. 그 결과 많은 관리들이 은퇴하거나 대학 학위를 사들였다.

81) 빅토르 파블로비치 코추베이(Viktor Pavlovich Kochubei, 1768~1834). 우크라이나 태생의 러시아 정치가. 알렉산드르 1세의 보좌관이었다. 영국, 프랑스, 오스만 제국에서 주재 대사로 근무했다. 1801~1802년에 국방 대신이었고, 그 후 1812년까지, 그리고 1819~1825년에 내무 대신을 지냈다.

82) 공안 위원회(comité de salut publique)는 프랑스 혁명 때 국민 공회가 설치한 위원회다. 1793년 3월 로베스피에르는 전쟁과 국내 왕당파의 반란에 대처하기 위해 행정과 군대 통수권을 통합한 위원회를 창설하자고 제안했다. 4월 6일 정식으로 발족한 위원회의 명칭은 본래 '일반 방위 위원회'였으나 후에 '공안 위원회'로 바뀌었다. 최고의 혁명 지도 기관이 된 공안 위원회는 파리 시민의 지지 속에서 공포 정치, 자코뱅 독재, 군사 지도, 통제 경제, 총력전 체제 수립 등 모든 지령을 내렸다. 로베스피에르는 공안 위원회를 장악함으로써 독재권을 쟁취할 수 있었다. 그러나 로베스피에르의 몰락 이후

쓴 모호한 자유주의적 공상이 드디어 실현되고 구체화된 것이다.

이제 그 모든 이들을 대신하여 스페란스키가 내정 분야를, 아락체예프가 군사 분야를 맡았다. 시종[83]인 안드레이 공작은 도착하자마자 궁정에 가서 군주를 알현했다. 군주는 그를 두 번 만났으나 한마디도 건네지 않았다. 안드레이 공작은 예전부터 늘 군주가 그를 싫어하는 것 같다고, 그의 얼굴과 존재 전체를 불쾌해한다고 느꼈다. 그를 바라보는 군주의 그 밀치는 듯한 무정한 시선에서 안드레이 공작은 이 추측에 대해 예전보다 더욱 강한 확신을 품게 되었다. 궁정 신하들은 안드레이 공작에 대한 군주의 냉담함을 이렇게 설명했다. 볼콘스키가 1805년 이후 복무하지 않은 것에 황제 폐하께서 불만스러워하신다고……. '우리가 호감과 반감을 통제하지 못한다는 것은 나도 잘 알아.' 안드레이 공작은 생각했다. '그러니 군대의 규약에 대한 나의 제안서를 폐하께 직접 제출하는 것은 아예 꿈도 꿀 수 없겠군. 하지만 사실이 스스로 말하겠지.' 그는 아버지의 친구인 연로한 원수에게 제안서에 대해 말했다. 원수는 시간을 정하여 그를 다정하게 맞이해 주었으며, 군주에게 보고하겠노라 약속했다. 며칠 후 안드레이 공작은 국방 대신 아락체예프에게 출두해야 한다는 말을 들었다.

약속된 날 오전 9시 안드레이 공작은 아락체예프 백작의 대

공안 위원회도 점차 세력을 잃었다.

83) 실제 업무는 없이 명목상의 직함만 갖는 궁정 관등이다.

기실에 모습을 드러냈다.

안드레이 공작은 아락체예프를 개인적으로 알지 못했고, 한 번도 만난 적이 없었다. 그러나 아락체예프에 대해 아는 모든 것들이 그의 마음속에 이 남자에 대한 존경을 거의 불러일으키지 못했다.

'그는 국방 대신이고 황제 폐하의 신임을 받는 인물이야. 그의 개인적 자질은 마땅히 누구도 상관할 문제가 아니지. 내 제안서를 검토하는 일이 그에게 맡겨졌어. 따라서 내 제안서를 진척시킬 이는 그 사람뿐이야.' 안드레이 공작은 아락체예프 백작의 대기실에 붐비는 유력한 인물들과 유력하지 않은 사람들 틈에서 기다리며 생각에 잠겼다.

안드레이 공작은 대체로 부관으로 근무해 오면서 유력한 인물들의 대기실을 많이 보았다. 그래서 그런 대기실의 온갖 특징들을 아주 잘 알았다. 아락체예프 백작의 대기실은 대단히 특이한 성격을 띠었다. 백작의 대기실에서 접견 순서를 기다리는 유력하지 않은 인물들의 얼굴에는 수치와 복종의 감정이 쓰여 있었다. 보다 관등이 높은 사람들의 얼굴에는 거북함이라는 한 가지 공통된 감정이 드러났다. 그 감정은 개인적으로 허물없는 사이처럼 구는 태도 아래, 자신과 자신의 처지와 자신이 기다리는 인물에 대한 냉소 아래 감춰져 있었다. 어떤 사람들은 생각에 잠겨 이리저리 거닐었고, 어떤 사람들은 소곤거리거나 소리 내어 웃기도 했다. 안드레이 공작은 '실라 안드레이차'[84]라는 별명과 "아저씨가 가만두지 않을 것이다."라는 말을 들었는데 이는 아락체예프 백작을 가리키는 표현이었다. 한 장군(중요한 인물인)은 그렇게 오래 기다려야 하는 것에 모욕을 느꼈는지 다리를 번갈아 꼬고 앉아 자조적인 미소를 흘렸다.

그러나 문이 활짝 열리자마자 모든 사람의 얼굴에는 순식간에 오직 한 가지 감정, 즉 두려움만이 떠올랐다. 안드레이 공작은 당직 장교에게 자신이 온 것을 한 번 더 보고해 달라고 청했다. 그러나 당직 장교는 깔보는 듯한 표정으로 그를 바라보며 때가 되면 차례가 올 것이라고 말했다. 몇 사람이 부관에게 이끌려 대신의 집무실로 들어갔다가 나온 이후, 굴욕감과 두려움 어린 표정으로 안드레이 공작에게 깊은 인상을 남긴 장교가 무시무시한 문 안으로 불려 들어갔다. 장교의 접견은 오랫동안 계속되었다. 갑자기 문 안쪽에서 벽력같은 불쾌한 목소리가 들리더니 얼굴이 창백해진 장교가 입술을 바들바들 떨며 나와 머리를 움켜잡고 대기실을 빠져나갔다.

뒤를 이어 안드레이 공작이 문으로 안내되었다. 당직 장교가 "오른쪽입니다. 창가로 가십시오."라고 소곤거리며 말했다.

안드레이 공작은 잘 정돈된 소박한 집무실로 들어갔다. 긴 허리, 머리카락을 짧게 깎은 긴 머리통, 굵은 주름, 갈색이 도는 흐릿한 녹색 눈동자 위의 찌푸린 눈썹, 축 늘어진 붉은 코를 한 마흔 살가량의 남자가 테이블 옆에 있는 것이 보였다. 아락체예프가 안드레이 공작에게로 고개를 돌렸으나 그를 쳐

---

84) '안드레이치'는 '안드레예비치'라는 부칭을 격식 없이 친근하게 부를 때 쓰는 표현이고 '안드레이차'는 '안드레이치의'라는 뜻이다. '실라(sila)'는 러시아어로 '힘'이라는 뜻이므로 '실라 안드레이차'라는 별명은 '안드레이치의 힘'을 뜻한다.

다보지는 않았다.

"당신의 청원은 무엇입니까?" 아락체예프가 물었다.

"아무것도…… 청원하려는 것이 아닙니다, 대신 각하." 안드레이 공작이 나직이 말했다. 아락체예프의 눈동자가 그를 향했다.

"앉으시죠." 아락체예프가 말했다. "볼콘스키 공작."

"저는 청원을 하려는 것이 아닙니다. 황제 폐하께서 제가 제출한 제안서를 각하께 보내셔서……."

"친애하는 공작, 실은 당신의 제안서를 읽었습니다." 아락체예프가 끼어들었다. 그는 처음 몇 마디만 부드럽게 말했을 뿐 다시 그의 얼굴을 쳐다보지 않은 채 점점 불평과 멸시가 뒤섞인 말투로 빠져들었다. "새로운 군법을 제안했지요? 법률은 많습니다. 옛날 법률을 시행하는 사람은 아무도 없지요. 요즘에는 모두들 법안을 저술합니다. 집필하는 것이 행하는 것보다 쉬우니까요."

"전 황제 폐하의 뜻으로 제가 제출한 제안서를 어떻게 처리하실지 각하께 확인하러 왔습니다." 안드레이 공작이 정중하게 말했다.

"당신의 제안서는 결재를 해서 위원회로 보냈습니다. 난 승인할 수 없습니다." 아락체예프는 일어나 책상에서 서류 한 장을 가져오며 말했다. "여기 있습니다." 그는 안드레이 공작에게 서류를 건넸다.

서류에는 대문자, 맞춤법, 구두법을 무시한 채 종이를 가로지르듯 연필로 다음과 같이 적혀 있었다. "근거 없이 작성됨

왜냐하면 프랑스 군법을 모방하여 베꼈으므로 게다가 그 군법은 불필요하게 군 복무 규정을 벗어남."

"제안서는 어느 위원회에 회부되었습니까?" 안드레이 공작이 물었다.

"군법 위원회입니다. 공작을 위원으로 넣도록 제안해 두었습니다. 단, 무급으로요."

안드레이 공작이 미소를 지었다.

"바라지도 않습니다."

"무급 위원입니다." 아락체에프가 되풀이하여 말했다. "당신을 만나 영광이었습니다." 그는 안드레이 공작에게 고개 숙여 인사하고 큰 소리로 외쳤다. "어이, 다음 사람을 불러! 이번에는 누군가?"

5

위원회의 위원에 임명되었다는 통지를 기다리는 동안 안드레이 공작은 옛 친분을, 특히 세력이 있고 도움이 될 만하다고 생각되는 사람들과의 친분을 회복했다. 지금 그는 페테르부르크에서 전투 전야와 비슷한 감정을 경험하고 있었다. 불안한 호기심이 그를 괴롭히고 지고한 세계로, 수백만 명의 운명이 걸린 미래가 마련된 그곳으로 그를 저항할 수 없이 끌어당기던 그 밤의 감정을……. 노인들의 분노를 통해, 경험과 지식이 부족한 사람들의 호기심을 통해, 사정에 밝은 사람들의 조심스러움을 통해, 모든 사람들의 초조와 근심을 통해, 날마다 새롭게 존재를 확인하게 되는 무수한 위원회를 통해 그는 1809년 현재 이곳 페테르부르크에서 어떤 거대한 시민전쟁이 곧 일어나려 하고, 전쟁의 총사령관은 그가 아직 모르는, 천재적으로 보이는 신비한 인물 스페란스키라는 것을 알게 되었다. 그가 어렴풋이 아는 개혁 문제와 그 중심인물인 스페란스키가 어찌나 호기심을 끌어당기던지 군법 문제는 그의 의식에서 너무도 빨리 부차적인 자리로 밀려나기 시작했다.

안드레이 공작은 당시 페테르부르크 사회의 온갖 다양한 상류 사회 모임에서 환대를 받기에 더할 나위 없이 유리한 상황이었다. 개혁파는 진심으로 그를 반기며 꾀었다. 첫 번째 이유는 그가 지성과 박식함으로 명성이 자자했기 때문이고, 두 번째 이유는 영지의 농노들을 해방함으로써 이미 자유주의자라는 평판을 얻었기 때문이다. 불만을 품은 원로파는 개혁을 비판하며 마치 아들을 대하는 아버지처럼 그에게 공감을 호소했다. 여성들의 모임인 사교계도 기쁘게 그를 맞이했다. 그가 부유한 명문가 출신의 신랑감인 데다 잘못 알려진 죽음과 아내의 비극적 종말에 대한 낭만적인 이야기를 후광처럼 드리운 거의 새로운 인물이었기 때문이다. 게다가 예전부터 알던 사람들은 그가 지난 오 년 동안 더 좋은 쪽으로 많이 변하고 온화해지고 성숙해졌다며, 이전의 허위와 오만과 냉소가 없어지고 세월과 더불어 생기는 여유로움이 묻어난다며 입을 모아 말했다. 모두가 그에 대해 이야기하고 그에게 관심을 보이고 그를 만나고 싶어 했다.

아락체예프 백작을 방문한 다음 날 저녁에 안드레이 공작은 코추베이 백작의 집을 찾았다. 그는 백작에게 실라 안드레이치(코추베이는 안드레이 공작이 국방 대신의 대기실에서 본 것과 같은 모호한 냉소를 흘리며 아락체예프를 그렇게 불렀다.)와 만난 일을 들려주었다.

"친구." 코추베이가 말했다. "이런 문제에서조차 당신은 미하일 미하일로비치를 피해 가기 어렵습니다. 그는 대단한 수완가예요. 내가 그에게 말하지요. 그가 저녁에 오겠다고 약속했습니다……."

"스페란스키가 군법과 무슨 상관이 있습니까?"

코추베이는 빙그레 웃으며 볼콘스키의 순진함에 놀랐다는 듯 고개를 절레절레 흔들었다.

"며칠 전 그와 당신에 대해 이야기했습니다." 코추베이가 계속 말했다. "당신의 자유농민에 대해서 말이죠……."

"아, 그게 당신이었구려, 공작, 농노들을 해방했다는 사람이……." 예카체리나 대제 시대의 노인이 볼콘스키를 경멸하는 눈초리로 돌아보며 말했다.

"수익을 전혀 못 내는 작은 영지였습니다." 볼콘스키는 쓸데없이 노인을 자극하지 않기 위해 행동을 부드럽게 하려고 애쓰며 말했다.

"뒤처질까 봐 두려운가 보구려." 노인이 코추베이를 쳐다보며 말했다.

"도무지 이해할 수 없소." 노인이 계속해서 말했다. "그들에게 자유를 주면 도대체 누가 땅을 경작한단 말이오? 법을 만들기는 쉽소. 하지만 통치하는 것은 어려운 일이오. 백작, 그것은 내가 지금 당신에게 물으려는 것과 똑같은 문제요. 모두가 시험을 치러야 한다면 누가 대신이 된단 말이오?"

"시험에 통과한 사람이겠지요." 코추베이는 다리를 포개면서 그를 돌아보며 대꾸했다.

"프랴니치니코프라는 사람이 내 밑에서 근무하고 있다오. 훌륭한 사람이고, 황금 같은 인물이지. 하지만 예순 살이오. 과연 이 사람이 시험을 보러 가겠소?"

"네, 곤란하겠군요. 교육이 그다지 널리 보급되지 않았으니까요. 하지만……." 코추베이 백작은 말을 끝맺지 않고 자리에서 일어났다. 그러고는 안드레이 공작의 팔을 잡고서 안으로 들어오는 사람을 맞이하러 갔다. 키가 크고 머리가 벗어진 금발의 마흔 살가량 된 남자로, 이마는 훤히 드러나고 길쭉한 얼굴은 보기 드물게 기이한 흰색이었다. 안으로 들어온 사람은 파란 연미복을 입고 목에는 십자가를, 가슴 왼편에는 별 모양의 훈장을 달았다. 스페란스키였다. 안드레이 공작은 즉각 그를 알아보았다. 인생의 중요한 순간이면 그렇듯 마음속에서 무언가가 떨렸다. 그것이 존경인지, 질투인지, 기대인지는 그도 몰랐다. 스페란스키의 전체 모습은 그를 금방 알아보게 하는 독특한 유형을 띠었다. 어색하고 둔한 동작에 깃든 그 침착함과 자신만만함은 안드레이 공작이 살아온 사회의 어느 누구에게서도 본 적이 없었다. 반쯤 감긴 살짝 젖은 눈동자의 그 단호하고도 부드러운 눈길을 그는 어느 누구에게서도 본 적이 없었다. 아무것도 의미하지 않는 미소의 그 단호함, 그처럼 가늘고 고르고 조용한 목소리, 무엇보다 그 부드러운 하얀 얼굴, 특히 다소 크면서도 보기 드물게 통통한 부드러운 하얀 손을 그는 본 적이 없었다. 그런 하얗고 부드러운 얼굴은 병원에서 오래 지낸 병사들에게서나 보았다. 그 사람이 바로 스페란스키였다. 국무 대신이자 군주의 조언자이며, 에어푸르트에서 군주와 동행한 사람이었다. 그곳에서 스페란스키는 나폴레옹과 수차례 만나 회담을 했다.

스페란스키는 이 얼굴 저 얼굴로 시선을 옮기지 않고 — 큰 모임에 참석한 사람들은 흔히 자기도 모르게 그러는데 — 말을 서둘지도 않았다. 사람들이 자기 말을 들을 것이라는 확신을 가지고 오직 자신과 이야기를 나누는 상대의 얼굴만 바라보았다.

안드레이 공작은 스페란스키의 모든 말과 몸짓을 매우 유심히 지켜보았다. 특히 가까운 사람들을 엄격히 판단하는 사람들이 종종 그러듯 안드레이 공작은 새로운 인물, 특히 스페란스키처럼 명성을 통해 알게 된 인물과 마주칠 때면 언제나 그 사람에게서 인간적 덕목들의 완전무결함을 기대했다.

스페란스키는 코추베이에게 더 일찍 오지 못해 유감스럽다고, 궁전에서 사람들에게 붙잡혀 있었다고 말했다. 그는 군주가 자신을 붙잡아 두었다고 말하지 않았다. 그리고 그 겸손한 척하는 가식을 안드레이 공작은 알아차렸다. 코추베이가 안드레이 공작의 이름을 소개하자 스페란스키는 똑같은 미소를 머금은 채 천천히 볼콘스키에게로 시선을 옮기고 말없이 그를 바라보았다.

"당신을 알게 되어 무척 기쁩니다. 모든 이들처럼 나도 당신에 대해 들었습니다." 그가 말했다.

코추베이는 아락체예프가 볼콘스키를 접견한 일에 대해 몇 마디 말했다. 스페란스키는 더욱 환하게 미소를 지었다.

"군법 위원회 의장은 나의 절친한 친구인 마그니츠키[85]입니다." 그는 음절 하나하나, 단어 하나하나를 또렷이 발음하며 말했다. "그러니 당신이 원한다면 내가 그와 만나게 해 줄 수 있습니다.(그는 마침표에서 잠시 쉬었다.) 이성적인 모든 사람들에게 협력하려는 열망과 공감을 그 사람에게서 발견하게 되기를 기대하겠습니다."

스페란스키의 주위에 곧 작은 모임이 형성되었다. 자신의 관리인 프랴니치니코프에 대해 이야기하던 노인도 스페란스키를 돌아보며 질문을 던졌다.

안드레이 공작은 대화에 끼지 않고 스페란스키의, 얼마 전까지만 해도 보잘것없는 신학생[86]이었으나 이제는 두 손에, 그 하얗고 통통한 두 손에 러시아의 운명을 거머쥔 — 볼콘스키에게는 그렇게 여겨졌다 — 그 남자의 모든 움직임을 관찰했다. 안드레이 공작은 스페란스키가 노인에게 대꾸할 때 보인 경멸 섞인 놀랄 만한 침착함에 충격을 받았다. 스페란스키는 측량할 수 없이 높은 곳에서 너그러이 말을 건네는 것 같았다. 노인이 지나치게 큰 목소리로 이야기하기 시작하자 스페란스키는 미소를 지으며 자기로서는 군주가 원하는 것의 장

---

85) 미하일 라브렌티예비치 마그니츠키(Mikhail Lavrentievich Magnitskii, 1778~1855). 스페란스키의 보좌관으로 스페란스키가 기획한 개혁의 열렬한 지지자였다. 그러나 스페란스키가 실각한 후에는 반동 성향인 아락체예프와 골리친 편에 서서 모든 개혁을 맹렬히 반대했다. 이후 거액의 돈을 착복한 죄로 고소당해 직위에서 해임되었다.

86) 러시아의 신학교 교육은 가정 교사를 두거나 수업료가 비싼 학교에 들어갈 여유가 없는 가난한 사람들에게도 개방되어 있었다. 또한 신학교에서 교육을 받는 것이 꼭 성직으로 가기 위한 준비를 의미하지는 않았다.

단점을 논할 수 없다고 말했다.

전체 모임에서 잠시 이야기를 한 스페란스키는 자리에서 일어나 안드레이 공작에게 다가와 그를 방의 반대편 끝으로 데려갔다. 그는 볼콘스키에게 관심을 가질 필요가 있다고 생각하는 듯했다.

"공작, 저 훌륭한 노인장 때문에 끌려 들어간 활기찬 대화 탓에 당신과 미처 이야기를 나누지 못했군요." 그는 온화하면서도 경멸 어린 미소를 지으며 말했다. 그 미소를 통해 방금 이야기를 나눈 사람들의 보잘것없음을 안드레이 공작과 마찬가지로 자신도 잘 안다고 고백하는 듯했다. 그런 태도가 안드레이 공작의 마음을 흡족하게 했다. "난 오래전부터 당신을 알았습니다. 첫 번째, 당신이 농노들에게 한 일 때문이지요. 우리나라에서 첫 번째 사례입니다. 이 사례를 따르는 사람들이 더 많아지면 아주 바람직할 텐데요. 두 번째, 당신이 궁정 관등에 대한 새로운 칙령에 분개하지 않는 시종들 가운데 한 사람이기 때문입니다. 그 칙령은 너무나 많은 소문과 악평을 불러일으켰지요."

"네, 아버지는 제가 그러한 권리를 이용하는 것을 바라지 않으셨습니다. 그래서 전 낮은 관등부터 근무했습니다." 안드레이 공작이 말했다.

"구세대 사람인 당신 아버님이 우리 시대 사람들보다 더 뛰어나신 듯합니다. 그 사람들은 그저 당연한 정의를 회복하려는 이 조치에 대해 거세게 비판하는데 말이죠."

"하지만 제가 생각하기에는 그 비판들에도 근거가 있는 것 같습니다." 안드레이 공작은 자신이 감지하기 시작한 스페란스키의 영향력에 저항하고자 애쓰며 말했다. 안드레이 공작은 스페란스키에게 무엇이든지 동의하기가 불쾌했다. 그는 반박하고 싶었다. 평소 말솜씨가 능숙하던 안드레이 공작은 지금 스페란스키와 이야기하면서 표현에 어려움을 느꼈다. 그는 저명한 인물의 됨됨이를 관찰하는 데 지나치게 몰두했다.

"개인적 야망을 위한 근거일 겁니다." 스페란스키가 조용히 끼어들었다.

"어느 정도는 국가를 위해서이기도 합니다." 안드레이 공작이 말했다.

"무슨 의미인지……." 스페란스키가 조용히 눈을 내리깔며 말했다.

"전 몽테스키외[87] 숭배자입니다." 안드레이 공작이 말했다. "그리고 군주제의 근본이 명예라는 그의 생각은 저에게 의심할 여지 없는 사실로 느껴집니다. 귀족 계급의 몇몇 권리와 특권은 그 감정의 보전을 위한 수단으로 생각됩니다."

스페란스키의 하얀 얼굴에서 미소가 사라졌다. 그러자 인상이 훨씬 더 나아졌다. 아마도 안드레이 공작의 생각이 그의 흥미를 끈 것 같았다.

---

87) 샤를 드 세콩다 몽테스키외(Charles de Secondat Montesquieu, 1689~1755). 프랑스의 법학자이자 정치사상가. 프랑스의 전제 정치를 풍자하는 『페르시아인의 편지(Lettres persanes)』를 익명으로 출판하여 커다란 반향을 불러일으켰다. 입헌 정치와 권력 분립을 주장한 저작 『법의 정신(De l'esprit des lois)』은 이후 입법적 사유를 형성하는 데 큰 영향을 미쳤다.

"당신이 그런 시각으로 이 문제를 본다면……." 그가 입을 열었다. 그는 프랑스어로 표현하는 데 어려움을 느끼는 것이 분명했고 러시아어를 구사할 때보다 디 느리게 말했지만 완벽할 정도로 침착했다. 그는 명예, 즉 로네르(l'honneur)는 근무 과정에 해악을 끼치는 특권으로 유지될 수 없다고, 명예, 즉 로네르는 비난받을 만한 행동을 하지 않는다는 부정의 개념이거나 칭찬과 그것을 표현하는 포상을 받기 위한 경쟁의 한 원천이라고 말했다.

그의 논거는 간결하고 명료했다.

"그 명예, 즉 경쟁의 원천을 유지하는 제도는 위대한 황제 나폴레옹의 레지옹 도뇌르 같은 제도입니다. 직무의 성공에 해악을 끼치지 않고 그것을 위해 협조하는 제도이지 신분이나 궁정의 특권이 아닙니다."

"전 논쟁을 하려는 게 아닙니다. 하지만 궁정의 특권이 똑같은 목적을 성취한 것에 대해 부정할 수는 없습니다." 안드레이 공작이 말했다. "궁전의 모든 신하들은 지위를 위엄 있게 지키는 것이 의무라고 생각하니까요."

"당신은 그 지위를 이용하려 하지 않았습니다, 공작." 스페란스키는 미소로써 상대방에게 거북할 만한 논쟁을 친절한 말로 끝내고 싶다는 뜻을 나타내며 말했다. "만약 당신이 수요일에 우리 집을 방문하는 영광을 베풀어 주신다면 마그니츠키와 상의하여 당신에게 흥미로울 만한 것을 알려 드리겠습니다. 아울러 난 당신과 더 상세히 이야기할 기쁨을 누리고요." 그는 이렇게 덧붙이고는 눈을 감고 허리를 굽혀 인사했다. 그리고 프랑스식으로 작별 인사도 없이 눈에 띄지 않으려고 애쓰며 홀에서 나갔다.

6

페테르부르크에 머물던 처음 얼마 동안 안드레이 공작은 은둔 생활에서 형성된 사유 방식 전체가 페테르부르크에서 자신을 사로잡은 자질구레한 고민들로 인해 완전히 흐려진 것을 느꼈다.

저녁에 집으로 돌아오면 그는 시간이 정해진 네댓 가지의 불가피한 방문과 만남을 수첩에 기록해 두었다. 어느 곳이든 제시간에 도착하기 위해 하루를 배치하는 생활의 메커니즘은 삶의 에너지를 상당 부분 앗아 갔다. 그는 아무것도 하지 않았다. 심지어 아무 생각도 하지 않았고, 또 미처 생각할 겨를도 없었다. 그저 지껄일 뿐이었으며, 예전에 시골에서 생각할 틈이 있었던 것들에 대해서는 성공적으로 말했다.

그는 이따금 하루 동안 여러 모임에서 똑같은 말을 되풀이했다는 것을 불쾌한 심정으로 깨닫곤 했다. 그러나 하루 종일

어찌나 바쁜지 미처 아무것도 하지 않았다는 사실을 생각할 겨를도 없었다.

코추베이의 집에서 처음 만났을 때처럼 스페란스키는 수요일에 자신의 집에서도 안드레이 공작에게 강렬한 영향을 미쳤다. 스페란스키는 홀로 은밀하게 볼콘스키를 맞이하여 오랫동안 허심탄회하게 이야기를 나누었다.

안드레이 공작은 대단히 많은 사람들을 경멸스럽고 보잘것없는 존재로 생각해 왔다. 그는 다른 사람에게서 자신이 추구하는 완벽함의 살아 있는 이상을 너무도 발견하고 싶었던 나머지 완벽하게 이성적이고 덕망 있는 인간이라는 그 이상을 스페란스키에게서 찾았다고 쉽게 믿어 버렸다. 스페란스키가 안드레이 공작과 똑같은 사회에 속하고 똑같은 교육과 정신적 습성을 갖춘 사람이었다면 안드레이 공작도 그의 영웅적 측면이 아닌 나약하고 인간적인 측면을 금방 발견했을 것이다. 그러나 지금 그 낯선 논리적인 사유 방식은 충분히 이해되지 않는다는 바로 그런 이유로 그의 마음속에 더욱더 존경을 불러일으켰다. 게다가 스페란스키는 안드레이 공작의 능력을 높이 평가해서인지, 그를 자기편으로 끌어들일 필요가 있다고 생각해서인지 안드레이 공작 앞에서 특유의 공정하고 침착한 이성으로 교태를 부렸으며 자부심과 결합된 교활한 아첨으로 그를 치켜세웠다. 그 자부심이란 다른 모든 사람들의 어리석음이나 자신들의 생각이 지닌 현명함과 깊이를 이해할 인간은 오직 자신과 자신의 대화 상대뿐이라는 무언의 인정에 존재했다.

수요일 저녁에 오간 긴 대화에서 스페란스키는 여러 차례 이런 말을 했다. "우리 사이에는 뿌리 깊은 습성의 일반적인 수준을 벗어나는 모든 것들이 고려되지만……." 또는 빙그레 웃으며 "그러나 우리는 늑대도 배부르고 양들도 무사하기를 바라지요……." 하기도 하고, "저들은 이것을 이해하지 못해요……."라고 말하기도 했다. 그리고 계속 '우리, 당신과 나, 우리는 뭐가 저들이고 누가 우리인지 알잖아요.' 하는 표정을 지었다.

스페란스키와 나눈 그 최초의 긴 대화는 안드레이 공작의 마음속에서 그를 처음 만났을 때 느꼈던 감정을 한층 강화할 뿐이었다. 안드레이 공작은 스페란스키에게서 이성적이고 엄격하게 사고하는 원대한 지성의 소유자를, 힘과 끈기로 권력을 성취하고 그 권력을 러시아의 행복을 위해서만 사용하는 인간을 보았다. 안드레이 공작의 눈에 스페란스키는 삶의 모든 현상을 이성적으로 설명하고, 이성적인 것만을 현실적인 것으로 인정하고, 합리성이라는 척도를 모든 것에 능히 적용하는, 안드레이 공작이 너무도 되고 싶었던 그런 사람이었다. 스페란스키가 설명하면 모든 것이 너무나 단순 명쾌하게 느껴져 안드레이 공작은 자기도 모르게 모든 면에서 맞장구를 치고 있었다. 안드레이 공작이 이의를 제기하고 논박하는 경우에는 그저 일부러 독립성을 지키고 싶어서, 스페란스키의 의견에 완전히 굴복하고 싶지 않아서였다. 모든 것이 옳고 모든 것이 훌륭했다. 다만 한 가지가 안드레이 공작의 마음을 어지럽혔다. 그것은 자신의 마음속에 타인을 들이지 않는 거울

같이 차가운 스페란스키의 시선과 하얗고 부드러운 손 — 사람들이 권력을 소유한 사람을 대할 때 흔히 그러듯이 안드레이 공작도 무심결에 스페란스키의 손을 보았다 — 이었다. 거울 같은 시선과 그 부드러운 손은 어쩐지 안드레이 공작을 자극했다. 스페란스키에게서 발견한 인간에 대한 지나친 경멸, 그가 견해를 뒷받침할 때 끌어들이는 다양한 논증 방식이 안드레이 공작에게 불쾌한 인상을 주었다. 그는 비교를 포함하여 사유의 모든 도구를 사용했고, 지나칠 정도로 대담하게 — 안드레이 공작에게는 그렇게 보였다 — 이 도구에서 저 도구로 옮겨 가곤 했다. 그는 실천적인 활동가의 기반 위에 서서 공상가들을 비판하고, 풍자가의 기반 위에서 적수들을 비꼬며 조롱하고, 엄격할 정도로 논리적인 태도를 취하고, 갑자기 형이상학(이 마지막 논증 도구를 특히 자주 사용했다.)의 영역으로 솟아오르기도 했다. 그는 문제를 형이상학의 고지로 옮기고, 공간과 시간과 사유의 정의로 옮겨 가서 그곳으로부터 반박을 끌어내어 다시 논쟁의 토대로 하강했다.

안드레이 공작을 놀라게 만든 스페란스키의 지성이 지닌 주요한 특징은 대체로 이성의 힘과 합법칙성에 대한 확고부동한 믿음이었다. 안드레이 공작에게 흔히 떠오르던 상념, 즉 생각을 전부 표현하는 것은 불가능하다는 상념이 스페란스키의 머리에는 결코 떠오를 수 없는 것 같았고, 자신이 생각하는 모든 것과 믿는 모든 것이 전부 허황된 것은 아닐까 하는 의심도 그에게는 결코 떠오른 적이 없는 듯했다. 그리고 스페란스키의 그런 독특한 사고방식이 무엇보다 안드레이 공작의 마음을 끌어당겼다.

스페란스키와 친분을 나누던 처음 얼마 동안 안드레이 공작은 언젠가 보나파르트에 대해 경험한 것과 비슷한 열정적인 환희의 감정을 그에게 품었다. 그가 사제의 아들이라는 상황, 많은 사람들이 그랬듯 어리석은 자들이 그를 성직자의 아들이니 사제의 애새끼니 하며 저속하게 경멸할 수도 있는 상황이 안드레이 공작으로 하여금 스페란스키에 대한 자신의 감정을 특별히 소중하게 대하고 자기 안에서 그 감정을 무의식적으로 더욱 키워 나가도록 만들었다.

볼콘스키가 스페란스키의 집에서 보낸 첫 번째 밤, 스페란스키는 법률 제정 위원회에 관하여 이야기를 나누던 가운데 법률 위원회는 150년 동안 존재하면서 수백만 루블을 썼을 뿐 아무 성과도 내지 못했다고, 로젠캄프[88]는 비교법의 모든 조항에 라벨을 붙였을 뿐이라고 빈정거리며 말했다.

"그리고 그게 전부랍니다. 그것을 위해 정부는 수백만 루블의 비용을 지불했죠!" 그가 말했다. "우리는 원로원에 새로운 사법권을 부여하고 싶습니다. 하지만 우리에게는 법이 없어요. 공작, 그러니 이런 때에 당신 같은 사람들이 근무하지 않는 것은 죄입니다."

안드레이 공작은 그렇게 하려면 법률적 교양이 필요하다

---

88) 알렉산드르 1세가 설립한 법률 제정 위원회에서 고문을 맡은 독일인 법률가다. 법률 제정 위원회는 러시아에 존재하던 무수한 불문법을 성문화하기 위해 발족되었다. 법 조항들을 주제별로 분류하여 모호한 것은 삭제하고 필요한 것은 새로 추가하는 등 법을 정비하고 체계화하는 작업을 수행했다.

고, 자신은 그것을 갖추지 못했다고 말했다.

"그것을 갖춘 사람은 아무도 없습니다. 그렇다면 당신이 바라는 것은 도대체 뭔가요? 그것은 당신이 안간힘을 다해 벗어나야 할 악순환(라틴어)입니다."

일주일 후 안드레이 공작은 군법 제정 위원회의 위원이 되었고, 전혀 기대하지 않았지만 법률 제정 위원회에서 한 분과의 책임자가 되었다. 스페란스키의 요청에 따라 그는 당시 편찬 중이던 민법의 1부를 맡아 나폴레옹 법전과 유스티니아누스 법전[89)]을 참조하며 인권 항목 편찬을 위해 일했다.

---

89) 프랑스 민법전, 즉 나폴레옹 법전은 1804년에 제정되고, 이후 여러 차례 개정을 거쳐 오늘날까지 전해져 내려왔다. 오늘날 대부분 유럽 국가들은 이 법전을 민법의 토대로 삼는다. 한편 유스티니아누스 법전은 비잔틴 제국의 황제 유스티니아누스 1세의 후원으로 529~565년에 편찬된 법전과 법률 해석집이다. 이 법전은 12세기 이후 유럽의 법 연구를 위한 토대를 마련했다.

7

두 해 전인 1808년에 영지를 돌아보고 페테르부르크로 돌아온 피에르는 자신도 모르는 사이에 페테르부르크 프리메이슨의 중심인물이 되었다. 그는 지부의 회식과 장례를 준비하고, 새로운 회원을 모집하고, 다양한 지부들의 통합이며 헌장 진본(眞本)의 확보에 관한 업무를 처리했다. 그는 회당을 건축하는 일에 돈을 내놓았고, 기부금 — 대부분의 회원들이 내기를 아까워하고 꼬박꼬박 납부하지 않는 — 모금에서 부족분을 힘닿는 한 채워 넣었다. 그는 교단이 페테르부르크에 세운 빈민원을 거의 혼자서 자신의 재산으로 유지해 나갔다.

그러는 동안 그의 생활은 예전과 다름없이 유흥과 방탕 속에서 흘러갔다. 그는 마음껏 먹고 마시기를 좋아했기에 부도덕하고 경멸받을 만한 일이라고 생각하면서도 자신이 몸담은 독신자 사회의 유흥을 절제할 수 없었다.

그러나 일과 유흥에 빠져 멍하니 한 해를 보내고 난 후 피에르는 프리메이슨의 토대 위에 더 굳건히 서려고 애쓸수록 자신이 딛고 선 그 토대가 발아래로 점점 더 꺼져 가는 것을 느꼈다. 동시에 자신이 딛고 선 토대가 발아래로 더 깊이 꺼질수록 자신도 더욱 걷잡을 수 없이 그것에 얽히는 것을 느꼈다. 프리메이슨에 입단했을 때 그는 늪의 평평한 표면에 안심하고 한 발을 내딛는 사람의 심정을 경험했다. 한 발을 내딛은 순간 그는 가라앉기 시작했다. 자신이 선 토대의 견고함을 충분히 확인하기 위해 다른 발도 내디뎠다. 그러자 점점 더 깊이 빠져 자기도 모르는 사이에 무릎까지 늪에 잠긴 채로 걸음을 옮기고 있었다.

이오시프 알렉세예비치는 페테르부르크에 없었다.(그는 최근 페테르부르크 지부의 업무에서 물러나 모스크바에 틀어박혀 지냈다.) 형제들, 즉 프리메이슨 지부의 회원들은 모두 피에르가 실생활에서 알고 지내는 사람들이었다. 그러므로 그들 안에서 B. 공작, 이반 바실리예비치 D. — 피에르가 실생활에서 대부분 나약하고 보잘것없는 인간들로 알아 온 — 가 아닌 석공조합의 형제들만을 보기는 어려운 일이었다. 프리메이슨의 앞치마와 표식 아래에서 피에르는 그들이 걸친, 그들이 실생활에서 성취한 제복과 훈장을 보았다. 기부금을 모을 때 회원 열명 — 그중 절반은 피에르 못지않게 부자였다 — 으로부터 수령액으로, 그나마 대부분 후불이라고 기입된 20루블, 30루블을 계산하다 보면 각 회원이 모든 재산을 이웃을 위해 내놓겠다고 선서하던 프리메이슨의 맹세가 뇌리에 떠올랐으며, 그가 떨치려고 애쓰던 의혹이 마음속에 불쑥 솟아오르기도 했다.

피에르는 자신이 아는 모든 형제들을 네 범주로 구분했다. 첫 번째 범주에는 지부의 업무와 인도적인 사업에 적극적으로 참가하지 않고 교단 이론의 신비에 관심을 쏟으며 하느님을 일컫는 세 가지 명칭이나 물질의 세 가지 기원 — 유황과 수은과 소금 — 이나 사각형과 솔로몬 신전의 모든 형상들이 갖는 의미에만 몰두하는 형제들을 포함시켰다.[90] 피에르는 이 범주의 프리메이슨 형제들을 존중했다. 특히 나이 든 형제들이 이 범주에 속했고, 피에르가 생각하기에 이오시프 알렉세예비치도 마찬가지였다. 그러나 피에르는 그들의 관심을 공유할 수 없었다. 그의 마음은 프리메이슨의 신비주의 측면에는 기울지 않았다.

두 번째 범주에는 자신을 비롯해 자신과 비슷한 형제들, 무언가를 탐구하며 동요하는 사람들, 프리메이슨에서 아직 올곧고 명확한 길을 발견하지 못했으나 그것을 발견하고 싶어 하는 사람들을 포함시켰다.

세 번째 범주에는 프리메이슨에서 외적 형식과 종교 의식 외에 아무것도 보지 않고 그 외적 형식의 내용과 의미는 상관

---

90) 일부 프리메이슨 회원들은 자연 법칙을 발견하는 것에 흥미를 느꼈으나 대상에 신비적으로 접근하며 화학 성분의 변형을 얻고자 연금술에 의존하기도 했다. 모스크바의 유명한 프리메이슨 회원인 노비코프, 슈바르츠, 포제예프 등이 속한 장미십자회가 그러한 문제에 관심을 가졌다. 한편 예루살렘에 있던 솔로몬왕의 신전은 천사, 종려나무, 활짝 핀 꽃, 석류, 백합, 호리병 모양 박, 사자, 황소 등의 형상으로 장식되었다.

없이 그것의 엄격한 수행을 중시하는 형제들(다수가 이 범주에 속했다.)을 포함시켰다. 빌라르스키, 심지어 본부의 대수장조차도 그러한 사람이었다.

마지막으로 네 번째 범주에는 역시 다수를 이룬 형제들, 특히 최근 들어 공동체에 가입한 사람들을 포함시켰다. 피에르가 관찰한 바에 따르면 그들은 아무것도 믿지 않고, 어떤 것도 바라지 않으며, 그저 젊고 부유하고 인맥과 가문이 탄탄한 형제들 — 지부에는 그런 사람들이 아주 많았다 — 과 가까워지기 위해 프리메이슨에 가입한 사람들이었다.

피에르는 자신의 활동에 불만을 느끼기 시작했다. 프리메이슨, 적어도 그가 이곳에서 알게 된 프리메이슨은 때때로 외형에만 토대를 둔 것처럼 보였다. 그는 프리메이슨 자체를 의심해 볼 생각은 하지 않았고, 러시아의 프리메이슨이 그릇된 길로 나아가면서 그 기원으로부터 벗어난 게 아닐까 의심을 품었다. 그래서 그해 말 피에르는 교단의 최고 신비를 확인하기 위해 외국으로 떠났다.

1809년 여름에 피에르는 페테르부르크로 돌아왔다. 러시아의 프리메이슨 회원들과 외국의 회원들이 나눈 편지를 통하여 베주호프가 외국에서 많은 고위직 인물들의 신임을 얻는 데 성공하고, 많은 신비에 통달하여 최고 수준에 이르고, 러시아 석공 조합의 사업 전체에 유익이 될 만한 많은 것을 가지고 돌아오리라는 소식이 알려졌다. 페테르부르크의 프리메이슨 회원들은 모두 그를 찾아와 아첨했다. 모든 이들의 눈에 그가 무언가를 감춰 놓고 무언가를 준비하는 것처럼 보였다.

2급 지부의 기념 보고회를 개최하기로 정해졌다. 피에르는 교단의 고위급 지도자들로부터 페테르부르크 형제들에게 전달해야 할 것을 그 자리에서 알리겠노라고 약속했다. 보고회는 사람들로 가득 찼다. 통상적인 의식 이후 피에르는 자리에서 일어나 연설을 시작했다.

"사랑하는 형제들이여." 그는 한 손에 연설문 원고를 쥐고서 얼굴을 붉힌 채 말을 더듬으며 입을 열었다. "지부의 침묵 속에 우리의 신비를 지키는 것으로는 충분하지 않습니다. 행동할…… 행동할 필요가 있습니다. 우리는 잠에 빠져 있습니다. 우리는 행동해야만 합니다." 피에르는 공책을 들고 읽기 시작했다. "순수한 진리를 전파하고 미덕의 승리를 성취하기 위해 우리는 사람들을 편견으로부터 정화하고, 시대 정신에 부합하는 규범을 전파하고, 젊은이들의 교육을 책임지고, 최고의 지성인들과 변치 않는 유대를 맺고, 과감하고도 슬기로운 태도로 미신과 불신앙과 어리석음을 타파하고, 우리에게 맡겨진 사람들을 단일한 목적 아래 결합한 권력과 힘을 가진 이들로 육성해야 합니다.

이 목적을 성취하기 위해 우리는 미덕을 악덕보다 우위에 두어야 합니다. 정직한 사람이 이 세상에서도 덕행에 대한 영원한 상을 받도록 애써야 합니다. 그러나 오늘날 너무나 많은 정치 체제가 우리의 이 원대한 계획을 방해하고 있습니다. 이런 상황에서 도대체 무엇을 해야 할까요? 혁명을 옹호하고 모든 것을 전복하고 힘으로 힘을 몰아내야 할까요? 아니요, 우리는 그런 것과 아주 거리가 멉니다. 모든 폭력적인 개혁은 비난받아 마땅합니다. 사람들이 본래의 모습 그대로 남아 있는 한 그것은 악을 전혀 개선하지 못하기 때문입니다. 그리고 지혜는 폭력을 필요로 하지 않기 때문입니다.

교단의 모든 계획은 굳건하고 고결한 사람들, 그리고 어디에서든 온 힘을 다해 악덕과 어리석음을 압박하고 재능과 미덕을 보호하자는 단일한 신념으로 결합된 사람들을 육성하는 것에 기초해야 합니다. 다시 말해 훌륭한 사람들을 헛된 것으로부터 끌어내어 우리 공동체에 가입시키는 것에 기초해야 하지요. 그때에야 비로소 우리 교단은 권력을 소유할 것입니다. 즉 무질서를 수호하는 자들의 두 손을 눈에 보이지 않게 결박하고 그들이 깨닫지 못하는 사이에 그들을 지배하게 될 것입니다. 한마디로 국민들의 유대를 깨뜨리지 않고도 전 세계에 퍼질 보편적인 통치 형식을 창설해야 합니다. 그러한 통치 형식 아래 그 밖의 모든 지배 형태는 통상적인 방식으로 존속하고, 우리 교단의 위대한 목적, 즉 악에 맞서 선의 승리를 성취하려는 목적을 방해하는 것만 아니면 무엇이든 할 수 있습니다. 그러한 목적을 전제로 정한 것은 다름 아닌 그리스도교입니다. 그리스도교는 사람들에게 지혜롭고 선한 자가 되라고, 자신의 유익을 위해 가장 훌륭하고 가장 지혜로운 사람들의 모범과 가르침을 따르라고 가르쳤습니다.

모든 것이 암흑에 잠겨 있던 시절에는 물론 설교만으로도 충분했습니다. 진리의 새로움이 진리에 특별한 힘을 부여했습니다. 그러나 오늘날 우리에게는 훨씬 더 강력한 수단이 필요합니다. 이제 자신의 감정에 지배받는 사람들이 미덕 안에서 감성적인 매력을 발견해야 합니다. 정열을 근절할 수는 없습니다. 다만 우리는 그것이 고귀한 목적을 향하도록 노력해야 합니다. 따라서 각자 미덕의 범위에서 자신의 정열을 충족시킬 수 있도록 우리 교단이 그 수단을 제공해야 합니다.

우리가 각 나라에서 몇몇 훌륭한 사람들을 우리 편으로 삼기만 하면, 그들 각자가 다시 다른 두 사람을 길러 내고 모두가 서로 긴밀하게 연합하기만 하면 그때에는 인류의 안녕을 위하여 이미 은밀하게 많은 일을 해 온 우리 교단에 불가능은 없을 것입니다."

연설은 지부 안에 강한 인상을 주었을 뿐 아니라 동요를 일으키기도 했다. 그 연설에서 일루미나티 교의[91]의 위험한 의도를 본 대부분의 단원들은 피에르를 놀라게 할 만큼 그의 연설을 냉담하게 받아들였다. 대수장은 피에르에게 반박했다. 피에르는 굉장한 열의로 자신의 생각을 전개했다. 그토록 격렬한 회의는 오랜만이었다. 파가 나뉘었다. 어떤 사람들은 피

---

91) 1776년 아담 바이스하우프트(Adam Weishaupt)가 설립한 독일 단체로 사회 개혁의 성향이 짙었다. 비밀 조직을 갖춘 데다 지도자에 대한 복종의 규율이 엄격하며 교단의 수장만이 조직의 목표를 알 수 있었다. 바이에른 공국에서는 일루미나티가 1785년 정부의 탄압으로 해산되었지만, 그 단체의 성향은 프리메이슨 교단에 계속 영향력을 행사했다. 모스크바에서는 슈바르츠 교수가 일루미나티라 불리는 '마르틴주의자' 단체를 이끌었다. 프리메이슨의 정규 강령에는 정부에 대한 복종과 정치사에 대한 불간섭이 포함되어 있었지만, 러시아 지부에서는 그와 정반대의 성향이 어느 정도 영향력을 행사했다. 결국 러시아의 프리메이슨 관련 단체들은 1825년의 제카브리스트 봉기에 연루됨으로써 니콜라이 1세로부터 탄압을 받았다.

에르를 일루미나티라고 비판하며 책망했다. 또 어떤 사람들은 그를 지지했다. 피에르는 이 집회에서 처음으로 인간 정신의 무한한 다양성에 놀랐다. 어떠한 진리도 두 사람에게 동일하게 받아들여지지 않는 것은 그 무한한 다양성 때문이었다. 회원들 가운데 피에르의 편으로 보이는 사람들조차 그를 자기 식으로 이해하며 이런저런 제약과 수정을 가했다. 피에르는 동의할 수 없었다. 피에르의 중점적인 요구는 바로 자신의 생각을 자신이 생각하는 그대로 다른 사람들에게 전하는 것이었기 때문이다.

집회가 끝날 무렵 대수장은 베주호프에게 악의와 야유를 담아 경솔함을 지적하고, 그를 논쟁으로 이끈 것은 미덕에 대한 사랑과 더불어 호전적인 기질이라고 언급했다. 피에르는 대꾸하지 않고 자신의 제안을 받아들일지 말지 짧게 물었다. 피에르는 그럴 수 없다는 대답을 들었다. 그러자 그는 관례적인 절차가 끝나기를 기다리지 않고 지부에서 나와 집으로 가 버렸다.

8

피에르가 그토록 두려워하던 우울이 또다시 그를 사로잡았다. 지부에서 연설문을 낭독한 후 사흘 동안 그는 집 안 소파에 드러누워 누구의 방문도 받지 않고 아무 데도 가지 않았다.

그 무렵 그는 아내로부터 편지를 받았다. 그녀는 그에게 만나 달라고 애원했으며, 피에르로 인한 슬픔과 그에게 일생을 바치고 싶다는 바람을 적었다.

편지의 말미에 그녀는 며칠 안에 외국에서 페테르부르크로 돌아갈 예정이라고 알렸다.

편지에 뒤이어 피에르가 다른 사람들에 비해 덜 존경하는 한 프리메이슨 형제가 피에르의 고독 속으로 뛰어들었다. 그 사람은 형제의 충고라는 핑계로 화제를 피에르의 부부 관계로 돌리더니 피에르가 아내에게 보인 엄격함은 온당하지 않다고, 피에르가 잘못을 뉘우치는 아내를 용서하지 않음으로

써 프리메이슨의 첫 번째 규범을 저버렸다고 말했다.

그때 바실리 공작의 아내, 즉 피에르의 장모가 사람을 보내 아주 중요한 문제에 대해 의논하려고 하니 다만 몇 분이라도 방문해 달라는 간청을 전했다. 피에르는 자신을 노리는 음모가 있다는 것, 사람들이 자신을 아내와 결합시키려 한다는 것을 알아차렸다. 지금 같은 상황에 있자니 불쾌감조차 들지 않았다. 어떻게 되든 상관없었다. 피에르에게는 생활 속에서 매우 중요한 문제로 생각되는 것이 하나도 없었다. 요사이 그를 지배하는 우울의 영향으로 그에게는 자신의 자유도, 아내를 벌하겠다는 확고한 의지도 중요하게 여겨지지 않았다.

'의인도 없고 죄인도 없어. 그러니 그녀도 죄인이 아닌 거야.' 그는 생각했다. 설사 피에르가 아내와 결합하는 데 즉각 동의를 표명하지 않았다 해도 그것은 단지 지금처럼 우울한 상태에서는 어떤 것도 실행에 옮길 수 없었기 때문이다. 설사 아내가 그를 찾아왔더라도 지금의 그는 그녀를 내쫓지 않았을 것이다. 피에르의 마음을 차지한 것에 비하면 아내와 사느냐 마느냐는 어찌 되든 상관없지 않았을까?

아내에게도 장모에게도 전혀 답변을 보내지 않던 피에르는 어느 날 밤늦게 길 떠날 채비를 하고 이오시프 알렉세예비치를 만나러 모스크바로 가 버렸다. 다음은 피에르가 일기에 쓴 내용이다.

모스크바, 11월 17일.

방금 은인에게서 돌아와 그곳에서 경험한 모든 것을 서둘러

적어 두려 한다. 이오시프 알렉세예비치는 가난하게 살며 삼 년째 아주 심한 담낭 질환을 앓고 있다. 이제까지 누구도 그에게서 신음 소리나 불평을 들어 본 적이 없다. 지극히 소박한 식사를 할 때를 제외하고 그는 아침부터 밤늦게까지 학문을 연구한다. 그는 침대에 누운 채로 나를 친절하게 맞이하고 자기 옆에 나를 앉혔다. 내가 동방과 예루살렘 기사들의 신호를 보내자 그도 똑같은 신호로 답하고는 온화한 미소를 지으며 내가 프로이센 지부와 스코틀랜드 지부[92]에서 무엇을 배우고 얻었는지 물었다. 나는 할 수 있는 한 모든 것을 말했고, 내가 우리 페테르부르크 지부에 제안한 원칙을 전했으며, 내가 받은 불쾌한 대접과 나와 형제들 사이에 일어난 불화에 대해 알려 주었다. 꽤 오랫동안 침묵과 생각에 잠겨 있던 이오시프 알렉세예비치는 그 모든 것에 대한 의견을 말해 주었다. 일순간 그것이 모든 과거와 내 앞에 놓인 모든 미래를 비추었다. 그는 교단의 세 가지 목적이 무엇인지 기억하느냐고 물어 나를 놀라게 했다. 그것은 1) 신비의 수호와 인식, 2) 그러한 지각을 위한 자기 정화와 교화, 3) 그 같은 정화를 위한 노력을 통해 인류를 교화하는 것이다. 이 세 가지 가운데 가장 중요한 제일의 목적은 무엇일까? 물론 자기 교화와 정화다. 우리가 어떠한 상황에 상관없이 언제나 지향할 수 있는 목적은 오직 이것뿐이다. 그러나 그와 동시에 이러한 목적은 우리에게 가장 많은 노력을 요구한다. 따라서 우리

92) 프리메이슨의 '스코틀랜드 지부'는 스코틀랜드에 없었다. '스코틀랜드 지부'라는 명칭은 당시 독일의 어느 프리메이슨 지부를 가리켰다.

는 오만함으로 인해 길을 잘못 들어 이러한 목적을 간과한 채 자신의 더러움으로 인하여 감히 지각할 자격이 없는 신비에 손을 대기도 하고, 스스로 추악함과 음란함의 사례를 보이면서 인류의 교화에 손을 대기도 한다. 일루미나티는 사회 활동에 몰두하고 오만함으로 꽉 차 있기 때문에 순수한 교의가 아니다. 이오시프 알렉세예비치는 이러한 근거를 바탕으로 삼아 나의 말과 나의 모든 활동을 비판했다. 나는 그의 말에 마음속 깊이 동의했다. 우리의 대화가 내 가족 문제에 이르자 그는 이렇게 말했다. "내가 당신에게 말했듯이 참된 프리메이슨의 으뜸가는 본분은 자기 완성입니다. 그런데 종종 우리는 자신에게서 삶의 모든 어려움을 제거할 때 더 빨리 이러한 목적을 성취할 거라고 생각합니다. 하지만 선생." 그가 말했다. "오직 세상이 격동하는 환경 속에서만 우리는 세 가지 주요 목적을 성취할 수 있습니다. 1) 자기 인식, 인간은 오직 비교를 통해서만 자신을 인식할 수 있기 때문이죠. 2) 완성, 그것은 투쟁을 통해서만 성취됩니다. 3) 주요한 덕목, 즉 죽음을 향한 사랑의 성취입니다. 인생의 곡절만이 우리에게 인생의 공허함을 보여 주고, 죽음을 향한 우리의 선천적인 사랑이나 새 생명으로의 부활을 도와줄 수 있습니다." 이오시프 알렉세예비치가 자신의 심한 육체적 고통에도 결코 삶을 괴로워하지 않고 죽음을 사랑한 만큼, 실로 깨끗하고 지고한 속사람을 품고서도 자신은 아직 충분히 준비되어 있지 않다고 느낀 만큼 그 말은 더욱더 주목할 만했다. 그런 다음 은인은 나에게 우주의 위대한 사각형의 의미를 충분히 설명하고, 3과 7이라는 숫자가 만물의 기초임을 가르쳐 주었다. 그는 페테르부르크 형제들과의 소통을 멀리하지 말라고, 지부에서 2급 직분만 맡아 형제들을 오만함의 유혹으로부터 끌어내어 자기 인식과 완성이라는 참된 길로 이끌기 위해 노력하라고 조언했다. 그 외에 개인적으로 나를 위해 무엇보다 스스로를 주시하라고 충고했으며, 이러한 목적과 더불어 나에게 공책을, 내가 지금도 쓰고 있고 앞으로도 나의 모든 행동을 기록할 이 공책을 주었다.

페테르부르크, 11월 23일.

나는 다시 아내와 살고 있다. 장모가 눈물을 머금고 나를 찾아와 엘렌이 이곳에 있다는 것, 그녀가 나에게 자기 말을 끝까지 들어 달라고 애원한다는 것, 그녀는 죄가 없다는 것, 내가 그녀를 방치하여 그녀가 불행해한다는 것, 그리고 다른 많은 것에 대해 이야기했다. 나는 알았다. 나 스스로에게 그녀와 만나는 것을 허용하기만 해도 내가 더 이상 그녀의 바람을 거절하지 못하리라는 것을……. 의심 속에서 난 누구의 도움과 조언에 의지해야 할지 알 수 없었다. 은인이 이곳에 있다면 그분이 나에게 말해 줄 텐데……. 나는 내 방에 틀어박혀 이오시프 알렉세예비치의 편지를 거듭 읽으며 그와의 대화를 떠올렸다. 그리고 그 모든 것으로부터 간청하는 자를 뿌리쳐서는 안 되고 모든 사람에게, 하물며 나와 그토록 인연이 깊은 사람에게는 더욱더 도움의 손길을 내밀어야 하며 자신의 십자가는 스스로 짊어질 수밖에 없다는 결론을 내렸다. 그러나 내가 선을 위하여 그녀를 용서하는 것이라면 나와 그녀의 결합이 오직 정신적인 목적만을 띠도록 하자. 나는 그렇게 결심했고, 이오시프 알렉세예비치에게도 그렇게 편지를 보냈다. 나는 아내에게 말했다. 옛일을 모두 잊어 달라고, 내가 그녀에게 무슨 잘못을 저질렀든 용서해 달라고, 하지만 나에게는 그녀를 용서할 것이 하나도 없다고. 나는 그녀에게 이렇게 말할 수 있어 기뻤다. 그녀를 다시 보는 것이 내게 얼마나 괴로운 일이었는지 그녀가 모르게 하자. 나는 큰 저택의 2층에 거처를 정했고, 거듭남의 행복한 기분을 맛보고 있다.

9

언제나 그렇듯 당시에도 상류 사회는 궁정과 큰 무도회에 다 같이 모이면서도 저마다 나름의 미묘한 특색을 띤 여러 작은 모임으로 나뉘어 있었다. 그 가운데 가장 큰 모임은 루먄체프 백작과 콜랭쿠르[93]의 프랑스 모임인 나폴레옹 동맹이었다. 엘렌은 남편과 페테르부르크에 정착하자마자 이 모임에서 가장 눈에 띄는 지위 가운데 하나를 차지했다. 프랑스 대사관원들이며 지성과 정중함으로 명성이 높은 이 일파의 많은 사람들이 그녀를 방문했다.

엘렌은 유명한 황제들의 회담 때 에어푸르트에 있었고, 그

---

93) 아르망 콜랭쿠르(Armand Caulaincourt, 1773~1827). 프랑스의 정치가이자 외교관. 나폴레옹의 전속 부관을 거쳐 나폴레옹이 황제가 된 후에는 황제의 시종장이 되었다. 1807~1811년 러시아 주재 대사로서 대프랑스 동맹에 속한 국가들과의 협상을 담당했다.

곳에서 유럽의 주목할 만한 모든 나폴레옹주의자들과 인연을 맺고 돌아왔다. 에어푸르트에서 그녀는 눈부신 성공을 거두었다. 극장에서 그녀를 본 나폴레옹마저 누구인지 묻고 그 아름다움을 높이 평가했다. 피에르는 그녀가 아름답고 우아한 여성으로서 거둔 성공에 놀라지 않았다. 해가 갈수록 이전보다 더욱 아름다워졌기 때문이다. 오히려 그를 놀라게 한 것은 지난 두 해 동안 아내가 **'아름다운 만큼이나 총명하고 매력적인 여성'**이라는 평판을 얻는 데 성공했다는 점이다. 유명한 **리뉴 공**[94]은 그녀에게 여덟 쪽짜리 편지를 썼다. 빌리빈은 베주호바 백작 부인 앞에서 처음으로 말하려고 **재담**을 아껴 두었다. 베주호바 백작 부인의 살롱에 받아들여진다는 것은 지성의 학위로 여겨졌다. 젊은 사람들은 엘렌의 살롱에서 말할 거리를 찾기 위해 야회 전에 책을 읽어 두곤 했다. 대사관의 비서관들, 심지어 공사들까지 외교 비밀을 털어놓곤 했으므로 엘렌은 어느 정도 세력을 갖게 되었다. 그녀가 얼마나 어리석은지 아는 피에르는 정치와 시와 철학에 대한 이야기가 오가는 그녀의 야회나 만찬에 이따금 참석할 때면 의혹과 두려움 같은 야릇한 감정을 느끼곤 했다. 마술사가 시시각각 이제 곧

---

94) 샤를 조제프 드 리뉴(Charles Joseph de Ligne, 1735~1814). 벨기에의 장교이자 문인. 장자크 루소나 볼테르 같은 유럽의 중요 인물들과 주고받은 편지와 자신의 회고록으로 벨기에 문학에 큰 영향을 끼쳤다. 리뉴 공국의 군주 클로드 라모랄 대공의 아들로 7년 전쟁(1756~1763) 때 오스트리아 편에 서서 싸웠고, 신성 로마 제국의 황제인 요제프 2세에게 신임받는 고문이 되었다. 1780~1786년 사절로서 러시아에 파견되었으며, 튀르크 전쟁에서는 러시아와 오스트리아 편에서 싸웠다.

속임수가 들통이 날 것이라고 예감하며 느꼈을 감정, 피에르는 이런 야회에서 그 비슷한 감정을 맛보았다. 그러나 그러한 실롱을 유지하기 위해 꼭 필요한 것은 어리석음뿐인지, 아니면 속은 사람들 스스로가 그 기만 자체에서 만족을 발견한 것인지 속임수는 들통나지 않았다. 엘레나 바실리예브나 베주호바가 매력적이고 지적인 여성이라는 평판은 너무도 확고하게 뿌리를 내려 그녀는 어떤 저속하고 어리석은 말도 얼마든지 할 수 있었으며, 그렇게 해도 사람들은 다들 그녀의 말 한마디 한 마디에 희열을 느끼고 그 속에서 그녀 자신도 상상하지 못한 심오한 의미를 찾곤 했다.

피에르는 이 눈부신 사교계 여성을 위해 꼭 필요한 남편이었다. 그는 아무도 방해하지 않았다. 격조 높은 응접실의 전체적인 인상을 망치지도 않고 아내의 우아함과 재치에 상반된 모습으로 그녀에게 유리한 배경까지 되어 주는 얼빠진 괴짜에 대인 남편이었다. 피에르는 지난 두 해 동안 추상적인 관심에 계속 골몰하고 그 밖의 모든 것을 진심으로 경멸해 왔기에 그의 흥미를 끌지 않는 아내의 사교 모임에서는 모든 사람에게 무심하고 태연하고 친절한 태도를 취했다. 그 태도는 인위적으로 몸에 익힌 것이 아니어서 무의식적인 존경을 불러일으켰다. 그는 극장에 들어가듯 아내의 응접실에 들어갔다. 그는 모두를 알았고, 모두를 똑같이 반가워했으며, 모두에게 똑같이 무심했다. 이따금 그도 관심을 끄는 화제에 끼었는데, 그럴 때면 대사관원들이 그 자리에 있든 없든 신경 쓰지 않고 자신의 의견을 중얼중얼 지껄였다. 간혹 그 의견은 그 순간의 분위기에 전혀 어울리지 않았다. 그러나 페테르부르크에서 가장 뛰어난 여성의 괴짜 남편이라는 평판이 이미 확고하게 굳어져 아무도 그의 언행을 진지하게 받아들이지 않았다.

매일같이 엘렌의 집을 드나드는 많은 청년들 가운데 군 복무에서 이미 꽤 성공을 거둔 보리스 드루베츠코이는 엘렌이 에어푸르트에서 돌아온 이후 베주호프가와 가장 가까운 사람이 되었다. 엘렌은 그를 나의 시동이라고 부르면서 어린아이 다루듯 대했다. 그녀가 그에게 보내는 미소는 다른 모든 사람들에게 보이는 것과 똑같았지만 이따금 피에르는 그 미소를 보며 불쾌감을 느꼈다. 보리스는 각별하고 품위 있고 애수 어린 정중함으로 피에르를 대했다. 이런 느낌의 정중함도 피에르를 불안하게 했다. 삼 년 전 아내에게 받은 모욕으로 몹시 괴로움을 겪었기에 피에르는 이번에 그 같은 모욕의 가능성에서 스스로를 구하기 위해 첫째로는 본인이 아내의 남편이 아니라고 생각했으며, 둘째로는 자신에게 의심을 허용하지 않았다.

'아니야, 이제 블루스타킹[95]이 된 엘렌은 예전의 정욕을 완전히 버렸어.' 그는 마음속으로 중얼거렸다. '블루스타킹이 애욕을 품은 사례는 없지.' 그는 어디에서 끌어왔는지 모를, 또 그 자신이 의심 없이 믿는 법칙을 마음속으로 거듭 중얼거렸다. 그런데 이상하게도 보리스가 아내의 응접실에 있다는 사

95) 18세기 중엽 영국에서 문인이나 문학에 관심 있는 귀족들을 초청하여 담화 나누기를 즐기던 사교계 여성들을 가리킨다. 오늘날에는 문학이나 학문에 관심 있는 척하는 여성들을 경멸하는 뜻으로 쓰인다.

실(그는 거의 늘 있었다.)이 피에르의 육체에 영향을 미쳤다. 그의 팔다리를 모조리 옭아매고, 그의 행동에서 자연스러움과 자유를 앗아 가 버렸다.

'정말 기묘한 혐오감이군.' 피에르는 생각했다. '전에는 그 사람을 몹시 좋아하기까지 했는데 말이야.'

세상의 눈에 비친 피에르는 대영주, 유명한 아내를 둔 다소 눈치 없고 우스꽝스러운 남편, 똑똑한 괴짜, 아무것도 하지 않지만 아무에게도 해를 끼치지 않는 훌륭하고 선량한 젊은이였다. 그러나 그 모든 시간 동안 피에르의 영혼에서는 내적 발전이라는 복잡하고 힘겨운 노동이, 그에게 많은 것을 계시하고 그를 많은 영적인 의혹과 기쁨으로 이끈 노동이 벌어지고 있었다.

10

그는 계속 일기를 썼다. 다음은 이 시기에 쓴 것이다.

11월 24일.

8시에 일어나 성경을 읽은 후 출근했다가(피에르는 은인의 조언에 따라 여러 위원회들 가운데 한 곳의 직무를 맡았다.) 저녁 식사를 위해 돌아와 혼자 식사를 했으며(백작 부인에게는 내가 불쾌하게 여기는 손님들이 많이 와 있었다.) 적당히 먹고 마시고 나서 저녁 식사 후에는 형제들을 위해 저작의 구절들을 옮겨 적었다. 저녁에 백작 부인의 응접실로 내려가서 B.에 대한 우스꽝스러운 이야기를 들려주었다. 모두가 큰 소리로 웃음을 터뜨릴 때에야 비로소 그런 짓을 하지 말았어야 했다는 생각이 들었다.

행복하고 편안한 기분으로 잠자리에 든다. 위대하신 주여, 나로 하여금 당신의 길을 걷도록 도우소서. 1) 평온과 느림으로 분노를 조금이라도 이기게 하시고, 2) 절제와 혐오로 음욕을 이기게 하시고, 3) 분주함을 멀리하되, a) 국가적 업무와 b) 가정을 돌보는 일과 c) 친구 관계와 d) 경제 활동을 저버리지 않게 하소서.

11월 27일.

늦게 일어났고, 눈을 뜬 후에도 게으름을 부리며 오랫동안 침대에 누워 있었다. 나의 하느님, 당신의 길을 걸을 수 있도록 나를 도우시고 나를 강하게 하소서. 성경을 읽었으나 그에 걸맞은 감정 없이 읽었다. 우루소프 형제가 와서 세상의 소란에 대해 서로 이야기를 나누었다. 군주의 새로운 계획에 대해 이야기했다. 나는 비판하기 시작했으나 나의 원칙과 우리 은인의 말씀을 떠올렸다. 참된 프리메이슨은 참여를 요구받을 때 국가에서 열렬한 활동가가 되어야 하며 부름을 받지 않은 일에 대해서는 조용한 관조자가 되어야 한다. 나의 혀는 나의 적이다. 형제 G. V.와 O.가 나를 방문했고, 새로운 형제를 입회시키기 위한 사전 회의가 있었다. 그들은 나에게 레토르의 임무를 맡겼다. 나 자신이 나약하고 보잘것없다는 것을 느낀다. 그 후 화제는 신전의 일곱 기둥과 일곱 계단, 즉 일곱 가지 학문, 일곱 가지 미덕, 일곱 가지 악덕, 성령의 일곱 가지 선물에 대한 해석에 이르렀다. 형제 O.는 막힘없이 유창하게 말했다. 밤에 입회식이 행해졌다. 방의 새로운 설비가 광경을 웅장하게 하는 데 많은 기여를 했다. 입회자는 보리스 드루베츠코이였다. 내가 추천했고, 내가 그의 레토르였다. 캄캄한 방에 그와 함께 있는 내내 난 기이한 감정으로 동요했다. 나는 내 안에서 그를 향한 증오심을 발견했다. 그 증오심을 이기기 위해 헛되이 애쓰고 있다. 그리고 그 때문에 난 진심으로 그를 악에서 구하여 진리의 길로 이끌기를 원했다. 그러나 그에 대한 악한 생각들이 나를 떠나지 않았다. 내가 생각하기에 그가 공동체에 들어오려는 목적은 단지 사람들과 가까워지려는 열망, 우리 지부에 속한 사람들의 후원을 받으려는 열망에 있는 것 같았다. 그가 우리 지부에 N.과 S.가 없는지 여러 차례 물었다는(나는 그에게 그것에 답해 줄 수 없었다.) 근거 외에, 또한 내가 관찰한바 그가 우리의 신성한 교단에 존경심을 느끼지 못하며 영적인 개선을 바라기에는 지나칠 정도로 자신의 겉사람에 신경 쓰고 만족한다는 것 외에 나에게는 그를 의심할 만한 근거가 없다. 그러나 내 눈에는 진실하게 보이지 않았다. 캄캄한 방에서 마주 보고 서 있는 내내 그가 나의 말을 비웃는 느낌이 들었다. 나는 그의 드러난 가슴에 겨눈 장검으로 정말 찌르고 싶었다. 나는 말을 잘하지 못했기에 형제들과 대수장에게 나의 의심을 진실하게 전할 수 없었다. 자연의 위대한 건축자시여, 나로 하여금 거짓의 미로에서 벗어나게 해 줄 진리의 길을 발견하게 하소서.

일기장에는 그다음 세 쪽을 건너뛰어 다음과 같은 글이 적혀 있었다.

형제 V.와 단둘이 오랫동안 유익한 대화를 나누었다. 그는 나에게 형제 A.를 의지하라고 조언했다. 난 비록 보잘것없는 인간이지만 많은 계시를 받았다. 아도나이는 세상을 창조한 이의 이름이다. 엘로힘은 만물을 지배하는 이의 이름이다. 입으로 일컬을 수 없는 세 번째 이름은 모든 것이라는 의미를 지닌다.[96) 형제 V.와 나눈 대화는 미덕의 길에서 나를 지탱하고 소생시키고 단단히 세워 주었다. 그가 있는 곳에는 의심이 들어설 자리가 없다. 사회 과학의 빈약한 학설과 모든 것을 포용하는 우리의 신성한 가르침 사이에 존재하는 차이가 나에게는 분명히 보였다. 인간의 학문은 이해를 위해 모든 것을 세분하고, 관찰을 위해 모든 것을 죽인다. 교단의 신성한 학문에서는 모든 것이 단일체이며 모든 것이 전체와 생명의 상태로 인식된다. 삼위일체 — 물질의 세 가지 근원 — 는 유황과 수은과 소금이다. 유황은 기름과 불의 성질을 갖는다. 그것은 소금과 결합할 때 자신이 가진 불의 성질로써 소금 안에 갈망을 일으키고, 갈망을 통해 수은을 끌어당기고 포착하고 간직한다. 그리고 그것들이 협력하여 개별적인 몸들을 만들어 낸다. 수은은 유동성과 휘발성을 지닌 영적 본질, 즉 그리스도와 성령과 하느님이다.

12월 3일.

늦게 잠에서 깨어 성경을 읽었으나 아무런 느낌이 없었다.

96) 구약 성경에는 히브리인의 유일신을 가리키는 여러 이름이 등장하는데 그 가운데 '야훼'는 모세가 신에게서 직접 계시받은 신의 이름이다. 히브리인들은 이 이름을 입 밖에 낼 수 없는 거룩한 것으로 간주하여 '신'을 뜻하는 '엘로힘'이나 '나의 주'를 뜻하는 '아도나이'라는 호칭을 주로 사용했다.

그 후 밖으로 나와 홀을 거닐었다. 곰곰이 생각해 보고 싶었지만, 그 대신 상상은 사 년 전에 있었던 한 사건을 제시했다. 결투 후 모스크바에서 마주친 돌로호프 씨는 나에게 배우자 없이도 이제 충만한 정신적 평온을 누리고 있기를 바란다고 말했다. 그때 나는 아무 대꾸도 하지 않았다. 그런데 지금 그 만남을 세세하게 전부 기억해 내고는 마음속으로 그에게 이루 말할 수 없이 사나운 말과 신랄한 대답을 던졌다. 격분한 자신을 발견한 후에야 난 정신을 차리고 그 생각을 버렸다. 하지만 충분히 뉘우친 것은 아니다. 그 뒤에 보리스 드루베츠코이가 와서 온갖 사건에 대해 이야기하기 시작했다. 하지만 난 그가 도착한 순간부터 그의 방문에 불만을 느껴 뭔가 불쾌한 말을 해 버렸다. 그가 반박했다. 나는 격분하여 불쾌하고 심지어 난폭하기까지 한 말들을 퍼부었다. 그는 침묵했고, 내가 알아차렸을 때는 이미 늦었다. 이런, 내가 그를 전혀 다루지 못하다니! 그 원인은 나의 자존심이다. 나는 스스로를 그보다 높이고, 그 때문에 그보다 훨씬 더 저열해지고 만다. 그는 나의 무례함에 관대한데 나는 그와 반대로 그에게 경멸을 품고 있기 때문이다. 나의 하느님, 나로 하여금 그 앞에서 나의 혐오스러움을 더욱 잘 보게 하시고 또한 그에게 유익한 행동을 하게 하소서. 식사 후 잠이 들었다. 잠에 빠져드는 순간 나의 왼쪽 귀에 "너의 날이다."라고 말하는 목소리가 또렷하게 들렸다.

꿈을 꾸었다. 나는 어둠 속을 걸어가다 갑자기 개들에게 둘러싸였으나 겁내지 않고 계속 걷는다. 갑자기 작은 개 한 마리가 왼쪽 넓적다리를 물고 놓아주지 않는다. 나는 두 손으로 개의 목을 조르기 시작했다. 그리고 내가 그 개를 떼어 놓자마자 좀 더 큰 다른 개가 나의 가슴을 덮쳤다. 그 개를 떼어 냈지만 더 큰 개가 나를 물어뜯기 시작했다. 나는 그 개를 들어 올렸다. 높이 들수록 개는 점점 커지고 무거워졌다. 그런데 갑자기 형제 A.가 지나가다 내 팔을 잡아끌고 한 건물로 데려갔다. 그곳에 들어가기 위해서는 좁은 판자를 건너가야 했다. 걸음을 내딛자 판자가 휘어지며 떨어졌다. 나는 가까스로 손이 닿은 담을 기어오르기 시작했다. 안간힘을 쓴 끝에 두 다리는 한쪽에, 몸통은 그 반대쪽에 오도록 몸을 끌어 올렸다. 주위를 둘러보다 형제 A.가 담장 위에 서서 큰 가로수 길과 정원을 가리키는 것을 보았다. 정원에 크고 아름다운 건물이 있었다. 나는 잠에서 깼다. 주여, 자연의 위대한 건축자시여! 나로 하여금 개들 — 나의 정욕 — 을, 그 가운데서도 과거의 모든 정욕의 힘을 자기 안에 그러모은 마지막 개를 물리치게 도와주소서. 그리고 나로 하여금 꿈속에서 본 미덕의 신전으로 들어가게 도와주소서.

12월 7일.

꿈을 꾸었다. 이오시프 알렉세이치가 나의 집에 앉아 있기에 나는 몹시 기뻐하며 그를 대접하려 한 것 같다. 나는 낯선 사람들과 오랫동안 지껄이다 문득 그가 못마땅하게 여기리라는 생각이 들어 그에게 다가가 안으려고 한 듯하다. 그런데 가까이 다가선 순간 나는 그의 얼굴이 변모하여 젊어진 것을 본다. 그가 나에게 교단의 가르침 가운데 무언가를 조용조용히 이야기한다. 그가 너무 조그맣게 이야기하여 난 알아듣지 못한다. 그러고 나서 우리는 방에서 나간 것 같다. 그때 무언가 불가사의한 일이 일어났다. 우리는 바닥에 앉기도 하고 눕기도 했다. 그가 내게 무언가 말하고 있었다. 그에게 섬세한 감수성을 보여주고 싶었는지 나는 그의 말에 귀를 기울이지 않고 나의 속사람의 상태와 나를 덮은 하느님의 은총을 생각하기 시작했다. 그러자 나의 눈에 눈물이 고였다. 그가 이것을 알아차렸고, 난 흡족한 기분이 들었다. 그러나 그는 노여운 빛으로 나를 응시하더니 대화를 중단하고 벌떡 일어났다. 나는 두려워하며 그의 이야기가 나와 관련된 것이 아닌지 물었다. 하지만 그는 아무런 대답도 하지 않고 나에게 다정한 표정을 지었다. 그런 다음 문득 정신을 차리니 우리는 더블베드가 있는 나의 침실에 있었다. 그가 침대 가장자리에 누웠다. 나는 마치 그를 애무하고 싶은 욕망에 달아오른 듯 그의 옆에 누웠다. 그러자 그가 나에게 이렇게 묻는 듯하다. "솔직히 말해 봐요. 당신의 주된 애착은 무엇입니까? 당신은 그것을 알아냈습니까? 나는 당신이 그것을 이미 자각했다고 생각합니다." 그 질문에 당황한 나는 게으름이 나의 주된 애착이라고 말했다. 그는 믿지 못하겠다는 듯 고개를 저었다. 그러자 나는 더욱더 당황하며 그의 조언에 따라 아내와 살기는 하지만 남편으로서는 아니라고 대답했다. 이에 대해 그는 아내에게서 나의 애무를 빼앗아서는 안 된다며 반박했고, 그것이 나의 의무임을 깨닫게 했다. 그러나 나는 그것이 부끄럽다고 대답했다. 그러자 갑자기 모든 것이 자취를 감추었다. 나는 잠에서 깨어났고, 상념 속에서 "생명은 모든 사람의 빛이었다. 그 빛이 어둠 속에서 비치니 어둠이 그 빛을 이기지 못했다."라는 성경 문구[97]를 떠올렸다. 이오시프 알렉세예비치의 얼굴은 나이보다 젊어 보이고 환하게 빛났다. 그날 은인으로부터 편지를 받았다. 그는 편지에서 결혼 생활의 의무에 대해 썼다.

12월 9일.

꿈을 꾸었다. 꿈에서 깼을 때 심장이 마구 뛰었다. 난 모스크바에 있는 내 집의 큰 소파방에 있고 이오시프 알렉세예비치는 응접실에서 나오는 것 같았다. 난 그에게 이미 부활의 과정이 시작되었음을 즉시 깨닫고 그를 향해 몸을 던진 듯하다. 난 그의 입과 두 손에 입을 맞추고, 그가 내게 말한다. "자네는 나의 얼굴이 달라진 것을 알아차렸는가?" 나는 그를 품에 계속 끌어안은 채 그를 바라보았다. 얼굴은 젊어 보였으나 머리에 머리카락이 하나도 없고 외모도 완전히 달라진 듯했다. 그리고 난 이렇게 말한 것 같다. "당신과 우연히 마주쳤다 해도 전 당신을 알아보았을 겁니다." 그와 동시에 이런 생각을 한다. '내가 진실을 말한 걸까?' 갑자기 그가 죽은 시체처럼 누운 것이 보인다. 그러더니 그가 점차 의식을 차리고 알렉산드리아 종이[98]로 된 큰 책을 들고서 나와 함께 큰 서재로 들어갔다. 내가 그에게 "제가 그 책을 썼습니다."라고 말한 듯하다. 그러자 그는 고개를 끄덕여 응답했다. 나는 책을 펼쳤다. 그 책의 모든 면에 아름다운 그림들이 있었다. 나는 그 그림들이 한 영혼과 그 연인의 정사를

97) 『요한복음서』 1장 4~5절을 참조.
98) 크고 질이 좋은 그림 용지다.

묘사한 것임을 아는 듯했다. 그리고 여러 지면에서 투명한 몸에 투명한 옷을 걸친 채 구름을 향해 날아오르는 한 소녀의 아름다운 그림을 본 것 같다. 난 이 소녀가 다름 아닌 『아가(雅歌)』[99]에 대한 묘사임을 아는 듯하다. 그리고 이 그림들을 보며 자신이 악한 짓을 한다고 느끼면서도 그것을 뿌리치지 못하는 듯하다. 주여, 나를 도우소서! 나의 하느님, 이렇듯 나를 버려두고 돌보지 아니하는 것이 당신이 행하시는 일이라면 당신의 뜻이 그대로 이루어지이다. 그러나 나 자신이 그 원인이라면 내가 무엇을 해야 할지 가르쳐 주소서. 당신이 정녕 나를 버리신다면 나는 나 자신의 음란함으로 멸망할 것입니다.

99) 구약 성경에 수록된 시가이며 '솔로몬의 노래'로도 알려진 신비적이고 관능적인 시다. 기록 형식으로 보아 기원전 3세기경의 시로 추정된다.

11

로스토프가의 재정 형편은 시골에서 지낸 두 해 동안에도 나아지지 않았다.

니콜라이 로스토프는 뜻을 굳게 지켜 벽지의 연대에서 계속 근무하며 비교적 적은 돈을 썼지만, 오트라드노예에서의 생활 방식과 특히 미첸카의 업무 처리는 해마다 빚을 걷잡을 수 없이 늘려 갔다. 노백작이 상상할 수 있는 유일한 도움은 공무였기에 그는 일자리를 찾으러 페테르부르크로 갔다. 일자리를 구하기 위해서이기도 하지만, 그의 말에 따르면 마지막으로 소녀들을 즐겁게 해 주기 위해서이기도 했다.

로스토프 일가가 페테르부르크에 도착하고 얼마 지나지 않아 베르크가 베라에게 청혼했고, 그 청혼은 승낙을 받았다.

모스크바에서 로스토프가는 자신들이 어느 사회에 속해 있는지 몰랐고 또 생각해 보지도 않았지만 상류 사회에 속해 있었다. 그러나 페테르부르크에서 그들의 교제 범위는 뒤죽박죽이고 불분명했다. 페테르부르크에서 그들은 촌뜨기였다. 모스크바에 있을 때 로스토프가 사람들이 어느 사회에 속하는지 묻지도 않고 생계를 돌봐 준 사람들조차 그런 촌뜨기 수준으로는 자신을 낮추려 하지 않았다.

로스토프가는 페테르부르크에서도 모스크바에서처럼 손님맞이를 즐기며 지냈다. 그래서 밤참 시간에는 오트라드노예에서 이웃이었던 늙고 가난한 영주와 그 딸들, 여관인 페론스카야, 피에르 베주호프, 군(郡) 우체국장의 아들로 페테르부르크에서 근무하는 남자 등 온갖 다양한 사람들이 모여들었다. 남자들 가운데 보리스와 피에르 — 노백작이 길에서 마주친 피에르를 집으로 끌고 왔다 — 와 베르크는 로스토프가의 페테르부르크 저택에서 이내 가족 같은 사람들이 되었다. 베르크는 로스토프가에서 온종일 시간을 보냈으며, 청혼을 하려고 작정한 젊은이가 보여 줄 만한 그런 관심을 백작의 맏딸 베라에게 기울였다.

베르크가 아우스터리츠 전투에서 다친 오른팔을 모든 이들에게 내보이며 아무 필요도 없는 장검을 왼손에 쥐고 다닌 것이 헛되지는 않았다. 그가 모든 사람들에게 그 사건에 관하여 어찌나 집요하고 의미심장하게 이야기했던지 다들 그 행동의 합목적성과 가치를 믿게 되었다. 결국 베르크는 아우스터리츠 전투로 두 개의 훈장을 받았다.

핀란드 전쟁[100]에서도 그는 사람들의 눈에 띄는 데 성공했다. 그는 총사령관 옆에 있던 부관을 죽게 만든 유탄의 파편을 주위 지휘관에게 가져갔다. 아우스터리츠 전투 이후에 그랬던 것처럼 그가 그 사건을 모든 이들에게 어찌나 오랫동안 집요하게 이야기했던지 이번에도 다들 응당 그렇게 해야 했나 보다고 믿게 되었다. 베르크는 핀란드 전쟁으로 또 두 개의 훈장을 받았다. 1809년 그는 훈장을 주렁주렁 단 근위대 대위가 되어 페테르부르크에서 어떤 특별하고 유리한 직책을 맡게 되었다.

일부 자유사상가들은 베르크의 장점에 대해 들을 때 빙글거리며 웃기도 했지만, 베르크가 상관으로부터 호평을 받는 근면하고 용감한 장교이며 앞길이 창창하고 사회에서 확고한 지위까지 성취한 겸손하고 도덕적인 청년이라는 점은 인정하지 않을 수 없었다.

사 년 전 모스크바 극장의 아래층 일반석에서 독일인 동료와 마주친 베르크는 베라 로스토바를 가리키며 독일어로 말했다. "**저 아가씨는 나의 아내가 될 거야.**"(독일어) 그리고 그 순간 그녀와 결혼하기로 마음먹었다. 이제 페테르부르크에서 로스토프가와 자신의 지위를 저울질해 본 그는 드디어 때가 왔다고 판단하여 청혼을 한 것이다.

베르크의 청혼은 처음에 그로서는 달갑지 않을 당혹감과 함께 받아들여졌다. 내력도 확실하지 않은 리보니아 귀족의 아들이 로스토바 백작 영애에게 청혼한다는 것이 처음에는

---

100) 영국과 동맹을 맺은 스웨덴을 응징하려는 나폴레옹의 부추김으로 알렉산드르 1세는 1808년 2월 스웨덴과 전쟁을 벌였다. 그 전쟁은 러시아가 나폴레옹의 동의 아래 핀란드를 합병함으로써 종식되었다. 이 책 주 76를 참조.

이상하게 보였다. 그러나 베르크의 큰 특징이 매우 순박하고 선량한 이기주의였기에, 로스토프가 사람들은 어느새 베르크가 이것은 좋은 일이다, 심지어 대단히 좋은 일이다하고 그토록 확고하게 믿는다면 정말로 좋은 일일 것이라고 생각하게 되었다. 게다가 로스토프가도 형편이 몹시 좋지 않았다. 이것을 구혼자가 모를 리 없다. 무엇보다 베라는 스물네 살이며, 사교계의 모든 자리에 드나들고 있었다. 게다가 의심할 여지 없는 아름다움과 분별을 갖추었는데도 이제까지 아무도 그녀에게 청혼을 한 적이 없었다. 승낙이 떨어졌다.

"자, 알겠습니까?" 베르크가 동료에게 말했다. 베르크가 그 동료를 친구라고 부른 것은 그저 누구에게나 친구가 있다는 것을 알았기 때문이다. "알겠지요? 난 이 모든 것을 다 헤아렸습니다. 내가 모든 문제를 충분히 숙고하지 않았다면, 그리고 이 일이 어떤 이유로든 내키지 않는다면 난 결혼하지 않을 겁니다. 하지만 오히려 이제 나의 아버지와 어머니가 생활을 보장받게 되었습니다. 나는 그분들에게 발트해 연안의 토지를 임대받게 해 드렸습니다. 나와 아내는 페테르부르크에서 나의 봉급과 그녀의 재산과 나의 꼼꼼함으로 살아갈 수 있습니다. 우리는 잘 살 수 있습니다. 나는 돈 때문에 결혼하는 게 아닙니다. 그런 것은 미천한 짓이라고 생각합니다. 그러나 아내도 자기 몫을 가져오고 남편도 자기 몫을 가져와야 합니다. 나에게는 직무가 있고, 그녀에게는 인맥과 약간의 재산이 있습니다. 우리 시대에 그것은 어떤 의미를 갖습니다. 그렇지 않습니까? 하지만 무엇보다도 그녀는 아름답고 존경할 만한 아가씨이며 나를 사랑합니다…….”

베르크는 얼굴을 붉히며 씩 웃었다.

“나도 그녀를 사랑합니다. 그녀는 분별 있는 성품을 지녔거든요. 대단히 훌륭하답니다. 그녀의 여동생은 가족인데도 완전히 다르지요. 불쾌한 성격을 지닌 데다 지성도 없습니다. 정말이지…… 알겠죠? 아주 불쾌하다니까요……. 내 약혼녀는……. 나중에 우리 집에 오십시오…….” 그는 계속 말했다. 그러나 식사하러 오라고 말하려다 생각을 바꾸어 ‘차 마시러’ 오라고 말했다. 그러고는 혀를 쑥 내밀어 담배 연기로 행복에 대한 그의 공상을 충만하게 구현한 자그마한 둥근 고리를 만들어 내뱉었다.

베르크의 청혼이 처음에 베라의 부모에게 불러일으킨 당혹감이 진정되자 그런 경우 흔히 생기는 축제 같은 떠들썩함과 즐거움이 집안에 찾아왔다. 그러나 마음에서 우러나온 것이 아니라 표면적인 기쁨에 불과했다. 그 결혼에 관한 가족들의 감정에서는 곤혹스러움과 수치심이 뚜렷이 느껴졌다. 지금 그들은 자신들이 베라를 그다지 사랑하지 않고 아주 기꺼이 떼어 버리고 싶어 하는 것을 부끄러워하는 것 같았다. 누구보다 곤혹스러워한 사람은 노백작이었다. 아마도 그는 자신이 곤혹스러워하는 이유를 말로 표현할 수 없었겠지만 그 원인은 돈 문제였다. 그는 자신에게 무엇이 남았는지, 빚이 얼마나 되는지, 베라에게 지참금으로 무엇을 줄 수 있을지 확실하게 알지 못했다. 딸들이 태어났을 때 각자에게 지참금으로 농노가 300명씩 할당되었다. 그러나 영지들 가운데 한 곳은 이미 팔렸고, 또 한 곳은 저당을 잡혔을 뿐 아니라 지불 기한이 너무 지나 버려 매각해야 했다. 따라서 영지를 주는 것은 불가능했다. 돈도 없었다.

베르크가 약혼자가 된 지도 벌써 한 달이 지나고 결혼까지는 겨우 일주일밖에 남지 않았다. 그러나 백작은 여전히 지참금 문제에 대해 마음의 결정을 내리지 못했으며, 이에 대해 아내와 이야기하지도 않았다. 백작은 베라에게 략간의 영지를 나누어 주려 했다가, 산림을 매각하려 했다가, 어음을 담보로 돈을 빌리려 했다. 결혼을 며칠 앞둔 어느 날 베르크는 아침 일찍 백작의 서재에 들어와 즐거운 미소를 지으며 미래의 장인에게 베라 백작 영애의 지참금으로 무엇을 줄지 알려 달라고 정중하게 요청했다. 백작은 오래전부터 예감하던 이 질문에 너무 당황하여 머리에 처음 떠오른 생각을 경솔히 말해 버리고 말았다.

"마음에 드네. 그렇게 염려해 주다니. 마음에 들어. 자네도 만족할 걸세……."

그는 베르크의 어깨를 툭 치고는 대화를 끝맺으려고 자리에서 일어났다. 그러나 베르크는 즐거운 낯빛으로 빙글거리며 만약 베라의 지참금으로 무엇을 받게 될지 확실히 알지 못하면, 그녀에게 배분된 몫의 일부라도 미리 받지 못하면 자신은 부득이 결혼을 단념할 수밖에 없다고 설명했다.

"왜냐하면, 생각해 보십시오, 백작님, 만약 지금 아내를 부양할 확실한 수단도 없이 결혼하려 한다면 전 비열한 짓을 하는 셈이 됩니다……."

대화는 넓은 도량을 보이고도 싶고 새로운 요구를 받고 싶지도 않았던 백작이 어음으로 8만 루블을 주겠다고 말함으로써 매듭지어졌다. 베르크는 부드러운 미소를 지으며 백작의 어깨에 입을 맞추었다. 그리고 매우 감사하나 3만 루블을 현금으로 받지 않고는 도저히 새로운 생활에 정착할 수 없다고 말했다.

"백작님, 다만 2만 루블이라도……." 그는 이렇게 덧붙였다. "그럼 어음으로는 6만 루블만 주시면 됩니다."

"그래, 그래, 좋아." 백작이 빠르게 말했다. "이보게, 그저 미안할 뿐일세. 2만 루블을 주고, 8만 루블의 어음도 주지. 자, 내게 입을 맞춰 주게나."

12

나타샤는 열여섯 살이었다. 그해는 사 년 전 보리스와 입을 맞추고 나서 함께 손가락을 꼽으며 세어 보던 바로 그 1809년이기도 했다. 그 후로 그녀는 보리스를 한 번도 보지 못했다. 소냐 앞에서나 어머니와 함께 있을 때 보리스에 대한 이야기가 나오면, 그녀는 예전 일은 전부 입에 올릴 가치도 없고 이미 오래전에 잊은 어린애 장난이었다며 이미 결말이 난 문제에 대해 말하듯 너무도 거리낌 없이 말하곤 했다. 그러나 마음 속 가장 은밀한 곳에서는 보리스에게 한 약속이 장난이었는지 구속력이 있는 진지한 약속이었는지에 대한 문제가 그녀를 괴롭혔다.

1805년 모스크바를 떠나 군대에 들어간 이후로 보리스는 로스토프가 사람들을 만나지 않았다. 그는 여러 차례 모스크바에 오고 오트라드노예에서 멀지 않은 곳을 지나치면서도 로스토프가를 전혀 방문하지 않았다.

보리스가 자신을 만나고 싶어 하지 않는다는 생각이 이따금 나타샤의 머리에 떠올랐고, 그러한 추측은 어른들이 그에 대해 이야기할 때의 서글픈 어조로 확인되었다.

"요즘 시대에는 사람들이 옛 친구를 기억해 주지 않는구나." 백작 부인은 보리스에 대한 이야기가 나온 뒤에는 이렇게 말하곤 했다.

최근 로스로프가에 발길이 뜸해진 안나 미하일로브나도 어쩐지 유별날 정도로 위엄 있게 행동하며 아들의 훌륭한 점과 눈부신 출세에 대해 매번 감격에 겨워 즐거이 이야기했다. 로스토프 일가가 페테르부르크에 왔을 때 보리스가 그들을 방문하러 왔다.

그가 아무런 감정 없이 그들을 찾아간 것은 아니었다. 나타샤에 대한 기억은 보리스에게 가장 시적인 추억이었다. 그러나 동시에 그는 나타샤와 자신의 어린 시절 관계가 그녀나 자신을 구속할 수 없다는 것을 그녀와 가족들에게 분명히 느끼게 해 주려는 확고한 목적을 품고 갔다. 그는 베주호바 백작 부인과의 친교 덕분에 사교계에서 눈부신 지위를 차지했고, 그를 완전히 신임하는 고위층 인물의 후원 덕분에 군대에서도 눈부신 지위에 올랐다. 그래서 마음속에 페테르부르크의 가장 부유한 신붓감들 중 한 명과 결혼하겠다는 계획이 싹텄고, 그 계획은 매우 쉽게 실현될 수 있었다. 보리스가 로스토프가의 응접실에 들어섰을 때 나타샤는 자기 방에 있었다. 그가 온 것을 안 그녀는 빨갛게 상기된 얼굴에 다정한 미소 이상의 환한 웃음을 지으며 응접실에 뛰어들다시피 했다.

보리스가 기억하는 나타샤는 짧은 드레스를 입고 곱슬머리 아래로 검은 눈동자를 반짝이며 어린아이처럼 자지러지게 웃어 대던 사 년 전의 나타샤였다. 그래서 전혀 다른 나타샤가 들어왔을 때 그는 당황했고 얼굴은 기쁨에 찬 놀라움을 드러냈다. 그 표정이 나타샤를 기쁘게 했다.

"어때, 옛 말괄량이 친구를 알아보겠니?" 백작 부인이 말했다. 보리스는 나타샤의 손에 입을 맞추고는 그녀에게 일어난 변화에 깜짝 놀랐다고 말했다.

"정말 아름다워졌군요!"

'물론이죠!' 나타샤의 빛나는 눈이 답하고 있었다.

"하지만 아빠는 늙었죠?" 나타샤가 물었다. 그녀는 자리에 앉아 보리스와 백작 부인의 대화에 끼지 않고 말없이 어린 시절의 약혼자를 아주 세세하게 뜯어보았다. 그는 자신에게 머문 그 집요하고 다정한 눈길의 무게를 느끼며 이따금 그녀를 흘깃거렸다.

보리스의 군복, 박차, 넥타이, 머리 모양, 그 모든 게 최신 유행을 따른 우아한 것이었다. 나타샤는 그것을 금방 알아차렸다. 그는 백작 부인 옆의 안락의자에 약간 비스듬히 앉아 더할 나위 없이 청결하고 꼭 맞는 왼손 장갑을 오른손으로 매만지면서 독특하고 섬세하게 입술을 오므리며 페테르부르크 상류 사회의 오락에 대해 이야기했다. 또 부드러운 조소를 지으며 예전의 모스크바 시절과 모스크바의 지인들을 추억하기도 했다. 나타샤도 느꼈지만 그가 상류 귀족의 이름을 대며 자신이 참석한 공사의 무도회라든지 N. N.과 S. S.에게 초대받은 일에 대해 언급한 것은 우연이 아니었다.

나타샤는 눈을 치뜨고 그를 바라보며 줄곧 말없이 앉아 있었다. 그 시선은 점점 더 보리스를 불안하고 혼란스럽게 했다. 그는 점점 더 빈번히 나타샤를 돌아보며 이야기를 멈추었다. 그는 겨우 십 분 앉아 있다가 일어나서 작별 인사를 했다. 호기심 어린 도발적이고 다소 조롱하는 듯한 눈동자가 여전히 그를 바라보고 있었다. 첫 번째 방문 후 보리스는 나타샤가 변함없이 매력적으로 보이지만 그 감정에 굴복해서는 안 된다고 스스로에게 말했다. 그녀, 즉 재산이 거의 없는 아가씨와 결혼하면 출세를 망칠 수 있고, 또 결혼할 목적 없이 예전의 관계를 되살리는 것은 점잖은 행동이 아니었기 때문이다. 보리스는 나타샤와의 만남을 피하기로 다짐했다. 그러나 그렇게 결심하고도 며칠 후 다시 찾아갔고, 점차 더 자주 로스토프가를 드나들며 온종일 그곳에서 시간을 보내게 되었다. 그는 나타샤와 의논을 해야 할 것 같다고 생각했다. 옛일은 모두 잊어야 한다고, 그 모든 것에도 불구하고…… 당신은 나의 아내가 될 수 없고, 나에게 재산이 없으니 당신은 나와의 결혼을 절대 허락받지 못할 것이라고 그녀에게 말해야 할 것 같았다. 그러나 여전히 그렇게 하지 못했고, 그러한 해명을 꺼내는 것에 거북함을 느꼈다. 날이 갈수록 그는 점점 더 혼란에 빠졌다. 어머니와 소냐가 보기에 나타샤는 예전과 마찬가지로 보리스를 사랑하는 것 같았다. 그녀는 그가 좋아하는 노래를 불러 주고, 그에게 앨범을 보여 주며 거기에 글을 쓰게 했다. 그리고 그가 옛일을 추억하게 내버려 두지 않고 새로운 것이 얼마나 아름다운지 깨닫게 만들었다. 그리하여 그는 하려던 말을 못 한 채, 자신이 무엇을 하고 무엇을 위해 이곳에 오는지, 이 일이 어떻게 끝날지 알지 못한 채 날마다 안개 속으로 빠져들었다. 보리스는 엘렌의 집에 발길을 끊었고 그녀로부터 매일같이 비난하는 쪽지를 받았다. 그러면서도 로스토프가에서 온종일 머물며 하루하루를 보냈다.

13

어느 날 저녁 노백작 부인이 곱슬머리 가발을 벗은 머리에 나이트캡을 쓰고 잠옷 위에 덧저고리를 걸치고서 하얀 옥양목 나이트캡 아래로 성긴 머리카락 한 타래를 늘어뜨린 채 깔개 위에 머리를 조아리고 탄식과 신음 소리를 내며 저녁 기도를 하고 있을 때, 방문이 삐걱 소리를 내더니 머리카락에 컬페이퍼를 만 나타샤가 맨발에 슬리퍼를 신고 역시 잠옷 위에 덧저고리를 걸친 차림으로 뛰어 들어왔다. 백작 부인은 뒤를 돌아보며 얼굴을 찌푸렸다. 그녀는 "이 침상이 나의 관이 되옵니까?" 하며 마지막 기도문을 끝맺는 중이었다. 기도할 기분이 깨졌다. 얼굴에 홍조를 띠고 생기에 넘치던 나타샤는 기도 중인 어머니를 보자 갑자기 달음질을 멈추고는 몸을 웅크리고 앉아 자신을 나무라듯 무심결에 혀를 내밀었다. 어머니가 계속 기도하는 것을 본 그녀는 발끝으로 종종걸음을 치며 침대에 뛰어가 자그마한 두 발을 재빨리 비벼 슬리퍼를 벗어 던지고는 백작 부인이 자신의 관이 되지 않을까 두려워하는 침상 위로 팔짝 뛰어올랐다. 그 높다란 침상은 깃털 이불에 덮이고, 베개 다섯 개가 큰 것부터 순서대로 놓여 있었다. 나타샤는 팔짝 뛰어 깃털 이불에 몸을 파묻고 벽 쪽으로 돌아눕더니 몸을 길게 뻗었다 무릎을 턱까지 구부렸다 두 발을 찼다 하며 이불 밑에서 장난을 치기 시작했다. 그러고는 머리까지 이불을 덮어 쓰기도 하고 이불 안에서 어머니를 훔쳐보기도 하면서 들릴락 말락 한 소리로 킥킥거렸다. 백작 부인은 기도를 마치고 엄한 얼굴로 침대에 다가왔다. 그러나 나타샤가 머리까지 이불을 덮어쓴 것을 보고는 특유의 다정하고 옅은 미소를 지었다.

"얘, 얘, 얘." 어머니가 말했다.

"엄마, 잠깐 이야기 좀 해도 돼요? 그래도 되죠?" 나타샤가 말했다. "그럼 목에 한 번이요. 음, 한 번 더 할게요." 그러더니 그녀는 어머니의 목을 껴안고 턱 아래에 입을 맞추었다. 어머니를 대하는 나타샤의 행동거지는 겉보기에 무례했다. 그러나 그녀는 매우 세심하고 능숙해서 어떻게 안든 늘 어머니가 아픔이나 불쾌감이나 거북함을 느끼지 않게 할 수 있었다.

"자, 오늘은 뭐니?" 어머니는 베개 위에 편하게 자리를 잡고는 나타샤가 두 발을 차고 두어 차례 몸을 뒤척이고 한 이불 아래 나란히 누워 두 손을 내놓은 채 진지한 표정을 지을 때까지 기다렸다.

백작이 클럽에서 돌아오기 전에 매일 밤 이루어지는 이러한 나타샤의 방문은 어머니와 딸이 가장 좋아하는 즐거움 가운데 하나였다.

"도대체 오늘은 뭐니? 나도 너에게 해야 할 말이……."

나타샤는 한 손으로 어머니의 입을 막았다.

"보리스에 대해서죠……. 저도 알아요." 그녀가 진지하게 말했다. "저도 그것 때문에 온 거예요. 말씀하지 마세요. 저도 안다니까요. 아니에요, 말씀하세요!" 그녀는 손을 뗐다. "말씀하세요, 엄마. 그 사람, 사랑스럽죠?"

"나타샤, 넌 열여섯 살이야. 난 네 나이에 결혼을 했다. 넌 보랴가 사랑스럽다고 말하지. 그 애는 정말 사랑스럽더구나. 나도 그 애를 아들처럼 사랑해. 하지만 도대체 네가 바라는 게 뭐니? 무슨 생각을 하고 있어? 넌 그 애를 완전히 홀려 놓았더구나. 난 안다……."

백작 부인은 그렇게 말하며 딸을 돌아보았다. 나타샤가 침대의 네 모퉁이에 새겨진 마호가니 스핑크스 가운데 하나를 꼼짝 않고 똑바로 응시하며 누워 있어 백작 부인에게는 딸의 옆얼굴밖에 보이지 않았다. 백작 부인은 유난히 진지하고 골똘한 표정에 깜짝 놀랐다.

나타샤는 귀를 기울이며 생각에 잠겼다.

"뭐가 어때서요?" 그녀가 말했다.

"너는 그 애를 완전히 홀려 놓았어. 왜 그랬니? 그 애한테 바라는 게 뭐니? 그 애와 결혼할 수 없다는 건 너도 알잖아."

"어째서요?" 나타샤는 자세를 바꾸지 않은 채 말했다.

"그 애는 어리니까, 가난하니까, 친척이니까…… 너도 그 애를 사랑하지 않으니까."

"어머니가 어떻게 아세요?"

"알다마다. 그건 좋지 못한 행동이란다, 얘야."

"만약 제가 그러기를 바란다면……." 나타샤가 말했다.

"바보 같은 소리 좀 그만하렴." 백작 부인이 말했다.

"하지만 제가 원하면……."

"나타샤, 난 진지하게……."

나타샤는 백작 부인이 끝까지 말하게 두지 않고 그녀의 큰 손을 끌어당겨 그 위에, 그다음에는 손바닥에 입을 맞추었다. 그러고 나서 그 손을 뒤집어 "1월, 2월, 3월, 4월, 5월." 하고 속삭이며 어머니의 손가락 마디에, 마디와 마디 사이에, 그런 다음 또다시 손가락 마디에 입을 맞추기 시작했다.

"말씀하세요, 엄마, 왜 가만히 계세요? 말씀하세요." 그녀가 어머니를 돌아보며 말했다. 어머니는 부드러운 눈길로 딸을 바라보았다. 그처럼 딸을 응시하는 사이에 하려던 말을 까맣게 잊은 듯했다.

"그러면 안 된다, 얘야. 모두가 너희의 어린 시절 관계를 이해하는 건 아니란다. 우리 집을 드나드는 다른 젊은 사람들이 그 애와 네가 그처럼 가까운 것을 보면 네가 해를 입을 수도 있어. 무엇보다 그 애가 부질없이 괴로워하게 돼. 그 애는 아마 자신에게 맞는 짝을 발견할 거야. 돈 많은 여자를 말이다. 하지만 요즘 그 애는 제정신이 아니야."

"제정신이 아니라고요?" 나타샤가 되물었다.

"내 이야기를 들려주마. 나에게 사촌이 한 명 있는데……."

"알아요. 키릴 마트베이치죠. 하지만 그분은 노인이잖아요?"

"늘 노인이었던 것은 아니지. 하지만 말이야, 나타샤, 내가 보랴와 이야기를 해 봐야겠다. 그 애는 그렇게 자주 오면 안 돼……."

"왜 안 돼요, 만약 보리스가 오고 싶어 하면요?"

"그래 봤자 헛수고로 끝난다는 것을 내가 아니까 그러지."

"어머니가 어떻게 알아요? 안 돼요, 엄마, 보리스에게 말하지 마세요. 절대로 말하지 마세요. 정말 말도 안 돼요!" 나타샤는 제 물건을 빼앗기는 사람처럼 말했다. "그럼 결혼하지 않을게요. 그러니까 그 사람도 즐거워하고 나도 즐거워하면 그냥 그 사람이 오게 내버려 두세요." 나타샤가 생글생글 웃으며 어머니를 쳐다보았다.

"결혼하지 않고 이렇게 있을게요." 그녀는 한 번 더 말했다.

"그게 무슨 말이니, 얘야?"

"그냥 이렇게요. 뭐, 결혼할 필요는 없거든요. 그냥…… 이렇게 있을게요."

"이렇게, 이렇게라……." 백작 부인은 그 말을 되풀이하더니 뜻밖에도 온몸을 들썩이며 노파 같은 다정한 웃음을 터뜨렸다.

"그만 웃으세요. 그만하세요." 나타샤가 소리쳤다. "침대 전체가 흔들리잖아요. 엄마는 나랑 정말 비슷해. 나처럼 자지러지게 웃잖아요……. 잠깐만요……." 그녀는 백작 부인의 두 손을 잡고 "6월." 하며 한쪽 손의 새끼손가락 마디에 입을 맞추었다. 그리고 "7월, 8월." 하며 다른 손에 계속 입을 맞추었다. "엄마, 그런데 보리스는 정말 사랑에 빠진 걸까요? 엄마 눈에는 어떻게 보여요? 누군가도 엄마에게 그처럼 푹 빠졌었나요? 보리스는 정말 사랑스러워요, 정말, 정말 사랑스러워요. 단, 제 취향은 전혀 아니에요. 그는 식당 시계처럼 너무 좁은 사람이에요……. 모르시겠어요? 좁고, 아시겠어요, 회색이에요, 연회색……."

"무슨 바보 같은 소리를 하는 거니?" 백작 부인이 말했다.

나타샤는 계속 말했다.

"정말 모르시겠어요? 니콜렌카는 이해했을 텐데……. 베주호프는 파란색이에요. 빨강이 섞인 암청색이라고요. 그리고 사각형이에요."

"넌 그 사람에게도 교태를 부리고 있구나." 백작 부인이 웃으며 말했다.

"아뇨, 그 사람은 프리메이슨이에요. 난 알아요. 그 사람은 빨강이 섞인 암청색의 훌륭한 사람이에요. 엄마에게 어떻게 설명할지……."

"백작 부인." 문 너머에서 백작의 목소리가 들렸다. "아직 안 자?" 나타샤는 맨발로 팔짝 뛰어내려 슬리퍼를 손에 쥐고 자기 방으로 달려갔다.

그녀는 오랫동안 잠을 이룰 수 없었다. 그녀는 계속 생각했다. 자신이 생각하는 것, 자기 안에 있는 것을 다 이해해 줄 사람은 아무도 없을 거라고…….

'소냐는?' 그녀는 머리카락을 굵게 땋아 내린 채 둥글게 웅크리고 잠든 새끼 고양이를 쳐다보며 생각에 잠겼다. '아냐, 저 애가 뭘 알겠어! 소냐는 정숙해. 소냐는 니콜렌카를 사랑하게 된 후로 더 이상 아무것도 알고 싶어 하지 않아. 엄마도 몰라. 내가 얼마나 총명하고 얼마나…… 그녀가 얼마나 사랑스러운지, 정말 놀라워.' 그녀는 자신을 삼인칭으로 부르며 마음속으로 계속 중얼거렸다. 그리고 자기에게 이런 말을 하는 사람이 매우 지적인, 더할 나위 없이 지적이고 더할 나위 없이 훌륭한 남성이라고 상상했다……. '그녀는 모든 것을 다 지녔어.' 그 남자가 계속해서 말한다. '비범할 정도로 총명하고, 사랑스럽고, 아름답고, 정말 보기 드물게 아름답고 민첩해. 수영도 잘하고 승마도 잘하지. 그 목소리! 놀라운 목소리라고 할 만해!' 그녀는 케루비니의 오페라 가운데 자신이 좋아하는 소절을 부르고 나서 이제 곧 잠들 것이라는 즐거운 생각에 소리 내어 웃으며 침대에 뛰어오른 후 두냐샤를 큰 소리로 불러 촛불을 끄게 했다. 그리고 두냐샤가 방에서 미처 나가기도 전에 나타샤는 이미 다른 세계로, 훨씬 더 행복한 꿈의 세계로 건너가 버렸다. 꿈속에서도 모든 것이 현실에서처럼 경쾌하고 아름다웠다. 다만 꿈이 더 좋았던 것은 현실과 다르기 때문이었다.

다음 날 백작 부인은 보리스를 집으로 불러 이야기를 나누었고, 그날 이후 그는 더 이상 로스토프가에 드나들지 않았다.

14

1810년 새해 전야인 12월 31일 예카체리나 대제 시대의 어느 고관 집에서 신년 파티를 위한 무도회가 열렸다. 무도회에는 외교단과 군주도 참석할 예정이었다.

영국 강변도로[101]에 자리한 그 고관의 유명한 저택은 무수한 조명으로 빛났다. 붉은 모직을 깔고 환하게 조명을 밝힌 마차 승강장 옆에 경찰대가 서 있었다. 마차 승강장 위에는 헌병대뿐 아니라 경시 총감을 비롯해 수십 명의 경관들이 있었다. 승용 마차들이 차례로 물러나면 새로운 승용 마차들이 붉은 제복을 입은 하인들과 모자에 깃털을 단 하인들을 태운 채 다가왔다. 카레타에서 제복에 훈장을 단 남자들이 내렸다. 새틴

101) 페테르부르크의 네바 강변에서 '영국 강변도로'라고 불리는 이 구역에는 부유층의 궁전과 저택이 늘어서 있었다.

과 담비 모피를 휘감은 귀부인들은 요란스레 내려진 발판을 밟으며 카레타에서 조심스레 나와 마차 승강장의 모직 천을 따라 서둘러 소리 없이 지나갔다.

새로운 승용 마차가 다가오면 거의 매번 군중 사이에 속삭임이 퍼지고 모자들이 위로 들렸다.

"폐하신가?" "아니, 대신이야…… 왕자님이네…… 공사로군……. 깃털이 안 보여?" 군중 틈에서 그런 말들이 들려왔다. 군중 가운데 다른 이들보다 차림새가 훌륭한 한 사람은 모든 이들을 다 아는지 당대 최고 고관들의 이름을 입에 올렸다.

벌써 손님의 3분의 1이 무도회에 도착했다. 그러나 그 무도회에 참석해야 할 로스토프가 사람들은 아직도 분주하게 단장을 하고 있었다.

로스토프가 사람들은 이번 무도회를 위해 많은 의논과 준비를 했고, 초대장이 오지 않을까 봐, 의상이 준비되지 않을까 봐, 모든 것들이 딱 맞게 준비되지 않을까 봐 무척 조마조마해했다.

로스토프가 사람들과 함께 무도회에 갈 사람은 백작 부인의 친구이자 친척인 마리야 이그나치예브나 페론스카야였다. 야위고 얼굴색이 누르스름한 이 황태후 궁전의 여관은 지방 출신인 로스토프가 사람들을 페테르부르크의 상류 사회 틈에서 이끌어 주고 있었다.

로스토프가 사람들은 밤 10시에 여관을 데리러 타브리체스키 정원[102]에 들러야 했다. 그러나 10시 오 분 전인데도 아가

---

102) 페테르부르크 도심 동쪽으로 네바강의 굽이에 위치한 이 정원 딸린 대

씨들은 아직 의상을 입지 않은 채였다.

나타샤는 난생처음으로 큰 무도회에 가게 되었다. 이날 그녀는 오전 8시에 일어나 열에 들뜬 불안과 움직임으로 온종일을 보냈다. 아침부터 그녀의 모든 힘은 자신과 엄마와 소냐가 모두 더할 나위 없이 아름답게 차려입는 일에 쏠려 있었다. 소냐와 백작 부인은 자신들을 나타샤의 손에 전적으로 맡겼다. 백작 부인은 자홍색 벨벳 드레스를 입고, 나타샤와 소냐는 장밋빛 실크 슬립 위에 하늘하늘한 하얀 드레스를 입고 코르사주에 장미꽃을 달아야 했다. 머리는 그리스풍으로 매만지기로 했다.

중요한 것은 이미 다 끝내 둔 상태였다. 무도회를 위해 그들은 이미 다리, 팔, 목, 귀를 특별히 공들여 씻고 향수를 뿌리고 분을 발랐다. 실크 레이스 스타킹과 나비 리본이 달린 하얀 새틴 구두도 신었다. 머리치장도 거의 끝냈다. 소냐는 옷을 다 차려입었다. 백작 부인도 마찬가지였다. 그런데 나타샤가 모두를 돕느라 늦고 말았다. 그녀는 가냘픈 어깨에 화장복을 걸치고서 아직도 거울 앞에 앉아 있었다. 이미 드레스를 입은 소냐는 방 한가운데에 선 채 장식 핀 밑에서 끽끽 소리를 내는 마지막 리본을 자그마한 손가락으로 아프도록 누르며 고정하는 중이었다.

"그렇게 하면 안 돼. 그렇게 하면 안 된다니까, 소냐!" 나타샤는 고개를 돌리고 두 손으로 머리칼을 잡은 채 말했다. 머리

저택은 당시 마리야 페오도로브나 황태후의 거처였다.

칼을 쥐고 있던 하녀는 미처 손을 놓지 못했다. "나비 리본을 그렇게 하면 안 되지. 이리 와 봐." 소냐는 웅크리고 앉았다. 나타샤가 리본을 다른 식으로 꽂았다.

"아가씨, 제발 이러시면 안 돼요." 나타샤의 머리칼을 잡고 있던 하녀가 말했다.

"아, 이런, 잠깐! 이렇게 하는 거야, 소냐."

"너희, 빨리 하지 않을래?" 백작 부인의 목소리가 들렸다. "벌써 10시야."

"곧 가요, 곧. 엄마, 준비 다 하셨어요?"

"모자를 핀으로 고정하기만 하면 돼."

"제가 없는 사이에 하시면 안 돼요." 나타샤가 외쳤다. "엄마는 못 하실 거예요!"

"하지만 벌써 10시야."

10시 30분까지는 무도회에 도착하기로 했는데 아직 나타샤가 옷을 입어야 했고 타브리체스키 정원에도 들러야 했다.

머리치장을 끝낸 나타샤는 짧은 페티코트 — 그 아래로 무도화가 보였다 — 위에 어머니의 침실용 덧저고리를 걸친 채 소냐에게 뛰어가 그녀를 살펴보고는 어머니에게로 달려갔다. 나타샤는 어머니의 고개를 돌려 모자를 핀으로 고정한 후 희끗한 머리카락에 재빨리 입을 맞추고 그녀의 치맛단을 꿰매는 하녀들에게 다시 뛰어갔다.

문제는 나타샤의 지나치게 긴 치마였다. 두 하녀는 부랴부랴 실을 이로 끊으며 치맛단을 꿰맸다. 다른 하녀가 입술과 이로 핀을 물고 백작 부인에게서 소냐에게로 뛰어갔다. 또 다른 하녀는 한 손을 번쩍 들어 하늘하늘한 드레스를 잡고 있었다.

"마브루샤, 어서!"

"거기에 있는 골무 좀 주세요, 아가씨."

"이제 다 됐니?" 백작이 문밖에서 들어오며 말했다. "여기 향수를 가져왔다. 페론스카야도 기다리다 지쳤을 거야."

"다 됐어요, 아가씨." 하녀는 이렇게 말한 후 단을 꿰맨 하늘하늘한 드레스를 두 손가락으로 들어 올려 무언가를 훅 불어 털어 냈다. 이 몸짓을 통해 자기가 쥐고 있는 것이 공기처럼 가볍고 깨끗하다는 자각을 보여 주었다.

나타샤가 드레스를 입기 시작했다.

"곧 갈게요, 곧. 들어오지 마세요, 아빠!" 하늘하늘한 드레스에서 미처 얼굴을 빼지 못한 그녀가 문을 연 아버지에게 소리쳤다. 소냐가 문을 쾅 닫았다. 일 분 후 백작은 안으로 들어왔다. 파란 연미복에 긴 양말과 단화를 갖춰 입었으며, 몸에는 향수를 뿌리고 머리에 포마드를 발랐다.

"아빠, 정말 멋져요, 근사해요!" 나타샤가 방 한가운데에서서 하늘하늘한 드레스의 주름을 매만지며 말했다.

"잠깐, 아가씨, 잠깐만요." 하녀는 무릎을 꿇은 채 드레스를 아래로 잡아당기고 입의 한끝에서 다른 끝으로 혀를 놀려 핀을 옮기며 말했다.

"아무래도 안 되겠어." 소냐는 나타샤의 드레스를 보고 낙담한 목소리로 외쳤다. "아무래도 안 되겠어. 아직도 길어!"

나타샤는 몸거울에 모습을 비춰 보려고 뒤로 물러났다.

"아가씨, 하느님께 맹세하지만 전혀 길지 않아요." 마브루샤는 바닥을 엉금엉금 기어 아가씨를 따라가며 말했다.

"음, 길면 다시 꿰맬게요. 금방 고칠 수 있어요." 결단력이 있는 두냐샤가 가슴께의 솔에서 바늘을 뽑아 다시 마룻바닥에서 일감에 매달리며 말했다.

그때 모자와 벨벳 드레스 차림의 백작 부인이 부끄러운 듯 조용한 걸음으로 들어왔다.

"오! 나의 아름다운 여인이여!" 백작이 외쳤다. "너희 모두보다 더 예쁘구나……." 그가 안으려 했으나 백작 부인은 얼굴을 붉히며 옷이 구겨지지 않도록 뒤로 물러섰다.

"엄마, 모자를 더 비스듬히 쓰세요." 나타샤가 말했다. 그녀는 "제가 핀을 다시 꽂아 드릴게요." 하며 앞으로 달려갔다. 바느질을 하던 하녀들이 미처 그녀를 따라잡지 못해 하늘하늘한 드레스의 한 귀퉁이가 찢어지고 말았다.

"오, 하느님! 이게 뭐람? 하느님께 맹세하는데 제 잘못이 아니에요……."

"괜찮아요. 제가 꿰맬게요. 그럼 보이지 않을 거예요." 두냐샤가 말했다.

"아름다워요, 나의 여왕님!" 문으로 들어오던 보모가 말했다. "소뉴시카도요. 아, 다들 아름다워요."

10시 45분, 마침내 그들은 카레타를 타고 떠났다. 하지만 타브리체스키 정원에도 들러야 했다.

페론스카야는 이미 준비를 마쳤다. 늙고 아름답지 않은 그녀의 집에서도 로스토프의 집에서와 똑같은 상황이 벌어졌다. 비록 그렇게 분주하지는 않았지만(그녀에게는 이것이 일상적인 일이었다.) 그녀도 똑같이 늙고 추한 몸을 씻고 향수를 뿌리고 분을 발랐으며, 똑같이 귀 뒤쪽을 공들여 씻었다. 심지어 그녀가 기장 달린 노란 드레스를 입고 응접실로 나왔을 때 늙은 하녀가 여주인의 의상에 열광적으로 감탄하는 광경도 로스토프가와 똑같았다. 페론스카야는 로스토프가 사람들의 옷차림을 칭찬했다.

로스토프가 사람들은 그녀의 취향과 옷차림을 칭찬하고 나서 11시 무렵 머리 모양과 드레스를 조심하며 카레타에 제각기 자리를 잡은 후 출발했다.

15

나타샤는 그날 아침부터 잠시도 한가할 새가 없어 자기 앞에 어떤 일이 놓여 있을지 단 한 번도 생각해 보지 못했다.

축축하고 차가운 공기 속에서 비좁고 흔들리는 카레타의 옅은 어둠에 잠긴 채 그녀는 그곳 무도회의 조명을 환하게 밝힌 홀에서 자신을 기다리고 있을 광경을 처음으로 생생히 떠올렸다. 음악, 꽃, 춤, 군주, 페테르부르크의 모든 눈부신 젊은이들……. 그녀를 기다리는 것이 너무도 아름다워 그 일이 정말 일어날지조차 믿을 수 없었다. 그것은 카레타의 춥고 비좁고 어두운 인상과 그다지 어울리지 않았다. 마차 승강장의 붉은 천을 밟고 대기실에 들어가 외투를 벗고는 어머니 앞에서 소냐와 나란히 불빛이 환한 계단을 따라 꽃 사이로 걸어갈 때에야 비로소 그녀는 자신을 기다리는 모든 것들을 실감했다. 그때야 무도회에서 어떻게 처신해야 할지 기억해 냈고, 자신이 무도회의 여성들에게 필수적이라 생각하던 당당한 몸가짐을 보이려고 애쓰기 시작했다. 그러나 다행스럽게도 그녀는 눈이 아른거리는 것을 느꼈다. 아무것도 또렷이 볼 수 없었고, 맥박은 일 분에 100번이나 뛰었으며, 피가 심장에서 팔딱이기 시작했다. 그녀는 자신을 우스꽝스럽게 만들지 모를 태도는 취할 수 없었다. 흥분으로 숨이 멎을 듯했으나 오직 이것을 감추기 위해 온 힘을 다하여 걸었다. 이러한 모습은 그녀에게 가장 잘 어울리는 태도였다. 앞뒤에서 그들처럼 무도회 의상을 입은 손님들이 조용하게 서로 이야기를 나누면서 홀 안으로 들어가고 있었다. 하얀색, 하늘색, 장미색 드레스를 입고 드러난 팔과 목에 다이아몬드와 진주를 단 귀부인들이 계단 거울에 비쳤다.

나타샤는 거울을 바라보았으나 거울에 비친 상으로는 자신과 다른 사람들을 구별할 수 없었다. 모든 것이 하나의 눈부신 행렬로 뒤섞였다. 첫 번째 홀 입구에 이르자 목소리와 발소리와 인사말의 단조로운 소음이 나타샤의 귀를 먹먹하게 했다. 빛과 광채는 더욱더 그녀의 눈을 부시게 만들었다. 입구에 서서 이미 삼십 분 동안 사람들에게 "**뵙게 되어 정말 반갑습니다.**"라는 말을 똑같이 되풀이하던 주인 내외는 로스토프가 사람들과 페론스카야도 똑같이 맞이했다.

하얀 드레스를 입고 검은 머리칼에 똑같은 장미를 꽂은 두 소녀가 똑같이 무릎을 구부리며 인사했지만 여주인은 무의식적으로 가냘픈 나타샤에게 더 오랫동안 눈길을 주었다. 그녀는 나타샤를 바라보며 그녀에게만 여주인으로서의 미소에 더

해 특별한 미소를 보냈다. 여주인은 나타샤를 보면서 어쩌면 다시는 되돌릴 수 없는 황금빛 소녀 시절과 자신의 첫 무도회를 떠올렸을지도 모른다. 주인도 눈으로 나타샤를 좇으며 백작에게 어느 쪽이 딸인지 물었다.

"매력적입니다!" 그는 자신의 손가락 끝에 입을 맞추며 말했다.

홀에서는 손님들이 군주를 기다리느라 입구 앞에 북적거리며 서 있었다. 백작 부인은 이 무리의 맨 앞줄에 자리를 잡았다. 나타샤는 몇몇 사람들이 그녀에 대해 묻거나 바라보는 것을 듣고 느꼈다. 그녀는 자신에게 관심을 기울인 사람들이 호감을 느끼고 있다는 것을 알아차렸다. 이러한 관찰은 그녀를 다소 진정시켜 주었다.

'우리 같은 사람들도 있고 우리보다 못한 사람들도 있구나.' 그녀는 생각했다.

페론스카야는 무도회에 참석한 사람들 가운데 가장 저명한 이들의 이름을 백작 부인에게 가르쳐 주었다.

"저기 저 사람은 네덜란드 공사예요. 봐요, 머리가 희끗한 사람 말이에요." 페론스카야는 숱이 많고 곱슬머리인 은발의 자그마한 노인을 가리키며 말했다. 부인들에게 둘러싸인 그는 무언가로 그들을 웃기고 있었다.

"그리고 저 사람이 페테르부르크의 여왕인 베주호바 백작 부인이에요." 그녀는 홀에 들어오는 엘렌을 가리키며 말했다.

"정말 아름답죠! 마리야 안토노브나[103]에게도 뒤지지 않을 거예요. 늙은이, 젊은이 가릴 것 없이 다들 그녀 뒤에 엉겨 붙는 꼴을 봐요. 아름다울 뿐 아니라 총명하기까지 하죠. 사람들 말로는 왕자가…… 저 여자 때문에 정신을 못 차린다나 봐요. 저기 저 두 여자는 아름답지도 않은데 훨씬 더 많은 사람들에게 둘러싸여 있죠."

그녀는 홀을 가로질러 지나가던 귀부인과 매우 못생긴 딸을 가리키며 말했다.

"저 여자가 백만장자 신붓감이랍니다." 페론스카야가 말했다. "그리고 저기 구혼자들이 있네요."

"저 사람은 베주호바의 동생인 아나톨 쿠라긴이에요." 그녀는 머리를 높이 쳐들고 귀부인들 너머 어딘가를 바라보며 옆으로 지나가던 잘생긴 근위 기병을 가리키면서 말했다. "정말 잘생겼죠! 그렇지 않아요? 사람들 말로는 저 남자를 그 부유한 여자와 결혼시키려 한다더군요. 당신의 사촌인 드루베츠코이도 꽤나 매달리고 있죠. 수백만 루블이나 된다니까요." "물론 저 사람이 바로 프랑스 공사죠." 그녀는 콜랭쿠르를 가리키면서 누구냐고 묻는 백작 부인의 질문에 대답했다. "봐요, 어딘가의 왕처럼 보이죠? 역시 프랑스인들은 멋져요. 정말 멋지죠. 사교계에 그보다 멋진 사람들도 없어요. 아, 저기 그녀가 오네요! 아니에요. 그래도 우리 마리야 안토노브나가 가장 아름다워요! 정말 산뜻한 차림이군요. 매력적이에요!"

"안경 쓴 뚱뚱한 남자는 세계적인 프리메이슨이에요." 페

---

103) 마리야 안토노브나 나리시키나(Mariya Antonovna Naryshkina, 1779~1854)는 오랫동안 알렉산드르 황제의 정부였다.

론스카야는 베주호프를 가리키며 말했다. "저 사람을 아내와 나란히 세워 봐요. 정말이지 어릿광대라니까요!"

피에르는 마치 장터에 바글대는 사람들을 뚫고 지나가듯 뚱뚱한 몸을 이리저리 뒤뚱거리면서 좌우로 똑같이 무심하고 선량하게 고개를 끄덕이며 무리를 헤치고 지나갔다. 누군가를 찾는 것 같았다.

나타샤는 낯익은 피에르의 얼굴을, 페론스카야가 어릿광대라고 부른 그 사람의 얼굴을 반갑게 바라보았다. 그녀는 피에르가 무리 틈에서 자기들을, 특히 그녀를 찾고 있는 것을 알아차렸다. 피에르는 무도회에 참석하여 그녀에게 파트너를 소개해 주겠다고 약속했다.

하지만 피에르는 그들에게 미처 이르기 전에 하얀 제복 차림의 키가 크지 않은 매우 잘생긴 검은 머리 남자 옆에서 걸음을 멈추었다. 남자는 훈장을 단 어떤 키 큰 남자와 창가에 서서 이야기를 나누고 있었다. 나타샤는 하얀 제복 차림의 키가 크지 않은 젊은 남자를 한눈에 알아보았다. 볼콘스키였다. 그녀에게는 그가 무척 젊고 쾌활하고 멋있어진 것처럼 보였다.

"아는 사람이 한 명 더 있어요. 볼콘스키예요. 보이세요, 엄마?" 나타샤가 안드레이 공작을 가리키며 말했다. "기억하시죠, 오트라드노예의 우리 집에서 하룻밤 묵었잖아요."

"아, 저 사람을 알아요?" 페론스카야가 말했다. "난 저 사람이 못 견디게 싫어요. 요즘에는 저 사람이 모든 걸 좌지우지한답니다. 저 끝이 없는 오만함이라니! 아버지를 닮았어요. 그리고 저 사람은 스페란스키와 결탁해서 무슨 기획안을 작성하고 있어요. 봐요, 저 사람이 숙녀들을 어떻게 대하는지! 숙녀가 말을 거는데 고개를 돌리잖아요." 그녀는 안드레이 공작을 가리키며 말했다. "저 사람이 나에게 저 숙녀들을 대하듯 하면 욕을 퍼부어 줄 거예요."

16

갑자기 주위가 온통 술렁거리기 시작했다. 군중이 수군거리며 몰려들었다가 다시 양옆으로 갈라지고, 울려 퍼지는 음악 소리와 함께 양쪽에 늘어선 사람들 사이로 군주가 들어왔다. 주최자 부부가 그 뒤를 따랐다. 군주는 좌우로 고개를 끄덕이며 빠르게 걸었다. 만남의 이 첫 순간으로부터 한시바삐 벗어나려는 듯했다. 악사들은 곡에 맞춰 쓴 가사로 당시 널리 알려져 있던 폴로네즈를 연주했다. 가사는 이렇게 시작되었다. "알렉산드르여, 엘리자베타여, 우리는 당신들에게 매혹되었습니다." 군주는 응접실로 들어갔고, 사람들이 문가에 몰려들었다. 표정이 달라진 몇몇 사람들이 황급히 들어갔다가 다시 나왔다. 사람들이 다시 응접실의 문가에서 물러났다. 응접실에서 여주인과 이야기를 나누는 군주의 모습이 보였다. 어떤 청년이 당황한 표정으로 귀부인들을 떠밀며 옆으로 비켜 달라고 청했다. 몇몇 귀부인들은 사교계의 모든 규범을 까맣게 잊은 표정을 하고 옷차림을 엉망으로 만들며 앞으로 몰려들었다. 남자들은 귀부인들에게 다가가 폴로네즈를 위한 짝을 짓기 시작했다.

모든 사람들이 양옆으로 갈라서자 군주가 미소를 머금고서 박자에 상관없이 여주인의 손을 이끌며 응접실에서 나왔다. 그 뒤로 주인과 M. A. 나리시키나가, 그다음으로 공사들과 대신들과 온갖 장군들이 따랐다. 페론스카야는 잠시도 입을 다물지 않고 그들의 이름을 알려 주었다. 귀부인들의 절반 이상이 파트너를 구하여 폴로네즈를 추거나 출 준비를 하고 있었다. 나타샤는 자신과 어머니와 소냐가 벽 쪽으로 밀려나 폴로네즈 신청을 받지 못한 소수의 귀부인들 틈에 남은 것을 깨달았다. 그녀는 가냘픈 두 팔을 늘어뜨리고 서 있었다. 겨우 알아볼 수 있는 가슴을 고르게 들먹이며 숨을 죽인 채 가장 큰 기쁨이든 가장 큰 슬픔이든 기꺼이 받아들이려는 표정을 하고서 겁에 질린 반짝이는 눈으로 정면을 바라보았다. 군주도, 페론스카야가 가리킨 그 모든 고위층 인물들도 그녀의 마음을 끌지 못했다. 그녀는 한 가지 생각만 했다. '정말 아무도 나에게 와 주지 않으려나? 정말 나는 첫 번째 사람들 틈에서 춤을 출 수 없나? 정말 저 모든 남자들이 날 보지 못하는 건가? 지금 저 남자들은 나를 보지 않는 것 같아. 설사 나를 본다 해도 "아! 저 여자는 아냐. 딱히 볼만한 구석이 하나도 없잖아!"라고 말하는 듯한 표정으로 보고 있어. 아냐, 그럴 리 없어!' 그녀는 생각했다. '저 사람들은 알아야 해. 내가 얼마나 춤을

추고 싶어 하는지, 내가 얼마나 춤을 잘 추는지, 나와 춤을 추면 얼마나 즐거운지…….'

꽤 오랫동안 이어진 폴로네즈 소리가 이미 나타샤의 귀에는 구슬프게 추억처럼 들려왔다. 그녀는 울고 싶었다. 페론스카야는 그들 곁을 떠났다. 백작은 홀의 반대편 끝에 있었고, 백작 부인과 소냐와 그녀는 마치 숲속인 듯 그 낯선 군중 틈에서 어느 누구의 흥미도 끌지 못하는 불필요한 사람으로 외따로이 서 있었다. 안드레이 공작이 어떤 귀부인과 함께 옆을 지나쳤다. 그들을 알아보지 못한 듯했다. 잘생긴 아나톨은 미소 띤 얼굴로 자신이 이끄는 귀부인에게 무언가 이야기하며 마치 벽을 보는 듯한 눈길로 나타샤의 얼굴을 힐끔 쳐다보았다. 보리스는 그들 옆을 두 차례 지나쳤으나 그때마다 그들에게서 고개를 돌렸다. 춤을 추고 있지 않던 베르크와 아내가 그들에게 다가왔다.

마치 무도회가 아니면 가족적인 대화를 할 다른 장소가 없기라도 한 듯 이곳 무도회에서 이렇게 가족적인 친밀함을 나누는 것이 나타샤에게는 모욕적으로 느껴졌다. 베라가 자신의 초록 드레스에 대해 뭐라고 말하는 동안 나타샤는 그 말을 듣지도 그녀를 쳐다보지도 않았다.

마침내 군주가 마지막 춤 상대인 귀부인 옆에 멈춰 섰을 때(그는 세 명과 춤을 추었다.) 음악이 뚝 그쳤다. 이런저런 걱정거리에 정신이 팔린 듯한 부관이 로스토프가 사람들에게 달려와 그렇지 않아도 벽에 붙어 선 그들에게 또 어딘가로 비켜 달라고 청했다. 그러자 높은 연단에서 또렷하고 조심스러운 왈츠 소리가 매혹적인 리듬으로 울려 퍼졌다. 군주는 미소를 머금고서 홀을 보았다. 일 분이 지났다. 아직 아무도 시작하려 하지 않았다. 진행 담당 부관이 베주호바 백작 부인에게 다가와 춤을 청했다. 그녀는 미소를 지으면서 부관을 쳐다보지도 않고 그의 어깨에 한 손을 얹었다. 자기 일에 대가인 진행 담당 부관은 춤 상대인 귀부인을 힘차게 끌어안고서 처음에는 자신 있게 서두르는 기색 없이 리듬에 맞춰 그녀와 함께 원의 가장자리를 따라 미끄러지듯 나아가다가 홀의 구석에서 왼손을 잡고 그녀를 돌렸다. 점점 빨라지는 음악 소리 사이로 부관의 빠르고 민첩한 다리에서 울리는 박차의 규칙적인 소리만 들렸다. 춤 상대인 귀부인의 벨벳 드레스는 3박자에 맞춰 회전할 때마다 마치 불꽃을 일으키며 펄럭이는 것 같았다. 나타샤는 그들을 바라보았다. 왈츠의 그 첫 바퀴를 추는 사람이 자기가 아니라는 사실에 금방이라도 눈물을 쏟을 것 같았다.

하얀 기병 대령 군복을 입고 긴 양말과 단화를 신은 안드레이 공작은 활기차고 쾌활한 모습으로 로스토프가 사람들과 그다지 멀지 않은 원의 첫 번째 줄에 서 있었다. 피르고프 남작은 다음 날로 잡힌 국무 협의회의 첫 회의[104]에 대해 그와 이야기를 나누고 있었다. 안드레이 공작은 스페란스키와 가까운 사이인 데다 입법 위원회의 활동에도 참여하고 있어 온갖 소문이 무성하게 나도는 다음 날의 회의에 대해 정확한 정

104) 국무 협의회는 스페란스키의 제안에 따라 황제의 고문 기관으로 설립되어 입법, 행정, 사법 문제들을 조사했다. 1810년 1월 1일의 첫 회의를 시작으로 1906년까지 존속했다.

보를 줄 수 있었다. 그러나 그는 피르고프가 하는 이야기를 듣지 않고 때로는 군주를, 때로는 춤 출 준비를 하면서도 선뜻 원 안에 들어오지 못하는 남자들을 바라보았다.

안드레이 공작은 군주 앞에서 소심함을 보이는 그 남자들과 춤을 신청받고 싶어 숨을 죽이고 있는 여자들을 관찰했다.

피에르는 안드레이 공작에게 다가가 그의 팔을 잡았다.

"당신은 늘 춤을 추잖아요. 이곳에 나의 피보호자인 로스토바 아가씨가 있습니다. 그녀에게 춤을 신청해 주세요." 그가 말했다.

"어디?" 볼콘스키가 물었다. "실례합니다." 그는 남작을 돌아보며 말했다. "이 이야기는 다른 장소에서 마저 합시다. 무도회에서는 춤을 추어야죠." 그는 피에르가 가리킨 방향을 향해 앞으로 나아갔다. 절망에 빠져 넋이 나간 나타샤의 얼굴이 안드레이 공작의 눈에 들어왔다. 그는 그녀를 알아보았고 그녀의 기분을 짐작했다. 그리고 그녀가 사교계에 처음 나왔음을 알아차렸다. 그는 창가에서 그녀가 하던 이야기를 떠올리며 즐거운 표정으로 로스토바 백작 부인에게 다가갔다.

"당신에게 내 딸을 소개해도 될까요?" 백작 부인이 얼굴을 붉히며 말했다.

"기쁘게도 백작 영애와 이미 아는 사이입니다. 따님이 절 기억한다면 말입니다." 안드레이 공작은 그의 무례함을 지적한 페론스카야의 말과 정반대로 정중하고 깍듯하게 고개를 숙이며 말하고는 춤을 신청하는 말을 끝맺기도 전에 나타샤의 허리를 안고자 그녀에게 다가가 팔을 들었다. 그는 그녀에게 왈츠를 청했다. 절망과 기쁨을 모두 각오하고 있던 나타샤의 숨죽인 얼굴이 갑자기 행복과 감사에 넘치는 어린아이 같은 미소로 환하게 빛났다.

'오랫동안 당신을 기다렸어요.' 놀라면서도 행복해하는 이 소녀는 한 손을 안드레이 공작의 어깨에 올리며 그렁그렁 고인 눈물에 환히 빛나는 미소로 이렇게 말하는 듯했다. 그들은 원에 들어간 두 번째 쌍이었다. 안드레이 공작은 한창때 춤을 가장 잘 추는 사람들 가운데 한 명이었다. 나타샤는 춤을 매우 잘 추었다. 새틴 무도화에 감싸인 작은 두 발은 그녀와 상관없이 빠르고 경쾌하게 자기 일을 했고, 그녀의 얼굴은 행복의 기쁨으로 환하게 빛났다. 그녀의 드러난 목과 두 팔은 엘렌의 어깨에 비하면 앙상하고 아름답지 않았다. 어깨는 가냘프고, 가슴은 빈약하며, 두 팔은 가늘었다. 그러나 엘렌은 이미 그녀의 몸을 스친 수천의 모든 시선들로 인해 마치 광택제를 발라 놓은 것 같았다. 그에 비해 나타샤는 처음으로 몸을 드러낸, 누군가 그렇게 하지 않으면 안 된다고 설득하지 않았다면 몹시 부끄러워했을 소녀처럼 보였다.

안드레이 공작은 춤을 좋아했다. 또 모든 이들이 자신에게 들고 오는 정치적이고 지적인 화제에서 얼른 벗어나고도 싶고, 군주의 참석이 조성한 이 불쾌한 어색함의 원을 얼른 깨뜨리고도 싶어 춤을 추러 나갔다. 나타샤를 선택한 것은 피에르가 그녀를 가리켰기 때문이기도 하고, 예쁜 여자들 가운데 그녀가 가장 먼저 눈에 들어왔기 때문이기도 했다. 그러나 생동감 넘치고 바르르 떠는 그 갸날픈 몸을 끌어안은 순간, 그녀가 아주 가까이에서 움직이고 아주 가까이에서 미소를 지은 순간 그녀의 매력이 술처럼 그의 머릿속으로 쏟아져 들어왔다. 숨을 돌리느라 그녀와 떨어져 서서 춤추는 사람들을 바라보았을 때 그는 소생하고 젊어진 듯한 기분을 느꼈다.

17

안드레이 공작 다음에는 보리스가 나타샤에게 다가와 춤을 청했다. 무도회를 시작한 그 춤의 명수인 부관도 왔고, 그 밖에 여러 청년들도 춤을 청했다. 나타샤는 넘쳐 나는 춤 상대를 소냐에게 넘기며 발갛게 상기된 행복한 얼굴로 밤새도록 쉬지 않고 춤을 추었다. 그녀는 그 무도회에서 모든 사람들의 흥미를 끈 이런저런 사건들을 전혀 알아차리지 못했고 보지도 못했다. 군주가 오랫동안 프랑스 공사와 이야기한 것, 군주가 어느 귀부인에게 각별히 호의를 보이며 이야기한 것, 왕자가 이런저런 행동을 하고 이런저런 말을 한 것, 엘렌이 큰 성공을 거두고 누구누구의 특별한 관심을 받은 것을 몰랐다. 심지어 군주도 보지 못했다. 군주가 떠난 것을 알아차린 것도 단지 그가 떠난 후 무도회가 더 활기를 띠었기 때문이다. 밤참 전에 안드레이 공작이 다시 나타샤와 함께 흥겨운 코티용[105]을 한 차례 추었다. 그는 그녀에게 오트라드노예 가로수 길에서 처음 만난 것, 그녀가 달밤에 잠을 이루지 못한 것, 그가 우연히 그녀의 말을 들은 것에 대해 이야기했다. 안드레이 공작이 무심코 그녀의 말을 엿들은 그 감정 속에 무언가 부끄러운 것이 있는 듯 나타샤는 그 말에 얼굴을 붉히며 애써 자신을 변명하려 했다.

안드레이 공작은 사교계에서 성장한 모든 이들과 마찬가지로 사교계 안에서 사교계의 공통된 특징이 없는 것과 마주치기를 좋아했다. 그리고 놀라움과 기쁨과 수줍음을 드러내는, 심지어 프랑스어에서 실수를 하는 나타샤는 바로 그러한 사람이었다. 그는 그녀를 각별히 부드럽고 세심하게 대하며 이야기를 나누었다. 옆에 앉아 지극히 소박하고 사소한 화제에 대해 이야기를 나누면서 안드레이 공작은 그녀의 눈동자와 미소에 어린 즐거운 반짝임을 황홀하게 바라보았다. 그 미소는 그들이 나누는 이야기가 아닌 그녀의 내적인 행복으로 인한 것이었다. 나타샤가 춤 신청을 받고 생긋 웃으며 일어나 홀을 누비며 춤을 출 때면 안드레이 공작은 특히 그 수줍음 어린 우아함에 넋을 잃었다. 코티용 도중에 나타샤는 피겨를 한 차례 추고 나서 다시 숨을 힘겹게 몰아쉬며 자기 자리로 갔다. 새로운 파트너가 다시 춤을 청했다. 그녀는 지쳐 숨을 헐떡였다. 그녀는 거절할까 생각하는 듯했으나 이내 다시 명랑하게

---

105) 네 사람 혹은 여덟 사람이 한 조가 되어 4분의 2박자 음악에 맞추어 추는 프랑스의 궁정 무용이다. 18세기에 프랑스에서 생겨나 유럽으로 퍼져 나갔다. 왈츠와 폴카와 마주르카를 혼합한 형태다.

파트너의 어깨에 손을 올리면서 안드레이 공작을 향해 생긋 웃었다.

'쉴 수 있다면, 당신 옆에 잠시 앉을 수 있다면 기쁠 텐데요. 난 지쳤어요. 하지만 보다시피 사람들이 나에게 춤을 신청해요. 난 그것이 기뻐요. 난 행복하고, 모든 사람들을 사랑해요. 당신과 난 이 모든 것을 잘 알잖아요.' 그리고 그 미소는 더 많은 것을 말하고 있었다. 파트너가 곁을 떠나자 나타샤는 피겨를 위해 두 숙녀를 데리러 홀을 가로질러 뛰어갔다.

'만약 그녀가 사촌에게 먼저 갔다가 다른 부인에게 간다면 그녀는 나의 아내가 될 거야.' 안드레이 공작은 그녀를 쳐다보면서 전혀 생각지도 않은 말을 속으로 중얼거렸다. 그녀는 사촌에게로 먼저 다가갔다.

'가끔 정말 황당한 생각이 들곤 한다니까!' 안드레이 공작은 생각했다. '하지만 한 가지는 확실해. 이 아가씨는 너무도 사랑스럽고 너무도 특별하기 때문에 이곳에서 춤을 추며 한 달을 채 보내기도 전에 결혼할 거야……. 여기에서는 드문 일이지.' 나타샤가 가슴 위의 흐트러진 장미꽃을 바로잡으며 옆에 앉을 때 그는 이런 생각을 했다.

코티용이 끝날 무렵 파란 연미복을 입은 노백작이 춤을 추는 사람들 쪽으로 다가왔다. 그는 안드레이 공작을 집에 초대하고는 딸에게 즐거웠느냐고 물었다. 나타샤는 대답하지 않고 그저 '어떻게 그런 질문을 하실 수 있어요?' 하고 나무라는 미소를 지을 뿐이었다.

"제 인생에 이렇게 즐거운 적은 없었어요!" 그녀가 말했다.

안드레이 공작은 가냘픈 두 팔이 아버지를 끌어안기 위해 재빠르게 올라갔다가 곧 내려오는 것을 보았다. 그녀는 인생에서 이제껏 한 번도 느껴 보지 못한 행복에 젖었다. 인간이 완전히 선하고 훌륭하게 되어 악이니 불행이니 슬픔이니 하는 것들이 존재할 수 있음을 아예 믿지 않게 되는 행복의 절정, 그녀는 그런 행복을 누리고 있었다.

피에르는 그 무도회에서 처음으로 아내가 상류 사회에서 차지한 지위에 모욕감을 느꼈다. 그는 침울하게 멍하니 있었다. 굵은 주름 한 가닥이 이마를 가로질렀다. 그는 창가에 선 채 누구를 보는 것도 아니면서 안경 너머를 응시하고 있었다. 나타샤는 밤참 자리에 가다가 그의 옆을 지나쳤다.

피에르의 우울하고 불행한 얼굴이 그녀를 놀라게 했다. 그녀는 앞에서 걸음을 멈추었다. 그를 돕고 그에게 자신의 넘치는 행복을 전해 주고 싶었다.

"정말 즐거워요, 백작님. 그렇지 않나요?" 그녀가 말했다.

피에르는 그녀의 말을 이해하지 못한 듯 멍하니 웃었다.

"네, 정말 기쁩니다." 그가 말했다.

'어떻게 이런 사람들이 무언가에 불만을 품을 수 있을까? 특히 베주호프처럼 훌륭한 사람이 말이야.' 나타샤는 생각했다. 나타샤의 눈에는 무도회에 참석한 사람들이 모두 똑같이 서로를 사랑하는 선량하고 다정하고 훌륭한 이들로 보였다. 그녀는 어느 누구도 서로에게 모욕을 주지 못할 거라고, 따라서 다들 틀림없이 행복할 거라고 생각했다.

18

다음 날 안드레이 공작은 전날의 무도회를 떠올렸다. 그러나 그의 생각은 그것에 오래 머물지 않았다. '그래, 정말 멋진 무도회였어. 그리고 또…… 그래, 로스토바는 정말 사랑스러웠지. 그녀에게는 남다른, 무언가 신선하고 독특하고 페테르부르크적이지 않은 데가 있어.' 이것이 그가 전날의 무도회에 대해 생각한 전부였다. 그는 차를 마신 후 자리에 앉아 일을 시작했다. 그러나 피로 때문인지 수면 부족 때문인지 그날은 일하기에 좋지 않았다. 그래서 아무것도 하지 못하고 계속 자신의 일을 비판하다가 — 그에게 종종 있는 일이지만 — 누가 찾아왔다는 말을 듣고 기뻐했다.

그를 찾아온 사람은 온갖 위원회에서 근무하는 데다 페테르부르크의 모든 모임을 들락거리는 비츠키였다. 그는 새로운 사상과 스페란스키의 열렬한 추종자이고, 이런저런 근심으로 여념이 없는 페테르부르크의 소식통이며, 유파를 옷처럼 유행에 따라 선택하는, 그러나 이 때문에 그 유파의 가장 열렬한 주창자처럼 보이는 사람들 가운데 한 명이었다. 그는 모자를 벗자마자 안드레이 공작에게 달려와 곧바로 정신없이 이야기를 늘어놓기 시작했다. 그는 오늘 아침 군주가 개최한 국무 협의회 회의의 자세한 내용을 방금 막 확인하고는 그에 대하여 감격스럽게 떠벌렸다. 군주의 연설은 놀라웠다. 입헌 군주만이 할 만한 연설이었다. "폐하께서는 위원회와 원로원이 국가의 조직이라고 딱 부러지게 말씀하셨습니다. 그리고 통치는 독단이 아닌 확고한 원칙을 토대로 행해야 한다고 말씀하셨습니다. 또한 재정을 개혁하고 결산 보고서를 공개해야 한다고 말씀하셨습니다." 비츠키는 어떤 말들을 강조하고 의미심장하게 눈을 크게 뜨기도 하면서 말했다.

"그렇습니다. 오늘의 사건은 획기적인, 우리 역사에서 가장 위대한 획기적인 사건입니다." 그는 이렇게 결론지었다.

그토록 초조하게 기다리고 그토록 중요하게 생각하던 국무 협의회 회의의 개최에 대한 이야기를 듣고 나서도, 안드레이 공작은 막상 그 사건이 일어난 지금에 와서는 그것이 자신에게 감동을 주지도 않을 뿐 아니라 하찮은 일로만 느껴지는 것에 깜짝 놀랐다. 그는 조용히 냉소를 지으며 비츠키의 감격에 찬 이야기를 들었다. 지극히 단순한 생각이 머리에 떠올랐다. '나나 비츠키와 무슨 상관이 있지? 군주가 원로원에서 무슨 말을 하고 싶어 하는지가 우리와 무슨 상관이야? 과연 이 모든 것이 나를 더 행복하게, 더 뛰어나게 만들어 줄 수 있을까?'

그리고 이 단순한 생각은 안드레이 공작으로부터 현재 진행 중인 개혁에 관한 지금까지의 모든 관심을 앗아 갔다. 이날 안드레이 공작은 스페란스키의 집에서 열리는 '작은 모임'에서 식사를 해야 했다. 집주인은 그를 초대하며 모임을 그렇게 지칭했다. 예전에는 자신이 매우 열광하는 사람의 가족과 벗들로 구성된 이 만찬 모임이 안드레이 공작의 흥미를 강하게 끌었다. 이제껏 가정 속에서 스페란스키를 본 적이 없었기에 더욱 그러했다. 하지만 이제는 가고 싶은 마음이 들지 않았다.

그러나 약속된 만찬 시간에 안드레이 공작은 이미 타브리체스키 정원 부근에 있는 스페란스키의 소박한 사저에 들어서고 있었다. 다소 늦게 도착한 안드레이 공작은 평범하지 않은 청결함(수도원의 청결함을 연상시키는)이 유난히 눈에 띄는 작은 저택의 세공 마루 식당에서 스페란스키의 친한 지인들인 **작은 모임**의 사람들이 5시에 이미 전부 모여 있는 것을 보았다. 여성은 스페란스키의 작은딸(아버지처럼 긴 얼굴을 한)과 가정 교사 외에 아무도 없었다. 손님은 제르베, 마그니츠키, 스톨리핀이었다.[106] 커다란 목소리와 낭랑하고 또렷한 웃음소리, 마치 무대 위의 사람이 내는 것과 비슷한 웃음소리가 아직 대기실에 있는 안드레이 공작의 귀까지 들렸다. 누군가 스페란스키와 비슷한 목소리로 하, 하, 하 하고 또렷하게 박자에 맞추어 웃었다. 안드레이 공작은 스페란스키의 웃음소리를

---

106) 제르베는 스페란스키의 친척으로 외무 대신과 재무 대신을 지냈다. 마그니츠키는 스페란스키의 보좌관이었으며, 스톨리핀은 작가이자 원로원 의원이었다.

들어 본 적이 없었기에 정치가의 그 낭랑하고 날카로운 웃음소리는 기묘한 충격을 주었다.

안드레이 공작은 식당으로 들어갔다. 모든 사람들이 자쿠스카가 차려진 작은 테이블 옆의 두 창문 사이에 서 있었다. 스페란스키는 회색 연미복에 훈장을 하나 달고 유명한 국무협의회 회의에 입고 갔을 하얀 조끼와 높이 부풀린 하얀 넥타이를 갖춰 입고서 유쾌한 얼굴로 테이블 옆에 서 있었다. 손님들은 그 주위에 모여 있었다. 마그니츠키가 미하일 미하일로비치에게 한 가지 일화를 들려주고 있었다. 스페란스키는 마그니츠키가 말하려는 내용을 앞질러 웃으며 듣고 있었다. 안드레이 공작이 식당에 들어선 순간 마그니츠키의 말은 다시 웃음소리에 묻혔다. 스톨리핀은 치즈를 얹은 빵 조각을 우적우적 씹으며 크고 굵은 목소리로 말했다. 제르베는 목쉰 소리로 조용히 웃고, 스페란스키는 높고 또렷한 소리로 웃었다.

스페란스키는 여전히 웃으며 안드레이 공작에게 하얗고 부드러운 손을 내밀었다.

"당신을 보니 무척이나 기쁩니다, 공작." 그가 말했다. "잠시만……." 그는 마그니츠키를 돌아보며 이야기를 가로막았다. "오늘 우리는 한 가지 약속을 했습니다. 즐거움을 위해 식사하되 일에 대해서는 한마디도 하지 말자고 말입니다." 그러더니 그는 이야기하던 사람을 다시 돌아보고 또 웃음을 터뜨렸다.

안드레이 공작은 스페란스키의 웃음소리를 듣고 웃음을 터뜨리는 그를 바라보며 환멸 어린 슬픔과 놀라움을 느꼈다. 스페란스키가 아니라 다른 사람처럼 보였다. 예전에 안드레이 공작이 스페란스키의 비밀스러운 매력으로 여기던 모든 점들이 불현듯 뻔하고 추하게 보이기 시작했다.

테이블에서는 대화가 한순간도 멈추지 않았다. 마치 재미있는 일화 모음으로 이루어진 것 같았다. 마그니츠키가 이야기를 채 끝내기 전에 다른 누군가가 더 재미있는 이야기를 할 준비가 되었다고 선언했다. 일화는 대부분 국정 세계 자체에 관한 것이든가, 그렇지 않으면 근무하는 사람들에 관한 것이었다. 이 모임에서는 그런 사람들이 보잘것없다는 견해가 아주 확고하게 굳어져 그들에 대해 취할 수 있는 태도는 악의 없는 희화화밖에 없는 듯했다. 스페란스키는 오늘 아침 협의회에서 어느 귀먹은 고관이 그의 견해를 묻는 물음에 자신도 같은 의견이라고 대답하더라는 이야기를 했다. 제르베는 관계자 전원의 몰상식 때문에 주목을 받은 어느 감사의 전말에 대해 들려주었다. 스톨리핀은 말을 더듬으며 대화에 끼어들더니 대화에 심각한 분위기를 더할 기미를 보이면서 구체제의 학정에 대해 열을 올려 이야기하기 시작했다. 마그니츠키는 흥분한 스톨리핀을 놀렸다. 제르베가 농담하며 말참견을 하자 대화는 다시 이전의 유쾌한 방향으로 흘러갔다.

스페란스키는 업무 후 친구들과의 모임에서 휴식을 취하며 유쾌하게 보내기를 좋아하는 것 같았다. 모든 손님들은 그의 바람을 이해했기에 그를 즐겁게 하고 자신들도 즐기려고 노력했다. 그러나 그러한 즐거움이 안드레이 공작에게는 답답하고 불쾌하게 느껴졌다. 스페란스키의 카랑카랑한 목소리는 안드레이 공작에게 불쾌한 인상을 주었고, 가식적인 음색의 그칠 줄 모르는 웃음소리는 어쩐지 그의 기분을 상하게 했다. 안드레이 공작은 웃지 않았다. 그는 자신이 이 모임의 분위기를 무겁게 할까 봐 염려했다. 그러나 아무도 안드레이 공작이 전체 분위기에 어울리지 못하는 것을 눈치채지 못했다. 모두들 무척 즐거운 듯 보였다.

그는 여러 차례 대화에 끼려고 했지만 그때마다 그의 말은 물 밖으로 튀는 코르크 마개처럼 튕겨 나갔다. 그는 그들과 어울려 농담을 할 수도 없었다.

그들의 말에는 저속하거나 부적절한 것이 전혀 없었으며, 모든 것이 기지가 넘치고 웃음을 자아낼 만했다. 그러나 즐거움의 소금[107]을 이루는 바로 그 무언가가 없었을 뿐 아니라 그들은 그런 것이 있다는 사실도 몰랐다.

만찬 후 스페란스키의 딸과 가정 교사가 일어났다. 스페란스키는 하얀 손으로 딸을 쓰다듬고 입을 맞추었다. 안드레이 공작에게는 그러한 몸짓이 부자연스러워 보였다.

남자들은 영국식으로 테이블 주위에 남아 포트와인을 마셨다. 나폴레옹의 에스파냐 원정[108]에 대한 화제가 나와 다들 의

---

107) '아테네의 소금'은 품위 있는 유머를 뜻하는 관용어다. '즐거움의 소금'은 이 관용어를 염두에 둔 표현이다.

108) 1807년 나폴레옹은 적대국인 영국이 유럽 대륙과 무역을 아예 못하도록 봉쇄하기 위해 영국의 우방인 포르투갈을 공격했다. 나폴레옹은 이 과정에서 동맹국인 에스파냐의 도움을 얻어 포르투갈을 점령했다. 그 후 에스파냐마저 점령하고 당시 나폴리의 왕이던 형 조제프를 에스파냐 왕으로 임명했다. 그러나 1813년 웰링턴 장군이 지휘하는 영국군과 에스파냐의 게릴라 부대들이 프랑스군을 에스파냐에서 몰아냈다.

견의 일치를 보이며 찬동하는 가운데 안드레이 공작이 반박을 하고 나섰다. 스페란스키는 대화의 방향을 돌리고 싶은 듯 미소를 지으며 그 대화와 관계없는 일화를 이야기했다. 모두 잠시 침묵했다.

테이블 앞에 잠시 앉아 있던 스페란스키는 포트와인의 마개를 닫더니 "요즘에는 좋은 술이 부츠를 신고 돌아다녀서[109] 말이야."라고 말한 후 그것을 하인에게 건네고 일어섰다. 다들 일어나 계속 두런두런 이야기를 나누며 응접실로 갔다. 스페란스키는 특사가 가져온 봉투 두 개를 전달받았다. 그는 그것을 들고 서재로 갔다. 그가 응접실을 나서자마자 전반적인 유쾌한 분위기가 착 가라앉고 손님들은 신중하고 조용하게 서로 이야기를 나누기 시작했다.

"자, 이제 낭송을 합시다!" 스페란스키는 서재에서 나오며 말했다. "놀라운 재능이랍니다!" 그는 안드레이 공작을 향해 말했다. 마그니츠키는 즉시 자세를 취하고 페테르부르크의 몇몇 유명 인사들을 겨냥하여 지은 익살스러운 프랑스어 시를 낭송하기 시작했다. 낭송은 박수 때문에 여러 차례 중단되었다. 시 낭송이 끝나자 안드레이 공작은 스페란스키에게 다가가 작별 인사를 했다.

"이렇게 일찍 어디로 가십니까?" 스페란스키가 물었다.

"야회에 가기로 약속해서요……."

그들은 잠시 침묵했다. 안드레이 공작은 어떤 접근도 허용

---

109) 값이 비싸다는 의미다.

하지 않는 그 거울 같은 눈동자를 가까이에서 들여다보았다. 그러자 스페란스키나 그와 결부된 자신의 모든 활동에서 무언가를 기대할 수 있었다는 것이, 그리고 스페란스키가 하는 일의 중요성을 인정할 수 있었다는 것이 우습게 느껴졌다. 스페란스키의 집에서 나온 후에도 그 정확하고 불쾌한 웃음소리는 안드레이 공작의 귓가에서 오랫동안 떠나지 않았다.

집에 돌아온 안드레이 공작은 지난 넉 달 동안의 페테르부르크 생활을 마치 새로운 무언가인 양 되돌아보기 시작했다. 그는 자신의 수고와 청원, 군법 기획안에 관한 일을 떠올렸다. 그 기획안은 고려의 대상이 되긴 했다. 그러나 매우 형편없는 다른 기획안이 이미 만들어져 군주에게 제출되었다는 이유만으로 다들 묵살하려고 했다. 그는 베르크가 위원으로 있는 위원회의 회의를 떠올렸다. 이 회의에서 회의의 형식과 진행 과정에 관한 모든 것이 얼마나 열렬히 오랫동안 토의되었는지, 또 문제의 본질에 관한 모든 것이 얼마나 주도면밀하게 얼마나 간단히 생략되었는지 떠올렸다. 그는 자신의 입법 활동에 대해, 자신이 로마 법전과 프랑스 법전의 조항들을 얼마나 고심하여 러시아어로 번역했는지에 대해 떠올렸다. 그러자 자신이 부끄러워졌다. 그러고 나서 보구차로보, 시골에서 하던 일들, 랴잔 여행을 생생히 떠올리고 농부들과 드론 촌장을 떠올렸다. 그는 자신이 항목별로 분류한 인권을 그들에게 적용해 보고는 어떻게 그런 무익한 일에 그토록 오랫동안 매달릴 수 있었는지 놀라고 말았다.

19

다음 날 안드레이 공작은 아직 찾아보지 않은 몇몇 집을 방문했다. 그 가운데는 지난 무도회에서 친분을 회복한 로스토프가도 있었다. 예의상 로스토프가를 방문해야 하기도 했지만 자신에게 즐거운 추억을 남긴 그 특별하고 생기발랄한 아가씨를 집에서 만나 보고 싶었다.

나타샤는 그를 가장 먼저 맞이한 사람들 가운데 한 명이었다. 그녀는 파란 평상복을 입고 있었다. 안드레이 공작에게는 그런 차림을 한 그녀가 무도회 드레스를 입었을 때보다 더 아름다워 보였다. 그녀를 비롯해 로스토프가의 온 가족이 그를 오랜 친구처럼 꾸밈없이 진심으로 반겼다. 안드레이 공작이 예전에 엄격히 비판했던 그 가족 전체가 이제는 훌륭하고 소박하고 선한 사람들로만 이루어진 것처럼 보였다. 노백작의 환대와 선량함이 페테르부르크에서 유난히 인상적이고 다정하게 느껴져 안드레이 공작은 만찬을 거절할 수 없었다. '그래, 이들은 선량하고 훌륭한 사람들이야.' 볼콘스키는 생각했다. '물론 자신들이 나다샤 안에 간직해 둔 보물을 털끝만큼도 이해하지 못하지만. 그래도 이 유난히 시적이고 생명력이 넘쳐흐르는 매력적인 아가씨를 돋보이게 하기에 더할 나위 없이 훌륭한 배경을 이루는 선량한 사람들이야!'

안드레이 공작은 나타샤 안에서 너무도 낯설고 그가 모르는 어떤 기쁨으로 충만한, 그때 오트라드노예 가로수 길과 달밤의 창가에서 그를 몹시 자극하던 특별한 세계를 감지했다. 이제 그 세계는 더 이상 그를 자극하지 않았으며 낯설지 않았다. 그러나 그 세계에 발을 내딛은 그는 그 속에서 새로운 기쁨을 발견했다.

만찬 후 나타샤는 안드레이 공작의 요청에 따라 클라비코드 옆으로 가 노래를 부르기 시작했다. 안드레이 공작은 창가에 서서 부인들과 이야기를 나누며 그녀의 노래에 귀를 기울였다. 노래 도중에 안드레이 공작은 말을 멈추었다. 뜻밖에 눈물로 목이 메는 것을 느꼈다. 자신에게 그런 일이 있으리라고는 전혀 생각지 못했다. 그는 노래를 부르고 있는 나타샤를 바라보았다. 그러자 그의 영혼에서 무언가 새롭고 행복한 것이 생겨났다. 그는 행복한 동시에 서글펐다. 그에게는 눈물을 흘릴 만한 일이 전혀 없었다. 그러나 금방이라도 울음을 터뜨릴 것만 같았다. 무엇 때문일까? 옛사랑 때문에? 작은 공작 부인 때문에? 자기 환멸 때문에? 미래에 대한 희망 때문에? 그렇기도 하고 그렇지 않기도 했다. 그가 울고 싶었던 것은 무엇보다 그의 안에 존재하는 끝없이 위대하고 불명확한 무언가와 그 자신, 그리고 심지어 그녀의 존재 상태인 협소하고 육체적인 무언가 사이의 무시무시한 대립을 불현듯 생생히 인식했기 때문이다. 그 대립은 그녀가 노래하는 동안 그를 괴롭히고 또 기쁘게도 했다.

나타샤는 노래를 끝내자마자 그에게 다가와 자기 목소리가 마음에 들었는지 물었다. 이렇게 묻고는, 그 말을 던진 후에야 그런 질문을 해서는 안 된다는 것을 깨닫고 당혹스러워했다. 그는 그녀를 바라보며 빙그레 웃었다. 그리고 그녀가 하는 모든 것과 마찬가지로 그녀의 노래도 마음에 든다고 말했다.

안드레이 공작은 밤늦게 로스토프가를 나왔다. 그는 습관대로 잠을 자려고 누웠으나 곧 잘 수 없다는 것을 깨달았다. 초에 불을 붙인 그는 불면을 전혀 괴로워하지 않으며 침대에 앉기도 하고 일어서기도 하고 다시 눕기도 했다. 마치 답답한 방에서 하느님의 자유로운 세계로 나온 듯 그는 마음속에서 기쁨과 새로움을 느꼈다. 로스토바를 사랑하게 되었다는 것은 생각조차 못 했다. 그는 그녀에 대해 생각하지 않았다. 그저 그녀를 머릿속에 그려 보았을 뿐인데 그로 인하여 그의 삶 전체가 새로운 관점에서 보였다. '내가 무엇 때문에 몸부림을 치지? 내가 무엇 때문에 이 출구 없는 비좁은 틀에서 버둥대는 걸까? 삶이, 삶 전체가 그 모든 기쁨과 함께 내 앞에 환히 펼쳐져 있는데.' 그는 속으로 중얼거렸다. 그리고 한참이 지난 후 처음으로 미래에 대해 행복한 계획을 세우기 시작했다. 그는 아들의 교육에 신경을 써야겠다고, 교사를 구해 아들을 맡겨야겠다고 결심했다. 그다음에는 맡은 일을 그만두고 외국에 나가 영국, 스위스, 이탈리아를 둘러보기로 마음먹었다. '내 안에서 이토록 많은 힘과 젊음을 느끼는 한 난 스스로의 자유를 충분히 누려야 해.' 그는 속으로 중얼거렸다. '피에르가 옳아. 행복해지기 위해서는 행복의 가능성을 믿어야 한다고 말했지. 이제 난 그 말을 믿어. 죽은 자들을 장사하는 일은 죽은 자들에게 맡기자.[110] 하지만 생명이 붙어 있는 동안에는 살아야 하고 행복해야 해.' 그는 생각했다.

110) 안드레이 공작은 『누가복음서』 9장 59절에 기록된 그리스도의 말을 인용하고 있다.

20

어느 날 아침 새로 맞춘 깨끗한 군복을 입고 알렉산드르 파블로비치 군주같이 구레나룻에 포마드를 발라 앞쪽으로 쓸어내린 아돌프 베르크 대령이 피에르를 찾아왔다. 피에르는 모스크바와 페테르부르크의 모든 사람을 아는 만큼 그도 알고 있었다.

"방금 백작 부인에게 들렀다 왔습니다. 당신의 부인 말입니다. 대단히 불행하게도 난 소원을 이루지 못했답니다. 백작, 난 당신에게서 더 많은 행복을 얻게 되리라 기대하겠습니다." 그가 미소를 지으며 말했다.

"무엇이 필요한가요, 대령? 부탁이 있으면 말해 봐요."

"백작, 난 이제 새로운 집에 완전히 자리를 잡았습니다." 베르크가 말했다. 그는 이런 말이 절대 불쾌하게 들릴 리 없다는 점을 아는 듯했다. "그래서 우리 부부의 지인들을 위해 작은 야회를 마련하고 싶습니다.(그는 더욱 흐뭇하게 미소를 지었다.) 백작 부인과 함께 우리 집에 차 한잔 들러…… 저녁을 들러 와 주십시오. 나에게 그러한 영광을 베풀어 주시길 청하고 싶습니다."

그런 초대를 무자비하게 거절할 사람은 베르크 같은 사람들의 모임을 업신여기는 엘렌 바실리예브나 백작 부인뿐일 것이다. 베르크는 왜 집에서 작고 멋진 모임을 열려고 하는지, 왜 이것이 자신에게 기쁜 일이 될지, 카드나 좋지 못한 일에는 돈을 아끼는 그가 왜 멋진 모임을 위해 기꺼이 지출을 하려고 하는지 말했다. 어찌나 분명하게 설명하는지 피에르는 차마 거절하지 못하고 참석하겠노라 약속했다.

"단, 늦으면 안 됩니다, 백작, 감히 이런 부탁을 해도 된다면 말이죠. 그럼 8시 십 분 전에 와 주길 감히 부탁합니다. 카드놀이도 같이 합시다. 우리 장군님도 오신답니다. 그분은 나에게 몹시 잘해 주시지요. 저녁 식사에도 함께해 주십시오, 백작. 꼭 부탁합니다."

이날 피에르는 늘 지각하는 습관을 깨고 8시 십 분 전이 아닌 8시 십오 분 전에 베르크의 집을 방문했다.

베르크 부부는 야회에 필요한 것을 마련해 놓고 벌써 손님을 맞이할 준비를 갖추고 있었다.

베르크와 아내는 작은 반신상들과 작은 그림들과 새 가구로 꾸민 깨끗하고 밝은 새 서재에 앉아 있었다. 베르크는 새 군복의 단추를 모두 채우고 아내 옆에 앉아 언제든 자기보다 높은 사람들과 교제할 수 있고 또 그래야 한다고, 그것은 오직 그런 때에만 교제의 즐거움이 있기 때문이라고 설명하는 중이었다.

"당신은 무언가를 본받기도 하고 무언가를 부탁할 수도 있어. 내가 제일 낮은 관등일 때부터 어떻게 살아왔는지 봐.(베르크는 햇수가 아닌 황제의 포상을 기준으로 자기 생애를 계산했다.) 동료들은 아직도 별 볼일 없는 자들이지만 난 연대장의 공석 대기자인 데다 당신의 남편이 되는 행운을 얻었잖아.(그는 일어나 베라의 손에 입을 맞추었는데 그녀에게 다가가는 도중에 양탄자의 접힌 귀퉁이를 바로 폈다.) 그럼 내가 무엇을 통해 이 모든 것을 얻었겠어? 무엇보다 지인을 선택하는 솜씨 때문이지. 물론 덕망과 꼼꼼함도 갖추어야 하지만……."

베르크는 연약한 여성에 대한 자신의 우월함을 의식하며 미소를 짓고는 이 사랑스러운 아내 역시 남성의 가치를 구성하는 것, 즉 **남성이 된다는 것**(독일어)을 다 이해할 수 없는 연약한 여성에 불과하다고 생각하며 입을 다물었다. 그때 베라 역시 덕망 있고 훌륭한 남편, 그러나 베라의 견해에 따르면 다른 모든 남자들과 마찬가지로 인생을 잘못 이해하고 있는 남편에 대한 자신의 우월함을 의식하며 미소를 지었다. 베르크는 아내를 보면서 모든 여성을 연약하고 어리석은 존재로 생각했다. 베라는 남편 한 명만 보고 그에 관한 견해를 전체로 확대하며, 남자들은 전부 이성을 자기들의 전유물로 여기면서도 아무것도 알지 못하는 오만하고 이기적인 자들이라고 생각했다.

베르크는 일어섰다. 그는 자신이 비싼 값을 치른 아내의 레이스 케이프가 구겨지지 않도록 조심스럽게 그녀를 안고 입술 한가운데에 입을 맞추었다.

"다만 한 가지, 아이는 너무 빨리 생기지 않았으면 좋겠어." 그는 자신도 의식하지 못한 관념의 연상 작용에 따라 이렇게 말했다.

"네." 베라가 대답했다. "나도 그런 것은 전혀 바라지 않아요. 사회를 위해 살아야죠."

"유수포바 공작 부인도 똑같은 것을 걸쳤지." 베르크는 케이프를 가리키며 행복하고 선량한 미소를 지었다.

그때 하인이 와서 베주호프 백작이 도착했다고 알렸다. 부부는 자기만족의 미소를 주고받았다. 그들은 각자 그 방문의 영광이 자기 덕분이라고 생각했다.

'바로 이런 게 교제 능력이라는 거야.' 베르크는 생각했다. '이런 게 곧 처세술이지!'

"다만 제발 내가 손님들을 상대할 때 말을 가로채지 좀 말아요. 손님들을 각각 어떻게 상대해야 할지, 어떤 모임에서 무슨 말을 해야 할지 나도 아니까요." 베라가 말했다.

베르크도 미소를 지었다.

"안 돼. 때때로 남자들에게는 남성적인 화제가 필요하니까." 그가 말했다.

피에르는 새 응접실로 안내되었다. 그곳에는 대칭과 청결과 질서를 깨뜨리지 않고는 어디에도 앉을 곳이 없었다. 그러므로 베르크가 귀빈에게 안락의자나 소파의 대칭을 깨도록 관대하게 권한다든지 이 점에서 병적으로 망설이는 듯한 그가 이 문제의 해결을 손님의 선택에 맡긴 것은 매우 납득할 만했으며 이상하지도 않았다. 피에르는 대칭을 깨뜨리고 등받이 없는 의자를 자기 쪽으로 끌어당겼다. 베르크와 베라는 앞다투어 손님을 상대하며 곧바로 야회를 시작했다.

베라는 머릿속으로 프랑스 대사관에 대한 이야기로 피에르를 상대해야겠다고 결정하고는 즉시 화제를 꺼냈다. 남성적인 화제도 필요하다고 판단한 베르크는 아내의 말을 가로채며 오스트리아와의 전쟁에 대한 문제를 건드렸다. 그러다가 자기도 모르게 공통된 화제에서 벗어나 오스트리아 원정에 참가하도록 제안받은 일이며 그것을 받아들이지 않은 이유에 대한 사적인 견해로 빠져 버렸다. 대화가 그다지 매끄럽진 않았지만, 베라가 남성적 요소의 개입에 화를 내긴 했지만 부부는 손님이 한 명뿐이어도 야회가 아주 순조롭게 시작되었다는 점을, 그들의 야회가 마치 두 개의 물방울처럼 대화, 차, 타오르는 양초가 있는 다른 모든 야회와 비슷하다는 점을 만족스럽게 느끼고 있었다.

곧 베르크의 오랜 동료인 보리스가 도착했다. 그는 보호자 같은 다소 우월한 태도로 베르크와 베라를 대했다. 보리스의 뒤를 이어 한 귀부인이 대령과 함께 왔고, 그다음에 장군이, 그다음에 로스토프가 사람들이 도착했다. 이미 야회는 전혀 의심할 여지 없이 모든 야회와 비슷해졌다. 베르크와 베라는 응접실의 그런 움직임을 보면서, 그 두서없는 이야기와 드레스 스치는 소리와 인사말을 들으면서 기쁨의 미소를 참을 수 없었다. 모든 것이 다른 모든 집의 야회와 비슷했다. 특히나 장군의 모습이 모든 야회에서와 비슷했다. 그는 집을 칭찬하기도 하고, 베르크의 어깨를 툭툭 치기도 하고, 아버지같이 권위적인 모습으로 보스턴 테이블의 배치를 지시하기도 했다. 장군은 일리야 안드레이치 백작을 손님들 가운데 자기 다음의 귀빈으로 대하며 그 옆에 앉았다. 늙은이들은 늙은이들끼리, 젊은이들은 젊은이들끼리 모이고, 여주인은 차 테이블 옆에 앉았다. 그 위에는 파닌가(家)의 야회 때와 똑같은, 케이크가 담긴 은제 바구니가 놓여 있었다. 모든 것이 다른 집의 야회와 완벽하게 똑같았다.

21

최고의 귀빈들 가운데 한 명인 피에르는 일리야 안드레이치, 장군, 대령과 보스턴을 하는 자리에 앉아 있어야만 했다. 피에르는 보스턴 테이블을 사이에 두고 나타샤의 맞은편에 앉게 되었다. 그런데 무도회 이후 그녀에게 일어난 기묘한 변화가 그를 놀라게 했다. 나타샤는 말이 없었다. 무도회 때만큼 아름답지 않을 뿐 아니라 눈에 보이는 모든 것에 무심하고 온화한 그런 표정을 짓지 않았더라면 아름답지 않게 느껴질 정도였다.

'무슨 일이 있나?' 피에르는 그녀를 흘깃거리며 생각에 잠겼다. 그녀는 차 테이블 근처의 언니 옆에 앉아 있었다. 피에르에게는 눈길도 주지 않으면서 자기 쪽으로 다가앉은 보리스에게 마지못해 뭐라고 대꾸했다. 같은 종류의 카드를 모두 털고 다섯 판을 이겨 파트너를 기쁘게 한 피에르는 카드를 모으는 순간 응접실에 들어오는 누군가의 발소리와 인사말을 듣고 다시 그녀를 흘깃 쳐다보았다.

'그녀에게 무슨 일이 일어난 거지?' 피에르는 더욱더 놀라며 속으로 중얼거렸다.

안드레이 공작이 조심스럽고도 부드러운 표정으로 그녀 앞에 서서 무언가 이야기했다. 고개를 들고 얼굴을 빨갛게 붉힌 그녀는 가쁜 호흡을 애써 억누르는 듯한 모습으로 그를 바라보았다. 그리고 조금 전까지 꺼져 있던 어떤 내적인 불꽃이 다시 그녀 안에서 환한 빛을 내며 타올랐다. 그녀는 완전히 달라졌다. 별 매력 없는 모습에서 다시 무도회 때와 똑같은 모습으로 변했다.

안드레이 공작이 피에르에게 다가왔다. 피에르는 친구의 얼굴에도 떠오른 새롭고 젊은 표정을 알아차렸다.

카드놀이를 하는 동안 피에르는 나타샤에게 등을 돌리고 앉았다가 나타샤와 마주 보고 앉기도 하며 여러 차례 자리를 옮겼다. 세 판 승부를 여섯 번 하는 내내 그녀와 친구를 계속 관찰했다.

'저들 사이에 무언가 아주 중요한 일이 일어나고 있어.' 피에르는 생각했다. 그러자 기쁘고도 쓰라린 감정이 마음을 뒤흔들고 카드놀이를 잊게 만들었다.

세 판 승부를 여섯 차례 하고 나자 장군은 이런 식으로는 카드놀이를 못하겠다며 일어섰고 피에르는 자유를 얻었다. 나타샤는 한쪽에서 소냐와 보리스와 함께 이야기를 나누고 있었다. 베라는 미묘한 웃음을 지으며 안드레이 공작과 무언가에 대해 이야기하고 있었다. 피에르는 친구에게 다가가 대화 내용이 혹 비밀이 아닌지 묻고 그들 옆에 앉았다. 나타샤에 대한 안드레이 공작의 관심을 눈치챈 베라는 야회에는, 진정한 야회에는 감정에 대한 미묘한 암시가 반드시 있어야 하는 법이라고 여겨 안드레이 공작이 혼자 있을 때를 포착해 그에게 감정 전반과 자기 여동생에 대한 이야기를 꺼냈다. 그처럼 지적인 손님(그녀는 안드레이 공작을 그렇게 생각했다.)을 상대하기 위해서는 그녀가 자신의 외교적 수완을 발휘해야 했다.

그들에게 다가간 피에르는 베라가 자기만족에 겨워 이야기에 푹 빠져 있고 공작이 당황한 듯 보이는 것(그에게는 좀처럼 없는 일이었다.)을 눈치챘다.

"어떻게 생각해요?" 베라가 미묘한 웃음을 지으며 말했다. "공작, 당신은 너무나 예리해서 사람의 성격을 금방 간파하잖아요. 나탈리에 대해 어떻게 생각해요? 그 애가 자신이 사랑하는 것에 한결같을 수 있을까요? 다른 여자들(베라는 자신을 의미한 것이었다.)처럼 한번 남자를 사랑하면 영원히 충실한 여자로 남을까요? 나는 그런 것을 진정한 사랑이라고 생각해요. 어떻게 생각해요, 공작?"

"그런 미묘한 문제를 풀기에는 내가 당신의 여동생에 대해 아는 게 별로 없군요." 안드레이 공작이 냉소를 지으며 대답했다. 그는 그 미소 아래 당혹스러움을 감추고 싶었다. "그리고 내가 본 바로는 인기가 적은 여성일수록 더욱 한결같은 것 같습니다만." 그는 이렇게 덧붙이고 때마침 다가온 피에르를 쳐다보았다.

"네, 사실이에요, 공작. 우리 시대에는……." 베라는 계속 말했다.(자신은 우리 시대의 특징을 발견하고 평가할 수 있으며 인간의 특성은 시대와 함께 변한다고 생각하는 어리석은 사람들이 대체로 즐겨 입에 올리듯 그녀 역시 우리 시대를 언급하면서) "우리 시대에는 미혼 여성들이 너무나 많은 자유를 누려서 구애를 받는 즐거움이 종종 내면의 진실한 감정을 죽이기도 해요. 솔직히 말하면 나탈리도 그런 것에 매우 예민하답니다." 화제가 다시 나탈리로 돌아오자 안드레이 공작은 불쾌하게 인상을 찌푸렸다. 그는 일어나려 했다. 그러나 베라가 한층 미묘한 미소를 지으며 말을 이었다.

"저 애만큼 구애를 받은 사람도 없을 거예요." 베라가 말했다. "하지만 최근까지지도 저 애는 어느 누구를 진지하게 좋아한 적이 없답니다. 백작도 알죠." 그녀가 피에르를 돌아보았다. "심지어 우리의 사랑스러운 사촌 보리스도요. 우리끼리 이야기지만 보리스는 너무나도, 너무나도 다정한 마음의 나라에 있었어요……." 그녀는 그 무렵 유행하던 사랑의 지도[111]를 넌지시 암시하며 말했다.

안드레이 공작은 얼굴을 찌푸리며 잠자코 있었다.

"당신은 보리스와 친구죠?" 베라가 물었다.

"네, 그를 압니다……."

---

111) '사랑의 지도'는 프랑스 소설가 마들렌 드 스퀴데리(Madeleine de Scudéry, 1607~1701)의 소설 『클레리(Clélie)』에 등장한 용어다. 소설이 출간된 후 그녀의 문학 살롱에서는 '사랑의 지도'라는 놀이가 유행했다. 이후 러시아 사교계에서도 그 놀이가 유행하게 되었다.

"분명 그 사람은 어린 시절에 나타샤를 좋아한 것에 대해 당신에게 이야기했겠죠?"

"어린 시절에 좋아했다고요?" 안드레이 공작은 별안간 생각지도 않게 얼굴을 붉히며 물었다.

"네, 당신도 알다시피 사촌 남매 사이의 그런 친밀한 관계가 아주 종종 사랑으로 이어지기도 하니까요. 사촌 관계란 위험한 문제죠. 그렇지 않나요?"

"아, 당연하지요." 안드레이 공작은 이렇게 말하고 갑자기 부자연스러운 활기를 띠면서 자기도 모스크바에 사는 쉰 살 먹은 사촌 누나들과의 교제에 신중해져야겠다며 피에르에게 농담을 던졌다. 그러고는 장난스러운 대화 도중에 일어서더니 피에르의 손을 잡고 한쪽으로 끌고 갔다.

"도대체 무슨 일입니까?" 피에르가 말했다. 친구의 이상한 활기를 놀란 눈으로 바라보던 그는 친구가 자리에서 일어나며 나타샤에게 시선을 던지는 것을 눈치챘다.

"자네에게 꼭 할 이야기가 있어. 꼭 해야 해." 안드레이 공작이 말했다. "자네는 우리의 여성용 장갑(그는 사랑하는 여인에게 주라며 새롭게 선택된 형제들에게 나눠 주는 프리메이슨의 장갑에 대해 이야기하고 있었다.)을 알지. 난……. 아니, 아니야, 나중에 이야기하지……." 그는 기묘하게 빛나는 눈동자와 불안해 보이는 몸짓으로 나타샤에게 다가가 옆에 앉았다. 피에르는 안드레이 공작이 뭐라 말하고 그녀가 얼굴을 확 붉히며 대답하는 것을 보았다.

그러나 그때 베르크가 피에르에게 다가와 에스파냐 원정에 관한 장군과 대령의 논쟁에 참여해 달라며 집요하게 청했다.

베르크는 만족스럽고 행복했다. 기쁨의 미소가 얼굴에서 떠나지 않았다. 야회는 매우 훌륭했으며, 자신이 본 다른 야회와 완벽할 정도로 똑같았다. 모든 것이 비슷했다. 여성들의 미묘한 대화, 카드놀이, 카드놀이를 하는 동안 점점 목소리를 높이는 장군, 사모바르, 케이크. 그런데 아직 한 가지, 그가 야회에서 항상 보고 따라 하고 싶어 하던 것이 부족했다. 바로 남자들 사이의 떠들썩한 대화와 중요하고 지적인 무언가에 대한 논쟁이었다. 장군이 그런 대화를 막 시작했고, 베르크는 피에르를 거기에 끌어들였다.

22

다음 날 안드레이 공작은 일리야 안드레이치 백작의 초대로 로스토프가에 식사를 하러 가 하루 종일 그들과 함께 시간을 보냈다.

집안의 모든 사람들은 안드레이 공작이 누구 때문에 드나드는지 감지했고, 그도 딱히 숨기는 기색 없이 종일 나타샤와 함께 있으려 했다. 무서우면서도 행복하고 기쁜 나타샤의 마음에서뿐만 아니라 집안 모든 사람들에게서도 곧 일어날 중요한 무언가를 앞둔 두려움이 느껴졌다. 안드레이 공작이 나타샤와 이야기를 나눌 때면 백작 부인은 슬픔 어린 진지하고 엄한 눈으로 공작을 지켜보았다. 그러다 그가 돌아보면 그녀는 곧 어색하고 부자연스럽게 무언가 사소한 이야기를 꺼내곤 했다. 소냐는 나타샤 옆을 떠나기가 두려웠지만 그들과 함께 있으면 방해가 되지 않을까 두렵기도 했다. 나타샤는 잠시라도 그와 단둘이 남으면 두려운 기대로 창백해졌다. 안드레이 공작의 소심한 모습이 나타샤를 놀라게 했다. 그가 자기에게 무언가 말해야 하는데 결단을 내리지 못하는 것을 그녀는 느꼈다.

저녁에 안드레이 공작이 떠나자 백작 부인이 나타샤에게 다가와 속삭였다.

"그래, 어떻게 됐니?"

"엄마! 제발, 지금은 아무것도 묻지 마세요. 그걸 말로 표현하는 건 불가능하단 말이에요." 나타샤가 말했다.

그러나 그날 밤 나타샤는 흥분했다 두려워했다 하며 눈동자를 고정한 채 어머니의 침대에 오래도록 누워 있었다. 그녀는 어머니에게 안드레이 공작이 찬사를 보낸 것, 외국에 갈 예정이라고 말한 것, 그녀의 가족이 올여름을 어디에서 지낼지 물은 것, 보리스에 대해 물은 것을 이야기했다.

"하지만 이런 건, 이런 건…… 나에게 이제껏 한 번도 없던 일이에요!" 그녀가 말했다. "다만 전 그 사람과 있으면 무서워요. 그 사람과 있으면 항상 무서워요. 이게 무엇을 의미할까요? 진정한 것이라는 의미일까요? 네? 엄마, 주무세요?"

"아니, 얘야, 나도 두렵단다." 어머니가 대답했다. "가렴."

"아무래도 상관없어요. 자지 않을 거니까요. 잔다는 건 정말 어리석은 짓이에요. 엄마, 엄마, 이런 일은 저에게 지금까지 한 번도 없었어요!" 그녀는 내면에서 인식한 감정 앞에 놀라움과 두려움을 느끼며 말했다. "누가 생각이나 했겠어요!"

나타샤에게는 오트라드노예에서 안드레이 공작을 처음 보

았을 때부터 그를 사랑하게 된 것처럼 여겨졌다. 그녀는 자신이 그때 이미 선택한(그녀는 이것을 굳게 확신했다.) 남자, 바로 그 남자와 지금 다시 만나고, 그 남자가 자신에게 무관심한 것처럼 보이지 않는 이 기묘하고 예상치 못한 행복에 놀란 듯했다. '우리가 이곳에 있는 이런 때에 그도 페테르부르크에 우연치 않게 꼭 와야만 했어. 그리고 우리는 그 무도회에서 만나야 했던 거야. 이 모든 게 운명이야. 이것이 운명이고, 그 모든 게 이것을 향해 인도되었다는 것은 분명해. 그저 그를 보기만 한 그때도 난 특별한 무언가를 느꼈어.'

"그 사람이 또 무슨 말을 했니? 무슨 시 같은 게 있지 않았니? 읊어 보렴……." 어머니는 안드레이 공작이 나타샤의 앨범에 쓴 시에 대해 시름에 잠긴 표정으로 물었다.

"엄마, 그 사람이 홀아비라는 게 부끄러운 것은 아니죠?"

"이제 됐다, 나타샤. 하느님께 기도하렴. 결혼은 하늘이 맺어 주는 거란다."

"사랑하는 엄마, 엄마를 얼마나 사랑하는지 몰라요. 기분이 너무 좋아요!" 나타샤는 행복과 흥분의 눈물을 흘리고 어머니를 부둥켜안으며 큰 소리로 외쳤다.

그때 안드레이 공작은 피에르의 집에 앉아 나타샤에 대한 사랑과 그녀와 결혼하려는 확고한 결심에 대해 이야기하고 있었다.

그날 엘렌 바실리예브나 백작 부인의 집에서는 성대한 야회가 열렸다. 프랑스 공사, 얼마 전부터 백작 부인의 집을 빈번하게 드나들던 왕자, 그 밖에 많은 화려한 귀부인들과 남성들이 참석했다. 피에르는 아래층에 내려와 홀 안을 거닐면서 뭔가에 골몰한 멍하고 우울한 표정으로 모든 손님들을 놀라게 했다.

피에르는 무도회 이후 내면에서 우울증의 발작이 다가오는 것을 느끼며 필사적으로 맞서 싸우려 했다. 아내가 왕자와 친밀해진 이후 피에르는 생각지도 않게 시종의 직위를 하사받았고, 그때부터 상류 사회에서 괴로움과 수치심을 느끼기 시작했다. 그리고 모든 인간사가 부질없다는 이전의 우울한 생각이 더욱 빈번하게 그를 찾아왔다. 이러한 때에 자신의 피보호자인 나타샤와 안드레이 공작 사이에서 눈치챈 감정은 그와 친구의 서로 상반된 입장으로 인해 그 우울한 기분을 한층 더 깊어지게 만들었다. 그는 아내에 대한 생각, 나타샤와 안드레이 공작에 대한 생각에서 벗어나기 위해 똑같은 노력을 기울였다. 또다시 모든 게 영원에 비하여 보잘것없이 느껴지고, 또다시 '무엇을 위해?'라는 질문이 떠올랐다. 그래서 그는 악령의 접근을 물리치고자 밤낮없이 프리메이슨의 저작에 억지로 매달렸다. 자정이 되어 갈 무렵 피에르는 백작 부인의 방에서 나와 담배 연기가 자욱하고 천장이 낮은 위층 방의 책상 앞에 낡은 할라트 차림으로 앉아 스코틀랜드 문서의 원본을 베껴 썼다. 그때 누군가가 들어왔다. 안드레이 공작이었다.

"아, 당신이군요." 피에르는 무심하고 불만스러운 표정으로 말했다. "여기에서 작업을 하던 참입니다." 그는 불행한 사람들이 자신의 일거리를 바라보며 짓는, 인생의 불행에서 구원받은 듯한 표정으로 공책을 가리키며 말했다.

안드레이 공작은 기쁨이 넘치는 환하고 새롭게 소생한 듯한 얼굴로 피에르 앞에 멈춰 서서 그의 우울한 얼굴을 눈치채지 못한 채 행복의 에고이즘이 어린 미소를 지었다.

"아, 친구." 그가 말했다. "어제 말하려다가 오늘 그 일 때문에 자네를 찾아왔지. 지금까지 한 번도 이런 경험을 한 적이 없어. 난 사랑에 빠졌네, 친구."

피에르는 갑자기 무겁게 한숨을 내쉬었다. 그는 육중한 몸으로 안드레이 공작 옆의 소파에 털썩 주저앉았다.

"나타샤 로스토바죠, 그렇죠?" 그가 말했다.

"그래, 맞아. 달리 누구겠어? 나도 믿지 못할 일이지만 그 감정이 나 자신보다 더 강해. 어제 난 괴롭고 고통스러웠지. 하지만 세상 그 무엇과도 이 괴로움을 바꾸지 않을 거야. 예전의 난 살아 있는 게 아니었어. 이제야 비로소 난 삶을 살게 되었지. 하지만 그녀 없이는 살 수 없어. 그런데 그녀가 과연 나를 사랑할까……? 난 그녀에 비해 나이가 너무 많잖아…….자네, 왜 아무 말도 하지 않나?"

"나요, 나 말인가요? 내가 뭐라고 했습니까?" 피에르는 일어서서 방 안을 거닐며 불쑥 말했다. "난 항상 그렇게 생각했어요……. 그 아가씨는 굉장한 보물입니다, 굉장한……. 보기 드문 아가씨지요……. 친구, 부탁이니 어렵게 생각하지 말아요. 의심하지 말고 결혼해요, 결혼해요, 결혼하라고요……. 난 당신보다 행복한 남자는 없을 거라고 확신합니다."

"하지만 그녀는?"

"그녀는 당신을 사랑합니다."

"말도 안 되는 소리 하지 마……." 안드레이 공작은 미소 띤 얼굴로 피에르의 눈을 처다보며 말했다.

"사랑합니다. 난 알아요." 피에르는 성난 목소리로 외쳤다.

"아니, 들어 봐." 안드레이 공작은 그의 손을 잡고 만류했다. "내가 어떤 상태인지 자네가 알까? 난 모든 것을 누구에게든 털어놓아야만 해."

"자, 그럼 이야기해요. 난 정말 기쁩니다." 피에르가 말했다. 그러자 정말로 얼굴이 달라지고 주름이 펴졌다. 그는 기쁜 표정으로 안드레이 공작의 말에 귀를 기울였다. 안드레이 공작은 완전히 다른 새로운 사람처럼 보였고, 실제로도 그랬다. 그의 우울함, 삶에 대한 경멸과 환멸은 다 어디로 간 것일까? 피에르는 안드레이 공작이 속마음을 털어놓기로 결심한 단 한 사람이었다. 하지만 그는 그 수준을 넘어 어느새 마음속에 있는 모든 것을 피에르에게 털어놓고 있었다. 그는 가벼운 마음으로 대담하게 미래에 대한 장기적인 계획을 세우면서 아버지의 변덕을 위해 자신의 행복을 희생할 수는 없다고, 아버지로 하여금 이 결혼을 허락하고 그녀를 사랑하게 만들든 아버지의 동의 없이 해결하든 하겠다고 말했다. 그는 자신을 지배하는 감정을 마치 자신과 무관한 어떤 기이하고 낯선 것인 양 놀라워하기도 했다.

"누가 나에게 내가 이처럼 사랑할 수 있을 거라고 말했다면 그 말을 믿지 않았을 거야." 안드레이 공작이 말했다. "이 감정은 내가 예전에 품은 감정과 전혀 달라. 나에게는 온 세상이

둘로 나뉘어 있어. 하나는 그녀야. 거기에는 모든 행복과 희망과 빛이 있지. 또 다른 하나는 그녀가 없는 모든 곳이야. 그곳에는 우울과 어둠뿐이야……."

"어둠과 암흑." 피에르가 그 말을 되풀이했다. "네, 네, 나도 압니다."

"난 빛을 사랑하지 않을 수 없어. 그건 내 잘못이 아니야. 그리고 난 너무 행복해. 자네는 나를 이해하겠지? 난 자네가 내 일을 기뻐해 주고 있다는 걸 알아."

"네, 그럼요." 피에르는 부드러우면서도 슬픈 눈으로 친구를 바라보며 수긍했다. 안드레이 공작의 운명이 밝아 보일수록 자신의 운명은 더욱 음울하게 여겨졌다.

23

결혼을 위해서는 아버지의 허락이 필요했기에 안드레이 공작은 그다음 날 이를 위하여 아버지를 만나러 갔다.

아버지는 겉보기에 침착했으나 속으로는 분개하며 아들의 전언을 받아들였다. 자신의 삶은 이미 끝나 가고 있는데 누군가가 삶을 바꿔 놓으려 하고 삶 속에 새로운 무언가를 들이려고 하는 것을 납득할 수 없었다. '내가 원하는 대로 끝까지 살게 그냥 내버려 둬. 그러고 나서 너희가 원하는 대로 하면 되잖아.' 노인은 속으로 중얼거렸다. 그러나 아들에게는 중요한 경우에 사용하는 외교술을 썼다. 그는 침착한 태도로 전체적인 상황을 다음과 같이 고찰했다.

첫 번째, 이 결혼은 가문, 재산, 명성 면에서 대단치 않았다. 두 번째, 안드레이 공작은 이제 청춘도 아니고 건강도 좋지 않은데(노인은 이 점을 특히 강조했다.) 그녀는 너무 젊다. 세 번째,

자식이 있고, 이 자식을 어린 여자에게 맡기는 것은 딱한 일이다. "마지막으로 네 번째."라고 아버지는 아들을 조롱하듯 바라보며 말했다. "너에게 부탁하마. 이 문제를 한 해 연기해라. 외국에 나가 치료를 받고, 네가 원하던 대로 니콜라이 공작을 위해 독일인도 찾아봐라. 그런 다음에도 사랑이든 열정이든 고집이든, 네가 뭐라 부르든 그것이 강하게 남아 있다면 그때 결혼해라. 이것이 나의 말이다. 명심해라, 마지막……." 공작은 무엇도 자신의 결심을 바꿀 수 없다는 듯한 어조로 말을 맺었다.

안드레이 공작은 분명하게 깨달았다. 노인의 바람은 안드레이 공작이나 미래 약혼녀의 감정이 한 해 동안 시험을 버티지 못하거나 혹은 노공작이 그 전에 죽는 것임을……. 그래서 아버지의 뜻에 따라 청혼은 하되 결혼을 한 해 미루기로 결심했다.

로스토프가를 마지막으로 방문한 밤 이후 삼 주나 지나 안드레이 공작은 페테르부르크에 돌아왔다.

어머니와 이야기를 나눈 그다음 날 나타샤는 하루 종일 볼콘스키를 기다렸다. 그러나 오지 않았다. 그다음 날에도, 또 그다음 날에도 마찬가지였다. 피에르 역시 오지 않았다. 안드레이 공작이 아버지에게 간 사실을 모르는 나타샤는 그가 오지 않는 이유를 설명할 수 없었다.

그렇게 삼 주가 흘렀다. 나타샤는 아무 데도 가려 하지 않고 마치 그림자처럼 하릴없이 침울하게 이 방 저 방 돌아다녔다.

밤이 되면 아무도 모르게 흐느꼈으며 어머니에게도 가지 않았다. 그녀는 끊임없이 얼굴을 붉히고 짜증을 냈다. 모두 자신의 실망을 알고 비웃고 동정한다고 생각했다. 마음속 슬픔이 극심한 상황에서 이 허영의 고통은 그녀의 불행을 더욱 깊어지게 만들었다.

어느 날 그녀는 백작 부인에게 와서 무언가 말하려다가 와락 울음을 터뜨렸다. 무엇 때문에 벌을 받는지 몰라 속상해하는 아이의 눈물이었다. 백작 부인은 나타샤를 달랬다. 처음에는 어머니의 말에 귀를 기울이던 나타샤가 불쑥 말을 가로막았다.

"그만하세요, 엄마. 전 생각하지도 않을뿐더러 생각하고 싶지도 않아요! 그러니까 그 사람은 몇 차례 드나들다가 발길을 끊은 거예요. 발길을 끊은 거라고요……."

목소리가 떨렸다. 그녀는 울음을 터뜨릴 것처럼 보였지만 마음을 가다듬고 침착하게 말을 이었다.

"그리고 전 전혀 결혼하고 싶지 않아요. 게다가 그 사람이 무서워요. 이제는 마음이 완전히, 완전히 편안해졌어요……."

그 대화를 나눈 다음 날 나타샤는 아침마다 즐거움을 주는 옷이라며 특별하게 여기던 헌 옷을 입었다. 그리고 아침부터 무도회 이후 그만둔 예전의 생활 방식을 시작했다. 차를 마신 후 그녀는 강한 공명 때문에 유난히 좋아하는 홀로 가서 솔페지오(성악 연습곡)를 불렀다. 첫 번째 과제를 끝내고 홀 한가운데에 멈춰 서서 특히 좋아하는 한 악절을 반복해 불렀다. 그녀는 그 소리들이 흘러넘쳐 텅 빈 공간을 가득 채우고 서서히 사라지는 아름다움에 기쁜 마음으로(마치 생각지도 못한 것처럼) 귀를 기울였다. 그러자 문득 즐거운 기분이 들었다. '그런 것에 대해 오래 생각해 봤자 어쩌겠어? 이대로가 좋아.' 그녀는 속으로 이렇게 중얼거리고 홀 안을 이리저리 거닐기 시작했다. 그녀는 울림이 좋은 세공 마루를 평범한 걸음으로 걷지 않고, 뒤축으로 디뎠다가 구두코로 걸음을 떼며(그녀는 좋아하는 새 구두를 신고 있었다.) 자기 목소리에 귀를 기울일 때처럼 뒤축의 그 규칙적인 울림과 구두코의 삐걱거림에도 즐거이 귀를 기울였다. 거울 옆을 지나칠 때 거울을 들여다보았다. '저 여자가 나야!' 자기 모습을 본 그녀의 표정은 이렇게 말하는 듯했다. '음, 좋아. 이제 난 아무도 필요하지 않아.'

하인이 무언가를 치우려고 홀에 들어오려 했다. 그러나 그녀는 하인을 들이지 않고 그의 등 뒤로 문을 닫고는 다시 계속 거닐었다. 그녀는 이날 아침 자신이 좋아하는 상태, 즉 자신에 대한 사랑과 황홀의 상태로 다시 돌아왔다. '저 나타샤는 너무나 아름답군요!' 그녀는 다시 삼인칭인 집합 남성의 말로 자신에 대해 이야기했다. '아름답고 목소리도 좋고 젊어요. 아무도 성가시게 하지 않지요. 그녀를 가만히 내버려 둬요.' 그러나 사람들이 아무리 오랫동안 내버려 두어도 그녀는 평온해질 수 없었으며, 스스로도 곧 이것을 느꼈다.

마차 승강장에서 대기실로 이어지는 현관문이 열리고 누군가가 "집에 계신가?" 하고 물었다. 그러더니 누군가의 발소리가 들렸다. 나타샤는 거울을 보고 있었으나 자기 모습이 눈에 들어오지 않았다. 그녀는 대기실에서 나는 소리를 들었다. 거울 속의 자신을 보았을 때 그녀는 얼굴이 하얗게 질려 있었다. 그 남자였다. 문이 닫혀 목소리가 잘 들리지 않았지만 그녀는 분명히 알 수 있었다.

나타샤는 두려움에 휩싸인 창백한 얼굴로 응접실에 뛰어 들어갔다.

"엄마, 볼콘스키가 왔어요!" 그녀가 말했다. "엄마, 끔찍해요. 못 견디겠어요! 괴롭고 싶지 않아요……. 어떻게 하죠?"

백작 부인이 미처 대답을 하기도 전에 안드레이 공작이 불안하고 진지한 얼굴로 응접실에 들어섰다. 나타샤를 본 순간 얼굴이 곧 환하게 빛났다. 그는 백작 부인과 나타샤의 손에 입을 맞추고 소파 옆에 앉았다…….

"오랜만……." 백작 부인이 입을 열었다. 그러나 안드레이 공작이 말을 가로막으며 그녀의 질문에 대답했다. 서둘러 용건을 말하려는 듯했다.

"아버지를 찾아뵙느라 요즘 계속 이곳을 방문하지 못했습니다. 아주 중요한 문제에 대해 아버지와 의논을 해야 했습니다. 어젯밤에 막 돌아왔습니다." 그는 나타샤를 흘깃 쳐다보며 말했다. "백작 부인과 의논할 일이 있습니다." 그는 잠시 침묵한 후 이렇게 덧붙였다.

백작 부인은 무겁게 한숨을 쉬며 눈을 내리깔았다.

"얼마든지요." 그녀가 말했다.

나타샤는 자리를 피해야 한다는 것을 알았으나 그럴 수 없었다. 무언가가 그녀의 혀를 움켜쥐었다. 그녀는 눈을 동그랗게 뜨고 안드레이 공작을 무례하게 똑바로 바라보았다.

'지금? 이 순간에! 아니야, 그럴 리 없어!' 그녀는 생각했다.

그는 다시 그녀를 흘깃 쳐다보았다. 그 시선은 그녀가 착각한 게 아님을 확인시켜 주었다. 그랬다. 지금, 이 순간, 그녀의 운명은 결정되었다.

"나가 있으렴, 나타샤, 나중에 부를 테니." 백작 부인이 속삭이듯 말했다.

나타샤는 겁에 질린 애원하는 듯한 눈으로 안드레이 공작과 어머니를 쳐다보고 응접실에서 나갔다.

"백작 부인, 따님에게 청혼을 하러 왔습니다." 안드레이 공작이 말했다.

백작 부인의 얼굴이 확 붉어졌다. 그러나 아무 말도 하지 않았다.

"당신의 청혼이……." 백작 부인이 침착하게 말을 꺼냈다. 그는 말없이 그녀의 눈을 바라보았다. "당신의 청혼이……(그녀는 당황했다.) 우리로서는 기쁩니다. 그러니…… 당신의 청혼을 받아들이겠어요. 난 기뻐요. 남편도…… 난 그렇게 되길 바라지만…… 하지만 당사자에게 달렸으니까……."

"백작 부인의 허락을 받고 그녀에게 말하겠습니다……. 허락해 주시겠습니까?" 안드레이 공작이 말했다.

"네." 백작 부인은 이렇게 말하고 손을 내밀었다. 그가 손 위로 허리를 굽히자 그녀는 서먹함과 다정함이 뒤섞인 감정으로 그의 이마에 입술을 댔다. 그녀는 그를 아들처럼 사랑하고 싶었다. 그러나 그가 낯설고 무서운 사람처럼 느껴졌다.

"난 남편이 허락할 거라고 믿어요." 백작 부인이 말했다.

"하지만 당신 아버님은……."

"제 계획을 들으신 아버지는 한 해가 지나기 전에 결혼하지 않는 것을 허락을 위한 필수 조건으로 제시하셨습니다. 그래서 이 사실을 백작 부인께 말씀드리고 싶었습니다." 안드레이 공작이 말했다.

"나타샤가 아직 어린 것은 사실이지만 너무 길군요!"

"달리 어쩔 도리가 없었습니다." 안드레이 공작은 탄식하며 말했다.

"딸아이를 당신에게 보낼게요." 백작 부인은 이렇게 말하고 방에서 나갔다.

"주여, 우리에게 자비를 베푸소서." 그녀는 딸을 찾으며 계속 같은 말을 되풀이했다. 소냐는 나타샤가 침실에 있다고 말했다. 얼굴이 하얗게 질린 나타샤는 침대 위에 앉아 메마른 눈으로 이콘을 바라보며 빠르게 성호를 긋고는 작은 목소리로 무언가 중얼거리고 있었다. 어머니를 본 그녀는 벌떡 일어나 뛰어갔다.

"무슨 일이에요, 엄마? 뭐예요?"

"가, 그 사람에게 가 봐. 그 사람이 너에게 청혼을 하는구나." 백작 부인은 냉정하게 말했다. 나타샤에게는 그렇게 보였다……. "가렴…… 어서 가." 어머니는 달려가는 딸의 뒤에서 서글픔과 질책 어린 어조로 중얼거리고는 무겁게 한숨을 쉬었다.

나타샤는 자신이 어떻게 응접실에 들어왔는지 기억하지 못했다. 문을 들어서서 그를 보고는 그 자리에 멈춰 섰다. '정말로 이 낯선 남자가 이제 나의 전부가 된 것인가?' 그녀는 스스로에게 물었고, 곧바로 대답했다. '그래, 모든 것. 이제 나에게는 오직 이 한 사람이 세상의 무엇보다 더 소중해.' 안드레이 공작은 눈을 내리깔고 그녀에게 다가갔다.

"처음 본 순간부터 당신을 사랑했습니다. 내가 희망을 품어도 되겠습니까?"

그는 그녀를 쳐다보았다. 그녀의 표정에 어린 진지한 열정이 그를 놀라게 했다. 그녀의 얼굴은 이렇게 말하고 있었다. '어째서 묻는 거예요? 알 수밖에 없는 것을 어째서 의심해요? 당신이 느끼는 것은 말로 표현하기 불가능한데 왜 말을 하려고 하나요?'

그녀는 가까이 다가와 멈춰 섰다. 그가 그녀의 손을 잡고 입을 맞추었다.

"날 사랑합니까?"

"네, 네." 나타샤는 화난 듯이 말했다. 그러고는 큰 소리로 숨을 내쉬고 점점 더 가쁘게 숨을 내뱉더니 흐느끼기 시작했다.

"왜요? 무슨 일이 있습니까?"

"아, 너무 행복해서요." 그녀는 눈물을 흘리며 미소를 지었다. 그리고 그에게 가까이 몸을 숙이고 마치 이래도 되나 하고 스스로에게 묻는 듯 잠시 생각하더니 입을 맞추었다.

안드레이 공작은 그녀의 손을 잡고 눈을 바라보았다. 그런데 자기 마음속에서 그녀를 향한 옛사랑을 찾을 수 없었다. 그의 마음속에서 무언가가 갑자기 방향을 바꾸었다. 갈망에 깃든 이전의 시적이고 비밀스러운 매력은 없었다. 그 대신 그녀의 여성적이고 아이 같은 연약함에 대한 연민, 모든 것을 바치려는 그녀의 애정과 신뢰에 대한 두려움, 그와 그녀를 영원히 묶는 의무에 대한 괴롭고도 기쁜 자각이 있었다. 이 감정은 예전처럼 그렇게 눈부시고 시적인 것은 아닐지라도 더 진지하고 더 강했다.

"한 해가 지나기 전에는 결혼할 수 없다고 어머님께서 말씀하셨지요?" 안드레이 공작은 그녀의 눈을 계속 바라보며 말했다.

'정말 이것이 나일까, 그 어린애 같은 소녀(모두들 나에 대해 그렇게 말하지.)일까?' 나타샤는 생각했다. '과연 난 지금 이 순간부터 낯설고 사랑스럽고 지적인, 나의 아버지마저 존경하는 이 남자와 동등한 아내인 걸까? 과연 이게 사실일까? 정말 사실일까? 이제 더 이상 장난처럼 살아서는 안 되고, 이제 난 어른이고, 이제 나의 모든 문제와 말에 대한 책임을 스스로 져야 하는 걸까? 참, 그가 나에게 무엇을 물었더라?'

"아니요." 그녀는 대답했다. 그러나 질문이 무엇인지도 몰랐다.

"용서하십시오." 안드레이 공작이 말했다. "하지만 당신은 너무나 젊고, 난 이미 인생을 아주 많이 겪었습니다. 난 당신이 두렵습니다. 당신은 자신을 모릅니다."

나타샤는 말뜻을 이해하려 애쓰며 주의를 집중하여 들었지만 알 수 없었다.

"나의 행복을 미루는 이 한 해가 나에게는 몹시 괴롭겠지만…….” 안드레이 공작은 말을 이었다. “이 기간 동안 당신은 스스로를 시험하게 될 겁니다. 한 해가 지난 후에 날 행복하게 해 주길 간절히 부탁합니다. 하지만 당신은 자유입니다. 우리의 약혼은 비밀로 남을 겁니다. 당신이 나를 사랑하지 않는다고 확신한다면, 혹은 다른 사람을…….” 안드레이 공작이 부자연스러운 미소를 지었다.

“왜 그런 말을 하죠?” 나타샤가 그를 가로막았다. “당신은 알잖아요. 당신이 오트라드노예에 처음 온 그날부터 내가 당신을 사랑했다는 걸요.” 그녀는 자신이 진실을 말한다고 굳게 확신하며 말했다.

“한 해 동안 당신은 스스로를 알게 될 겁니다…….”

“꼬박 한 해라니!” 갑자기 나타샤가 말했다. 결혼이 한 해 연기된 것을 이제야 겨우 이해했다. “아니, 무엇 때문에 한 해를? 어째서 한 해를?” 안드레이 공작은 그녀에게 그처럼 연기된 이유를 설명하기 시작했다. 나타샤에게는 그의 말이 들리지 않았다.

“다른 방법은 없나요?” 그녀가 물었다. 안드레이 공작은 아무 대답도 하지 않았다. 그러나 그 얼굴은 결정을 바꾸기가 불가능하다고 말하고 있었다.

“너무해요! 안 돼요, 그건 너무해요, 너무해!” 나타샤가 갑자기 이렇게 말하며 다시 흐느끼기 시작했다. “난 한 해가 지나기를 기다리다 죽고 말 거예요. 그럴 수는 없어요. 그건 너무해요.” 그녀는 구혼자의 얼굴을 쳐다보다가 연민과 망설임의 표정을 알아보았다.

"아니, 아니에요. 뭐든지 하겠어요." 그녀는 갑자기 눈물을 그치고 말했다. "정말 행복해요!"

아버지와 어머니가 응접실에 들어와 약혼한 두 남녀를 축복했다.

그날부터 안드레이 공작은 약혼자로서 로스토프가를 드나들기 시작했다.

24

약혼식은 없었고, 볼콘스키와 나타샤의 약혼 소식은 아무에게도 알려지지 않았다. 안드레이 공작이 그러자고 고집했다. 결혼이 연기된 것은 자기 때문이니 모든 괴로움을 스스로 짊어져야 한다고 말했다. 그는 스스로를 자신의 말로 영원히 속박했으나 나타샤를 구속하고 싶지는 않다며 그녀에게 완전한 자유를 제안했다. 반년 뒤에 그를 사랑하지 않는다고 느낀다면 그녀는 그에게 거절할 권리를 가질 것이다. 물론 부모도 나타샤도 그런 말을 듣고 싶어 하지 않았다. 그러나 안드레이 공작은 자신의 의견을 고집했다. 안드레이 공작은 매일 로스토프가를 방문했으나 약혼자로서 나타샤를 대하지는 않았다. 그녀를 존칭으로 불렀고 손에만 입을 맞추었다. 청혼한 날 이후 안드레이 공작과 나타샤 사이에는 예전과 완전히 다른 친밀하고 꾸밈없는 관계가 형성되었다. 마치 이제껏 서로 모르던 사람들 같았다. 그도 그녀도 그들이 아직 아무것도 아닐 때 서로를 어떻게 바라보았는지 회상하기를 좋아했다. 이제 두 사람은 스스로를 완전히 다른 존재로 느꼈다. 그때는 겉치레를 보였는데 지금은 솔직하고 진실해진 것이다. 처음에는 가족들 사이에 안드레이 공작을 서먹하게 대하는 기색이 느껴졌다. 그는 낯선 세계에서 온 사람처럼 보였다. 그래서 나타샤는 가족들이 안드레이 공작을 친숙하게 느끼도록 만드는 데 오랜 시간을 들였다. 그녀는 모든 가족들에게 자랑스레 단언했다. 그는 매우 특별해 보이지만 여느 사람들과 똑같다고, 자기는 그를 두려워하지 않는다고, 아무도 그를 두려워해서는 안 된다고……. 며칠이 지나자 가족들도 익숙해져 그가 있을 때도 거리낌 없이 이전의 생활 방식대로 지냈고, 그도 그 속에 동참했다. 그는 백작과는 영지 경영에 대해, 백작 부인이나 나타샤와는 의상에 대해, 소냐와는 앨범과 자수에 대해 이야기할 수 있게 되었다. 이따금 로스토프가 사람들은 자기들끼리 있을 때나 안드레이 공작이 있는 자리에서 이 모든 일이 어떻게 일어나게 되었는지, 이런 일의 전조가 얼마나 뚜렷했는지 놀라곤 했다. 안드레이 공작이 오트라드노예에 온 것, 로스토프가 사람들이 페테르부르크로 온 것, 안드레이 공작이 처음 왔을 때 보모가 나타샤와 안드레이 공작의 비슷한 점을 지적한 것, 1805년에 안드레이와 니콜라이가 마주친 것 등 가족들은 일어난 일에 대한 그 밖의 많은 전조들을 언급했다.

약혼한 남녀가 있을 때 늘 따라다니기 마련인 시적인 따분함과 침묵이 집 안을 지배했다. 함께 앉아 있는 동안 다들 침묵하는 때가 종종 있었다. 이따금 모두 일어나 자리를 뜬 뒤에 두 약혼자만 남았을 때도 여전히 침묵을 지키곤 했다. 그들이 미래의 생활에 대해 이야기하는 일은 드물었다. 안드레이 공작은 그것에 대해 이야기하기를 두려워하고 부끄러워했다. 나타샤는 늘 짐작하던 그의 모든 감정과 마찬가지로 이 감정도 함께 나누었다. 한번은 나타샤가 그의 아들에 대해 묻기 시작했다. 안드레이 공작은 얼굴을 붉혔다. 이런 모습을 요즘 종종 볼 수 있었는데 나타샤는 특히 그 모습을 좋아했다. 안드레이 공작은 아들이 그들과 함께 살지 않을 거라고 말했다.

"왜요?" 나타샤가 깜짝 놀라며 말했다.

"그 아이를 할아버지에게서 빼앗을 수 없어요. 그리고 또……."

"난 정말 그 애를 사랑해 줄 텐데요!" 나타샤는 이렇게 말했으나 즉시 그의 생각을 짐작해 냈다. "하지만 알아요. 당신이나 나를 비난할 빌미를 남기고 싶지 않은 거죠."

노백작은 이따금 안드레이 공작에게 다가와 입을 맞추고 페챠의 교육과 니콜라이의 군 복무에 대한 조언을 구했다. 노백작 부인은 그들을 바라보며 한숨을 내쉬었다. 소냐는 언제나 방해가 될까 봐 걱정하며 그들이 굳이 바라지 않을 때도 둘만 남겨 둘 구실을 찾으려 애썼다. 안드레이 공작이 이야기를 할 때면(그는 이야기를 매우 잘했다.) 나타샤는 자랑스러운 표정으로 그의 말을 들었다. 또 자신이 이야기할 때면 그가 주의 깊게 유심히 바라보는 것을 알아채고 두려움과 기쁨을 느꼈다. 그녀는 의혹을 품은 채 스스로에게 물었다. '그는 내 안에서 무엇을 찾는 것일까? 저 시선으로 무엇을 얻으려는 걸까?

그가 저 시선으로 찾는 것이 내 안에 없으면 어쩌지?' 이따금 그녀는 특유의 몹시 즐거운 기분에 젖었다. 그럴 때 그녀가 특히 좋아하는 것은 안드레이 공작이 소리 내어 웃는 모습을 보고 듣는 것이었다. 안드레이 공작은 좀처럼 소리 내어 웃지 않았으나 일단 소리 내어 웃기 시작하면 그 웃음에 스스로를 완전히 내맡겼다. 그런 웃음 후에 나타샤는 늘 그와 더 가까워진 기분을 느꼈다. 점점 다가오는 임박한 이별에 대한 생각이 위협하지만 않았다면 그녀는 더할 나위 없이 행복했을 것이다.

페테르부르크를 떠나기 전날 안드레이 공작은 무도회 이후 로스토프가를 한 번도 찾지 않은 피에르를 데려왔다. 피에르는 어찌할 바를 몰라 당황해하는 것 같았다. 그는 나타샤의 어머니와 이야기를 나누었다. 소냐와 함께 체스 테이블 앞에 앉아 있던 나타샤는 같이 체스를 두자며 안드레이 공작을 자기 쪽으로 불렀다. 그가 그들에게 다가갔다.

"당신은 오래전부터 베주호프를 알았죠?" 그가 물었다. "그 사람을 좋아합니까?"

"네, 훌륭한 사람이에요. 하지만 몹시 재미있는 분이죠."

그리고 그녀는 피에르에 대해 말할 때면 언제나 그렇듯 그의 방심에 얽힌 일화들, 심지어 사람들이 그에 대해 꾸며 낸 일화들까지 이야기하기 시작했다.

"실은 그에게 우리의 비밀을 고백했습니다." 안드레이 공작이 말했다. "난 어릴 때부터 그를 알고 지냈습니다. 황금 심장[112]을

112) '아름답고 부드러운 마음'을 뜻하는 러시아어의 관용적 표현이다.

가진 사람이죠. 부탁합니다, 나탈리." 그는 갑자기 진지하게 말했다. "난 떠납니다. 무슨 일이 일어날지는 하느님만 아시겠죠. 당신의 사랑이 식을 수도……. 네, 이런 말을 해서는 안 된다는 걸 압니다. 한 가지, 내가 없는 동안 당신에게 무슨 일이 일어나면……."

"무슨 일이 일어나다니요?"

"어떤 불행한 일이 있든……." 안드레이 공작은 말을 이었다. "부탁합니다, 마드무아젤 소피, 무슨 일이 있든 오직 그에게만 조언과 도움을 구하십시오. 그는 이루 말할 수 없이 멍하고 우스꽝스러운 사람이지만 황금 심장 그 자체니까요."

아버지도 어머니도 소냐도 안드레이 공작 자신도 약혼자와의 이별이 나타샤에게 어떤 영향을 미칠지 전혀 예측할 수 없었다. 이날 그녀는 흥분하여 붉어진 얼굴과 메마른 눈으로 마치 무엇이 자기를 기다리는지 깨닫지 못한 듯 집 안을 돌아다니며 하찮은 일에 매달렸다. 그가 작별 인사를 하며 그녀의 손에 마지막 입맞춤을 하는 순간에도 그녀는 눈물을 보이지 않았다.

"떠나지 말아요!" 그녀는 단지 이렇게 말했을 뿐이다. 그로 하여금 사실은 남아야 하는 게 아닐까 주저하게 만드는, 그리고 그가 그 후에도 오래도록 기억할 그런 목소리로……. 그가 떠난 후에도 그녀는 울지 않았다. 그러나 며칠 동안 눈물을 보이지 않고 방에 틀어박혀 무엇에도 관심을 보이지 않으며 그저 이따금, "아, 그는 왜 떠난 걸까!" 하고 중얼거리기만 했다.

그러나 그가 떠난 지 두 주가 지나자 그녀는 주변 사람들의 예상과 달리 마음의 병에서 완전히 회복하여 예전과 다름 없는 모습으로 돌아왔다. 다만 아이들이 오랜 병을 앓고 난 후 달라진 얼굴로 침대에서 일어나듯 그녀의 정신적 특징은 달라져 있었다.

25

니콜라이 안드레예비치 볼콘스키 공작의 건강과 성격은 아들이 떠난 후 지난 한 해 사이에 몹시 약해졌다. 그는 전보다 훨씬 더 신경질적이 되었고, 이유 없이 터뜨리는 분노는 대부분 마리야 공작 영애에게 쏟아졌다. 그는 가능한 한 잔인하게 정신적으로 괴롭히기 위하여 그녀의 가장 아픈 곳을 애써 샅샅이 찾는 것 같았다. 마리야 공작 영애에게는 두 가지 열정과 그에 따른 두 가지 기쁨이 있었다. 조카 니콜루시카와 종교였다. 그 둘 다 공작이 공격하고 조롱할 때 즐겨 이용하는 화제였다. 무슨 이야기를 하든 그는 대화를 노처녀들의 미신이나 아이들을 응석받이로 만들고 망치는 문제로 이끌었다. "너는 그 애(니콜루시카)를 너 같은 노처녀로 만들고 싶어 하지. 쓸데없는 짓이다. 안드레이 공작에게는 노처녀가 아니라 아들이 필요하거든." 그는 이렇게 말했다. 혹은 마리야 공작 영애가 있는 자리에서 마드무아젤 부리엔을 향해 러시아의 신부와 이콘이 마음에 드느냐고 물으며 조롱하곤 했다…….

그는 끊임없이 마리야 공작 영애에게 심한 모욕을 주었다. 그러나 딸은 그를 용서하기 위해 자신을 억누를 필요조차 없었다. 과연 그가 그녀 앞에서 잘못을 저지를 수 있을까? 과연 그녀를 사랑하는(그녀도 이 점을 알았다.) 아버지가 그녀에게 부당한 행동을 할 수 있을까? 그렇다면 정의란 과연 무엇일까? 공작 영애는 정의라는 이런 오만한 말에 대해 한 번도 생각해 본 적이 없었다. 인류의 온갖 복잡한 율법은 그녀에게 하나의 단순하고 명백한 율법으로 집약되었다. 즉 스스로 하느님이면서 인류를 위하여 사랑으로 고통을 감내한 그분이 우리에게 가르친 사랑과 자기희생의 율법으로……. 다른 사람들의 정의와 불의가 그녀와 무슨 상관이란 말인가? 그녀는 몸소 고통을 감내하고 사랑해야 했으며, 그렇게 했다.

겨울에 안드레이 공작이 리시에 고리로 왔다. 그는 쾌활하고 상냥하고 다정했다. 마리야 공작 영애는 오랫동안 그에게서 그런 모습을 보지 못했다. 그녀는 무슨 일이 일어났음을 직감했지만 그는 마리야 공작 영애에게 자신의 사랑에 대하여 아무것도 말해 주지 않았다. 안드레이 공작은 출발하기 전에 아버지와 무언가에 대해 오랫동안 대화를 나누었고, 마리야 공작 영애는 두 사람이 출발을 앞두고 서로에게 화가 나 있음을 알아차렸다.

안드레이 공작이 떠난 직후 마리야 공작 영애는 리시에 고리로부터 페테르부르크로 보내는, 즉 친구 줄리 카라기나에게 보내는 편지를 썼다. 아가씨들은 늘 그런 공상을 하기 마련이듯 마리야 공작 영애도 줄리를 오빠의 아내로 맺어 주는 상상을 했다. 이 무렵 줄리는 튀르크[113)]에서 전사한 오빠 때문에 상복을 입고 있었다.

슬픔은 우리의 공통된 운명인가 봐요, 사랑하는 다정한 친구 줄리.

당신의 상실은 당신과 당신의 훌륭한 어머님을 시험하고자 하시는 — 당신들을 사랑하시면서도 — 하느님의 특별한 은혜라고밖에 달리 해석할 수 없을 만큼 너무도 끔찍하군요. 아, 나의 친구, 종교가, 아니 오직 종교만이 우리를 위로해 줄 수 있다고는 말하지 않겠어요. 하지만 우리를 절망에서 벗어나게 해 줄 수는 있어요. 오직 종교만이 그 도움 없이는 인간이 이해할 수 없는 것을 우리에게 설명해 줄 수 있어요. 삶 속에서 행복을 발견할 줄 알고 아무에게도 해를 끼치지 않을 뿐 아니라 다른 사람들의 행복을 위해 꼭 필요한 선량하고 고결한 존재가 무엇을 위해, 어째서 하느님의 부름을 받는 걸까요? 악하고 무익하고 해로운, 혹은 자신에게나 다른 사람에게 짐이 되는 사람들은 무

113) 이스탄불을 수도로 삼고 지중해 지역을 중심으로 대제국을 이룬 오스만 튀르크를 뜻한다. 1807년 틸지트 회담에서 나폴레옹은 알렉산드르 1세에게 러시아와 오스만 튀르크의 영토 분쟁에서 러시아를 돕기로 하고, 알렉산드르 1세는 나폴레옹에게 영국의 무역 봉쇄를 돕기로 약속했다. 1809년 알렉산드르 1세는 도나우강 하류의 오스만 튀르크 영토(지금의 우크라이나 지역)에서 옛 영토 회복을 위한 전투를 재개했다.

엇 때문에 어째서 살아남는 걸까요? 내가 본 첫 번째 죽음, 내가 결코 잊지 못할 그 첫 번째 죽음, 즉 나의 사랑하는 올케의 죽음은 나에게 그런 인상을 주었지요. 당신이 당신의 훌륭한 오빠가 무엇 때문에 죽어야 했는지 운명에게 물었던 것처럼 나도 남에게 나쁜 짓을 하기는커녕 마음속에 선한 생각 말고는 어떤 것도 담아 본 적 없는 그 천사 같은 리자가 무엇 때문에 죽어야 했는지 운명에게 물었답니다. 도대체 이유가 뭘까요, 친구? 그로부터 오 년이 흘렀군요. 그리고 난 나의 보잘것없는 지성으로나마 그녀가 왜 죽어야 했는지, 어떻게 그 죽음이 창조주의 무한한 은혜의 표현일 뿐인지 분명하게 이해하기 시작했어요. 창조주의 모든 행위는 설사 우리가 그 대부분을 이해하지 못한다 해도 피조물을 향한 그분의 무한한 사랑의 발현일 뿐이에요. 종종 생각해 보는데 어쩌면 그녀는 어머니의 모든 의무를 인내할 힘을 갖기에 천사처럼 지나치게 순수했는지도 몰라요. 젊은 아내로서는 나무랄 데가 없어요. 하지만 어쩌면 어머니로서는 그렇지 않았는지도 몰라요. 지금 그녀는 우리에게, 특히 안드레이 공작에게 지극히 순수한 연민과 추억을 남겼을 뿐 아니라 아마 그곳에서도 내가 감히 바랄 수 없는 자리를 받았을 거예요. 하지만 그녀는 말할 것도 없고 그 때 이른 끔찍한 죽음은 비록 애달프기 짝이 없지만 나와 오빠에게 이루 말할 수 없이 좋은 영향을 주었어요. 그때 상실의 순간에는 이런 생각이 내 머리에 떠올랐을 리 없죠. 그때라면 겁에 질려 이런 생각들을 몰아냈을 테지만 지금은 의심할 여지 없이 너무도 명백해요. 나의 친구, 당신에게 이 모든 일을 쓰는 것은 단지 나에게 삶의 규범이 된 복음의 진리, 즉 우리의 머리카락 하나도 그분의 뜻 없이는 땅에 떨어지지 않는다는 점을 당신이 확신하도록 하기 위해서랍니다. 그분의 뜻을 지배하는 것은 오직 우리를 향한 무한한 사랑뿐이에요. 그러니 우리에게 일어나는 모든 일은 우리의 행복을 위한 것이죠. 당신은 우리가 다음 겨울을 모스크바에서 보낼지 물었죠? 당신을 보고 싶은 바람은 간절하지만 그런 것은 생각지도 바라지도 않아요. 부오나파르트가 그 원인인 데는 당신도 깜짝 놀랄 거예요. 이유는 이렇답니다. 아버지의 건강이 눈에 띄게 쇠약해졌어요. 아버지는 반박을 참지 못하시고 성마른 성격이 되셨어요. 당신도 알겠지만 그 짜증은 주로 정치 사안을 향하죠. 아버지는 부오나파르트가 유럽의 모든 군주들, 특히 우리의 위대한 예카체리나 군주의 손자와 대등하게 사안을 처리한다는 생각을 못 견뎌하세요. 당신도 알듯이 난 정치 사안에 전혀 관심이 없잖아요. 하지만 아버지의 말씀이나 아버지와 미하일 이바노비치의 대화를 통해 세상에서 일어나는 모든 일을, 특히 사람들이 부오나파르트에게 표하는 모든 경의를 알고 있답니다. 온 세상 가운데 리시에 고리에서만 위대한 사람으로 인정받지 못하는 듯하고 프랑스 황제로는 더더욱 인정받지 못하는 듯한 그 사람에게 말이에요. 그리고 나의 아버지는 이것을 못 견뎌하시죠. 내가 생각하기에 아버지는 무엇보다도 정치 사안에 대한 견해 때문에, 그리고 거리낌 없이 견해를 표명하다가 겪을 충돌에 대한 예감 때문에 모스크바 여행에 대해 이야기하기를 꺼리시는 것 같아요. 부오나파르트에 관하여 불가피하게 일어날 논쟁으로 아버지는 치료를 통해 얻은 것을 전부 잃으실 거예요. 아무튼 이것은 곧 결정이 날 거예요. 안드레이 오빠가 없다는 것만 제외하면 우리 가족의 생활은 예전처럼 흘러가고 있어요. 내가 이미 썼듯이 그는 최근에 아주 많이 변했어요. 그 슬픔을 겪은 이후 올해 들어서야 비로소 정신적으로 완전히 되살아났어요. 그는 내가 아이일 때 알던 모습으로 바뀌었어요. 황금 심장을 가진 선하고 다정한 사람으로요. 그런 마음을 가진 사람이 또 있을지 모르겠어요. 그는 자기 삶이 끝나지 않았다는 걸 깨달은 것처럼 보여요. 하지만 그 정신적 변화와 더불어 육체적으로 많이 쇠약해졌답니다. 전보다 더 여위고 신경과민이 되었어요. 난 오빠가 걱정이에요. 그래서 오래전부터 의사가 권한 외국 여행을 그가 실행에 옮겨서 기뻐요. 그 여행이 그를 회복시켜 주기를 바라고 있답니다. 당신이 편지에 쓰길 페테르부르크 사람들이 그에 관해 가장 활동적이고 교양 있고 지적인 젊은이들 가운데 한 명이라고 말한다죠. 가족에 대한 나의 자부심을 용서해요. 난 이제까지 그 점을 한 번도 의심해 본 적이 없답니다. 그가 이곳에서 자신의 농부들부터 귀족들에 이르기까지 모든 사람에게 행한 선행은 셀 수가 없어요. 페테르부르크에 간 그는 마땅한 대우를 받았을 뿐이에요. 전반적으로 어떻게 소문이 페테르부르크에서 모스크바로 퍼져 나가는지 놀라워요. 특히 당신이 편지에 쓴, 오빠와 로스토바 아가씨가 결혼할 것 같다는 그 그릇된 소문은 더욱 놀랍군요. 난 안드레이가 언젠가 누군가와, 특히 그녀와 결혼할 거라고는 생각하지 않아요. 그 이유는 이렇답니다. 첫째, 내가 알기에 그는 죽은 아내에 대해 좀처럼 이야기하지 않지만, 그 상실의 슬픔이 마음속에 너무 깊이 뿌리를 내려서 죽은 아내에게는 후임자를, 우리 작은 천사에게는 계모를 선사하겠다는 결심을 못 할 거예요. 둘째, 내가 아는 한 그 아가씨는 안드레이 공작이 좋아할 만한 부류의 여성이 결코 아니에요. 안드레이 공작이 그녀를 아내로 삼으리라고 생각하지 않아요. 솔직히 말하죠. 난 그렇게 되길 바라지 않아요. 그런데 내가 너무 정신없이 떠들었군요. 두 번째 장이 끝나 가네요. 잘 있어요, 나의 사랑하는 친구. 하느님이 당신을 거룩하고 강한 보살핌 아래 지켜 주실 거예요. 나의 사랑하는 친구 마드무아젤 부리엔이 당신에게 입맞춤을 보냅니다.

마리

26

한여름에 마리야 공작 영애는 스위스에 있는 안드레이 공작으로부터 생각지도 못한 편지를 받았다. 편지에서 그는 뜻밖의 이상한 소식을 전했다. 안드레이 공작은 로스토바와의 약혼을 알렸다. 그의 편지 전체에서 약혼녀에 대한 애정 어린 기쁨, 여동생에 대한 다정한 우애와 믿음이 넘쳐흘렀다. 그는 지금과 같은 사랑을 느껴 본 적이 없다고, 이제야 삶을 이해하고 알 것 같다고 썼다. 리시예 고리에 갔을 때 아버지에게만 이 결정을 말씀드리고 그녀에게는 아무 말도 하지 않은 것을 용서해 달라고 부탁했다. 그가 그녀에게 이 사실을 말하지 않은 것은 마리야 공작 영애가 아버지에게 허락을 구하다 결국 목적은 이루지 못하고 화만 북돋아 아버지의 불만으로 인한 모든 괴로움을 그녀 혼자 짊어질 것 같았기 때문이라고 했다. 게다가 당시에는 아직 일이 지금처럼 완전히 정해진 상태가 아니었다고 그는 썼다.

그때 아버지는 나에게 한 해의 기간을 명하셨어. 그런데 어느새 반년이 흘렀군. 정해진 기간의 절반이 지난 거지. 나의 결심은 어느 때보다 더 확고해. 의사들이 이곳 온천에 붙잡아 두지 않았다면 나는 지금 러시아에 있었을 거야. 하지만 현재로서는 귀국을 석 달 더 미루어야겠다. 너는 나를, 그리고 나와 아버지의 관계를 알지. 나는 아버지에게 아무것도 바라지 않아. 이전에도 아버지에게 의존하지 않았고, 앞으로도 계속 그럴 거야. 하지만 아버지가 우리 옆에 그다지 오래 계실 것 같지 않은데 그 뜻을 거역하여 노여움을 산다면 나의 행복이 절반은 깨지고 말 거야. 난 이제 아버지께도 같은 문제에 관해 편지를 쓰려 해. 너에게 부탁한다. 좋은 때를 골라 편지를 전해 드리고 아버지께서 이 모든 일을 어떻게 보고 계신지, 기간을 석 달 단축하는 것에 찬성하실 가능성이 있는지 나에게 알려 다오.

많은 망설임과 의혹과 기도 끝에 마리야 공작 영애는 아버지에게 편지를 전했다. 다음 날 노공작은 그녀를 향하여 침착하게 말했다.

"오빠에게 편지를 쓰거라, 기다리라고, 내가 죽을 때까지……. 그다지 멀지 않았다. 곧 내가 자유롭게 해 줄 게다……."

마리야 공작 영애가 반박하려 했지만 아버지는 그렇게 하도록 내버려 두지 않고 더욱더 목소리를 높였다.

"결혼해라, 결혼해, 나의 아들아……. 훌륭한 가문이구나!

똑똑한 사람들이다, 그렇지? 부자야, 그렇지 않냐? 그래, 니콜루시카에게는 좋은 계모가 생기는구나. 그 녀석에게 내일이라도 결혼하라고 편지해라. 그 여자가 니콜루시카의 계모가 되겠지. 그럼 난 부리엔카와 결혼하겠다! 하, 하, 하, 그 녀석에게도 계모가 없으면 안 되지. 다만 한 가지, 내 집에 여자는 더 이상 필요 없다. 결혼해서 혼자 힘으로 살라 그래라. 너도 그 녀석의 집으로 이사 가겠지?" 그는 마리야 공작 영애를 돌아보았다. "하느님이 함께하시길. 속이 시원하구나, 시원하다…… 시원해!"

그 격분 이후 공작은 이 문제에 대해 다시는 이야기하지 않았다. 그러나 아들의 소심함에 대한 그의 억눌린 분노는 아버지와 딸의 관계에서 표출되었다. 예전의 조롱거리에 새로운 구실, 즉 계모라는 화제와 **마드무아젤 부리엔**에 대한 친절이라는 화제가 더해진 것이다.

"내가 그녀와 결혼하지 못할 이유가 뭐냐?" 그는 딸에게 말했다. "훌륭한 공작 부인이 될 거다." 그리고 최근에 마리야 공작 영애는 아버지가 실제로 그 프랑스 여인을 점점 더 가까이하는 것을 보게 되어 당혹스럽기도 하고 놀랍기도 했다. 마리야 공작 영애는 안드레이 공작에게 아버지가 편지를 어떻게 받아들였는지에 대해 편지를 썼다. 그러나 아버지도 결국엔 그 생각을 받아들일 거라는 희망을 주며 그를 위로했다.

니콜루시카와 그의 양육, **앙드레**, 종교는 마리야 공작 영애의 위안이자 기쁨이었다. 그러나 그 밖에도 사람은 저마다 개인적인 희망이 필요한 만큼 마리야 공작 영애의 마음속 깊고 은밀한 곳에도 그녀의 삶에 주된 위안을 주는 공상과 희망이 감추어져 있었다. 그녀에게 그 즐거운 공상과 희망을 준 것은 하느님의 사람들, 즉 공작 몰래 그녀를 찾아오는 유로지비와 순례자들이었다. 인생을 더 많이 살수록, 인생을 더 많이 경험하고 관찰할수록 그녀는 이곳 지상에서 쾌락과 행복을 찾는 사람들의 근시안에, 불가능하고 헛되고 부도덕한 행복을 손에 넣기 위해 애쓰고 괴로워하고 싸우고 서로 악을 행하는 사람들의 근시안에 점점 더 놀라게 되었다. '안드레이 공작은 아내를 사랑했어. 아내가 죽었어. 그는 그것으로 충분하지 않아 자신의 행복을 다른 여자와 연결 지으려고 해. 아버지는 그것을 바라지 않아. 안드레이를 위해 가문도 더 좋고 재산도 더 많은 배우자를 원하기 때문이야. 그런데 그들 모두 싸우고 괴로워하고 괴롭히고 덧없는 행복을 잡기 위해 자신의 영혼을, 자신의 불멸의 영혼을 더럽히고 있어. 우리 자신도 이것, 즉 하느님의 아들인 그리스도가 이 땅에 내려와 우리에게 그런 삶은 일시적인 삶이고 시련이라고 말한 것을 알면서도 계속 그런 삶에 매달리고 그 안에서 행복을 찾을 거라고 생각해. 어떻게 아무도 그걸 깨닫지 못할까?' 마리야 공작 영애는 생각했다. '그 멸시받는 하느님의 사람들 외에는 아무도 몰라. 어깨에 보따리를 짊어지고 공작의 눈에 띌까 두려워하며 뒷문 계단으로 날 찾아오는 사람들. 그것도 공작에게 호된 꼴을 당하지 않기 위해서가 아니라 공작을 죄에 빠뜨리지 않기 위해서 그렇게 하는 사람들 말이야. 사람들에게 해를 끼치지 않고 그들을 위해 기도하면서, 자신을 박해하는 사람들을 위해 기도하고 자신을 보호하는 사람들을 위해 기도하면서 무엇에도 집착하지 않고 거친 누더기를 걸친 채 가명으로 이리저리 떠돌아다니는 것, 그런 것을 위해 가족과 고향과 세상 안락에 대한 온갖 근심을 다 버리는 것, 그런 진리와 삶보다 더 고귀한 진리와 삶은 없어!'

페도시유시카라는 순례자가 있었다. 이미 삼십 년이 넘도록 맨발에 쇠사슬을 차고 돌아다니는[114] 쉰 살의 자그맣고 온순한 곰보 여자였다. 마리야 공작 영애는 특히 그녀를 사랑했다. 어느 날 페도시유시카가 이콘 램프의 불빛이 비치는 어두운 방에서 자신의 인생에 대해 들려주었을 때, 불현듯 인생의 바른길을 발견한 사람은 페도시유시카뿐이라는 생각이 너무도 강렬하게 머리에 떠올라 마리야 공작 영애는 순례를 떠나기로 마음먹었다. 페도시유시카가 잠을 자러 가자 마리야 공작 영애는 오랫동안 이에 대해 생각하다가 마침내 아무리 이상하게 보이더라도 순례를 떠나야만 한다는 결정을 내렸다. 그녀는 참회 사제인 아킨피 신부에게만 계획을 털어놓았다. 참회 사제는 계획에 찬성했다. 마리야 공작 영애는 순례자 여인을 위한 선물이라는 구실로 루바시카, 나무껍질 신발, 카프탄, 검은색 머릿수건 등 자신을 위한 순례자 옷가지를 마련했다. 마리야 공작 영애는 종종 비밀 서랍에 다가가 계획을 실행으로 옮길 때가 온 게 아닌지 주저하며 서 있곤 했다.

여자 순례자들의 이야기를 들을 때면 그녀는 종종 그들에

114) 고행자는 고행의 한 방식으로 길고 무거운 쇠사슬을 몸에 두르곤 했다.

게는 기계적인 말이지만 그녀로서는 심오한 의미로 충만한 그들의 단순한 말에 흥분하여 여러 차례 모든 것을 버리고 집에서 도망칠 마음을 먹곤 했다. 그녀는 이미 상상 속에서 보고 있었다. 거친 누더기를 걸친 자신과 페도시유시카가 지팡이를 짚고 작은 보따리를 짊어진 채 흙먼지 날리는 길을 따라 터벅터벅 걸으며 질투도 인간의 사랑도 욕망도 없이 이 성자에게서 저 성자에게로 순례를 계속하다가 결국 슬픔과 탄식이 없는, 영원한 기쁨과 천국의 행복이 있는 그곳으로 향하는 모습을…….

'한 장소에 도착하면 기도를 하겠어. 그리고 미처 그곳에 익숙해지고 애정을 느끼기 전에 계속 앞으로 나아가야지. 그러고는 두 다리로 설 수 없을 때까지 걷다가 어딘가에 드러누워 죽는 거야. 그렇게 되면 마침내 슬픔도 탄식도 없는 영원하고 고요한 안식처에 들어가겠지![115]' 마리야 공작 영애는 그렇게 생각했다.

그러나 아버지를, 특히 어린 코코를 보면 결심이 약해져 조용히 흐느끼며 자신을 큰 죄인으로 느끼곤 했다. 그녀는 하느님보다 아버지와 조카를 더 사랑했던 것이다.

---

115) 러시아 정교회의 장례식과 추도식에서 읊는 죽은 자를 위한 기도를 연상시키는 문구다. 기도문은 다음과 같다. "오, 그리스도시여! 당신 종의 영혼에게 성자들과의 안식을 내려 주소서. 그곳에는 병도 슬픔도 탄식도 없고 영원한 삶만 있나니."

4부

1

성경이 전하는 이야기에 따르면, 타락하기 이전 태초의 인간에게는 노동의 부재, 즉 무위(無爲)가 행복의 조건이었다. 무위에 대한 사랑은 타락한 인간에게도 똑같이 남았다. 그러나 저주는 여전히 인간을 짓누르고 있다. 우리가 얼굴의 땀방울에서 빵을 얻어야 하기 때문이기도 하고,[116] 정신 특성상 무위에서는 평온을 얻을 수 없기 때문이기도 하다. 은밀한 목소리는 우리가 무위로 있는 것을 죄악시해야 한다고 말한다. 인간이 아무것도 하지 않으면서 자신을 쓸모 있고 의무를 다하는 존재로 느끼는 상태를 발견할 수 있다면 태초의 더없는 행

---

116) 『창세기』 3장 19절에서 하느님은 아담을 에덴동산에서 추방하며 "너는 흙에서 나왔으니 흙으로 돌아갈 것이다. 그때까지 너는 얼굴에 땀을 흘려야 낟알을 먹을 수 있을 것이다. 너는 흙이니 흙으로 돌아갈 것이다."라고 말한다.

복의 한 측면을 발견한 셈일 것이다. 그런데 전 구성원이 그런 의무적이고 비난할 여지 없는 무위의 상태를 누리는 계층이 있다. 군인 계층이다. 군 복무의 주된 매력은 그런 의무적이고 비난할 여지 없는 무위에 있었고, 앞으로도 그러할 것이다.

니콜라이 로스토프는 1807년 이후 파블로그라드 연대에서 계속 복무하며 그 더없는 행복을 충분히 맛보았다. 이미 그는 제니소프로부터 인계받은 기병 중대를 지휘하고 있었다.

로스토프는 모스크바 지인들이 다소 저급한 부류라고 생각할지 모를, 그러나 동료들과 부하들과 상관들로부터 사랑과 존경을 받고 자기 생활에 만족스러워하는 거칠고도 선량한 사내가 되었다. 최근, 즉 1809년 그는 집에서 보내오는 편지에서 형편이 점점 나빠지고 있다는, 이제 돌아와 늙은 부모에게 기쁨과 위안을 줄 때가 되지 않았느냐는 어머니의 한탄을 종종 발견했다.

니콜라이는 이 편지들을 읽으면서 두려움을 느꼈다. 세상의 모든 혼란을 피해 조용하고 평화롭게 사는 이 환경으로부터 사람들이 자기를 끌어내려 한다는 두려움이었다. 그는 조만간 가정의 혼란과 재정비, 관리인들의 정산과 분쟁과 음모, 인맥, 사교계, 소냐의 사랑과 그녀와 한 약속이 있는 인생의 그 소용돌이 속으로 다시 들어가야 한다는 것을 감지했다. 그 모든 것이 끔찍할 정도로 어렵고 복잡했다. 그래서 어머니의 편지에 '사랑하는 어머니'로 시작하여 '어머니의 순종적인 아들'로 끝나는 냉담하고 고전적인 편지로 답하고, 언제 돌아갈지에 대해서는 침묵했다. 1810년 그는 부모로부터 나타샤와 볼콘스키의 약혼이며 노공작의 반대로 결혼식은 한 해 뒤에 한다는 것을 알리는 편지를 받았다. 그 편지는 니콜라이에게 슬픔과 모욕을 안겨 주었다. 첫째, 그는 가족들 가운데 가장 사랑하는 나타샤를 집에서 떠나보내는 것이 섭섭했다. 둘째, 경기병의 관점에서 자신이 그 자리에 없었던 것이 유감스러웠다. 자신이 그 볼콘스키라는 자에게 그와의 인척 관계가 그리 대단한 영광도 아니며, 나타샤를 사랑한다면 미치광이 아버지의 허락은 없어도 된다는 점을 알려 주었을 것이기 때문이다. 그는 약혼한 나타샤를 보기 위해 휴가를 신청해야 하지 않을까 잠시 망설였다. 그런데 마침 기동 훈련도 다가오고 소냐와 혼란스러운 상황에 대한 생각도 떠올라 다시 휴가를 연기했다. 그러나 그해 봄에 그는 어머니가 백작 몰래 쓴 편지를 받았고, 그 편지가 그를 집으로 돌아가도록 설득했다. 그녀는 니콜라이가 와서 일을 처리해 주지 않으면 모든 영지가 경매에 붙여지고 다들 거지가 될 것이라고 썼다. 백작이 너무 나약한 데다 미첸카를 너무 신뢰하고 너무 착한 탓에, 또 모든 이들이 그를 너무도 속인 탓에 모든 것이 점점 더 악화되고 있었다. "제발 너에게 간절히 부탁하마. 만일 나를 비롯해 모든 가족을 불행하게 만들고 싶지 않다면 당장 돌아와 다오." 백작 부인은 그렇게 썼다.

그 편지는 니콜라이에게 영향을 미쳤다. 그에게는 무엇을 해야 할지 말해 주는 보통 사람의 상식이 있었다.

이제 퇴역을 할 수 없다면 휴가라도 떠나야 했다. 왜 떠나야 하는지는 몰랐다. 그러나 식사 후 잠을 푹 자고 나서 오랫동안 사람을 태운 적 없고 무서울 정도로 난폭한 회색 수말 마르스에 안장을 얹으라고 명령했다. 그러고는 땀에 흠뻑 젖은 수말을 몰고 숙소에 돌아와 라브루시카(제니소프의 하인은 로스토프의 곁에 계속 남았다.)와 저녁때 찾아온 동료들에게 휴가를 내서 집에 갈 거라고 알렸다. 자신이 특히 관심을 갖고 있는 것, 즉 최근의 기동 훈련으로 자신이 기병 대위로 승진할지, 아니면 안나 훈장[117]을 받을지 사령부의 확인을 받지 못한 채 떠난다고 생각하면 괴롭고 이상한 기분이 들었지만, 골루홉스키 백작에게 적갈색 말 세 필 — 폴란드 백작이 팔려고 하는, 그리고 로스토프가 2000루블에 팔아 보겠다고 내기를 건 — 을 팔지 않고 그냥 떠난다 생각하면 이상한 기분이 들었지만, 그들의 판나[118] 보르조즙스카에게 무도회를 열어 준 창기병들을 괴롭히기 위해 경기병들이 판나 프샤즈제츠카를 위해 열기로 한 무도회가 자기도 없이 진행되리라는 것이 이해할 수 없는 일처럼 느껴졌지만 그는 그 분명하고 멋진 세계에서 벗어나 어딘가로, 모든 것이 부질없음과 혼돈에 지나지 않는 그곳으로 떠나야 한다는 것을 알았다. 일주일 후 휴가증이 나왔다. 연대뿐 아니라 여단에서도 동료 경기병들이 한 사람당 15루

117) 성모 마리아의 어머니인 안나의 이름을 딴 이 훈장은 슐레스비히홀슈타인 공국의 카를 프리드리히 대공이 1735년에 아내인 안나 페트로브나를 기리기 위해 제정했다. 안나 페트로브나는 러시아의 표트르 대제의 딸이다. 이 훈장은 문관과 무관 모두에게 수여되었고, 두 등급으로 분류되었다. 하나는 가슴에 달고, 또 다른 하나는 리본으로 목에 거는 형태였다.

118) 폴란드에서 미혼녀를 일컫는 호칭이다.

블씩 비용을 대어 로스토프에게 만찬을 베풀어 주었다. 두 악단이 연주를 하고 두 합창단이 노래를 불렀다. 로스토프는 바소프 대령과 트레파크를 추었다. 취한 장교들은 로스토프를 헹가래 치고 얼싸안았다가 떨어뜨렸다. 3중대의 병사들은 한 번 더 그를 헹가래 치며 "우라!" 하고 함성을 질렀다. 그런 다음 로스토프를 썰매에 태워 첫 번째 역까지 배웅했다.

언제나 그렇듯 여정의 절반인 크레멘추크에서 키예프까지 로스토프의 모든 생각은 여전히 그의 뒤쪽 기병 중대에 머물러 있었다. 그러나 절반을 넘어서자 어느새 그는 적갈색 말 세필과 기병 특무 상사와 판나 보르조줍스카를 잊기 시작했고, 오트라드노예에서 무엇을 발견할지, 그곳이 어떻게 되어 있을지 불안한 마음으로 스스로에게 묻기 시작했다. 집이 가까워질수록 그는 더욱더 강하게, 훨씬 더 강하게(도덕적 감정도 거리의 제곱에 반비례하는 인력의 법칙에 종속되어 있는 듯했다.) 집에 대해서 생각했다. 오트라드노예를 앞둔 마지막 역참에서 그는 마부에게 보드카 값으로 3루블을 주었다. 그리고 사내아이처럼 숨을 헐떡이며 집의 현관 계단을 뛰어 올라갔다.

만남의 벅찬 기쁨 다음에, 그리고 기대한 것과 다른 이상야릇한 불만의 감정(모든 것이 똑같아, 도대체 난 무엇 때문에 그토록 서둘렀을까!) 다음에 니콜라이는 집이라는 옛 세계에 완전히 익숙해졌다. 아버지와 어머니는 여전했고 다만 약간 늙었을 뿐이었다. 그들에게서 새로운 점은 어떤 불안과 이따금의 불화였다. 니콜라이는 곧 그것이 열악한 재정 형편에서 비롯되었음을 알아차렸다. 소냐는 어느새 스무 살이었다. 그녀는 더 이상 아름다워지기를 멈추었다. 현재 모습 이상의 어떤 것도 기대할 수 없었다. 그러나 그것으로도 충분했다. 그녀는 니콜라이가 돌아온 후 행복과 사랑으로 넘쳤다. 이 아가씨의 진실하고 흔들림 없는 사랑은 니콜라이에게 즐거운 영향을 미쳤다. 누구보다 페차와 나타샤가 니콜라이를 놀라게 했다. 페챠는 벌써 변성기에 접어든 열세 살의 덩치 크고 잘생기고 쾌활하고 영리한 장난꾸러기 소년이었다. 니콜라이는 나타샤의 모습에 오랫동안 놀라움을 감추지 못하다가 그녀를 바라보며 소리 내어 웃었다.

"완전히 달라졌구나." 그가 말했다.

"뭐? 못생겨졌어?"

"그 반대야. 오히려 어떤 위엄 같은 게 느껴져. 공작 부인인가?" 그는 그녀에게 소곤거렸다.

"응, 그럼, 그럼." 나타샤는 기쁘게 말했다.

나타샤는 자신과 안드레이 공작의 사랑 이야기와 그가 오트라드노예에 온 일을 들려주고, 그가 최근에 보낸 편지를 보여 주었다.

"어때, 기뻐?" 나타샤가 물었다. "난 지금 너무도 평온하고 행복해."

"정말 기쁘다." 니콜라이가 대답했다. "그는 훌륭한 사람이야. 어때, 넌 사랑에 깊이 빠졌니?"

"어떻게 말해야 할까?" 나타샤가 대답했다. "난 보리스에게도 선생님에게도 제니소프에게도 사랑을 느꼈어. 하지만 이번은 전혀 달라. 평온하고 굳건한 기분이 들어. 난 그 사람보다 훌륭한 사람이 없다는 것을 알아. 그래서 지금 아주 평온하고 좋아. 예전과는 전혀 달라…….”

니콜라이는 나타샤에게 결혼이 한 해 연기된 것에 대한 불만을 표현했다. 그러나 나타샤는 오빠의 말에 격렬히 반박하면서 어쩔 수 없는 일이었다고, 시아버지의 뜻을 거역하며 그 가족이 되려는 것은 꼴사나운 행동이라고, 그녀도 그렇게 하기를 원했다고 주장했다.

“오빠는 아무것도, 아무것도 몰라.” 그녀가 말했다. 니콜라이는 입을 다물고 그녀의 말에 동의했다.

오빠는 종종 누이를 바라보며 의아해했다. 약혼자와 떨어져 있는 사랑에 빠진 약혼녀로는 전혀 보이지 않았다. 예전과 조금도 다름없이 온화하고 침착하고 명랑했다. 이것은 니콜라이를 놀라게 했고, 심지어 볼콘스키의 청혼마저 의심하도록 만들었다. 그는 그녀의 운명이 이미 정해졌다고 믿지 않았다. 하물며 그녀와 안드레이 공작이 함께 있는 모습을 본 적도 없었다. 그는 계속 이 예정된 결혼에 무언가 잘못된 구석이 있는 것 같다고 생각했다.

‘왜 연기했을까? 왜 약혼식을 올리지 않았지?’ 그는 생각했다. 언젠가 누이에 대해 어머니와 이야기를 나누었을 때 그는 어머니도 똑같이 때때로 마음 깊은 곳에서 그 결혼을 의심스럽게 보고 있음을 발견하고 놀라움과 약간의 만족을 느꼈다.

“그가 이렇게 썼단다.” 그녀는 모든 어머니가 딸이 장차 누릴 행복한 결혼에 대해 품기 마련인 악감정을 숨긴 채 안드레이 공작의 편지를 아들에게 보여 주며 말했다. “12월 전에는 못 온다고 말이야. 도대체 무슨 일이 그를 그렇게 붙잡아 둘 수 있을까? 틀림없어, 병 때문이야! 건강이 아주 안 좋아. 나다샤에게는 말하지 마라. 그 애가 명랑하다고 생각하지 마. 그 애는 처녀 시절의 마지막 시간을 보내고 있어. 난 그의 편지를 받을 때마다 그 아이에게 무슨 일이 일어나는지 잘 안다. 하지만 별일 없을 거다. 모든 게 다 잘될 거야." 그녀는 늘 그렇게 말을 맺었다. "그는 훌륭한 사람이야."

2

집에 온 후 처음 얼마 동안 니콜라이는 진지하다 못해 음울하기까지 했다. 곧 그 어리석은 영지 경영 문제에 개입하지 않으면 안 된다는 점이 그를 괴롭혔다. 어머니는 이 문제 때문에 그를 불러들였다. 어깨에서 그 무거운 짐을 얼른 내려놓기 위해 도착한 지 사흘째 되는 날 그는 어디에 가느냐는 나타샤의 질문에 대꾸도 하지 않고 눈썹을 찌푸린 채 곁채로 가서 미첸카에게 총결산을 요구했다. 이 총결산이 무엇인지에 대해 니콜라이는 겁에 질려 어찌할 바 모르는 미첸카보다도 훨씬 더 무지했다. 미첸카의 이야기와 회계 보고는 오래 계속되지 못했다. 곁채의 대기실에서 기다리던 촌장과 농민 대표와 지방 서기는 처음에 젊은 백작이 점점 더 높아지는 듯한 목소리로 으르렁거리고 포효하는 것을 두렵고도 흡족한 마음으로 들었으며, 연이어 빗발치듯 쏟아지는 욕설과 무시무시한 말을 들었다.

"강도! 은혜도 모르는 놈! 이 개새끼를 난도질해 버릴 테다…… 아버지 몰래…… 도둑질이나 하고…… 악당 같으니."

그다음 이 사람들은 얼굴이 온통 벌겋게 달아오르고 눈에 핏발이 선 젊은 백작이 미첸카의 목덜미를 움켜잡고 질질 끌어내 말을 하는 사이 간간이 적당한 때를 골라 발과 무릎으로 매우 날렵하게 미첸카의 엉덩이를 걷어차면서 "꺼져! 더러운 놈, 여기에 네놈의 냄새도 남기지 마!"라고 고함치는 모습을 조금 전 못지않게 두렵고도 흡족한 마음으로 지켜보았다.

미첸카는 쏜살같이 여섯 계단을 훌쩍 뛰어내려 꽃밭으로 달아났다.(그 꽃밭은 오트라드노예에서 죄인들을 위한 구원의 장소로 알려져 있었다. 미첸카도 시내에서 만취하여 돌아올 때면 이 꽃밭에 숨곤 했으며, 미첸카로부터 몸을 숨기려는 오트라드노예의 많은 주민들도 이 꽃밭이 지닌 구원의 힘을 알았다.)

놀란 얼굴을 한 미첸카의 아내와 처제들이 방문 뒤에서 현관방으로 몸을 쑥 내밀었다. 방 안에는 깨끗한 사모바르가 끓고, 한껏 높인 관리인의 침대에는 조각보로 기워 만든 누비이불이 깔려 있었다.

젊은 백작은 그들에게 신경도 쓰지 않고 숨을 헐떡이면서 단호한 걸음으로 옆을 지나쳐 집으로 들어갔다.

하녀들을 통해 곁채에서 일어난 일을 즉각 알게 된 백작 부인은 한편으로 이제 형편이 틀림없이 좋아질 것이라는 점에서 마음을 놓았으나, 다른 한편으로 아들이 이 일을 어떻게 견디어 낼지 걱정스러웠다. 그녀는 여러 번 발뒤꿈치를 들고 그의 방에 살금살금 다가갔다가 그가 연이어 파이프를 뻑뻑 피워 대는 소리를 들었다.

다음 날 노백작이 아들을 따로 불러 겸연쩍은 미소를 지으며 말을 건넸다.

"그게 말이다, 얘야, 넌 공연히 혈기를 부린 거다. 미첸카에게 전부 들었다."

'나도 알아.' 니콜라이는 생각했다. '이곳, 이 어리석은 세계에서 나는 결코 아무것도 이해하지 못하리라는 걸…….'

"넌 그가 그 700루블을 기입하지 않은 데 화를 냈지. 그 금액은 이월되었단다. 네가 그다음 장을 보지 않은 거야."

"아버지, 그자는 더러운 놈이에요. 도둑이라고요. 전 알아요. 그리고 이미 끝난 일입니다. 아버지가 원하지 않으시면 저도 그자에게 아무 말 하지 않겠습니다."

"아니다, 얘야.(백작은 당황스럽기도 했다. 그는 자신이 아내의 재산을 잘 관리하지 못해 아이들에게 미안한 짓을 했다고 느꼈지만 어떻게 바로잡아야 할지 몰랐다.) 아니다, 부탁하마, 맡아 다오. 난 늙고, 난……."

"아니에요, 아버지. 제가 아버지께 불쾌한 짓을 했다면 용서해 주세요. 전 아버지보다 잘하지 못합니다."

'그따위 것들, 그 농부들이니 돈이니 이월이니 하는 것들은 악마나 가져가라지.' 그는 생각했다. '예전에 카드 여섯 장으로 하는 놀음에서 귀퉁이를 접는 의미가 뭔지는 이해했지만 이월이라니 도통 모르겠어.' 그는 속으로 이렇게 중얼거렸고, 그 후로 더 이상 영지 경영에 개입하지 않았다. 다만 어느 날 백작 부인이 아들을 자기 방으로 불러 자신이 안나 미하일로브나의 2000루블짜리 어음을 갖고 있다고 알리며, 이것을 어떻게 처리하면 좋을지 그의 생각을 물었다.

"어떻게 하냐면 말이죠." 니콜라이가 대답했다. "어머니는 이 문제가 제게 달렸다고 말씀하셨어요. 전 안나 미하일로브나를 좋아하지 않아요. 보리스도 좋아하지 않고요. 하지만 한때 우리 친구였고, 또 가난하잖아요. 이렇게 하죠!" 그러더니 어음을 찢어 버렸다. 이러한 행동은 백작 부인으로 하여금 기쁨의 눈물을 흘리게 했다. 이 일이 있고 난 후 젊은 로스토프는 더 이상 경영에 개입하지 않고 그에게 아직은 새로운 일, 즉 노백작의 집에서 대규모로 꾸리는 개사냥에 열정적으로 매달렸다.

3

어느새 겨울로 접어들고 있었다. 아침 서리가 가을비에 젖은 땅을 얼리고, 가을밀의 싹이 벌써 촘촘하게 돋아나 가축에 짓밟힌 가을 파종 밭의 암갈색 고랑들과 봄 파종 밭의 연노란색 그루터기와 메밀의 붉은 고랑들 사이에서 선명한 녹색으로 두드러져 보였다. 8월 말에는 검은 겨울 경작지와 그루터기들 사이에서 아직 초록색 섬으로 남아 있던 언덕 꼭대기와 숲이 짙푸른 가을 파종 작물들 사이에서 금빛과 선명한 붉은빛의 섬이 되었다. 회색 토끼들은 이미 절반이나 털갈이를 하고, 여우 새끼들은 뿔뿔이 흩어지기 시작했으며, 젊은 늑대들은 개보다 더 커졌다. 사냥을 하기에 가장 좋은 때였다. 열정적인 젊은 사냥꾼인 로스토프의 개들은 이미 사냥에 알맞은 체격이 된 데다 발덧이 날 정도였기에 사냥꾼 전체 회의에서 개들에게 사흘간 휴식을 주고 9월 16일에 아직 사람의 손을 타지 않은 늑대 새끼들이 있는 참나무 숲을 시작으로 사냥을 떠난다는 결정이 내려졌다.

9월 14일의 상황은 그랬다.

그날 온종일 사냥대는 집에 머물렀다. 살이 에일 듯 추운 날씨였다. 그러나 저녁부터 하늘이 구름으로 뒤덮이고 따뜻해졌다. 9월 15일 젊은 로스토프는 오전에 할라트 차림으로 창밖을 흘깃거리다가 사냥하기에 더할 나위 없이 좋은 아침을 보았다. 마치 하늘이 녹아 바람도 없이 땅으로 내려오는 것 같았다. 대기에 존재하는 유일한 움직임은 옅은 안개, 혹은 짙은 안개의 미세한 물방울이 위에서 아래로 떨어지는 조용한 움직임뿐이었다. 정원의 앙상한 나뭇가지에 투명한 물방울이 맺혀 방금 떨어진 잎사귀 위로 똑똑 떨어졌다. 채소밭의 흙은 양귀비 씨처럼 촉촉한 윤기를 띠며 거무스름해졌고, 그 흙은 멀리 떨어지지 않은 곳에서 어슴푸레하고 촉촉한 안개의 장막과 하나로 어우러졌다. 니콜라이는 진흙투성이가 된 축축한 현관 계단으로 나왔다. 시든 잎사귀와 개들의 냄새가 났다. 검은 얼룩이 있고 엉덩이가 튼실하고 커다란 검은 통방울눈을 한 암캐 밀카가 주인을 보고 일어나 뒷다리를 쭉 펴며 기지개를 켜더니 토끼처럼 드러누웠다. 그러고는 갑자기 껑충 뛰어오르며 주인의 코와 콧수염을 핥았다. 꽃밭의 작은 샛길에 있던 또 다른 보르조이 개는 주인을 보자 등을 활처럼 구부리고 현관 계단으로 쏜살같이 달려오더니 꼬리를 쳐들고 니콜라이의 다리에 몸을 비볐다.

"오 고이!" 그때 가장 깊은 베이스 음과 가장 높은 테너 음을 합친 도저히 흉내 낼 수 없는 사냥꾼의 외침이 들렸다. 뒤이어 집 모퉁이에서 사냥개 감독이자 사냥꾼인 다닐로가 나왔다. 하얗게 센 우크라이나풍 단발머리에 얼굴이 주름투성이인 사냥꾼은 한 손에 구부러진 사냥 채찍을 쥐고서 세상 모든 것에 대한 경멸과 독립적 기질이 뒤섞인 사냥꾼들만의 표정을 짓고 있었다. 그는 주인 앞에서 체르케스 모자를 벗고 주인을 가소로운 듯 바라보았다. 주인은 그 경멸에 모욕을 느끼지 않았다. 니콜라이는 모든 것을 경멸하고 모든 것 위에 서 있는 이 다닐로도 자신의 농노이자 사냥꾼이라는 것을 알았다.

"다닐로!" 니콜라이가 말했다. 그는 이 사냥 날씨와 이 개들과 사냥꾼을 보고 자신이 벌써부터 억누를 수 없는 사냥의 기분에 휩싸인 것이 겸연쩍었다. 그 감정에 사로잡힌 남자는 사랑에 빠진 남자가 사랑하는 여인 앞에 설 때처럼 이전의 모든 계획을 잊는다.

"백작 각하, 무슨 일로 부르셨습니까?" 개들에게 고함을 지르느라 쉰 하급 사제 같은 굵은 저음의 목소리가 물었다. 그의 반짝이는 검은 두 눈동자가 입을 다문 주인을 부루퉁하게 힐끗 쳐다보았다. '어때, 못 참겠나?' 그 두 눈은 마치 그렇게 말하는 듯했다.

"좋은 날씨지, 어? 쫓고 질주하기에 말이야, 그렇지?" 니콜라이는 밀카의 귀 뒤를 긁어 주며 말했다.

다닐로는 아무 대꾸도 않고 눈만 껌벅거렸다.

"새벽에 우바르카를 보내 귀를 기울이도록 했습니다." 잠시 침묵한 후 그의 낮고 굵직한 목소리가 말했다. "우바르카의 말로는 어미가 오트라드노예 금렵구로 옮겨 놓았는데('옮겨 놓았다'는 말은 두 사람이 아는 암늑대가 새끼들을 데리고 오트라드노예 숲으로 갔다는 뜻이다. 그곳은 집에서 2베르스타 떨어진 작은 금렵구였다.) 새끼들이 그곳에서 울부짖고 있답니다.

"가야겠지?" 니콜라이가 말했다. "우바르카를 데려와."

"분부대로 하겠습니다!"

"그럼 사료 주는 것은 미루어 둬."

"알겠습니다."

오 분 후 다닐로는 우바르카와 함께 니콜라이의 큰 서재에서 있었다. 다닐로는 키가 큰 편이 아니었으나 서재에서 보면 인간 생활을 위한 가구와 세간들 사이의 마루에서 말이나 곰을 보는 것 같은 인상을 불러일으켰다. 다닐로 자신도 이것을 느꼈기에 평소처럼 방문에 바짝 붙어 서서 어떻게든 주인의 방을 부수지 않기 위해 목소리를 낮추어 이야기하고 움직이지 않으려 애썼으며, 얼른 할 말을 다 하고 천장 아래에서 하늘 아래 탁 트인 공간으로 나가려 했다.

질문을 끝내고 개들에게 아무 문제가 없다는 다짐을 다닐로에게서 쥐어짜듯 하여 받아낸 후(다닐로도 가고 싶어 했다.) 니콜라이는 안장을 얹으라고 지시했다. 그런데 다닐로가 막 나가려는 찰나 아직 머리도 안 빗고 옷도 갈아입지 않은 채 보모의 큰 숄을 걸친 나타샤가 빠른 걸음으로 서재에 들어왔다. 페챠도 함께 뛰어 들어왔다.

"갈 거지?" 나타샤가 말했다. "그럴 줄 알았어! 소냐는 오빠가 사냥을 가지 않을 거라고 말했어. 난 알아. 오늘은 사냥을 떠나지 않을 수 없는 그런 날이지."

"갈 거야." 니콜라이가 마지못해 대꾸했다. 그는 오늘 진지하게 늑대를 사냥해 보리라 결심했기 때문에 나타샤와 페챠를 데려가고 싶지 않았다. "갈 거야. 하지만 그저 늑대 사냥인걸. 너는 지루할 거야."

"오빠도 알잖아. 이게 나의 가장 큰 즐거움이라는 걸 말이야." 나타샤가 말했다. "너무해. 오빠는 사냥을 갈 거잖아. 안장을 얹으라고 시켰으니까. 그러면서 우리에게는 아무 말도 하지 않다니."

"러시아인들에게는 모든 방해가 헛되도다.[119] 가자!" 페챠가 외쳤다.

"하지만 넌 안 돼. 어머니가 넌 가면 안 된다고 말씀하셨잖아." 니콜라이가 나타샤를 돌아보며 말했다.

"싫어. 갈 거야. 꼭 가겠어." 나타샤가 단호하게 말했다. "다닐로, 우리 말에도 안장을 얹어 줘. 그리고 미하일로에게 내 사냥개를 데려가게 해." 그녀가 사냥개 담당자를 돌아보며 말했다.

다닐로에게는 그처럼 방 안에 있는 것조차 부적절하고 부담스럽게 느껴졌고, 하물며 주인 아가씨와 무언가 교섭을 한다는 것은 있을 수도 없는 일처럼 여겨졌다. 그는 눈을 내리깔고 마치 이 일은 자기와 상관없다는 듯 어떻게든 뜻하지 않게

119) 이 책 1부 3장의 연회 장면에서 파벨 이바노비치 쿠투조프가 지은 칸타타가 연주된다. 페챠가 말한 문구는 그 칸타타의 첫 소절이다.

주인 아가씨를 다치게 하는 일이 없도록 애쓰며 서둘러 방을 나섰다.

4

늘 대규모 사냥을 해 오다 이제 사냥에 대한 전반적인 감독을 아들에게 맡긴 노백작도 이날 9월 15일 들뜬 기분으로 떠날 채비를 했다.

한 시간 후 사냥대 전체가 현관 계단 앞에 모였다. 이제 사소한 일에 신경 쓸 겨를이 없다고 말하는 엄격하고 진지한 표정으로 니콜라이는 그에게 뭔가 이야기하는 나타샤와 페챠의 옆을 지나쳤다. 그는 사냥의 모든 부분을 점검하고 사냥개들과 사냥꾼들을 우회로로 앞서 보낸 뒤, 돈 지방의 적황색 말을 타고 사냥개들을 휘파람으로 이끌며 탈곡장을 지나 오트라드노예 금렵구로 이어지는 들판을 향했다. 노백작의 말인 작은 갈색 거세마 비플랸카를 끌고 가는 사람은 백작의 마부였다. 노백작은 그에게 할당된 짐승들의 은밀한 통로를 향해 작은 드로시키[120]를 타고 곧장 가기로 되어 있었다.

여섯 명의 사냥개 감독과 사냥개 담당이 끌고 간 개는 전부 쉰네 마리였다. 보르조이 개로 사냥하는 사람은 주인들 외에도 여덟 명이 더 있었고, 그들 주위에서 마흔 마리 이상의 보르조이 개들이 달렸다. 주인의 사냥개들과 합쳐 130여 마리의 개와 스무 명의 말 탄 사냥꾼들이 들판으로 나온 셈이었다.

개들은 저마다 주인과 자기 이름을 알았다. 사냥꾼들도 저마다 임무와 장소와 역할을 알았다. 울타리를 벗어나자마자 다들 잡음과 대화를 뚝 그치고 오트라드노예 숲으로 이어지는 길과 들판을 따라 고르고 침착하게 사이를 벌리며 퍼져 나갔다.

말들은 길을 가로지를 때 이따금 물웅덩이에서 첨벙거리기도 하며 모피 깔개 위를 걷듯 들판을 지나갔다. 안개 낀 하늘이 눈에 띄지 않게 차분히 계속 땅을 향해 내려왔다. 대기는 잠잠하고 따뜻하고 고요했다. 이따금 사냥꾼들의 휘파람 소리, 말들의 콧김 소리, 채찍 소리, 혹은 제자리를 벗어난 개들의 날카로운 비명 소리가 들렸다.

1베르스타를 나아가기도 전에 로스토프 사냥대의 맞은편으로 개들을 거느린 말 탄 사람 다섯 명이 안개 사이에서 모습을 드러냈다. 맨 앞에는 희끗희끗한 콧수염을 덥수룩하게 기른 활기차고 잘생긴 노인이 있었다.

"안녕하세요, 아저씨!" 노인이 다가오자 니콜라이가 말했다.

"당연하지! 내 그럴 줄 알았다." 아저씨(그는 먼 친척으로 로

120) droshky. 포장이나 지붕이 없는 1~2인용의 사륜마차(혹은 이륜마차).

스토프가의 그다지 부유하지 않은 이웃이었다.)가 말했다. "못 참을 줄 알았어. 가는 게 좋아. 당연하지!(이것은 아저씨가 입버릇처럼 하는 말이었다.) 지금 당장 금렵구를 차지해! 우리 기르치크가 보고한 바로는 일라긴가(家) 사람들이 사냥대를 이끌고 코르니키에 머물고 있다는구나. 그자들이 네 늑대 새끼들을 코앞에서 가로챌지도 모른다. 당연하지!"

"그곳으로 가는 중입니다. 어때요, 사냥개들을 합칠까요?" 니콜라이가 물었다. "합치는 게……."

아저씨와 니콜라이는 사냥개들을 합치고 나란히 말을 달렸다. 숄을 감고 그 아래로 생기 넘치는 얼굴과 반짝이는 눈동자를 드러낸 나타샤가 그녀 옆을 떠나지 않는 페챠와 함께 그들을 향해 말을 몰고 왔다. 보모의 지시로 그녀를 돌보기 위해 나선 사냥꾼이자 조마사인 미하일로도 뒤를 따랐다. 페챠는 무엇 때문인지 소리 내어 웃으며 말을 채찍으로 치고 고삐를 잡아당겼다. 나타샤는 검은 아랍치크 위에 능숙하고 자신만만하게 앉아 정확한 손놀림으로 손쉽게 고삐를 죄어 말을 세웠다.

아저씨는 페챠와 나타샤를 못마땅하게 쳐다보았다. 놀이를 사냥이라는 진지한 일과 뒤섞고 싶지 않았던 것이다.

"안녕하세요, 아저씨. 우리도 가요." 페챠가 소리쳤다.

"반갑다, 반가워. 그건 그렇고 개들을 밟아 죽이면 안 된다." 아저씨가 엄하게 말했다.

"니콜렌카, 트루닐라는 정말 사랑스러운 개야! 날 알아봤어." 나타샤가 좋아하는 사냥개에 대해 말했다.

'무엇보다 트루닐라는 개가 아니야, 사냥개라고.' 니콜라이는 이런 생각을 하며 엄한 눈초리로 누이를 힐끗 쳐다보았다. 그는 누이에게 이 순간 둘을 가르는 거리를 느끼게 하려고 애썼다. 나타샤는 그 뜻을 이해했다.

"아저씨, 우리가 누군가에게 방해가 될 거라고 생각하지 마세요." 나타샤가 말했다. "우리는 제자리에서 꼼짝도 하지 않을 거예요."

"좋았어, 백작 따님." 아저씨가 말했다. "단, 말에서 떨어지지만 마라." 그가 덧붙였다. "당연하지! 붙잡고 매달릴 게 없으니까."

100사젠쯤 떨어진 곳에 오트라드노예 금렵구가 섬처럼 모습을 드러냈다. 사냥개 감독들이 그곳으로 말을 몰아갔다. 로스토프는 어디에서부터 사냥개들을 풀어놓을지 아저씨와 최종적으로 결정하고 나타샤에게 있어야 할 곳과 어떤 것도 절대 뛰어다녀서는 안 될 곳을 가리키고는 골짜기 위의 금렵구로 향했다.

"어이, 조카, 만만치 않은 놈을 상대해야 해." 아저씨가 말했다. "어루만져 주러 가는 게 아냐, 명심해."

"상황을 봐서요." 로스토프가 대답했다. "카라이, 휙!" 그는 아저씨의 말에 이런 부름으로 답하며 크게 외쳤다. 카라이는 혼자 큰 늑대를 잡은 적이 있다고 알려진, 얼굴에 짧고 뻣뻣한 털이 덥수룩한 추하고 늙은 수캐였다. 다들 자리를 잡고 섰다.

사냥에 대한 아들의 열정을 아는 노백작은 늦지 않도록 서둘렀다. 그리하여 사냥개 감독들이 제자리에 도착하기도 전에 일리야 안드레이치는 쾌활하고 불그레한 얼굴로 두 뺨을 실룩이며 검은 말들이 모는 마차를 타고 싹이 파릇파릇 돋은 가을밀밭을 가로질러 그에게 할당된 짐승들의 은밀한 통로로 갔다. 그런 다음 외투를 반듯하게 매만지고 사냥 장비를 챙긴 후 털이 반드르르하고 살지고 온순하고 착한, 그처럼 털이 하얗게 센 비플랸카에 올라탔다. 드로시키와 그에 딸린 말들은 돌려보냈다. 마음속까지 사냥꾼은 아니어도 사냥의 규칙을 확실히 아는 일리야 안드레이치 백작은 자신이 서 있기로 한 떨기나무 숲 가장자리로 말을 몰고 들어가 고삐를 정리하고 안장 위에서 자세를 바로잡은 뒤, 만반의 준비가 되었다 싶어 싱글싱글 웃으며 주위를 돌아보았다.

옆에는 그의 시종 세묜 체크마르가 있었다. 오랜 세월 말을 탔지만 이제는 몸집이 비대했다. 체크마르는 가죽끈에 매인 커다란 사냥개 세 마리를 붙들어 두고 있었다. 용맹하긴 했지만 주인과 말처럼 피둥피둥한 개들이었다. 영리한 늙은 개 두 마리는 따로 누워 있었다. 100걸음 정도 떨어진 숲 가장자리에 백작의 또 다른 마부이며 저돌적인 기수이자 열정적인 사냥꾼인 미치카가 서 있었다. 백작은 오랜 습관에 따라 사냥에 앞서 향신료가 든 브랜디 한 잔을 은잔에 따라 마시고, 입가심으로 안주를 먹고, 또 입가심으로 좋아하는 보르도 포도주 반 병을 마셨다.

일리야 안드레이치는 술과 마차 여행으로 약간 불그레했다. 물기 어린 눈동자가 유난히 반짝였다. 외투로 몸을 감싸고 안장에 앉은 그는 산책할 채비를 끝낸 어린아이의 표정을 띠었다.

마르고 빼이 홀쭉한 체크마르는 모든 채비를 끝낸 후 사이 좋게 삼십 년을 함께 지낸 주인을 쳐다보았으며, 그의 즐거운 기분을 알아차리고는 유쾌한 대화를 기대했다. 또 한 사람이 숲으로부터 조심스럽게(그 사람은 벌써 교육을 받은 듯했다.) 말을 몰고 다가와 백작 뒤에 멈춰 섰다. 여성용 망토를 입고 고깔모자를 쓴 수염이 희끗희끗한 노인이었다. 어릿광대 나스타시야 이바노브나였다.[121]

"어이, 나스타시야 이바노브나." 백작이 그에게 한쪽 눈을 찡긋하며 소곤소곤 말했다. "자네 말이야, 짐승들을 놀라게 만들어 달아나게만 해 봐. 다닐로가 가만두지 않을 거야."

"저도 말이죠…… 풋내기는 아니라고요." 나스타시야 이바노브나가 말했다.

"쉿!" 백작이 주의를 주고 세묜을 돌아보았다.

"나탈리야 일리니치나를 보았나?" 그가 세묜에게 물었다. "그 애는 어디에 있지?"

"아가씨와 표트르 일리이치는 자로보 덤불의 바로 맞은편에 계십니다." 세묜은 빙그레 웃으며 대답했다. "숙녀분인데도 열의가 대단합니다."

"놀라지 않았나, 세묜? 그 애가 말 타는 모습에 말이야…… 어떤가?" 백작이 말했다. "여느 남자 못지않지!"

---

121) 시골 귀족들이 집안에 어릿광대를 두는 풍습은 농노제 폐지 이후까지 계속되었다. 이 장면에 등장한 어릿광대는 남자인데도 '나스타시야 이바노브나'라는 여자 이름으로 불린다.

"어떻게 놀라지 않겠습니까? 대담하고 민첩합니다!"

"그런데 니콜라샤는 어디에 있지? 랴돕스키 언덕에 있나?" 백작이 계속 소곤거리며 말했다.

"그렇습니다. 그분은 어디에 있어야 할지 아시니까요. 승마 기술에 대해 어찌나 세세하게 아시는지 저와 다닐로도 종종 깜짝 놀란다니까요." 세묜은 주인의 비위를 맞추는 법을 알았기에 이렇게 말했다.

"잘 타지, 어? 말 위에서는 어떤가, 응?"

"완전히 그림 같습니다! 얼마 전 자바르진스키 덤불 속의 여우를 몰 때처럼요. 굉장한 기세로 질주하셨죠. 말이 1000루블인데 말 탄 사람은 값을 매길 수가 없습니다! 네, 그런 훌륭한 젊은이는 찾아보기 힘들죠!"

"찾아보기 힘들다……." 백작은 세묜의 말이 그렇게 금방 끝나 아쉬운 듯 되풀이했다. "찾아보기 힘들지." 그는 외투의 앞깃을 젖혀 코담배 갑을 꺼내며 말했다.

"얼마 전 훈장을 전부 달고 교회 밖으로 나오실 때 미하일 시도리치가……." 세묜은 말을 끝맺기도 전에 고요한 대기에서 기껏해야 두세 마리 사냥개가 짖는 소리와 더불어 또렷하게 울리는 사냥감 몰이 소리를 들었다. 그는 고개를 숙이고 가만히 귀를 기울이며 주인에게 말없이 경고의 손짓을 했다. "새끼들을 발견했군요……." 그가 속삭였다. "랴돕스키로 곧장 향하고 있습니다."

백작은 얼굴에서 웃음을 거두는 것을 잊은 채 숲속의 좁은 길을 따라 멀리 앞쪽을 바라보았으며, 냄새를 맡지도 않으면서 손에 코담배 갑을 계속 쥐고 있었다. 개 짖는 소리에 이어 다닐로가 저음의 뿔피리를 불어 늑대를 쫓고 있음을 알리는 소리가 들려왔다. 사냥개들은 처음의 세 마리 개와 합류했고, 늑대 몰이의 신호인 으르렁대는 독특한 소리와 함께 목청껏 울부짖는 소리가 들렸다. 사냥개 감독들은 더 이상 고함을 지르지 않고 "울류류." 하는 소리를 냈다. 모든 목소리 가운데 때로는 굵고 낮은, 때로는 날카롭고 가는 다닐로의 목소리가 두드러졌다. 다닐로의 목소리는 온 숲을 가득 채운 뒤 숲을 빠져나가 멀리 저 멀리 들판으로 울려 퍼지는 것 같았다.

몇 초 동안 가만히 귀를 기울이던 백작과 마부는 사냥개들이 두 무리로 나뉘었다고 확신했다. 유난히 격렬하게 짖어 대는 큰 무리는 점차 멀어졌고, 다른 무리는 숲을 통과하여 백작을 지나쳐 빠르게 달렸다. 그 무리에서 "울류류!" 하는 다닐로의 목소리가 들렸다. 이 두 추격 조는 하나로 합하여 물 흐르듯 이동하다가 둘 다 멀어졌다. 세묜은 한숨을 쉬고 개의 가죽끈을 바로잡으려고 허리를 굽혔다. 백작도 한숨을 내쉬었다. 그러다가 손에 들린 코담배 갑을 알아채고 뚜껑을 열어 한 줌 꺼냈다.

"제자리로!" 세묜은 덤불 밖으로 나간 수캐에게 호통을 쳤다. 백작은 부르르 떨다가 코담배 갑을 떨어뜨렸다. 나스타시야 이바노브나가 말에서 내려 그것을 집으려 했다.

백작과 세묜은 그를 바라보았다. 종종 있는 일이지만 마치 개 짖는 소리와 다닐로의 "울류류!" 소리가 바로 앞에서 나기라도 한 듯 늑대 모는 소리가 갑자기 순식간에 가까워졌다.

백작은 주위를 둘러보다가 오른쪽에서 미치카를 보았다. 그는 휘둥그레진 눈으로 백작을 쳐다보고 모자를 들어 올리며[122] 반대편 앞쪽을 가리켰다.

"조심하세요!" 미치카가 외쳤다. 벌써 한참 전부터 이 한마디가 고통스럽게 밖으로 내보내 달라고 간절히 매달렸을 것처럼 들리는 목소리였다. 그러고는 개를 풀고 백작을 향해 빠른 속도로 말을 몰았다.

백작과 세묜은 덤불 밖으로 달려 나오다가 왼편에서 늑대를 보았다. 늑대는 부드럽게 몸을 흔들며 그들 왼편으로, 그들이 서 있던 덤불을 향해 조용히 달려왔다. 사나운 개들이 날카롭게 짖어 댔다. 개들은 가죽끈에서 벗어나 말들의 다리를 지나쳐 늑대에게로 내달렸다.

늑대는 질주를 멈추고 협심증으로 고통스러워하는 것처럼 이마가 넓은 머리를 개들 쪽으로 불편하게 돌리고는 여전히 부드럽게 몸을 흔들면서 한 번, 또 한번 펄쩍 뛰어오르더니 꼬리를 흔들고 덤불 속으로 자취를 감추었다. 그 순간 맞은편 덤불에서 슬피 우는 듯한 포효와 함께 첫 번째, 두 번째, 세 번째 사냥개가 허둥지둥 뛰쳐나왔고, 모든 사냥개들이 들판으로, 늑대가 달려간 바로 그 장소로 질주했다. 사냥개들에 이어 개암나무 수풀이 양옆으로 갈라지며 땀으로 거무스름해진 다닐로의 갈색 말이 나타났다. 말의 기다란 등에는 모자도 없이 땀에 젖은 벌건 얼굴 위로 희끗희끗하고 헝클어진 머리카락을

122) 사냥꾼들 사이에서 사냥감을 발견했다고 알리는 전통적인 신호.

드러낸 다닐로가 앞으로 몸을 푹 숙인 채 작은 덩어리처럼 앉아 있었다.

"울류류류, 울류류!" 그가 외쳤다. 백자을 본 순간 그 눈동자에서 번갯불이 번득였다.

"이런……!" 그는 긴 채찍을 들어 백작을 위협하며 외쳤다.

"늑대를 달아나게 하다니……. 사냥꾼이라는 작자들이!" 당황하고 놀란 백작에게 더 이상 말할 가치도 없다는 듯 그는 백작에게 치미는 모든 분노를 모아 갈색 거세마의 움푹 들어간 축축한 옆구리를 채찍으로 때리고 사냥개들을 뒤따라 질주했다. 백작은 마치 벌받은 사람처럼 주위를 두리번거리며 서서 미소로써 세묜으로부터 자기 처지에 대한 동정을 불러일으키려 애썼다. 그러나 세묜은 이미 없었다. 그는 벌채가 금지된 숲으로 늑대가 들어가지 못하도록 덤불 주위를 우회하고 있었다. 보르조이로 사냥하는 사람들도 맹수를 쫓아 양쪽에서 이리저리 질주했다. 그러나 늑대는 떨기나무 숲을 빠져나갔고 단 한 명의 사냥꾼도 늑대를 잡지 못했다.

5

한편 니콜라이 로스토프는 맹수를 기다리며 제자리를 지켰다. 추격이 가까워지고 멀어지는 것으로부터, 그가 아는 개들의 소리로부터, 사냥개 담당들의 목소리가 커지고 멀어지는 것으로부터 그는 섬에서 무슨 일이 일어나는지 감지할 수 있었다. 그는 섬에 새끼(어린) 늑대와 큰(늙은) 늑대가 있다는 것을 알았다. 사냥개들이 두 무리로 나뉘었다는 것을, 어디에선가 추격이 벌어지고 있다는 것을, 무언가가 잘못되었다는 것을 알았다. 그는 매 순간 맹수가 자기 쪽으로 오기를 기다렸다. 어떻게 어느 쪽에서 맹수가 달려올지, 어떻게 맹수를 추격할지에 대해 수천 가지의 온갖 가정을 세웠다. 희망은 절망으로 바뀌어 갔다. 그는 늑대가 자기 쪽으로 오게 해 달라는 기도로 하느님에게 여러 번 호소했다. 사람들이 사소한 이유로 강한 흥분에 사로잡혀 기도할 때처럼 열렬하고도 양심적인 감정으로 기도했다. '저를 위해 이 일을 해 주신다고 해서 당신에게 무슨 수고가 들겠습니까! 당신은 위대한 분이며, 당신에게 이것을 청하는 게 죄라는 사실을 압니다. 하지만 제발 큰 늑대가 제 쪽으로 기어 나오게, 저쪽에서 지켜보는 아저씨의 눈앞에서 카라이가 늑대의 목덜미를 꽉 물고 늘어지게 해 주십시오.' 그는 그렇게 하느님께 기도했다. 그 삼십 분 동안 로스토프는 사시나무 덤불 위로 결이 거친 참나무 두 그루가 솟은 숲 가장자리, 끝자락이 침식된 골짜기, 오른쪽 덤불 밖으로 보일 듯 말 듯한 아저씨의 모자를 향해 집요하고 긴박하고 불안한 시선을 수천 번이나 던졌다.

'아니야. 그런 행운은 없을 거야.' 로스토프는 생각했다. '그렇지만 어려운 일도 아닐 텐데! 그런 일은 없겠지. 난 항상 카드에서나 전장에서나 모든 일에 운이 따르지 않았잖아.' 아우스터리츠와 돌로호프가 번갈아 가며 선명하고도 빠르게 상상 속에 떠올랐다. '내 인생에 한 번만이라도 큰 늑대를 추격해 볼 수 있다면 더 이상은 바라지 않을 텐데!' 그는 청각과 시각을 긴장시킨 채 왼쪽을 돌아보았다가 다시 오른쪽을 돌아보며 늑대 모는 소리의 아주 작은 기척에도 귀를 기울이면서 생각했다. 또다시 오른쪽을 힐끗 쳐다보다가 맞은편의 황량한 벌판에서 무언가가 그를 향해 달려오는 것을 보았다. '아니야, 그럴 리 없지!' 오랫동안 기대하던 것이 실현될 때 사람들이 숨을 몰아쉬듯 로스토프도 크게 숨을 몰아쉬며 생각했다. 더할 나위 없는 행운이 찾아온 것이다. 소리도 없이, 광채도 없이, 전조도 없이 너무도 쉽게……. 로스토프는 눈을 믿을 수 없었다. 그 의혹은 몇 초 더 계속되었다. 늑대는 앞으로 내달리며 도중에 수레바퀴 자국들을 힘껏 뛰어넘었다. 늙은 맹수였다. 등이 희끗희끗하고 잔뜩 부른 배는 불그레했다. 맹수는 아무도 보지 않는다고 확신하는 듯 느긋하게 달렸다. 로스토프는 숨을 죽이고 개들을 돌아보았다. 개들은 늑대를 보지 못하고 아무것도 모른 채 눕거나 서 있었다. 누런 이빨을 드러낸 늙은 카라이는 고개를 돌린 채 신경질적으로 벼룩을 찾으면서 이빨을 딱딱거리며 뒷다리를 긁었다.

"울류류류." 로스토프는 입술을 뾰족하게 내밀고 소곤거리듯 중얼거렸다. 개들이 쇠줄을 흔들고 벌떡 일어나 귀를 쫑긋 세웠다. 카라이는 뒷다리를 마저 다 긁고 일어나더니 귀를 세우고 털이 덥수룩한 꼬리를 살짝 말았다.

'풀까, 풀지 말까?' 늑대가 숲에서 나와 니콜라이 쪽으로 다가오는 동안 그는 속으로 중얼거렸다. 갑자기 늑대의 인상이 달라졌다. 늑대는 한 번도 본 적 없는 인간의 눈이 자기에게 향한 것을 보았는지 흠칫 몸을 떨고는 고개를 사냥꾼 쪽으로 살짝 돌리고 그 자리에 멈춰 섰다. 돌아설까, 앞으로 나갈까? '에잇! 아무래도 상관없어. 앞으로 가자!' 늑대는 속으로 그렇게 말하는 것처럼 보였다. 늑대는 더 이상 주위를 둘러보지 않고 부드러우면서도 보폭이 크고 자유로운, 그러나 단호한 도약으로 내달리기 시작했다.

"울류류!" 니콜라이는 자신의 것이 아닌 목소리로 외쳤다. 그러자 그의 명마가 자연스레 늑대의 진로를 막기 위해 도랑을 뛰어넘어 언덕 아래로 쏜살같이 질주했다. 개들은 말을 앞지르며 더 빨리 달려갔다. 니콜라이는 자신의 외침을 듣지 못했으며, 자신이 말을 타고 달리는 것도 느끼지 못했다. 개도, 자신이 달리고 있는 곳도 보지 못했다. 오직 늑대만을, 방향을 바꾸지 않고 속도를 높이며 협곡을 따라 달리는 늑대만을 보았다. 늑대 근처에 가장 먼저 나타난 것은 검은 점이 있고 꼬리가 큰 밀카였다. 밀카는 맹수에게 접근하기 시작했다. 더 가까이, 더 가까이…… 밀카가 맹수 쪽으로 다가갔다. 그러나 늑대가 밀카를 슬쩍 곁눈질하자 늘 그랬던 것처럼 밀카는 속력을 내는 대신에 갑자기 꼬리를 내리고는 앞다리로 땅을 딛고 멈춰 섰다.

"울류류류!" 니콜라이가 소리쳤다.

털이 붉은 류빔이 밀카 뒤에서 뛰어나와 늑대에게 쏜살같이 달려들어 대퇴부(뒤쪽 넓적다리)를 물었지만 이내 겁에 질려 다른 쪽으로 펄쩍 뛰었다. 늑대는 웅크리고 앉아 이를 딱딱 부딪고는 다시 일어나 성큼 달려 나갔다. 모든 개들이 가까이 가지는 못하고 1아르신 정도 거리를 두며 늑대를 따라갔다.

'달아나잖아! 안 돼, 그럴 수 없어.' 니콜라이는 목쉰 소리로 계속 외치며 생각했다.

"카라이! 울류류!" 그는 유일한 희망인 늙은 수캐를 눈으로 찾으며 외쳤다. 카라이는 노쇠한 힘을 다하여 몸을 최대한 쭉 펴고는 늑대를 바라보면서 진로를 차단하려고 애쓰며 맹수와 나란히 힘겹게 질주했다. 그러나 늑대의 빠른 질주와 개의 느린 질주를 보니 카라이의 예상이 틀린 게 분명했다. 니콜라이는 이제 앞쪽 그다지 멀리 떨어지지 않은 숲을 바라보았다. 그곳에 닿으면 늑대는 틀림없이 빠져나갈 것이다. 앞쪽에 그들을 향하여 달려오는 개들과 사냥꾼 한 명이 보였다. 아직 희망은 있었다. 니콜라이가 모르는 다른 무리에 속한 젊고 몸통이 길쭉한 적갈색 수캐가 맨 앞에서 쏜살같이 달려들어 늑대를 쓰러뜨리려는 참이었다. 늑대는 예상보다 빠르게 몸을 일으켜 적갈색 수캐에게 달려들고 이를 딱딱거렸다. 옆구리가 찢어져 피투성이가 된 수캐는 비명을 지르며 머리를 땅에 박았다.

"카라유시카! 아버지!" 니콜라이는 울었다…….

도주가 멈춘 덕에 늙은 수캐는 뒷다리에 엉겨 붙은 털을 흔들며 늑대의 길을 차단하고 어느새 늑대와 다섯 걸음 정도 떨어진 곳에 서 있었다. 위기를 느꼈는지 늑대는 카라이를 곁눈질하고는 꼬리를 다리 사이에 더 깊이 감추고 속도를 높여 달렸다. 그러나 그 순간 — 니콜라이는 카라이에게 무언가 일어난 것을 보았을 뿐이다 — 카라이가 순식간에 늑대에게 덤벼들어 앞에 놓인 도랑으로 함께 곤두박질치며 쓰러졌다.

도랑에서 늑대와 함께 우글대는 개들, 그 아래로 늑대의 회색 털과 쭉 뻗은 뒷다리와 바짝 붙은 귀와 겁에 질려 헐떡이는 머리(카라이가 늑대의 목덜미를 물고 있었다.)를 본 순간은, 그것을 본 바로 그 순간은 니콜라이의 생애에서 가장 행복한 순간이었다. 그는 말에서 내려 늑대를 찌르기 위해 벌써 안장 머리를 잡고 있었다. 그런데 갑자기 개 떼 사이에서 맹수의 머리가 쑥 튀어나왔고, 뒤이어 앞다리가 도랑의 가장자리를 디뎠다. 늑대는 이를 으드득 갈더니(카라이는 더 이상 늑대의 목을 물고 있지 않았다.) 뒷다리로 도랑을 박차고 나와 꼬리를 말고는 다시 개들에게서 떨어져 앞으로 내달렸다. 카라이는 타박상 혹은 상처를 입었는지 털을 곤두세운 채 힘겹게 도랑에서 올라왔다.

"오, 하느님! 왜……?" 니콜라이는 절망적으로 외쳤다.

아저씨네 사냥꾼이 다른 쪽에서 늑대의 앞을 가로지르며 말을 몰았다. 그의 개들이 다시 맹수를 멈춰 세웠다. 늑대는 다시 포위되었다.

니콜라이와 그의 마부, 아저씨와 그의 사냥꾼은 늑대가 주저앉으면 당장이라도 말에서 내릴 태세로 늑대 주위를 빙빙 돌고 "울류류." 소리치고 고함을 질렀으며, 늑대가 몸을 흔들면서 자신을 구원해 줄, 벌채가 금지된 숲으로 움직일 때면 어김없이 앞으로 돌진했다.

이 몰이가 시작될 즈음 다닐로는 "울류류." 소리를 듣고 숲의 가장자리로 달려 나왔다. 그는 카라이가 늑대를 물고 있는 것을 보고는 상황이 종료되었다고 생각하여 말을 세웠다. 그러나 사냥꾼들이 말에서 내리지 않자 늑대는 몸을 흔들고 다시 달아났으며, 다닐로는 갈색 말을 늑대 쪽으로 몰지 않고 맹수의 진로를 막기 위해 카라이처럼 숲을 향하여 곧장 달렸다. 이 방향으로 돌진한 덕분에 그는 아저씨의 개들이 두 번째로 늑대를 멈추게 했을 때 늑대 쪽으로 접근할 수 있었다.

다닐로는 칼집에서 뽑은 단검을 왼손에 쥐고서 마치 도리깨질을 하듯 갈색 말의 팽팽한 옆구리에 채찍을 휘두르며 묵묵히 말을 몰았다.

니콜라이는 갈색 말이 세차게 숨을 몰아쉬고 헐떡이며 옆을 지나칠 때에야 비로소 다닐로를 보고 그 기척을 들었다. 뒤이어 몸뚱이가 떨어지는 소리를 들었고, 다닐로가 이미 개들 사이에서 늑대의 엉덩이 위에 엎어져 늑대의 귀를 잡으려 하는 것을 보았다. 사냥꾼들에게나 개들에게나 늑대에게나 이 순간 모든 것이 끝난 것처럼 보였다. 맹수는 두려운 듯 귀를 납작 붙이고 일어서려 기를 썼지만 개들이 달라붙었다. 다닐로는 몸을 약간 일으켜 쓰러질 듯 한 걸음을 내딛고는 휴식을 위해 드러눕기라도 하듯 체중을 전부 실으며 늑대 위에 엎드려 귀를 잡았다. 니콜라이는 늑대를 찌르고 싶었다. 그러나 다닐로가 "그럴 필요 없어요. 묶읍시다."라고 소곤거리고 자세를 바꾸어 한쪽 발로 늑대의 목을 밟았다. 그들은 늑대의 입에 막대기를 밀어 넣고 말에 재갈을 물리듯 가죽끈으로 동여맨 후 다리를 묶었다. 그런 다음 다닐로는 늑대를 옆으로 이리저리 두어 번 굴렸다.

행복하고도 기진맥진한 얼굴로 그들은 힝힝거리며 뒷걸음질 치는 말 위에 큰 늑대를 산 채로 얹고는 늑대를 향해 날카롭게 짖어 대는 개들을 이끌고 모두가 모이기로 한 장소로 갔다. 사냥개들은 새끼 늑대 두 마리를 잡았고, 보르조이 개들은 세 마리를 잡았다. 사냥꾼들은 포획물과 이야깃거리를 가지고 모여들었으며, 다들 큰 늑대를 보러 다가왔다. 늑대는 입에 막대기를 문 채 이마가 넓은 머리를 축 늘어뜨리고서 유리 같은 큰 눈동자로 자신을 에워싼 사람들과 개들의 무리 전체를 응시했다. 사람들이 건드리면 늑대는 묶인 다리를 부르르 떨며 사납게, 그러면서도 순박하게 모두를 바라보았다.

일리야 안드레이치 백작도 말을 몰고 다가와 늑대를 만져 보았다.

"오, 굉장히 큰 늑대군." 그가 말했다. "커. 그렇지?" 그는 옆에 서 있던 다닐로에게 물었다.

"큽니다, 백작 각하." 다닐로가 황급히 모자를 벗으며 대답했다.

백작은 자신이 놓친 늑대며 다닐로와 충돌한 일을 기억해 냈다.

"하지만 이보게, 자네, 성깔이 있더군." 백작이 말했다. 다닐로는 아무 말도 못 하고 부끄러운 듯 어린아이처럼 유순하고 즐거운 미소를 지을 뿐이었다.

6

노백작은 집으로 향했다. 나타샤와 페챠는 곧 돌아가기로 약속하고 사냥대와 함께 남았다. 사냥대는 아직 때가 일러 더 멀리까지 갔다. 한낮이 되자 그들은 어린 나무들이 울창한 골짜기에 사냥개들을 풀었다. 니콜라이는 그루터기에 서서 자신의 모든 사냥꾼들을 바라보았다.

니콜라이의 맞은편에 가을밀이 파릇파릇하게 싹을 틔운 밭이 있고, 그곳에 우뚝 솟은 개암나무 관목 뒤 구덩이에는 그의 사냥꾼 한 명이 서 있었다. 사냥개들을 풀자마자 니콜라이는 자신도 아는 개인 볼토른이 간간이 짖어 대는 소리를 들었다. 다른 개들도 합세하여 입을 다물었다 다시 짖었다 했다. 일 분 후 섬에서 여우를 쫓는 목소리가 들렸다. 그러자 모든 사냥개들이 하나가 되어 니콜라이를 떠나 밀밭을 향해 골짜기의 가장자리를 따라 달려갔다.

그는 붉은 모자를 쓴 사냥개 담당들이 울창한 골짜기의 가장자리를 따라 말을 타고 달리는 것을 보고 개들도 보았다. 그래서 매 순간 반대쪽 밀밭에 여우가 나타나기를 기다렸다.

구덩이에 선 사냥꾼이 움직이더니 개들을 풀었다. 니콜라이는 다리가 짧고 기묘하게 생긴 붉은 여우를 보았다. 꼬리털이 복슬복슬한 여우는 황급히 밀밭을 가로지르며 빠르게 질주했다. 개들은 여우를 향해 돌진했다. 거리가 좁혀졌다. 여우는 개들 사이에서 원을 그리며 이리저리 움직였고, 점점 더 잦게 뱅글뱅글 돌며 털이 복슬복슬한 꼬리를 몸에 휘감았다. 그러자 누군가의 하얀 개가 덮치고, 그 뒤를 이어 검은 개가 덮치고 모든 것들이 한데 뒤섞였다. 그러고 나서 개들은 엉덩이를 제각기 다른 곳으로 향한 채 약간 휘청거리며 별 모양으로 섰다. 두 사냥꾼이 개들에게로 말을 몰고 왔다. 한 사람은 붉은 모자를 썼고, 다른 낯선 사람은 녹색 카프탄을 입었다.

'이건 뭐야?' 니콜라이는 생각했다. '저 사냥꾼은 느닷없이 어디에서 나타났을까? 아저씨의 사냥꾼도 아닌데.'

사냥꾼들은 개들로부터 여우를 잡아챘다. 말에서 내린 그들은 여우를 안장 끝에 비끄러매지 않고 오랫동안 서 있었다. 그들 주위로 고삐에 매인 말들이 돌출된 안장을 얹은 채 서 있고 개들은 누워 있었다. 사냥꾼들은 두 손을 흔들며 여우를 가지고 무언가를 했다. 그곳에서 뿔피리 소리, 즉 싸움을 알리는 정해진 신호가 들렸다.

"일라긴의 사냥꾼과 우리 이반이 무언가를 두고 다투네요." 니콜라이의 마부가 말했다.

니콜라이는 여동생과 페챠를 불러오라고 마부를 보내고는 사냥개 감독들이 사냥개들을 모으는 곳으로 천천히 말을 몰았다. 몇몇 사냥꾼들이 싸움 현장으로 말을 달려 왔다.

말에서 내린 니콜라이는 가까이 다가와 상황이 어떻게 끝날지 소식을 기다리는 나타샤와 페챠와 함께 사냥개들 옆에 섰다. 싸움질을 하던 한 사냥꾼이 안장 꽁무니에 여우를 매단 채 숲 가장자리를 떠나 젊은 주인 쪽으로 말을 몰았다. 그는 멀리서부터 모자를 벗고 정중하게 말하려 애썼다. 그러나 창백한 안색으로 거칠게 숨을 쉬었으며 얼굴은 사납게 일그러져 있었다. 한쪽 눈에 멍이 들었는데도 모르는 듯했다.

"저기서 무슨 일이 있었던 건가?" 니콜라이가 물었다.

"글쎄 저자가 우리 사냥개들이 덮친 여우를 죽이려 들지 않겠습니까! 여우를 잡은 것은 제 회색 암캐인데 말입니다. 꺼져, 소송해! 여우에 손을 대다니! 저는 여우로 그 녀석을 흠씬 두들겨 팼습니다. 다시 갖다 놔, 안장 꽁무니에. 그래, 이게 갖고 싶냐?" 사냥꾼은 아마도 아직 적과 이야기하는 중이라고 상상하는지 단검을 가리키며 말했다.

니콜라이는 사냥꾼한테 아무 말도 하지 않고 여동생과 페챠에게 잠시 기다려 달라고 부탁한 후 적의에 찬 일라긴의 사냥대가 있는 곳으로 말을 몰았다.

승리자인 사냥꾼은 사냥꾼들의 무리로 말을 타고 가서 호기심 많은 동조자들에게 둘러싸여 자신의 공적을 떠벌리고 있었다.

상황은 이러했다. 로스토프가와 불화를 일으켜 소송에 처한 일라긴은 관례상 로스토프가에 속한 지역에서 사냥을 해 오다가 이번에도 일부러 그러는 것처럼 로스토프가가 사냥을 하고 있는 섬으로 사냥꾼들을 보내 남의 사냥개가 덮친 사냥감을 잡도록 내버려 둔 것이다.

니콜라이는 일라긴을 한 번도 본 적이 없었다. 그러나 늘 그렇듯 판단과 감정의 면에서 중도를 모르는 니콜라이는 그 지주의 난폭함과 방자함에 관한 소문을 통해 그를 진심으로 증오해 왔고 가장 흉악한 적으로 여겼다. 분노와 흥분에 휩싸인 그는 지금 적에게 가장 단호하고 위험한 행동이라도 해 보이겠다고 잔뜩 벼르며 한 손에 긴 채찍을 단단히 거머쥔 채 그에게로 가고 있었다.

숲의 모퉁이를 벗어나자마자 맞은편에서 테 없는 비버 가죽 모자를 쓴 뚱뚱한 지주가 아름다운 검은 말을 타고 두 마부와 함께 다가오는 것이 보였다.

니콜라이는 일라긴에게서 적이 아닌 위풍당당하고 정중한 귀족을, 특히 젊은 백작과 친분을 맺고 싶어 하는 귀족을 발견했다. 로스토프 쪽으로 다가온 일라긴은 비버 가죽 모자를 살짝 들어 올리고는 앞서 일어난 일에 대해 무척 유감스럽게 생각한다고 말했다. 또한 남의 사냥개로부터 사냥감을 가로챈 사냥꾼을 처벌하도록 지시했다고 했다. 그는 백작에게 친구가 되어 달라고 청하고는 자신의 사냥터를 제공했다.

오빠가 흥분하여 무슨 끔찍한 짓이라도 저지를까 두려웠던 나타샤는 조마조마한 마음으로 뒤에 가까이 붙어 따라갔다. 나타샤는 두 적이 다정하게 인사를 나누는 것을 보고 그들 쪽으로 말을 몰았다. 일라긴은 나타샤 앞에서 비버 가죽 모자를 더 높이 치켜 올리고는 유쾌한 미소를 지으며 사냥에 대한 열정으로 보나 소문을 통해 숱하게 들은 미모로 보나 백작 영애가 다이아나[123]를 그대로 보여 주는 것 같다고 말했다.

일라긴은 자신의 사냥꾼이 저지른 죄를 씻기 위해 로스토프에게 1베르스타 정도 떨어진 자기 영지의 산기슭으로 같이 가자고 청했다. 그가 소중히 지켜 온 그곳은 그의 말에 따르면 토끼가 넘쳐났다. 니콜라이는 찬성했다. 그리하여 두 배로 커진 사냥대는 더 멀리 나아갔다.

일라긴의 산지까지 가려면 들판을 거쳐야 했다. 사냥꾼들은 옆으로 넓게 퍼졌다. 주인들은 나란히 말을 몰았다. 아저씨와 로스토프와 일라긴은 다른 사람들이 눈치채지 못하게 애쓰면서 서로의 개들을 몰래 흘깃거리고, 그중에서 자기 개들과 견줄 만한 적수를 불안한 눈초리로 탐색했다.

로스토프는 일라긴의 사냥개들 중 작고 순종적이고 몸통이 가느다란, 그러나 강철같이 단단한 근육과 좁은 낯짝과 검은 통방울눈을 가진 붉은 점박이 암캐의 아름다움에 특히 깊은 인상을 받았다. 일라긴의 개들이 재빠르다는 소문은 들었다. 그는 이 아름다운 암캐를 자기 개 밀카의 적수로 보았다.

일라긴이 말을 꺼내 올해의 수확에 대해 진중한 대화를 나누던 중 니콜라이는 일라긴의 붉은 점박이 암캐를 가리켰다.

"당신의 저 암캐는 좋은 개군요!" 그는 무심한 투로 말했

---

123) 로마 신화의 여신으로 사냥을 즐겼다.

다. "날렵하죠?"

"저 개 말인가요? 네, 좋은 개입니다. 잘 잡아요." 일라긴은 붉은 점박이 개 예르자에 대해 태연한 목소리로 말했다. 그는 한 해 전 이 개를 얻기 위해 세 가구의 농노들을 이웃에 넘겼다. "그런데 백작, 수확량에 대해서는 자랑할 만한 게 없습니까?" 그는 조금 전의 대화를 계속했다. 그러다 젊은 백작에게 똑같은 말로 보답하는 것이 예의라는 생각이 들어 그의 개들을 둘러보고는 떡 벌어진 체격으로 눈길을 끈 밀카를 골랐다.

"당신의 저 검은 점박이 개도 좋은데요. 체격이 좋아요!" 그가 말했다.

"네. 나쁘지 않습니다. 잘 달리지요." 니콜라이가 대답했다. '들판을 달리는 큰 토끼라도 있다면 얼마나 좋은 개인지 보여 줄 텐데!' 그는 생각했다. 그리고 마부를 돌아보며 말하길 엎드린 토끼를 발견하는 사냥꾼에게 1루블을 주겠다고 했다.

"이해가 안 돼요." 일라긴이 말했다. "어째서 다른 사냥꾼들이 짐승이나 개들을 두고 질투를 하는지 말입니다. 나에 대해 말해 보죠, 백작. 난 말입니다, 말을 타고 돌아다니는 것만으로도 즐겁답니다. 이런 벗을 만나기도 하고…… 무엇이 이보다 더 좋을 수 있겠습니까.(그는 나타샤를 향해 비버 가죽 모자를 다시 한번 치켜들었다.) 짐승 가죽을 얼마나 많이 가져왔는지 세는 것, 그런 것은 나에게 아무래도 상관없습니다!"

"그렇긴 합니다."

"또는 짐승을 잡은 것이 내 개가 아니라 남의 개였다고 해서 불쾌해하는 것은……. 나로서는 그저 사냥감을 모는 광경을 황홀하게 지켜볼 뿐입니다. 그렇지 않습니까, 백작? 그리고 나의 견해로는…….”

“잡아아!” 그때 멈춰 서 있던, 보르조이 개를 데리고 사냥하는 사냥꾼들 속에서 한 명이 소리를 길게 늘여 외치는 소리가 들렸다. 그는 긴 채찍을 든 채 낮은 둔덕 위의 그루터기에 서서 길게 늘인 소리로 한 번 더 같은 말을 되풀이했다. “자압아아!”(그 소리와 위로 치켜든 채찍은 엎드린 토끼를 눈앞에서 보고 있다는 의미였다.)

“아, 찾았나 봅니다.” 일라긴이 무심하게 말했다. “어때요, 같이 몰아 볼까요, 백작.”

“네, 당연히 가야지요…… 그럼 같이 가실까요?” 니콜라이는 예르자와 아저씨의 붉은색 개 루가이를, 이제까지 한 번도 자신의 개들과 나란히 달려 본 적 없는 두 경쟁자를 응시하며 대답했다. ‘그런데 저 녀석들이 우리 밀카를 가뿐히 앞질러 버리면 어쩌지!’ 그는 아저씨와 일라긴과 나란히 토끼 쪽으로 접근하며 생각했다.

“큰 놈인가?” 일라긴은 토끼를 발견한 사냥꾼에게 다가가 이렇게 묻고 다소 흥분한 기색으로 예르자를 돌아보며 휘파람을 불었다…….

“미하일 니카노리치, 당신은?” 그가 아저씨를 돌아보았다. 아저씨는 눈살을 찌푸리며 말을 몰았다.

“뭣 하러 내가 끼어들겠소! 당신들의 개는, 당연하잖소, 당신들은 개 한 마리에 마을 하나를 통째로 넘기잖소, 당신네 개들은 수천 루블짜리인데. 당신들이나 개들을 겨뤄 보시구려.

난 구경이나 하겠소!"

"루가이! 자, 자!" 그가 소리쳤다. "루가유시카!" 그는 그 붉은 수캐에게 거는 기대와 애정을 자기도 모르게 이런 애칭으로 표현하며 덧붙였다. 나타샤는 이 두 노인들과 오빠의 감추어진 흥분을 보고 느끼면서 자기도 흥분하고 있었다.

사냥꾼은 낮은 둔덕 위에 채찍을 들고 서 있었고, 주인들은 그를 향해 천천히 말을 몰았다. 지평선에서 달리던 사냥개들은 토끼에게서 떨어져 방향을 틀었다. 주인이 아닌 사냥꾼들 역시 그곳에서 물러났다. 모든 것이 천천히 질서 정연하게 움직였다.

"토끼의 머리가 어느 쪽을 향하고 있나?" 니콜라이는 토끼를 발견한 사냥꾼에게서 100발짝가량 떨어진 지점에 이르자 이렇게 물었다. 그러나 사냥꾼이 미처 대답을 하기도 전에 내일 아침 닥칠 혹한을 감지한 토끼가 더 엎드려 있지 않고 팔짝 뛰었다. 쌍쌍이 줄에 매여 있던 사냥개 무리는 사납게 짖으며 토끼를 쫓아 산 아래로 질주했다. 가죽끈에 매여 있지 않던 보르조이 개들은 사방에서 사냥개와 토끼 쪽으로 돌진했다. 이제까지 천천히 움직이던 그 사냥꾼들과 사냥개 담당들은 "멈춰!" 하는 호령과 함께 개들의 목줄을 풀어주고, 보르조이로 사냥을 하는 사람들은 "잡아!" 하는 호령과 함께 개들을 내보내면서 다들 들판을 가로질러 말을 달렸다. 침착한 일라긴, 니콜라이, 나타샤, 아저씨는 어디로 어떻게 가야 할지 모른 채 사냥개들과 토끼만을 보면서 오직 몰이 과정을 한순간이라도 시야에서 놓칠까 염려하며 날듯이 달려갔다. 크고 재빠른 토끼가 눈에 들어왔다. 팔짝 뛴 토끼는 곧바로 달리지 않고 귀를 쫑긋거리며 사방에서 느닷없이 울리는 외침과 발소리에 귀를 기울였다. 토끼는 개들이 다가오도록 내버려 둔 채 빠르지 않게 열 번 정도 팔짝팔짝 뛰었다. 마침내 위험을 포착하고 방향을 정한 토끼는 귀를 뒤로 젖힌 채 전속력으로 달렸다. 토끼는 그루터기에 엎드렸으나 앞쪽은 바닥이 질퍽거리는 파릇파릇한 밀밭이었다. 토끼를 발견한 사냥꾼과 가장 가까이에 있던 그의 두 마리 개가 먼저 토끼를 보고 쫓기 시작했다. 그러나 그 개들은 아직 토끼 근처에도 가지 못했는데 뒤에서 일라긴의 붉은 점박이 예르자가 날 듯이 달려 나와 개 한 마리 길이만큼 떨어진 곳까지 접근했다. 그러고는 토끼의 꼬리를 노리면서 무시무시할 정도로 속력을 내더니 토끼를 잡았다고 생각하며 데굴데굴 굴렀다. 토끼는 등을 활처럼 구부리고 더욱 속력을 높였다. 예르자 뒤에서 궁둥이가 넓적한 검은 점박이 밀카가 날쌔게 뛰어나와 토끼를 빠르게 따라잡기 시작했다.

"밀루시카, 잘한다!" 니콜라이의 의기양양한 외침이 들렸다. 밀카는 당장이라도 토끼를 덮쳐 붙잡을 것처럼 보였으나 따라잡았다가 그만 지나쳐 버리고 말았다. 토끼는 옆으로 피했다. 다시 아름다운 예르자가 돌진했고, 이번에는 실수 없이 뒷다리의 허벅지를 잡으려 가늠이라도 하는지 토끼의 꼬리를 정통으로 내려다보며 토끼와 함께 계속 뛰었다.

"예르진카! 얘야!" 일라긴이 전혀 딴판인 목소리로 울먹이는 소리가 들렸다. 예르자는 그의 애원을 들어주지 않았다. 예르자가 토끼를 잡을 것이라고 예상할 수밖에 없는 그 순간 토끼가 방향을 틀어 파릇파릇한 밀밭과 그루터기 사이의 경계선으로 달아난 것이다. 다시 예르자와 밀카는 쌍두마차에 매인 두 마리 말처럼 어깨를 나란히 하고 토끼를 따라잡기 시작했다. 경계선을 따라 달리는 것은 토끼에게 더 유리하여 개들은 그렇게 빠른 속도로 접근할 수 없었다.

"루가이! 루가유시카! 암, 당연하지!" 그때 새로운 목소리가 외쳤다. 그러더니 아저씨의 등이 굽은 붉은 수캐가 다리를 쭉 펴고 등을 활처럼 구부린 채 처음의 개 두 마리를 따라잡고 그들을 앞질렀다. 루가이는 완전히 무아지경에 빠져 토끼 위로 몸을 휙 날리더니, 토끼를 경계선으로부터 파릇파릇한 밀밭으로 넘어뜨리고 무릎까지 푹푹 빠지며 진창이 된 밀밭을 또 한 번 더욱 맹렬하게 달렸다. 이제 눈에 보이는 것이라고는 루가이가 진창 속에서 등을 더럽히며 토끼와 함께 데굴데굴 구르는 모습뿐이었다. 개들이 별 모양으로 루가이를 에워쌌다. 일 분 후에는 모여든 개들 주위에 다들 서 있었다. 행복한 아저씨만 말에서 내려 토끼의 발을 칼로 잘라 냈다. 그는 피를 빼기 위해 토끼를 흔들면서 손발을 어디에 두어야 할지 몰라 눈을 굴리며 불안하게 주위를 둘러보고는 스스로도 누구와 무슨 이야기를 하는지 모른 채 말했다. "그러니까 이건 당연한…… 그러니까 개들을…… 그러니까 모든 개들을 때려눕힌 거야, 1000루블짜리 개든 1루블짜리 개든 전부 말이야. 암, 당연하지!" 누군가를 꾸짖기라도 하는 듯, 모두가 적이라도 되는 듯 그는 숨을 헉헉거리고 매섭게 주위를 둘러보며 말했다. 이제야 마침내 자신의 정당성을 증명할 수 있게 된 것이다.

"저런 것들이 당신들에게는 1000루블짜리 개인가 보군. 당연해!"

"루가이, 자, 발이다!" 그는 흙이 묻은 잘라 낸 발을 던지며 말했다. "넌 상을 받을 만해. 당연하지!"

"이 녀석, 완전히 녹초가 됐군. 혼자서 세 번이나 몰았으니." 니콜라이는 누구의 말에도 귀를 기울이지 않고, 또 남들이 듣든 말든 신경 쓰지 않고 말했다.

"저놈이 끼어들었다니까요!" 일라긴의 마부가 말했다.

"거의 잡을 뻔했는데. 그렇게 몰이를 당한 짐승이라면 집 지키는 개라도 다 잡아요." 그때 말을 탄 데다 흥분까지 하여 얼굴이 벌겋게 달아오른 일라긴이 간신히 숨을 가다듬으며 말했다. 그와 동시에 나타샤가 숨을 가다듬지도 않고서 기쁨과 감격에 겨워 귀가 윙윙 울릴 만큼 날카롭게 소리를 질렀다. 다른 사냥꾼들이 다 같이 동시에 왁자지껄 떠들면서 표현한 모든 것을 이런 날카로운 비명으로 표현한 것이다. 그리고 그 날카로운 소리는 너무도 이상야릇해서 아마 다른 때였다면 그녀조차 그 야만적인 새된 소리에 부끄러움을 느끼고 다들 깜짝 놀랐을 것이다. 아저씨는 토끼를 안장 뒤에 매달아 말의 엉덩이 너머로 재빨리 능숙하게 넘기고 — 이렇게 넘기는 동작을 통해 모든 이들을 비난하기라도 하듯 — 아무와도 말하고 싶지 않다는 표정으로 연한 밤색 말에 올라탄 뒤 자리를 떠났다. 그를 제외한 모든 이들은 슬픔과 모욕을 느끼며 흩어졌고 한참이 지난 후에야 예전처럼 무심한 척할 수 있었다. 그들은 오랫동안 붉은 루가이를 계속 흘깃거렸다. 굽은 등이 온통 진흙투성이가 된 루가이가 승리자의 침착한 표정을 띠고 아저씨의 말 뒤에서 개 목걸이를 짤랑거리며 빠르게 걸었다.

'뭐, 몰이와 관련된 문제만 아니면 나도 여느 개들과 똑같아. 하지만 일단 때가 닥치면 꽉 물고 늘어져야 한다고!' 니콜라이에게는 그 개의 표정이 그렇게 말하는 듯 느껴졌다.

한참 후 아저씨가 말을 몰고 다가와 말을 건넸을 때 니콜라이는 앞서 그 모든 일을 겪고도 아저씨가 여전히 말을 걸어 준 것에 우쭐한 기분을 느꼈다.

7

저녁 무렵 일라긴이 작별을 고하고 떠났을 때에야 니콜라이는 집에서 너무 멀리 와 버린 사실을 깨달았다. 그래서 사냥은 그만하고 미하일롭카에 있는 자기 집에서 하룻밤 묵어 가라는 아저씨의 제안을 받아들이기로 했다.

"그리고 너희들이 우리 집에 온다면, 당연하지 않냐, 그러는 편이 더 좋을 거다, 봐라, 날씨가 습하지, 그렇게 하면 너희들도 휴식을 취하고 백작 영애도 드로시키에 태워 데려갈 수 있을 거다." 아저씨가 말했다. 아저씨의 제안은 받아들여졌다. 그들은 드로시키를 끌고 오도록 오트라드노예로 사냥꾼 한 명을 보냈다. 니콜라이는 나타샤와 페챠와 함께 아저씨 집으로 향했다.

크고 작은 남자 농노들 다섯 명가량이 주인을 맞으러 앞쪽 현관 계단으로 달려 나왔다. 열 명쯤 되는 크고 작은 늙은 여자들은 말을 타고 오는 사냥꾼들을 구경하기 위해 뒤쪽 현관에서 몸을 쑥 내밀었다. 아저씨의 농노들이 품은 호기심은 나타샤, 즉 말을 탄 귀족 여성이라는 존재로 인해 커다란 놀라움으로 바뀌었다. 많은 사람들이 그녀 앞인 것도 아랑곳하지 않고 다가와 그녀의 눈을 들여다보았다. 그러고는 마치 인간이 아닌, 남들이 자기에 대해 무슨 말을 하는지 듣지도 이해하지도 못하는 신기한 것이 나타나기라도 한 양 그녀 앞에서 저마다 이런저런 비평을 했다.

"아린카, 저것 봐, 옆으로 앉았어! 사람이 말 위에 앉았는데 옷자락이 하늘하늘 흔들려……. 봐, 조그만 뿔피리도 있어!"

"어머나, 세상에, 작은 칼도 있잖아……."

"어쩌면, 타타르 여자네!"

"거꾸로 뒤집히지 않는 비결이 뭐유?" 가장 대담한 여자가 나타샤에게 직접 말을 걸었다.

아저씨는 정원에 초목이 무성한 작은 목조 가옥의 현관 계단 옆에 이르자 말에서 내렸다. 그런 다음 하인들을 죽 둘러보고는 필요 없는 사람들은 물러가라고, 손님들과 사냥대의 접대에 필요한 것을 전부 갖추어 놓으라고 명령조로 외쳤다.

다들 뿔뿔이 흩어졌다. 아저씨는 나타샤가 말에서 내리도록 도와주고는 손을 잡고 판자가 덜컥거리는 현관 계단을 올라갔다. 회반죽을 칠하지 않고 벽이 통나무로 된 실내는 그다지 깨끗하지 않았다. 그곳에 사는 사람들의 목적은 집 안을 더럽지 않게 유지하는 것이 아닌 듯했다. 그렇다고 방치한 흔적이 눈에 띄는 것도 아니었다. 현관에는 싱싱한 사과 향기가 감돌고 늑대와 여우의 가죽이 걸려 있었다.

아저씨는 손님들을 데리고 대기실을 지나 접이식 테이블과 붉은 의자들이 있는 작은 홀로, 그다음에 둥근 자작나무 테이블과 소파가 있는 응접실로, 그다음에 누더기가 된 소파와 너덜너덜한 양탄자가 있고 수보로프, 집주인의 아버지와 어머니, 군복을 입은 집주인의 초상화들이 걸린 서재로 갔다. 서재에서는 담배와 개의 냄새가 강하게 풍겼다.

서재에서 아저씨는 손님들에게 제집처럼 편안히 앉으라고 권한 후 밖으로 나갔다. 루가이는 등이 더러운 그대로 서재에 들어오더니 소파에 엎드려 혀와 이로 몸을 깨끗하게 했다. 서재는 휘장이 찢어진 칸막이가 보이는 복도로 연결되었다. 칸막이 너머에서 여자들의 웃음소리와 속삭임이 들렸다. 나타샤, 니콜라이, 페챠는 각자 흩어져 소파에 앉았다. 페챠는 팔꿈치를 괴고 이내 잠들었다. 나타샤와 니콜라이는 말없이 앉아 있었다. 두 사람의 얼굴이 발갛게 달아올랐다. 그들은 몹시 시장기를 느끼면서도 무척 즐거워했다. 그들은 서로를 바라보았다.(사냥이 끝나고 방 안에 머물게 되자 니콜라이는 더 이상 여동생 앞에서 남성적 우월성을 과시할 필요가 없다고 생각했다.) 나타샤가 오빠에게 한쪽 눈을 찡긋하자 두 사람은 잠깐 꾹 참다가 웃을 구실을 미처 생각해 내기도 전에 큰 소리로 웃고 말았다.

잠시 후 아저씨가 카자킨과 헐렁한 파란 바지에 짧은 부츠 차림을 하고 들어왔다. 그리고 나타샤는 아저씨가 오트라드노예에 입고 왔을 때 자신이 놀라움과 조롱의 눈길로 보았던 그 복장이 프록코트와 연미복에 결코 뒤지지 않는 진정한 의복이라고 느꼈다. 아저씨도 즐거워했다. 그는 남매의 웃음에 모욕을 느끼지 않았을 뿐 아니라(자기 인생이 비웃음을 당할지도 모른다는 생각이 그의 머리에 떠오를 리 없었다.) 스스로도 그들의 이유 없는 웃음에 동참했다.

"젊은 백작 영애가 대단하군. 당연해. 이런 여자는 본 적도 없어!" 그는 로스토프에게 긴 담뱃대가 딸린 파이프 하나를 건네고 짧게 자른 담뱃대를 익숙한 동작으로 세 손가락 사이에 끼우며 말했다.

"온종일 말을 타고 돌아다니다니, 남자들에게도 만만치 않은 일인데 백작 영애는 아무렇지도 않은 것 같군!"

아저씨가 들어오고 나서 곧 한 소녀 — 발소리로 미루어 맨발인 듯했다 — 가 문을 열었다. 그 문으로 뺨이 발그레하고 턱살이 겹치고 입술이 도톰하고 붉은 마흔 살가량의 풍만하고 아름다운 여인이 두 손에 음식이 잔뜩 담긴 큰 쟁반을 들고 들어왔다. 그녀는 눈동자와 모든 몸가짐에 따뜻하고 넉넉한 기품과 친절을 담아 손님들을 둘러보고는 다정한 미소를 지으며 정중히 인사했다. 이 여인(아저씨의 가정부)은 가슴과 배를 앞으로 내밀고 머리를 뒤로 젖혀야 할 만큼 보통 이상으로 풍만했지만 매우 경쾌하게 걸었다. 그녀가 테이블로 다가와 쟁반을 내려놓고 통통하고 하얀 손을 민첩하게 움직이며 테이블 위에 병과 자쿠스카와 음식을 차렸다. 그 일을 마친 뒤에는 물러나 얼굴에 미소를 머금고 문가에 섰다. '내가 여기 있어요! 내가 바로 그 여자예요. 당신도 이제 아저씨를 이해하겠죠?' 그녀의 출현은 로스토프에게 이렇게 말했다. 어떻게 모를 수 있겠는가. 로스토프뿐 아니라 나타샤도 아저씨를, 그리고 아니시야 표도로브나가 들어오는 순간 아저씨의 입술을 보일 듯 말 듯 주름지게 한 그 행복하고 만족스러운 미소와 찡그린 눈썹의 의미를 이해했다. 접시에는 약초 술, 과실주, 버섯, 검은 밀가루와 버터밀크로 만든 과자, 벌집에 든 꿀, 졸인 꿀, 거품이 이는 벌꿀 술, 사과, 말린 호두, 꿀에 졸인 호두가 있었다. 그다음 아니시야 표도로브나는 꿀과 설탕으로 만든 잼, 햄, 갓 구운 닭고기를 가져왔다.

그 모든 것은 아니시야 표도로브나가 기르고 수확하고 조리한 것이었다. 그 모든 것이 아니시야 표도로브나의 향을 풍기고 그녀에 대해 말하고 그녀의 맛을 간직했다. 모든 것이 풍부한 즙과 청결과 순백과 즐거운 미소의 느낌을 주었다.

"드세요, 백작 영애님." 그녀가 나타샤에게 이것저것 권하며 말했다. 나타샤는 전부 먹었다. 버터밀크로 만든 그런 과자, 그런 향의 잼과 꿀에 졸인 호두, 그런 닭고기는 이제껏 어디에서도 본 적 없고 먹어 본 적 없는 것 같았다. 아니시야 표도로브나가 밖으로 나갔다. 로스토프와 아저씨는 버찌 술로 저녁 식사 후 입가심을 하며 이제까지의 사냥과 앞으로의 사냥에 대해, 일라긴의 개들과 루가이에 대해 이야기를 나누었다. 나타샤는 소파에 똑바로 앉아 눈동자를 반짝이며 이야기에 귀를 기울였다. 그녀가 페챠에게 뭐라도 먹이려고 여러 번 깨웠지만 그는 잠에서 깨지 않았는지 뭔가 이해할 수 없는 말을 중얼거렸다. 나타샤는 이 새로운 환경에 있는 것이 몹시도 즐겁고 좋아 자신을 태울 드로시키가 너무 빨리 오지 않을까 두렵기만 했다. 우연히 찾아든 침묵 — 집에 처음으로 지인들을 맞이한 사람들에게 거의 늘 있는 일이지만 — 후에 아저씨는 손님들이 품은 생각에 대꾸하듯 말했다.

"바로 이렇게 나는 내 생을 마감하고 있다……. 죽으면, 당연히, 아무것도 남지 않지. 죄를 지어 봤자 무슨 소용이겠냐!"

아저씨가 이 말을 할 때는 얼굴이 매우 의미심장했고 심지어 아름답기까지 했다. 로스토프는 무심결에 아버지와 이웃들로부터 아저씨에 관해 들은 좋은 이야기들을 전부 떠올렸다. 아저씨는 현 일대에서 매우 고결하고 욕심 없는 괴짜라는 평판을 얻었다. 사람들은 가족 문제를 판단해 달라며 그를 부르고, 그를 유언 집행자로 삼고, 그에게 비밀을 털어놓고, 판사를 비롯한 여러 직분으로 그를 선출했다. 그러나 그는 언제나 완강하게 사회적 직분을 거절했다. 봄과 가을에는 밤색 거세마를 몰며 들판에서 지내고, 겨울에는 집 안에 틀어박히고, 여름에는 초목이 우거진 정원에서 빈둥거렸다.

"아저씨는 왜 근무를 하지 않으십니까?"

"했어. 하지만 그만뒀지. 나에게 안 맞아. 당연하잖아. 난 하나도 모르겠더라. 그것은 너희 일이야. 내 머리가 따라가질 못해. 사냥이라면 문제가 다르지. 당연하잖아. 문을 열어." 그가 소리쳤다. "도대체 왜 닫은 거야!" 복도(아저씨는 복도를 '북도'라고 말했다.) 끝에 있는 문은 독신자 사냥꾼의 방 — 사냥꾼들을 위한 하인방을 그렇게 불렀다 — 과 이어졌다. 맨발로 빠르게 쿵쾅거리는 소리가 들리고 보이지 않는 손이 사냥꾼 방의 문을 열었다. 복도로부터 발랄라이카[124] 소리가 또렷이 들려왔다. 그 방면의 어떤 명인이 연주하는 듯했다. 이미 한참 전부터 그 소리에 귀를 기울이던 나타샤는 더 잘 듣기 위해 아예 복도로 나갔다.

"우리 집 마부 미치카다……. 좋은 발랄라이카를 사 주었지. 내가 좋아하거든." 아저씨가 말했다. 아저씨 집에서는 아저씨가 사냥에서 돌아오면 미치카가 독신자 사냥꾼의 방에서 발랄라이카를 연주하도록 정해져 있었다. 아저씨는 그 음악을 듣는 것을 좋아했다.

"아주 좋은데! 정말 훌륭해." 니콜라이는 그 소리가 무척 기분 좋게 들린다는 점을 인정하기가 부끄러운 듯 무심결에 약간 빈정거리며 말했다.

"훌륭하다고?" 오빠가 말할 때의 어조를 알아챈 나타샤는 비난조로 말했다. "훌륭한 게 아니라 이건 이루 말할 수 없이 아름다운 거야." 아저씨의 버섯, 꿀, 과실주가 세상에서 가장 훌륭하게 느껴진 것처럼 노래도 이 순간 그녀에게는 음악적인 아름다움의 절정으로 여겨졌다.

"더요, 더." 발랄라이카 소리가 멎자마자 나타샤는 문에 대고 말했다. 미치카는 조율을 한 후 현을 뜯고 튕기면서 다시 「바리냐」[125]를 연주하기 시작했다. 아저씨는 보일 듯 말 듯한 미소를 띤 채 고개를 옆으로 기울이고 앉아 들었다. 「바리냐」

124) 발랄라이카는 현이 세 개인 러시아의 민속 악기다.
125) barinya. 러시아어로 귀부인, 마님, 숙녀 등을 뜻한다.

의 곡조는 수백 번 되풀이되었다. 미치카는 발랄라이카를 여러 번 조율했고, 다시 똑같은 곡조를 연주했다. 그러나 듣는 사람들은 싫증도 내지 않고 그저 그 연주를 계속 더 듣고 싶어 했다. 아니시야 표도로브나가 들어와 풍만한 몸을 문설주에 기댔다.

"들어 보세요, 백작 영애님." 그녀는 미소를 지으며 말했다. 아저씨의 미소와 너무도 비슷했다. "멋지게 연주하죠." 그녀가 말했다.

"여기 이 부분은 틀렸어." 갑자기 아저씨가 힘찬 몸짓을 보이며 말했다. "여기에서는 세차게 터져 나올 듯이 연주해야 해. 당연하지. 터져 나올 듯이 말이야."

"아저씨도 연주할 수 있어요?" 나타샤가 물었다. 아저씨는 대꾸하지 않고 빙그레 웃었다.

"아니시유시카, 기타에 현이 다 있는지 보고 와. 손에 쥐어 본 지 오래됐군. 당연하지! 집어치웠거든."

아니시야 표도로브나는 주인의 분부를 수행하기 위해 경쾌한 걸음으로 기꺼이 나갔다가 기타를 가지고 돌아왔다.

아저씨는 아무에게도 눈길을 주지 않은 채 먼지를 훅 불더니 앙상한 손가락으로 기타의 몸통 앞부분을 통통 두들겨 보고는 조율을 끝내고 안락의자에 자세를 바로잡고 앉았다. 그는 기타의 목보다 조금 높은 곳을 잡은 후(다소 연극적인 몸짓으로 왼쪽 팔꿈치를 구부린 채) 아니시야 표도로브나에게 한쪽 눈을 찡긋하고는 「바리냐」부터 시작하지 않고 낭랑하고 청아한 화음을 잡았다. 그리고 리듬감 있게, 고요하게, 그러면서도 정확하게 「도로를 따라」라는 잘 알려진 노래를 매우 느린 템포로 연주하기 시작했다. 곧 차분한 기쁨(아니시야 표도로브나의 존재 전체가 풍기는 바로 그런 것)이 느껴지는 박자로 니콜라이와 나타샤의 마음속에서 선율이 노래하기 시작했다. 아니시야 표도로브나는 얼굴을 발그레 붉히더니 숄로 얼굴을 가리고 소리 내어 웃으며 방에서 나갔다. 아저씨는 달라진 열정적인 시선으로 아니시야 표도로브나가 떠난 자리를 쳐다보면서 청아하게, 열정적으로, 힘차고도 정확하게 계속 곡을 연주했다. 그의 얼굴에서, 희끗희끗한 수염 아래 한쪽에서 무언가가 살짝 웃었다. 노래가 점점 고조되고 템포가 빨라지고 빠르게 현을 뜯는 악절들에서 갑자기 연주가 멈출 때면 특히 더 웃었다.

"아름다워요, 아름다워요, 아저씨! 더, 더요!" 그가 연주를 끝내자마자 나타샤가 소리쳤다. 그녀는 벌떡 일어나 아저씨를 안고 입을 맞추었다. "니콜렌카, 니콜렌카!" 그녀는 오빠를 돌아보며 '도대체 이게 뭘까?' 하고 묻기라도 하듯 말했다.

니콜라이도 아저씨의 연주가 무척 마음에 들었다. 아저씨는 두 번째 노래를 연주하기 시작했다. 웃음을 띤 아니시야 표도로브나의 얼굴이 다시 문가에 나타나고, 그 뒤에 다른 얼굴들도 보였다.

차가운 샘 뒤에서
소리친다, 아가씨, 잠깐만요!

아저씨는 연주를 하다가 다시 능숙한 솜씨로 빠르게 현을 뜨더니 갑자기 뚝 그치고 어깨를 살짝 움직였다.

"아이, 어서요, 제발, 아저씨." 나타샤는 자기 목숨이 달린 양 애원하는 목소리로 칭얼거렸다. 아저씨가 일어났다. 마치 그 안에 두 사람이 있는 것 같았다. 그 가운데 한 사람은 유쾌한 익살꾼을 향해 진지한 미소를 지어 보이고, 유쾌한 익살꾼은 춤추기에 앞서 소박하고도 정확한 첫 자세를 취했다.

"자, 조카!" 아저씨는 화음을 잡던 손을 멈추고 나타샤를 향해 흔들며 외쳤다.

나타샤는 걸친 숄을 벗어 던지더니 아저씨 앞으로 달려 나가 두 손을 허리에 얹고는 어깨로 동작을 취하고 섰다.

이민 온 프랑스 여자에게 교육받은 이 백작 영애가 자신이 숨 쉬는 러시아 공기에서 그 정신을 언제, 어디에서, 어떻게 흡수했을까? 오래전 **숄 댄스**에 밀려난 게 분명한 그런 몸짓을 어디에서 익혔을까? 그러나 그 정신과 몸짓이야말로 모방할 수도 배울 수도 없는 러시아적인 것이고, 바로 아저씨가 그녀에게 기대한 것이었다. 그녀가 그 자리에 서서 의기양양하고 오만하고 교묘하고 명랑한 미소를 지은 순간, 니콜라이와 그 자리에 있던 모든 이들을 사로잡은 처음의 걱정, 그녀가 제대로 못할지도 모른다는 걱정은 사라지고 그들은 어느새 그녀에게 넋을 잃었다.

그녀는 그것을 정확하게 해냈다. 어찌나 정확하게, 어찌나 완벽할 정도로 정확하게 해냈던지 그 춤에 필요한 숄을 지체 없이 나타샤에게 건넸던 아니시야 표도로브나도 자신에게 너무도 낯선 이 실크와 벨벳에 파묻혀 자란 가녀리고 우아한 백작 영애를 보면서, 아니시야 안에, 아니시야의 아버지 안에, 친척 아주머니 안에, 어머니 안에, 모든 러시아 사람 안에 존재하는 모든 것을 능히 이해한 백작 영애를 보면서 소리 내어 웃으며 눈물을 글썽였다.

"암, 백작 영애, 당연하고말고!" 춤이 끝나자 아저씨는 기쁘게 웃으며 말했다. "아, 역시 조카야! 이제 넌 훌륭한 젊은이를 남편감으로 고르기만 하면 되겠구나. 당연하지!"

"벌써 골랐습니다." 니콜라이가 빙긋 웃으며 말했다.

"오?" 아저씨는 뭔가 묻고 싶은 눈치로 나타샤를 바라보며 놀란 듯이 말했다. 나타샤는 행복한 미소를 지으며 수긍하는 뜻으로 고개를 끄덕였다.

"게다가 얼마나 훌륭한 사람인데요." 그녀가 말했다. 그러나 그 말을 한 순간 다른 새로운 생각과 감정이 마음속에 연이어 떠올랐다. '"벌써 골랐습니다."라고 니콜라이가 말했을 때 그 미소는 과연 무엇을 뜻했을까? 기뻐하는 걸까, 그렇지 않은 걸까? 나의 볼콘스키가 우리의 이런 기쁨을 인정하지도 이해하지도 못할 거라고 생각하는 것 같아. 아냐, 볼콘스키는 다 이해할 거야. 그는 지금 어디에 있을까?' 나타샤는 생각했다. 갑자기 얼굴이 심각해졌다. 그러나 겨우 일 초에 지나지 않았다. '이 일에 대해 생각하지 말자. 감히 생각하려고 하지 말자.' 그녀는 속으로 중얼거렸다. 그녀는 생긋 웃으며 다시 아저씨에게 다가앉아 무언가 더 연주해 달라고 졸랐다.

아저씨는 다른 노래를 한 곡 더 연주하고 나서 왈츠를 연주했다. 그러고는 잠시 침묵한 후 헛기침을 하고 자신이 좋아하는 사냥 노래를 부르기 시작했다.

> 밤부터 첫눈이
> 아름답게 내리네…….

노래의 모든 의미는 오직 말에 존재한다는, 선율 자체는 저절로 따라온다는, 선율은 별개로 존재하지 않고 오직 리듬을 위해서만 존재한다는 충만하고 소박한 신념을 품고서 아저씨는 민중이 노래하듯 그렇게 노래했다. 새들의 노래처럼 아저씨의 이 무의식적인 선율도 그로 인해 대단히 아름다웠다. 나타샤는 아저씨의 노래에 열광했다. 이제 하프를 배우지 않고 기타만 연주하리라 결심했다. 그녀는 아저씨에게 기타를 달라고 부탁하여 그 자리에서 바로 노래를 위한 화음을 골랐다.

9시가 지나서 리네이카[126) 한 대와 드로시키 한 대, 나타샤와 페챠를 찾으러 나선 말 탄 사람 셋이 이들을 데리러 왔다. 그들이 어디에 있는지 몰라 백작과 백작 부인이 몹시 불안해했다고 심부름꾼은 말했다.

페챠는 시체처럼 들려 나가 리네이카에 눕혀졌다. 나타샤와 니콜라이는 드로시키에 탔다. 아저씨는 나타샤의 몸을 단단히 여며 주고 전혀 색다른 부드러운 모습으로 작별 인사를 했다. 그는 다리까지 걸어서 배웅하고는 — 그들은 그 다리를 우회하여 여울을 건너야 했다 — 사냥꾼들에게 등불을 들고

---

126) lineika. 지붕이 있는 6~10인용의 긴 사륜마차. 지붕 없는 것도 있었다.

앞장서서 가라고 지시했다.

"잘 가라, 소중한 조카야!" 그의 목소리가 어둠 속에서 외쳤다. 나타샤가 예전에 알던 목소리가 아니라 "밤부터 첫눈이……"라고 노래하던 그 목소리였다.

그들이 지나는 마을에 붉은 등불들이 켜지고 기분 좋은 연기 냄새가 풍겼다.

"그 아저씨, 정말 멋져!" 마차가 큰길로 나오자 나타샤가 말했다.

"그래." 니콜라이가 말했다. "춥지 않니?"

"아니, 너무 좋아, 너무 좋아. 정말 기분이 좋아." 나타샤는 당혹감마저 보이며 말했다. 그들은 오랫동안 침묵했다.

밤은 어둡고 축축했다. 말들이 보이지 않았다. 눈에 보이지 않는 진창에서 말들이 철벅거리는 소리만 들렸다.

삶의 온갖 다양한 인상들을 너무도 탐욕스럽게 포착하고 흡수하는 이 어린아이처럼 감수성이 풍부한 영혼에 무슨 일이 일어나고 있는 걸까? 이 모든 것이 그녀에게 어떻게 받아들여졌을까? 하지만 그녀는 무척 행복했다. 집이 가까워졌을 즈음 갑자기 집으로 돌아오는 내내 포착하려 애쓰다 마침내 움켜쥔 "밤부터 첫눈이……"라는 노래의 곡조를 부르기 시작했다.

"잡아냈구나?" 니콜라이가 말했다.

"지금 무슨 생각을 하고 있어, 니콜렌카?" 나타샤가 물었다. 그들은 서로에게 그런 질문을 즐겨 했다.

"나?" 니콜라이는 기억을 더듬으며 말했다. "있잖아, 처음에는 붉은 수캐 루가이가 아저씨와 닮았다는 생각을 했어. 또 그 개가 사람이라면 아저씨를 계속 옆에 두었을 거라는 생각을 했지. 설사 잘 달리지는 못해도 음악성이 뛰어나잖아. 아저씨는 정말 풍채가 좋지![127] 그렇지 않니? 그럼 넌?"

"나? 잠깐, 잠깐. 그래, 난 처음에 '우리가 이렇게 마차를 타고 가는구나.' 생각했고, 지금은 '우리가 집으로 가고 있구나. 하지만 이 어둠 속에서 우리가 어디로 가는지는 하느님만 아시겠지. 문득 도착했을 때 우리는 오트라드노예가 아닌 마법의 왕국에 온 것을 알게 될 거야.'라고 생각했어. 그다음에 또 생각한 건……. 아냐, 더 이상 아무것도 없어."

"알아. 틀림없이 넌 그 사람에 대해 생각했어." 니콜라이는 빙그레 웃으며 말했다. 나타샤는 목소리의 울림에서 그 미소를 알아차렸다.

"아냐." 나타샤가 대답했다. 그러나 사실 그녀는 안드레이 공작에 대해, 그와 동시에 아저씨가 그를 마음에 들어 할지에 대해 생각했다. "또 나는 계속 되씹었어. 돌아오는 내내 되씹었지. 아니시유시카는 정말 멋지게 걷는구나, 멋지게……." 나타샤가 말했다. 그리고 니콜라이는 그녀의 낭랑하고 이유 없이 행복한 웃음을 들었다.

---

127) 러시아어 'lad'는 짐승의 체격, 화합, 조화, 화성, 음조, 현악기의 프렛, 건반 등을 의미한다. 이 대화에서 니콜라이가 복수 명사를 사용한 점으로 보아 '현악기의 프렛'이나 '건반'을 지칭한 것으로 추측된다. 이 책에서는 'ladyi'를 '음악성'으로 옮기기로 한다. 한편 니콜라이가 아저씨의 풍채가 좋다(laden)고 말한 것은 비슷한 발음으로 인한 연상 작용 때문인 듯하다.

“있잖아.” 불현듯 그녀가 말했다. “난 알아. 나에게 지금처럼 행복하고 평온한 순간은 이제 결코 없을 거야.”

“터무니없는 생각, 허튼소리, 거짓말.” 니콜라이는 이렇게 말하고 생각에 잠겼다. ‘나의 이 나타샤는 얼마나 멋진가! 나에게 이런 친구는 없었고 앞으로도 없을 거야. 나타샤가 왜 결혼해야 하지? 언제까지나 나타샤와 이렇게 마차를 타고 돌아다닐 수 있다면!’

‘지금의 니콜라이는 정말 멋져!’ 나타샤는 생각했다.

“아! 응접실에 아직 등불이 켜져 있네!” 그녀가 촉촉하고 벨벳 같은 밤의 어둠 속에서 아름답게 빛나는 자기 집 창문을 가리키며 말했다.

8

일리야 안드레이치 백작은 귀족 회장직을 사임했다. 이 직위가 지나치게 많은 지출과 결부되었기 때문이다. 그러나 그의 사정은 여전히 나아지지 않았다. 나타샤와 니콜라이는 부모가 은밀히 걱정스럽게 의논하는 모습을 종종 보았으며, 조상 대대로 내려온 로스토프가의 화려한 저택과 모스크바 근교의 영지가 매각되리라는 소문도 들었다. 귀족 회장의 직위를 내놓고 나자 그렇게 큰 접대를 할 필요가 없어졌다. 그리하여 오트라드노예의 생활은 지난해보다 더 평화롭게 흘러갔다. 그러나 넓은 저택과 곁채는 여전히 사람들로 꽉 찼고, 식탁 앞에는 여전히 스무 명도 넘는 사람들이 앉았다. 모두 거의 가족이나 다름없이 이 집에 익숙해진 사람들이거나 불가피하게 백작의 집에서 살아야 할 것 같은 이들이었다. 음악가 짐믈레르와 그 아내, 무용 선생인 이오겔과 그 가족, 한집에 사는 늙은 숙녀 벨로바, 그 밖에 다른 많은 사람들, 즉 페챠의 교사들, 아가씨들의 예전 가정 교사, 그저 자기 집보다 백작의 집에서 지내는 편을 더 좋아하거나 더 이득이라고 생각하는 사람들이 그러했다. 예전처럼 큰 연회는 없었지만 생활 방식은 똑같이 유지되었다. 백작과 백작 부인은 그런 것들이 없는 삶을 상상할 수도 없었다. 니콜라이가 훨씬 더 키워 놓은 사냥대도 여전했고, 마구간의 말 쉰 마리와 마부 쉰 명도 여전했다. 명명일에 서로에게 주는 값비싼 선물과 군(郡) 전체를 위한 성대한 만찬도 여전했다. 백작의 휘스트 게임과 보스턴 게임도 여전했다. 카드놀이를 할 때면 백작은 모두가 볼 수 있도록 카드를 부채처럼 펼쳐 쥐고서 일리야 안드레이치 백작과 카드놀이 하는 것을 가장 좋은 돈벌이 수단으로 여기는 이웃들에게 매일 수백 루블씩 잃곤 했다.

자신이 올가미에 걸려든 것을 믿으려 하지 않고 한 걸음 한 걸음 내딛을 때마다 더욱더 얽혀들면서, 스스로는 자신을 얽어맨 그 올가미를 끊어낼 수도, 조심스럽고 끈기 있게 풀어 내는 일을 시작할 수도 없음을 느끼면서 백작은 거대한 그물망에 갇힌 양 영지 경영을 위한 업무들 속에서 우왕좌왕했다. 백작 부인은 자녀들이 영락해 가고 있다는 것, 그게 백작의 잘못은 아니라는 것, 그는 현재 모습 그대로일 수밖에 없다는 것, 그도 자신과 자녀들의 영락을 알기에 괴로워한다는 것(비록 그는 그것을 숨겼지만)을 사랑 가득한 마음으로 느끼며 집안 형편을 돕기 위한 방법을 찾았다. 그녀의 여성적 관점에서 볼 때 방법은 오직 한 가지, 바로 니콜라이가 부유한 신붓감과 결혼하는 것뿐이었다. 그녀는 느꼈다. 이것이 마지막 희망이라고, 만약 그녀가 찾아낸 짝을 니콜라이가 거절한다면 상황을 바로잡을 가능성과 영원히 결별할 수밖에 없을 거라고……. 그 짝이란 훌륭하고 덕망 높은 부모의 딸이자 로스토프가와 어린 시절부터 알고 지낸 줄리 카라기나로, 지금 그녀는 막내 오빠의 죽음 때문에 부유한 신붓감이 되었다.

백작 부인은 모스크바에 있는 카라기나에게 그녀의 딸과 자기 아들의 결혼을 제안하는 편지를 솔직하게 썼고, 그녀로부터 호의적인 답변을 받았다. 카라기나는 찬성한다면서 모든 것은 딸의 의향에 달렸노라고 답했다. 카라기나는 모스크바로 니콜라이를 초대했다.

백작 부인은 눈물이 그렁그렁한 눈으로 여러 번 아들에게 말했다. 두 딸의 결혼이 정해진 지금 유일한 바람은 그가 결혼하는 것을 보는 거라고……. 그렇게만 된다면 자신도 편안히 무덤에 누울 수 있을 거라고 말했다. 그러고는 자신이 점찍은 훌륭한 아가씨가 있다며 결혼에 대한 그의 의견을 캐물었다.

다른 여러 대화에서 그녀는 줄리를 칭찬하면서 니콜라이에게 축일을 즐기러 모스크바에 가 보라고 권했다. 니콜라이는 어머니의 이야기가 무엇을 염두에 두었는지 짐작했다. 그래서 한번은 또 그런 대화가 나오자 어머니를 꾀어 속마음을 전부 털어놓게 만들었다. 그녀는 집안 형편을 바로잡을 모든 희망은 이제 그와 카라기나의 결혼에 달렸다고 솔직히 말했다.

"제가 재산이 없는 아가씨를 사랑한다면 어떻게 하실 건가요? 어머니, 정말로 저에게 재산 때문에 감정과 명예를 희생하라고 요구하실 건가요?" 그는 질문이 잔인하다는 것을 깨닫지 못하고 자신의 고결함만 드러내려 하면서 어머니에게 물었다.

"아니, 넌 내 심정을 모른다." 어머니는 어떻게 변명해야 할지 몰라 하며 말했다. "넌 내 심정을 몰라, 니콜렌카. 나는 네가 행복하기를 바란단다." 이렇게 덧붙인 그녀는 자신이 거짓을 말하고 있다는 것을, 자신이 궁지에 몰렸다는 것을 깨달았다. 그녀는 울기 시작했다.

"어머니, 울지 마세요. 그냥 어머니가 이것을 원한다고 말씀하세요. 어머니도 아시잖아요. 어머니의 마음을 편하게 해 드리기 위해서는 제 모든 인생을, 전부를 바칠 거라는 걸요." 니콜라이가 말했다. "전 어머니를 위해 모든 것을, 심지어 제 감정까지도 희생할 거예요."

그러나 백작 부인은 문제를 이런 식으로 제기하기를 바라지 않았다. 그녀는 아들의 희생을 원하지 않았다. 오히려 자신이 아들을 위해 희생하기를 바랐을 것이다.

"아냐, 넌 내 심정을 몰라. 더 이상 이야기하지 말자." 그녀는 눈물을 닦으며 말했다.

'그래, 어쩌면 난 정말로 가난한 아가씨를 사랑하는지도 몰라.' 니콜라이는 자신도 가난하면서 속으로 이렇게 중얼거렸다. '어쩌지, 재산을 위해 감정과 명예를 희생해야 하나? 어머니가 내게 그런 말을 할 수 있다는 사실에 놀랐어.' 그는 생각했다. '소냐가 가난하니까 난 그녀를 사랑해서도 안 되고, 그녀의 진실하고 헌신적인 사랑에 응해서도 안 되나? 하지만 난 분명히 무슨 인형 같은 줄리보다 그녀와 함께할 때 더 행복할 거야. 난 내 감정에 명령할 수 없어.' 그는 속으로 중얼거렸다. '만일 내가 소냐를 사랑한다면 내 감정은 나 자신에게 그 무엇보다 더 강하고 고귀한 거야.'

니콜라이는 모스크바에 가지 않았다. 백작 부인은 아들에게 결혼에 대한 이야기를 다시는 꺼내지 않았지만 아들과 지참금 없는 소냐가 점점 더 가까워지는 징후를 슬프게, 때로는 매섭게 지켜보았다. 백작 부인은 종종 별 이유도 없이 소냐를 불러 세워 푸념하고 "이봐요, 아가씨!"라고 부르는 것에 대해, 소냐에게 불평하고 공연히 트집을 잡는 것에 대해 자책했다. 선량한 백작 부인이 소냐에게 화를 낸 이유는 무엇보다도 검은 눈동자의 이 가난한 조카가 너무도 온순하고 착할 뿐 아니라 은인에게 매우 헌신적으로 감사를 표현하고 니콜라이에게는 너무나 진실하고 변함없이 희생적인 사랑을 바쳐서 도무지 비난할 점을 찾을 수 없기 때문이었다.

니콜라이는 휴가 기간 내내 부모 집에서 지냈다. 로마로부터 약혼자인 안드레이 공작의 네 번째 편지가 왔다. 편지에서 그는 따뜻한 기후로 예기치 않게 상처가 덧나지만 않았다면 이미 오래전에 러시아로 떠났을 거라고, 그 상처 때문에 내년 초까지 부득이 출발을 연기할 수밖에 없었다고 썼다. 나타샤는 약혼자를 여전히 사랑했고, 이 사랑에 여전히 평온을 느꼈으며, 삶의 모든 기쁨에 여전히 풍부한 감수성을 드러냈다. 그러나 그와 떨어진 지 넉 달이 되어 갈 무렵 도저히 맞서 싸울 수 없는 슬픔의 순간들이 그녀에게 찾아들기 시작했다. 그녀는 자신이 가여웠으며, 자신이 충분히 사랑하고 사랑받을 수 있는 모든 시간을 누구를 위해서도 쓰지 못한 채 그처럼 헛되이 흘려보내는 것이 아쉬웠다.

로스토프가의 집에는 즐거움이 없었다.

9

크리스마스 주간이 찾아왔다. 축일 예배 외에, 이웃들과 하인들의 엄숙하고 지루한 축하 인사 외에, 모두가 입은 새 옷 외에 크리스마스 주간을 기념할 만한 특별한 것은 전혀 없었다. 그러나 바람 한 점 없는 영하 20도의 혹한에서도, 한낮의 밝고 눈부신 햇살에서도, 밤의 겨울 별빛에서도 어떤 식으로든 이 시기를 기념하려는 요구가 감지되었다.

축일의 세 번째 날 저녁 식사가 끝나자 모든 가족들은 각자 방으로 흩어졌다. 하루 중 가장 지루한 때였다. 아침에 이웃들을 방문하고 온 니콜라이는 소파가 있는 방에서 잠이 들었다. 노백작은 서재에서 휴식을 취했다. 소냐는 응접실의 둥근 테이블 앞에 앉아 자수의 본을 베꼈다. 백작 부인은 카드를 펼쳤다. 어릿광대 나스타시야 이바노브나는 두 노파와 함께 슬픈 표정으로 창가에 앉았다. 나타샤는 응접실에 들어와 소냐에게 다가가서 그녀가 하는 것을 살펴보고는 어머니에게로 가 말없이 멈춰 섰다.

"넌 왜 집 없는 애처럼 돌아다니니?" 어머니가 그녀에게 말했다. "뭐가 필요하니?"

"그이가 필요해요…… 지금, 바로 이 순간 저에겐 그이가 필요하다고요." 나타샤는 웃음기 없이 눈동자를 빛내며 말했다. 백작 부인은 고개를 들고 딸을 뚫어지게 바라보았다.

"보지 마세요, 엄마, 보지 마세요. 당장이라도 울음이 나올 것 같으니까."

"앉아라. 내 옆에 앉아 봐." 백작 부인이 말했다.

"엄마, 그이가 필요해요. 무엇 때문에 제가 이렇게 시들어 가야 하나요, 엄마?" 목소리가 갈라지고 눈에서 눈물이 왈칵 쏟아졌다. 그녀는 눈물을 감추려고 재빨리 돌아서더니 응접실에서 나가 버렸다. 그녀는 소파가 있는 방에 가서 걸음을 멈추고 잠시 생각하다가 하녀방으로 갔다. 그곳에서는 늙은 하녀가 추운 바깥에서 뛰어 들어오느라 숨을 헐떡이는 젊은 하녀에게 툴툴거리고 있었다.

"이제 그만 놀아. 모든 것에 때가 있잖아." 노파가 말했다.

"내버려 둬요, 곤드라치예브나." 나타샤가 말했다. "가 봐, 마브루샤, 가."

마브루샤를 보낸 후 나타샤는 홀을 지나 대기실로 갔다. 노인 한 명과 젊은 하인 두 명이 카드놀이를 하고 있었다. 아가씨가 들어서자 그들은 카드놀이를 멈추고 일어섰다. '저 사람들과 뭘 하지?' 나타샤는 생각했다.

"그래, 니키타, 부탁인데 나가서……." '그를 어딘가로 보낼까?' "그래, 안마당에 가서 수탉을 잡아 올래? 그렇지, 미샤, 넌 귀리를 가져와."[128)]

"귀리는 약간이면 될까요?" 미샤가 즐겁게 흔쾌히 말했다.

"가, 어서 가." 노인이 그러면 된다고 확인해 주었다.

"표도르는 분필을 꺼내 오고."

식기실을 지나치던 그녀는 아직 때가 되지 않았는데도 사모바르를 내놓도록 지시했다.

식기실 담당 하인인 포카는 온 집안에서 가장 괄괄한 사람이었다. 나타샤는 그에게 자기 힘을 시험해 보기를 좋아했다. 그는 그녀의 말을 믿지 않고 정말인지 물으러 왔다.

"정말이지 이 아가씨가!" 포카는 나타샤에게 짐짓 인상을 써 보이며 말했다.

집안에서 나타샤처럼 그렇게 많은 하인들을 여기저기 보내고 그렇게 많은 일을 시키는 사람은 없었다. 그녀는 하인들을 어딘가로 보내지 않고 무심하게 볼 수가 없었다. 마치 그들 가운데 누가 자기에게 화를 내거나 불만을 품지 않을까 시험해 보는 것 같았다. 그러나 하인들은 어느 누구의 지시보다 나타샤의 지시를 더욱 기꺼이 수행했다. '뭘 하지? 어디로 갈까?' 나타샤는 복도를 천천히 거닐며 생각했다.

"나스타시야 이바노브나, 나에게서 뭐가 태어날까?" 그녀

---

128) 크리스마스 주간에는 바닥에 뿌린 곡식을 가금(家禽)이 어떻게 쪼아 먹는지를 보며 점을 치곤 했다.

는 카차베이카[129] 차림으로 맞은편에서 걸어오던 어릿광대에게 물었다.

"너한테서는 벼룩, 잠자리, 귀뚜라미가 태어나." 어릿광대가 대꾸했다.

'이럴 수가, 이럴 수가, 늘 똑같아! 아, 어디로 갈까? 날 어떻게 해야 하지?' 그러더니 그녀는 쿵쾅쿵쾅 발소리를 내며 계단을 따라 이오겔의 방으로 빠르게 달려갔다. 이오겔은 위층에서 아내와 함께 살았다. 방에는 여자 가정 교사 둘이 앉아 있었고, 테이블 위에 건포도와 호두와 아몬드가 담긴 접시들이 있었다. 가정 교사들은 모스크바와 오데사 가운데 어디가 생활하는 데 돈이 덜 드는지 이야기하는 중이었다. 나타샤는 앉아서 생각에 잠긴 진지한 얼굴로 그들의 이야기를 듣다가 일어섰다.

"마다가스카르섬이에요." 그녀가 중얼거렸다. "마 다 가스카르." 그녀는 각 음절을 또박또박 반복하고는 무슨 말이냐고 묻는 **마담 쇼스**의 질문에 대꾸도 않고 방에서 나가 버렸다.

동생 페챠도 위층에 있었다. 그는 가정 교사와 함께 밤에 쏘아 올릴 꽃불을 만들고 있었다.

"페챠, 페치카!" 그녀가 그에게 소리쳤다. "날 아래층까지 업어 줘." 페챠가 달려와 그녀에게 등을 내밀었다. 그녀는 팔짝 뛰어올라 두 팔로 목을 감았고, 그는 그녀를 업고서 껑충껑충 뛰었다. "아냐, 괜찮아……. 마다가스카르섬." 그녀는 이렇

---

129) 모피를 댄 소매 없는 짧은 여성용 상의.

게 중얼거리고 그의 등에서 뛰어내려 아래층으로 내려갔다.

자신의 왕국을 시찰하면서 자기 힘을 시험해 보고 모두가 순종적이라는 것을, 그러나 여전히 지루하다는 것을 확인하기라도 한 듯 나타샤는 홀에 가서 기타를 들고 작은 장롱 뒤의 어두운 구석에 앉았다. 그러고는 페테르부르크에서 안드레이 공작과 함께 들은 어느 오페라 가운데 머리에 떠오르는 한 악절을 골라 저음의 현을 뜯기 시작했다. 아무 상관 없는 청중에게는 그녀의 기타 연주가 아무 의미도 없었겠지만 그녀의 상상 속에서는 이 소리로부터 모든 기억들이 연이어 되살아났다. 그녀는 작은 장롱 뒤에 앉아 식기실 문으로 비쳐 든 한 줄기 빛에 시선을 고정하고 자신에게 귀를 기울이며 추억을 떠올렸다. 그녀는 회상에 빠져들었다.

소냐는 술잔을 들고 홀을 지나 식기실로 갔다. 나타샤는 그녀를, 그리고 식기실 문의 틈새를 흘깃 보았다. 식기실 문의 틈새로 빛이 스며들고 소냐가 술잔을 들고 지나가던 장면이 기억나는 것 같았다. '그래, 꼭 이랬어.' 나타샤는 생각했다.

"소냐, 이게 뭘까?" 나타샤는 손가락으로 굵은 현을 튕기면서 큰 소리로 말했다.

"아, 너 여기 있었구나!" 소냐는 흠칫 몸을 떨며 말하고는 가까이 다가와 귀를 기울였다. "모르겠어. 폭풍?" 그녀는 틀릴까 봐 걱정하며 소심하게 말했다.

'음, 전에 이런 일이 있었을 때도 소냐는 지금과 똑같이 떨었고 지금과 똑같이 다가와 소심하게 웃었지.' 나타샤는 생각했다. '그리고 지금과 똑같이…… 난 소냐에게 무언가 부족하

다고 생각했어.'

"아니, 이건 「물을 운반하는 사람」[130]에 나오는 합창이야. 들려?" 그리고 나타샤는 소냐가 그 곡을 알아듣게 하려고 합창곡의 모티프를 마저 불렀다.

"어디로 가는 중이었어?" 나타샤가 물었다.

"잔에 든 물을 갈려고. 곧 본을 베끼는 일이 끝나."

"넌 언제나 바쁘구나. 난 그렇게 못 하겠어." 나타샤가 말했다. "니콜렌카는 어디 있니?"

"잘 거야, 아마."

"소냐, 가서 니콜라이를 깨워." 나타샤가 말했다. "내가 같이 노래하잔다고 전해 줘." 그녀는 계속 앉아 앞서 일어난 모든 일이 무엇을 의미하는지 잠시 생각했다. 그러고는 그 질문을 해결하지도, 그것에 대해 전혀 아쉬워하지도 않고 다시 상상 속에서 그와 함께 있고 그가 자신을 사랑의 눈길로 바라보던 때로 돌아갔다.

'아, 그가 어서 돌아왔으면……. 그렇게 되지 않을까 봐 너무 두려워! 무엇보다 난 늙어 가고 있어. 그거야! 지금 내 안에 있는 것들이 이제 없어지겠지. 하지만 어쩌면 그가 오늘이라

---

130) 루이지 케루비니(Luigi Cherubini, 1760~1842)의 오페라 「이틀 동안(Les Deux journées)」을 뜻한다. 「물을 운반하는 사람」은 이 오페라의 독일어 제목이다. 이탈리아 태생의 프랑스 작곡가인 케루비니는 이십 년 동안 파리 음악원에서 후학을 양성했다. 프랑스 오페라의 발전에 큰 공헌을 했으며 종교 음악의 대가이기도 했다. 케루비니의 「이틀 동안」은 베토벤의 유일한 오페라 「피델리오(Fidelio)」에 많은 영향을 미쳤다.

도 돌아올지 몰라. 지금이라도 곧 도착할지 모르지. 어쩌면 이미 돌아와서 저기 응접실에 앉아 있는지도 몰라. 어쩌면 어제 이미 돌아왔는데 내가 잊은 건지도 모르고.' 그녀는 일어서서 기타를 내려놓고 응접실로 갔다. 모든 가족, 교사들, 여자 가정 교사들, 손님들이 이미 차 테이블 앞에 앉아 있었다. 하인들은 테이블 주위에 서 있었다. 안드레이 공작은 없고, 예전의 습관적인 생활이 있을 뿐이었다.

"아, 저기 나타샤가 오는군." 일리야 안드레이치가 응접실에 들어오는 나타샤를 보고 말했다. "자, 내 옆에 앉아라." 하지만 나타샤는 어머니 옆에 서서 무언가를 찾는 듯 주위를 두리번거렸다.

"엄마!" 그녀가 중얼거렸다. "저에게 그이를 주세요. 어서요, 엄마, 어서 주세요." 그러고는 다시 애써 울음을 참았다.

그녀는 테이블 앞에 앉아 역시 테이블 쪽으로 온 니콜라이와 노인들의 이야기를 들었다. '이럴 수가, 이럴 수가, 똑같은 얼굴, 똑같은 대화. 아빠가 똑같이 찻잔을 들고 똑같이 후후거려!' 나타샤는 언제나 똑같은 온 가족의 모습을 보고 자기 안에 치밀어 오르는 혐오감에 두려움을 느끼며 생각했다.

차를 마신 후 니콜라이와 소냐와 나타샤는 소파가 있는 방으로, 언제나 그들의 가장 진실한 이야기가 시작되던 그들이 가장 좋아하는 피난처로 갔다.

10

"오빠도 그런 적이 있었어?" 소파가 있는 방에 자리를 잡고 앉았을 때 나타샤가 오빠에게 물었다. "오빠도 그런 적이 있었어? 이제 더 이상 아무것도, 아무것도 없을 것 같은 때, 좋은 것은 모두 옛일이 되어 버린 것 같은 때 말이야. 그리고 그런 건 따분하다기보다 슬프지 않아?"

"물론!" 그는 말했다. "모든 게 좋고 모두가 즐거운데 내 머릿속에는 이 모든 게 지겹고 모두 죽을 수밖에 없다는 생각이 떠오를 때가 있었지. 연대에 있을 때 한번은 야유회에 나가지 않았어. 그곳에서는 음악이 연주되고 있었는데…… 갑자기 너무나 지겨워지는 거야……."

"아, 나도 그거 알아. 알아, 안다니까." 나타샤가 맞장구를 쳤다. "내가 아직 어렸을 때 그런 일이 있었어. 기억나? 언젠가 내가 자두 때문에 벌을 받았잖아. 오빠와 다른 사람들은 다들 춤을 추는데 난 교실에 앉아 흐느꼈지. 어찌나 울었던지 난 그 일을 절대 잊지 못할 거야. 슬프기도 했고, 모든 사람들과 나 자신이 불쌍했어. 모두 다 불쌍했지. 그리고 무엇보다 난 잘못을 저지르지 않았어." 나타샤가 말했다. "기억나?"

"기억하지." 니콜라이가 말했다. "기억나. 그다음에 내가 너에게 갔어. 널 위로해 주고 싶었거든. 그런데 있잖아, 부끄러웠어. 우리는 정말 우스꽝스러웠지. 그때 나에게 작은 장난감 인형이 있었는데 그걸 너에게 주고 싶었어. 기억나니?"

"그리고 기억나?" 나타샤는 생각에 잠긴 표정으로 미소를 지으며 말했다. "아주 오래전에 우리가 완전히 어린아이였을 때 말이야. 아저씨가 옛집에서 우리를 서재로 부르셨잖아. 주위는 어두웠어. 우리는 서재로 갔고, 갑자기 그곳에……."

"흑인이 서 있었지." 니콜라이는 즐거운 미소를 지으며 말을 맺었다. "어떻게 기억하지 않을 수 있겠어. 난 지금도 그 사람이 흑인이었는지, 우리가 꿈을 꾼 건지, 아니면 우리가 이야기를 들은 건지 잘 모르겠어."

"기억나? 그는 회색이었어. 이는 하얬고. 제자리에 서서 우리를 보고 있었지……."

"기억나요, 소냐?" 니콜라이가 물었다.

"네, 네, 나도 무언가 기억이 나요." 소냐가 소심하게 대답했다.

"난 아빠와 엄마에게 그 흑인에 대해 물어봤어." 나타샤가 말했다. "두 분은 어떤 흑인도 없었다고 하셔. 그런데 오빠가 정말로 기억하다니!"

"물론이지. 마치 지금의 일처럼 그 이가 기억나."

"정말 이상해. 꼭 꿈속 같아. 난 이런 게 좋더라."

"그런데 기억나? 우리가 홀에서 달걀을 굴리니까 갑자기 두 노파가 양탄자 위에서 팽이처럼 빙글빙글 돌기 시작했잖아. 그 일은 실제로 있었을까 없었을까? 기억나? 정말로 좋았는데……."

"응, 그런데 기억나? 아빠가 파란 외투 차림으로 현관 계단에서 라이플총을 쏜 것 말이야." 그들은 즐거운 미소를 지으며 노인들의 슬픈 추억들이 아닌 젊은 날의 시적인 추억들을, 꿈과 현실이 한데 뒤섞인 가장 먼 과거의 인상들을 더듬고 무언가에 즐거워하며 조용히 소리 내어 웃었다.

소냐는 공통된 추억을 가졌으면서도 언제나처럼 그들에게서 뒤처져 있었다.

소냐는 그들이 회상한 것들 가운데 많은 것을 기억하지 못했고, 그녀가 기억하는 것은 두 사람이 느끼는 그런 시적인 감정을 그녀의 마음속에 불러일으키지 않았다. 그녀는 그저 그들의 기쁨에 즐거워하며 그 기쁨을 흉내 내려 애쓸 뿐이었다.

소냐는 두 사람이 그녀가 처음 왔을 때를 회상할 즈음에만 관심을 보였다. 니콜라이의 상의에 작은 끈들이 달려 있었는데 보모가 그 끈으로 그녀를 꿰매 버리겠다고 말해서 니콜라이를 얼마나 무서워했는지 모른다고 소냐가 말했다.

"그리고 기억나. 사람들이 네가 양배추 밑에서 태어났다고 말했어." 나타샤가 말했다. "그리고 기억해. 그때 난 그 말을 감히 믿지 않을 수 없었지만 거짓말이라는 것을 알았고, 그래서 무척 쑥스러웠어."

이런 이야기를 나누는 중에 소파가 있는 방의 뒷문에서 하녀가 머리를 쑥 들이밀었다.

"아가씨, 수탉을 가져왔는데요." 하녀가 소곤소곤 말했다.

"필요 없어, 폴랴, 도로 가져다 놓으라고 해." 나타샤가 말했다.

소파가 있는 방에서 대화가 한창일 때 짐믈레르가 들어와 구석에 있는 하프로 다가갔다. 그는 덮개를 벗겼고, 하프는 음정이 맞지 않는 소리를 냈다.

"에두아르트 카를리치, 연주해 봐요, 내가 좋아하는 무슈 필드[131]의 「녹턴」을요." 응접실에서 노백작 부인의 목소리가 말했다.

짐믈레르는 화음을 잡고 나타샤와 니콜라이와 소냐를 돌아보며 말했다.

"젊은 사람들이 정말 조용히도 앉아 있군요!"

"우리는 철학적인 이야기를 나누고 있었어요." 나타샤는 그를 잠시 힐끗 돌아보며 말하고는 이야기를 계속했다. 지금 그녀는 꿈에 관한 이야기를 하는 중이었다.

짐믈레르는 연주를 시작했다. 나타샤는 뒤꿈치를 들고 소리 나지 않게 테이블로 다가가더니 양초를 들고 돌아와 제자

---

131) 존 필드(John Field, 1782~1837). 아일랜드 태생의 작곡가. 1804~1831년에 페테르부르크에서 경력을 쌓았으며, 1837년 모스크바에서 숨을 거두었다. 그는 피아노를 위한 녹턴을 작곡한 최초의 작곡가로 쇼팽에게 큰 영향을 미쳤다. 존 필드는 '러시아의 필드'라 불리기도 했다

리에 조용히 앉았다. 방 안, 특히 그들이 앉은 소파 위는 어두웠다. 그러나 큰 창문으로 보름달의 은빛 광선이 마룻바닥에 내리비쳤다.

"있잖아." 짐믈레르가 연주를 끝내고도 계속 그곳에 앉아 연주를 그만할지 다른 새로운 곡을 시작할지 망설이는 기색으로 현을 가볍게 뜯고 있을 때 나타샤가 니콜라이와 소냐에게 가까이 다가앉으며 소곤소곤 말했다. "내가 생각하기에 이렇게 추억을 떠올리고 또 떠올려서 모든 것을 다 떠올리고 나면 내가 세상에 존재하기 이전의 것까지 전부 다 떠올리는 경지에 이를 것 같아."

"그건 윤회야." 언제나 공부를 잘하고 모든 것을 기억하던 소냐가 말했다. "이집트인들은 우리 영혼이 동물들 안에 있었고, 다시 동물들에게 돌아갈 거라고 믿었어."

"아냐, 있잖아, 난 우리가 동물들 속에 있었다는 말을 믿지 않아." 나타샤는 음악이 끝났는데도 여전히 소곤소곤 말했다. "내가 확실히 아는 건 우리가 저 어딘가의 천사였고 이곳을 방문하기도 했다는 거지. 그래서 우리가 모든 걸 기억하는 거야……."

"내가 끼어도 될까요?" 짐믈레르가 조용히 다가와 그들 옆에 앉으며 말했다.

"만약 천사였다면 무엇 때문에 우리가 아래로 떨어졌겠니?" 니콜라이가 말했다. "아니, 그럴 리 없어!"

"아래가 아냐. 누가 오빠에게 아래라고 말했어……? 내가 예전에 뭐였을지 내가 그걸 어떻게 알아?" 나타샤가 확신에 차서 반박했다. "영혼은 불멸이잖아……. 그러니까 만약 내가 영원히 산다면 난 예전에도 살았고 또 완전한 영원 속에서 살았겠지."

"그렇죠. 하지만 우리가 영원을 상상하기는 어렵답니다." 온화하면서도 경멸 어린 미소를 띤 채 젊은이들에게 다가온 짐믈레르가 말했다. 그러나 이제 그도 젊은이들과 똑같이 조용하고 진지하게 말하고 있었다.

"영원을 상상하는 게 왜 어렵죠?" 나타샤가 말했다. "오늘이 있을 테고 내일이 있을 테고 '언제까지나'가 있을 테고, 또 어제도 있었고 그저께도 있었고……."

"나타샤! 이제 네 차례다. 나에게 뭐라도 불러 다오." 백작부인의 목소리가 들렸다. "너희는 왜 음모자들처럼 앉았니?"

"엄마! 별로 마음이 내키지 않아요." 나타샤는 이렇게 말하면서도 자리에서 일어섰다.

그들 모두는, 심지어 젊지 않은 짐믈레르조차 이야기를 중단하고 소파가 있는 방에서 나가는 게 내키지 않았다. 하지만 나타샤는 일어섰고 니콜라이는 클라비코드 앞에 앉았다. 언제나처럼 홀 한가운데에 서서 소리가 가장 잘 울리는 장소를 고른 나타샤는 어머니가 가장 좋아하는 노래를 부르기 시작했다.

노래하고 싶지 않다고 말했지만 그녀는 오래전부터, 그리고 그 후로도 오랫동안 이날 밤처럼 노래를 한 적이 없었다. 서재에서 미첸카와 대화를 나누다가 그녀의 노래를 들은 일리야 안드레이치 백작은 수업을 마치고 얼른 나가 놀려고 서

두르는 학생처럼 관리인에게 횡설수설하며 지시를 내리다 결국 입을 다물었다. 미첸카도 아무 말 없이 미소를 머금고 노래를 들으며 백작 앞에 서 있었다. 니콜라이는 여동생에게서 눈을 떼지 않고 그녀와 함께 호흡했다. 소냐는 노래를 들으며 자신과 친구 사이에 얼마나 엄청난 차이가 있는지, 어느 정도라도 사촌처럼 그렇게 매력적으로 되는 것이 자기에게 얼마나 불가능한 일인지 생각했다. 노백작 부인은 행복하고도 서글픈 미소를 머금고 눈물을 글썽이며 앉아 이따금 고개를 저었다. 그녀는 나타샤를, 자신의 젊은 시절을, 눈앞에 닥친 나타샤와 안드레이 공작의 이 결혼에 무언가 부자연스럽고 무시무시한 면이 있다는 것을 생각했다.

짐믈레르는 백작 부인에게 다가앉아 눈을 감고 들었다.

"아뇨, 백작 부인." 마침내 그가 말했다. "저것은 유럽적인 재능입니다. 그녀가 배울 것은 없어요. 저 유연함, 부드러움, 힘……."

"아, 난 저 애가 너무 걱정스러워요, 너무 걱정스러워." 백작 부인은 누구와 이야기하는지도 잊고 이렇게 말했다. 모성 본능이 그녀에게 말했다. 나타샤 안에 무언가가 지나치게 많다고, 그 때문에 나타샤가 행복하지 못할 거라고……. 나타샤가 노래를 다 부르기도 전에 열네 살 페챠가 가장 행렬이 왔다는 소식을 가지고 기쁨에 겨워 홀로 뛰어 들어왔다.

나타샤는 갑자기 멈췄다.

"바보!" 그녀는 동생에게 소리치고 의자로 달려가 털썩 쓰러져 흐느끼기 시작했다. 오래도록 울음을 멈출 수 없었다.

"괜찮아요, 엄마, 정말 괜찮아요. 그저 페챠 때문에 놀랐을 뿐이에요." 그녀는 웃어 보이려 애쓰며 말했다. 그러나 눈물이 하염없이 흐르고 흐느낌으로 목이 메었다.

곰, 튀르크인, 선술집 여주인, 마님 등 무시무시하거나 우스꽝스러운 인물들로 가장하고 추위와 유쾌함을 몰고 온 하인들은 처음에 대기실에서 쭈뼛거리며 서로 바짝 붙어 서 있었다. 그러다가 서로의 뒤에 숨으며 홀 안으로 밀려 들어왔다. 처음에는 부끄러워했지만, 그다음에는 점점 더 유쾌하게 점점 더 한마음이 되어 노래와 춤과 군무와 크리스마스 놀이를 시작했다. 백작 부인은 가장한 사람들의 얼굴을 알아보고 소리 내어 웃으며 응접실로 나왔다. 일리야 안드레이치 백작은 놀이를 허락하며 환한 미소를 띠고 홀에 앉았다. 젊은이들은 어딘가로 사라졌다.

삼십 분 후 파딩게일[132]을 입은 노부인이 다른 가장한 이들 틈에 끼어 홀에 나타났다. 니콜라이였다. 튀르크 여인은 페챠였다. 어릿광대는 짐믈레르, 경기병은 나타샤, 체르케스인은 코르크를 태워 콧수염과 눈썹을 그린 소냐였다.

가장하지 않은 사람들이 관대하게 깜짝 놀라고 못 알아본 척하며 칭찬을 해 주자 젊은이들은 분장이 너무나 훌륭하니 다른 누군가에게도 보여 주어야 한다고 생각했다.

자신의 트로이카[133]에 사람들을 모두 태우고 잘 닦인 길을

---

132) 여러 개의 원형 버팀살로 스커트를 퍼지게 하는 속치마.

133) 말 세 마리가 끄는 썰매나 마차를 모두 트로이카라고 칭한다. 장거리를 빠른 속도로 이동하기 위해 고안된 탈것이다.

달려 보고 싶었던 니콜라이는 하인들 가운데 가장한 사람들 열 명 남짓을 데리고 아저씨 댁에 가 보자고 제안했다.

"안 돼. 너희들은 왜 그 노인을 귀찮게 하려고 하니!" 백작 부인이 말했다. "게다가 그 댁에는 몸 돌릴 곳도 없잖니. 정 그렇다면 멜류코바 댁에 가렴."

멜류코바는 다양한 연령의 아이들을 둔 과부로 가정 교사들과 함께 로스토프 집안과 4베르스타 떨어진 곳에 살았다.

"마셰르, 그거야말로 현명한 생각이오." 신이 난 노백작이 맞장구를 쳤다. "당장 나도 옷을 차려입고 너희들과 같이 가겠다. 나도 파셰트를 기운 나게 해 줘야지."

그러나 백작 부인이 백작을 놓아주지 않았다. 그 무렵 백작의 다리에 계속 통증이 있었기 때문이다. 일리야 안드레이치는 가면 안 되고, 루이자 이바노브나(마담 쇼스)가 간다면 아가씨들도 멜류코바의 집에 가도 좋다는 결정이 내려졌다. 언제나 소심하고 내성적이던 소냐가 루이자 이바노브나에게 자기들의 청을 거절하지 말아 달라며 가장 끈질기게 졸랐다.

소냐의 분장은 누구보다 훌륭했다. 콧수염과 눈썹이 그녀에게 대단히 잘 어울렸다. 모두들 아주 멋지다고 말해 그녀는 그녀답지 않은 생기발랄하고 활기찬 기분에 젖어 있었다. 내면의 어떤 목소리가 오늘 밤이야말로 그녀의 운명이 결정될 유일한 기회라고 그녀에게 말했다. 남자 옷을 입은 그녀는 완전히 다른 사람처럼 보였다. 루이자 이바노브나가 승낙했다. 삼십 분 후에 작은 종과 방울들이 달린 트로이카 네 대가 얼어붙은 눈 위를 지나 날로 날카롭게 쉭쉭 소리를 내며 현관 계단으로 다가왔다.

나타샤가 가장 먼저 즐거운 크리스마스 분위기를 냈다. 그 즐거움은 다른 사람들에게 차례차례 영향을 미치며 점점 더 강해져 모두 얼어붙을 듯한 바깥으로 나와 서로 이야기를 주고받고 이름을 부르고 웃고 소리치면서 썰매에 앉았을 때는 최고조에 이르렀다.

트로이카 두 대는 승용 마차로 이용하는 것이고, 가운데에 오룔의 경주마를 매어 놓은 세 번째 트로이카는 노백작의 것이고, 키가 작고 털이 덥수룩한 검은 말을 가운데에 매어 놓은 트로이카는 니콜라이의 것이었다. 노파 차림을 한 니콜라이는 경기병 망토를 덧입고 허리띠를 맨 채 고삐를 짧게 쥐고 자신의 썰매 한가운데에 섰다.

밖이 어찌나 환한지 그는 달빛에 반사된 마구의 금속판이며 승강장의 검은 차양 아래에서 시끄럽게 떠드는 승객들을 두려운 듯 돌아보는 말의 놀란 눈동자까지 볼 수 있었다.

니콜라이의 썰매에는 나타샤, 소냐, 마담 쇼스, 하녀 두 명이 탔다. 노백작의 썰매에는 짐플레르 부부와 페챠가 탔다. 나머지 두 썰매에는 가장을 한 하인들이 탔다.

"앞장서, 자하르!" 니콜라이는 아버지의 마부에게 소리쳤다. 도중에 그를 앞지를 기회를 얻기 위해서였다.

짐플레르와 가장한 다른 사람들이 탄 노백작의 트로이카는 마치 눈에 얼어붙은 듯 활주용 침목을 요란스레 삐걱거리고 묵직한 종소리를 울리면서 앞으로 움직였다. 곁마들은 끌채에 바짝 달라붙어 설탕처럼 단단한 반짝이는 눈을 파헤치며 그 속에 푹푹 빠졌다.

니콜라이는 첫 번째 트로이카를 뒤따라 출발했다. 그 뒤에서 나머지 썰매들이 덜거덕거리고 끽끽 소리를 냈다. 처음에 트로이카는 좁은 길을 따라 천천히 달렸다. 정원을 지나는 동안 이따금 가지가 앙상하게 드러난 나무들의 그림자가 길을 가로지르며 밝은 달빛을 가렸다. 그러나 울타리를 벗어나자마자 달빛에 잠겨 아무 움직임이 없는 회청색 반사광을 띠며 다이아몬드처럼 반짝이는 눈밭이 사방에 펼쳐졌다. 선두의 썰매가 한 번, 또 한 번 우묵한 곳에서 덜컹거렸다. 그다음 썰매도, 또 그다음 썰매도 똑같이 덜커덩거렸다. 그러고는 얼어붙은 고요를 대담하게 깨뜨리며 한 줄로 잇따라 길게 뻗기 시작했다.

"토끼 발자국이야. 발자국이 많아!" 나타샤의 목소리가 혹한으로 얼어붙은 대기에 울렸다.

"정말 잘 보여요, 니콜라!" 소냐의 목소리가 말했다. 니콜라이는 소냐를 돌아보고 얼굴을 좀 더 가까이 보기 위해 몸을 숙였다. 검은 눈썹과 콧수염이 있는 완전히 새롭고 사랑스러운 얼굴이 달빛 속에서 가까워졌다 멀어졌다 하며 흑담비 모피 밖으로 살짝 보였다.

'이 얼굴이 전에는 소냐였는데.' 니콜라이는 생각했다. 그는 그녀를 더 가까이 들여다보고 빙그레 웃었다.

"왜요, 니콜라?"

"아무것도 아니에요." 그는 이렇게 말하고 다시 말을 향해 돌아섰다.

사람들의 잦은 왕래로 평평해지고 썰매의 활주용 침목에 반질반질해지고 말발굽 징으로 온통 긁힌 자국들이 달빛에 드러난 큰길로 나오자 말들은 스스로 고삐를 팽팽하게 당기며 속력을 내기 시작했다. 왼쪽 곁마는 고개를 젖히고 펄쩍 뛰어오르며 썰매에 연결된 줄을 잡아당겼다. 가운데 말은 마치 '시작해 볼까? 아니면 아직 이른가?' 묻기라도 하듯 귀를 씰룩이며 휘청거렸다. 이미 앞쪽에 멀찍이 떨어져 묵직한 종소리를 아련하게 울리는 자하르의 검은 트로이카가 흰 눈 위에 뚜렷이 보였다. 그 썰매에서 가장한 사람들의 함성과 웃음과 목소리가 들렸다.

"자, 사랑스러운 아이들아!" 니콜라이가 고삐를 한쪽으로 끌어당기고 채찍을 쥔 손을 쳐들며 외쳤다. 그러면 정면에서 불어오는 듯 점점 더 강해지는 바람만으로도, 고삐를 팽팽하게 하면서 점점 더 속력을 높이는 곁마들을 잡아당기는 것만으로도 트로이카가 얼마나 빠르게 질주할지 분명히 느낄 수 있었다. 니콜라이는 뒤를 돌아보았다. 다른 트로이카들이 고함과 날카로운 소리를 내지르며 채찍을 휘두르고 가운데 말들을 세차게 몰아대면서 서둘러 뒤따라왔다. 가운데 말은 속력을 늦출 생각도 않고 필요하다면 더욱더 높일 것을 약속하며 멍에 아래에서 때때로 몸을 다부지게 흔들었다.

니콜라이는 맨 앞의 트로이카를 따라잡았다. 그들은 어느 언덕을 내려가 강 주변 풀밭에 잦은 왕래로 황폐해진 넓은 길로 들어섰다.

'우리가 어디로 가는 거지?' 니콜라이는 생각했다. '코소이 풀밭을 지나고 있군. 틀림없어. 하지만 아냐. 이곳은 내가 한 번도 본 적이 없는 새로운 곳이야. 코소이 풀밭도 아니고, 좀킨 언덕도 아니야. 이곳이 어딘지는 하느님만 아시겠지! 이곳은 마법 같은 새로운 어떤 곳이야. 뭐, 어디든 무슨 상관이람!'
그러고는 말들에게 고함을 치고 맨 앞의 트로이카를 추월하기 시작했다.

자하르는 고삐를 꽉 붙잡고 이미 눈썹까지 서리로 덮인 얼굴을 돌렸다. 니콜라이는 말들을 마음껏 달리게 했다. 자하르는 두 손을 앞으로 뻗고 혀로 쯧쯧 소리를 내면서 말들을 한껏 달리게 했다.

"잘해 보십쇼, 주인님." 그가 말했다. 두 트로이카는 나란히 한층 더 속도를 내어 달렸고, 질주하는 말들의 발은 빠르게 위치를 바꾸었다. 니콜라이가 앞서기 시작했다. 자하르는 앞으로 뻗은 두 팔의 위치를 바꾸지 않고 고삐를 쥔 한쪽 손을 들어 올렸다.

"이러시면 안 돼죠, 주인님." 그가 니콜라이에게 소리쳤다. 니콜라이는 모든 말들을 전속력으로 몰아 자하르를 앞질렀다. 말들이 썰매에 탄 사람들의 얼굴에 잘고 메마른 눈가루를 끼얹었다. 그 옆으로 딸랑딸랑 울리는 종소리가 어지럽게 들리고 빠르게 움직이는 발들과 추월당하는 트로이카의 그림자가 뒤엉켰다. 눈을 지치는 활주 침목의 삐걱거림과 여자들의 날카로운 외침이 사방에서 들렸다.

니콜라이는 다시 말들을 세우고 주위를 둘러보았다. 주위에는 여전히 달빛에 잠기고 별들이 흩뿌려진 마법의 평원이 펼쳐져 있었다.

'자하르가 나에게 왼쪽으로 돌라고 소리치고 있어. 하지만 왜 왼쪽으로 가야 하지?' 니콜라이는 생각했다. '우리가 정말 멜류코바 댁으로 가고 있는 걸까? 정말 이곳이 멜류콥카일까? 우리가 어디로 가는지는 하느님만 아실 테고, 우리에게 무슨 일이 일어나는지도 하느님만 아시겠지. 그나저나 우리에게 일어나는 일들은 정말이지 기묘하고 아름답군.' 그는 썰매 안을 돌아보았다.

"저것 봐, 콧수염과 눈썹이 온통 하얘." 썰매에 앉은, 콧수염과 눈썹이 가느다란 기묘하고 아름다운 낯선 사람들 가운데 한 명이 말했다.

'저 여자가 나타샤였던 것 같군.' 니콜라이는 생각했다. '저 여자는 마담 쇼스야. 어쩌면 아닐지도 모르지. 수염 달린 저 체르케스인은 누군지 모르겠어. 하지만 난 그녀를 사랑해.'

"다들 춥지 않아요?" 그가 물었다. 그들은 대답은 하지 않고 웃음을 터뜨렸다. 뒤쪽 썰매에서 짐플레르가 뭐라고 소리쳤다. 아마도 우스운 말인 것 같았으나 뭐라고 소리치는지 알아들을 수 없었다.

"네, 네." 여러 목소리들이 웃으며 대답했다.

그러나 이곳에는 흐르는 듯한 검은 그림자들과 다이아몬드의 광채와 긴 대리석 계단 같은 것이 있는 어느 마법의 숲, 은빛 지붕을 얹은 마법의 건물들, 짐승 같은 것들의 날카로운 울부짖음이 있었다. '과연 여기가 정말로 멜류콥카라면 우리가 하느님만 아실 곳을 지나 멜류콥카에 도착한 것이 더 기이한 일이겠지.' 니콜라이는 생각했다.

정말로 그곳은 멜류콥카였다. 기쁜 표정을 지은 하녀들과 하인들이 양초를 들고 마차 승강장으로 달려 나왔다.

"누구세요?" 그들이 승강장에서 물었다.

"백작 댁의 가장한 사람들이야. 말을 보면 알지." 여러 목소리들이 대답했다.

11

관대하고 활달한 여성인 펠라게야 다닐로브나 멜류코바는 안경을 쓰고 단추가 없는 실내복을 입은 채 딸들에게 둘러싸여 응접실에 앉아 있었다. 딸들이 따분해하지 않도록 애쓰는 중이었다. 그들은 조용히 촛농을 떨어뜨리며 그 속에서 떠오르는 형상의 그림자를 바라보고 있었다.[134] 그때 대기실에서 방문자들의 발소리와 목소리가 소란스레 들렸다.

경기병, 마님, 마녀, 어릿광대, 곰 등이 대기실에서 기침을 하고 추위에 성에로 덮인 얼굴을 닦으며 하인들이 부랴부랴 양초를 밝힌 홀로 들어왔다. 어릿광대 짐믈레르는 마님 니콜라이와 춤을 추기 시작했다. 소리를 지르는 아이들에게 에워

134) 촛농을 물에 떨어뜨려 생긴 모양으로 점을 보는 방법이다. 이 장면에서 톨스토이는 물 표면에 생긴 형체를 그림자라고 부른다.

싸인 가장꾼들은 얼굴을 감추고 목소리를 바꾸기도 하며 안주인에게 인사를 한 후 응접실에 제각기 자리를 잡고 섰다.

"아, 못 알아보겠어! 나타샤구나! 누구를 닮았는지 잘 봐! 이 애는 정말이지 누군가를 떠올리게 하는군. 에두아르트 카를리치는 정말 대단해! 못 알아봤어요. 춤을 얼마나 잘 추는지! 아, 이런 체르케스인도 있네. 소뉴시카에게 정말 잘 어울려. 이건 또 누구야! 정말 즐거웠어요! 니키타, 바냐, 테이블을 치우렴. 우리는 정말 적적하게 앉아 있었답니다!"

"하하하! 경기병이다, 경기병! 사내아이 같아, 다리도……. 도저히 못 봐주겠군." 여러 목소리들이 들렸다.

멜류코바 집안의 젊은이들에게 가장 사랑받는 나타샤는 그들과 함께 뒤쪽 방으로 사라졌다. 그들은 그곳으로 코르크며 온갖 종류의 할라트며 남자 옷을 가져오라고 시켰다. 맨살을 드러낸 아가씨들의 손이 열린 문을 통해 하인들에게서 그것들을 받았다. 십 분 후 멜류코바 가족의 모든 젊은이들이 가장꾼들과 합류했다.

펠라게야 다닐로브나는 손님들을 위해 자리를 깨끗이 정돈하고 백작가의 가족과 하인들에게 먹을 것을 대접하라고 지시했다. 그러고는 안경을 낀 채 웃음을 꾹 참고 가장꾼들 사이를 돌아다니면서 얼굴을 가까이 들여다보았으나 아무도 알아보지 못했다. 그녀는 로스토프가 사람들과 짐믈레르뿐만 아니라 딸들도, 그들이 걸친 남편의 할라트와 군복도 전혀 알아보지 못했다.

"이 사람은 도대체 누구지?" 그녀는 자기 집안의 여자 가정 교사를 돌아보면서, 그리고 카잔의 타타르인으로 분장한 딸의 얼굴을 들여다보면서 말했다. "로스토프가의 누구인 것 같은데. 이봐요, 경기병 나리, 어느 연대에서 근무하죠?" 그녀가 나타샤에게 물었다. "저 튀르크 여인에게, 튀르크 여인에게 과일 젤리를 드려." 그녀는 음식을 나르던 식당 담당 하인에게 말했다. "그게 저들의 법으로 금지된 건 아닐 테니까."

가장을 하고 있으니 아무도 알아보지 못할 거라 단정하여 부끄러움 없이 춤을 추는 사람들의 이상야릇하면서도 우스꽝스러운 스텝을 보면서 펠라게야 다닐로브나는 이따금 손수건으로 얼굴을 가리곤 했다. 그럴 때면 뚱뚱한 몸 전체가 노파다운 선량한 웃음을 참지 못하고 들썩거렸다.

"우리 사시네트, 사시네트를 좀 봐!" 그녀가 말했다.

러시아 춤과 군무가 끝나자 펠라게야 다닐로브나는 하인들과 주인들을 모두 모아 하나의 큰 원을 짓게 했다. 사람들은 반지와 가느다란 끈과 1루블짜리 은화를 가져와 다 함께 놀이를 했다.

한 시간 후 의상은 전부 구겨지고 엉망이 되었다. 코르크로 그린 콧수염과 눈썹이 땀에 젖어 발갛게 달아오른 명랑한 얼굴들에 온통 번졌다. 펠라게야 다닐로브나는 가장한 사람들을 알아보기 시작했고, 분장이 얼마나 그럴듯한지, 그 분장이 특히 아가씨들에게 얼마나 잘 어울리는지 감탄했으며, 자신을 그토록 즐겁게 해 준 모든 사람들에게 감사의 말을 했다.

"아니에요, 목욕탕에서 점을 쳐 보세요. 정말 무섭다니까요!" 멜류코바 집에 사는 노처녀가 밤참 시간에 말했다.

"왜요?" 멜류코바의 맏딸이 물었다.

"당신은 못 갈걸요. 그곳에 가려면 용기가 필요해서……."

"내가 가 보겠어요." 소냐가 말했다.

"그 아가씨에게 무슨 일이 일어났는지 말해 줘요." 멜류코바의 둘째 딸이 말했다.

"실은 이런 일이 있었답니다. 한 아가씨가 혼자 수탉 한 마리와 식기 두 벌을, 뭐 당연한 일이지만 아무튼 그런 것들을 가지고 가서 앉았지요. 그녀는 잠시 앉아 있었어요. 들리는 것이라고는 갑자기 누군가가 다가오는 소리만…… 작은 종들과 작은 방울들이 달린 썰매가 왔어요. 누군가 걸어오는 소리가 들리죠. 완전히 인간의 형상을 하고 들어와요. 장교처럼 보였죠. 그가 와서 그녀와 함께 식기 앞에 앉았어요."

"아! 아!" 나타샤가 겁에 질려 눈을 동그랗게 뜨며 외쳤다.

"그래서 그는 어떻게 됐나요? 말도 했나요?"

"그럼요, 사람 같았어요. 모든 게 착착 진행되었죠. 그리고 그는 시작했어요. 그녀를 설득하기 시작한 거예요. 그녀는 첫닭이 울 때까지 그를 대화에 몰두하게 만들어야 했죠. 하지만 두려워졌어요. 그녀는 무서워서 그냥 손으로 얼굴을 가렸죠. 그런데 그가 그녀를 덥석 잡은 거예요. 다행히 그때 하녀들이 달려와서……."

"아니, 왜 애들을 놀라게 만들어요!" 펠라게야 다닐로브나가 말했다.

"엄마, 엄마도 점을 본 적이 있잖아요……." 딸이 말했다.

"그런데 헛간에서는 어떻게 점을 보나요?" 소냐가 물었다.

"그건 지금이라도 할 수 있어요. 헛간에 가서 귀를 기울여 봐요. 만약 못을 박는 소리나 문을 두드리는 소리가 들리면 불길한 거예요. 알곡을 뿌리는 소리가 들리면 그건 좋은 징조죠. 하지만 때로는……."

"엄마, 헛간에서 무슨 일이 있었는지 들려주세요."

펠라게야 다닐로브나는 빙그레 웃었다.

"무슨 소리, 난 벌써 잊었는데……." 그녀가 말했다. "정말 아무도 안 갈 거죠?"

"아니에요. 전 가겠어요. 펠라게야 다닐로브나, 절 보내 주세요. 제가 가겠어요." 소냐가 말했다.

"뭐, 좋아요, 무섭지 않다면야……."

"루이자 이바노브나, 가도 되죠?" 소냐가 물었다.

사람들이 반지로 놀든, 끈으로 놀든, 은화로 놀든, 지금처럼 이야기를 나누든 니콜라이는 소냐에게서 떨어지지 않고 전혀 새로운 눈으로 그녀를 바라보았다. 오늘에야 비로소 이 코르크 콧수염 덕분에 그녀를 온전히 알게 된 느낌이었다. 소냐는 이날 저녁 정말 명랑하고 생기발랄하고 아름다웠다. 니콜라이는 그런 그녀를 이제껏 한 번도 본 적이 없었다.

'그러니까 이게 그녀의 모습이구나. 나라는 인간은 바보야!' 그는 그녀의 반짝이는 눈동자를, 수염 아래의 양 볼에 보조개를 만드는 기쁘고 행복한 미소 — 그가 전에는 본 적 없는 — 를 바라보며 생각에 잠겼다.

"난 아무것도 무섭지 않아요." 소냐가 말했다. "지금 가도 되나요?" 그녀가 일어섰다. 사람들은 소냐에게 헛간이 어디에 있는지, 어떤 식으로 말없이 서서 들어야 하는지 말해 주고 외투를 건넸다. 그녀는 그것을 머리에 걸치고 니콜라이를 흘깃 쳐다보았다.

'얼마나 매혹적인 소녀인가!' 그는 생각했다. '난 이제까지 무슨 생각을 했던 걸까!'

소냐는 헛간에 가기 위해 복도로 나갔다. 니콜라이는 덥다고 말하며 황급히 앞쪽 현관 계단으로 향했다. 사실 집 안은 사람들로 붐벼 후덥지근했다.

바깥에는 조금도 꿈쩍하지 않는 똑같은 추위와 똑같은 달이 있었다. 단지 좀 더 밝을 뿐이었다. 빛이 얼마나 밝고 눈 위에 얼마나 많은 별들이 흩뿌려져 있는지 하늘을 쳐다보고 싶지 않을 정도였고, 진짜 별들은 눈에 띄지도 않았다. 하늘에는 암흑과 울적함이, 지상에는 기쁨이 있었다.

'난 바보야, 바보! 지금까지 무엇을 기다린 거야?' 니콜라이는 생각했다. 현관 계단을 뛰어 내려간 그는 집 모퉁이를 돌아 뒤쪽 현관 계단으로 뻗은 샛길을 따라갔다. 그는 소냐가 이곳을 지나가리라는 것을 알았다. 길 중간쯤에 보기 좋게 쌓아 올린 장작더미가 있었다. 그 위로 눈이 쌓이고, 아래로는 그림자가 드리웠다. 앙상하고 오래된 보리수 나무의 그림자가 그 장작더미 위와 옆에서 서로 뒤얽혀 눈과 샛길까지 뻗어 있었다. 샛길은 헛간으로 이어졌다. 헛간의 통나무 벽과 눈 덮인 지붕이 어떤 보석을 세공해 놓은 것처럼 달빛에 반짝였다. 정원에서 나무 부러지는 소리가 나더니 모든 것이 다시 완전한 고요에 잠겼다. 그의 가슴이 호흡하는 것은 공기가 아니라 영원토록 젊은 힘과 기쁨인 듯했다.

하녀방 앞 현관 계단을 따라 발소리가 타박타박 들리고 눈 쌓인 마지막 계단이 요란하게 삐걱거렸다. 그리고 늙은 하녀의 목소리가 말했다.

"샛길을 따라 똑바로, 똑바로 가세요, 아가씨. 단, 뒤를 돌아보지 마세요!"

"난 무섭지 않아요." 소냐의 목소리가 대답했다. 그러고 나서 가벼운 단화를 신은 자그마한 발이 샛길을 따라 니콜라이 쪽으로 삐걱거리고 뽀드득거리며 다가왔다.

소냐는 외투로 몸을 감싸고 걸어왔다. 그녀는 두어 걸음 내딛었을 때 그를 발견했다. 그도 그녀가 알던 모습이, 그녀가 언제나 다소 두려워하던 모습이 아니었다. 그는 헝클어진 머리카락에 여자 옷을 입었고 소냐에게 새롭게 느껴지는 행복한 미소를 띠었다. 소냐는 재빨리 그에게 달려갔다.

'완전히 다르면서도 여전히 똑같아.' 니콜라이는 달빛에 환히 비친 그녀의 얼굴을 바라보며 생각했다. 그는 그녀의 머리를 덮은 외투 밑으로 두 손을 넣어 그녀를 안아 바짝 당기고는 불에 태운 코르크 냄새가 나는 콧수염 아래 입술에 입을 맞추었다. 소냐는 그의 입술 한가운데에 입을 맞추고 자그마한 두 손을 꺼내 그의 뺨을 잡았다.

"소냐!" "니콜라!" 그들은 그저 이렇게 말할 뿐이었다. 그들은 헛간으로 달려갔다가 각자 다른 현관 계단으로 되돌아갔다.

12

다 함께 펠라게야 다닐로브나의 집을 떠날 때 언제나 모든 것을 보고 모든 것을 알아차리는 나타샤는 그녀와 루이자 이바노브나와 짐믈레르가 한 썰매에 타고 소냐는 니콜라이와 하녀들과 타도록 자리를 배치했다.

니콜라이는 돌아오는 길에 더 이상 앞지르려 하지 않고 일정한 속도로 썰매를 몰았다. 그는 그 기묘한 달빛 속에서 계속 소냐를 유심히 바라보며 모든 것을 새롭게 하는 그 달빛 아래 눈썹과 콧수염 밑으로 자신의 옛 소냐와 현재의 소냐를, 이미 다시는 헤어지지 않으리라 결심한 소냐를 찾았다. 그는 가만히 들여다보았다. 예전과 다름없는 소냐와 전혀 다른 소냐를 모두 발견하고 입맞춤의 감촉에 뒤섞인 그 코르크 냄새를 떠올린 순간 그는 얼어붙을 듯이 차가운 공기를 가슴 가득 들이마셨다. 또한 뒤로 멀어져 가는 대지와 빛나는 하늘을 보며 그는 다시 마법의 왕국에 있는 느낌을 받았다.

“소냐, 기분 좋아?” 그는 이따금 물었다.

“응. 당신은?” 소냐가 대답했다.

도중에 니콜라이는 마부에게 고삐를 쥐게 하고 잠시 나타샤의 썰매로 달려가 횡목 위에 섰다.

“나타샤.” 그는 프랑스어로 소곤거렸다. “있잖아, 나, 소냐에 대해 마음을 정했어.”

“소냐에게 말했어?” 나타샤가 갑자기 기쁨으로 얼굴을 환히 빛내며 물었다.

“아, 그렇게 콧수염과 눈썹을 그려 놓으니 정말 이상하구나, 나타샤! 기쁘니?”

“너무 기뻐, 너무 기뻐! 난 전부터 오빠에게 화가 났거든. 오빠에게 말하지는 않았지만 오빠가 소냐에게 보인 행동은 나빴어. 그녀는 훌륭한 마음을 가졌어, 니콜라, 얼마나 기쁜지 몰라! 난 때로 혐오스러운 인간이곤 하지만 소냐를 내버려 두고 혼자 행복해지는 것이 부끄러웠어.” 나타샤는 계속 말을 이었다. “이제 난 너무 기뻐, 자, 소냐에게 달려가.”

“아니, 잠깐, 아, 넌 정말 우스꽝스럽구나!” 니콜라이는 여동생을 계속 유심히 바라보다 그녀에게서도 예전에 보지 못한 새롭고 특별하고 매혹적이고 부드러운 무언가를 발견하고는 이렇게 말했다. “나타샤, 어쩐지 마법 같아, 그렇지 않니?”

“응.” 그녀가 대답했다. “오빠, 아주 잘했어.”

‘만약 내가 예전에 지금 같은 모습의 이 아이를 보았다면 벌써 오래전에 무엇을 해야 할지 묻고 이 애가 하라는 대로 했을 거야. 그러면 모든 것이 다 잘됐을 텐데.' 니콜라이는 생각했다.

"정말 기뻐하는구나. 그럼 내가 잘한 거지?"

"아, 정말 잘했어! 난 얼마 전에 엄마와 이 문제로 말다툼을 했어. 엄마는 소냐가 오빠를 낚아채려 한다고 말했지. 어떻게 그런 말을 할 수 있어! 엄마와 싸울 뻔했다니까. 난 누구도 소냐에 대해 나쁜 말을 하거나 나쁜 생각을 하도록 내버려 두지 않겠어. 소냐에게는 좋은 점만 있으니까."

"정말 잘한 거지?" 니콜라이는 정말인지 아닌지 확인하기 위해 한 번 더 여동생의 표정을 주의 깊게 살피면서 말하고는 부츠로 뽀드득뽀드득 소리를 내며 횡목에서 껑충 뛰어내려 자기 썰매로 달려갔다. 그곳에는 콧수염을 지닌, 흑담비 모자 아래로 변함없이 눈동자를 반짝이며 미소 짓는 행복한 체르케스인이 앉아 있었고, 그 체르케스인은 소냐였다. 이 소냐는 분명 그의 행복하고 사랑스러운 미래의 아내였다.

집에 돌아와 어머니에게 멜류코바의 집에서 어떻게 시간을 보냈는지 이야기한 후 두 아가씨는 방으로 갔다. 그들은 옷을 벗고서, 그러나 코르크 수염은 지우지 않고서 한참 동안 자신의 행복에 대해 이야기하며 앉아 있었다. 그들은 결혼하여 어떻게 살지, 남편들끼리 어떻게 친해질지, 얼마나 행복할지 이야기했다. 나타샤의 테이블에는 두냐샤가 준비해 둔 거울들이 저녁부터 계속 놓여 있었다.

"다만 이 모든 일이 언제 이루어질까? 난 두려워. 절대로 이루어지지 않을까 봐……. 그렇게 되면 지나치게 좋잖아!" 나타샤는 일어서서 거울 앞으로 다가가 말했다.

"앉아 봐, 나타샤, 어쩌면 넌 그 남자를 보게 될지도 몰라." 소냐가 말했다. 소냐는 초에 불을 붙이고 앉았다.

"콧수염이 있는 어떤 남자가 보여." 나타샤가 자기 얼굴을 보며 말했다.

"웃으면 안 돼요, 아가씨." 두냐샤가 말했다.

나타샤는 소냐와 하녀의 도움으로 거울들을 놓을 적당한 위치를 찾았다. 그녀의 얼굴은 진지한 표정을 띠었고, 그녀는 침묵을 지켰다. 한참 동안 그녀는 거울 속 깊숙이 일렬로 멀어져 가는 초들을 쳐다보고 앉아 최후의 흐릿하고 모호한 사각형 안에서 관을 보게 될 거라고, 그리고 그를, 즉 안드레이 공작을 보게 될 거라고 기대했다(남들에게 들은 이야기로 상상하며). 그러나 아주 작은 점이라도 인간이나 관의 형상으로 기꺼이 받아들이려 했지만 아무것도 볼 수 없었다. 그녀는 눈을 자꾸 깜박거리다가 거울에서 물러났다.

"어째서 다른 사람들 눈에는 보이는데 내 눈에는 아무것도 안 보일까?" 그녀가 말했다. "자, 앉아 봐, 소냐. 넌 오늘 꼭 해야 해." 그녀가 말했다. "단, 날 대신해서……. 난 오늘 너무 무서워!"

소냐는 거울 앞에 앉아 적당한 위치를 잡고 거울을 바라보기 시작했다.

"소피야 알렉산드로브나는 꼭 보실 거예요." 두냐샤가 소곤거리며 말했다. "아가씨는 항상 웃으시니까요."

소냐는 그 말을 들었고, 나타샤가 "나도 소냐가 보리라는 걸 알아. 소냐는 지난해에도 봤잖아."라고 소곤거리는 소리도 들었다.

삼 분 동안 모두 침묵했다. "꼭!" 나타샤가 이렇게 소곤거리며 말을 채 끝내기도 전에…… 갑자기 소냐가 잡고 있던 거울을 밀치고는 한 손으로 눈을 가렸다.

"아, 나타샤!" 그녀가 말했다.

"봤니? 봤어? 뭘 봤어?" 나타샤가 외쳤다.

"제가 그럴 거라고 했잖아요." 두냐샤가 거울을 붙잡고 말했다.

소냐는 아무것도 보지 못했다. 눈을 깜박이고 막 일어서려는 순간 "꼭!"이라고 말하는 나타샤의 목소리를 들었을 뿐이다……. 그녀는 두냐샤도 나타샤도 속이고 싶지 않았기에 그 자리에 앉아 있기가 괴로웠다. 그녀 스스로도 한 손으로 눈을 가린 순간에 어떻게 무엇 때문에 자신에게서 비명이 터져 나왔는지 알 수 없었다.

"그를 봤니?" 나타샤가 손을 잡으며 물었다.

"그래, 잠깐…… 난…… 그를 봤어." 소냐는 나타샤가 말한 그가 누구를 가리키는지도 모르면서 무심코 말했다. 그는 니콜라이일 수도 있고 안드레이일 수도 있었다.

'하지만 봤다고 말하지 못할 이유가 뭐람? 다른 사람들도 보잖아! 그리고 내가 봤는지 못 봤는지 누가 증명할 수 있겠어?' 소냐의 머릿속에 이런 생각이 어렴풋이 떠올랐다.

"그래, 그를 봤어." 그녀가 말했다.

"어땠어? 어땠는데? 서 있어, 아니면 누워 있어?"

"아니, 내가 본 건……. 처음에는 아무것도 없었는데 갑자기 그가 누워 있는 모습이 보였어."

"안드레이가 누워 있어? 그이가 아프니?" 나타샤가 겁에 질린 눈으로 친구를 뚫어지게 쳐다보며 물었다.

"아니, 그 반대야. 반대로 즐거운 얼굴이었어. 그리고 그가 나를 돌아보았어." 그렇게 말하자 자기가 한 말이 눈으로 본 것인 양 느껴졌다.

"그리고 그다음에는, 소냐?"

"그러고 나서 잘 알아볼 수 없었어. 무언가 파랗고 빨간 게……."

"소냐! 그가 언제 돌아오지? 난 언제라야 그를 본담! 아, 하느님! 그이 때문에, 나 자신 때문에 얼마나 두려운지 몰라! 모든 게 두려워……." 나타샤는 그렇게 말하고 소냐의 위로에 한마디 대꾸도 없이 침대에 누웠다. 그리고 촛불을 끄고 나서도 오랫동안 침대 위에 뜬눈으로 꼼짝 않고 누워 얼어붙은 창문으로 비쳐 드는 차디찬 달빛을 바라보았다.

13

크리스마스 주간이 지나고 곧 니콜라이는 어머니에게 소냐에 대한 사랑과 그녀와 결혼하겠다는 굳은 결심을 알렸다. 소냐와 니콜라이 사이에 무슨 일이 일어나는지 오래전부터 눈치채고 그러한 선언을 예감하던 백작 부인은 묵묵히 아들의 말을 다 들은 후 "네가 원한다면 누구와도 결혼할 수 있다. 하지만 나도 아버지도 그런 결혼은 축복하지 않을 것이다."라고 말했다. 처음으로 니콜라이는 어머니가 그를 불만스러워하며, 그를 아무리 사랑해도 결코 양보하지 않으리라는 것을 깨달았다. 그녀는 냉담하게 아들을 외면한 채 남편을 불러오라며 하인을 보냈다. 그리고 백작이 왔을 때 백작 부인은 니콜라이 앞에서 남편에게 문제가 무엇인지 짧고 냉담하게 전하려 했으나 끝내 자신을 억누르지 못했다. 그녀는 노여움에 북받쳐 울음을 터뜨리고 방에서 나가 버렸다. 노백작은 우물쭈물

훈계를 늘어놓기 시작하며 니콜라이에게 계획을 단념하라고 부탁했다. 니콜라이는 자신의 언약을 바꿀 수 없노라 대답했고, 아버지는 한숨을 푹 쉬더니 무안한 듯 이내 말을 중단하고 백작 부인에게 가 버렸다. 아들과 충돌할 때마다 백작은 가세를 기울게 만든 죄책감을 아들 앞에서 떨칠 수가 없었고, 그래서 부유한 신붓감과 결혼하기를 거절하고 지참금이 없는 소냐를 선택한 아들에게 차마 화를 내지 못했다. 이런 경우에는 가세가 기울지 않았다면 니콜라이를 위하여 소냐보다 더 나은 신붓감을 바랄 수 없으며, 가세를 기울게 만든 잘못은 미첸카를 고용하고 억제하기 어려운 습관을 지닌 자신에게 있다는 생각이 더욱 생생히 떠오를 뿐이었다.

부모는 이 문제에 대해 더 이상 아들과 이야기하지 않았다. 그러나 그 후 며칠이 지나 백작 부인은 소냐를 불러 그녀 자신도 소냐도 예상치 못한 잔혹한 태도로 아들을 유혹하고 은혜를 저버린 것에 대해 조카딸을 나무랐다. 소냐는 눈을 내리깔고 묵묵히 백작 부인의 잔인한 말을 들었으나 무엇을 요구받고 있는지 이해하지 못했다. 자기희생에 대한 생각은 그녀가 가장 좋아하는 상념이었다. 하지만 이 경우에는 누구에게 무엇을 희생해야 할지 알 수가 없었다. 그녀는 백작 부인과 로스토프가의 온 가족을 사랑하지 않을 수 없었다. 그렇다고 니콜라이도 사랑하지 않을 수 없었고, 그의 행복이 이 사랑에 달렸다는 것도 외면할 수 없었다. 그녀는 묵묵히 슬픔에 잠긴 채 아무 대답도 하지 않았다. 니콜라이는 이런 상황을 더 이상 견딜 수 없을 것 같아 어머니와 담판을 지으러 갔다. 니콜라이는 어머니에게 자신과 소냐를 용서하고 결혼을 승낙해 달라며 애원하기도 하고, 만약 소냐를 괴롭히면 당장 비밀리에 결혼을 해 버리겠다며 위협하기도 했다.

백작 부인은 아들이 이제껏 본 적 없는 싸늘한 태도로 "너는 성인이다. 안드레이 공작은 아버지의 승낙 없이 결혼한다. 너도 똑같이 행동할 수 있다. 그러나 난 그런 모사꾼을 며느리로 결코 인정하지 않는다."라고 대답했다.

모사꾼이라는 말에 격분한 니콜라이는 언성을 높였다. "저는 어머니가 저에게 자기 감정을 팔도록 강요하리라고는 한 번도 생각해 보지 않았습니다. 만약 그런 거라면 제가 마지막으로 드릴 말씀은……." 그러나 그는 결정적인 말, 어머니가 그의 표정을 보며 두려운 심정으로 예감하고 어쩌면 두 사람 사이에 영원히 잔인한 기억으로 남을 그 말을 미처 다 내뱉을 수 없었다. 나타샤가 문 뒤에서 엿듣다 창백하고 심각한 얼굴로 방에 들어오는 바람에 미처 말을 끝맺지 못한 것이다.

"니콜렌카, 오빠는 쓸데없는 말을 하고 있어. 그만, 그만해! 그만하라 그랬잖아!" 그녀는 그의 목소리가 들리지 않도록 거의 부르짖다시피 했다.

"엄마, 이건 절대 그래서가 아니라…… 아, 불쌍한 엄마." 그녀가 어머니를 돌아보며 말했다. 어머니는 자신이 폭발 직전인 것을 느끼며 두려운 심정으로 아들을 바라보았다. 그러나 완고한 데다 싸움에 몰입한 탓에 굴복하고 싶지 않았고 또 그럴 수도 없었다.

"니콜렌카, 내가 오빠에게 설명할게, 오빠는 나가 있어…….

들어 보세요, 사랑하는 엄마." 그녀는 어머니에게 말했다.

그녀의 말은 이치에 닿지 않았다. 그러나 그들은 나타샤가 갈망한 결과에 이르렀다.

백작 부인은 고통스럽게 흐느끼며 딸의 가슴에 얼굴을 묻었고, 니콜라이는 일어나 머리를 움켜쥐고 방에서 나갔다.

나타샤는 화해의 임무에 착수하여 니콜라이에게는 어머니로부터 소냐를 괴롭히지 않겠다는 약속을 받게 해 주고, 그도 부모 모르게 어떤 행동도 취하지 않겠다는 약속을 하도록 이끌었다.

연대의 업무를 정리한 후 제대하고 돌아와서 소냐와 결혼하겠다는 확고한 계획을 품은 채 니콜라이는 부모와 의견 충돌이 있는 상태에서 슬프고도 진지한, 그러나 열렬한 사랑에 빠진 모습으로 — 그에게는 그렇게 느껴졌다 — 1월 초 연대로 떠났다.

니콜라이가 떠난 후 로스토프가는 어느 때보다 슬픔에 잠겼다. 백작 부인은 정신적인 충격으로 몸져누웠다.

소냐는 니콜라이와 이별해서도 서글펐지만 백작 부인이 그녀를 대할 때마다 보이는 적대적인 태도 때문에 더욱 서글펐다. 백작은 어떤 결정적인 대책을 요구하는 심각한 재정 상태로 어느 때보다 시름에 싸였다. 모스크바의 저택과 모스크바 근교의 영지를 팔지 않을 수 없었고, 저택을 매각하기 위해 모스크바로 떠나야만 했다. 그러나 백작 부인의 건강 때문에 출발을 하루하루 연기할 수밖에 없었다.

약혼자와 헤어진 후 처음 얼마 동안은 가벼운 마음으로, 심지어 즐겁게 견디던 나타샤도 이제는 매일같이 점점 더 불안하고 초조해졌다. 그를 향한 사랑에 바쳐질 수도 있을 자신의 가장 좋은 시절이 그 누구를 위한 것도 되지 못한 채 그처럼 덧없이 시들어 간다는 생각은 그녀를 집요하게 괴롭혔다. 그의 편지들은 대부분 그녀를 화나게 만들었다. 그녀는 그에 대한 회상만으로 살아가는데 그는 진정한 삶을 살면서 스스로에게 흥미로운 새로운 장소와 새로운 사람들을 본다는 생각이 모욕감을 주었다. 그의 편지들이 재미있을수록 그녀는 더욱 화가 났다. 그에게 편지를 쓰는 것조차 위안이 되지 않았을 뿐 아니라 지겹고 위선적인 의무처럼 여겨졌다. 그녀는 편지를 쓸 수 없었다. 목소리와 미소와 눈빛으로 표현하는 데 익숙한 것을 편지로는 그 1000분의 1도 진실하게 표현할 수 있을 것 같지 않았기 때문이다. 그녀는 자신조차 어떤 의미도 부여하지 않는 고전적일 만큼 단조롭고 무미건조한 편지를 썼으며, 백작 부인은 그 편지 초안에서 철자법의 실수를 고쳐 주곤 했다.

백작 부인의 건강은 여전히 회복되지 않았다. 그러나 모스크바로 떠나는 것을 더 이상 연기할 수 없었다. 그들은 지참금을 마련해야 했고 저택을 매각해야 했다. 게다가 그들은 안드레이 공작이 올겨울 니콜라이 안드레이치 공작이 거처하는 모스크바에 먼저 들르리라 예상했다. 나타샤는 그가 이미 도착했을 거라고 확신했다.

백작 부인은 시골에 남고, 백작은 소냐와 나타샤를 데리고서 1월 말에 모스크바로 떠났다.

5부

1

피에르는 안드레이 공작과 나타샤의 혼담 이후 어떤 뚜렷한 이유도 없이 문득 예전의 생활을 더 이상 지속할 수 없을 것 같다고 느꼈다. 은인이 계시해 준 진리를 아무리 굳게 확신했다 해도, 자기완성 — 그가 그토록 열정적으로 전념한 — 이라는 내면의 노동에 몰두하던 초기가 아무리 즐거웠다 해도 안드레이 공작과 나타샤의 약혼 이후, 그리고 거의 같은 시기에 소식을 받은 이오시프 알렉세예비치의 죽음 이후 그가 그 예전의 삶에서 느끼던 모든 매력은 갑자기 사라져 버렸다. 남은 것은 생활의 뼈대뿐이었다. 요즘 어느 고위층 인물의 총애를 누리는 눈부신 아내가 있는 집, 페테르부르크 전체와의 친분, 따분한 격식에 얽매인 근무. 불현듯 피에르의 눈에 예전의 생활이 예기치 못할 정도로 추악하게 비쳤다. 그는 일기 쓰기를 중단하고, 교단의 모임을 피하고, 다시 클럽에 출입하고, 다시 폭음을 하고, 다시 독신자 친구들과 가까이 지내고, 엘레나 바실리예브나 백작 부인이 엄하게 책망할 필요가 있다고 생각할 만한 생활을 하기 시작했다. 아내가 옳다고 느낀 피에르는 그녀의 명예를 더럽히지 않기 위해 모스크바로 떠났다.

모스크바에 도착하여 이미 시들었거나 시들기 시작한 공작 영애들과 무수한 하인들이 있는 자신의 거대한 저택에 다다른 순간, 마차로 시내를 돌아다니다가 금빛 사제복 앞에 무수한 촛불을 밝혀 둔 그 이베르스카야 예배당[135]을 본 순간, 아무도 밟지 않은 그 눈 덮인 크렘린 광장과 삯마차들과 십체프브라제크[136]의 작은 판잣집들을 본 순간, 아무것도 바라지 않고 어디로도 서둘러 가는 기색 없이 자기 생애를 끝까지 살아가는 모스크바의 노인들을 본 순간, 노파들과 모스크바의 마님들과 모스크바의 무도회와 모스크바의 영국 클럽을 본 순간 그는 이내 집에, 고요한 은신처에 있는 느낌을 받았다. 모스크바는 그에게 낡은 할라트처럼 편하고 따뜻하고 익숙하고

135) 모스크바의 붉은 광장에 세워진 이베르스카야 예배당에는 '이베르스카야의 성모 마리아'로 알려진 이콘이 안치되어 있다. 이 원본은 8세기 비잔틴에서 제작되어 그리스의 아토스산에 있는 이베론 수도원에 안치되어 있었다. 그 이콘의 기적에 대한 소문을 들은 러시아의 차르 알렉세이 미하일로비치가 요청하여 1648년 그 복사본을 만들어 러시아로 보내왔는데, 그것이 러시아에서도 기적을 행하자 복사본 이콘을 위한 작은 예배당이 설립되었다. 모스크바에서 가장 성스러운 곳으로 꼽히던 예배당은 소비에트 시대에 파괴되었다가 1999년 복원되고 이콘도 다시 돌아왔다.
136) 모스크바의 빈민가.

불결한 곳이었다.

모스크바의 사교계는 노파부터 어린아이까지 전부 오랫동안 기다리던 손님인 양 피에르를 맞이했다. 그를 위한 자리는 언제나 준비되어 있었고, 아무도 그 자리를 차지하지 않았다. 모스크바 사교계의 눈에 피에르는 더할 나위 없이 친근하고 선량하고 똑똑하고 쾌활하고 관대한 괴짜이며, 멍하고도 다정다감한 옛풍의 러시아 지주였다. 그의 지갑은 모든 이들을 위해 열리는지라 늘 텅 비어 있었다.

자선 공연, 조악한 그림, 조각, 자선 모임, 집시, 학교, 예약 만찬, 주연, 프리메이슨, 교회, 책. 그는 누구도 무엇도 거절하지 않았다. 그에게 많은 돈을 빌리고 그의 후견을 맡기도 한 두 친구가 없었다면 그는 모든 것을 다 퍼 주었을지도 모른다. 그가 없는 클럽 만찬과 야회는 있을 수 없었다. 그가 마고 와인 두 병을 비우고 나서 소파의 자기 자리에 기대앉으면 사람들이 그를 에워쌌고, 곧 입방아와 논쟁과 농담이 시작되었다. 싸움이 벌어지는 자리에서 그는 선량한 미소와 적절한 농담만으로 화해를 시키곤 했다. 프리메이슨 지부의 만찬도 그가 없으면 따분하고 시들했다.

그가 독신자 만찬 후 유쾌한 패거리들의 요청에 못 이겨 그들과 함께 가고자 선량하고 부드러운 미소를 지으며 일어서면 젊은이들 사이에서 기쁨에 찬 의기양양한 함성이 터졌다. 무도회에서 남자가 부족할 때면 그는 춤을 추었다. 젊은 귀부인들과 아가씨들은 어떤 여자도 쫓아다니지 않고 모두에게 똑같이 친절하다는 — 특히 밤참 시간 후에 — 이유로 그를 좋아했다. 그들은 "호감 가는 사람이야. 그에겐 성별이 없어." 라고 말하곤 했다.

피에르는 모스크바에서 남은 생애를 보내는 수백 명의 선량한 퇴직 시종들 가운데 한 명이었다.

칠 년 전 막 귀국했을 때 누군가가 그를 향하여 "당신은 아무것도 찾거나 생각할 필요가 없다. 당신의 궤도는 오래전에 마련되고 태초 이전부터 정해졌다. 아무리 뱅글뱅글 돌아도 당신은 당신과 같은 입장에 놓인 모든 사람들처럼 될 것이다." 하고 말했다면 그는 얼마나 두려웠을까? 그는 그 말을 믿지 못했을 것이다. 그는 진심으로 러시아에 공화국을 세우기를 갈망했고 때로는 나폴레옹이, 때로는 철학자가, 때로는 나폴레옹을 무찌를 전술가가 되기를 바라지 않았던가? 그는 타락한 인류와 자기 자신을 개조하여 완성의 최고 수준으로 이끌 가능성을 보았고 또 그것을 열렬히 바라지 않았던가? 그는 학교와 병원을 세우고 농민을 해방하지 않았던가?

하지만 그 모든 것 대신에 이제 그는 부정한 아내를 둔 부유한 남편, 먹고 마시고 단추를 푼 채 정부를 가볍게 욕하기를 즐기는 퇴직 시종, 모스크바의 영국 클럽 회원, 모스크바 사교계의 모든 이들에게 사랑받는 일원이었다. 그는 자신이 다름 아닌 모스크바의 퇴직 시종, 즉 칠 년 전의 자신이 그토록 경멸하던 부류라는 생각과 오래도록 화해할 수 없었다.

때때로 그는 그냥 그렇게 잠깐 이런 생활을 하게 된 것뿐이라는 생각으로 스스로를 위로했다. 그러나 그런 뒤에는 다른 생각이 그를 두렵게 했다. 이미 얼마나 많은 사람들이 자기처럼 그렇게 치아와 머리카락이 온전한 채로 잠깐 이 생활과 이 클럽에 발을 들였다가 치아와 머리카락 하나 없이 이곳을 떠났을까 하는 생각이었다.

자신감이 넘치는 순간에 스스로 처한 상황을 생각하노라면 자기야말로 자신이 예전에 경멸하던 퇴직 시종들과 전혀 다른 특별한 사람인 것 같았으며, 그 사람들은 저속하고 어리석고 자기 처지에 만족하는 속 편한 사람들인 것 같았다. '하지만 난 지금도 여전히 만족을 느낄 수 없어. 여전히 인류를 위해 무언가를 하고 싶다고.' 자신감이 충만한 순간이면 그는 속으로 중얼거렸다. '어쩌면 나의 모든 동료들도 나와 똑같이 몸부림을 치다가 인생에서 자신만의 어떤 새로운 길을 찾았는지도 모르지. 그리고 나와 똑같이 환경과 사회와 혈통의 힘에 이끌려, 인간이 맞설 수 없는 자연력에 이끌려 지금 내가 있는 이곳으로 오게 되었는지도 몰라.' 겸손한 기분이 들 때면 그는 속으로 이렇게 중얼거렸다. 모스크바에서 얼마 동안 지낸 후에는 그도 더 이상 그들을 경멸하지 않고, 자신을 대하듯 그 운명의 동반자들을 사랑하고 존중하고 불쌍히 여기기 시작했다.

예전처럼 절망이나 우울이나 인생에 대한 혐오의 순간이 피에르를 덮치는 일은 없었다. 하지만 예전에 격렬한 발작으로 모습을 드러내던 바로 그 병은 내면에 쫓겨 들어와 한시도 그를 내버려 두지 않았다. '무엇을 위해? 왜? 세상에 도대체 무슨 일이 일어나고 있는 걸까?' 그는 하루에도 몇 번씩 주저주저하며 스스로에게 이렇듯 물었고, 자기도 모르게 삶의 현상들이 지닌 의미를 골똘히 생각하기 시작했다. 그러나 그런 질문에는 해답이 없다는 것을 경험으로 깨닫게 되자 그는 황급히 그 질문들을 애써 외면하기도 하고 책을 집어 들기도 하고 도시에 떠도는 풍문에 대해 잡담을 하러 클럽이나 아폴론 니콜라예비치의 집으로 바삐 가곤 했다.

'자신의 육체 외에 아무것도 사랑해 본 적 없고 세상에서 가장 어리석은 여자들 가운데 한 명인 엘레나 바실리예브나.' 피에르는 생각했다. '사람들은 그녀를 지성과 우아의 극치로 보고 그 앞에 무릎을 꿇지. 나폴레옹 보나파르트는 위대한 인간일 때 모든 이들에게 멸시를 받았어. 그런데 그가 가련한 희극배우가 된 후에 프란츠 황제는 그에게 딸을 첩으로 주려고 애쓰잖아.[137] 에스파냐 사람들은 6월 14일 프랑스군을 물리친 것에 대한 감사로 가톨릭 사제를 통해 하느님께 기도를 드리고, 프랑스 사람들은 6월 14일 에스파냐군을 물리친 것에 대한 감사로 똑같이 가톨릭 사제를 통해 기도를 드리지.[138] 나의 프리메이슨 형제들은 이웃을 위해 모든 것을 희생할 각오가 되었다고 피로써 맹세했지만 빈민들을 위한 모금에 1루블도

---

137) 나폴레옹은 1809년 조제핀 드 보아르네와 이혼했다. 나폴레옹은 프랑스 제정의 위상을 높이기 위해 외국 황실과 인척 관계를 맺고자 알렉산드르 1세의 동생인 예카체리나 파블로브나와 혼인을 원했으나 실패했다. 1809년 10월 나폴레옹은 세 차례 오스트리아군을 격파하고 평화 조약을 체결한 직후 프란츠 1세의 딸인 마리아 루이자와 결혼을 희망했으며, 프란츠 1세 역시 프랑스 황실과 인척 관계를 맺음으로써 전쟁에서 거듭 패한 오스트리아의 위상을 높이고자 했다.

138) 1809년 7월 에스파냐의 탈라베라 델 라 레이나에서 있었던 전투를 가리킨다. 이 전투에서 프랑스군은 웰링턴 장군이 이끄는 에스파냐, 포르투갈, 영국의 연합군에 패했다.

내려 하지 않아. 또 아스트라이아[139]와 만나를 찾는 사람들이 서로 반목하도록 음모를 꾸미고, 진짜 스코틀랜드 양탄자라든지 작성한 사람들조차 그 의미를 모르고 아무도 필요로 하지 않는 헌장에 대해 법석을 떨어.[140] 우리 모두는 모욕을 용서하고 이웃을 사랑하라는 그리스도교의 율법을 따르지. 그리고 그 율법 때문에 사십 년에 걸쳐 모스크바에 교회들을 세웠어. 그런데 어제 한 탈영병은 채찍으로 죽도록 맞았고, 사랑과 용서라는 똑같은 율법의 종인 한 사제는 사형에 앞서 병사에게 십자가에다 입을 맞추도록 했지.' 피에르는 이런 생각들을 하곤 했다. 그럴 때면 자신도 익숙해졌으면서 모두가 묵인하는 모든 전반적인 거짓이 마치 새로운 무언가인 양 매번 그를 섬찟하게 했다. '난 그 거짓과 혼란을 이해해.' 그는 생각했다. '하지만 내가 이해한 모든 것을 그들에게 어떻게 말하지? 나는 노력했어. 하지만 그들이 마음속 깊은 곳에서는 내가 깨달은 것과 똑같은 것을 느끼면서도 그저 그 거짓을 보지 않으려 애쓸 뿐이라는 점을 늘 발견하게 되지. 결국엔 그렇게 될 수밖에 없어! 하지만 난, 도대체 난 어디로 가야 할까?' 피에르는 생각했다. 그는 많은 사람들, 특히 러시아 사람들이 가진

---

139) 그리스 신화에 등장하는 정의의 여신.

140) '아스트라이아'와 '만나를 찾는 사람들'은 페테르부르크에 있던 두 프리메이슨 지부의 명칭이다. 상징적 문양이 있는 양탄자는 프리메이슨 지부의 필수 소품이었다. 그래서 각 지부는 신망 높은 프리메이슨 지부(주로 첫 지부가 출현한 영국과 스코틀랜드 지부)로부터 교단의 의례와 규약이 기록된 헌장을 비롯해 그러한 양탄자를 구하려고 했다

불행한 능력, 즉 선과 진리의 가능성을 보고 믿으면서도 진지하게 참여하기에는 인생의 악과 거짓을 지나치게 분명히 보는 능력을 경험했다. 그의 눈에는 모든 분야의 일이 악과 기만에 결부된 것처럼 보였다. 그가 어떤 시도를 하든 그가 무슨 일에 손을 대든, 악과 거짓은 그를 밀치고 활동의 모든 통로를 차단했다. 그러나 그는 살아야 했고 바쁘게 움직여야 했다. 인생의 이런 풀리지 않는 물음들의 압박 아래 있는 것은 너무나 두려운 일이었다. 그래서 그저 그 물음들을 잊기 위해 가장 먼저 마음을 빼앗긴 것에 몸을 내맡겼다. 그는 온갖 모임에 드나들고 폭음을 하고 그림을 사들이고 건물을 짓기도 했지만 무엇보다 책을 읽었다.

그는 손에 잡히는 것은 무엇이든 읽고 또 읽었다. 집에 돌아오면 하인이 미처 외투를 다 벗기기도 전에 벌써 책을 집어 들고 읽었다. 독서에서 잠으로, 잠에서 응접실과 클럽의 잡담으로, 잡담에서 술자리와 여자들로, 술자리에서 다시 잡담과 독서와 술로 옮겨 갔다. 그에게 술을 마신다는 것은 점점 더 육체적인 동시에 정신적인 요구가 되어 갔다. 의사가 그런 비만 상태에서는 술이 위험하다고 말했지만 그는 심하게 폭음을 했다. 자신도 어떻게 된 일인지 알아차리지 못하는 사이에 커다란 입에 술 몇 잔을 들이켜고 몸속에 도는 기분 좋은 따뜻함, 모든 이웃을 향한 부드러운 애정, 모든 사상에 대해 본질은 깊이 파고들지 않고 피상적으로 비평할 정신적 준비를 맛보고 나서야 완전히 편안한 기분을 느꼈다. 술을 한두 병 마시고 나서야 예전에 자신을 두렵게 하던 인생의 복잡하고 무시무시한 매듭이 자기가 생각하던 것처럼 그렇게 무서운 게 아님을 어렴풋이 깨달았다. 머릿속이 윙윙 울리는 상태로 잡담을 하거나 대화를 듣거나 만찬과 야식 후 책을 읽으면서 그는 끊임없이 그 매듭의 어떤 일면을 보았다. 그러나 오직 술의 영향을 받을 때에만 '이건 아무것도 아냐. 난 그것을 풀어낼 거야. 난 제대로 해명할 준비가 되어 있어. 다만 지금은 시간이 없군. 나중에 이 모든 것에 대해 곰곰이 생각해 봐야지!' 하고 속으로 중얼거리곤 했다. 그러나 그 나중은 결코 오지 않았다.

배 속이 텅 비는 이른 아침이면 이전의 모든 물음들은 여전히 풀기 힘들고 무시무시한 것으로 보였다. 그러면 피에르는 얼른 책을 들었고, 누군가 자기를 찾아오면 기뻐했다.

이따금 피에르는 자신이 들은 이야기를 떠올렸다. 적의 포화가 쏟아지는 전쟁터에서 엄폐호 안에 있는 병사들은 할 일이 없을 때 위험을 좀 더 수월하게 견디기 위해서 열심히 소일거리를 찾는다는 이야기였다. 그리고 피에르에게는 모든 사람들이 삶으로부터 도피하려는 그런 병사들처럼 보였다. 어떤 이는 야망으로, 어떤 이는 카드놀이로, 어떤 이는 법률 작성으로, 어떤 이는 여자로, 어떤 이는 장난감으로, 어떤 이는 말로, 어떤 이는 정치로, 어떤 이는 사냥으로, 어떤 이는 술로, 어떤 이는 국정 업무로. '하찮은 것도 중요한 것도 없어. 다 마찬가지야. 그저 할 수 있는 한 그것으로부터 달아나기만 하면 돼!' 피에르는 생각했다. '그저 그것을, 그 무시무시한 그것을 보지 않으면 돼.'

2

초겨울 니콜라이 안드레이치 볼콘스키 공작은 딸과 함께 모스크바로 왔다. 그의 과거 덕분에, 그의 지성과 독창성 덕분에, 특히 그 무렵 알렉산드르 1세의 통치에 대한 열광이 시들해진 덕분에, 당시 모스크바를 지배하던 반(反)프랑스적이고 애국적인 경향 덕분에 니콜라이 안드레이치 공작은 곧 모스크바 사람들에게 특별한 존경의 대상이자 모스크바 반정부 세력의 구심점이 되었다.

공작은 그해 부쩍 늙었다. 느닷없이 존다든지, 시간상 최근의 사건은 잊고 오래전 일은 기억한다든지, 어린아이 같은 허영심으로 모스크바 반정부 세력의 지도자 역할을 맡는다든지 하는 노화의 뚜렷한 징후들이 나타났다. 그런데도 이 노인이 특히 저녁에 모피 외투와 분 바른 가발 차림을 하고 모임에 참석하여 누군가의 부추김으로 자신의 과거에 대한 이야기를 띄엄띄엄 늘어놓거나 현재에 대한 신랄한 비판을 한층 더 띄엄띄엄 펼치기 시작할 때면 그는 모든 손님들에게 정중한 경의라는 똑같은 감정을 불러일으켰다. 커다란 몸거울과 혁명 이전의 가구들과 분 바른 하인들이 딸린 이 오래된 저택, 지난 세기의 엄격하고 지적인 노인, 그를 공경하는 얌전한 딸과 예쁘장한 프랑스 여자는 방문객들에게 장엄하고도 기분 좋은 광경을 제공했다. 그러나 방문객들은 자신들이 주인 가족을 본 이 두세 시간 외에도 그 집안의 은밀하고 내적인 생활이 흘러가는 스물두 시간의 밤낮이 더 있다는 것을 생각하지 못했다.

최근 모스크바에서 그 내적인 생활은 마리야 공작 영애에게 너무도 힘겨워졌다. 모스크바에 머무는 동안 리시예 고리에서 그녀에게 생기를 주던 최고의 기쁨, 즉 하느님의 사람들과의 대화와 고독을 잃었고, 수도 생활의 유익과 기쁨도 전혀 누리지 못했다. 그녀는 사교계에 드나들지 않았다. 아버지가 자신이 함께 참석하지 않으면 그녀를 내보내지 않고 그 자신은 건강이 좋지 않아 외출하지 못한다는 것을 다들 알고는 그녀를 만찬이나 야회에 아예 초대하지도 않았던 것이다. 마리야 공작 영애는 결혼에 대한 기대를 완전히 버렸다. 그녀는 니콜라이 안드레이치 공작이 그들 집에 간혹 나타나는 구혼자가 될지도 모를 청년들을 맞이하고 내쫓을 때의 냉담함과 적의를 보았다. 마리야 공작 영애에게는 친구가 없었다. 이번 모스크바 방문에서 그녀는 가장 가까운 두 친구에게 환멸을 느꼈다. 마리야 공작 영애는 예전에도 **마드무아젤 부리엔**에게 마음을 완전히 털어놓을 수 없었는데 이제는 불쾌감마저 느꼈으며, 어떤 이유로 그녀를 멀리하게 되었다. 또한 자신이 오 년 동안 계속 편지를 보낸 모스크바의 줄리를 개인적으로 다시 만났을 때는 완전히 낯선 느낌을 받았다. 오빠들의 죽음으로 모스크바에서 가장 부유한 신붓감 가운데 한 명이 된 줄리는 그 무렵 사교계의 즐거움에 한창 빠져 있었다. 그녀는 갑자기 그녀의 가치를 알게 된 — 그녀는 그렇게 생각했다 — 청년들에게 둘러싸여 있었다. 줄리는 나이 들어 가는 사교계 아가씨들이 결혼을 위한 마지막 기회가 왔다고, 지금이 아니면 자신의 운명은 영원히 풀리지 않을 거라고 느끼는 시기에 접어들었다. 목요일마다 마리야 공작 영애는 더 이상 편지를 써 보낼 대상이 없다는 사실을 떠올리며 서글픈 미소를 짓곤 했다. 줄리가, 이제 함께 있어도 전혀 즐겁지 않은 줄리가 이곳에 있어 매주 만나기 때문이었다. 일단 결혼하고 나면 어디에서 밤을 보내야 할지 모를 것 같다는 이유로 수년간 함께 밤을 보낸 귀부인과 결혼하기를 거부하는 늙은 망명자처럼, 그녀는 줄리가 이곳에 있어 편지를 써 보낼 대상을 잃은 것에 대해 애석해했다. 모스크바에는 마리야 공작 영애가 함께 이야기를 나눌 사람도 슬픔을 털어놓을 사람도 없었다. 그리고 그사이 새로운 슬픔이 많이 늘었다. 안드레이 공작이 귀국하여 결혼할 시기는 다가오는데, 아버지가 이를 위한 마음의 준비를 할 수 있도록 해 달라는 그의 부탁은 아직 실현되지 않았을 뿐 아니라 오히려 완전히 실패한 것처럼 보였다. 노공작은 로스토바 백작 영애의 이름을 듣기만 해도 벌컥 화를 냈고 거의 늘 기분이 좋지 않았다. 최근 마리야 공작 영애에게 늘어난 새로운 슬픔은 여섯 살 난 조카에게 공부를 가르치는 것이었다. 그녀는 니콜루시카를 대하는 자신의 태도에서 아버지의 성마른 기질을 발견하고 두려움을 느꼈다. 조카를 가르치는 동안 화를 내면 안 된다고 아무리 다짐을 해도 프랑스어 입문서 앞에 지시봉을 들고 앉기만 하면 거의 언제나 더 빨리 더 쉽게 아이에게 자신의 지식을 쏟아붓고 싶어 안달하게 되었다. 아이는 이미 고모가 금방이라도 화를 낼까 봐, 조금만 주의가 흐트러져도 고모가 바들바들 떨고 조급히 굴고 흥분하고 목소리를 높이고, 때로는 자그만 자기 손을 끌고 가서 구석에 세울까 봐 두려워했다. 그녀는 아이를 구석에 세워 놓은 뒤에 자신의 악하고 못된 본성에 괴로워하며 슬피 울었고, 니콜루시카도 덩달아 울음을 터뜨리며 허락도 없이 구석에서 나와 그녀에게 다가와서는 그녀의 젖은 손을 얼굴에서 떼어 내며 그녀를 위로했다. 그러나 무엇보다, 무엇보다 공작 영애에게 큰 슬픔을 안겨 준 것은 언제나 딸에게로 향하는, 최근에는 잔혹할 정도로 심해진 아버지의 불같은 성격이었다. 차라리 아버지가 밤새도록 절을 시켰다면, 차라리 그녀를 때리고 장작과 물을 나르게 했다면 그녀도 자기 처지가 괴롭다는 생각을 하지 않았을 것이다. 그러나 그 자애로운 박해자 — 그녀를 사랑하고 또 그 때문에 본인과 그녀를 괴롭히므로 더욱 잔인한 — 는 의도적으로 그녀를 모욕하고 비하할 수 있었을 뿐 아니라 언제나 모든 일이 그녀의 잘못이라는 것을 증명해 보일 수 있었다. 최근 그에게서 마리야 공작 영애를 가장 괴롭히는 새로운 양상이 나타났다. 마드무아젤 부리엔을 더 가까이한다는 점이었다. 아들의 계획에 대한 소식을 받은 순간 머리에 가장 먼저 떠오른 농담 같은 생각, 즉 만약 안드레이가 결혼하면 자신도 부리엔과 결혼하겠다는 그 생각이 마음에 들었는지 최근 들어(마리야 공작 영애에게는 그렇게 느껴졌다.) 집요하게, 오직 딸을 모욕하기 위해서 마드무아젤 부리엔에게 특별한 총애를 보이고, 또 부리엔에 대한 애정으로 딸에게 불만을 표시했다.

모스크바에서 어느 날 노공작은 마리야 공작 영애가 있는 자리에서(그녀는 아버지가 그녀 앞에서 일부러 그러는 것 같다고 느꼈다.) 마드무아젤 부리엔의 손에 입을 맞추고 그녀를 끌어당겨 껴안고 어루만졌다. 마리야 공작 영애는 얼굴을 확 붉히고 방에서 뛰쳐나갔다. 몇 분 후 마드무아젤 부리엔은 마리야 공작 영애의 방에 들어와 생글생글 웃으며 특유의 상냥한 목소리로 명랑하게 뭐라고 이야기했다. 마리야 공작 영애는 황급히 눈물을 닦고 단호한 걸음으로 부리엔에게 다가가 자기도 모르게 분노에 북받쳐 다급하고 격렬한 목소리로 프랑스 여자를 향해 소리치기 시작했다.

"약점을 이용하는 것은 추악하고 저열하고 비인간적인 짓이……." 그녀는 말을 맺지 못했다. "내 방에서 나가요." 그녀는 이렇게 외치고 흐느끼기 시작했다.

다음 날 공작은 딸에게 한마디도 하지 않았다. 그러나 그녀는 저녁 식사 시간에 그가 음식을 마드무아젤 부리엔부터 주도록 지시한 것을 알아차렸다. 식사가 끝날 무렵 식탁 담당 하인이 예전의 습관대로 다시 커피를 공작 영애부터 따르자 공작은 갑자기 광폭하게 변하며 필립에게 지팡이를 던지고는 곧바로 그를 군대에 넘기라고 명령했다.

"안 들리나…… 두 번이나 말했는데! 안 들리느냔 말이다! 이 여인은 이 집에서 가장 높은 사람이다. 이 여인은 나의 가장 좋은 친구다." 공작이 고함을 질렀다. "그리고 네가 감히……." 격분한 그는 그제야 비로소 마리야 공작 영애를 돌아보며 소리쳤다. "네가 또다시 어제처럼 감히…… 이 여인 앞에서 제멋대로 군다면…… 내가 이 집의 주인이 누구인지 가르쳐 주겠다. 나가라! 내 눈에 띄지 않도록 해라. 이 여인에게 용서를 빌어라!"

마리야 공작 영애는 아말리야 예브게니예브나와 아버지에게 그녀 자신을 위해, 그리고 보호를 구하는 식탁 담당 하인 필립을 위해 용서를 빌었다.

그러한 순간이면 마리야 공작 영애의 마음속에 긍지와 비슷한 희생의 감정이 고였다. 그리고 그러한 순간이면 갑자기 그녀가 비난하던 그 아버지는 그녀 앞에서 안경을 찾느라 주위를 더듬거리고도 그것을 보지 못하거나, 방금 무슨 일이 있었는지 잊어버리거나, 쇠약해진 두 발로 휘청휘청 걸음을 옮기거나, 누가 자신의 쇠약함을 보지 않았나 싶어 주위를 두리번거리거나, 최악의 경우 그를 북돋는 손님들이 없을 때면 돌연 냅킨을 떨어뜨리고 접시 위로 고개를 숙인 채 꾸벅꾸벅 식탁 앞에서 졸기 시작했다. '아버지는 늙고 쇠약한데 내가 감히 아버지를 비난하다니!' 그러한 순간이면 그녀는 이런 생각을 하며 스스로에게 혐오를 느끼곤 했다.

3

1811년 모스크바에 키가 매우 크고 잘생기고 프랑스인답게 친절하고 빠르게 인기를 얻은 한 프랑스인 의사가 살았다. 모스크바의 모든 사람들이 말하듯 범상치 않은 의술을 지닌 그 의사는 메티비에였다. 그는 상류층 집안에서 의사가 아니라 동등한 인간으로서 대우를 받았다.

의학을 조롱하던 니콜라이 안드레이치 공작은 최근 **마드무아젤 부리엔**의 조언으로 그 의사를 자기 집에 출입하도록 허락했고 그에게 익숙해졌다. 메티비에는 일주일에 두어 번 공작의 집을 방문했다.

성 니콜라이 축일이자 공작의 명명일에 모든 모스크바 사람들이 그의 저택 마차 승강장에 모여들었지만 그는 아무도 받아들이지 말라는 지시를 내렸다. 그리고 자신이 마리야 공작 영애에게 건넨 명단 속의 소수 사람들만 만찬에 초대하도록 일렀다.

아침에 축하 인사를 하러 찾아온 메티비에는 스스로 마리야 공작 영애에게 말했다시피 지시를 거스르는 것이 의사의 예의라고 생각하여 공작의 방으로 들어갔다. 때마침 이 명명일 아침에 노공작의 기분은 최악이었다. 그는 오전 내내 피곤한 모습으로 집 안을 돌아다니며 모든 사람들에게 트집을 잡고, 자신도 남의 말을 못 알아듣고 남들도 자기 말을 못 알아듣는 시늉을 했다. 마리야 공작 영애는 공작이 뭔가에 정신을 빼앗긴 듯 웅얼웅얼 불평할 때의 정신 상태를 너무도 분명히 알았다. 그것은 대개 광폭한 분노의 폭발로 끝나기 마련이었다. 그래서 그녀는 장전하여 방아쇠를 당겨 놓은 라이플총 앞이기라도 한 양 오전 내내 피할 수 없는 발사를 기다리며 서성거렸다. 의사가 도착하기 전까지 오전은 무사히 흘러갔다. 마리야 공작 영애는 의사를 들여보낸 후 책을 들고 응접실 문가에 앉았다. 그곳에서는 서재에서 일어나는 일을 전부 들을 수 있었다.

처음에는 메티비에의 목소리만 들렸고, 그다음에 아버지의 목소리가 들렸다. 그러고는 두 목소리가 동시에 말하기 시작하더니 문이 활짝 열렸다. 검은 앞머리를 볏처럼 세운 겁에 질린 메티비에의 아름다운 형상, 그리고 나이트캡과 할라트 차림에 얼굴을 광폭하게 일그러뜨리고 눈동자를 내리깐 공작의 형상이 문지방에 나타났다.

"모른다고?" 공작이 소리쳤다. "난 알지! 프랑스의 스파이! 보나파르트의 노예, 스파이, 내 집에서 꺼져. 꺼지라고 하잖아!" 그러고는 문을 쾅 닫았다.

메티비에는 어깨를 으쓱 올리며 옆방의 고함 소리에 달려온 마드무아젤 부리엔에게 다가갔다.

"공작님은 전혀 건강한 상태가 아닙니다. 담즙[141]에 뇌충혈입니다. 걱정하지 마십시오. 내일 들르겠습니다." 메티비에는 이렇게 말하고는 손가락을 입술에 대고 허둥지둥 나갔다.

문 너머에서 슬리퍼를 신은 발소리와 고함 소리가 들렸다. "스파이들, 배신자들, 어디에나 배신자들이 있군! 내 집에서도 평온할 때가 없다니!"

메티비에가 떠난 후 노공작은 딸을 불러 분노의 모든 힘을 그녀에게 퍼부었다. 그에게 스파이를 들여보낸 잘못은 그녀에게 있었다. 그가 말하지 않았던가. 그는 그녀에게 목록을 작성하라고, 목록에 없는 사람은 들여보내지 말라고 말했다. 그런데 어째서 그 파렴치한 놈을 들여보낸 것인가! 그녀가 모든 일의 원인이었다. 그는 말했다. "저 아이와 함께 있는 인간은 한시도 평온을 누리지 못하고 평안하게 죽지도 못할 거야."

"아뇨, 부인, 갈라섭시다, 갈라서요. 당신도 이걸 알아 두시오, 알아 둬요! 나도 더 이상은 못 참겠소." 그는 이렇게 말하고 방에서 나가 버렸다. 그러고는 그녀가 감히 어떤 식으로든 위안을 얻기라도 할까 두려운 듯 그녀에게 돌아와 침착한 표정을 지으려고 애쓰며 덧붙였다. "내가 홧김에 이런 말을

141) 당시 의사들은 담즙 분비에 이상이 생기면 황달이 따르고 쉽게 격분하는 성향을 띠게 된다고 믿었다. 이 때문에 노여움이나 짜증 같은 감정이 '담즙'이라는 병명으로 지칭되기도 했다.

한다고 생각하지 마시오. 난 침착하오. 그리고 난 그동안 이 문제를 곰곰이 생각해 왔소. 그러니 그렇게 될 거요. 헤어집시다. 당신이 있을 곳을 찾아보시오." 하지만 그는 더 이상 참지 못하고 사랑을 하는 사람만이 품을 수 있는 적의를 드러낸 채 스스로도 괴로운 듯 주먹을 부르르 떨며 그녀를 향해 외쳤다.

"어떤 멍청이라도 좋으니 저 애를 아내로 데려가 버리면 좋을 텐데!" 그는 문을 쾅 닫더니 마드무아젤 부리엔을 불러들이고는 서재에서 잠잠해졌다.

2시에 여섯 명의 선택받은 인물들이 만찬을 위해 모였다. 유명한 라스톱친 백작, 로푸힌 공작[142]과 그 조카, 공작의 옛 전우인 차트로프 장군, 젊은 사람으로는 피에르와 보리스 드루베츠코이가 손님이었다. 그들은 응접실에서 노공작을 기다렸다.

며칠 전 모스크바로 휴가를 나온 보리스는 니콜라이 안드레이치 공작을 소개받고자 했고, 어떤 젊은 독신남도 집에 들이지 않는 공작이 그에게만 예외를 둘 만큼 비위를 맞추는 데 성공했다.

공작의 집은 '사교계'라 불릴 만한 곳은 아니었다. 그러나 비록 시내에 널리 알려진 모임은 아니더라도 그 속에 끼는 것

142) 표트르 바실리예비치 로푸힌(Pyotr Vassilievich Lopukhin, 1753~1827). 러시아의 정치가. 예카체리나 대제 시대에 야로슬라블과 볼로그다의 지사를 역임했다. 알렉산드르 1세 치세에서 1803~1810년에 법무 대신을, 이후에는 내각의 수상을 역임했다.

은 더없는 영광이라 할 만한 작은 모임이었다. 보리스는 일주일 전에 이 사실을 알았다. 그때 보리스가 있는 자리에서 라스톱친 백작은 성 니콜라이 축일의 만찬에 초대하는 총사령관에게 자신은 참석할 수 없다고 말했다.

"그날 나는 항상 니콜라이 안드레이치 공작의 유골에 입 맞추러 간답니다."

"아, 그렇지, 그래." 총사령관이 대꾸했다. "그는 어떤가?"

천장이 높고 오래된 가구가 있는 고풍스러운 응접실에서 이루어진 만찬 전의 작은 모임은 재판을 위해 소집된 엄숙한 법정 같았다. 다들 침묵했고, 말을 할 경우에는 조용히 했다. 니콜라이 안드레이치 공작은 진지하고 과묵한 모습으로 나왔다. 마리야 공작 영애는 평소보다 더 조용하고 수줍어 보였다. 손님들은 마지못해 그녀에게 말을 걸었다. 그녀가 자신들의 대화를 따라잡지 못하는 모습을 보았기 때문이다. 라스톱친 백작이 최근의 시내 소식이나 정치 소식에 대해 이야기하며 혼자 대화의 맥을 이었다.

로푸힌과 늙은 장군은 간간이 대화에 끼어들었다. 니콜라이 안드레이치 공작은 재판장이 보고를 듣듯 그저 간혹 웅얼거림이나 짤막한 말로써 자신이 보고받은 내용에 대해 고려하고 있다는 표시를 했다. 대화의 어조는 아무도 정계에서 벌어지는 일을 찬성하지 않는다는 점을 보여 주었다. 사람들은 모든 것이 점점 악화되고 있음을 명백히 증명하는 사건들에 대해 이야기했다. 하지만 인상적인 점은 어떤 화제나 견해에서든 비난이 황제 폐하의 체면을 건드릴 만한 선에 이르면 이야기를 하던 사람들이 매번 말을 멈추거나 저지를 당하는 것이었다.

식사 때의 화제는 최근의 정치 소식, 올덴부르크 대공의 영토에 행한 나폴레옹의 침탈,[143] 러시아가 유럽의 모든 궁정에 보낸 나폴레옹을 규탄하는 외교 문서에 관한 것이었다.

"보나파르트는 약탈한 배에 올라탄 해적같이 유럽을 대합니다." 라스톱친은 이미 몇 번이나 써먹은 문구를 되풀이하며 말했다. "군주들이 꾹 참고 눈감아 주는 것에 그저 놀랄 뿐입니다. 이제 사태가 교황에게까지 미쳤습니다. 보나파르트는 아무 거리낌 없이 가톨릭교의 수장을 끌어내리려 하는데 다들 입을 다물고 있어요.[144] 우리 군주만이 올덴부르크 공국에 대한 침탈에 맞서 항의했습니다. 그리고……." 라스톱친 백작은 더 이상 비판할 수 없는 영역의 경계에 서 있음을 깨닫고 입을 다물었다.

---

143) 1810년 나폴레옹은 대륙 봉쇄령을 지키지 않았다는 이유로 북독일의 함부르크, 브레멘, 뤼벡 등 한자 동맹 도시의 독립을 폐지했으며, 같은 이유로 올덴부르크 대공(Peter Friedrich Georg Oldenburg, 1784~1812)을 몰아내고 영토를 침탈했다. 올덴부르크 대공은 알렉산드르 1세의 여동생인 예카체리나 파블로브나가 나폴레옹과 결혼하지 못하도록 서둘러 그녀와 결혼했다.(이 책 주 137을 참조) 한편 러시아 궁정은 틸지트 조약(이 책 1권 주 16과 2권 주 113를 참조)을 위배한 이 물리적 충돌을 몹시 불쾌하게 생각했고, 러시아 황제는 유럽의 전 궁정에 규탄을 담은 각서를 보냈다.

144) 1809년 5월 17일 나폴레옹은 로마와 교황령을 프랑스 제국에 합병한다는 선언문을 발표했다. 7월 10일 프랑스 군대는 로마를 향해 진격하여 피우스 7세 교황을 사로잡아 제노바만의 사노바로, 그 후 프랑스의 퐁텐블로로 보냈다. 나폴레옹은 교황을 1814년까지 인질로 잡아 두었다.

"그는 올덴부르크 공국 대신에 다른 영토를 제공받았지." 니콜라이 안드레이치 공작이 말했다. "내가 농부들을 리시에 고리에서 보구치로보로, 랴잔으로 이주시키는 것처럼 그도 대공들을 그렇게 하는군."

"올덴부르크 대공은 놀랍도록 강한 기질과 침착함으로 자신의 불행을 견디고 계십니다." 보리스가 대화에 정중하게 끼어들며 말했다. 그가 이렇게 말한 것은 페테르부르크에서 오는 길에 대공을 알현할 영광을 누렸기 때문이다. 니콜라이 안드레이치 공작은 그것에 대해 뭔가 말하고 싶은 듯 청년을 바라보았으나 그러기에는 청년이 지나치게 젊다고 생각하여 단념했다.

"난 올덴부르크 사태에 대한 우리의 항의서를 읽고 그 외교 문서의 졸렬한 어법에 놀랐습니다." 라스톱친 백작은 잘 아는 문제에 대해 논하는 사람처럼 무심한 투로 말했다.

피에르는 왜 그가 문서의 졸렬한 어법에 신경을 쓰는지 몰라 순진한 놀라움이 담긴 눈으로 바라보았다.

"문서가 어떤 식으로 기록되든 상관없지 않을까요, 백작? 그 내용에 설득력이 있다면 말입니다."

"이봐요, 50만 군대를 갖춘 만큼 좋은 문체도 쉽게 구사할 수 있어야 합니다." 라스톱친 백작이 말했다. 피에르는 라스톱친 백작이 왜 문서의 어법에 신경을 쓰는지 깨달았다.

"삼류 문필가들이 꽤 많아진 것 같더군." 노공작이 말했다. "저기 페테르부르크에서는 모두가 글을 쓰지. 문서뿐만이 아니야. 다들 새로운 법전을 저술하고 있어. 우리 안드류샤도 그곳에서 러시아를 위해 법전 한 권을 통째로 저술했다네. 요즘에는 누구나 글을 쓴다니까!" 그러고는 부자연스럽게 키득거리기 시작했다.

대화가 잠시 멎었다. 노공작이 헛기침을 하면서 주의를 끌었다.

"최근 페테르부르크에서 사열식 때 있었던 사건에 대해 들으셨습니까? 신임 프랑스 공사가 얼마나 나서던지!"

"뭐라고? 그래, 나도 뭔가 들었네. 그자가 폐하 앞에서 뭔가 거북한 말을 했다지."

"폐하께서 척탄병 사단과 분열 행진으로 공사의 주의를 돌리셨습니다." 장군이 계속 말했다. "그런데 아마 공사는 전혀 관심을 보이지도 않으며 '우리 프랑스에서는 이런 쓸데없는 것에 관심을 두지 않습니다.' 하고 말했나 봅니다. 폐하는 아무 말씀도 하지 않으셨죠. 사람들 말로는 다음 사열식 때 폐하께서 그에게 한 번도 말을 걸지 않으셨답니다."

모두들 침묵했다. 군주의 개인사에 관한 이 사실에 대해서는 어떤 의견도 표현할 수 없었기 때문이다.

"파렴치한 놈들!" 공작이 말했다. "메티비에를 아나? 내가 오늘 그를 내 집에서 쫓아냈지. 그가 여기에 있었다네. 내 방에 들어가도 된다는 허락을 받은 거지. 내가 아무도 들이지 말라고 부탁했는데." 공작은 성난 눈길로 딸을 힐끗 보며 말했다. 그리고 프랑스인 의사와 나눈 모든 대화며 자신이 메티비에를 스파이라고 확신하는 이유를 들려주었다. 그 이유들은 그다지 타당하지 않고 불분명했지만 아무도 반박하지 않았다.

구이 요리 다음에 샴페인이 나왔다. 손님들은 자리에서 일어나 노공작을 축하했다. 마리야 공작 영애도 다가갔다.

그는 싸늘하고 사나운 눈초리로 그녀를 힐끗 보더니 깨끗이 면도한 주름진 한쪽 뺨을 그녀에게 내밀었다. 그 얼굴에 깃든 모든 표정은 그가 오전의 대화를 잊지 않았음을, 그의 결심은 이전과 다름없지만 단지 손님들 앞이라 지금은 그것을 입 밖에 내지 않았음을 말하고 있었다.

응접실로 커피를 마시러 나왔을 때 노인들은 함께 앉았다.

니콜라이 안드레이치 공작은 더욱 활기를 띠며 눈앞에 닥친 전쟁에 대한 자신의 사고방식을 토로했다.

그는 말했다. 우리가 앞으로도 독일인들과 동맹을 추구하고 틸지트 평화 조약에 얽매여 유럽 정세에 참견하는 한 보나파르트를 상대로 하는 우리의 전쟁은 불행으로 끝날 것이다. 오스트리아를 위한 전쟁도, 오스트리아에 대적하는 전쟁도 우리는 할 필요가 없다. 우리의 모든 국정은 동쪽에서 이루어지니 보나파르트에 대해서는 오직 국경의 무장과 확고한 방침만 있으면 된다. 그러면 보나파르트도 감히 1807년처럼 러시아 국경을 넘지는 못할 것이다.

"공작, 우리가 어디 감히 프랑스인들과 전쟁을 하겠습니까!" 라스톱친 백작이 말했다. "우리가 과연 우리의 스승과 신들에 맞서 무기를 들 수 있을까요? 우리 청년들을 보십시오. 우리 귀부인들을 보시라고요. 우리의 신들은 프랑스인들이고, 우리의 천국은 파리입니다."

그는 모두에게 들리도록 하려는 듯 더욱 큰 소리로 말하기 시작했다.

"의상도 프랑스식, 사상도 프랑스식, 감정도 프랑스식이잖습니까! 당신은 메티비에를 프랑스인이고 무뢰한이라는 이유로 이곳에서 내쫓았지만 우리 귀부인들은 그를 뒤따라 벌벌 기어 다니지요. 어제 난 야회에 갔습니다. 귀부인 다섯 가운데 셋이 가톨릭 신자고, 교황의 허락을 받아 일요일에는 자수를 놓더군요. 그런데 다름 아닌 그들이, 점잖지 못한 말을 해서 죄송합니다만, 대중목욕탕 간판처럼 거의 벗다시피 하고 앉았더란 말입니다. 쳇, 우리 젊은이들을 보십시오, 공작, 쿤스트카메라[145]에서 표트르 대제의 옛날 곤봉을 집어 들고 러시아식으로 옆구리를 후려치면 어리석은 생각들이 전부 떨어져 나갈 텐데 말이죠."

모두 침묵했다. 노공작은 얼굴에 미소를 띤 채 라스톱친을 바라보며 찬성의 뜻으로 고개를 끄덕였다.

"그럼 안녕히 계십시오, 각하. 편찮으시면 안 됩니다." 라스톱친은 특유의 날렵한 몸짓으로 일어나 공작에게 손을 내밀며 말했다.

"잘 가게, 친구. 이 사람은 구슬리[146]야. 난 항상 이 사람의 말에 정신없이 빠져들지." 노공작은 그의 손을 잡고서 입을 맞

145) 표트르 대제가 1714년 페테르부르크에 설립한 자연사 박물관의 명칭이다. 소장품 가운데 설립자의 의복, 데스마스크의 복사본, 러시아에 대한 강력한 통치술을 상징하는 곤봉이 있다.
146) 러시아의 전통 현악기 가운데 하나다.

출 수 있도록 뺨을 내밀며 말했다. 다른 사람들도 라스톱친과 함께 일어섰다.

4

응접실에 앉아 노인들의 뒷공론과 험담을 듣던 마리야 공작 영애는 자신이 들은 것을 전혀 이해하지 못했다. 그녀는 모든 손님들이 아버지와 자신의 불화를 눈치채지 않았는지에 대해서만 생각했다. 심지어 식사하는 내내 드루베츠코이가 그녀에게 보인 특별한 관심과 친절도 알아차리지 못했다. 그가 이 집에 온 것은 벌써 세 번째였다.

마리야 공작 영애는 뭔가 묻고 싶은 눈길로 멍하니 피에르를 돌아보았다. 공작이 응접실에서 나간 후 그는 한 손에 모자를 들고 얼굴에 미소를 띠고서 손님들 가운데 맨 마지막으로 그녀에게 다가왔다. 그들은 단둘이 응접실에 남았다.

"좀 더 앉아 있어도 될까요?" 그는 마리야 공작 영애 옆 안락의자에 뚱뚱한 몸을 푹 파묻으며 말했다.

"아, 네." 그녀가 말했다. '당신은 아무것도 눈치채지 못했나요?' 그녀의 시선은 그렇게 말하고 있었다.

피에르는 식후의 즐거운 기분에 젖어 있었다. 그는 앞을 응시하며 조용히 미소를 지었다.

"그 청년과 오래전부터 아는 사이입니까, 공작 영애?" 그가 말했다.

"누구요?"

"드루베츠코이 말입니다."

"아뇨, 얼마 전부터……."

"어떤가요, 그 사람이 마음에 듭니까?"

"네, 좋은 인상을 주는 청년이에요……. 왜 나에게 그런 걸 묻죠?" 마리야 공작 영애는 이렇게 말하고 아버지와 오전에 나눈 대화에 관해 계속 생각했다.

"내가 관찰을 했기 때문이지요. 대개 청년들이 페테르부르크에서 모스크바로 휴가를 오는 것은 오로지 부유한 신붓감과 결혼하기 위해서라는 걸요."

"그런 걸 관찰했다고요?" 마리야 공작 영애가 말했다.

"네." 피에르는 빙그레 웃으며 계속해서 말했다. "그 청년도 요즘 그런 식으로 행동하더군요. 부유한 신붓감이 있는 곳에는 언제나 그도 있습니다. 난 책을 보듯 그 사람을 훤히 읽고 있어요. 요즘 누구를 공략할지 망설이고 있지요. 당신으로 할지 마드무아젤 줄리 카라기나로 할지 말입니다. 그는 그녀를 꽤 눈여겨보고 있지요."

"그가 그 집에도 드나드나요?"

"네, 대단히 자주요. 그런데 당신도 새로운 구애 방법을 알고 있습니까?" 피에르는 일기에서 그토록 자주 자책했던, 악의 없는 조롱이 섞인 유쾌한 기분에 젖은 듯 쾌활한 미소를 지으며 말했다.

"아뇨." 마리야 공작 영애가 말했다.

"요즘에는 모스크바 아가씨들의 마음에 들려면 멜랑콜리해야 하죠. 그는 마드무아젤 카라기나 앞에서 몹시 멜랑콜리하게 군답니다." 피에르가 말했다.

"정말이요?" 마리야 공작 영애는 피에르의 선량한 얼굴을 바라보며 이렇게 말하면서도 자신의 슬픔에 대한 생각을 멈추지 않았다. '내가 느끼는 모든 것을 누군가에게 과감히 털어놓으면 마음이 한결 가벼울 텐데. 피에르에게 전부 이야기하고 싶어. 마음이 훨씬 가벼워지겠지. 그가 나에게 조언을 해준다면!' 그녀는 생각했다.

"그와 결혼할 건가요?" 피에르가 물었다.

"아, 하느님, 누구하고든 결혼해 버리고 싶은 순간들이 있어요, 백작." 별안간 스스로도 예기치 못한 울음 섞인 목소리로 마리야 공작 영애가 말했다. "아, 자신과 가까운 사람을 사랑하는데 슬퍼하는 것 말고는 그 사람을 위해서 아무것도…… (그녀는 떨리는 목소리로 계속 말했다.) 할 수 없다고 느끼는 건 정말 괴로워요. 더욱이 그걸 바꿀 수 없다는 걸 알 때 말이에요. 그럴 때는 한 가지밖에 없어요. 떠나는 거예요. 하지만 난 어디로 떠나야 할까요?"

"왜 그래요? 무슨 일이 있습니까, 공작 영애?"

그러나 공작 영애는 미처 말을 끝내기도 전에 왈칵 울음을 쏟고 말았다.

"내가 오늘 왜 이러는지 모르겠어요. 내 말을 귀담아듣지 말아요. 내가 당신에게 한 말을 잊어 줘요."

피에르에게서 쾌활함이 싹 가셨다. 그는 공작 영애에게 이것저것 근심스레 묻고는 다 말해 보라고, 슬픔을 자신에게 털어놓아 달라고 부탁했다. 그러나 그녀는 자기가 한 말을 잊어 달라고, 그녀 스스로도 자기가 한 말을 잊겠다고, 자신에게는 그도 아는 슬픔, 즉 안드레이 공작의 결혼 문제로 아버지와 아들 사이에 다툴 위험이 있다는 것 외에 별다른 슬픔은 없다고 거듭 말할 뿐이었다.

"당신은 로스토프가에 대해 들었나요?" 그녀는 화제를 바꾸기 위해 물었다. "그분들이 곧 온다는 말을 들었어요. 나 역시 매일같이 앙드레를 기다리고 있어요. 그들이 이곳에서 서로 만나게 되면 좋을 텐데요."

"그런데 그분은 지금 이 문제를 어떻게 보고 계십니까?" 피에르는 노공작을 그분이라는 말로 가리키며 물었다. 마리야 공작 영애는 고개를 저었다.

"하지만 어쩌겠어요? 한 해를 채우기까지 겨우 몇 달밖에 남지 않았어요. 그 후에는 그 일이 일어날 수밖에 없어요. 난 그저 오빠를 처음 몇 분에서 벗어나게 해 주고 싶을 뿐이에요. 그분들이 어서 왔으면 좋겠어요. 그녀를 만나고 싶어요……. 당신은 오래전부터 그분들을 알죠?" 마리야 공작 영애가 말했다. "가슴에 손을 얹고 오직 참된 진실만을 말해 줘요. 그녀는 어떤 아가씨인가요? 당신은 그녀를 어떻게 생각하죠? 단, 진실만요. 당신도 알다시피 안드레이가 아버지의 뜻을 거역하면서 이렇게 할 때는 대단히 많은 위험을 무릅쓰는 거니까요. 그래서 나도 알고 싶어요…….”

어렴풋한 본능은 진실만을 말해 달라는 이런 조건과 거듭 되풀이된 요청 속에 미래의 올케에 대한 마리야 공작 영애의 악의가 드러나 있다고, 그녀가 원하는 것은 피에르가 안드레이 공작의 선택에 찬성하지 않는 것이라고 피에르에게 말했다. 그러나 피에르는 자신이 생각한 것이라기보다 오히려 느낀 것을 말했다.

“당신의 질문에 어떻게 대답해야 할지 모르겠군요.” 그는 스스로도 그 이유를 모른 채 얼굴을 붉히며 말했다. “난 그녀가 어떤 아가씨인지 뚜렷하게는 알지 못합니다. 도저히 분석할 수 없거든요. 그녀는 매혹적입니다. 하지만 어째서인지는 나도 모르겠군요. 그녀에 대해 말할 수 있는 건 이게 전부입니다.” 마리야 공작 영애는 한숨을 쉬었다. 그녀의 표정은 이렇게 말하고 있었다. ‘네, 나도 그럴 거라 예상했고 그 점을 두려워했어요.’

“지적인 여성인가요?” 마리야 공작 영애가 물었다. 피에르는 생각에 잠겼다.

“그렇지는 않다고 생각합니다.” 그가 말했다. “하지만 그렇기도 합니다. 그녀는 지적인 여성이 되는 것에 관심을 두지 않습니다……. 아, 아니에요, 그녀는 매혹적입니다. 그게 전부예요.” 마리야 공작 영애는 다시 못마땅한 듯 고개를 저었다…….

“아, 난 그녀를 정말 사랑하고 싶어요! 만약 당신이 나보다 먼저 그녀를 보게 되면 그렇게 전해 줘요.”

“그들이 조만간 도착할 거라고 들었습니다.” 피에르가 말했다.

마리야 공작 영애는 로스토프가 사람들이 도착하자마자 미래의 올케와 친해져 노공작이 그녀에게 친숙함을 느끼도록 노력하겠다며 피에르에게 자신의 계획을 전했다.

5

보리스는 페테르부르크에서 부유한 신붓감과 결혼하는 데 성공하지 못했다. 그래서 똑같은 목표를 품고 모스크바에 왔다. 모스크바에서 보리스는 가장 부유한 두 신붓감인 줄리와 마리야 공작 영애 사이에서 망설였다. 보리스에게는 마리야 공작 영애가 비록 아름답지 않아도 줄리보다 더 매력적으로 보였다. 하지만 볼콘스카야에게 구애하기가 어쩐지 거북했다. 지난번 노공작의 명명일에 그녀와 만났을 때 그는 감정에 대한 이야기를 꺼내려고 계속 시도했지만 그녀는 번번이 엉뚱한 대답만 할 뿐 그의 말은 아예 듣고 있지도 않는 듯했다.

그와 반대로 줄리는 그녀만의 독특한 방식을 통해서이긴 하지만 그의 구애를 기꺼이 받아 주었다.

줄리는 스물일곱 살이었다. 오빠들의 죽음 이후 그녀는 매우 부유해졌다. 그녀는 이제 전혀 아름답지 않았다. 그러나 자신이 여전히 예쁠 뿐 아니라 예전보다 훨씬 더 매력적이라고 생각했다. 그녀가 계속 이런 착각에 빠져 있었던 것은 첫째로 그녀가 매우 부유한 신붓감이 되었기 때문이고, 둘째로 그녀가 점차 나이를 먹을수록, 남자들에게 덜 위험한 존재가 될수록 남자들이 그녀를 좀 더 자유롭게 대했으며 아무런 의무도 떠맡지 않은 채 그녀의 집에서 열리는 저녁 식사와 야회와 활기찬 모임을 즐겼기 때문이다. 십 년 전이었다면 열일곱 살 아가씨가 있는 집에는 그 아가씨의 평판을 해칠까 봐, 그 자신이 속박을 당할까 봐 매일 드나드는 것을 주저했을 남자들이 이제는 대담하게 매일같이 그녀를 방문하고 신붓감 아가씨로서가 아니라 성별이 없는 지인으로서 그녀를 대했다.

카라긴가(家) 저택은 올겨울 모스크바에서 가장 즐겁고 가장 손님 접대를 잘하는 집이었다. 초대받은 손님들을 위한 야회와 만찬 외에도 카라긴가에서는 날마다 큰 모임, 특히 자정에 밤참을 먹고 새벽 3시까지 눌러앉아 있는 남자들의 모임이 열리곤 했다. 줄리가 빠지는 무도회나 연극이나 산책은 없었다. 그녀의 몸치장은 언제나 최신식이었다. 그런데도 줄리는 모든 것에 환멸을 느끼는 듯 보였고, 누구에게나 자신은 우정도 사랑도 인생의 어떤 기쁨도 믿지 않으며 오직 그곳에서의 평온을 기다릴 뿐이라고 말하곤 했다. 그녀는 큰 환멸을 겪은 아가씨, 마치 사랑하는 남자를 잃거나 그 남자에게 잔인하게 배반당한 아가씨의 분위기를 터득했다. 그 비슷한 어떤 일도 일어나지 않았지만 사람들은 그녀를 그런 아가씨로 보았다. 그녀 스스로도 자신이 인생의 많은 괴로움을 겪었다고 믿었다. 그 멜랑콜리는 그녀가 즐겁게 지내는 것을 방해하지 않았고, 그녀의 집에 온 젊은 사람들이 즐거운 시간을 보내는 것도 방해하지 않았다. 이 집에 오는 모든 손님들은 여주인의 멜랑콜리한 기분에 대해 의무를 다한 후 사교계의 화제, 춤, 두뇌 게임, 카라긴가에서 유행하던 부리메[147] 시합에 몰두했다. 오직 몇몇 젊은 사람들만 줄리의 멜랑콜리한 기분을 좀 더 깊이 파고들었다. 보리스도 이 젊은이들 가운데 한 명이었다. 그녀는 그 젊은이들과 세속의 허무함에 대하여 더 오래 더 고독한 대화를 나누었고, 그들에게 슬픈 그림, 격언, 시로 가득 찬 자신의 앨범을 펼쳐 보이곤 했다.

줄리는 보리스에게 특히 상냥했다. 그녀는 인생에 대한 그의 때 이른 환멸을 안타까워했고, 자신도 인생의 괴로움을 너무나 많이 겪었기에 힘닿는 한 우정의 위로를 베풀었으며, 그에게 자신의 앨범을 펼쳐 보이기도 했다. 보리스는 그녀의 앨범에 나무 두 그루를 그리고 이렇게 썼다. "전원의 나무들이여, 너희의 검은 가지들이 내 위로 어둠과 멜랑콜리를 털어 내는구나."

다른 자리에는 묘지 하나를 그리고 이렇게 썼다.

죽음은 구원을 베풀고 죽음은 평온하다
아, 고통을 피할 다른 은신처가 없도다.

---

147) 다른 사람이 제공한 운 목록에서 운을 골라 시를 짓는 문학 놀이.

줄리는 그것이 매력적이라고 말했다.

"멜랑콜리의 미소에는 너무도 매혹적인 무언가가 있어요!" 그녀는 자신이 책에서 발췌한 부분을 한 글자도 바꾸지 않고 보리스에게 말했다.

"그것은 어둠 속에 깃든 한 줄기 빛, 위로의 가능성을 가리키는 슬픔과 절망 사이의 색조다."

이에 대해 보리스는 다음과 같은 시를 그녀에게 써 주었다.

지나치게 감성적인 영혼에는 독이 되는 양식,
그대, 그대 없는 행복은 나에게 있지 않으리,
부드러운 멜랑콜리, 오, 나를 위로하러 오라,
오라, 내 음울한 고독의 괴로움을 달래고
주르륵 흐르는 것이 느껴지는 이 눈물에
은밀한 달콤함을 더해 다오.

줄리는 보리스를 위해 하프로 이루 말할 수 없이 슬픈 녹턴을 연주했다. 보리스는 「가엾은 리자」[148]를 그녀에게 소리 내어 읽어 주다가 숨이 막힐 듯한 흥분으로 낭독을 여러 번 중단했다. 큰 모임에서 마주칠 때면 줄리와 보리스는 무심한 사람들의 바다에서 서로를 알아보는 유일한 이들인 양 서로를 바

---

148) 러시아의 작가이자 역사가인 니콜라이 미하일로비치 카람진(Nikolai Mikhailovich Karamzin, 1766~1826)의 소설이다. 1792년 발표된 이 감상주의 소설은 귀족과 사랑에 빠진 한 농민 처녀가 그 귀족에게 버림을 받아 못에 몸을 던진 내용을 담고 있다.

라보았다.

카라긴가를 빈번하게 드나들며 줄리의 어머니와 카드놀이를 벌이던 안나 미하일로브나는 그동안 줄리가 받을 재산을 확실하게 조사했다.(줄리가 물려받는 재산은 펜자의 영지 두 곳과 니즈니 노브고로드현의 산림이었다.) 하느님의 뜻에 헌신하는 마음으로 안나 미하일로브나는 자기 아들과 부유한 줄리를 엮어 준 그 세련된 슬픔을 자애로운 눈길로 바라보았다.

안나 미하일로브나는 줄리에게 말하곤 했다. "여전히 매력적이고 멜랑콜리하구나, 우리 사랑스러운 줄리." 그리고 줄리의 어머니에게는 "보리스도 당신 집에 있으면 영혼의 안식을 얻는다고 하더군요. 그 애는 너무도 많은 환멸을 겪더니 몹시 감성적이 되었어요."라고 말했다.

"아, 얘야, 난 요즘 줄리에게 몹시 애착을 느낀단다." 그녀는 아들에게 이렇게 말했다. "너에게 도저히 말로 표현할 수가 없구나. 도대체 누가 그 애를 사랑하지 않을 수 있겠니? 그 애는 정말 지상의 존재가 아니야! 아, 보리스, 보리스!" 그러고 나서 잠시 침묵했다. "그리고 줄리 엄마가 얼마나 불쌍한지!" 그녀는 계속 말을 이었다. "오늘은 내게 펜자에서 온 결산 보고서와 편지를 보여 주더구나.(그들에게는 거대한 영지가 있지.) 그런데 그녀는 가엾게도 언제나 혼자잖니. 그러니 사람들에게 그토록 속고 사는 거야!"

보리스는 어머니의 말을 들으며 보일 듯 말 듯 옅은 미소를 지었다. 그는 속내가 뻔히 보이는 잔꾀를 부드럽게 비웃었지만 그녀의 말에 귀를 기울이며 이따금 펜자와 니즈니 노브고

로드 영지에 대해 신중히 이것저것 캐물었다.

줄리는 벌써 오래전부터 멜랑콜리한 숭배자의 청혼을 기대하며 받아들일 준비를 하고 있었다. 그런데 그녀에 대한, 결혼을 하고 싶어 하는 그녀의 열렬한 갈망에 대한, 그녀의 부자연스러움에 대한 어떤 은밀한 혐오감, 그리고 진정한 사랑의 가능성을 단념해야 한다는 두려움이 여전히 보리스를 막았다. 휴가 기간이 끝나 가고 있었다. 온종일, 그리고 주일마다 보리스는 카라긴가에서 시간을 보냈고, 매일같이 자신과 논하며 내일은 청혼을 하리라 다짐했다. 그러나 줄리 앞에서 그녀의 붉은 얼굴과 거의 언제나 덕지덕지 분칠한 턱, 멜랑콜리에서 결혼의 행복이라는 부자연스러운 희열로 당장이라도 건너갈 수 있다는 한결같은 각오를 드러낸 표정을 바라보노라면 보리스는 도저히 그 결정적인 말을 입 밖에 낼 수가 없었다. 이미 오래전부터 자신을 펜자와 니즈니 노브고로드 영지의 소유주로 상상하고 그 수입의 용도까지 분배해 놓았으면서도……. 줄리는 보리스가 주저하는 것을 보았다. 그가 자기를 싫어한다는 생각이 이따금 그녀의 뇌리를 스치기도 했다. 하지만 곧 여성 특유의 자아도취가 그녀에게 위안을 주었으며, 그녀는 그가 그저 사랑 때문에 부끄러워하는 거라고 혼자 중얼거렸다. 그럼에도 그녀의 멜랑콜리는 초조함으로 바뀌기 시작했다. 보리스가 떠나기 얼마 전 그녀는 과감한 계획을 실행에 옮겼다. 보리스의 휴가 기간이 끝나 갈 무렵 모스크바에, 물론 카라긴가의 응접실에 아나톨 쿠라긴이 나타났다. 그러자 줄리는 뜻밖에 멜랑콜리를 버리고 매우 명랑해졌으며 쿠라긴에게 관심을 보이기 시작했다.

"얘야." 안나 미하일로브나가 아들에게 말했다. "믿을 만한 소식통에게서 들었는데 바실리 공작이 아들을 보낸 이유가 줄리와 결혼시키기 위해서란다. 내가 줄리를 몹시 사랑하다 보니 나중에 그 애가 아쉽게 느껴질 것 같구나. 넌 어떻게 생각하니, 얘야." 안나 미하일로브나가 말했다.

바보짓을 했다는 생각, 이 한 달을 줄리 옆에서 괴로운 멜랑콜리 근무로 헛되이 낭비했다는 생각, 자신이 상상 속에서 벌써 분배하고 적절히 사용하기까지 한 펜자 영지의 모든 수입이 다른 남자의 손아귀에, 특히 멍청한 아나톨의 손아귀에 들어가게 되었다는 생각이 보리스에게 모욕감을 안겼다. 그는 청혼을 하겠다는 결연한 계획을 품고 카라긴가로 향했다. 줄리는 명랑하고 무심한 표정으로 맞이하고는 전날의 무도회에서 얼마나 즐거웠는지 태연하게 이야기하고 그에게 언제 떠나는지 물었다. 자신의 사랑을 말할 계획으로 왔으니 부드럽게 대하자고 생각했던 보리스는 여자의 변덕에 대해 화를 내며 이야기하기 시작했다. 여자들이 슬픔에서 기쁨으로 얼마나 쉽사리 건너가는지 말하고, 또 여자들의 기분은 오직 누가 자기들에게 구애하느냐에 달렸다고 말했다. 줄리가 화를 내며 그것은 사실이라고, 여자들에게는 변화가 필요하다고, 누구든 항상 똑같은 것에는 질리기 마련이라고 말했다.

"그렇다면 당신에게 충고를 할까요……." 보리스는 그녀에게 독설을 던지려고 입을 열었다. 그러나 그 순간 목적을 이루지 못하고 자신의 수고를 헛되이 낭비한 채(어떤 경우에도 그에게 결코 없었던 일이다.) 모스크바를 떠날 수도 있다는 모욕적인 생각이 뇌리를 스쳤다. 그는 말하던 도중 입을 다물었다. 그리고 불쾌한 짜증과 망설임이 뒤섞인 그녀의 얼굴을 보지 않으려 눈을 내리깔고는 말했다. "당신과 싸우려고 여기에 온 것은 결코 아닙니다. 오히려……." 그는 말을 계속해도 될지 확인하기 위해 그녀를 흘깃 쳐다보았다. 갑자기 그녀에게서 짜증이 싹 사라지고 불안하게 반짝이는 눈동자가 탐욕스러운 기대를 드러내며 그를 뚫어지게 바라보았다. '난 이 여자를 가끔만 만나도록 언제나 생활을 조정할 수 있어.' 보리스는 생각했다. '일은 시작됐어. 이제 끝까지 가는 수밖에 없어!' 그는 얼굴을 확 붉히고 눈을 들어 그녀를 바라보며 말했다. "당신은 당신을 향한 내 감정을 알지 않습니까!" 더 이상 말할 필요가 없었다. 줄리의 얼굴은 승리감과 자기만족으로 환하게 빛났다. 그러나 그녀는 보리스에게 이런 경우 나와야 할 모든 말을 하게 했으며, 그녀를 사랑한다고, 이제껏 그녀보다 사랑한 여자는 단 한 명도 없었다고 말하게 만들었다. 그녀는 펜자의 영지와 니즈니 노브고로드의 산림에 대한 대가로 그것을 요구할 수 있다는 점을 알았고, 자신이 요구한 것을 받아 냈다.

예비부부는 자신들에게 어둠과 멜랑콜리를 흩뿌리던 나무들에 대해 더 이상 언급하지 않았다. 그들은 페테르부르크에 있는 화려한 저택의 실내 장식에 대한 계획을 세우고 여기저기 방문하면서 화려한 결혼을 위한 모든 것을 준비해 나갔다.

6

일리야 안드레이치 백작은 1월 말에 나타샤와 소냐를 데리고 모스크바로 왔다. 백작 부인은 여전히 건강이 좋지 않아 오지 못했다. 하지만 그녀가 회복되기를 마냥 기다릴 수는 없었다. 그들은 안드레이 공작이 모스크바에 오기를 매일같이 기다렸다. 그 밖에도 혼수품을 사야 했고, 모스크바 근교의 영지를 매각해야 했으며, 노공작이 모스크바에 있을 때를 이용하여 미래의 며느리를 소개해야 했다. 로스토프가의 모스크바 저택은 난방을 해 두지 않은 상태였다. 게다가 짧은 일정이었고 백작 부인이 함께 온 것도 아니었다. 그래서 일리야 안드레이치는 모스크바에 있는 동안 오래전부터 따뜻이 맞아 주겠다고 제안해 온 마리야 드미트리예브나 아흐로시모바의 집에 머물기로 결정했다.

늦은 밤 로스토프가의 썰매 네 대가 스타라야 코뉴셴나야

거리에 있는 마리야 드미트리예브나의 집 안마당에 들어섰다. 마리야 드미트리예브나는 혼자 살았다. 딸은 이미 결혼시켰다. 아들들은 모두 군대에 있었다.

그녀는 여전히 거침없이 행동하고 자기 의견을 모든 사람들에게 거리낌 없이 큰 소리로 단호하게 말했다. 자신의 온 존재로 다른 사람들의 온갖 약점과 욕망과 열정을 비난하는 것 같았다. 그녀는 그런 것들의 존재 가능성조차 용납하지 않았다. 이른 아침부터 그녀는 카차베이카를 걸친 채 분주하게 집안 살림을 돌보았고, 축일마다 교회로, 또 교회에서 감옥과 유치장으로 향했다. 용무 때문에 그곳을 드나들었지만 어떤 일인지에 대해서는 아무에게도 말하지 않았다. 평일에는 옷을 입고 나서 매일같이 그녀를 찾아오는 온갖 계층의 청원자들을 집에서 접견한 후 만찬을 들었다. 풍족하고 맛있는 만찬 자리에는 언제나 서너 명의 손님들이 있었다. 식사 후에는 보스톤 게임을 하곤 했다. 밤이 되면 다른 사람에게 신문과 신간을 낭독하게 하고 본인은 뜨개질을 했다. 가끔 예외적으로 외출을 하기도 했는데, 그런 경우에는 시내에 있는 최고위층 인물들의 집만 찾았다.

로스토프가 사람들이 도착하고 대기실 문이 도르래 위에서 삐걱거리며 추위 속에 있던 로스토프가 사람들과 그 하인들을 안으로 들일 때 그녀는 아직 잠자리에 들지 않은 상태였다. 마리야 드미트리예브나는 안경을 코에 걸치고 고개를 뒤로 젖힌 채 홀의 문가에 서서 들어오는 사람들을 엄하고 성난 표정으로 바라보았다. 그녀가 그때 손님들과 그들의 물건을 어느 방으로 안내할지 하인들에게 꼼꼼히 지시를 내리지 않았다면 사람들은 그녀가 손님들에게 격분하여 당장 내쫓으려나 보다고 생각했을 것이다.

"백작의 것인가? 이쪽으로 갖다 놓게." 그녀는 아무에게도 인사를 건네지 않고 여행 가방들을 가리키며 말했다. "아가씨들은 여기 왼쪽으로. 아니, 너희들은 왜 이렇게 알랑거리고 있어!" 그녀가 하녀들에게 소리쳤다. "사모바르를 데우도록! 통통해지고 예뻐졌구나." 그녀는 추위로 얼굴이 발그레해진 나타샤의 모자를 잡아 끌어당기며 말했다. "이런, 몸이 차구나! 얼른 외투를 벗게." 그녀는 손에 입을 맞추려고 다가오는 백작에게 소리쳤다. "아마 몸이 꽁꽁 얼었을 게야. 럼주가 든 차를 드리게! 소뉴시카, 반갑구나." 그녀는 이 프랑스어 인사말로 소냐에 대한 다소 경멸이 뒤섞인 친절한 태도에 미묘한 느낌을 더하며 말했다.

다들 외투를 벗고 여정으로 구겨진 옷매무새를 매만진 후 차를 마시러 오자 마리야 드미트리예브나는 모두에게 차례로 입을 맞추었다.

"자네들이 와서 내 집에 머물러 주니 진심으로 기쁘네." 그녀가 말했다. "진작 왔어야지!" 그녀는 나타샤를 의미심장하게 쳐다보며 말했다. "그 노인네는 여기 있네. 매일매일 아들을 기다리고 있지. 그와 가까워져야 해. 그럴 필요가 있어. 음, 이 문제에 대해서는 나중에 이야기하자." 그녀는 소냐 앞에서 이것에 대해 말하고 싶지 않다는 뜻을 드러내는 눈길로 소냐를 돌아보고는 이렇게 덧붙였다. "자, 들어 보게." 그녀는 백작을 돌아보았다. "내일 자네는 무엇을 해야 하나? 누구를 부르러 사람을 보낼 텐가? 신신?" 그녀는 손가락 하나를 꼽았다. "울보 안나 미히일로브나. 두 명이군. 그녀는 아들과 이곳에 있네. 아들 녀석이 결혼하거든! 그다음에는 베주호프인가? 그도 이곳에 아내와 함께 있지. 그는 그녀에게서 도망쳐 왔는데 그녀가 그를 따라 한걸음에 달려왔다네. 수요일에 그가 내 집에서 식사를 했지. 아, 저 애들을 내일 이베르스카야 예배당에 데려가겠네." 그녀는 아가씨들을 가리키며 말했다. "그런 다음 오베르 셸리마[149]에게 들를 걸세. 아마도 전부 새로 장만하겠지? 날 따라 하지 말거라. 요즘은 소매가 이 모양이라니까! 얼마 전 젊은 이리나 바실리예브나 공작 영애가 우리 집에 왔지. 보기에 끔찍할 정도였다. 양팔에 작은 나무통을 하나씩 끼고 있는 꼴이었단다. 정말이지 요즘은 매일같이 새로운 유행이 나온다니까. 그런데 자네의 볼일은 뭔가?" 그녀가 엄격한 표정으로 백작을 돌아보았다.

"일이 한꺼번에 갑자기 몰렸습니다." 백작이 대답했다. "사야 할 넝마들[150]도 있고, 마침 모스크바 근교의 영지와 저택을 사겠다는 사람도 있어서요. 제게 친절을 베풀어 주신다면 때

---

149) 마리야 드미트리예브나는 프랑스인 의상 디자이너 마담 오베르샬메(Aubert-Chalmet)의 이름으로 말장난을 하고 있다. 이 이름의 발음은 러시아어로 '대악당'을 뜻하는 오베르 셸리마를 연상시킨다. 나폴레옹은 모스크바 점령기에 이 의상 디자이너에게 자신의 식사를 책임지게 했고, 그녀는 크렘린의 아르한겔스카야 예배당에 주방을 차렸다. 프랑스군이 모스크바를 떠날 때 같이 떠났다.

150) 여성의 정장을 익살스럽게 표현하는 관용적 표현.

를 골라 하루 일정으로 마리인스코예에 다녀올까 합니다. 우리 애들을 당신에게 맡겨 놓고요."

"좋아, 좋아. 우리 집에 있으면 이 애들에게 아무 일도 없을 거야. 우리 집은 후견인 위원회 같은 곳이니까. 이 애들이 가야 하는 곳에는 내가 데리고 다니겠네. 꾸짖고 예뻐해 주지." 마리야 드미트리예브나는 대녀인 사랑하는 나타샤의 뺨을 큰 손으로 가볍게 어루만지며 말했다.

다음 날 아침 마리야 드미트리예브나는 아가씨들을 데리고 이베르스카야 예배당으로, 마담 오베르 샬메에게로 갔다. 마담 오베르 샬메는 마리야 드미트리예브나를 너무나 무서워해서 오로지 얼른 쫓아내겠다는 생각으로 언제나 손해를 보면서 옷을 넘겼다. 마리야 드미트리예브나는 거의 모든 혼수품을 주문했다. 집에 돌아오자 그녀는 나타샤를 제외한 모든 사람들을 방에서 내보내고 사랑하는 나타샤를 자기 안락의자로 가까이 불렀다.

"자, 이제 같이 이야기나 하자. 약혼자가 생긴 걸 축하한다. 훌륭한 젊은이를 손에 넣었구나! 나도 널 위해 기뻐하고 있다. 나는 그 애를 이만할(그녀는 바닥에서 1아르신 높이를 가리켰다.) 때부터 알지." 나타샤는 기쁨으로 얼굴을 붉혔다. "난 그와 그의 가족 전부를 사랑해. 자, 잘 들어라. 너도 잘 알겠지. 니콜라이 공작 영감은 아들이 결혼하는 것을 달가워하지 않아. 완고한 노인네야! 물론 안드레이 공작이 어린아이도 아니니 그 문제야 아버지의 허락 없이도 잘 해결되겠지. 다만 뜻을 거스르며 가족이 되는 것은 좋지 않아. 평화롭게 애정으로 해결해야 해. 넌 똑똑한 아이니까 바람직하게 잘해 나갈 수 있을 게다. 훌륭하게, 똑똑하게 풀어 나가렴. 모든 게 다 잘될 거다."

나타샤는 침묵했다. 마리야 드미트리예브나는 수줍어서일 거라고 생각했지만 사실 나타샤는 자신과 안드레이 공작의 연애 문제를 간섭받는 것이 불쾌했다. 그녀는 그 사랑이 모든 인간사와 동떨어진 아주 특별한 것이기에 아무도 이해할 수 없다고 생각했다. 그녀는 안드레이 공작 한 사람만을 사랑하고 알았다. 그는 그녀를 사랑하고 조만간 이곳에 와서 그녀를 데려갈 예정이다. 그녀에게는 더 이상 아무것도 필요하지 않았다.

"너도 알다시피 난 오래전부터 그를 알았다. 나는 네 시누이 될 마센카도 사랑한다. 시누이란 몽둥이 같다고 한다만, 그 애는 파리 한 마리도 괴롭히지 않는 애다. 그 애가 나에게 너를 만나게 해 달라고 부탁했단다. 너는 내일 아버지와 함께 그녀를 만나러 가게 될 거다. 그렇게 되면 예쁘게 귀여움을 떨고 와. 너는 그 애보다 어리지 않니. 네 약혼자가 돌아올 때면 넌 이미 시누이와 시아버지를 잘 알고 그들의 사랑을 받고 있을 거다. 그렇지 않니? 그러는 편이 낫겠지?"

"낫긴 하죠." 나타샤는 마지못해 대꾸했다.

7

다음 날 마리야 드미트리예브나의 조언에 따라 일리야 안드레이치 백작과 나타샤는 니콜라이 안드레이치 공작을 찾아갔다. 백작은 불쾌한 기분으로 그 방문을 준비했다. 민병대 모집 기간의 마지막 만남이 일리야 안드레이치 백작의 기억에 남았던 것이다. 그때 백작은 만찬 초대에 대한 답으로 인원 부족을 나무라는 불같은 책망을 들었다. 그와 반대로 나타샤는 가장 좋은 옷을 입고 더할 나위 없이 즐거운 기분에 젖어 있었다. '그 사람들이 날 사랑하지 않을 리 없어.' 그녀는 생각했다. '모든 사람들이 언제나 날 사랑해 주었는걸. 나도 그 사람들을 위해 그들이 바라는 것이라면 무엇이든 할 각오가 되어 있어. 그들을 사랑하겠다는 각오도 했고. 그의 아버지고 여동생이니까. 그들이 날 사랑하지 않을 이유가 없잖아!'

그들은 브즈드비젠카 거리의 오래되고 음침한 저택에 도착하여 현관방에 들어섰다.

"아, 주여, 축복하소서!" 백작은 농담 반 진담 반으로 중얼거렸다. 그러나 나타샤는 아버지가 대기실에 들어가며 허둥대기 시작한 것을, 공작과 공작 영애가 집에 있는지 소심하게 조용히 묻는 것을 눈치챘다. 그들의 방문이 보고되고, 공작의 하인들 사이에서 소란이 일었다. 그들에 대해 알리러 달려가던 하인은 홀에서 다른 하인에게 제지를 받았고, 두 사람은 무언가에 대해 수군거렸다. 한 하녀가 홀로 뛰어나와 공작 영애를 언급하며 황급히 뭐라고 말했다. 마침내 늙은 하인이 성난 표정으로 나와 공작은 응대를 할 수 없다고, 그러나 공작 영애가 손님들을 자기 방으로 청했다고 로스토프 부녀에게 보고했다. 손님을 맞으러 가장 먼저 나온 사람은 마드무아젤 부리엔이었다. 그녀는 매우 정중하게 로스토프 부녀를 맞이하고 그들을 공작 영애에게 안내했다. 공작 영애는 붉은 반점으로 뒤덮이고 흥분과 두려움이 어린 얼굴로 무거운 걸음을 옮기며 달려 나와 손님을 맞이하고는 자연스럽고 친절하게 보이려 헛된 노력을 기울였다. 마리야 공작 영애는 첫눈에 나타샤를 싫어하게 되었다. 그녀가 보기에 나타샤는 지나치게 화려하고 경박할 정도로 명랑하고 허영에 찬 것처럼 보였다. 마리야 공작 영애는 알지 못했다. 나타샤의 아름다움과 젊음과 행복에 대한 무의식적인 질투와 오빠의 사랑에 대한 시샘으로 자신이 미래의 올케를 만나기 전부터 이미 반감을 품었다는 것을……. 나타샤를 향한 그 억누를 수 없는 혐오감 외에도 그 순간 마리야 공작 영애가 흥분한 이유는 또 있었다. 로스토프

부녀의 방문을 보고받았을 때 공작이 자기로서는 그들을 만날 필요가 없다고, 만약 마리야 공작 영애가 원한다면 맞이하게 내버려 두겠으나 자기 방에는 보내지 말라고 소리쳤던 것이다. 마리야 공작 영애는 로스토프 부녀를 맞이하기로 결심했지만 그들의 방문에 매우 흥분한 듯한 공작이 무슨 무례한 행동을 하지나 않을까 매 순간 마음을 졸였다.

"아, 친애하는 공작 영애, 노래에 환장한 내 딸아이를 이렇게 데려왔습니다." 백작은 한쪽 발을 뒤로 빼고 정중히 인사하며 말하고는 노공작이 들어올까 봐 두려운 듯 불안하게 주위를 두리번거렸다. "당신과 만나게 되어 무척 기쁩니다. 공작의 건강이 계속 좋지 않다니 유감입니다. 유감이에요." 그는 두루뭉술한 말을 좀 더 늘어놓은 후 자리에서 일어섰다. "공작 영애, 십오 분 동안 우리 나타샤를 맡겨도 좋다면 나는 여기서 두어 발짝 떨어진 소바치야 플로샤카의 안나 세묘노브나에게 갔다가 이 아이를 데리러 다시 들를까 합니다."

일리야 안드레이치가 이 외교적인 술책을 궁리해 낸 것은 미래의 시누이에게 올케와 서로 이야기할 기회를 주기 위해서였고(나중에 딸에게 말했듯이), 또한 자신이 두려워하는 공작과 마주칠 가능성을 피하기 위해서이기도 했다. 그는 이 사실을 딸에게 말하지 않았지만 나타샤는 아버지의 그 두려움과 불안을 알아차리고 모욕을 느꼈다. 그녀는 아버지 때문에 얼굴을 붉혔고, 자신이 얼굴을 붉힌 것 때문에 더욱 화가 났다. 그래서 아무도 두려워하지 않는다고 말하듯 대담하고 도전적인 시선으로 공작 영애를 쳐다보았다. 공작 영애가 백작에게 자신은 무척 기쁘며 안나 세묘노브나 댁에 더 오래 머물러 주시기만을 부탁드린다고 말하자 일리야 안드레이치는 떠났다.

나타샤와 단둘이 이야기하기를 바란 마리야 공작 영애가 마드무아젤 부리엔에게 불안한 눈길을 던지는데도 마드무아젤 부리엔은 방에서 나가지 않고 모스크바의 오락거리와 연극에 대한 대화를 꿋꿋하게 이어 나갔다. 나타샤는 대기실에서 일어난 소동, 아버지의 불안, 공작 영애의 부자연스러운 태도에 모욕을 느꼈다. 그녀가 느끼기에 공작 영애는 은혜를 베풀어 자신을 맞아 준 것 같았다. 그래서 모든 것이 불쾌했다. 그녀는 마리야 공작 영애가 싫었다. 나타샤가 보기에 공작 영애는 너무 못생기고 위선적이고 무뚝뚝한 것 같았다. 나타샤는 갑자기 정신적으로 움츠러들어 자기도 모르게 될 대로 되라는 태도를 취하고 말았다. 그러한 태도는 그녀와 마리야 공작 영애의 사이를 더욱 벌려 놓았다. 괴롭고 위선적인 대화가 오 분 동안 이어진 후 슬리퍼를 신은 발이 빠르게 다가오는 소리가 들렸다. 마리야 공작 영애의 얼굴에 경악하는 빛이 떠올랐다. 방문이 열리더니 하얀 나이트캡과 할라트 차림을 한 공작이 들어왔다.

"아, 아가씨." 그가 말을 꺼냈다. "아가씨, 백작 영애…… 로스토바 백작 영애구려, 내가 실수한 게 아니라면…… 용서를 구하겠소, 용서를…… 난 몰랐다오, 아가씨. 하느님도 보고 계시지만 난 당신이 우리를 방문해 주신 줄 모르고 이런 차림으로 딸에게 들렀소. 용서를 구하오……. 하느님도 보고 계시지만 난 몰랐소." 그가 '하느님'이라는 말을 강조하며 너무도 부자연스럽게, 너무도 불쾌하게 똑같은 말을 되풀이하는 바람에 마리야 공작 영애는 차마 아버지도 나타샤도 쳐다보지 못한 채 눈을 내리깔고 서 있었다. 나타샤는 일어서서 무릎을 굽혀 인사했지만 그녀 역시 어떻게 해야 할지 몰랐다. 마드무아젤 부리엔만이 즐거운 미소를 지었다.

"용서를 구하겠소! 용서해 주시오! 하느님도 보고 계시지만 난 몰랐소." 노인은 우물우물 말하며 나타샤를 머리부터 발끝까지 훑어보고는 밖으로 나갔다. 마드무아젤 부리엔은 그 출현 후 가장 먼저 정신을 차리고 공작의 좋지 않은 건강을 화제로 꺼냈다. 나타샤와 마리야 공작 영애는 말없이 서로를 바라보았다. 그들은 입 밖에 내어 말해야 할 것을 말하지 않은 채 조용히 서로를 바라볼수록 상대에 대해 더더욱 적의를 품게 되었다.

백작이 돌아오자 나타샤는 무례할 정도로 그를 반기며 서둘러 떠날 채비를 했다. 그 순간 그녀는 자신을 그런 거북한 상황에 몰아넣고도 안드레이 공작에 대해 한마디도 하지 않은 채 삼십 분을 보낼 수 있었던 그 나이 많고 무뚝뚝한 공작 영애를 증오하다시피 했다. '그 프랑스 여자 앞에서 내가 먼저 그에 대해 이야기를 꺼낼 수는 없잖아.' 나타샤는 생각했다. 한편 마리야 공작 영애 역시 똑같은 생각으로 괴로워했다. 그녀는 나타샤에게 무슨 이야기를 해야 하는지 알았지만 그럴 수 없었다. 마드무아젤 부리엔이 방해했기 때문이기도 하고, 그녀 자신도 이 결혼에 대한 이야기를 꺼내기가 왜 그토록 힘겨운지 이유를 몰랐기 때문이다. 백작이 방을 나서려는 순간 마리야 공작 영애가 빠른 걸음으로 나타샤에게 다가가 손을 잡더니 무겁게 한숨을 쉬고는 말했다. "잠깐만요, 꼭 해야 할 말이……." 나타샤는 조롱하는 눈길로 — 무엇에 대한 조롱인지 스스로도 모르면서 — 마리야 공작 영애를 바라보았다.

"사랑하는 나탈리." 마리야 공작 영애가 말했다. "오빠가 행복을 찾게 되어 내가 기뻐하고 있다는 것을 알아줘요……." 그녀는 자신이 거짓을 말하고 있음을 느끼며 말을 멈췄다. 나타샤는 그 머뭇거림을 알아채고 이유를 짐작했다.

"지금은 그런 이야기를 하기에 적당한 때가 아니라고 생각해요, 공작 영애." 나타샤는 겉으로 품위와 냉정을 유지하며, 그리고 눈물로 목이 메는 것을 느끼며 말했다.

'내가 무슨 말을 한 거야, 내가 무슨 짓을 한 거지!' 방을 나서자마자 그녀는 생각했다.

그날 사람들은 나타샤가 식사 자리에 나타나기를 오랫동안 기다렸다. 그녀는 자기 방에 앉아 코를 풀며 어린아이처럼 흐느꼈다. 소냐는 그녀를 내려다보고 서서 머리카락에 입을 맞추었다.

"나타샤, 왜 그래?" 그녀가 말했다. "뭣 때문에 그 사람들에게 신경을 쓰니? 다 지나갈 일이야, 나타샤."

"아니, 얼마나 모욕적이었는지를 네가 안다면…… 마치 내가……."

"말하지 마, 나타샤. 넌 아무 잘못 없잖아. 뭣 때문에 신경을 써? 나에게 입 맞춰 줘." 소냐가 말했다.

나타샤는 고개를 들어 친구의 입술에 입을 맞추고 젖은 얼굴을 그녀의 몸에 묻었다.

"말로 표현을 못 하겠어. 나도 모르겠어. 누구의 잘못도 아니야." 나타샤가 말했다. "내 잘못이야. 하지만 이 모든 게 끔찍할 정도로 괴로워. 아, 그는 왜 오지 않는 걸까!"

그녀는 붉게 충혈된 눈으로 식사 자리에 나왔다. 공작이 로스토프 부녀를 어떻게 맞이했는지 아는 마리야 드미트리예브나는 나타샤의 낙심한 얼굴을 눈치채지 못한 척하며 식사를 하는 동안 백작과 다른 손님들과 더불어 꿋꿋하게 큰 소리로 농담을 주고받았다.

8

그날 밤 로스토프가 사람들은 마리야 드미트리예브나가 구해 준 표로 오페라를 보러 갔다.

나타샤는 가고 싶지 않았지만 마리야 드미트리예브나가 특별히 자기를 위해 베푼 친절을 거절할 수 없었다. 그녀는 옷을 입고 홀로 나와 아버지를 기다리며 큰 거울에 모습을 비춰 보다가 자신이 아름다운 것, 그것도 아주 아름다운 것을 보고는 한층 서글픈 생각이 들었다. 하지만 달콤하면서도 사랑스러운 슬픔이었다.

'아, 하느님! 만약 그가 이곳에 있다면 난 예전처럼 무언가 앞에서 바보처럼 겁을 먹은 모습이 아니라 꾸밈없는 새로운 모습으로 그를 껴안을 텐데, 그리고 그에게 찰싹 기대어 무언가를 찾는 듯한 호기심 어린 눈동자로 나를 바라보게 할 텐데. 그가 나를 바라볼 때 그토록 자주 보여 주던 그 눈으로 말이야. 그런 다음에는 그때처럼 그를 소리 내어 웃게 할 텐데. 그의 눈동자, 그 눈동자가 보이는 것 같아!' 나타샤는 생각했다. '그의 아버지나 여동생이 나와 무슨 상관이 있담. 난 오직 그만을, 그를 사랑해. 그 얼굴과 눈동자, 남자다우면서도 어린아이 같은 미소를 지닌 그만을 사랑해……. 아냐, 그에 대해서는 생각하지 않는 편이 좋아. 생각하지 말고 잊는 편이, 당분간은 완전히 잊어버리는 편이 좋겠어. 난 이 기다림을 견디지 못할 거야. 당장이라도 울음이 나올 것 같아.' 그러고는 울지 않기 위해 자신을 억누르며 거울에서 물러났다. '그런데 소냐는 어떻게 그처럼 한결같이 평온하게 니콜렌카를 사랑하고 그토록 오랫동안 참을성 있게 기다릴 수 있을까!' 그녀는 역시 옷을 차려입고 두 손에 부채를 든 채 들어오는 소냐를 바라보며 생각했다. '아냐, 그녀는 완전히 다른 사람인걸. 난 못 하겠어.'

그 순간 나타샤는 너무도 부드럽고 감상적인 기분을 느꼈다. 사랑하는 것, 또 사랑받고 있음을 아는 것만으로는 충분하지 않았다. 지금 당장 사랑하는 사람을 안고 그녀의 마음을 가득 채운 사랑의 말을 전하고 또 그에게서 들어야 했다. 아버지와 나란히 앉아 카레타를 타고 가며 얼어붙은 유리창에 아른거리는 가로등 불빛을 수심에 잠겨 바라보는 동안, 그녀는 더 깊은 사랑에 빠진 더 슬픈 기분을 느꼈고 자신이 누구와 어디로 가는지도 잊었다. 카레타들의 행렬에 들어선 로스토프가의 카레타는 눈 위에서 느릿느릿 바퀴를 삐걱거리며 극장에 닿았다. 나타샤와 소냐는 옷자락을 들어 올리고 황급히 뛰어내렸다. 백작은 하인들의 부축을 받아 밖으로 나왔다. 그리고 극장에 들어가는 귀부인들과 남자들, 공연 프로그램을 판매하는 사람들 사이를 헤치고 세 사람 모두 1층 칸막이 특별석의 복도로 향했다. 닫힌 문들 너머로 벌써 음악 소리가 들렸다.

"나탈리, 네 머리카락." 소냐가 속삭였다. 좌석 안내원이 몸을 옆으로 돌려 정중한 태도로 황급히 귀부인들 앞을 미끄러지듯 지나가 칸막이석의 문을 열었다. 음악이 한층 선명하게 들렸다. 문 안으로 들어가자 귀부인들의 드러난 어깨와 팔이 보이는 환한 칸막이 열과 왁자지껄 떠들썩하고 제복들로 번쩍이는 일반석이 눈부시게 빛났다. 옆 칸막이 특별석에 들어온 한 귀부인은 여성 특유의 질투 어린 눈길로 나타샤를 유심히 쳐다보았다. 막은 아직 오르지 않고 서곡이 연주되고 있었다. 나타샤는 옷을 매만지며 소냐와 함께 걸어가 맞은편의 환한 칸막이석 줄을 둘러보며 자리에 앉았다. 그녀가 오랫동안 맛보지 못한, 수백 개의 눈이 자신의 드러난 팔과 어깨를 향하고 있는 그 느낌이 갑자기 즐겁고도 불쾌하게 그녀를 사로잡으며 그 느낌에 꼭 들어맞는 모든 기억과 희망과 흥분을 불러일으켰다.

눈에 띄게 예쁜 두 아가씨 나타샤와 소냐는 오랫동안 모스크바에 모습을 보이지 않은 일리야 안드레이치 백작과 더불어 모두의 관심을 끌었다. 게다가 다들 나타샤와 안드레이 공작의 약혼에 대해 어렴풋이 알았고, 그 이후 로스토프 일가가 시골에서 지냈다는 사실도 알았다. 그래서 그들은 러시아에서 최고로 손꼽히는 신랑감들 가운데 한 명의 약혼녀를 호기심 어린 눈길로 바라보았다.

모두가 그녀에게 말하듯이 나타샤는 시골에 있는 동안 더 예뻐졌다. 이날 저녁에는 흥분한 상태라서 유난히 예뻤다. 그녀는 주위의 모든 것에 대한 무심함과 어우러진 충만한 생명력과 아름다움으로 깊은 인상을 주었다. 그녀의 검은 눈동자는 딱히 찾는 사람 없이 군중을 향했다. 팔꿈치 위까지 드러난 가느다란 팔을 벨벳을 씌운 난간에 기댄 채 무의식적인 듯 서곡의 박자에 맞춰 공연 프로그램을 구기며 손을 오므렸다 폈다 했다.

"봐, 저기 알레니나가 있어." 소냐가 말했다. "어머니와 함께 왔나 봐."

"저런저런! 미하일 키릴리치는 더 뚱뚱해졌군!" 노백작이 말했다.

"보세요! 우리의 안나 미하일로브나가 어떤 토크[151]를 썼는지!"

"카라긴가 사람들이야. 줄리와 보리스도 함께 있군. 약혼한 사이라는 걸 바로 알겠어."

"드루베츠코이가 청혼을 했죠! 사실 나도 오늘 알았습니다." 신신이 로스토프가의 칸막이석에 들어오며 말했다.

나타샤는 아버지가 보는 방향을 쳐다보다가 살진 붉은 목(나타샤는 그 목에 분을 덕지덕지 바른 것을 알았다.)에 진주 목걸이를 걸고서 행복한 표정으로 어머니와 나란히 앉은 줄리를

---

151) 챙이 없고 높은 부인 모자.

발견했다. 그들 뒤에는 매끈하게 빗질한 보리스의 아름다운 머리가 보였다. 미소를 머금은 그의 얼굴은 줄리의 입가에 귀를 기울이고 있었다. 그는 로스토프가 사람들을 힐끗 쳐다보더니 빙긋 웃으며 약혼녀에게 뭐라고 말했다.

'저 사람들은 우리에 대해, 나와 그에 대해 이야기하고 있어!' 나타샤는 생각했다. '분명히 나에 대한 약혼녀의 질투를 진정시키고 있을 거야. 괜한 걱정을 하는군! 내가 저 둘 모두에게 조금도 신경 쓰지 않는다는 것을 알아주면 좋겠는데.'

그 뒤에 녹색 토크를 쓴 안나 미하일로브나가 하느님의 뜻에 자신을 맡긴 듯한 행복하고도 즐거운 얼굴로 앉아 있었다. 그들의 칸막이석에는 그녀가 너무도 잘 알고 좋아하는 약혼한 남녀의 분위기가 감돌았다. 그녀는 고개를 돌렸다. 그러자 갑자기 오전 방문 때 모욕감을 느낀 그 모든 일들이 머리에 떠올랐다.

'그분은 무슨 권리로 날 친족으로 받아들이려 하지 않는 걸까? 아, 그런 것에 대해서는 생각하지 않는 편이 좋겠어. 그가 도착할 때까지는 생각하지 않는 게 좋아!' 그녀는 그렇게 혼잣말을 하고 일반석의 아는 사람들과 모르는 사람들을 둘러보기 시작했다. 일반석 맨 앞의 한가운데에 곱슬머리를 커다란 건초 더미처럼 위로 빗어 올리고 페르시아 의상을 입은 돌로호프가 오케스트라와 관람석을 구분한 난간에 등을 기대고 서 있었다. 그는 홀 안에 있는 모든 사람들의 관심이 자신에게 쏠린 것을 알면서도 마치 자기 방인 양 자유로운 모습으로 극장에서 가장 눈에 잘 띄는 곳에 서 있었다. 그 주위에는 모스크바의 가장 눈부신 청년들이 무리 지어 서 있었다. 그가 그들 사이에서 중심인물인 듯 보였다.

일리야 안드레이치 백작은 껄껄 웃으면서 얼굴을 붉힌 소냐를 쿡 찌르고는 예전의 숭배자를 가리켰다.

"알아보겠냐?" 그가 물었다. "그나저나 저 사람은 어디에서 갑자기 나타난 겁니까?" 백작은 신신에게 물었다. "어딘가로 자취를 감추지 않았던가요?"

"그랬지요." 신신이 대답했다. "저 사람은 캅카스에 있다가 도망쳤습니다. 사람들 말로는 페르시아에서 어느 공후의 대신을 지내던 중 샤의 남동생을 죽였다더군요. 글쎄, 모스크바의 귀부인들이 전부 정신을 잃었다니까요! 페르시아인 돌로호프! 그것으로 이야기는 끝입니다. 이제 우리 사이에서는 돌로호프라는 이름을 빼면 말 한마디 나오지 않아요. 사람들은 맹세를 할 때도 그의 이름을 걸고, 마치 철갑상어라도 되는 양 그를 보러 오라며 남들을 초대한답니다." 신신이 말했다. "돌로호프와 아나톨 쿠라긴, 우리의 모든 귀부인들을 미치게 만들었죠."

옆 칸막이 특별석에 머리카락을 커다랗게 땋아 늘인 키가 크고 아름다운 귀부인이 들어왔다. 하얗고 풍만한 어깨와 목덜미를 훤히 드러내고 목에는 두 줄로 된 굵은 진주 목걸이를 걸었다. 그녀는 풍성한 실크 드레스를 바스락거리며 한참 시간을 들인 후 자리를 잡았다.

나타샤는 자기도 모르게 그 목, 어깨, 진주 목걸이, 머리 모양을 쳐다보며 어깨와 진주 목걸이의 아름다움에 감탄했다.

나타샤가 두 번째 쳐다보았을 때 귀부인이 고개를 돌렸다. 그녀는 일리야 안드레이치 백작과 눈이 마주치자 고개를 끄덕이며 생긋 웃었다. 피에르의 아내인 베주호바 백작 부인이었다. 사교계의 모든 사람들을 아는 일리야 안드레이치는 그녀 쪽으로 몸을 기울이며 말을 꺼냈다.

"이곳에 온 지 오래되었습니까, 백작 부인?" 그가 말했다. "내가 가겠습니다. 내가 가서 당신의 작은 손에 입을 맞추겠습니다. 나는 일 때문에 왔습니다. 이렇게 딸아이들도 데리고 왔지요. 사람들 말로는 세묘노바[152]가 아주 잘한다면서요." 일리야 안드레이치가 말했다. "표트르 키릴로비치 백작은 우리를 한 번도 잊은 적이 없지요. 그 사람도 여기 왔습니까?"

"네, 그이도 들르고 싶어 했어요." 엘렌은 이렇게 말하고 나타샤를 유심히 바라보았다.

일리야 안드레이치 백작은 다시 제자리에 앉았다.

"정말 예쁘지?" 그가 나타샤에게 소곤거리며 말했다.

"멋져요!" 나타샤가 말했다. "푹 빠질 만하네요!" 그때 서곡의 마지막 화음이 울렸고 지휘자가 봉을 탁탁 두드렸다. 늦게 온 남자들이 일반석 쪽으로 향했고 막이 올라갔다.

막이 오르자마자 칸막이석과 일반석이 전부 조용해졌다. 늙은 남자, 젊은 남자, 제복을 입은 남자, 연미복을 입은 남자, 훤히 드러낸 몸에 보석을 걸친 여자 가릴 것 없이 다들 탐욕스

152) 님포도라 세묘노브나 세묘노바(Nimfodora Semyonovna Semyonova, 1789~1876). 러시아의 오페라 가수로 1807년에 데뷔했다. 당시 노래보다는 연기로 더 인정받았다. 1830년대 초반에 은퇴했다.

러운 호기심을 품고 모든 주의를 무대로 돌렸다. 나타샤도 무대를 바라보았다.

9

무대 한가운데에 평평한 널빤지가 깔리고, 양쪽에 나무를 표현한 색 마분지들이 놓이고, 뒤에는 널빤지들 위로 캔버스 천이 펼쳐져 있었다. 무대 한복판에 붉은 조끼와 하얀 치마를 입은 아가씨들이 앉아 있었다. 하얀 실크 드레스를 입은 매우 뚱뚱한 여자 한 명은 뒤쪽에 초록색 마분지를 붙인 낮고 긴 의자에 따로 앉았다. 그들 모두 무언가 노래를 했다. 노래가 끝났을 때 하얀 드레스를 입은 아가씨가 프롬프터 박스로 다가갔다. 그러자 뚱뚱한 다리에 꽉 조이는 실크 바지를 입고 깃털을 달고 단검을 찬 남자가 그녀에게 다가가 노래를 부르며 두 팔을 벌렸다.

딱 붙는 바지를 입은 남자가 혼자 노래를 부르고 나니 이번에는 그녀가 노래를 불렀다. 그다음 두 사람은 침묵했고 음악이 흘렀다. 남자는 하얀 드레스를 입은 아가씨의 한쪽 손을 손가락으로 만지작거리기 시작했다. 아마도 자신의 성부를 그녀와 함께 시작하려고 다시 박자를 기다리는 듯했다. 그들이 함께 노래를 부르고 나자 극장의 모든 사람들은 박수를 치고 함성을 지르기 시작했으며, 연인을 연기한 무대 위의 남자와 여자는 미소 띤 얼굴로 두 팔을 벌려 인사했다.

시골 생활 후에, 게다가 나타샤가 잠겨 있는 그 진지한 기분에서는 그 모든 것이 야만스럽고 놀라웠다. 그녀는 오페라의 흐름을 따라갈 수 없었고, 심지어 음악도 들을 수 없었다. 그저 색 마분지라든지 환한 조명 속에서 이상야릇하게 움직이고 말하고 노래하는 이상야릇한 의상의 남녀가 보일 뿐이었다. 그녀는 이 모든 것이 무엇을 표현하기로 되어 있는지 알았다. 그러나 그 모든 것이 너무도 인위적이고 가식적이고 부자연스러워 배우들 때문에 무안한 기분이 들고 그들이 우스꽝스럽게 여겨지기도 했다. 그녀는 관객의 얼굴을 이리저리 둘러보며 자기 마음속에 있는 그 조롱과 의혹의 감정을 그들에게서도 찾으려 했다. 하지만 모든 얼굴들이 무대에서 벌어지는 광경에 집중하며 위선적인 — 나타샤가 느끼기에 — 열광을 드러내고 있었다. '저렇게 해야만 하나 봐!' 나타샤는 생각했다. 그녀는 일반석에 몇 줄로 나란히 줄지어 있는 포마드를 바른 머리통들과 몸을 훤히 드러낸 칸막이석의 여자들, 특히 옆 칸막이석에 앉은 엘렌을 번갈아 바라보았다. 옷을 아예 벗다시피 한 엘렌은 차분하고 침착한 미소를 띤 채 홀 안을 가득 채운 강렬한 빛과 군중으로 훈훈하게 데워진 따뜻한 공기를 느끼며 무대에서 눈을 떼지 않고 계속 바라보고 있었다. 나타샤는 점차 오랫동안 느껴 본 적 없는 황홀경에 빠져들기 시작했다. 자신이 누구인지, 어디에 있는지, 눈앞에서 무슨 일이 일어나는지 기억하지 못했다. 그녀는 앞을 바라보며 생각에 잠겼다. 불현듯 이상하기 짝이 없는 엉뚱한 생각들이 뇌리를 스쳤다. 무대 위에 뛰어 올라가 여배우의 아리아를 불러 보자는 생각이 떠오르기도 했다. 멀지 않은 곳에 앉은 작은 노인을 부채로 건드려 보고도 싶었으며, 엘렌 쪽으로 몸을 기울여 간질여 보고도 싶었다.

아리아가 시작되기를 기다리며 무대 위의 모든 것이 잠잠해진 어느 한순간 출입구가 삐걱 소리를 냈다. 그리고 로스토프가가 있는 칸막이석 방향의 일반석 양탄자 위로 늦게 도착한 남자의 발소리가 울리기 시작했다. "저 사람이 쿠라긴입니다!" 신신이 속삭였다. 베주호바 백작 부인은 안으로 들어오는 사람을 돌아보며 미소를 지었다. 나타샤는 베주호바 백작 부인의 눈이 향한 곳을 쳐다보다가 자신만만하면서도 정중한 표정을 띠고서 그들의 칸막이석 쪽으로 다가오는 대단히 잘생긴 부관을 발견했다. 나타샤가 오래전에 페테르부르크 무도회에서 보고 기억에 담아 둔 아나톨 쿠라긴이었다. 그는 지금 견장 한 개와 장식술이 달린 부관 제복을 입고 있었다. 그는 절도 있고 씩씩하게 걸었다. 그가 그처럼 멋있지 않았다면, 그의 아름다운 얼굴에 그런 선량한 만족감과 유쾌함의 표정이 없었다면 우스꽝스럽게 보였을 걸음걸이였다. 오페라의 막이 올랐는데도 그는 향수를 뿌린 아름다운 머리를 높이 치켜든 채 박차와 기병도를 가볍게 철컹거리며 경사진 복도의 양탄자를 따라 서두르는 기색 없이 경쾌하게 걸어왔다. 나타샤를 흘낏 쳐다본 그는 누나에게 다가가 칸막이석의 난간 가장자리에 장갑 낀 손을 얹고 고개를 끄덕였다. 그러고는 몸을 숙이고 나타샤를 가리키며 뭐라고 물었다.

"정말 매력적인데!" 그가 말했다. 아마도 나타샤를 두고 한 말인 듯했다. 나타샤는 그 말을 들었다기보다 입술의 움직임으로 알아차렸다. 그러고 나서 그는 첫 번째 줄로 가서 돌로호프 옆에 앉더니 다른 사람들이 그토록 아첨하듯 대하는 그 돌로호프를 허물없이 다정하게 팔꿈치로 쿡 찔렀다. 그는 쾌활하게 한쪽 눈을 찡긋하며 빙긋 웃어 보이고는 오케스트라와 관람석을 구분한 난간 위에 한쪽 다리를 얹었다.

"남매가 정말 닮았구나!" 백작이 말했다. "게다가 둘 다 얼마나 멋지냐!"

신신은 모스크바에서 벌어진 쿠라긴의 어떤 음모 사건에 관하여 백작에게 소곤소곤 이야기하기 시작했다. 나타샤는 쿠라긴이 자기에 관하여 매력적이라고 말했다는 바로 그 이유로 신신의 이야기에 귀를 기울였다.

1막이 끝났다. 일반석 사람들이 모두 일어나 서로 뒤섞여 이리저리 돌아다니거나 나가기 시작했다.

보리스가 로스토프가의 칸막이석에 와서 매우 소탈하게 축하 인사를 받고는 눈썹을 살짝 올리고 멍한 미소를 지으며 나타샤와 소냐에게 결혼식에 참석해 달라는 약혼녀의 부탁을 전하고 나갔다. 나타샤는 교태 어린 화사한 미소를 띤 채 그와 이야기를 나누었고, 다름 아닌 자신이 예전에 사랑했던 보리스의 결혼을 축하했다. 그녀가 빠진 도취 상태에서는 모든 것이 꾸밈없고 자연스럽게 느껴졌다.

몸을 훤히 드러낸 엘렌은 그녀 옆에 앉아 모든 사람에게 똑같이 미소를 지어 보였다. 나타샤도 보리스에게 똑같은 미소를 지었다.

엘렌의 칸막이석은 최고 명문가의 똑똑한 남자들로 가득 찼고, 그 난간 앞쪽은 일반석 사람들에게 에워싸였다. 남자들은 그녀와 아는 사이라는 것을 모든 사람에게 앞다투어 보여 주려는 듯했다.

이 휴식 시간 내내 쿠라긴은 앞쪽 무대 옆에 돌로호프와 나란히 서서 로스토프가의 칸막이석을 바라보았다. 나타샤는 그가 그녀에 대해 이야기하는 것을 알았고, 그것은 그녀에게 만족감을 주었다. 심지어 그녀가 생각하기에 자신이 가장 돋보이는 자세로 옆얼굴이 그에게 보이도록 몸을 돌리기까지 했다. 2막의 시작을 앞두고 일반석에 피에르의 모습이 나타났다. 로스토프가 사람들은 모스크바에 도착한 후로 그를 본 적이 없었다. 얼굴은 슬퍼 보였고, 몸집은 나타샤가 마지막으로 보았을 때보다 더 뚱뚱했다. 그는 아무에게도 눈길을 주지 않고 앞줄로 향했다. 아나톨이 다가가 로스토프가의 칸막이석을 가리키고 그쪽을 쳐다보면서 뭐라고 말하기 시작했다. 나타샤를 발견한 피에르는 생기를 되찾고 좌석의 열을 따라 황급히 그들의 칸막이석으로 걸음을 옮겼다. 그들 쪽으로 온 피에르는 팔꿈치를 괴고 싱글벙글 웃으며 나타샤와 한참 동안 이야기를 나누었다. 피에르와 이야기를 나눌 때 나타샤는 베주호바 백작 부인의 칸막이석에서 남자 목소리를 들었고, 이유는 알 수 없지만 그 남자가 쿠라긴이라는 것을 알아차렸다. 그녀는 주위를 둘러보다가 그와 눈이 마주쳤다. 그가 미소를 짓다시피 하며 황홀하고 다정한 눈길로 그녀의 눈을 똑바로 응시했다. 이토록 가까이 있는데도, 이렇듯 그를 쳐다보며 그가 자신에게 마음을 품고 있음을 이처럼 확신하는데도 그와 아는 사이가 아니라는 것이 이상하게 느껴졌다.

2막에는 기념비를 표현한 마분지들이 있고, 캔버스 천에 달을 표현한 구멍이 있었다. 풋라이트를 덮은 가리개가 올라가자 호른과 콘트라베이스가 저음부를 연주하기 시작했고, 양쪽에서 검고 긴 망토를 입은 많은 사람들이 나왔다. 사람들이 두 팔을 흔들었고, 손에는 단검과 비슷한 무언가가 들려 있었다. 그다음에 또 어떤 사람들이 뛰어나와 조금 전까지 하얀 드레스 차림이었는데 이제 하늘색 드레스를 입은 아가씨를 끌고 가기 시작했다. 그들은 그녀를 지체 없이 끌고 가지 않고 그녀와 오랫동안 노래를 부른 다음에야 끌고 갔다. 그러자 무대 뒤에서 쇠 같은 무언가를 두들기는 소리가 세 번 났고, 사람들은 모두 무릎을 꿇고서 기도문을 노래하기 시작했다. 이 공연은 관객들의 환호성으로 여러 차례 중단되었다.

이번 막이 진행되는 동안 나타샤는 일반석을 흘깃 쳐다볼 때마다 아나톨 쿠라긴을 보았다. 그는 좌석 등받이 너머로 한 팔을 넘긴 채 그녀를 바라보고 있었다. 그녀는 그가 자신에게 그처럼 사로잡힌 것을 보고 기뻤다. 그 속에 무언가 악한 것이 있다는 생각은 전혀 머리에 떠오르지 않았다.

2막이 끝나자 베주호바 백작 부인이 자리에서 일어나 로스토프가의 칸막이석을 돌아보았다.(그녀의 가슴이 완전히 드러났다.) 그녀는 장갑을 낀 손가락으로 노백작을 손짓하여 부르고는 그녀의 칸막이석에 들어오는 사람들에게 눈길도 주지 않고 상냥한 미소를 지으며 그와 이야기를 나누기 시작했다.

"당신의 매력적인 따님들을 소개해 주세요." 그녀가 말했다. "온 도시가 따님들에 대한 이야기로 떠들썩한데 전 그분들을 모르거든요."

나타샤는 자리에서 일어나 화려한 백작 부인에게 무릎을 굽혀 인사했다. 나타샤는 이 눈부신 미인의 칭찬에 몹시 기뻐 만족감으로 얼굴을 붉혔다.

"이제는 저도 모스크바 사람이 되고 싶답니다." 엘렌이 말했다. "시골에 이런 진주들을 묻어 두시다니 부끄럽지도 않으세요?"

베주호바 백작 부인은 매력적인 여성이라는 명성을 누릴 만했다. 그녀는 자기 생각과 다른 말도 할 수 있었고, 특히 완벽할 만큼 담백하고 자연스럽게 사탕발림할 수도 있었다.

"아뇨, 백작, 제가 따님들을 맡게 허락해 주세요. 전 얼마 전에야 이곳에 왔어요. 당신도 마찬가지죠. 제가 당신 따님들을 즐겁게 해 드리도록 노력할게요." 그녀는 특유의 한결같은 아름다운 미소를 지으며 나타샤에게 말했다. "페테르부르크에서도 당신에 대한 이야기를 많이 들었어요. 당신을 알고 싶어요. 나의 시동에게서도 당신에 대해 들었지요. 드루베츠코이 말이에요. 당신도 그가 결혼한다는 소식을 들었죠? 내 남편의 친구 볼콘스키, 안드레이 볼콘스키 공작에게서도 당신에 대해 들었어요." 그녀는 안드레이 공작과 나타샤의 관계를 안다는 점을 넌지시 암시하면서 특별히 강조하여 말했다. 그녀는 더 가까운 사이가 될 수 있도록 남은 공연 시간 동안 아가씨들 가운데 한 명이 자신의 칸막이석에 앉도록 해 달라고 청했고, 나타샤가 그녀에게로 건너갔다.

3막 무대에는 궁전이 묘사되었다. 많은 촛불이 타오르고, 턱수염이 짧은 기사들을 그린 그림들이 걸려 있었다. 맨 앞에 차르와 차르의 비인 듯한 사람들이 서 있었다. 차르는 오른손을 내저으며 겁에 질린 듯 무언가 서툴게 부르고 나서 검붉은 옥좌에 앉았다. 처음에 하얀 드레스, 그다음에 하늘색 드레스를 입었던 아가씨가 이제 머리칼을 흐트러뜨린 채 루바시카만 걸치고 옥좌 부근에 서 있었다. 그녀는 차르의 비를 향해 비통하게 무언가 노래했다. 그러나 차르는 준엄하게 한 팔을 휘둘렀다. 그러자 양쪽에서 다리를 드러낸 남자들과 여자들이 나와 다 함께 춤을 추기 시작했다. 그다음에는 매우 날카롭고 경쾌한 소리로 바이올린들이 연주되기 시작했다. 통통한 다리와 야윈 팔을 드러낸 한 아가씨가 다른 사람들로부터 떨어져 무대 뒤로 갔다가 조끼를 매만지고 나서 무대 중앙으로 나와 도약하며 두 발을 빠르게 맞부딪쳤다. 일반석 관객은 모두 박수를 치며 "브라보!" 하고 외쳤다. 그다음에 한 남자가 무대의 한구석에 섰다. 오케스트라가 심벌즈와 트럼펫을 더욱 크게 연주했고, 다리를 드러낸 남자는 혼자서 매우 높이 도약하며 두 다리를 빠르게 교차하기 시작했다.(그 남자는 이 기술로 은화 6만 루블을 받은 뒤포르[153]였다.) 일반석, 칸막이석, 최상층 관람석의 관객이 모두 온 힘을 다해 박수를 치고 환호성을 질렀으며, 남자는 제자리에 서서 빙그레 웃으며 사방으로 고개 숙여 정중히 인사했다. 그다음 다리를 드러낸 다른 남자들과 여자들이 춤을 추고 나자 차르들 가운데 한 명이 다시 음악에 맞춰 뭐라 부르짖었고, 뒤이어 다들 노래하기 시작했다. 그러나 갑자기 폭풍이 일고, 오케스트라에서 반음계와 감칠화음이 들리고, 모두가 달려와 그 자리에 있던 사람들 가운데 한 명을 무대 뒤로 끌고 갔다. 그리고 막이 내렸다. 다시 관객들 사이에서 굉장한 소음과 소란이 일어났고 다들 환희에 찬 표정으로 환호성을 지르기 시작했다.

"뒤포르! 뒤포르! 뒤포르!"

나타샤는 더 이상 이상하게 생각하지 않았다. 그녀는 즐거운 미소를 지으며 만족스럽게 주위를 둘러보았다.

"멋지지 않아요? 뒤포르 말이에요." 엘렌이 나타샤를 돌아보며 말했다.

"아, 네." 나타샤가 대답했다.

---

153) 루이 뒤포르(Louis Duport, 1781~1853). 프랑스의 발레리노. 1808~1812년에 마담 조르주와 함께 모스크바와 페테르부르크에서 공연했다.

10

휴식 시간에 엘렌의 칸막이석 안으로 찬 바람이 들고 문이 열리더니 몸을 숙인 채 다른 사람에게 부딪치지 않으려 애쓰면서 아나톨이 들어왔다.

"당신에게 동생을 소개할게요." 엘렌은 나타샤에게서 아나톨에게로 불안스레 시선을 옮기며 말했다. 나타샤는 드러낸 어깨 너머로 그 미남을 향해 자그마한 예쁜 머리를 돌리며 생긋 웃었다. 멀리에서뿐만 아니라 가까이에서 볼 때도 여전히 잘생긴 아나톨은 그녀 옆에 다가앉으며 그녀를 보는 기쁨 — 그는 그것을 잊지 않았다 — 을 누렸던 나리시킨가의 무도회 때부터 오랫동안 이런 기쁨을 얻게 되길 바랐다고 말했다. 쿠라긴은 남자들 모임에 있을 때보다 여자들과 있을 때 훨씬 더 똑똑하고 담백했다. 그는 대담하고 담백하게 말했다. 사람들이 그토록 입방아를 찧는 이 남자에게 딱히 무서운 점은 전혀 없을 뿐 아니라 오히려 미소가 더할 나위 없이 순진하고 쾌활하고 선량하다는 사실은 나타샤에게 이상야릇하고도 즐거운 충격을 주었다.

아나톨 쿠라긴은 공연에 대한 인상이 어땠는지 묻고 지난번 공연에서 세묘노바가 연기를 하다가 쓰러진 일을 들려주었다.

"그런데 말입니다, 백작 영애." 그는 불쑥 오랜 지인을 대하듯 그녀를 돌아보며 말을 꺼냈다. "우리는 가장(假裝) 회전목마 놀이를 준비하고 있습니다. 당신이 꼭 참석했으면 합니다. 아주 유쾌할 거예요. 다들 아르하로프 집에 모일 겁니다. 제발 와 주십시오, 정말로요, 네?" 그가 말했다.

이 말을 하는 동안 그는 나타샤의 얼굴, 어깨, 드러난 팔에서 미소 어린 눈길을 떼지 않았다. 나타샤는 그가 자신에게 매혹된 것을 분명히 알았다. 그것이 기뻤다. 그러나 어쩐지 그의 존재는 답답하고 뜨겁고 괴로운 기분을 느끼게 했다. 그녀는 그를 바라보지 않을 때에도 그가 어깨를 쳐다보는 것을 느꼈다. 그래서 무심결에 그가 자기 눈을 더 잘 볼 수 있도록 시선을 붙잡곤 했다. 하지만 그의 눈을 바라볼 때 다른 남자들과의 사이에서 언제나 느끼던 수줍음의 벽이 그와 자기 사이에는 전혀 없다는 것을 깨닫고 두려워졌다. 어째서인지는 그녀도 몰랐지만 오 분 동안 이 남자와 무섭도록 가까워진 것을 느꼈다. 그녀는 고개를 돌릴 때마다 그가 뒤에서 드러난 팔을 잡지는 않을까, 어깨에 입을 맞추지는 않을까 두려웠다. 그들은 지극히 단순한 것들에 대해 이야기했지만 그녀는 둘 사이의 친밀함을 느꼈다. 그녀는 남자들과 한 번도 그런 경험을 해 본 적이 없었다. 이게 무엇을 의미하는지 묻기라도 하듯 나타샤는 엘렌과 아버지를 번갈아 쳐다보았다. 그러나 엘렌은 어느 장군과 대화에 몰두하느라 그녀의 시선에 답해 주지 않았고, 아버지의 눈길은 그저 언제나 하는 말 외에 아무것도 말해 주지 않았다. '즐겁지? 그럼 나도 기쁘다.'

어색한 침묵이 흐른 어느 한순간, 아나톨이 불거진 눈으로 침착하고 집요하게 그녀를 바라보자 나타샤는 그 침묵을 깨기 위해 모스크바가 마음에 드느냐고 물었다. 나타샤는 질문을 하고 얼굴을 붉혔다. 그와 말하는 동안 자신이 뭔가 부적절한 행동을 하는 것 같은 느낌이 계속 들었던 것이다. 아나톨은 그녀를 격려하듯 빙그레 웃었다.

"처음에는 별로 마음에 들지 않았습니다. 그러니까 도시를 즐겁게 만드는 것은 과연 무엇인가요? 어여쁜 여인들이죠. 그렇지 않습니까? 그런데 지금은 정말 모스크바가 마음에 듭니다." 그는 그녀를 의미심장하게 바라보며 말했다. "회전목마 놀이에 올 거죠, 백작 영애? 제발 와요." 그는 이렇게 말하고는 그녀의 꽃다발로 손을 뻗으며 소리를 낮췄다. "당신이 가장 예쁠 겁니다. 와요, 사랑스러운 백작 영애. 그리고 이 조그만 꽃을 증표로 나에게 줘요."

나타샤는 그 자신과 마찬가지로 그가 하는 말을 이해할 수 없었다. 그러나 그의 이해할 수 없는 말 속에 부적절한 의도가 있음을 느꼈다. 그녀는 무슨 말을 해야 할지 몰라 마치 그의 말을 듣지 못한 양 고개를 돌렸다. 그러나 고개를 돌린 순간 그가 바로 뒤에 아주 가까이 있다는 사실을 떠올렸다.

'그는 지금 어떨까? 당황했나? 화가 났나? 이런 것은 바로잡아 두어야 할까?' 그녀는 스스로에게 물었다. 그녀는 참지 못하고 돌아보았다. 그의 눈을 똑바로 쳐다보았다. 그 친밀함, 자신감, 미소에 어린 온화한 다정함이 그녀를 이겼다. 그녀는 그의 눈을 똑바로 쳐다보며 똑같이 미소를 지었다. 그리고 또 다시 그와 자기 사이에 어떤 벽도 없다는 것을 느끼며 두려움을 품었다.

다시 막이 올랐다. 아나톨은 침착하고 쾌활한 모습으로 칸막이석을 나섰다. 나타샤는 자신이 처한 세계에 벌써 완전히 예속된 채 아버지의 칸막이석으로 돌아갔다. 그녀 앞에서 벌어지는 모든 것이 어느새 너무나 자연스럽게 느껴졌다. 그 대신 약혼자에 대해, 마리야 공작 영애에 대해, 시골 생활에 대해 품은 예전의 모든 생각들은 오래전, 오래전 과거의 일인 양 한 번도 그녀의 머리에 떠오르지 않았다.

4막에는 어떤 악마가 있었다. 악마는 발밑의 널빤지들이 뽑혀 나가 그 아래로 떨어질 때까지 팔을 흔들며 노래를 불렀다. 나타샤가 4막에서 본 것은 이것뿐이었다. 무언가가 마음을 휘젓고 괴롭혔으며, 그 흥분의 원인은 자기도 모르게 눈으로 좇게 되는 쿠라긴이었다. 로스토프가 사람들이 극장을 나섰을 때 아나톨이 다가와 그들의 카레타를 부르고 그들이 타는 것을 도왔다. 그는 나타샤가 올라타는 것을 도울 때 팔꿈치 위쪽을 꽉 잡았다. 흥분하여 얼굴이 붉어진 그녀는 행복한 얼굴로 그를 돌아보았다. 그는 눈동자를 빛내고 부드럽게 미소를 지으며 그녀를 바라보았다.

집으로 돌아온 후에야 그녀는 자기에게 일어난 모든 일들을 분명하게 깊이 생각해 볼 수 있었다. 불현듯 안드레이 공작을 떠올린 그녀는 두려움에 휩싸였다. 급기야 극장에서 돌아와 다 함께 둘러앉아 차를 마실 때는 모두가 보는 앞에서 "아아!" 하고 큰 소리로 탄식하고는 얼굴을 새빨갛게 붉히며 방에서 뛰쳐나가고 말았다. '아, 이럴 수가, 난 타락했어!' 그녀는 속으로 중얼거렸다. '내가 어떻게 그런 걸 허락했을까!' 그녀는 생각했다. 한참 동안 빨갛게 달아오른 얼굴을 두 손으로 가리고 앉아 무슨 일이 일어났는지 분명히 이해해 보려고 애썼지만 자기에게 일어난 일도, 자신의 감정도 도무지 이해할 수 없었다. 모든 것이 어둡고 모호하고 무섭게 느껴졌다. 그곳, 그 거대하고 환한 홀, 반짝이는 짧은 상의를 입고 맨 다리를 드러낸 뒤포르가 음악에 맞춰 물에 젖은 널빤지 위에서 도약하던 홀, 아가씨들도, 노인들도, 심지어 몸을 훤히 드러낸 채 침착하고 오만한 미소를 짓던 엘렌마저 열광하며 "브라보!" 하고 외치던 홀, 그곳에서는, 그 엘렌의 그림자 아래서는 모든 것이 분명하고 단순해 보였다. 그러나 혼자 남은 지금 그것은 이해할 수 없는 것이 되었다. '이게 뭘까? 내가 그에게 느낀 두려움은 도대체 뭐지? 지금 느끼는 이 양심의 가책은 뭘까?' 그녀는 생각했다.

나타샤가 밤에 침대에서 생각한 모든 것을 말할 수 있는 사람은 노백작 부인뿐이었다. 엄격하고 건전한 시각을 가진 소냐는 아무것도 이해하지 못하거나 자신의 고백에 몹시 놀라리라는 것을 알았다. 나타샤는 자신을 괴롭히는 문제를 혼자서 해결하려 애썼다.

'난 타락해 버린 걸까, 이제 안드레이 공작의 사랑을 받을 수 없게 된 걸까, 아니면 아직은 괜찮은 걸까?' 그녀는 스스로 이렇게 묻고 마음을 달래는 씁쓸한 미소를 지으며 스스로에게 대꾸했다. '이런 걸 묻다니 나도 참 바보야. 대체 나에게 무슨 일이 일어났는데? 아무 일도 없었어. 난 아무것도 하지 않았어. 어떤 식으로든 그런 일은 벌이지 않았어. 아무도 모를 거야. 더 이상 그를 절대 만나지 않겠어.' 그녀는 속으로 중얼거렸다. '그러니까 분명한 건, 아무 일도 일어나지 않았고, 후회할 만한 일도 전혀 없었고, 안드레이 공작이 날 이 모습 이대로 사랑해도 된다는 거야. 하지만 이 모습 이대로가 어떤 거지? 아, 하느님, 나의 하느님! 그는 왜 이곳에 없담!' 나타샤는 잠시 평온을 되찾기도 했다. 그러나 그럴 때면 다시 어떤 본능이 그녀에게 말했다. '비록 그 모든 게 사실이고 아무 일도 일어나지 않았다 해도…….' 본능은 말했다. 안드레이 공작을 향한 사랑이 예전의 순수함을 완전히 잃었다고……. 그럴 때면 그녀는 다시 쿠라긴과 나눈 모든 대화를 머릿속에서 되풀이하며 그녀의 팔을 잡던 그 잘생기고 대담한 남자의 얼굴과 몸짓과 부드러운 미소를 마음에 그렸다.

11

아나톨 쿠라긴은 모스크바에서 지내고 있었다. 아버지가 페테르부르크에서 쫓아냈기 때문이다. 아나톨은 그곳에서 한 해에 2만 루블이 넘는 돈을 쓴 데다 그만큼의 빚까지 졌고, 채권자들은 그 빚을 아버지에게 청구했다.

아버지는 아들에게 “마지막으로 네 빚의 반을 갚아 주겠다. 단, 네가 모스크바에 가서 내가 너를 위해 애써 구한 총사령관 부관 직위를 수행하고, 마지막으로 그곳에서 좋은 배필을 찾도록 노력한다는 조건이 붙는다.” 하고 선언했다. 그는 아들에게 마리야 공작 영애와 줄리 카라기나를 언급했다.

아나톨은 이에 동의하고 모스크바로 떠나 피에르의 집에 머물렀다. 처음에 피에르는 아나톨을 마지못해 받아들였지만 나중에는 익숙해져 이따금 함께 술자리에 다니기도 하고 빌려준다는 명목으로 돈을 주기도 했다.

신신이 아나톨에 대해 공정하게 평했듯이 아나톨은 모스크바에 온 뒤로 모스크바의 모든 귀부인들을 미치게 만들었다. 그것은 특히 그가 귀부인들을 무시하고 분명 집시 여인들이나 프랑스 여배우들을 눈에 띄게 더 좋아했기 때문이었다. 사람들의 말에 따르면 프랑스 여배우들 가운데서도 정상급인 마드무아젤 조르주와 가까운 관계라고 했다. 그는 돌로호프나 모스크바의 다른 유쾌한 패거리들 집에서 열리는 술자리에 한 번도 빠진 적이 없었고, 밤새도록 누구보다 많은 술을 마셔 댔으며, 상류층 사교계의 야회와 무도회에도 빠짐없이 참석했다. 그와 모스크바 귀부인들의 정사에 대한 소문도 나돌았다. 그러면서도 무도회에서 몇몇 여자들의 꽁무니를 따라다녔다. 그러나 아가씨들에게는, 특히 부유한 신붓감들 — 대부분 못생긴 — 에게는 접근하지 않았다. 아나톨은 두 해 전 결혼을 했기 때문에 더욱 그랬다. 그 사실은 가장 가까운 친구들 외에는 아무도 몰랐다. 두 해 전 그의 연대가 폴란드에 주둔했을 때 그다지 부유하지 않은 폴란드 지주가 아나톨을 딸과 강제로 결혼시켰다.

아나톨은 곧 아내를 버렸고, 장인에게 보내기로 약속한 돈의 대가로 독신자 신분을 유지할 권리를 얻었다.

아나톨은 자신의 처지, 자기 자신, 그리고 타인들에게 언제나 만족했다. 그는 본능적으로, 온 마음으로, 자신이 살아온 방식과 다르게 살 수 없다고, 이제까지 살면서 결코 나쁜 짓을 한 적이 없다고 확신했다. 자기 행동이 다른 사람들에게 어떤 영향을 미칠지, 그의 이런저런 행동이 어떤 결과를 낳을지는 전혀 생각하지 못했다. 오리가 항상 물에 살도록 창조되었듯이 그도 3만 루블의 수입으로 살고 사회에서 언제나 높은 지위를 차지하도록 하느님에 의하여 창조되었다고 확신했다. 그가 이것을 너무도 굳게 확신하였기에 지켜보는 다른 사람들도 덩달아 믿게 되어 그에게 사교계의 높은 지위나 돈을 주기를 거절하지 않았다. 그는 분명 갚지도 않으면서 누구에게나 돈을 빌리곤 했다.

그는 노름꾼이 아니었다. 적어도 결코 돈을 따기를 바라지 않았고 심지어 돈을 잃어도 아쉬워하지 않았다. 허세를 부리지도 않았다. 사람들이 자기를 어떻게 생각하든 전혀 신경 쓰지 않았다. 야심의 측면에서 그를 비난할 만한 점은 더더욱 없었다. 그는 출셋길을 망쳐 여러 번 아버지의 속을 태웠고 모든 명예를 우습게 생각했다. 그는 인색하지 않아 누가 부탁을 하든 거절하지 않았다. 좋아하는 것이라고는 흥청망청 노는 것과 여자들뿐이었다. 그는 이런 취향을 전혀 천하게 생각하지 않았고 자기 취향을 만족시키는 것이 다른 사람들에게 어떤 영향을 미칠지 숙고할 줄도 몰랐기에, 마음속으로 자신을 나무랄 데 없는 인간으로 여기고 비열한 인간들과 악한 인간들을 진심으로 경멸하며 양심에 거리낌 없이 고개를 높이 쳐들고 다녔다.

탕자들은, 이 남자 막달라 마리아들은 여자 막달라 마리아들과 똑같이 자신이 무죄라는 의식을 가지며 용서에 대한 기대를 바탕으로 한 은밀한 감정을 품는다. '이 여자는 그 많은 죄를 용서받았다. 그것은 그가 많이 사랑했기 때문이다. 그리

고 그 남자도 모든 것을 용서받았다. 그것은 그가 많이 즐겼기 때문이다.'[154]

추방과 페르시아 모험 이후 그해 모스크바에 다시 모습을 드러낸 돌로호프는 도박과 주연으로 호화로운 생활을 하면서 페테르부르크의 옛 동료 쿠라긴에게 접근해 자신의 목적을 위하여 그를 이용했다.

아나톨은 돌로호프의 총명함과 용맹함 때문에 진심으로 그를 좋아했다. 부유한 청년들을 도박판에 끌어들이기 위한 미끼로 아나톨 쿠라긴의 이름, 가문, 인맥이 필요했던 돌로호프는 그런 느낌을 주지 않으면서 그를 이용하고 갖고 놀았다. 아나톨이 필요하다는 계산적인 생각 외에도 타인의 의지를 조종하는 과정 자체가 돌로호프에게는 쾌락이고 습관이고 욕구였다.

나타샤는 쿠라긴에게 강렬한 인상을 불러일으켰다. 극장에서 돌아와 밤참을 먹는 동안 그는 돌로호프 앞에서 전문가적인 태도로 그녀의 팔, 어깨, 다리, 머리칼의 가치를 분석하더니 그녀의 환심을 사고 말겠다는 결심을 밝혔다. 아나톨은 자신의 행동 하나하나가 어떤 결과를 낳을지 전혀 알지 못했던 것과 마찬가지로 그 구애가 어떤 결과를 낳을지에 대해 곰곰이 생각해 보지도 깨닫지도 못했다.

---

154) '이 여자는 그 많은 죄를 용서받았다. 그것은 그가 많이 사랑했기 때문이다.'는 『누가복음서』 7장 47절의 일부다. '그리고 그 남자도 그 많은 죄를 용서받았다. 그것은 그가 많이 즐겼기 때문이다.'는 『누가복음서』의 문구와 대응을 이루도록 작자가 말장난을 한 것이다.

"예쁘긴 하지, 친구, 하지만 우리에게는 어울리지 않아." 돌로호프가 그에게 말했다.

"난 누나에게 그녀를 만찬에 초대하라고 말하겠어." 아나톨이 말했다. "어때?"

"좀 더 기다리는 편이 좋아. 그녀가 결혼할 때까지……."

"알잖아." 아나톨이 말했다. "난 처녀들을 숭배해. 이제 그녀도 완전히 정신을 못 차리게 될걸."

"넌 이미 한 번 처녀에게 발목을 잡힌 적이 있잖아." 아나톨의 결혼을 아는 돌로호프가 말했다. "조심해."

"뭐, 두 번이나 그럴 리는 없지! 그렇지 않아?" 아나톨이 선량한 미소를 지으며 말했다.

12

극장에 다녀온 그다음 날 로스토프가 사람들은 아무 데도 가지 않았고, 그들을 방문한 사람도 없었다. 마리야 드미트리예브나는 나타샤에게 숨긴 채 그녀의 아버지와 무언가를 상의했다. 나타샤는 그들이 노공작에 대한 이야기를 하며 무언가 궁리하고 있음을 짐작할 수 있었다. 그것은 그녀에게 불안감과 모멸감을 안겨 주었다. 그녀는 매 순간 안드레이 공작을 기다렸고, 그날도 그가 돌아왔는지 알아보라며 브즈드비젠카로 문지기를 두 번이나 보냈다. 안드레이 공작은 돌아오지 않았다. 그녀는 모스크바에 온 처음 며칠보다 지금이 더 괴로웠다. 마리야 공작 영애와 노공작을 만났을 때의 불쾌한 기억, 원인을 알 수 없는 두려움과 불안이 초조함과 슬픔에 더해졌다. 그녀는 그가 영원히 돌아오지 않거나 그가 돌아오기 전에 자기에게 무슨 일이 생길지도 모른다고 줄곧 생각했다. 그녀는 예전처럼 혼자서 차분히 오랫동안 그를 생각할 수 없었다. 그를 떠올리는 순간 그에 대한 기억은 노공작, 마리야 공작 영애, 지난 공연, 쿠라긴에 대한 기억과 뒤섞였다. 내가 잘못한 것은 아닐까, 안드레이 공작을 향한 나의 지조가 이미 더럽혀진 것은 아닐까 하는 물음이 또다시 마음에 떠올랐다. 그리고 자기 안에 이해할 수 없는 두려운 감정을 불러일으킨 그 남자의 모든 말, 모든 몸짓, 심지어 그 표정에 스치던 모든 음영까지 세세하게 떠올리는 자신을 발견하곤 했다. 집안사람들의 눈에는 평소보다 더 생기발랄하게 보였지만 나타샤는 결코 예전처럼 그렇게 평온하고 행복하지 않았다.

일요일 아침에 마리야 드미트리예브나는 자기 교구인 모길리치의 우스페니예 교회[155]에서 열리는 예배에 손님들을 초대했다.

"난 이렇게 유행을 따른 교회를 좋아하지 않아." 그녀는 자신의 자유사상을 자랑하듯 말했다. "어디에서나 하느님은 동일하시지. 우리 교회의 사제는 아주 훌륭해. 직분도 잘 수행하고 대단히 고결하지. 부제도 마찬가지야. 성가대석에서 음악회를 하는 게 뭐 그리 신성한 행동인가?[156] 난 싫어. 그런 건

---

155) 1799년 모스크바에 건축된 신고전주의 양식의 교회다. '우스페니예(uspenie)'는 '성모 승천'을 뜻하는 러시아어다.

156) 러시아 정교회는 예배 중에 악기의 사용을 허용하지 않는다. 가장 거룩한 악기인 인간의 목소리만 하느님을 찬양하는 것이 마땅하며 악기의 소리가 기도, 낭송, 강론 등에 사용된 말의 의미를 훼손할 수 있다고 여기기 때문이다. 따라서 정교회는 남성들이 반주 없이 부르는 다성 합창만 교회 음악으로 인정한다. 그런데 마리야 드미트리예브나는 이조차도 교회의 본질과 동

그저 장난질에 불과해!"

마리야 드리트리예브나는 일요일을 좋아했고 이날을 축제처럼 만들 줄 알았다. 토요일이면 그녀의 집은 언제나 물로 구석구석 씻기고 말끔히 치워졌다. 그녀와 하인들은 일을 하지 않고 다들 축제 기분에 들떠 멋지게 옷을 차려입고는 예배에 참석했다. 주인댁 만찬에 오르는 요리의 수가 늘어나고 하인들은 보드카와 구운 거위 혹은 새끼 돼지를 받았다. 그러나 집안 전체에서 축제 분위기를 가장 잘 드러내는 것은 이날도 변함없이 엄숙한 표정을 띤 마리야 드미트리예브나의 넓적하고 준엄한 얼굴이었다.

예배 후 사람들이 먼지막이 천을 벗긴 응접실에서 커피를 마시고 나자 하인이 마리야 드미트리예브나에게 카레타가 준비되었다고 보고했다. 엄숙한 표정으로 나들이 숄을 걸친 마리야 드미트리예브나가 자리에서 일어나 나타샤에 대해 상의하러 니콜라이 안드레예비치 볼콘스키 공작의 집에 다녀오겠다고 알렸다.

마리야 드미트리예브나가 출발하고 나서 마담 샬메의 재봉사가 로스토프가 사람들을 찾아왔다. 나타샤는 응접실 옆방의 문을 닫고 기분을 전환하게 된 것에 무척 기뻐하며 새 드레스들을 입어 보았다. 나타샤는 아직 소매를 달지 않고 시침질만 해 둔 몸통 부분을 입고서 등이 잘 맞는지 어떤지 고개를 돌려 거울에 모습을 비추어 보았다. 그때 응접실에서 아버지와 한

떨어진 허식이라고 비아냥거리는 듯하다.

여자의 활기찬 목소리가 들렸다. 나타샤는 그 여자의 목소리에 얼굴을 붉히고 말았다. 엘렌의 목소리였다. 나타샤가 입고 있던 몸통 부분을 미처 다 벗기도 전에 문이 열리더니 깃을 높이 세운 어두운 보라색 벨벳 드레스를 입은 베주호바 백작 부인이 선하고 다정한 미소를 화사하게 빛내며 방으로 들어왔다.

"아, 나의 매혹적인 아가씨!" 그녀는 얼굴을 붉힌 나타샤에게 말을 건넸다. "아름다워요! 아뇨, 이건 말도 안 돼요, 친애하는 백작!" 그녀는 뒤따라 들어오던 일리야 안드레이치에게 말했다. "모스크바에서 지내며 아무 데도 가지 않다니요! 아뇨, 난 당신에게서 떨어지지 않겠어요! 오늘 저녁 우리 집에서 마드무아젤 조르주가 낭송을 할 거예요. 사람들도 몇 명 모일 거고요. 만약 마드무아젤 조르주보다 더 아름다운 당신의 미인들을 데려오지 않으면 당신과 아는 척도 하고 싶지 않아요. 남편은 집에 없어요. 트베리에 갔거든요. 그렇지 않으면 여러분을 모셔 오도록 남편을 보낼 텐데요. 꼭 오세요. 9시 전까지 꼭 오셔야 해요." 그녀는 무릎을 굽혀 공손히 인사하는 낯익은 재봉사에게 고개를 끄덕이고는 거울 옆 안락의자에 앉아 그림처럼 아름답게 벨벳 드레스의 주름을 펼쳤다. 그녀는 계속 나타샤의 아름다움에 감탄하며 다정하고 명랑하게 쉬지 않고 지껄였다. 그녀는 나타샤의 드레스를 찬찬히 바라보며 찬사를 던지고는 파리에서 주문한 금속성 광택의 얇은 직물로 지은 자신의 새 드레스를 자랑하며 나타샤에게도 똑같은 옷을 맞추라고 권했다.

"하지만 당신에게는 뭐든지 다 잘 어울려요, 나의 매혹적인 아가씨." 그녀가 말했다.

나타샤의 얼굴에서 만족스러운 미소가 떠나지 않았다. 예전에는 너무도 다가가기 힘든 높은 귀부인으로 보였는데 지금 자기를 너무도 살갑게 대해 주는 이 아름다운 베주호바 백작 부인의 칭찬에 나타샤는 꽃처럼 피어나는 듯 행복한 기분을 느꼈다. 나타샤는 점차 들떴다. 그녀는 너무도 아름답고 친절한 이 여인에게 자신이 푹 빠지다시피 한 것을 깨달았다. 엘렌도 진심으로 감탄하며 나타샤를 즐겁게 해 주려 했다. 아나톨이 자신과 나타샤를 맺어 달라 부탁했고, 엘렌은 이를 위해 로스토프가에 왔다. 남동생과 나타샤를 맺어 주자는 생각에서 재미를 느낀 것이다.

예전에 엘렌은 페테르부르크에서 보리스를 뺏긴 일로 나타샤에게 반감을 품기도 했지만 지금은 그때 일을 생각하지 않고 나름대로 온 마음을 다해 나타샤의 행복을 바랐다. 로스토프가 사람들과 헤어질 때 그녀는 자신의 피보호자를 한옆으로 불렀다.

"어제 동생이 우리 집에서 식사를 했어요. 우리는 배를 잡고 웃었죠. 그 애는 아무것도 먹지 않고 당신을 애타게 그리더군요, 나의 아름다운 아가씨. 그 애는 미치도록, 그래요, 미치도록 당신을 사랑해요."

그 말을 들은 나타샤는 얼굴을 새빨갛게 붉혔다.

"얼굴이 빨개졌네. 얼굴이 정말 빨개졌어요, 나의 아름다운 아가씨." 엘렌이 말했다. "꼭 와요. 나의 매혹적인 아가씨, 만약 당신이 누군가를 사랑한다 해도 그게 자신을 가두어 둘 이유는 되지 않아요. 설사 약혼을 했더라도 약혼자는 당신이 따분해 죽을 지경이 되기보다 오히려 사교계에 드나들기를 바랄 거예요. 난 그렇게 확신해요."

'그러니까 이 사람은 내가 약혼한 걸 아는구나. 그러니까 이 사람은 남편, 그러니까 그 올곧은 피에르와 이것에 대해 이야기를 나누며 웃었던 거야. 그럼 그렇게 해도 괜찮겠지.' 나타샤는 생각했다. 그러자 예전에는 무시무시하게 느껴지던 일들이 다시 엘렌의 영향으로 단순하고 자연스럽게 보이기 시작했다. '그리고 그녀는 대단한 귀부인이잖아. 너무도 아름답고, 또 날 진심으로 좋아하는 것 같기도 하고.' 나타샤는 생각했다. '그렇다면 즐겁게 지내지 못할 이유가 뭐람?' 나타샤는 동그랗게 뜬 놀란 눈으로 엘렌을 쳐다보며 생각했다.

마리야 드미트리예브나가 식사 시간에 맞춰 돌아왔다. 노공작의 집에서 패하고 왔는지 말이 없고 심각해 보였다. 차분히 상황을 이야기하기에는 앞서 있었던 충돌로 아직 지나치게 흥분한 상태였다. 그녀는 백작의 질문에 모든 일이 순조롭다고, 내일 이야기해 주겠다고 대답했다. 베주호바 백작 부인의 방문과 그녀의 야회 초대에 대해 들은 마리야 드미트리예브나는 말했다.

"난 베주호바와 교제하는 것을 좋아하지 않을뿐더러 권하지도 않겠다. 뭐, 그래도 이미 약속했다면 다녀와라. 기분 전환이라도 해." 그녀는 나타샤를 돌아보며 이렇게 덧붙였다.

13

일리야 안드레이치 백작은 아가씨들을 데리고 베주호바 백작 부인의 집을 찾았다. 야회에는 사람들이 꽤 많았다. 그러나 거의 다 나타샤가 모르는 이들이었다. 일리야 안드레이치 백작은 그 모임이 대부분 경박한 언동으로 유명한 남녀로 이루어진 것을 눈치채고 불만을 느꼈다. 마드무아젤 조르주는 응접실 한구석에 젊은 사람들에게 둘러싸여 서 있었다. 프랑스인들도 몇 명 있었는데 그 가운데에는 엘렌이 모스크바에 온 이후 그녀의 집에서 가족이나 다름없게 된 메티비에도 있었다. 일리야 안드레이치 백작은 카드놀이에 끼지 말고 딸들 옆에 계속 붙어 있다가 조르주의 낭송이 끝나는 대로 즉시 떠나야겠다고 결심했다.

아나톨은 문가에서 로스토프가가 도착하기를 기다린 듯했다. 그는 백작과 인사를 나누고 곧바로 나타샤에게 다가가 그 뒤를 따랐다. 그를 본 순간 극장에서와 똑같은 감정, 즉 그가 자기를 좋아한다는 허영에 찬 만족감과 둘 사이에 정신적인 벽이 없다는 두려움이 곧 나타샤를 사로잡았다.

엘렌은 반갑게 맞으며 나타샤의 아름다움과 차림새에 큰 소리로 감탄했다. 그들이 도착한 직후 마드무아젤 조르주는 옷을 갈아입기 위해 응접실에서 나갔다. 응접실에 있던 사람들은 의자를 배치하고 자리에 앉기 시작했다. 아나톨은 나타샤 쪽으로 의자를 끌어와 옆에 앉으려고 했다. 그러나 나타샤에게서 눈을 떼지 않던 백작이 옆에 앉아 버렸다. 아나톨은 뒤에 앉았다.

마드무아젤 조르주가 곳곳이 보조개처럼 옴폭 들어간 통통한 팔을 드러내고 한쪽 어깨에 빨간 숄을 걸친 채 그녀를 위하여 남겨 둔 안락의자들 사이의 빈 공간으로 나와 부자연스러운 자세로 섰다. 환희에 찬 속삭임이 들렸다.

마드무아젤 조르주는 엄숙하고 음울한 눈길로 청중을 둘러보고는 프랑스어로 어떤 시들을 읊기 시작했다. 아들에게 터무니없는 사랑을 품은 어머니[157]에 관한 시였다. 그녀는 어떤 부분에서 목소리를 높이고, 어떤 부분에서는 엄숙히 고개를 든 채 속삭이고, 어떤 부분에서는 말을 멈춘 후 눈을 부릅뜨며 목쉰 소리를 냈다.

"황홀하군, 훌륭해, 놀라워!" 하는 말들이 사방에서 들렸

---

157) 조르주가 이 장면에서 낭송하는 작품은 프랑스 고전주의 극작가 장 라신(Jean Racine, 1639~1699)의 비극 「페드르(Phèdre)」가 분명하다.

다. 나타샤는 풍만한 조르주를 바라보고 있었으나 아무것도 듣지 못하고 아무것도 보지 못했으며 눈앞에서 일어나는 광경도 전혀 이해하지 못했다. 그녀는 또다시 예전과 너무도 다른 이상야릇한 광기의 세계로, 무엇이 선하고 무엇이 악한지, 무엇이 이성적이고 무엇이 비이성적인지 알 수 없는 세계로 돌이킬 수 없을 만큼 완전히 빠져든 자신을 느꼈을 뿐이다. 뒤에 아나톨이 앉아 있었고, 그녀는 그가 가까이 있음을 느끼며 두려운 심정으로 무언가를 기다렸다.

첫 번째 독백이 끝나자 모두들 일어나 환희를 표현하기 위해 마드무아젤 조르주를 에워쌌다.

"조르주는 정말 아름다워요!" 나타샤가 아버지에게 말했다. 그는 다른 이들과 함께 일어나 사람들 사이를 뚫고 여배우에게 다가갔다.

"당신을 보고 있으니 그런 생각이 들지 않는군요." 아나톨이 나타샤를 뒤따르며 말했다. 그는 그녀만 그의 말을 들을 수 있는 순간에 말했다. "당신은 매혹적입니다……. 난 당신을 본 순간부터 계속……."

"가자, 가, 나타샤." 딸을 데리러 돌아온 백작이 말했다. "정말 아름답더구나!"

나타샤는 아무 말 하지 않고 아버지에게 다가가 뭔가 묻는 듯한 놀란 눈으로 그를 바라보았다.

몇 가지 방식으로 낭송을 끝낸 후 마드무아젤 조르주는 그곳을 떠났으며, 베주호바 백작 부인은 사람들에게 홀로 자리를 옮겨 달라고 청했다.

백작은 떠나려 했지만 엘렌이 즉석에서 열기로 한 무도회의 흥을 깨지 말아 달라고 간절히 부탁했다. 로스토프가 사람들은 남았다. 아나톨은 나타샤에게 왈츠를 청했다. 그는 왈츠를 추는 동안 그녀의 허리와 한 손을 꽉 잡고서 "당신은 매혹적입니다. 당신을 사랑합니다."라고 말했다. 에코세즈를 출 때 나타샤는 다시 쿠라긴과 춤을 추게 되었다. 둘만 남자 아나톨은 아무 말도 하지 않고 그저 그녀를 바라보기만 했다. 나타샤는 그가 왈츠를 출 때 한 말이 꿈은 아닐까 의심했다. 첫 번째 피겨를 끝냈을 때 그가 그녀의 손을 다시 한번 꽉 쥐었다. 나타샤는 겁에 질린 눈으로 올려다보았으나, 그의 다정한 눈빛과 미소에 너무도 자신만만하면서도 부드러운 표정이 어려 있어 도저히 그를 쳐다보며 자신이 하려던 말을 할 수가 없었다. 그녀는 눈을 내리깔았다.

"그런 말은 하지 말아 주세요. 난 약혼한 몸이고 다른 사람을 사랑하고 있어요." 그녀는 빠르게 말했다……. 그녀는 그를 흘깃 쳐다보았다. 아나톨은 그녀의 말에 당황하지도 슬퍼하지도 않았다.

"나에게 그런 말 하지 마십시오. 그게 나와 무슨 상관입니까?" 그가 말했다. "내가 지금 하려는 말은 내가 미칠 듯이, 미칠 듯이 당신을 사랑한다는 겁니다. 당신이 매혹적인 게 내 탓입니까……? 우리 차례군요." 그가 말했다.

나타샤는 생기발랄하면서도 불안한 모습으로 겁에 질린 눈을 크게 뜨고 주위를 바라보았다. 그녀는 평소보다 더 즐거워 보였다. 그녀는 그날 밤에 있었던 일을 거의 아무것도 기억하지 못했다. 그녀는 에코세즈와 그로스파터를 추었다. 아버지가 불러 돌아가자고 하자 그녀는 더 남아 있게 해 달라고 간청했다. 그녀는 어디에 있든 누구와 이야기하든 자신을 향한 그의 시선을 느꼈다. 그녀는 옷매무새를 매만질 수 있도록 의상실에 가게 해 달라고 아버지에게 허락을 구한 것, 엘렌이 뒤따라와 남동생의 사랑에 대해 깔깔거리며 이야기한 것, 작은 소파방에서 다시 아나톨과 마주친 것, 엘렌이 어딘가로 사라져 단둘이 남게 되자 아나톨이 손을 잡고 부드러운 목소리로 말한 것을 나중에야 기억해 냈다.

“난 당신을 방문할 수 없습니다. 하지만 정말로 다시는 볼 수 없는 겁니까? 난 미칠 듯이 당신을 사랑합니다. 정말로 두 번 다시…….” 그러더니 그는 길을 가로막으며 자기 얼굴을 그녀의 얼굴에 바싹 들이댔다.

그의 남성적인 빛나는 큰 눈동자가 그녀의 눈동자에 너무 가까이 있어 그녀는 그 눈동자 외에 아무것도 볼 수 없었다.

“나탈리?!” 그의 목소리가 뭔가 묻고 싶은 듯 속삭였고, 누군가 그녀의 손을 아프게 꼭 쥐었다. “나탈리?!”

‘난 아무것도 모르겠어요. 나로서는 할 말이 없어요.’ 그녀의 눈빛이 말했다.

뜨거운 입술이 그녀의 입술을 눌렀다. 그 순간 그녀는 또다시 자유로운 기분을 느꼈다. 그때 방에서 엘렌의 발소리와 드레스 스치는 소리가 들렸다. 나타샤는 엘렌을 돌아보더니 얼굴을 붉히고 바들바들 떨면서 뭔가 묻고 싶은 듯한 겁에 질린 눈으로 그를 흘깃 쳐다보고는 문으로 향했다.

"한마디만, 제발 한마디만." 아나톨이 말했다.

그녀는 걸음을 멈췄다. 그의 말을 꼭 들어야 했다. 그 말은 그녀에게 무슨 일이 일어났는지 설명해 줄 것이다. 그러면 그녀도 답변을 해 줄 수 있을 것이다.

"나탈리, 한마디만, 한마디만." 그는 무슨 말을 해야 할지 모르는 듯 똑같은 말을 되풀이했고, 엘렌이 그들에게 다가올 때까지도 그 말만 되풀이했다.

엘렌은 나타샤와 함께 다시 응접실로 갔다. 로스토프가 사람들은 밤참 자리에 남지 않고 그 집을 나왔다.

집으로 돌아온 나타샤는 밤새 잠을 이루지 못했다. 내가 사랑하는 사람은 과연 누구일까, 아나톨일까, 아니면 안드레이 공작일까? 이 풀리지 않는 문제가 그녀를 괴롭혔다. 그녀는 안드레이 공작을 사랑했다. 자신이 그를 얼마나 열렬히 사랑했는지 또렷하게 기억했다. 그러나 아나톨도 사랑했다. 그것에는 의심할 여지가 없었다. '그렇지 않다면 어떻게 이 모든 일이 일어날 수 있었겠어?' 그녀는 생각했다. '그 후 내가 그와 작별 인사를 할 때 그의 미소에 미소로 답할 수 있었다면, 내가 그런 것을 허용할 수 있었다면 그것은 곧 내가 처음 순간부터 그를 사랑했다는 뜻이야. 말하자면 그가 선하고 고귀하고 아름다워서 사랑하지 않을 수 없었던 거야. 이 사람도 사랑하고 저 사람도 사랑한다면 도대체 난 어떻게 해야 하나?' 그녀는 이 무시무시한 물음에 대한 답을 찾지 못한 채 혼잣말을 했다.

14

분주하고 소란스러운 아침이 왔다. 모두들 잠자리에서 일어나 움직이고 떠들기 시작했으며, 다시 재봉사가 찾아오고, 다시 마리야 드미트리예브나가 나오고, 다시 차를 마시러 나오라는 소리가 들렸다. 나타샤는 자신을 향한 모든 시선을 붙잡으려는 듯 눈을 크게 뜨고서 불안하게 모두를 돌아보며 여느 때와 똑같아 보이려고 애썼다.

아침 식사 후(이 시간이 그녀가 가장 좋아하는 때였다.) 마리야 드미트리예브나는 자신의 안락의자에 앉아 나타샤와 노백작을 가까이 불렀다.

"자, 나의 친구들, 난 지금 모든 문제를 곰곰이 생각해 봤다네. 그리고 이것이 자네들에게 주는 나의 충고야." 그녀가 말을 꺼냈다. "자네들도 알다시피 어제 난 니콜라이 공작을 찾아갔네. 그와 이야기를 나누었지……. 그는 소리 지를 생각부터 하더군. 그런다고 해서 내 소리를 묻을 순 없지! 난 그에게 전부 다 읊어 줬어!"

"그래, 그분은 어떻던가요?" 백작이 물었다.

"그 인간이 어떠냐고? 미치광이야…… 들으려고도 하지 않아. 뭐, 무슨 말을 하겠나, 우리가 가엾은 애를 너무 들들 볶았어." 마리야 드미트리예브나가 말했다. "내가 자네들에게 하려는 충고는 볼일을 끝내고 집으로, 오트라드노에로 돌아가라는 거야…… 그곳에서 기다리는 게……."

"아, 안 돼요!" 나타샤가 소리쳤다.

"아니, 가야 해. 그리고 그곳에서 기다려." 마리야 드미트리예브나가 말했다. "만약 지금 약혼자가 이곳에 돌아온다면 다툼 없이 이 사태가 해결되지는 않을 거야. 약혼자는 이곳에서 노인네와 일대일로 모든 문제에 대해 담판을 짓고 자네들에게 갈 걸세."

일리야 안드레이치는 그 제안이 전적으로 타당하다는 것을 즉시 깨닫고 찬성했다. 노인의 화가 누그러든다면 모스크바든 리시에 고리든 나중에 찾아가는 편이 더 나을 것이다. 그렇게 되지 않을 경우 그의 뜻을 거역하고 결혼할 수 있는 곳은 오트라드노에뿐이다.

"지당하십니다." 그가 말했다. "그를 찾아간 것이, 심지어 이 애까지 데려간 것이 후회스럽군요." 노백작이 말했다.

"아니, 뭘 후회하나? 이곳에 있으면서 인사를 하지 않을 수는 없잖나. 뭐, 그가 원하지 않는다면 그건 그의 문제지." 마리야 드미트리예브나가 손가방에서 무언가를 찾으며 말했다.

"게다가 혼수품도 준비됐어. 자네들은 뭘 더 기다리는 건가? 아직 준비를 못 한 게 있다면 내가 자네들에게 보내 주지. 나도 자네들이 딱하지만 자네들로서는 하느님의 은총과 함께 떠나는 편이 더 좋겠네." 그녀는 찾던 것을 손가방에서 발견하자 나타샤에게 건넸다. 마리야 공작 영애의 편지였다. "그 애가 너에게 쓴 거란다. 가엾은 것, 얼마나 괴로워하는지! 그 애는 걱정하고 있어. 자기가 널 좋아하지 않는다고 네가 생각할까 봐 말이야."

"그래요, 그녀는 날 좋아하지 않아요." 나타샤가 말했다.

"쓸데없는 소리 하지 마라." 마리야 드미트리예브나가 호통을 쳤다.

"전 아무도 믿지 않아요. 전 그녀가 절 좋아하지 않는 걸 알아요." 나타샤는 편지를 쥐고서 주저 없이 말했다. 얼굴에 쌀쌀맞고 앙칼진 결의가 떠올랐다. 마리야 드미트리예브나는 그 모습에 그녀를 더욱 뚫어지게 바라보다가 얼굴을 찌푸리고 말았다.

"얘야, 그런 식으로 대답하면 안 된다." 그녀가 말했다. "난 사실대로 말했다. 답장을 쓰도록 해라."

나타샤는 아무 대답도 하지 않고 자기 방으로 가서 마리야 공작 영애의 편지를 읽었다.

마리야 공작 영애는 둘 사이에 생긴 오해 때문에 절망에 빠졌다고 썼다. 마리야 공작 영애는 쓰길, 아버지의 감정이 어떠하든 자신은 나타샤를 오빠가 선택한 여인으로서 사랑하지 않을 수 없으며 오빠의 행복을 위해서라면 모든 것을 희생할 각오가 되어 있다고, 나타샤가 그 점을 믿어 주기를 간절히 바란다고 했다.

마리야 공작 영애는 이렇게 썼다.

> 그래도 우리 아버지가 당신에게 반감을 품고 있다고는 생각하지 말아 줘요. 아버지는 병을 앓는 노인이에요. 넓은 마음으로 이해해 드려야 할 분이죠. 하지만 아버지는 선하고 관대한 분이에요. 아버지도 아들을 행복하게 해 줄 사람을 사랑하게 될 거예요.

마리야 공작 영애는 나타샤에게 다시 만날 수 있도록 시간을 정해 달라고도 부탁했다.

나타샤는 편지를 읽고 난 후 답장을 쓰기 위해 책상에 앉았다. "**친애하는 공작 영애!**" 그녀는 빠르게 기계적으로 글을 쓰다가 펜을 멈췄다. 전날 그 모든 일이 일어나 버렸는데 무엇을 더 쓸 수 있겠는가? '그래, 그래, 전부 있었던 일이야. 이제 모든 게 달라져 버렸어.' 그녀는 막 쓰기 시작한 편지를 앞에 두고 생각에 잠겼다. '그를 거절해야 하나? 정말로 그래야 하는 걸까? 끔찍해!' 그리고 그 끔찍한 생각들을 떠올리지 않기 위해 소냐에게로 가서 함께 자수 문양을 고르기 시작했다.

저녁 식사 후 나타샤는 방에 돌아와 다시 마리야 공작 영애의 편지를 집어 들었다. '정말로 모든 게 이미 끝나 버린 걸까?' 그녀는 생각했다. '정말로 그 모든 게 그토록 순식간에 일어나 이전의 모든 것을 파괴해 버린 걸까?' 그녀는 예전의 힘을 오롯이 간직한 안드레이 공작을 향한 자신의 사랑을 떠올린 동시에, 자신이 쿠라긴도 사랑하고 있음을 느꼈다. 그녀는 안드레이 공작의 아내가 된 자신을 마음속에 생생히 떠올리고, 몇 번이고 되풀이하여 상상하던 그와의 행복한 장면을 그려 보았다. 그러면서 흥분에 들떠 얼굴을 붉히며 전날 아나톨과의 만남을 세세하게 전부 그려 보기도 했다.

'왜 이 두 가지가 함께 존재할 수 없는 걸까?' 그녀는 이따금 정신이 완전히 몽롱한 상태에서 이런 생각을 하기도 했다. '그렇게 될 때만 난 완전히 행복해질 텐데. 하지만 지금 난 선택을 해야만 해. 두 사람 가운데 어느 한 명이 없어도 난 행복해질 수 없어.' 그녀는 생각했다. '무슨 일이 있었는지 안드레이 공작에게 말하는 것도 그것을 숨기는 것도 나로서는 똑같이 불가능해. 이쪽의 경우에는 나빠질 게 전혀 없지. 하지만 내가 그토록 오랫동안 품고 살아온, 안드레이 공작을 사랑하는 이 행복을 과연 내가 영원히 손에서 놓을 수 있을까?'

"아가씨." 하녀가 방에 들어와 은밀한 표정으로 속삭였다. "어느 남자분이 이것을 전해 드리라고 하셨어요." 하녀는 편지를 건넸다. "다만 부디 아가씨……." 하녀가 뭐라고 더 말했지만 나타샤는 별생각 없이 기계적인 동작으로 봉인을 뜯고는 아나톨이 보낸 연애편지를 읽었다. 그녀는 편지를 단 한 마디도 이해하지 못했지만 오직 한 가지, 이 편지가 그 사람에게서, 즉 자기가 사랑하는 남자에게서 온 것이라는 점만은 알았다. '그래, 그녀는 사랑하고 있어. 그렇지 않다면 어떻게 그 일이 일어날 수 있었겠어? 어떻게 그가 보낸 연애편지가 그녀의

손에 있을 수 있겠어?'

나타샤는 돌로호프가 아나톨을 대신하여 쓴 그 열정적인 연애편지를 떨리는 손으로 쥐었다. 그리고 편지를 읽는 동안 자신이 느낀 듯한 모든 것들이 그 안에서 메아리치는 것을 발견했다.

"어젯밤 이후 나의 운명은 결정되었습니다. 당신의 사랑을 받든지 죽든지 둘 중 하나입니다. 나에게 다른 출구는 없습니다." 편지는 이렇게 시작되었다. 그다음에 그는 당신 가족들이 당신을 나에게 주지 않으리라는 것을 안다, 여기에는 내가 오직 당신에게만 털어놓을 수 있는 몇 가지 비밀스러운 이유가 있다, 만일 나를 사랑한다면 당신은 네라는 그 한마디만 해 주면 된다, 인간의 어떤 힘도 우리의 천상의 행복을 방해하지 못할 것이다라고 썼다. 사랑은 모든 것을 이길 것이다. 그는 그녀를 납치하여 세상 끝으로 데려갈 것이다.

'그래, 그래, 난 그를 사랑해!' 나타샤는 편지를 스무 번이나 거듭 읽고 그의 말 한 마디 한 마디에서 어떤 특별하고 심오한 의미를 찾으며 생각했다.

그날 밤 마리야 드미트리예브나는 아르하로프가를 방문하러 가면서 아가씨들에게 동행을 제안했다. 나타샤는 두통을 핑계로 집에 남았다.

15

밤늦게 돌아온 소냐는 나타샤의 방에 갔다가 나타샤가 옷도 갈아입지 않고 소파에서 잠든 것을 발견하고는 깜짝 놀랐다. 옆 테이블 위에 아나톨의 편지가 펼쳐져 있었다. 소냐는 편지를 집어 들고 읽기 시작했다.

소냐는 편지를 읽는 동안 잠든 나타샤를 흘깃거리며 그녀의 얼굴에서 자신이 읽은 내용에 대한 설명을 구했으나 찾을 수 없었다. 얼굴은 평화롭고 온화하고 행복해 보였다. 숨을 헐떡이지 않기 위해 가슴을 움켜쥔 소냐는 하얗게 질려 두려움과 흥분으로 바들바들 떨며 안락의자에 앉아 눈물을 쏟았다.

'어째서 난 아무것도 보지 못했을까? 어쩌다 일이 이 지경이 되었을까? 정말 나타샤는 더 이상 안드레이 공작을 사랑하지 않는 걸까? 어떻게 나타샤는 쿠라긴에게 이런 것까지 허용할 수 있지? 그 사람은 사기꾼에 악당이야. 틀림없어. 니콜라가 이 일을 알면, 니콜라는, 그 다정하고 고결한 니콜라는 어떻게 할까? 그저께, 어제, 오늘, 나타샤의 불안하고 단호하고 부자연스러운 얼굴이 의미하는 것은 바로 이것이었어.' 소냐는 생각했다. '하지만 나타샤가 그를 사랑할 리 없어! 나타샤는 아마 누구에게서 온 것인지 모르고 편지의 봉인을 뜯었을 거야. 나타샤는 모욕을 느꼈을 거야. 나타샤가 그런 행동을 했을 리 없어!'

소냐는 눈물을 닦고 나타샤에게 다가가 다시 얼굴을 들여다보았다.

"나타샤!" 그녀는 들릴 듯 말 듯 한 소리로 말했다.

나타샤가 눈을 뜨고 소냐를 보았다.

"어머, 왔어?"

그리고 잠에서 깨는 몇 분 동안 흔히 그러듯 힘차고 부드럽게 소냐를 안았다. 그러나 소냐의 얼굴에 떠오른 당혹감을 눈치채자 나타샤 역시 얼굴에 당혹과 의심을 드러냈다.

"소냐, 편지를 읽었구나?" 그녀가 말했다.

"그래." 소냐가 조용히 말했다.

나타샤가 기쁨에 찬 미소를 지었다.

"아니, 소냐, 나도 더 이상 못 하겠어!" 나타샤가 말했다. "너에게 더 이상 숨길 수가 없어. 있잖아, 우리는 서로 사랑해! 사랑하는 소냐, 그가 편지에…… 소냐……."

소냐는 귀를 의심하듯 나타샤를 똑바로 바라보았다.

"그럼 볼콘스키는?" 그녀가 말했다.

"아, 소냐, 아, 내가 얼마나 행복한지 네가 안다면!" 나타샤가 말했다. "넌 사랑이 뭔지 몰라……."

"하지만 나타샤, 정말 그 모든 게 끝난 거야?"

나타샤는 질문을 이해할 수 없다는 듯 눈을 크게 뜨고 소냐를 바라보았다.

"어쩌면, 넌 안드레이 공작을 거절하려는 거니?" 소냐가 말했다.

"아, 넌 아무것도 몰라. 바보 같은 소리 좀 그만해. 들어 봐." 나타샤가 발끈 화를 내며 말했다.

"아니, 믿을 수 없어." 소냐가 똑같은 말을 되풀이했다. "이해가 안 돼. 어떻게 한 해 동안 꼬박 한 남자를 사랑하다가 갑자기……. 넌 그 남자를 겨우 세 번 봤잖아. 나타샤, 난 네 말을 믿을 수 없어. 넌 농담을 하는 거야. 사흘 만에 모든 걸 잊고 이렇게……."

"사흘." 나타샤가 말했다. "난 그를 100년 동안 사랑해 온 것 같아. 그 사람을 만나기 전에는 아무도 사랑한 적이 없는 것 같아. 그래, 난 누구도 그 사람만큼 사랑한 적이 없었어. 넌 이해할 수 없겠지, 소냐. 잠깐, 여기 앉아 봐." 나타샤는 그녀를 안고 입을 맞추었다. "난 이런 일이 일어나기도 한다는 말을 들었어. 너도 분명히 들었지? 하지만 난 이제야 그 사랑을 경험한 거야. 이건 예전의 사랑과 달라. 그를 보자마자 깨달았어. 그는 나의 지배자고 난 그의 노예라는 것을, 내가 그를 사랑하지 않을 수 없다는 것을 말이야. 그래, 노예야! 그가 나에게 어떤 명령을 내리든 난 그것을 할 거야. 넌 이런 걸 모르겠지. 내가 어떻게 해야 해? 도대체 내가 어떻게 해야 하니, 소냐?" 나타샤는 행복과 두려움이 뒤섞인 얼굴로 말했다.

"하지만 네가 뭘 하고 있는지 생각해 봐." 소냐가 말했다. "난 이 문제를 이대로 내버려 둘 수 없어. 이 비밀 편지를……. 어떻게 넌 그 사람에게 이런 것까지 허락할 수 있니?" 소냐는 애써 감춘 혐오감과 두려움을 드러내며 말했다.

"내가 말했잖아." 나타샤가 대꾸했다. "나에게는 의지가 없다고. 어떻게 넌 그걸 이해하지 못하니? 난 그를 사랑해!"

"그렇다면 난 그렇게 되도록 내버려 두지 않겠어. 말할 거야." 소냐는 울음을 터뜨리며 소리쳤다.

"뭘 하려는 거야, 제발……. 만약 네가 말한다면 넌 나의 적이야." 나타샤가 말했다. "넌 나의 불행을 바라고 있어. 넌 우리를 갈라놓고 싶어 해……."

나타샤가 그처럼 두려워하는 것을 보면서 소냐는 친구에 대한 연민과 부끄러움으로 와락 눈물을 쏟았다.

"하지만 둘 사이에 무슨 일이 있었던 거니?" 그녀가 물었다. "그 사람이 네게 무슨 말을 했지? 왜 집으로 찾아오지 않아?"

나타샤는 질문에 대답하지 않았다.

"제발, 소냐, 아무에게도 말하지 마, 날 괴롭히지 마." 나타샤가 애원했다. "이런 일에 간섭하면 안 된다는 걸 기억해야지. 난 네게 솔직하게 털어놓았잖아……."

"하지만 왜 이런 비밀을? 그 사람은 왜 집으로 오지 않지?" 소냐가 물었다. "그 사람은 왜 직접 청혼하지 않아? 상황이 그렇게 될 경우에는 안드레이 공작이 네게 완전한 자유를 주겠다고 했잖니. 난 그런 걸 믿지 않지만 말이야. 나타샤, 넌 비밀스러운 이유라는 게 어떤 것인지 생각해 봤니?"

나타샤는 놀란 눈으로 소냐를 바라보았다. 그 문제를 처음 생각해 본 것 같았다. 그녀는 뭐라고 대답해야 할지 몰랐다.

"무슨 이유인지는 나도 몰라. 하지만, 그러니까, 이유가 있을 거야!"

소냐는 탄식하며 믿을 수 없다는 듯 고개를 저었다.

"만약 이유가 있다면……." 그녀가 입을 열었다. 하지만 소냐의 의혹을 짐작한 나타샤가 깜짝 놀라 말을 가로막았다.

"소냐, 그 사람을 의심하면 안 돼. 안 돼. 절대 안 돼. 알겠어?" 그녀가 소리쳤다.

"그 사람이 정말 널 사랑할까?"

"정말 사랑하느냐고?" 나타샤가 친구의 몰이해에 대해 유감스러워하는 미소를 지으며 그 말을 따라 했다. "너도 편지를 읽었잖아? 너도 봤잖아?"

"하지만 그 사람이 비열한 남자라면?"

"그 사람이 비열한 남자라고? 네가 알기만 한다면!" 나타샤가 말했다.

"그 사람이 고결한 남자라면 자신의 의도를 설명하거나 널 더 이상 만나지 말아야 해. 만약 네가 그걸 하고 싶지 않다면 내가 할게. 내가 그 사람에게 편지를 쓰고 아빠에게도 말하겠어." 소냐가 단호하게 말했다.

"난 그 사람 없이 못 살아!" 나타샤가 소리쳤다.

"나타샤, 널 이해할 수 없어. 도대체 무슨 말을 하는 거니! 아버지를, 니콜라를 생각해 봐."

"아무도 필요 없어. 난 그 사람 말고 아무도 사랑하지 않아. 어떻게 넌 그 사람을 비열하다고 말할 수 있니? 넌 정말 내가 그 사람을 사랑한다는 걸 모르겠어?" 나타샤가 외쳤다. "소냐, 가, 난 너와 싸우고 싶지 않아, 가 버려, 제발, 가. 내가 얼마나 괴로워하는지 너도 알잖아." 나타샤는 분노를 억누르는 듯한 절망적인 목소리로 앙칼지게 외쳤다.

소냐는 흐느끼며 방에서 뛰쳐나갔다.

나타샤는 테이블로 다가가 오전 내내 쓸 수 없었던 마리야 공작 영애의 편지에 대한 답장을 단 일 분도 생각해 보지 않고 써 내려갔다. 이 편지에서 그녀는 둘 사이의 모든 오해는 끝났다고, 떠날 때 그녀에게 자유를 준 안드레이 공작의 관대함에 의지하여 마리야 공작 영애가 모든 것을 잊고 또 자기가 잘못한 게 있다면 용서해 주기를 바란다고, 하지만 자기는 그의 아내가 될 수 없다고 짤막하게 썼다. 그 순간에는 그 모든 것이 너무도 쉽고 간단하고 분명하게 느껴졌다.

금요일에 로스토프가 사람들은 시골로 돌아가야 했다. 백작은 수요일에 구매자를 데리고 모스크바 근교로 떠났다.

백작이 출발하는 날 소냐와 나타샤는 쿠라긴가의 대만찬에 초대를 받았고, 마리야 드미트리예브나가 그들을 데려갔다. 그 만찬에서 나타샤는 다시 아나톨과 마주쳤다. 소냐는 나타샤가 다른 사람들에게 들리지 않도록 그와 무언가 이야기하고, 만찬 내내 예전보다 훨씬 더 흥분해 있는 것을 눈치챘다. 집으로 돌아오자 나타샤는 자기 쪽에서 먼저 소냐가 기다리는 해명의 말을 꺼냈다.

"얘, 소냐, 넌 그 사람에 대해 온갖 어리석은 말들을 했지." 나타샤는 온순한 목소리로, 아이들이 칭찬을 바랄 때의 목소리로 입을 열었다. "오늘 밤 난 그 사람과 의논을 했어."

"뭐, 뭐라고? 도대체 그 사람이 뭐라고 했니? 나타샤, 네가 나에게 화를 내지 않아서 얼마나 기쁜지 몰라. 전부, 숨김없이 전부 이야기해 줘. 그 사람이 뭐라고 했니?"

나타샤는 생각에 잠겼다.

"아, 소냐, 네가 그 사람을 나만큼만 안다면! 그 사람은 말했어……. 그 사람은 내가 볼콘스키와 어떤 약속을 했는지 물었어. 볼콘스키를 거절하는 문제가 나에게 달렸다는 말에 기뻐했단다."

소냐는 슬프게 탄식했다.

"하지만 넌 정말 볼콘스키를 거절했니?" 그녀가 말했다.

"어쩌면 이미 거절한 건지도 몰라! 어쩌면 볼콘스키와는 완전히 끝났어. 왜 너는 날 그렇게 나쁘게 생각하니?"

"난 아무 생각도 하지 않아. 그저 이해할 수 없어서……."

"기다려, 소냐, 전부 이해하게 될 거야. 그가 어떤 사람인지 알게 될 거야. 나에 대해서도, 그 사람에 대해서도 나쁘게 생각하지 말아 줘."

"난 누구도 나쁘게 생각하지 않아. 모두를 사랑하고 모두를 안타깝게 여겨. 하지만 내가 도대체 어떻게 해야 하겠니?"

소냐는 나타샤가 자기에게 보인 부드러운 어조에 굴복하지 않았다. 나타샤의 표정이 아양을 떨듯 부드러워질수록 소냐의 얼굴은 더욱 진지하고 엄해졌다.

"나타샤." 소냐가 말했다. "네가 나와 이야기하고 싶지 않다고 해서 나도 아무 말 하지 않았어. 지금은 네가 먼저 말을 꺼낸 거야. 나타샤, 난 그 사람을 믿지 않아. 어째서 이런 걸 비밀로 하지?"

"또, 또 그런다!" 나타샤가 말을 가로막았다.

"나타샤, 난 네가 걱정돼."

"뭘 걱정해?"

"난 네가 스스로를 파멸시킬까 봐 두려워." 소냐가 단호하게 말했다. 그러면서 스스로도 자신이 한 말에 놀랐다.

나타샤는 얼굴에 또다시 적의를 드러냈다.

"파멸시킬 거야. 파멸시키겠어. 얼른 나 자신을 파멸시켜 버리겠어. 상관 마. 안 좋게 되는 건 네가 아니라 나잖아. 내버려 둬, 날 내버려 두란 말이야. 난 널 증오해."

"나타샤!" 소냐가 깜짝 놀라며 애원했다.

"증오해, 증오한다고! 그리고 넌 영원히 나의 적이야!"

나타샤는 방에서 뛰쳐나갔다.

나타샤는 그 뒤로 소냐와 이야기를 하지 않고 피했다. 나타샤는 불안과 놀람과 범죄의 낌새가 엿보이는 똑같은 표정으로 방 안을 돌아다니면서 이런저런 일거리에 매달리다가 금방 내동댕이쳤다.

소냐로서는 무척이나 괴로운 일이었지만 잠시도 눈을 떼지 않고 친구를 살폈다.

백작이 돌아오기 전날 소냐는 나타샤가 무언가를 기다리듯 오전 내내 응접실 창가에 앉아 있다가 지나가는 군인 — 소냐는 그를 아나톨이라고 생각했다 — 에게 무언가 신호를 보내는 것을 눈치챘다.

소냐는 더욱 주의 깊게 친구를 관찰하다 나타샤가 식사 시간과 저녁 내내 이상하고 부자연스러운 상태(자신이 받은 질문에 엉뚱한 대답을 하기도 하고, 말을 꺼냈다가 얼버무리기도 하고, 무엇에나 깔깔거리기도 했다.)인 것을 알아챘다.

차 모임 후 소냐는 나타샤의 방문 옆에서 그녀가 나오기를 기다리며 쭈뼛거리는 하녀를 보았다. 소냐는 그녀를 들여보내고 문가에서 엿듣다가 또 편지가 전달된 것을 알았다.

그러자 불현듯 나타샤가 오늘 밤 무서운 계획을 꾀하고 있다는 것이 소냐에게 분명한 사실로 다가왔다. 소냐는 방문을 두들겼다. 나타샤는 소냐를 들이지 않았다.

'나타샤가 그와 달아나려고 해!' 소냐는 생각했다. '그 애라면 무슨 짓이든 할 수 있어. 오늘 나타샤의 얼굴에 유난히 슬프고도 결연한 무언가가 있었어. 아저씨와 작별 인사를 할 때는 울음을 터뜨렸지.' 소냐는 기억을 떠올렸다. '그래, 분명해, 그와 달아나려는 거야. 하지만 내가 뭘 할 수 있지?' 이제 소냐는 나타샤에게 어떤 무서운 계획이 있음을 분명하게 보여 주는 조짐들을 떠올리며 생각에 잠겼다. '백작님도 없는데. 어떻게 하지? 쿠라긴에게 해명을 요구하는 편지를 쓸까? 그런데 누가 그에게 내 편지에 답장하도록 시키겠어? 피에르에게 편지를 쓸까? 안드레이 공작이 안 좋은 일이 있을 때 그러라고 했잖아? 하지만 어쩌면 그 애는 정말로 이미 볼콘스키를 거절

했는지도 몰라.(그 애가 어제 마리야 공작 영애에게 편지를 보냈잖아.) 아저씨도 없는데!'

나타샤를 그토록 믿는 마리야 드미트리예브나에게 말한다는 것은 무시무시한 일로 여겨졌다.

'하지만 어쨌든…….' 소냐는 어두운 복도에 서서 생각했다. '지금이야말로 내가 이 가족의 은혜를 기억하고 니콜라를 사랑한다는 사실을 입증할 순간이야. 아니, 내가 사흘 밤을 새우는 한이 있더라도 이 복도를 떠나지 않고 완력을 써서라도 그 애를 못 나가게 막겠어. 이 가족이 수치를 겪지 않게 할 거야.' 그녀는 생각했다.

16

아나톨은 최근 돌로호프의 집으로 거처를 옮겼다. 돌로호프는 며칠 전부터 로스토바를 납치할 계획을 세우고 준비해 왔다. 소냐가 나타샤의 방문 옆에서 엿듣고 나타샤를 지키겠다고 결심한 날 그 계획은 이미 실행에 옮기기로 정해져 있었다. 나타샤는 밤 10시에 쿠라긴이 기다리는 뒷문 계단으로 가겠다고 약속했다. 쿠라긴은 준비된 트로이카에 그녀를 태우고 모스크바에서 60베르스타를 달려 카멘카 마을로 갈 예정이었다. 그곳에 두 사람의 결혼식을 올려 줄 파문당한 사제가 대기 중이었다. 카멘카에는 그들을 바르샤바 가도로 태우고 갈 역마가 준비되어 있었다. 그곳에서 그들은 역마차를 타고 외국으로 떠날 예정이었다.

아나톨에게는 여권과 역마권, 누나에게 받은 1만 루블과 돌로호프의 주선으로 빌린 1만 루블이 있었다.

증인 두 명 — 돌로호프가 도박을 위해 이용하던 하급 관리 출신의 흐보스치코프와 퇴역 경기병이자 쿠라긴에게 무한한 사랑을 품은 선량하고 나약한 인간 마카린 — 이 현관에서 가장 가까운 방에 앉아 차를 마시고 있었다.

벽부터 천장까지 페르시아 양탄자와 곰 가죽과 무기로 장식한 돌로호프의 큰 서재에서 여행용 베시메트[158]를 입고 부츠를 신은 돌로호프가 뚜껑이 열린 뷰로[159] 앞에 앉아 있었다. 그 책상 위에는 주판과 돈다발이 놓여 있었다. 아나톨은 군복 단추를 풀어 젖힌 채 증인들이 있는 방에서 나와 서재를 통해 뒷방으로 갔다. 그곳에서는 프랑스인 하인이 다른 사람들과 함께 마지막 짐을 꾸리고 있었다. 돌로호프는 돈을 세고 기입을 했다.

"자." 그가 말했다. "흐보스치코프에게 2만 루블을 줘야 해."

"그럼 줘." 아나톨이 말했다.

"마카르카(그들은 마카린을 그렇게 불렀다.) 이자는 자넬 위해서라면 불이든 물이든 사심 없이 뛰어들 거야. 자, 이것으로 계산은 끝났군." 돌로호프는 수첩을 보이며 말했다. "맞지?"

"응, 물론 맞아." 아나톨이 말했다. 그는 돌로호프의 말을 듣고 있지 않은 듯 얼굴에서 떠나지 않는 미소를 머금고 정면을 바라보았다.

---

158) 무릎까지 솜을 댄 누빔 외투로 타타르인과 캅카스인의 전통 의상이다.
159) 경사진 뚜껑 밑에 층층이 서랍이 달린 책상.

돌로호프는 책상을 쾅 닫고 아나톨을 돌아보며 비웃는 듯한 미소를 지었다.

"이봐, 이런 것들은 다 집어치워. 아직 시간은 있어!" 그가 말했다.

"멍청하긴!" 아나톨이 말했다. "바보 같은 소리 좀 그만해. 네가 안다면……. 이게 뭔지는 악마나 알겠지!"

"정말이지 그만둬!" 돌로호프가 말했다. "난 진지하게 말하는 거야. 네가 계획한 일이 장난인 것 같아?"

"아, 또, 또 놀리는군. 악마에게나 가 버려! 알았어?" 아나톨이 인상을 쓰며 말했다. "정말이지 너의 멍청한 농담을 따라갈 수가 없어." 그러고는 방에서 나가 버렸다.

아나톨이 나가자 돌로호프는 멸시하는 듯하면서도 관대한 미소를 지었다.

"잠깐." 그가 뒤에서 말했다. "난 농담하는 게 아니라 진지하게 말하는 거야. 와, 이리 오라고."

아나톨은 다시 방으로 들어가 주의를 집중하려고 애쓰며 돌로호프를 바라보았다. 그는 분명 자기도 모르는 사이에 돌로호프에게 복종하고 있었다.

"내 말을 들어. 마지막으로 말하는 거야. 뭣 하러 너에게 농담을 하겠어? 내가 너에게 반대한 적이 있었어? 누가 모든 것을 준비하고, 누가 사제를 구하고, 누가 여권을 마련하고, 누가 돈을 구해 주었지? 전부 내가 한 거야."

"그래, 너에게 고마워하고 있어. 내가 고마워하지 않는다고 생각해?" 아나톨은 한숨을 쉬며 돌로호프를 끌어안았다.

"난 널 도왔어. 그래도 난 너에게 진실을 말해야만 해. 이건 위험한 일이야. 잘 생각해 보면 멍청한 짓이기도 해. 그래, 넌 그녀를 데리고 떠나겠지. 좋아. 과연 이 일이 그걸로 끝날까? 네가 기혼자라는 사실이 밝혀질 거야. 넌 형사 재판에 회부될 거라고……."

"아! 바보 같은 소리, 바보 같은 소리야!" 아나톨은 또 인상을 쓰며 말했다. "너에게 설명했잖아, 그렇지?" 아나톨은 우둔한 사람들이 자기 머리로 도달한 추론에 흔히 품는 특별한 애착을 보이며 자신이 돌로호프에게 100번이나 되풀이한 주장을 거듭 말했다. "내가 설명했잖아. 난 결심했어. 만약 이 결혼이 무효가 되면……." 그는 손가락을 꼽으며 말했다. "말하자면 난 책임을 지지 않아도 돼. 하지만 이것이 효력을 갖는다면 아무래도 상관없잖아. 외국에서는 아무도 이 사실을 모를 텐데, 어때, 그렇지 않아? 그러니 말하지 말아 줘, 말하지 마, 말하지 말라고!"

"정말이지 집어치워! 넌 그저 스스로를 속박하게 될 뿐이야……."

"악마에게나 가 버려!" 아나톨은 이렇게 말하고는 머리털을 움켜쥐고 다른 방으로 가더니 곧 다시 돌아와 돌로호프 앞에 가까이 놓인 안락의자에 다리를 포개고 앉았다. "이게 어떤 건지는 악마나 알 거야! 알겠어? 심장이 어떻게 고동치는지 보라고!" 그는 돌로호프의 손을 잡아 자기 가슴에 댔다. "아! 사랑하는 친구, 그 작은 발이며 그 시선이라니! 여신이야!! 그렇지?"

돌로호프는 싸늘한 미소를 띤 채 아름답고도 불손한 눈을 빛내며 그를 바라보았다. 그를 좀 더 놀리고 싶은 눈치였다.

"그런데 돈이 떨어지면 그때는 어떻게 할 거지?"

"그때는 어떻게 할 거냐고? 응?" 아나톨은 미래에 대한 생각 앞에 솔직히 주저하는 빛을 보이며 돌로호프의 말을 되받았다. "그때는 어떻게 하냐고? 그 부분에서는 나도 어떻게 해야 할지 모르겠어……. 뭣 하러 그런 바보 같은 소리를 하는 거야!" 그는 시계를 쳐다보았다. "시간이 됐군!"

아나톨은 뒷방으로 갔다.

"이봐, 자네들도 슬슬 준비됐나? 여기서 뭘 우물쭈물하고 있어!" 그는 하인에게 호통을 쳤다.

돈을 치운 후 돌로호프는 큰 소리로 하인을 불러 길 떠나기 전에 먹을 것과 마실 것을 내오라고 지시하고는 마카린과 흐보스치코프가 있는 방으로 갔다.

아나톨은 서재의 소파에 한쪽 팔꿈치를 괴고 드러누워 생각에 잠긴 듯한 미소를 지으며 혼잣말로 무언가 부드럽게 속삭이고 있었다.

"와서 뭐라도 먹어. 자, 마시자고!" 돌로호프가 다른 방에서 그를 향해 소리쳤다.

"생각 없어!" 아나톨은 여전히 미소를 지으며 대꾸했다.

"와 보라니까. 발라가가 왔어."

아나톨은 일어나 식당으로 갔다. 발라가는 유명한 트로이카 마부였다. 그가 돌로호프와 아나톨을 알고 지내며 그들에게 트로이카를 제공해 온 지도 벌써 육 년째였다. 아나톨의 연대가 트베리에 주둔할 때 그는 저녁에 트베리에서 아나톨을 태워 동틀 무렵 모스크바에 데려다주고 다음 날 밤에 다시 데려오는 일을 수차례 했다. 돌로호프를 태우고 추격전을 벗어나기도 여러 번 했으며, 집시들이며 발라가가 젊은 귀부인이라 부르는 여자들과 함께 그들을 태우고 시내를 쏘다니기도 여러 번 했다. 그가 그들의 일 때문에 모스크바에서 사람들과 삯마차 마부들을 치어 죽인 적도 여러 번 있었는데, 그때마다 발라가가 신사라고 부르는 이들이 그를 구해 주었다. 그가 그들을 태우고 죽도록 몰아댄 말도 여러 필이었다. 그가 그들에게 두들겨 맞은 적도 여러 번 있었고, 그들 덕분에 좋아하는 샴페인과 마데이라를 실컷 마신 적도 여러 번 있었다. 그는 그들 각각에 대해서 보통 사람이라면 오래전에 시베리아 형을 받았을 소행도 여러 가지 알고 있었다. 그들은 자기네 주연에 종종 발라가를 불러 술을 마시게 하고 집시들 옆에서 춤을 추게 했다. 그의 손을 거쳐 나간 그들의 돈도 수천 루블이 되었다. 그는 그들을 섬기는 동안 한 해에 스무 차례나 자기 목숨과 살가죽을 거는 위험을 무릅써야 했고, 그들을 위해 일하면서 받은 돈에 비해 더 많은 말들을 죽이기도 했다. 그러나 그는 그들을 좋아했고, 한 시간에 18베르스타를 달리는 그 광란의 질주를 좋아했으며, 모스크바 곳곳에서 삯마차를 뒤엎고 통행인들을 치며 모스크바 거리를 전속력으로 달리기를 좋아했다. 더 빨리 달리기는 불가능한데도 등 뒤에서 "더 빨리, 더 빨리!"라고 거칠게 외치는 취한들의 목소리를 좋아했다. 그리고 혼비백산하여 피하는 농부의 목덜미를 채찍으로 아프게 후려치기를 좋아했다. '이것이 진정한 신사다!' 그는 그렇게 생각했다.

아나톨과 돌로호프도 발라가의 능숙한 몰이 때문에, 또 발라가가 자기들이 좋아하는 것을 똑같이 좋아했기 때문에 그를 마음에 들어 했다. 발라가는 다른 사람들에게는 조건을 흥정하고 두 시간에 25루블씩 받았다. 그리고 다른 사람들을 태울 때는 아주 가끔만 자신이 몰 뿐 대부분 자기가 고용한 젊은이들을 내보냈다. 하지만 자신의 신사들이라고 부르는 이들을 태울 때는 언제나 직접 몰았으며 노동에 대해 결코 아무것도 요구하지 않았다. 그저 시종들을 통해 돈이 있는 때를 알아낸 뒤 몇 달에 한 번 이른 아침에 맨 정신으로 찾아와 고개를 조아리며 대금을 치러 주십사 청할 뿐이었다. 신사들은 언제나 그를 자리에 앉혔다.

"친애하는 표도르 이바니치, 아니 각하, 소인을 구해 주십쇼." 그가 말했다. "말이 하나도 남지 않았습니다요. 장터에 가야 하는데 말입죠. 괜찮으시다면 선금을 좀 주십쇼."

돈이 있으면 아나톨도 돌로호프도 1000루블이나 2000 루블씩 주곤 했다.

발라가는 아마색 머리칼, 붉은 얼굴, 유난히 붉고 통통한 목덜미, 반짝이는 작은 눈, 성긴 수염을 지닌 스물일곱 살의 땅딸막한 들창코 사내였다. 그는 반외투 위에 실크로 안감을 댄 얇은 파란색 카프탄을 걸쳤다.

그는 대기실의 한구석을 향해 성호를 긋고는[160] 그다지 크

160) 이콘은 전통적으로 출입구의 맞은편 오른쪽 구석에 걸렸다. 방에 들어설 때 이콘을 향해 성호를 긋는 것은 러시아 정교회의 교인들에게 관례였다.

지 않은 까무잡잡한 손을 내밀며 돌로호프에게 다가갔다.

"표도르 이바노비치에게 경의를 표합니다요!" 그가 허리를 숙이며 말했다.

"안녕한가, 형제. 자네가 왔군."

"안녕하십니까요, 각하." 그는 안으로 들어오는 아나톨에게 이렇게 말하며 또 손을 내밀었다.

"이봐, 발라가." 아나톨은 그의 어깨에 두 손을 얹고 말했다. "자네는 날 좋아하나, 안 좋아하나? 어때? 당장 날 위해 수고를 좀 해 줘야겠는데……. 어떤 말들을 몰고 왔지? 응?"

"사자(使者)의 분부대로 공작님의 맹수들을 몰고 왔습죠." 발라가가 말했다.

"자, 잘 들어, 발라가! 트로이카의 말들을 전부 죽이는 한이 있더라도 세 시간 안에 도착해야 해, 알았지?"

"말들을 죽여 버리면 무엇을 몰고 갑니까요?" 발라가가 한쪽 눈을 찡긋하며 말했다.

"뭐, 네놈의 낯짝을 갈겨 줄 테다. 농지거리하지 마." 갑자기 아나톨이 눈을 부라리며 말했다.

"무슨 농을 했다고 그러실까." 마부가 낄낄거리며 말했다. "제가 저의 신사분들을 위한 일에 뭘 아까워하겠습니까요? 말들이 달릴 수 있는 한 최대한 빨리 몰겠습니다요."

"아!" 아나톨이 말했다. "자, 앉게."

"자, 앉아!" 돌로호프가 말했다.

"서 있겠습니다요, 표도르 이바노비치."

"앉으라니까. 헛소리하지 말고 마셔." 아나톨은 이렇게 말하고 그를 위해 큰 잔에 마데이라를 따라 주었다. 마부의 눈이 술을 보자 반짝였다. 예의상 사양하던 그는 술을 들이켜고는 보자 안에 넣어 둔 붉은색 실크 손수건으로 입을 닦았다.

"그런데 언제 출발합니까요, 각하?"

"어디 보자……(아나톨은 시계를 보았다.) 당장 출발해야겠군. 조심해, 발라가. 알았지? 시간에 댈 수 있겠나?"

"출발이 순조로우면 시간에 못 댈 이유가 없지 않겠습니까요?" 발라가가 말했다. "트베리로 모실 때는 일곱 시간 만에 도착했습죠. 기억하시지요, 각하?"

"그러니까 언젠가 내가 크리스마스를 지내러 트베리에서 온 적이 있잖아." 아나톨은 자기 눈을 부드럽게 응시하는 마카린을 돌아보며 추억의 미소를 머금고 말했다. "믿을 수 있겠나, 마카르카, 우리는 숨이 막힐 정도로 질주했지. 수송 대열 속에 들어갔다가 짐수레 두 대를 뛰어넘기도 했고. 그렇지?"

"말들도 대단했지요!" 발라가가 이야기를 계속했다. "전 그때 갈색 말 옆에 젊은 곁말들을 달았습죠." 그가 돌로호프에게 말했다. "믿어 주실지 모르겠지만 표도르 이바니치, 그 짐승들이 60베르스타를 날다시피 달렸다니까요. 고삐를 잡을 수도 없었지요. 손은 꽁꽁 얼고, 날은 엄청나게 추웠거든요. 전 고삐를 던지고 "각하, 고삐를 좀 잡아 주십쇼." 하고는 썰매 안으로 나동그라졌지요. 그쯤 되면 사실 말을 모는 게 아니지요. 목적지까지 놈들을 제어할 수도 없었습니다요. 그놈의 악마들은 세 시간 안에 도착했습죠. 뒈진 건 왼쪽 말뿐이었습니다요."

17

아나톨은 방에서 나가더니 몇 분 후 외투에 은제 허리띠를 두르고 흑담비 털 모자를 늠름하게 비스듬히 쓰고서 돌아왔다. 그의 잘생긴 얼굴에 썩 잘 어울리는 차림이었다. 그는 거울을 들여다본 후 거울 앞에서 취한 자세 그대로 돌로호프 앞에 서서 술잔을 들었다.

"자, 페쟈, 잘 있어, 전부 고마워. 잘 있어." 아나톨이 말했다. "자, 동료들, 친구들……." 그는 잠시 생각에 잠겼다. "내 젊은 날의…… 안녕히." 그는 마카린과 다른 사람들을 돌아보았다.

그들 모두가 함께 출발할 텐데도 아나톨은 동료들을 향한 이 호소로 무언가 감동적이고 엄숙한 분위기를 내고 싶은 듯했다. 그는 커다란 목소리로 느릿느릿 말하고는 가슴을 쑥 내밀고 한쪽 다리를 흔들었다.

"모두들 술잔을 들어. 발라가, 자네도. 자, 내 젊은 날의 동료들과 친구들, 우리는 함께 술을 마시고 함께 지내고 또 함께 술을 마셨지. 그렇지 않나? 이제 우리는 언제 다시 만날까? 난 외국으로 떠나. 이제까지 함께 지냈는데. 제군들, 잘 있게. 건강을 위하여, 우라!" 그는 이렇게 말하고는 술잔을 비우고 그것을 바닥에 던져 깨뜨렸다.

"건강하십쇼." 발라가는 술잔을 비우고 손수건으로 입을 닦으며 말했다. 마카린은 눈물을 글썽이면서 아나톨을 끌어안았다.

"아, 공작님, 당신과 헤어지게 되어 얼마나 슬픈지 모릅니다." 그가 중얼거렸다.

"출발, 출발!" 아나톨이 외쳤다.

발라가가 방에서 나가려 했다.

"아니, 잠깐." 아나톨이 말했다. "문을 닫아. 앉아야 해.[161] 그렇게 말이야." 문이 닫히고 다들 자리에 앉았다.

"자, 이제 진군이다, 제군들!" 아나톨이 일어서며 말했다.

하인 조제프가 아나톨에게 배낭과 기병도를 건넸고, 모두 대기실로 나갔다.

"외투는 어디에 있지?" 돌로호프가 말했다. "어이, 이그나시카! 마트료나 마트베예브나에게 가서 외투를 달라고 해. 부인용 흑담비 털 외투 말이야. 난 사람들이 어떻게 유괴를 하는지

---

161) 여행을 하기 전에 잠시 함께 앉아 침묵과 기도의 시간을 갖는 것이 러시아의 전통이었다.

들었어." 돌로호프는 한쪽 눈을 찡긋하며 말했다. "여자는 완전히 정신이 나가 집에서 입고 있던 차림 그대로 뛰쳐나올 거야. 조금이라도 우물쭈물해 보라지. 그러면 당장 징징거리며 아빠와 엄마를 찾아. 그러다 금방 몸이 얼고 여자는 되돌아가려고 해. 자넨 곧바로 외투로 싸서 썰매에 태워."

하인이 여성용 여우 털 외투를 가져왔다.

"멍청이, 흑담비 털이라고 말했잖아. 어이, 마트료시카, 흑담비 털이야!" 그는 목소리가 방들을 지나 멀리까지 쩌렁쩌렁 울리도록 큰 소리로 외쳤다.

반짝이는 검은 눈동자와 연한 푸른빛이 도는 검은 곱슬머리를 지닌 아름답고 가냘프고 창백한 집시 여인이 붉은 숄을 걸친 채 흑담비 털 외투를 들고 달려 나왔다.

"뭐, 아깝지 않아요. 가져가요." 그녀가 말했다. 그녀는 자신의 신사들 앞에서 겁을 먹은 듯도 하고 외투를 아깝게 여기는 듯도 했다.

돌로호프는 대꾸도 않고 외투를 받아 들더니 그것을 그녀의 몸에 두르고 감쌌다.

"이렇게 하란 말이야." 돌로호프가 말했다. "그다음에는 이렇게." 그는 그 말을 하고는 그녀의 얼굴 앞쪽만 살짝 틈을 남기고 옷깃을 머리 위까지 세웠다. "그다음에 이렇게 해. 알겠지?" 그는 마트료샤의 눈부신 미소가 보이는 옷깃 사이의 틈새로 아나톨의 머리를 끌어당겼다.

"자, 잘 있어, 마트료샤." 아나톨이 그녀에게 입을 맞추며 말했다. "에잇, 이곳에서의 방탕한 생활도 끝이다! 스쵸시카[162)]

에게 안부를 전해 줘. 그럼 잘 있게나! 안녕, 마트료샤. 나에게 행운을 빌어 줘."

"그럼 공작님, 하느님께서 당신에게 큰 행복을 내려 주시길." 마트료샤는 집시 특유의 억양으로 아나톨에게 말했다.

현관 계단 옆에 건장한 마부 두 명이 고삐를 잡은 트로이카 두 대가 대기하고 있었다. 발라가는 앞쪽 트로이카에 앉아 팔꿈치를 높이 치켜들고 느릿느릿 고삐를 가지런하게 정리했다. 아나톨과 돌로호프는 그의 트로이카에 탔다. 마카린, 흐보스치코프, 하인은 다른 트로이카에 탔다.

"준비되셨습니까, 네?" 발라가가 물었다.

"출발!" 그는 고삐를 한 손에 감으며 외쳤다. 그러자 트로이카가 니키츠키 가로수 길을 따라 덜커덩거리며 쏜살같이 내려갔다.

"이랴! 달려라, 이랴!" 들리는 것이라고는 발라가와 마부대에 앉은 젊은이의 고함 소리뿐이었다. 아르바트 광장에서 트로이카가 카레타에 걸리고, 무언가가 부서지고, 고함 소리가 들렸다. 그래도 트로이카는 아르바트 광장을 날듯이 달렸다.

포드노빈스키 거리를 끝까지 질주한 후 발라가는 서서히 고삐를 당겼다. 그리고 방향을 돌려 스타라야 코뉴셴나야 거리의 교차로에서 말을 세웠다.

마부는 말의 굴레를 잡으려고 껑충 뛰어내렸다. 아나톨과

---

162) 스쵸샤, 스쵸시카라는 애칭으로 불린 스테파니다 솔다토바는 19세기 초 모스크바에서 매우 유명한 집시 가수였다.

돌로호프는 보도를 따라 걸었다. 대문 근처에 이르러 돌로호프가 휘파람을 불었다. 다른 휘파람 소리가 화답했고, 뒤이어 하녀가 달려 나왔다.

"안마당으로 들어오세요. 그러지 않으면 눈에 띄어요. 곧 나오실 거예요." 그녀가 말했다.

돌로호프는 대문 옆에 남았다. 아나톨은 하녀를 뒤따라 안마당으로 들어가서 모퉁이를 돈 다음 현관 계단을 뛰어 올라갔다.

마리야 드미트리예브나의 수행 하인인 덩치 큰 가브릴로가 아나톨을 맞이했다.

"마님께 가시지요." 하인이 문 앞에서 길을 막으며 굵직한 목소리로 말했다.

"어느 마님? 넌 누구냐?" 아나톨은 숨을 헐떡이며 소곤소곤 물었다.

"가시지요. 모시고 오라는 분부를 받았습니다."

"쿠라긴! 돌아와!" 돌로호프가 소리쳤다. "배신이야! 돌아와!"

쪽문 옆에 서 있던 돌로호프는 안으로 들어간 아나톨 뒤에서 문을 닫으려 하는 문지기와 싸우고 있었다. 돌로호프는 마지막 안간힘을 다해 문지기를 밀쳤고, 아나톨이 밖으로 뛰쳐나오자 팔을 잡고 쪽문 밖으로 끌어내 함께 트로이카 쪽으로 달음질쳤다.

18

복도에서 소냐가 흐느끼는 것을 발견한 마리야 드미트리예브나는 모든 것을 털어놓게 했다. 마리야 드미트리예브나는 나타샤의 편지를 빼앗아 읽고는 편지를 손에 들고 나타샤의 방으로 들어갔다.

"파렴치하고 뻔뻔스러운 것!" 마리야 드미트리예브나가 나타샤에게 말했다. "아무 말도 듣고 싶지 않다!" 마리야 드미트리예브나는 놀라움과 냉담함이 뒤섞인 눈길로 바라보는 나타샤를 떠밀어 방에 가두고 열쇠로 잠갔다. 또한 문지기에게 오늘 밤에 올 사람들을 대문 안으로 들이되 내보내서는 안 된다고 분부하고, 하인에게는 그 사람들을 자기에게 데려오라고 지시한 후 유괴범들을 기다리며 응접실에 앉아 있었다.

가브릴로가 와서 사람들이 왔다가 달아났다고 보고하자 마리야 드미트리예브나는 얼굴을 찌푸리고 일어나 뒷짐을 진

채 어떻게 해야 할지 궁리하며 오랫동안 이 방 저 방 돌아다녔다. 자정이 가까울 무렵 그녀는 주머니 속 열쇠를 만져 보고는 나타샤의 방으로 갔다. 소냐는 흐느끼며 복도에 앉아 있었다.

"마리야 드미트리예브나, 제발 절 나타샤의 방에 들여보내 주세요." 소냐가 말했다. 마리야 드미트리예브나는 아무런 대꾸도 없이 문을 열고 들어갔다. '혐오스럽고 추악해…… 내 집에서, 파렴치한 계집애 같으니…… 아비만 딱하게 됐군!' 마리야 드미트리예브나는 분을 삭이려고 애쓰며 생각했다. '어려운 일이겠지만 모두에게 입을 다물도록 지시하고 백작에게는 숨겨야겠어.' 마리야 드미트리예브나는 단호한 걸음으로 방에 들어갔다. 나타샤는 두 손으로 머리를 감싸고 소파에 누워 꼼짝도 하지 않았다. 마리야 드미트리예브나가 그녀를 두고 나갈 때와 똑같은 자세로 누워 있었다.

"잘한다, 아주 잘하는 짓이다!" 마리야 드미트리예브나가 말했다. "내 집에서 애인과 만날 약속을 하다니! 속이려 해 봤자 소용없다! 내가 말할 때는 잘 들어라." 마리야 드미트리예브나는 그녀의 팔을 건드렸다. "내가 말할 때는 들으라니까. 넌 스스로를 밑바닥 계집같이 치욕에 빠뜨렸다. 난 너 같은 애를 어떻게 해야 할지 안다. 하지만 네 아버지가 딱하구나. 난 이 일을 덮겠다." 나타샤는 자세를 바꾸지 않았다. 그러나 목을 죄는 소리 없는 흐느낌에 온몸이 바들바들 떨리며 들썩였다. 마리야 드미트리예브나는 소냐를 돌아보더니 나타샤 옆의 소파에 앉았다.

"내 손에서 벗어나다니 운이 좋았지. 하지만 내가 그자를 찾아내고 말겠다." 그녀는 특유의 걸걸한 목소리로 말했다. "내가 하는 말을 듣고 있는 거냐?" 그녀는 커다란 손으로 나타샤의 얼굴을 들어 자기 쪽으로 돌렸다. 마리야 드미트리예브나도 소냐도 나타샤의 얼굴을 보고 깜짝 놀랐다. 메마른 눈은 광채를 띠고, 입술은 굳게 닫히고, 두 뺨은 푹 꺼져 있었다.

"내버려…… 두세요……. 날더러 뭘…… 난…… 죽어 버릴 거예요……." 그녀는 마리야 드미트리예브나를 앙칼지게 힘껏 뿌리치고 처음 자세로 돌아갔다.

"나탈리야!" 마리야 드미트리예브나가 말했다. "난 네가 행복하기를 바란다. 누워 있거라, 그래, 그렇게 누워 있어. 나도 널 건드리지 않으마. 그리고 들어라……. 난 앞으로 네가 얼마나 잘못했는지 말하지 않겠다. 너 스스로도 알 테니까. 하지만 당장 네 아버지가 내일 온다. 내가 그에게 무슨 말을 해야겠느냐, 응?"

또다시 나타샤의 몸이 흐느낌으로 들썩이기 시작했다.

"이제 그도 알게 될 거다. 네 오빠도, 약혼자도!"

"제게는 약혼자가 없어요. 제가 거절했어요." 나타샤가 소리쳤다.

"아무래도 상관없어." 마리야 드미트리예브나는 계속 말을 이었다. "그래서 그들이 알게 되면, 그래, 그들이 이렇게 내버려 둘 것 같으냐? 분명 그는, 네 아버지는, 내가 그를 잘 안다만, 그는 그자에게 결투를 신청할 게다. 그것이 잘된 일이냐, 응?"

"아, 절 내버려 두세요. 왜 모든 걸 방해하세요! 왜요! 왜! 누가 부탁이라도 하던가요?" 나타샤는 소파에서 몸을 약간 일으키더니 마리야 드미트리예브나를 매섭게 노려보면서 외쳤다.

"도대체 네가 원했던 게 뭐냐?" 마리야 드미트리예브나는 다시 흥분하여 소리쳤다. "아니, 누가 널 가두어 두기라도 했냐? 아니면 누가 그자를 이 집에 드나들지 못하게 방해라도 했냐? 어째서 그자는 널 무슨 집시 여자같이 유괴하려 든 것이냐? 그래, 그자가 널 유괴했다고 하자. 도대체 넌 그들이 그자를 찾아내지 못할 거라고 생각한 게냐? 네 아버지나 오빠나 약혼자가? 그자는 정말로 악당이고 불한당이란 말이다!"

"그 사람은 당신들 그 누구보다도 훌륭해요." 나타샤는 몸을 살짝 일으키며 소리쳤다. "만약 당신이 방해하지 않았다면……. 아, 하느님, 이게 뭐람, 이게 뭐람! 소냐, 왜 그랬어? 나가요!" 그리고 그녀는 사람들이 스스로가 원인이 되었다고 여기는 불행을 애달파할 때와 같은 절망적인 모습으로 흐느껴 울었다. 마리야 드미트리예브나는 다시 말을 꺼내려 했다. 그런데 나타샤가 소리쳤다. "나가요, 나가, 당신들 모두 날 증오하고 경멸하잖아요!" 그러더니 다시 소파에 몸을 던졌다.

마리야 드미트리예브나는 얼마 동안 나타샤에게 훈계를 늘어놓았다. 그리고 이 모든 일을 백작에게 숨겨야 하며, 만약 나타샤가 모든 것을 잊고 무슨 일이 일어났다는 기색을 아무에게도 보이지 않을 각오만 해 준다면 아무도 이 일을 절대 알지 못할 것이라는 생각을 그녀에게 불어넣었다. 나타샤는 아무 대꾸도 하지 않았다. 더 이상 흐느끼지도 않았다. 그런데 오한으로 바들바들 떨기 시작했다. 마리야 드미트리예브나는 나타샤에게 베개를 받쳐 주고 이불을 두 장 덮어 주고는 보리

수 꽃을 우린 차를 직접 가져다주었다. 그러나 나타샤는 그녀가 부르는 소리에 아무런 반응도 보이지 않았다.

"자, 자게 둬라." 마리야 드미트리예브나는 나타샤가 잠들었다고 생각하여 방에서 나가며 말했다. 그러나 나타샤는 자지 않았다. 그녀는 창백한 얼굴로 부릅뜬 눈을 고정한 채 정면을 똑바로 응시했다. 그날 밤 내내 나타샤는 잠을 자지도 않고 울지도 않았으며, 몇 번이고 일어나 자기 쪽으로 다가오는 소냐와 말도 하지 않았다.

다음 날 아침 식사 전에 일리야 안드레이치 백작이 약속대로 모스크바 근교에서 돌아왔다. 그는 매우 쾌활했다. 구매자와 얽힌 문제도 순조롭게 풀렸으며, 이제 그를 그리운 백작 부인에게서 떼어 놓고 모스크바에 붙잡아 두는 것도 더 이상 없었다. 마리야 드미트리예브나는 그를 맞이하며 전날 나타샤가 몹시 아파 의사를 불렀으나 이제는 한결 좋아졌다고 알렸다. 나타샤는 이날 아침 자기 방에서 한 발짝도 나오지 않았다. 그녀는 거칠어진 입술을 굳게 다물고 메마른 눈을 고정한 채 창가에 앉아 거리를 지나가는 사람들을 불안하게 주시하고, 방에 들어오는 사람들을 초조하게 돌아보기도 했다. 그에 관한 소식을 기대하면서 그가 직접 찾아오거나 편지하기를 기다리는 듯했다.

백작이 방에 들어섰을 때 그녀는 남자 발걸음 소리에 불안한 빛으로 고개를 돌렸다. 얼굴은 예전의 차가운, 심지어 악의에 찬 표정을 띠었다. 그녀는 그를 맞이하러 일어서지도 않았다.

"무슨 일이냐, 우리 천사, 아픈 게냐?" 백작이 물었다.

나타샤는 잠시 침묵했다.

"네, 아파요." 그녀가 대꾸했다.

왜 그렇게 기운이 없느냐고, 약혼자와 무슨 일이 있었던 게 아니냐고 걱정스럽게 캐묻는 백작의 질문에 그녀는 아무 일도 없었다고 장담하며 걱정하지 말라고 부탁했다. 마리야 드미트리예브나는 백작에게 아무 일도 없었다는 나타샤의 확언을 보증해 주었다. 백작은 딸의 꾀병과 낙심, 소냐와 마리야 드미트리예브나의 당혹스러운 얼굴에서 자신이 없는 사이에 분명 무슨 일이 일어났음을 뚜렷이 느꼈다. 그러나 사랑하는 딸에게 무언가 수치스러운 일이 일어났다고 생각하는 것은 그에게 너무도 두려운 일이었다. 그리고 그는 자신의 유쾌하고 태평한 기질을 너무도 사랑했기에 이것저것 캐묻기를 피하고 별다른 일은 없었을 거라며 스스로를 설득하려 계속 애썼다. 다만 딸의 병 때문에 시골로 가는 것이 연기된 점을 애석해할 뿐이었다.

19

아내가 모스크바에 온 그날 이후 피에르는 그저 그녀와 함께 있지 않으려는 목적으로 어디론가 떠나고자 했다. 로스토프가 사람들이 모스크바에 도착하자마자 그는 나타샤가 불러일으킨 인상 때문에 부득이 자신의 계획을 서둘러 실행에 옮겼다. 그는 이오시프 알렉세예비치의 미망인을 만나러 트베리로 향했다. 오래전 그녀가 피에르에게 고인의 문서를 건네주겠다고 약속했기 때문이다.

모스크바에 돌아온 피에르는 마리야 드미트리예브나로부터 안드레이 볼콘스키 공작과 약혼녀에 관한 매우 중요한 문제 때문이니 방문해 달라고 청하는 편지를 받았다. 피에르는 나타샤를 피해 왔다. 자신이 그녀에게 품은 감정이 기혼자가 친구의 약혼녀에게 마땅히 가져야 할 감정 그 이상처럼 느껴졌던 것이다. 그런데 어떤 운명이 끊임없이 그와 그녀를 하나로 여겼다.

'무슨 일이 일어난 걸까? 그리고 그것이 나와 무슨 관련이 있다는 건가?' 그는 마리야 드미트리예브나의 집에 가려고 옷을 입으며 생각에 잠겼다. '어서 안드레이 공작이 돌아와 그녀와 결혼했으면!' 피에르는 아흐로시모바의 집으로 가면서 생각했다.

트베리스카야 가로수 길에서 누군가 그를 불렀다.

"피에르! 오랜만에 돌아왔군?" 귀에 익은 목소리가 그를 향해 소리쳤다. 피에르는 고개를 들었다. 회색 경주마 두 마리가 썰매 앞부분에 눈을 끼얹으며 달리는 썰매 위에 아나톨과 그를 늘 따라다니는 동료 마카린이 어렴풋이 보였다. 아나톨은 얼굴 아래쪽을 비버 털가죽 옷깃으로 감싸고 고개를 약간 숙인 채 멋쟁이 군인의 전형적인 자세로 꼿꼿이 앉아 있었다. 붉게 상기된 얼굴은 생기가 넘쳤다. 그는 하얀 깃털이 달린 군모를 비스듬히 썼고, 군모 아래로 눈가루가 흩뿌려진 포마드를 바른 곱슬머리가 보였다.

'그래, 정말이지 진정한 현자가 저기 있군!' 피에르는 생각했다. '그는 현재의 만족스러운 순간 외에 아무것도 보지 않아. 무엇에도 불안을 느끼지 않지. 그래서 항상 쾌활하고 불만이 없고 태평한 거야. 저 인간처럼 될 수 있다면 난 무엇이든 내줄 텐데.' 피에르는 질투를 느끼며 생각했다.

아흐로시모바의 집 대기실에서 하인이 피에르의 외투를 벗겨 주며 마리야 드미트리예브나가 침실로 와 주기를 청했다고 말했다.

홀의 문을 연 피에르는 야위고 창백하고 야멸찬 얼굴로 창가에 앉아 있는 나타샤를 보았다. 그녀는 그를 돌아보고 얼굴을 찌푸리더니 냉정하고 위엄 있는 표정으로 홀에서 나갔다.

"무슨 일이 있었습니까?" 피에르는 마리야 드미트리예브나의 방으로 들어가며 물었다.

"멋진 일이 있었지." 마리야 드미트리예브나가 대답했다. "오십팔 년을 살았지만 이렇게 남부끄러운 일은 본 적도 없어." 그리고 마리야 드미트리예브나는 피에르에게서 앞으로 알게 될 모든 것에 대해 입을 열지 않겠다는 맹세를 받은 후 나타샤가 부모 모르게 파혼했고, 그 거절의 원인이 아나톨 쿠라긴이며, 그와 그녀를 연결해 준 것이 피에르의 아내이고, 아버지가 없는 동안 나타샤가 비밀 결혼을 하기 위해 그와 달아나려 했다는 것을 알렸다.

피에르는 어깨를 움츠리고 입을 벌린 채 자기 귀를 의심하며 마리야 드미트리예브나가 하는 말을 들었다. 그처럼 열렬한 사랑을 받던 안드레이 공작의 약혼녀가, 예전의 그 사랑스럽던 나타샤 로스토바가 볼콘스키 대신에 이미 결혼까지 한 멍청이 아나톨(피에르는 그의 결혼에 대한 비밀을 알았다.)을 택하고 또 함께 도망가는 것에 동의할 만큼 그를 사랑하게 되다니, 피에르는 그 사실을 납득할 수도 상상할 수도 없었다. 그의 마음속에서는 그가 어린 시절부터 알던 나타샤의 사랑스러운 인상이 그녀의 저속함과 어리석음과 잔인함이라는 새로운 개념과 결합될 수 없었다. 그는 아내를 떠올렸다. '그들은 다 똑같구나.' 그는 자기 혼자만 추악한 여자와 맺어지는 슬픈 운명에 처한 게 아니라는 생각을 하면서 속으로 혼잣말을 했다. 그러나 눈물이 날 만큼 안드레이 공작이 불쌍했고, 그의 궁지가 애처로웠다. 친구가 불쌍히 여겨질수록 방금 홀에서 냉정하고 위엄 있는 표정으로 옆을 지나간 나타샤가 더욱더 경멸스럽게, 심지어 혐오스럽게까지 느껴졌다. 그는 몰랐다. 나타샤의 마음이 절망과 수치와 모멸로 가득 차 있다는 사실을, 얼굴이 무심결에 침착한 위엄과 엄격함을 띤 것은 그녀 탓이 아니라는 사실을…….

"무슨 말씀이세요, 결혼을 하다니요!" 피에르는 마리야 드미트리예브나의 말에 이렇게 대답했다. "그는 결혼할 수 없습니다. 이미 결혼을 했거든요."

"시간이 갈수록 더 심각해지는군." 마리야 드미트리예브나가 중얼거렸다. "훌륭한 젊은이로세! 참말로 악당이야! 그런데도 그 애는 기다리고 있어. 이틀째 기다리고 있지. 그 애에게 말해야 해. 그러면 최소한 기다리는 것은 그만두겠지."

마리야 드미트리예브나는 피에르로부터 아나톨의 결혼에 대해 상세히 알아낸 후 아나톨을 향한 분노를 욕설로 풀고는 왜 그를 불렀는지 알렸다. 마리야 드미트리예브나는 백작이나 언제 올지 모를 볼콘스키가 자신이 그들에게 숨기려 하는 이 문제를 알고 쿠라긴에게 결투를 청하지 않을까 두려웠다. 그래서 피에르에게 그녀를 대신하여 처남더러 모스크바를 떠나라고, 감히 자기 눈에 띄지 말라고 요구해 줄 것을 부탁했다. 그제야 겨우 노백작과 니콜라이와 안드레이 공작을 위협하는 위험을 깨달은 피에르는 그녀의 바람대로 실행하겠다고 약속했다. 간단하고 명료하게 자신의 요구를 전달하고 나자 그녀는 그를 응접실로 내보냈다.

"조심해, 백작은 아무것도 몰라. 자네도 전혀 모르는 것처럼 행동하게." 그녀가 그에게 말했다. "나는 그 애에게 가서 더 이상 기다릴 필요 없다고 말하겠네. 그리고 괜찮으면 남아서 식사라도 하고 가." 마리야 드미트리예브나는 피에르를 향해 소리쳤다.

피에르는 노백작을 만났다. 그는 당혹감과 실망에 빠져 있었다. 이날 아침 나타샤가 볼콘스키를 거절했다고 그에게 말한 것이다.

"골칫거리요, 골칫거리, 몽셰르." 그가 피에르에게 말했다. "어머니 없이 이런 여자애들을 데리고 있자니 골치가 아프구려. 난 여기에 온 것을 몹시 후회하고 있소. 당신에게 솔직히 말하겠소. 당신도 들었겠지만 그 애는 아무와도 상의하지 않고 파혼했다오. 그게 말이오, 정말이지 난 그 결혼을 전혀 달가워하지 않았다오. 설령 그가 좋은 사람이라고 칩시다. 하지만 그 아버지의 뜻을 거역해서야 무슨 행복이 있겠소. 게다가 나타샤에게 앞으로 또 구혼자가 생기지 않을 리도 없고. 하지만 어쨌든 이미 오랫동안 그렇게 관계를 지켜 왔잖소. 그런데 어떻게 부모와 한마디 상의도 없이 그런 행동을 할 수 있단 말이오! 지금 그 애는 아프다오. 어떻게 될지는 하느님만 아실 거요! 좋지 않아요, 백작, 어머니 없이 딸들을 데리고 있는 건 좋은 일이 아니구려……." 피에르는 백작이 매우 낙담한 것을 알고 화제를 다른 쪽으로 돌리려고 애썼지만 백작은 계속 자신의 슬픔으로 되돌아갔다.

소냐가 걱정스러운 얼굴로 응접실에 들어왔다.

"나타샤가 몸이 좋지 않아요. 그 애는 자기 방에 있어요. 당신을 보고 싶어 해요. 마리야 드미트리예브나도 함께 계세요. 그분도 당신에게 와 달라고 부탁하셨어요."

"그렇군, 당신은 볼콘스키와 절친한 사이였지. 틀림없이 나타샤도 당신이 그에게 무슨 말이라도 해 주기를 바랄 거요." 백작이 말했다. "아, 하느님, 하느님! 모든 게 아주 좋았는데!" 그러고는 희끗희끗하고 듬성듬성한 구레나룻을 움켜쥐고 응접실에서 나갔다.

마리야 드미트리예브나는 나타샤에게 아나톨이 이미 결혼한 몸이라고 설명했다. 나타샤는 믿으려 하지 않고 피에르가 직접 그 말을 확인해 줄 것을 요구했다. 소냐는 피에르를 데리고 복도를 지나 나타샤의 방으로 안내하는 동안 이러한 상황을 전했다.

나타샤는 창백하고 딱딱하게 굳은 얼굴로 마리야 드미트리예브나 옆에 앉아 피에르가 문을 들어설 때부터 열에 들뜬 듯 반짝이는 뭔가 묻고 싶은 눈초리로 피에르를 맞이했다. 그녀는 웃지도, 그에게 고개를 끄덕이지도 않고 고집스럽게 그를 쳐다볼 뿐이었다. 그 시선은 그저 이렇게 묻고 있었다. 당신은 친구인가요, 아니면 다른 모든 사람들과 똑같이 적인가요? 아나톨에 대해서 말이에요. 그녀에게 피에르 자체는 아예 존재하지도 않는 듯했다.

"이 사람은 전부 알고 있다." 마리야 드미트리예브나는 피에르를 가리키며 나타샤를 향해 말했다. "내가 말한 게 사실인지 아닌지 이 사람에게 들어 보렴."

총에 맞아 상처를 입고 몰이에 쫓겨 완전히 지쳐 버린 짐승이 가까이 다가오는 사냥개들과 사냥꾼들을 볼 때처럼 나타샤는 이 사람 저 사람을 번갈아 쳐다보았다.

"나탈리야 일리니치나." 피에르는 눈을 내리깔고 그녀에 대한 연민과 자신이 해야 할 수술에 대한 혐오를 느끼며 입을 열었다. "그것이 사실이든 아니든 당신과 아무 상관 없는 문제여야 합니다. 왜냐하면……."

"그럼 그 사람이 결혼했다는 게 사실이 아닌가요?"

"아뇨, 그것은 사실입니다."

"결혼을 했군요. 오래됐나요?" 그녀가 물었다. "맹세할 수 있어요?"

피에르는 그녀에게 맹세했다.

"그 사람이 아직 이곳에 있나요?"

"네, 방금 전에 보았습니다."

그녀는 말할 기운을 잃은 듯 혼자 있게 해 달라고 손짓했다.

20

피에르는 남아서 식사를 하지 않고 즉시 방에서 나와 그곳을 떠났다. 그는 아나톨 쿠라긴을 찾기 위해 시내를 돌아다녔다. 지금 그는 아나톨을 생각하기만 해도 모든 피가 심장으로 쏠리는 것 같아 숨을 쉬기가 힘들었다. 언덕에도, 집시들의 거처에도, 코모네노에도 그는 없었다. 피에르는 클럽으로 갔다. 클럽에서는 모든 것이 평상시의 질서대로 흘러가고 있었다. 식사를 하러 모인 손님들은 여기저기 무리 지어 앉아 있다가 피에르에게 인사를 건네며 도시의 새로운 소식에 대해 이야기했다. 피에르의 친지들과 습관을 아는 한 하인이 인사를 하며 작은 식당에 그를 위한 자리가 마련되어 있다고, 미하일 자하리치 공작은 도서실에 있으며 파벨 치모페이치는 아직 오지 않았다고 보고했다. 피에르의 한 지인이 대화 도중 도시에 소문으로 떠도는 쿠라긴의 로스토바 유괴 사건을 들었느냐고, 그것이 사실이냐고 물었다. 피에르는 웃음을 터뜨리며 그것은 말도 안 되는 이야기라고, 왜냐하면 자신이 방금 로스토바가에서 오는 길이기 때문이라고 말했다. 그는 모든 이들에게 아나톨에 대해 물었다. 한 사람은 아나톨이 아직 오지 않았다고, 또 한 사람은 아나톨이 오늘 식사하러 올 거라고 말했다. 피에르는 자기 마음속에서 무슨 일이 일어나는지 모르는 그 태평하고 무심한 무리를 보며 이상야릇한 기분을 느꼈다. 그는 이 홀 저 홀을 돌아다니며 모두 모이기를 기다렸다. 그러나 아나톨을 기다리다 못한 피에르는 식사도 하지 않고 집으로 돌아왔다.

피에르가 찾던 아나톨은 이날 돌로호프의 집에서 식사를 하고 실패로 돌아간 이 사태를 어떻게 수습할지에 대해 그와 의논했다. 그는 로스토바를 만날 필요가 있다고 생각했다. 저녁에 그는 이 만남을 성사시킬 방법을 상의하기 위해 누나를 찾았다. 피에르가 모스크바 전체를 부질없이 쏘다니다 집으로 돌아오니 시종이 아나톨 바실리예비치가 백작 부인의 방에 있다고 보고했다. 백작 부인의 응접실은 손님으로 가득 차 있었다.

피에르는 도착하고 처음 보는 아내에게 인사도 없이(이 순간 그는 어느 때보다 더욱 그녀에게 증오심을 느꼈다.) 응접실로 들어갔다. 그리고 아나톨을 발견하자 그에게 다가갔다.

"아, 피에르." 백작 부인이 남편에게 다가오며 말했다. "당신은 우리 아나톨이 어떤 상황에 처했는지 모르죠……." 그녀는 남편의 낮게 숙인 머리와 얼굴, 빛나는 눈, 단호한 걸음에서 그와 돌로호프의 결투 이후 몸소 깨닫고 경험한 적 있는 그 광기와 힘의 무시무시한 표출을 알아채고 말을 멈췄다.

"당신들은 어디에나 타락과 악을 몰고 다니는군." 피에르가 아내에게 말했다. "아나톨, 같이 갑시다. 당신에게 할 이야기가 있습니다." 그는 프랑스어로 말했다.

아나톨은 누나를 돌아보고는 피에르를 따라갈 각오를 하고 순순히 일어섰다.

피에르는 그의 팔을 잡고 끌어당기며 응접실을 나섰다.

"당신이 감히 내 응접실에서……." 엘렌이 소곤거렸다. 그러나 피에르는 그녀에게 대꾸도 않고 응접실을 나가 버렸다.

아나톨은 평소처럼 씩씩한 걸음으로 그를 뒤따라갔다. 그러나 얼굴에는 불안한 기색이 뚜렷하게 엿보였다.

자신의 서재로 들어간 피에르는 문을 닫고 아나톨을 쳐다보지도 않은 채 말했다.

"로스토바 백작 영애에게 결혼하겠다고 약속했습니까? 그녀를 유괴하려 한 겁니까?"

"친구." 아나톨은 프랑스어로 대꾸했다.(모든 대화는 프랑스어로 이루어졌다.) "나에게는 이런 말투로 묻는 심문에 대답할 의무가 없다고 생각하는데요."

그때까지 창백하게 질려 있던 피에르의 얼굴이 광기로 일그러졌다. 그는 커다란 손으로 아나톨의 군복 깃을 움켜쥐고 아나톨의 얼굴에 겁에 질린 표정이 역력히 떠오를 때까지 마구 흔들었다.

"내가 당신에게 해야 할 이야기가 있다고 말할 때는……." 피에르가 똑같은 말을 되풀이했다.

"이게 무슨 짓입니까, 멍청하게. 네?" 아나톨은 천과 함께 뜯겨 나간 옷깃의 단추를 만지작거리며 말했다.

"당신은 악당이고 불한당입니다. 이걸로 당신의 머리통을 박살내는 기쁨으로부터 무엇이 날 막아 줄지 모르겠군요." 피에르가 말했다. 그의 말투가 그토록 부자연스러운 것은 프랑스어로 말했기 때문이다. 그는 무거운 서진을 한 손에 쥐고 위협적으로 치켜들었으나 곧 제자리에 황급히 내려놓았다.

"그녀에게 결혼하자는 약속을 했습니까?"

"난, 난, 난 생각지도 않았습니다. 어쨌든 난 결코 약속한 적이 없어요. 왜냐하면……."

피에르가 말을 가로막았다.

"당신은 그녀의 편지를 가지고 있지요? 편지를 갖고 있지요?" 피에르는 아나톨에게 바싹 다가서며 거듭 말했다.

아나톨은 그를 흘깃 쳐다보더니 곧 주머니에 손을 쑤셔 넣어 종잇조각을 꺼냈다.

피에르는 아나톨이 건넨 편지를 쥐고는 앞을 가로막은 테이블을 밀치고 소파에 털썩 주저앉았다.

"아무 짓도 하지 않을 겁니다. 걱정하지 마십시오." 피에르는 아나톨의 겁에 질린 몸짓에 대한 대꾸로 이렇게 말했다. "첫 번째, 편지." 피에르는 스스로를 위해 복습이라도 하듯 말했다. "두 번째." 잠깐의 침묵 후 그는 다시 자리에서 일어나 걸음을 옮기며 말을 이었다. "당신은 내일 모스크바를 떠나야 합니다."

"하지만 어떻게 내가……."

"세 번째." 피에르는 그의 말에 귀를 기울이지 않고 계속해서 말했다. "당신은 당신과 백작 영애 사이에 무슨 일이 있었는지 절대 한마디도 해서는 안 됩니다. 나도 압니다. 당신이 그렇게 하는 것을 나로서는 막을 수 없겠지요. 하지만 당신 안에 양심의 불꽃이 남아 있다면……." 피에르는 묵묵히 방 안을 거닐었다. 아나톨은 테이블 옆에 앉아 얼굴을 찌푸린 채 입술을 깨물었다.

"당신도 결국 깨닫지 않을 수 없겠지만 당신의 만족 외에도 다른 사람들의 행복과 평온이라는 게 있고, 당신은 지금 즐거움을 만끽하고자 일생을 망치고 있습니다. 내 아내 같은 여자들하고나 어울려 놀아요. 그런 여자들에게라면 당신도 자격이 있으니까. 그들도 당신이 무엇을 원하는지 압니다. 그들은 똑같이 타락했던 경험으로 당신을 상대할 만한 무장을 갖추었습니다. 하지만 아가씨에게 결혼을 약속하고…… 속이고 유괴하는 것은……. 당신은 어째서 그것이 노인이나 아이를 구타하는 것만큼이나 비열한 짓이라는 사실을 모릅니까!"

피에르는 잠시 침묵하며 더 이상 분노가 아닌 의문에 찬 시선으로 아나톨을 쳐다보았다.

"그건 내 알 바가 아니지요. 안 그렇습니까?" 아나톨이 말했다. 피에르가 자신의 분노를 극복할수록 아나톨은 점차 힘을 되찾았다. "그건 내 알 바가 아닙니다. 알고 싶지도 않아요." 그는 피에르를 쳐다보지 않고 아래턱을 가볍게 떨면서 말했다. "하지만 당신은 나에게 이런 말을 했지요. 비열하다

느니 뭐니 하며, 내가 명예로운 인간으로서 누구에게도 허락하지 않은 말들을 말입니다."

피에르는 그가 무엇을 원하는지 이해할 수 없어 놀란 눈으로 쳐다보았다.

"비록 그것이 우리만 있는 자리에서 나온 말이라 해도." 아나톨은 계속 말을 이었다. "하지만 난……."

"뭡니까, 보상을 원하는 겁니까?" 피에르가 비웃듯 말했다.

"적어도 당신은 자신이 한 말을 취소할 수 있습니다. 그렇지 않나요? 만약 내가 당신의 바람대로 하기를 바란다면 말입니다. 그렇지 않습니까?"

"취소합니다. 취소해요." 피에르가 말했다. "그리고 당신에게 용서를 구합니다." 피에르는 무심결에 뜯겨 나간 단추를 흘깃 쳐다보았다. "돈도 주지요. 만약 여비가 필요하다면요." 아나톨이 빙긋 웃었다.

피에르가 아내에게서 익히 본 그 소심하면서도 비열한 미소가 그를 격분하게 했다.

"오, 비열하고 냉혹한 족속들 같으니!" 그는 이렇게 말하고 서재에서 나가 버렸다.

그다음 날 아나톨은 페테르부르크로 떠났다.

21

피에르는 마리야 드미트리예브나의 바람을 수행했다는 소식, 즉 쿠라긴을 모스크바에서 쫓아냈다는 소식을 전하기 위해 그녀를 찾아갔다. 집 전체는 두려움과 흥분에 싸여 있었다. 나타샤가 몹시 아팠던 것이다. 마리야 드미트리예브나가 은밀히 털어놓은 바에 따르면, 아나톨이 유부남이라는 사실을 들은 그날 밤에 그녀는 남몰래 구한 비소를 먹고 자살을 시도했다. 비소를 조금 삼킨 그녀는 너무나 두려운 나머지 소냐를 깨워 자신이 한 일을 알렸다. 해독을 위해 필요한 조치가 제때에 행해졌고, 이제 그녀는 위험을 벗어났다. 그러나 시골로 데려가는 것은 생각도 할 수 없을 만큼 몹시 쇠약했기에 집안사람들은 백작 부인을 데려오도록 하인을 보냈다. 피에르는 망연자실한 백작과 울고 있는 소냐는 보았으나 나타샤를 만나지는 못했다.

피에르는 이날 클럽에서 식사를 하다가 사방에서 로스토바의 유괴를 기도한 사건에 대해 떠드는 소리를 들었다. 그는 그런 이야기를 완강하게 반박하면서 모든 사람들에게 처남이 로스토바한테 청혼했다가 거절당한 것 말고는 아무 일도 없었다고 단언했다. 피에르는 사건의 전말을 숨기고 로스토바의 명예를 회복하는 것이 자신의 의무라고 느꼈다.

그는 두려운 심정으로 안드레이 공작의 귀국을 기다렸고, 그에 대한 소식을 듣기 위해 노공작의 집을 날마다 찾아갔다.

니콜라이 안드레이치 공작은 **마드무아젤 부리엔**을 통해 도시에 떠도는 모든 소문을 알아냈고, 나타샤가 마리야 공작 영애에게 보낸 파혼 편지도 읽었다. 그는 평소보다 더욱 쾌활해 보였으며 몹시 초조하게 아들을 기다렸다.

아나톨이 떠난 지 며칠이 지나 피에르는 안드레이 공작으로부터 자신의 도착을 알리는, 그리고 피에르에게 자기 집을 방문해 달라고 청하는 쪽지를 받았다.

모스크바에 온 안드레이 공작은 집에 도착하자마자 아버지로부터 나타샤가 마리야 공작 영애에게 보낸 파혼 편지를 받았고(**마드무아젤 부리엔**이 마리야 공작 영애에게서 이 편지를 훔쳐 공작에게 전했다.) 아버지에게서 나타샤 유괴 사건에 대한 부풀려진 이야기들을 들었다.

안드레이 공작은 전날 밤에 도착했다. 피에르는 그다음 날 아침에 찾아갔다. 피에르는 안드레이 공작이 나타샤와 비슷한 상태일 거라고 예상했다. 그래서 응접실에 들어서다가 페테르부르크의 어떤 음모 사건에 대해 활기차게 이야기하는 안드레이 공작의 우렁찬 목소리를 듣고 깜짝 놀랐다. 노공작과 다른 누군가의 목소리가 이따금 그의 말을 가로막았다. 마리야 공작 영애가 피에르를 맞으러 나왔다. 그녀는 눈으로 안드레이 공작이 있는 곳의 문을 가리키며 그의 슬픔에 자신이 공감하고 있음을 드러내고 싶은 듯 탄식했다. 그러나 피에르는 마리야 공작 영애의 얼굴에서 그녀가 이 사건이며 약혼녀의 변심 소식을 접한 오빠의 태도에 대해 기뻐하고 있음을 알아차렸다.

"오빠는 이렇게 될 줄 알았다고 했어요." 그녀가 말했다. "난 오빠가 자신의 긍지 때문에 슬픔을 드러내지 않는다는 걸 알아요. 하지만 오빠는 내가 예상한 것보다 이 일을 더 잘, 아니 훨씬 잘 견디고 있어요. 어쩌면 이렇게 될 수밖에 없었나 봐요……."

"하지만 정말로 모든 게 완전히 끝난 걸까요?" 피에르가 말했다.

마리야 공작 영애는 깜짝 놀라 그를 바라보았다. 어떻게 그런 질문을 할 수 있는지 이해할 수조차 없었다. 피에르는 서재로 들어갔다. 안드레이 공작은 많이 변하고 또 건강해진 듯 보였지만 양 눈썹 사이에 전에 없던 가로 주름이 나 있었다. 그는 문관 제복 차림으로 아버지와 메셰르스키 공작 맞은편에 서서 열정적인 몸짓을 해 가며 열띤 논쟁을 벌이고 있었다.

스페란스키에 관한 대화가 진행 중이었다. 그의 갑작스러운 유형과 반역 혐의에 대한 소식이 막 모스크바에도 닿았던 것이다.

"지금은 모든 사람들이 그를 비난하고 탄핵합니다." 안드레이 공작이 말했다. "한 달 전만 해도 그에게 열광하던 사람들이건 그의 목적을 이해하지 못하던 사람들이건 모두요. 한 사람을 무자비하게 비난하고 그에게 다른 이들의 모든 실패를 떠넘기기는 쉽습니다. 하지만 저는 이렇게 말하고 싶군요. 만약 지금의 치세에서 무언가 좋은 것이 행해진다면 그것은 모두 그가, 오직 그 한 사람이 한 것이라고요……." 그는 피에르를 보고 말을 멈추었다. 얼굴이 바르르 떨렸으나 곧 험악한 표정을 띠었다. "그러므로 후세는 그를 정당하게 인정할 겁니다." 그는 이렇게 말을 마무리하고 즉시 피에르를 돌아보았다.

"음, 어떻게 지냈나? 더 뚱뚱해졌군." 그는 활기차게 말했으나 새로 생긴 주름이 이마에 더욱 깊이 패였다. "응, 난 건강해." 그는 피에르의 물음에 이렇게 답하고 미소를 지었다. 피에르는 그의 쓴웃음이 '건강해, 하지만 아무도 나의 건강을 필요로 하지 않는군.'이라고 말하는 것을 분명히 느꼈다. 폴란드 국경부터 끔찍했던 도로 사정에 대해, 스위스에서 피에르를 아는 사람들을 만난 일에 대해, 아들을 위한 교사로 외국에서 데려온 데살 씨에 대해 피에르와 몇 마디 주고받은 후 안드레이 공작은 두 노인 사이에 계속 오가던 스페란스키에 대한 대화에 다시 열을 올리며 끼어들었다.

"만약 반역 행위가 있고 그와 나폴레옹이 서로 내통한 증거가 있다면 공표될 겁니다."[163] 그는 열을 올리며 초조하게 말했다. "전 개인적으로 스페란스키를 좋아하지도 않고, 또 좋아한 적도 없습니다. 하지만 전 정의를 사랑합니다." 그 순간 피에르는 친구에게서 자신도 너무나 잘 아는 욕구, 단지 마음 깊은 곳의 너무도 고통스러운 생각들을 지우기 위해 자신과 상관없는 문제에 대해 흥분하고 논쟁하려는 그 욕구를 알아차렸다.

메셰르스키 공작이 떠나자 안드레이 공작은 피에르의 팔을 잡으며 자신에게 배정된 방으로 가자고 말했다. 방에는 접이식 침대가 펼쳐져 있고 여행 가방들과 궤들이 열린 채 놓여 있었다. 안드레이 공작은 그중 하나로 다가가서 귀중품 함을 꺼냈다. 귀중품 함에서 그는 종이 꾸러미를 꺼냈다. 그는 이 모든 것을 말없이 매우 신속하게 했다. 그는 몸을 일으키고 기침을 했다. 그는 얼굴을 찌푸리며 입술을 굳게 다물었다.

"내가 자네에게 폐를 끼치고 있다면 용서해 주길……." 피에르는 안드레이 공작이 나타샤에 대해 이야기하고 싶어 하는 것을 깨달았다. 그러자 피에르의 넓적한 얼굴에 유감과 연민이 떠올랐다. 그러한 표정이 안드레이 공작의 화를 돋우었다. 그는 단호하고 날카롭고 불쾌한 음성으로 말을 이었다. "난 로스토바 백작 영애로부터 파혼 편지를 받았어. 그리고

---

163) 틸지트 조약 이후 무소불위에 가까운 권리를 행사해 온 스페란스키는 1812년 알렉산드르 1세의 명으로 갑자기 해임되어 페름으로 유배를 떠났다. 프랑스와 전쟁이 불가피해지자 외교 정책에서 프랑스와 동맹할 것을 강력하게 옹호하던 스페란스키는 나폴레옹과의 결탁 및 반역 혐의를 받게 되었다. 스페란스키는 자신을 변호하는 편지를 알렉산드르 1세에게 여러 번 보냈으나 1816년이 되어서야 그의 죄목에 근거가 없었음을 인정하는 칙령이 발표되었다. 그 후 펜자와 시베리아의 지사를 역임한 뒤 페테르부르크로 돌아왔지만 더 이상 알렉산드르 1세에게 영향력을 발휘하지 못했다.

자네 처남이 그녀에게 청혼을 했다던가 하는 그 비슷한 소문이 내 귀에까지 들리더군. 사실인가?"

"그렇기도 하고 아니기도 합니다." 피에르가 입을 열었다. 그러나 안드레이 공작이 그의 말을 가로막았다.

"여기 그녀의 편지들이 있어." 그가 말했다. "초상도." 그는 테이블에서 꾸러미를 집어 피에르에게 건넸다.

"백작 영애에게 건네 줘……. 그녀를 보게 되면 말이야."

"그녀는 매우 아픕니다." 피에르가 말했다.

"그럼 그녀가 아직 이곳에 있다는 건가?" 안드레이 공작이 말했다. "쿠라긴 공작도?" 그가 재빨리 물었다.

"그는 오래전에 떠났습니다. 그녀는 죽을 뻔했지요……."

"그녀가 아프다니 참 안됐군." 안드레이 공작이 말했다. 그는 아버지처럼 차갑고 불쾌하고 적의에 찬 쓴웃음을 지었다.

"하지만 결국 쿠라긴은 로스토바 백작 영애에게 청혼을 하지 않았군?" 안드레이가 말했다. 그는 몇 번이고 콧방귀를 뀌었다.

"유부남이라 결혼할 수 없었습니다." 피에르가 말했다.

안드레이 공작은 또다시 자기 아버지를 떠올리게 하는 불쾌한 웃음소리를 냈다.

"그렇다면 그는 지금 도대체 어디에 있지? 자네 처남 말이야. 내가 알 수 없을까?" 그가 말했다.

"그는 떠났습니다, 페테르……. 하지만 나도 모릅니다." 피에르가 말했다.

"뭐, 아무래도 상관없어." 안드레이 공작이 말했다. "로스토바 백작 영애에게 전해 줘. 그녀는 예전이나 지금이나 완전히 자유롭다고, 내가 행복을 기원한다고 말이야."

피에르는 두 손으로 종이 꾸러미를 쥐었다. 안드레이 공작은 뭔가 더 할 말이 있지 않을까 떠올리는 듯, 혹은 피에르가 뭔가 말하지 않을까 기대하는 듯 피에르를 뚫어지게 바라보았다.

"들어 봐요. 페테르부르크에서 우리가 한 논쟁을 기억합니까?" 피에르가 말했다. "기억해요……?"

"기억해." 안드레이 공작이 황급히 말했다. "난 타락한 여자를 용서해야 한다고 말했지. 하지만 내가 용서할 수 있다고는 말하지 않았어. 난 그렇게 못 해."

"과연 이 일을 그것과 비교할 수 있을까요?" 피에르가 말했다. 안드레이 공작이 말을 가로막았다. 그는 날카롭게 외쳤다.

"그래, 다시 한번 그녀에게 청혼하고 관대함을 보여라, 뭐 그런 말인가? 그래, 대단히 고결한 행동이지. 하지만 난 그 **신사의 자취**를 따를 수 없어. 자네가 내 친구로 남기를 바란다면 나에게 절대로 이…… 이 모든 것에 대해 말하지 말아 줘. 그럼, 잘 가. 자네가 전해 줄 거지?"

피에르는 방을 나와 노공작과 마리야 공작 영애에게 갔다.

노인은 평소보다 더 활기차 보였다. 마리야 공작 영애는 여느 때와 똑같았다. 그러나 피에르는 그녀 안에서 오빠에 대한 연민을 넘어 오빠의 결혼이 깨진 데 대한 기쁨을 보았다. 그들을 보면서 피에르는 그들 모두가 로스토프가에 대해 얼마나 경멸과 적의를 품었는지 깨달았고, 그들 앞에서는 안드레이 공작을 어떤 인간으로도 바꿀 수 있었을 그 이름을 상기시키는 것조차 불가능하다는 사실을 깨달았다.

식사하는 동안 화제는 이미 확실시된 전쟁에 관한 것이었다. 안드레이 공작은 쉴 새 없이 지껄이며 때로는 아버지와, 때로는 스위스인 교사 데살과 논쟁을 했다. 그는 평소보다 더 활기차 보였다. 피에르는 그러한 활기를 낳은 정신적 원인을 너무도 잘 알았다.

22

그날 밤 피에르는 임무를 수행하기 위해 로스토프가 사람들을 찾아갔다. 나타샤는 침대에 누워 있고, 백작은 클럽에서 아직 돌아오지 않았다. 피에르는 소냐한테 편지를 건네고는 안드레이 공작이 그 소식을 어떻게 받아들였는지 알고 싶어 하는 마리야 드미트리예브나에게 갔다. 십 분 후 소냐가 마리야 드미트리예브나의 방에 들어왔다.

"나타샤가 표트르 키릴로비치 백작님을 꼭 만나고 싶어 해요." 그녀가 말했다.

"아니, 어떻게 이 사람을 그 애 방으로 데려간단 말이냐? 거기 너희들 방은 정돈도 해 두지 않았는데." 마리야 드미트리예브나가 말했다.

"아뇨, 나타샤가 옷을 갈아입고 응접실에 나왔어요." 소냐가 말했다.

마리야 드미트리예브나는 그저 어깨를 으쓱했다.

"백작 부인은 언제 오려나? 그 여자가 내 피를 말리는군. 너, 조심해야 한다, 그 애에게 전부 말하면 안 돼." 그녀가 피에르에게 말했다. "그 애를 나무랄 자신이 없어. 너무 불쌍해, 너무 불쌍하다고!"

해쓱하게 야윈 나타샤가 창백하고도 딱딱하게 굳은 얼굴(피에르가 예상했던 것처럼 부끄러워하는 얼굴은 전혀 아니었다.)로 응접실 한가운데에 서 있었다. 피에르가 문가에 나타나자 그녀는 그에게 다가서야 할지 기다려야 할지 망설이는 듯 허둥지둥했다.

피에르는 황급히 그녀에게 다가갔다. 그는 그녀가 여느 때처럼 손을 내밀 거라고 생각했다. 그러나 그녀는 그에게 가까이 다가오다가 걸음을 멈추고는 노래하러 홀 가운데로 나설 때와 똑같은 자세로, 그러나 전혀 다른 표정으로 무겁게 숨을 몰아쉬며 두 손을 죽은 듯이 축 늘어뜨렸다.

"피에르 키릴리치." 그녀는 재빨리 말을 꺼냈다. "볼콘스키 공작은 당신의 친구였죠. 지금도 당신의 친구고요." 그녀는 고쳐 말했다.(그녀에게는 모든 것이 그저 과거의 일일 뿐 이제는 전부 달라진 것처럼 느껴졌다.) "그는 그때 당신과 의논하라고 말했죠……."

피에르는 그녀를 보며 말없이 코로 거칠게 숨을 내쉬었다. 그는 이제까지 마음속으로 그녀를 비난했고 또 경멸하려고 애썼다. 그러나 지금은 너무도 애처롭게 느껴진 나머지, 그의 마음속에는 비난을 위한 자리가 더 이상 남아 있지 않았다.

"그가 지금 이곳에 있죠. 그에게 말해 주세요…… 용서하라고…… 날 용서하라고요." 그녀는 말을 멈추고 더욱 숨을 가쁘게 몰아쉬었으나 울지는 않았다.

"네…… 그에게 말하겠습니다." 피에르가 말했다. "하지만……." 그는 무슨 말을 해야 할지 몰랐다.

나타샤는 피에르의 뇌리에 떠올랐을지 모를 생각에 흠칫 놀란 듯했다.

"아뇨, 난 알아요. 모든 게 끝났어요." 그녀는 다급히 말했다. "아뇨, 결코 있을 수 없는 일이에요. 다만 내가 그에게 안긴 불행이 날 괴롭히고 있어요. 그에게 이렇게만 전해 주세요. 나를 용서하라고, 용서하라고, 모든 것에 대해 날 용서하라고……." 그녀는 온몸을 떨며 의자에 앉았다.

이제껏 한 번도 경험하지 못한 연민의 감정이 피에르의 영혼을 가득 채웠다.

"그에게 말하겠습니다. 다시 한번 그에게 전부 말하겠습니다." 피에르가 말했다. "그런데 한 가지 알고 싶은 게……."

'뭘 알고 싶은가요?' 나타샤의 시선이 그렇게 물었다.

"알고 싶습니다, 당신이……." 피에르는 아나톨을 어떻게 불러야 할지 몰랐다. 피에르는 그를 떠올리며 얼굴을 붉히고 말았다. "당신이 그 악한 인간을 사랑했는지 아닌지……."

"그를 악하다고 말하지 마세요." 나타샤가 말했다. "하지만 난 아무것도, 아무것도 모르겠어요……." 그녀는 다시 울먹이기 시작했다.

연민과 부드러움과 사랑의 감정이 한층 강하게 그를 사로

잡았다. 그는 안경 밑으로 흐르는 눈물을 느끼며 들키지 않기를 바랐다.

"더 이상 아무 말도 하지 맙시다, 나의 친구." 피에르가 말했다.

그의 온화하고 부드럽고 진심 어린 목소리가 나타샤에게 불현듯 너무도 낯설게 들렸다.

"더 이상 말하지 맙시다, 나의 친구. 내가 그에게 전부 전하겠습니다. 다만 한 가지 부탁할 게 있습니다. 날 당신의 친구로 생각해 주세요. 만약 도움이나 조언이 필요하면, 그저 누군가에게 마음을 털어놓아야 할 때가 생기면, 지금이 아니라 당신의 마음이 냉정을 되찾으면 날 기억해 주십시오." 그는 그녀의 손을 잡고 입을 맞추었다. "그럴 수만 있다면 난 행복할 겁니다……." 피에르는 어찌할 바를 몰랐다.

"나에게 그렇게 말하지 마세요. 난 그런 말을 들을 가치가 없어요!" 나타샤는 이렇게 외치며 응접실에서 나가려 했지만 피에르가 그녀의 손을 잡았다. 그는 그녀에게 뭔가 더 말해야 한다는 것을 알았다. 그러나 정작 그 말을 했을 때는 스스로도 자신의 말에 놀라고 말았다.

"그만, 그만해요. 당신의 모든 인생이 당신 앞에 펼쳐져 있잖아요." 그가 그녀에게 말했다.

"나의 인생이요? 아뇨! 난 완전히 끝났어요……." 그녀는 수치심과 자기 비하가 어린 어조로 말했다.

"모든 게 끝났다고요?" 그가 그녀의 말을 되풀이했다. "만약 내가 이런 내가 아니라 세상에서 가장 잘생기고 가장 똑똑하고 가장 훌륭한 남자라면, 그리고 자유로운 몸이라면 난 이 순간 무릎을 꿇고 당신에게 청혼하며 사랑을 구했을 겁니다."

나타샤는 지난 숱한 날들 이후 처음으로 감사와 다정함이 어린 눈물을 흘리고는 피에르를 쳐다본 후 응접실에서 나갔다.

피에르도 그녀를 뒤따라 대기실로 뛰어가다시피 했다. 그는 목이 멜 듯한 애정과 행복의 눈물을 억누르며 외투를 걸치고 소매에 미처 팔을 끼우지도 않은 채 썰매에 올라탔다.

"이제 어디로 모실까요?" 마부가 물었다.

'어디로?' 그는 속으로 중얼거렸다. '지금 내가 어디로 갈 수 있단 말인가? 과연 클럽에 가거나 남의 집을 방문할 수 있을까?' 그가 경험한 부드러움과 사랑의 감정에 비하면, 마지막에 눈물 어린 눈으로 바라보던 그녀의 감사가 담긴 부드러운 시선에 비하면 모든 인간이 너무나 가엾고 불쌍해 보였다.

"집으로 가세." 영하 10도의 추위에도 아랑곳 않고 피에르는 기쁨에 차서 호흡하고 있는 넓은 가슴 앞의 곰 가죽 외투를 활짝 열어젖히며 말했다.

얼어붙을 듯이 춥고 청명한 날씨였다. 지저분하고 어슴푸레한 거리 위로, 검은 지붕 위로 별이 빛나는 검은 하늘이 펼쳐져 있었다. 하늘을 바라보는 동안만큼은 피에르도 그의 영혼이 도달한 드높은 곳에 비해 모욕적일 정도로 비천한 이 지상의 저열함을 느끼지 않았다. 아르바트 광장 입구에 들어서자 별이 빛나는 검은 하늘의 광대한 공간이 눈앞에 펼쳐졌다. 그 하늘 거의 한가운데에 프레치스첸스키 가로수 길 위쪽으로 1812년의 거대하고 찬란한 혜성이, 사람들의 말에 따르면 세상의 온갖 공포와 종말을 예언하는 바로 그 혜성이 떠 있었다. 그것은 사방에 흩뿌려진 별들에 에워싸였으나 지상과 가깝고 하얀 빛과 위로 솟은 긴 꼬리를 가졌다는 점에서 다른 모든 별들과 구별되었다. 하지만 빛나는 긴 꼬리를 지닌 그 눈부신 별은 피에르에게 어떤 두려운 감정도 불러일으키지 않았다. 오히려 피에르는 눈물에 젖은 눈으로 그 눈부신 별을 기쁘게 바라보았다. 마치 이루 말할 수 없이 빠른 속도로 포물선을 그리며 무한한 공간을 날아가다가 갑자기 땅에 꽂힌 화살처럼 검은 하늘에서 스스로 선택한 자리에 착 달라붙어, 그리고 힘차게 꼬리를 치켜 올리면서 무수하게 반짝이는 다른 별들 틈에 하얀 광채를 빛내며 머물러 있는 듯했다. 피에르에게는 이 별이 온전히 그의 마음, 새로운 생으로 활짝 피어나고 용기로 채워지고 부드러워진 그 마음 안에 깃든 것을 향하여 화답하는 듯 여겨졌다.

세계문학전집 354

전쟁과 평화 2

1판 1쇄 펴냄 2018년 6월 15일
1판 11쇄 펴냄 2024년 6월 21일

지은이 레프 톨스토이
옮긴이 연진희
발행인 박근섭, 박상준
펴낸곳 (주)민음사

출판등록 1966. 5. 19. (제 16-490호)
서울특별시 강남구 도산대로1길 62(신사동) 강남출판문화센터 5층 (우편번호 06027)
대표전화 02-515-2000 팩시밀리 02-515-2007
www.minumsa.com

ISBN 978-89-374-6354-9 04800
ISBN 978-89-374-6000-5 (세트)

* 잘못 만들어진 책은 구입처에서 교환해 드립니다.

민음사 세계문학전집

세계문학전집 목록

1·2 **변신 이야기** 오비디우스·이윤기 옮김 서울대 권장도서 100선
3 **햄릿** 셰익스피어·최종철 옮김 서울대 권장도서 100선 | 미국대학위원회 선정 SAT 추천도서
4 **변신·시골의사** 카프카·전영애 옮김 서울대 권장도서 100선
5 **동물농장** 오웰·도정일 옮김 미국대학위원회 선정 SAT 추천도서 | 《타임》 선정 현대 100대 영문소설
6 **허클베리 핀의 모험** 트웨인·김욱동 옮김 《뉴스위크》 선정 100대 명저
7 **암흑의 핵심** 콘래드·이상옥 옮김 미국대학위원회 선정 SAT 추천도서 | 《뉴스위크》 선정 10대 명저
8 **토니오 크뢰거·트리스탄·베네치아에서의 죽음** 토마스 만·안삼환 외 옮김 노벨 문학상 수상 작가
9 **문학이란 무엇인가** 사르트르·정명환 옮김
10 **한국단편문학선 1** 김동인 외·이남호 엮음 국립중앙도서관 선정 청소년 권장도서
11·12 **인간의 굴레에서** 서머싯 몸·송무 옮김
13 **이반 데니소비치, 수용소의 하루** 솔제니친·이영의 옮김 노벨 문학상 수상 작가
14 **너새니얼 호손 단편선** 호손·천승걸 옮김
15 **나의 미카엘** 오즈·최창모 옮김
16·17 **중국신화전설** 위앤커·전인초, 김선자 옮김
18 **고리오 영감** 발자크·박영근 옮김
19 **파리대왕** 골딩·유종호 옮김 노벨 문학상 수상 작가 | 《타임》 선정 현대 100대 영문소설
20 **한국단편문학선 2** 김동리 외·이남호 엮음
21·22 **파우스트** 괴테·정서웅 옮김 서울대 권장도서 100선 | 미국대학위원회 선정 SAT 추천도서
23·24 **빌헬름 마이스터의 수업시대** 괴테·안삼환 옮김
25 **젊은 베르테르의 슬픔** 괴테·박찬기 옮김 논술 및 수능에 출제된 책(1998~2005)
26 **이피게니에·스텔라** 괴테·박찬기 외 옮김
27 **다섯째 아이** 레싱·정덕애 옮김 노벨 문학상 수상 작가
28 **삶의 한가운데** 린저·박찬일 옮김
29 **농담** 쿤데라·방미경 옮김
30 **야성의 부름** 런던·권택영 옮김
31 **아메리칸** 제임스·최경도 옮김
32·33 **양철북** 그라스·장희창 옮김 노벨 문학상 수상 작가 | 서울대 권장도서 100선
34·35 **백년의 고독** 마르케스·조구호 옮김 노벨 문학상 수상 작가 | 서울대 권장도서 100선
36 **마담 보바리** 플로베르·김화영 옮김 서울대 권장도서 100선
37 **거미여인의 키스** 푸익·송병선 옮김
38 **달과 6펜스** 서머싯 몸·송무 옮김
39 **폴란드의 풍차** 지오노·박인철 옮김
40·41 **독일어 시간** 렌츠·정서웅 옮김
42 **말테의 수기** 릴케·문현미 옮김
43 **고도를 기다리며** 베케트·오증자 옮김 노벨 문학상 수상 작가 | 서울대 권장도서 100선
44 **데미안** 헤세·전영애 옮김 노벨 문학상 수상 작가
45 **젊은 예술가의 초상** 조이스·이상옥 옮김 서울대 권장도서 100선
46 **카탈로니아 찬가** 오웰·정영목 옮김
47 **호밀밭의 파수꾼** 샐린저·정영목 옮김 《타임》 선정 현대 100대 영문소설 | 미국대학위원회 선정 SAT 추천도서 | 《뉴스위크》 선정 100대 명저 | BBC 선정 꼭 읽어야 할 책
48·49 **파르마의 수도원** 스탕달·원윤수, 임미경 옮김
50 **수레바퀴 아래서** 헤세·김이섭 옮김 노벨 문학상 수상 작가 | 국립중앙도서관 선정 청소년 권장도서

51·52 **내 이름은 빨강** 파묵 · 이난아 옮김 노벨 문학상 수상 작가
53 **오셀로** 셰익스피어 · 최종철 옮김 서울대 권장도서 100선
54 **조서** 르 클레지오 · 김윤진 옮김 노벨 문학상 수상 작가
55 **모래의 여자** 아베 코보 · 김난주 옮김
56·57 **부덴브로크 가의 사람들** 토마스 만 · 홍성광 옮김 노벨 문학상 수상 작가
58 **싯다르타** 헤세 · 박병덕 옮김 노벨 문학상 수상 작가
59·60 **아들과 연인** 로렌스 · 정상준 옮김 《뉴스위크》 선정 100대 명저
61 **설국** 가와바타 야스나리 · 유숙자 옮김 노벨 문학상 수상 작가 | 서울대 권장도서 100선
62 **벨킨 이야기 · 스페이드 여왕** 푸슈킨 · 최선 옮김
63·64 **넙치** 그라스 · 김재혁 옮김 노벨 문학상 수상 작가
65 **소망 없는 불행** 한트케 · 윤용호 옮김 노벨 문학상 수상 작가
66 **나르치스와 골드문트** 헤세 · 임홍배 옮김 노벨 문학상 수상 작가
67 **황야의 이리** 헤세 · 김누리 옮김 노벨 문학상 수상 작가
68 **페테르부르크 이야기** 고골 · 조주관 옮김
69 **밤으로의 긴 여로** 오닐 · 민승남 옮김 노벨 문학상 수상 작가 | 미국대학위원회 선정 SAT 추천도서
70 **체호프 단편선** 체호프 · 박현섭 옮김
71 **버스 정류장** 가오싱젠 · 오수경 옮김 노벨 문학상 수상 작가
72 **구운몽** 김만중 · 송성욱 옮김 서울대 권장도서 100선 | 국립중앙도서관 선정 청소년 권장도서
73 **대머리 여가수** 이오네스코 · 오세곤 옮김
74 **이솝 우화집** 이솝 · 유종호 옮김 논술 및 수능에 출제된 책(1998~2005)
75 **위대한 개츠비** 피츠제럴드 · 김욱동 옮김 《타임》 선정 현대 100대 영문소설
76 **푸른 꽃** 노발리스 · 김재혁 옮김
77 **1984** 오웰 · 정회성 옮김 《타임》 선정 현대 100대 영문소설 | 《뉴스위크》 선정 100대 명저
78·79 **영혼의 집** 아옌데 · 권미선 옮김
80 **첫사랑** 투르게네프 · 이항재 옮김
81 **내가 죽어 누워 있을 때** 포크너 · 김명주 옮김 노벨 문학상 수상 작가
82 **런던 스케치** 레싱 · 서숙 옮김 노벨 문학상 수상 작가
83 **팡세** 파스칼 · 이환 옮김
84 **질투** 로브그리예 · 박이문, 박희원 옮김
85·86 **채털리 부인의 연인** 로렌스 · 이인규 옮김
87 **그 후** 나쓰메 소세키 · 윤상인 옮김
88 **오만과 편견** 오스틴 · 윤지관, 전승희 옮김 미국대학위원회 선정 SAT 추천도서
89·90 **부활** 톨스토이 · 연진희 옮김 논술 및 수능에 출제된 책(1998~2005)
91 **방드르디, 태평양의 끝** 투르니에 · 김화영 옮김
92 **미겔 스트리트** 나이폴 · 이상옥 옮김 노벨 문학상 수상 작가
93 **페드로 파라모** 룰포 · 정창 옮김
94 **차라투스트라는 이렇게 말했다** 니체 · 장희창 옮김 국립중앙도서관 선정 청소년 권장도서
95·96 **적과 흑** 스탕달 · 이동렬 옮김 국립중앙도서관 선정 청소년 권장도서
97·98 **콜레라 시대의 사랑** 마르케스 · 송병선 옮김 노벨 문학상 수상 작가 | BBC 선정 꼭 읽어야 할 책
99 **맥베스** 셰익스피어 · 최종철 옮김 서울대 권장도서 100선 | 미국대학위원회 선정 SAT 추천도서
100 **춘향전** 작자 미상 · 송성욱 풀어 옮김 서울대 권장도서 100선
101 **페르디두르케** 곰브로비치 · 윤진 옮김
102 **포르노그라피아** 곰브로비치 · 임미경 옮김
103 **인간 실격** 다자이 오사무 · 김춘미 옮김
104 **네루다의 우편배달부** 스카르메타 · 우석균 옮김

105·106 이탈리아 기행 괴테·박찬기 외 옮김
107 나무 위의 남작 칼비노·이현경 옮김
108 달콤 쌉싸름한 초콜릿 에스키벨·권미선 옮김
109·110 제인 에어 C. 브론테·유종호 옮김 BBC 선정 꼭 읽어야 할 책
111 크눌프 헤세·이노은 옮김 노벨 문학상 수상 작가
112 시계태엽 오렌지 버지스·박시영 옮김 《타임》 선정 현대 100대 영문소설 | 《뉴스위크》 선정 100대 명저
113·114 파리의 노트르담 위고·정기수 옮김 미국대학위원회 선정 SAT 추천도서
115 새로운 인생 단테·박우수 옮김
116·117 로드 짐 콘래드·이상옥 옮김 《뉴스위크》 선정 100대 명저
118 폭풍의 언덕 E. 브론테·김종길 옮김 미국대학위원회 선정 SAT 추천도서
119 텔크테에서의 만남 그라스·안삼환 옮김 노벨 문학상 수상 작가
120 검찰관 고골·조주관 옮김
121 안개 우나무노·조민현 옮김
122 나사의 회전 제임스·최경도 옮김 미국대학위원회 선정 SAT 추천도서
123 피츠제럴드 단편선 1 피츠제럴드·김욱동 옮김
124 목화밭의 고독 속에서 콜테스·임수현 옮김
125 돼지꿈 황석영
126 라셀라스 존슨·이인규 옮김
127 리어 왕 셰익스피어·최종철 옮김 서울대 권장도서 100선 | 《뉴스위크》 선정 100대 명저
128·129 쿠오 바디스 시엔키에비츠·최성은 옮김 노벨 문학상 수상 작가
130 자기만의 방·3기니 울프·이미애 옮김
131 시르트의 바닷가 그라크·송진석 옮김
132 이성과 감성 오스틴·윤지관 옮김
133 바덴바덴에서의 여름 치프킨·이장욱 옮김
134 새로운 인생 파묵·이난아 옮김 노벨 문학상 수상 작가
135·136 무지개 로렌스·김정매 옮김
137 인생의 베일 서머싯 몸·황소연 옮김
138 보이지 않는 도시들 칼비노·이현경 옮김
139·140·141 연초 도매상 바스·이운경 옮김 《타임》 선정 현대 100대 영문소설
142·143 플로스 강의 물방앗간 엘리엇·한애경, 이봉지 옮김 미국대학위원회 선정 SAT 추천도서
144 연인 뒤라스·김인환 옮김
145·146 이름 없는 주드 하디·정종화 옮김
147 제49호 품목의 경매 핀천·김성곤 옮김 《타임》 선정 현대 100대 영문소설
148 성역 포크너·이진준 옮김 노벨 문학상 수상 작가 | 퓰리처상 수상 작가
149 무진기행 김승옥
150·151·152 신곡(지옥편·연옥편·천국편) 단테·박상진 옮김 《뉴스위크》 선정 100대 명저
153 구덩이 플라토노프·정보라 옮김
154·155·156 카라마조프가의 형제들 도스토옙스키·김연경 옮김
157 지상의 양식 지드·김화영 옮김 노벨 문학상 수상 작가
158 밤의 군대들 메일러·권택영 옮김 퓰리처상 수상 작가
159 주홍 글자 호손·김욱동 옮김 서울대 권장도서 100선 | 미국대학위원회 선정 SAT 추천도서
160 깊은 강 엔도 슈사쿠·유숙자 옮김
161 욕망이라는 이름의 전차 윌리엄스·김소임 옮김
162 마사 퀘스트 레싱·나영균 옮김 노벨 문학상 수상 작가
163·164 운명의 딸 아옌데·권미선 옮김

165 **모렐의 발명** 비오이 카사레스 · 송병선 옮김
166 **삼국유사** 일연 · 김원중 옮김 서울대 권장도서 100선
167 **풀잎은 노래한다** 레싱 · 이태동 옮김 노벨 문학상 수상 작가
168 **파리의 우울** 보들레르 · 윤영애 옮김
169 **포스트맨은 벨을 두 번 울린다** 케인 · 이만식 옮김
170 **썩은 잎** 마르케스 · 송병선 옮김 노벨 문학상 수상 작가
171 **모든 것이 산산이 부서지다** 아체베 · 조규형 옮김 《타임》 선정 현대 100대 영문소설
172 **한여름 밤의 꿈** 셰익스피어 · 최종철 옮김 미국대학위원회 선정 SAT 추천도서
173 **로미오와 줄리엣** 셰익스피어 · 최종철 옮김 미국대학위원회 선정 SAT 추천도서
174·175 **분노의 포도** 스타인벡 · 김승욱 옮김 노벨 문학상 수상 작가 | 《타임》 선정 현대 100대 영문소설
176·177 **괴테와의 대화** 에커만 · 장희창 옮김
178 **그물을 헤치고** 머독 · 유종호 옮김 《타임》 선정 현대 100대 영문소설
179 **브람스를 좋아하세요...** 사강 · 김남주 옮김
180 **카타리나 블룸의 잃어버린 명예** 하인리히 뵐 · 김연수 옮김 노벨 문학상 수상 작가
181·182 **에덴의 동쪽** 스타인벡 · 정회성 옮김 노벨 문학상 수상 작가
183 **순수의 시대** 워튼 · 송은주 옮김 《뉴스위크》 선정 100대 명저 | 퓰리처상 수상작
184 **도둑 일기** 주네 · 박형섭 옮김
185 **나자** 브르통 · 오생근 옮김
186·187 **캐치-22** 헬러 · 안정효 옮김 《타임》 선정 현대 100대 영문소설
188 **숄로호프 단편선** 숄로호프 · 이항재 옮김 노벨 문학상 수상 작가
189 **말** 사르트르 · 정명환 옮김
190·191 **보이지 않는 인간** 엘리슨 · 조영환 옮김 《타임》 선정 현대 100대 영문소설
192 **왑샷 가문 연대기** 치버 · 김승욱 옮김 퓰리처상 수상 작가
193 **왑샷 가문 몰락기** 치버 · 김승욱 옮김 퓰리처상 수상 작가
194 **필립과 다른 사람들** 노터봄 · 지명숙 옮김
195·196 **하드리아누스 황제의 회상록** 유르스나르 · 곽광수 옮김
197·198 **소피의 선택** 스타이런 · 한정아 옮김 퓰리처상 수상 작가
199 **피츠제럴드 단편선 2** 피츠제럴드 · 한은경 옮김
200 **홍길동전** 허균 · 김탁환 옮김
201 **요술 부지깽이** 쿠버 · 양윤희 옮김
202 **북호텔** 다비 · 원윤수 옮김
203 **톰 소여의 모험** 트웨인 · 김욱동 옮김
204 **금오신화** 김시습 · 이지하 옮김
205·206 **테스** 하디 · 정종화 옮김 미국대학위원회 선정 SAT 추천도서 | BBC 선정 꼭 읽어야 할 책
207 **브루스터플레이스의 여자들** 네일러 · 이소영 옮김
208 **더 이상 평안은 없다** 아체베 · 이소영 옮김
209 **그레인지 코플랜드의 세 번째 인생** 워커 · 김시현 옮김 퓰리처상 수상 작가
210 **어느 시골 신부의 일기** 베르나노스 · 정영란 옮김
211 **타라스 불바** 고골 · 조주관 옮김
212·213 **위대한 유산** 디킨스 · 이인규 옮김 서울대 권장도서 100선 | BBC 선정 꼭 읽어야 할 책
214 **면도날** 서머싯 몸 · 안진환 옮김
215·216 **성채** 크로닌 · 이은정 옮김
217 **오이디푸스 왕** 소포클레스 · 강대진 옮김 서울대 권장도서 100선
218 **세일즈맨의 죽음** 밀러 · 강유나 옮김
219·220·221 **안나 카레니나** 톨스토이 · 연진희 옮김 서울대 권장도서 100선

222 오스카 와일드 작품선 와일드·정영목 옮김
223 벨아미 모파상·송덕호 옮김
224 파스쿠알 두아르테 가족 호세 셀라·정동섭 옮김 노벨 문학상 수상 작가
225 시칠리아에서의 대화 비토리니·김운찬 옮김
226·227 길 위에서 케루악·이만식 옮김 《타임》 선정 현대 100대 영문소설 | 《뉴스위크》 선정 100대 명저
228 우리 시대의 영웅 레르몬토프·오정미 옮김
229 아우라 푸엔테스·송상기 옮김
230 클링조어의 마지막 여름 헤세·황승환 옮김 노벨 문학상 수상 작가
231 리스본의 겨울 무뇨스 몰리나·나송주 옮김
232 뻐꾸기 둥지 위로 날아간 새 키지·정회성 옮김 《타임》 선정 현대 100대 영문소설
233 페널티킥 앞에 선 골키퍼의 불안 한트케·윤용호 옮김 노벨 문학상 수상 작가
234 참을 수 없는 존재의 가벼움 쿤데라·이재룡 옮김
235·236 바다여, 바다여 머독·최옥영 옮김
237 한 줌의 먼지 에벌린 워·안진환 옮김 《타임》 선정 현대 100대 영문소설
238 뜨거운 양철 지붕 위의 고양이·유리 동물원 윌리엄스·김소임 옮김 퓰리처상 수상작
239 지하로부터의 수기 도스토옙스키·김연경 옮김
240 키메라 바스·이운경 옮김
241 반쪼가리 자작 칼비노·이현경 옮김
242 벌집 호세 셀라·남진희 옮김 노벨 문학상 수상 작가
243 불멸 쿤데라·김병욱 옮김
244·245 파우스트 박사 토마스 만·임홍배, 박병덕 옮김 노벨 문학상 수상 작가
246 사랑할 때와 죽을 때 레마르크·장희창 옮김
247 누가 버지니아 울프를 두려워하랴? 올비·강유나 옮김
248 인형의 집 입센·안미란 옮김
249 위폐범들 지드·원윤수 옮김 노벨 문학상 수상 작가
250 무정 이광수·정영훈 책임 편집 서울대 권장도서 100선
251·252 의지와 운명 푸엔테스·김현철 옮김
253 폭력적인 삶 파솔리니·이승수 옮김
254 거장과 마르가리타 불가코프·정보라 옮김
255·256 경이로운 도시 멘도사·김현철 옮김
257 야콥을 둘러싼 추측들 욘존·손대영 옮김
258 왕자와 거지 트웨인·김욱동 옮김
259 존재하지 않는 기사 칼비노·이현경 옮김
260·261 눈먼 암살자 애트우드·차은정 옮김 《타임》 선정 현대 100대 영문소설
262 베니스의 상인 셰익스피어·최종철 옮김
263 말리나 바흐만·남정애 옮김
264 사볼타 사건의 진실 멘도사·권미선 옮김
265 뒤렌마트 희곡선 뒤렌마트·김혜숙 옮김
266 이방인 카뮈·김화영 옮김 노벨 문학상 수상 작가 | 미국대학위원회 선정 SAT 추천도서
267 페스트 카뮈·김화영 옮김 노벨 문학상 수상 작가 | 국립중앙도서관 선정 청소년 권장도서
268 검은 튤립 뒤마·송진석 옮김
269·270 베를린 알렉산더 광장 되블린·김재혁 옮김
271 하얀 성 파묵·이난아 옮김 노벨 문학상 수상 작가
272 푸슈킨 선집 푸슈킨·최선 옮김
273·274 유리알 유희 헤세·이영임 옮김 노벨 문학상 수상 작가

275 **픽션들** 보르헤스 · 송병선 옮김 서울대 권장도서 100선
276 **신의 화살** 아체베 · 이소영 옮김
277 **빌헬름 텔 · 간계와 사랑** 실러 · 홍성광 옮김
278 **노인과 바다** 헤밍웨이 · 김욱동 옮김 노벨 문학상 수상 작가 | 퓰리처상 수상작
279 **무기여 잘 있어라** 헤밍웨이 · 김욱동 옮김 미국대학위원회 선정 SAT 추천도서
280 **태양은 다시 떠오른다** 헤밍웨이 · 김욱동 옮김 《타임》 선정 현대 100대 영문 소설
281 **알레프** 보르헤스 · 송병선 옮김
282 **일곱 박공의 집** 호손 · 정소영 옮김
283 **에마** 오스틴 · 윤지관, 김영희 옮김
284·285 **죄와 벌** 도스토옙스키 · 김연경 옮김 미국대학위원회 선정 SAT 추천도서
286 **시련** 밀러 · 최영 옮김
287 **모두가 나의 아들** 밀러 · 최영 옮김
288·289 **누구를 위하여 종은 울리나** 헤밍웨이 · 김욱동 옮김 노벨 문학상 수상 작가
290 **구르브 연락 없다** 멘도사 · 정창 옮김
291·292·293 **데카메론** 보카치오 · 박상진 옮김
294 **나누어진 하늘** 볼프 · 전영애 옮김
295·296 **제브데트 씨와 아들들** 파묵 · 이난아 옮김 노벨 문학상 수상 작가
297·298 **여인의 초상** 제임스 · 최경도 옮김 미국대학위원회 선정 SAT 추천도서
299 **압살롬, 압살롬!** 포크너 · 이태동 옮김 노벨 문학상 수상 작가
300 **이상 소설 전집** 이상 · 권영민 책임 편집
301·302·303·304·305 **레 미제라블** 위고 · 정기수 옮김
306 **관객모독** 한트케 · 윤용호 옮김 노벨 문학상 수상 작가
307 **더블린 사람들** 조이스 · 이종일 옮김
308 **에드거 앨런 포 단편선** 앨런 포 · 전승희 옮김 미국대학위원회 선정 SAT 추천도서
309 **보이체크 · 당통의 죽음** 뷔히너 · 홍성광 옮김
310 **노르웨이의 숲** 무라카미 하루키 · 양억관 옮김
311 **운명론자 자크와 그의 주인** 디드로 · 김희영 옮김
312·313 **헤밍웨이 단편선** 헤밍웨이 · 김욱동 옮김 노벨 문학상 수상 작가
314 **피라미드** 골딩 · 안지현 옮김 노벨 문학상 수상 작가
315 **닫힌 방 · 악마와 선한 신** 사르트르 · 지영래 옮김
316 **등대로** 울프 · 이미애 옮김 《타임》 선정 현대 100대 영문소설 | 《뉴스위크》 선정 100대 명저
317·318 **한국 희곡선** 송영 외 · 양승국 엮음
319 **여자의 일생** 모파상 · 이동렬 옮김
320 **의식** 노터봄 · 김영중 옮김
321 **육체의 악마** 라디게 · 원윤수 옮김
322·323 **감정 교육** 플로베르 · 지영화 옮김
324 **불타는 평원** 룰포 · 정창 옮김
325 **위대한 몬느** 알랭푸르니에 · 박영근 옮김
326 **라쇼몬** 아쿠타가와 류노스케 · 서은혜 옮김
327 **반바지 당나귀** 보스코 · 정영란 옮김
328 **정복자들** 말로 · 최윤주 옮김
329·330 **우리 동네 아이들** 마흐푸즈 · 배혜경 옮김 노벨 문학상 수상 작가
331·332 **개선문** 레마르크 · 장희창 옮김
333 **사바나의 개미 언덕** 아체베 · 이소영 옮김
334 **게걸음으로** 그라스 · 장희창 옮김 노벨 문학상 수상 작가

335 **코스모스** 곰브로비치 · 최성은 옮김
336 **좁은 문 · 전원교향곡 · 배덕자** 지드 · 동성식 옮김 노벨 문학상 수상 작가
337·338 **암 병동** 솔제니친 · 이영의 옮김 노벨 문학상 수상 작가
339 **피의 꽃잎들** 응구기 와 시옹오 · 왕은철 옮김
340 **운명** 케르테스 · 유진일 옮김 노벨 문학상 수상 작가
341·342 **벌거벗은 자와 죽은 자** 메일러 · 이운경 옮김 퓰리처상 수상 작가
343 **시지프 신화** 카뮈 · 김화영 옮김 노벨 문학상 수상 작가
344 **뇌우** 차오위 · 오수경 옮김
345 **모옌 중단편선** 모옌 · 심규호, 유소영 옮김 노벨 문학상 수상 작가
346 **일야서** 한사오궁 · 심규호, 유소영 옮김
347 **상속자들** 골딩 · 안지현 옮김 노벨 문학상 수상 작가
348 **설득** 오스틴 · 전승희 옮김
349 **히로시마 내 사랑** 뒤라스 · 방미경 옮김
350 **오 헨리 단편선** 오 헨리 · 김희용 옮김
351·352 **올리버 트위스트** 디킨스 · 이인규 옮김
353·354·355·356 **전쟁과 평화** 톨스토이 · 연진희 옮김
357 **다시 찾은 브라이즈헤드** 에벌린 워 · 백지민 옮김
358 **아무도 대령에게 편지하지 않다** 마르케스 · 송병선 옮김
359 **사양** 다자이 오사무 · 유숙자 옮김
360 **좌절** 케르테스 · 한경민 옮김 노벨 문학상 수상 작가
361·362 **닥터 지바고** 파스테르나크 · 김연경 옮김 노벨 문학상 수상 작가
363 **노생거 사원** 오스틴 · 윤지관 옮김
364 **개구리** 모옌 · 심규호, 유소영 옮김 노벨 문학상 수상 작가
365 **마왕** 투르니에 · 이원복 옮김 공쿠르상 수상 작가
366 **맨스필드 파크** 오스틴 · 김영희 옮김
367 **이선 프롬** 이디스 워튼 · 김욱동 옮김 퓰리처상 수상 작가
368 **여름** 이디스 워튼 · 김욱동 옮김 퓰리처상 수상 작가
369·370·371 **나는 고백한다** 자우메 카브레 · 권가람 옮김
372·373·374 **태엽 감는 새 연대기** 무라카미 하루키 · 김난주 옮김
375·376 **대사들** 제임스 · 정소영 옮김
377 **족장의 가을** 마르케스 · 송병선 옮김 노벨 문학상 수상 작가
378 **핏빛 자오선** 매카시 · 김시현 옮김
379 **모두 다 예쁜 말들** 매카시 · 김시현 옮김
380 **국경을 넘어** 매카시 · 김시현 옮김
381 **평원의 도시들** 매카시 · 김시현 옮김
382 **만년** 다자이 오사무 · 유숙자 옮김
383 **반항하는 인간** 카뮈 · 김화영 옮김 노벨 문학상 수상 작가
384·385·386 **악령** 도스토옙스키 · 김연경 옮김
387 **태평양을 막는 제방** 뒤라스 · 윤진 옮김
388 **남아 있는 나날** 가즈오 이시구로 · 송은경 옮김
389 **앙리 브륄라르의 생애** 스탕달 · 원윤수 옮김
390 **찻집** 라오서 · 오수경 옮김
391 **태어나지 않은 아이를 위한 기도** 케르테스 · 이상동 옮김 노벨 문학상 수상 작가
392·393 **서머싯 몸 단편선** 서머싯 몸 · 황소연 옮김
394 **케이크와 맥주** 서머싯 몸 · 황소연 옮김

395 **월든** 소로 · 정회성 옮김
396 **모래 사나이** E. T. A. 호프만 · 신동화 옮김
397·398 **검은 책** 오르한 파묵 · 이난아 옮김 노벨 문학상 수상 작가
399 **방랑자들** 올가 토카르추크 · 최성은 옮김 노벨 문학상 수상 작가
400 **시여, 침을 뱉어라** 김수영 · 이영준 엮음
401·402 **환락의 집** 이디스 워튼 · 전승희 옮김
403 **달려라 메로스** 다자이 오사무 · 유숙자 옮김
404 **아버지와 자식** 투르게네프 · 연진희 옮김
405 **청부 살인자의 성모** 바예호 · 송병선 옮김
406 **세피아빛 초상** 아옌데 · 조영실 옮김
407·408·409·410 **사기 열전** 사마천 · 김원중 옮김 서울대 권장도서 100선
411 **이상 시 전집** 이상 · 권영민 책임 편집
412 **어둠 속의 사건** 발자크 · 이동렬 옮김
413 **태평천하** 채만식 · 권영민 책임 편집
414·415 **노스트로모** 콘래드 · 이미애 옮김
416·417 **제르미날** 졸라 · 강충권 옮김
418 **명인** 가와바타 야스나리 · 유숙자 옮김 노벨 문학상 수상 작가
419 **핀처 마틴** 골딩 · 백지민 옮김 노벨 문학상 수상 작가
420 **사라진 · 샤베르 대령** 발자크 · 선영아 옮김
421 **빅 서** 케루악 · 김재성 옮김
422 **코뿔소** 이오네스코 · 박형섭 옮김
423 **블랙박스** 오즈 · 윤성덕, 김영화 옮김
424·425 **고양이 눈** 애트우드 · 차은정 옮김
426·427 **도둑 신부** 애트우드 · 이은선 옮김
428 **슈니츨러 작품선** 슈니츨러 · 신동화 옮김
429·430 **세계의 끝과 하드보일드 원더랜드** 무라카미 하루키 · 김난주 옮김
431 **멜랑콜리아 I-II** 욘 포세 · 손화수 옮김 노벨 문학상 수상 작가
432 **도적들** 실러 · 홍성광 옮김
433 **예브게니 오네긴 · 대위의 딸** 푸시킨 · 최선 옮김
434·435 **초대받은 여자** 보부아르 · 강초롱 옮김
436·437 **미들마치** 엘리엇 · 이미애 옮김
438 **이반 일리치의 죽음** 톨스토이 · 김연경 옮김
439·440 **캔터베리 이야기** 초서 · 이동일, 이동춘 옮김
441·442 **아소무아르** 졸라 · 윤진 옮김
443 **가난한 사람들** 도스토옙스키 · 이항재 옮김

세계문학전집은 계속 간행됩니다.